Tanja Kinkel

SÄULEN DER EWIGKEIT

Tanja Kinkel

SÄULEN DER EWIGKEIT

Roman

Droemer

Wie hat Ihnen dieses Buch gefallen?
Bewerten Sie es auf www.LOVELYBOOKS.de –
der Online-Community für alle, die Bücher lieben!

Tanja Kinkel im Internet:
www.tanja-kinkel.de

Wenn Ihnen dieser Roman gefallen hat, empfehlen wir Ihnen
gerne ausgewählte Titel aus unserem Programm.
Schreiben Sie mit dem Stichwort »Säulen« an:
guteunterhaltung@droemer-knaur.de

Originalausgabe August 2008

Ein Unternehmen der Droemerschen Verlagsanstalt
Th. Knaur Nachf. GmbH & Co. KG, München

Umschlaggestaltung: ZERO Werbeagentur, München
Umschlagabbildung: FinePic, München
Satz: Adobe InDesign im Verlag
Druck und Bindung: CPI – Ebner & Spiegel, Ulm
Printed in Germany
ISBN 978-3-426-19816-2

2 4 5 3 1

PROLOG

1805

Was immer du tun willst, fang damit an.
Als Sarah ihrer Arbeitgeberin diesen Satz aus einem Artikel über berühmte Dichter vorlas, spürte sie, dass sie ihn niemals wieder vergessen würde. Sie hielt inne, und Mrs. Stapleton warf ihr einen ungehaltenen Blick zu.

Was immer du tun willst, fang damit an. Es war nur ein Zitat von vielen, und nichts hatte sich geändert: Die verblassende chinesische Tapete hinter Mrs. Stapleton war die gleiche, die große Wanduhr, die Sarah bald wieder würde aufziehen müssen, tickte weiter, und trotzdem erschien es ihr, als habe dieser kurze Ausspruch sich direkt an sie gerichtet; er war wie eine Hand, die in ihre Haare griff, um sie wachzurütteln. Mrs. Stapleton räusperte sich, und Sarah erklärte, um ihre Verlegenheit zu überbrücken, der Artikel sei zu Ende. Sie ging hastig zu dem über, was Mrs. Stapleton »die leidige Politik« nannte, und zu dem Bericht über Napoleon Bonapartes Selbstkrönung zum Kaiser der Franzosen, den sie mit gemessener, sachlicher Stimme vortrug. In Mrs. Stapletons empörten Ausrufen über die Anmaßung des Korsen versank der kurze Moment der Stille.

Was Sarah jedoch die ganze Nacht nicht schlafen ließ, hatte nichts mit dem Korsen und alles mit jenem kurzen Zitat zu tun. Am Morgen hatte sie ihre Entscheidung gefällt, ihr Leben von Grund auf zu ändern, selbst wenn sie noch nicht genau wusste, wie sie das anstellen sollte. Ihr Stubenhockerdasein aufzugeben und ohne Begleitung die Straßen von London zu erkunden, statt sich auf das unmittelbare Umfeld des Hauses von Mrs. Stapleton zu beschränken, wie es von ihr erwartet wurde, schien ein guter Anfang zu sein.

Sarah hatte eigentlich keinen Grund, sich zu beklagen. Mit der Ausbildung, die ein Waisenhaus in Bristol einem aufgeweckten, fleißigen Mädchen geben konnte, war die Stelle als Gesellschafterin einer alten Dame in London, die sie seit drei Jahren hatte, das Beste, was jemand wie sie erreichen konnte. Doch es genügte Sarah nicht. Nicht mehr.

Dabei ging es ihr keineswegs um ein höheres Einkommen. Sie stammte aus wesentlich bescheideneren Verhältnissen. Bristol lebte von seinem Hafen, dem Handel und der Kohle, was bedeutete, dass die Jungen in den Waisenhäusern entweder auf den Schiffen oder in den Minen landeten, wenn sie nicht genug Intelligenz und Talent zeigten, um als Schreiber an die Handelshäuser weitergegeben zu werden. Auch die meisten Mädchen waren für die Minen bestimmt, wenn sie klein und kräftig genug waren, um sich in den engen Schächten zu bewegen. Unter der Hand flüsterte man sich zu, dass die Kinder in den Bergwerken wegen des Staubs, des Steinschlags und der Gasexplosionen so gut wie nie älter als fünfzehn Jahre würden.

Nach dem Tod ihrer Eltern hatte man Sarah und ihren älteren Bruder in das Waisenhaus gebracht, wo sie kurze Zeit später Abschied voneinander nehmen mussten; mit zehn war er alt genug gewesen, um unter Tage geschickt zu werden. Sie hatte ihn nie wiedergesehen. Die Nachricht von seinem Tod war ihr erst ein halbes Jahr später überbracht worden. »Ein Jammer. Aber er konnte weder lesen noch schreiben; was gab es da schon für Möglichkeiten?«, hatte der Leiter des Waisenhauses gesagt.

Ja, Sarah hatte ihre Lektion sehr früh und sehr gründlich gelernt. Sie ließ in ihrem Eifer, gelehrig und fleißig zu erscheinen, nie nach, hatte Glück und wurde nach ihrer Ausbildung als Lehrerin für die Jüngsten im Waisenhaus übernommen. *Eifrig,* sagte man von ihr, *Miss Banne ist sehr eifrig.* Das Einzige, was dem Vorsteher des Waisenhauses an ihr nicht gefiel, war, dass sie ihren Eifer und ihre ebenso beunruhigende wie unschickliche Energie nun auch einsetzte, um ihn davon zu überzeugen, keine Kinder mehr in die Bergwerke zu schicken. Da sie bei jeder Gelegenheit ein passendes Bibelzitat zu diesem Thema zur Hand hatte, konnte er ihr noch nicht einmal vorwerfen, sie führe respektlose Reden. Schlimmer noch, es gelang ihr, die übrigen Lehrer und den Archidiakon der zuständigen Diozöse, der für die finanzielle Unterstützung des Waisenhauses zuständig war, auf ihre Seite zu ziehen, so dass der Vorsteher sich schließlich dazu bereitfinden musste, nachzugeben. Doch er vergaß Sarah dieses Verhalten nie.

Als die in London ansässige vermögende Mrs. Stapleton auf der Suche nach einer billigen, gut christlichen Gesellschafterin aus ihrer Heimatstadt gewesen war und der Leiter des Waisenhauses sie empfohlen hatte – wahrscheinlich, um sie loszuwerden –, hatte es für Sarah keinen Moment des Zögerns gegeben. Diese Anstellung war ihre lang ersehnte Möglichkeit, dem Waisenhaus den Rücken zu kehren. Eine Ehe hatte sie als Alternative nie in Erwägung gezogen. Die Männer, die sie ohne Mitgift genommen hätten, waren ihr zu töricht, zu grob oder zu alt erschienen, während diejenigen, für die sie ihr Herz hätte entdecken können, in der Regel selbst zu arm waren, um auf eine Mitgift verzichten zu können. Überdies hatte keiner ihre Sehnsucht, die Welt zu sehen, verstanden. Also hatte sie sich von den Männern ferngehalten, denn für eine Liebelei zwischen Tür und Angel war sie sich zu schade.

Sarah hatte nicht damit gerechnet, dass sie in London als Gesellschafterin in einer ähnlich erstickenden Enge leben würde, wie sie es in Bristol als Lehrerin getan hatte, nur in einem neueren, viel prächtigeren Haus. Aber immerhin war sie nun nicht mehr auf das Wohlwollen einer ganzen Institution angewiesen, sondern nur noch das einer einzigen Person, auch wenn es sich bei Mrs. Stapleton um alles andere als eine einfache Dienstherrin handelte. Zurückzugehen kam selbstverständlich nicht in Frage. Nein, sie musste vorwärts blicken. Es musste ein Vorwärts geben. Immer!

Was immer du tun willst, fang damit an. Seit Sarah am Tag vor ihrem neunzehnten Geburtstag diesen einen Satz gelesen hatte, träumte sie mit neuer Energie davon, keine Gesellschafterin mehr zu sein, kein Schatten, der irgendwann nicht mehr von den Tapeten an den Wänden zu unterscheiden war; kein Mädchen, das nur noch ein paar Jahre hatte, bis es eine alte Jungfer genannt wurde und seine Tage damit verbrachte, auf ein Vielleicht zu hoffen; kein Spielball anderer, der hierhin und dahin geworfen wurde, aber sich seinen Weg nie selbst aussuchen konnte oder, schlimmer noch, auf ewig in einer vergessenen Ecke ruhte. Nichts dergleichen. Das war es, was Sarah sich in jener Nacht vornahm – und ein Jahr später, kurz nach ihrem zwanzigsten Geburtstag, war die Erfüllung ihrer Träume in erreichbare Nähe gerückt. Sie würde ein Leben führen, das sich von allem, was sie gewohnt war, völlig unterschied. Sie würde nicht länger ständig an einen Ort gebunden sein. Sie würde einen Mann heiraten, den sie sich selbst ausgesucht hatte. Sie war glücklich.

Wenn sie abergläubisch gewesen wäre, hätte sie fest damit gerechnet, dass am Tag vor ihrer Hochzeit noch etwas schiefging. Aber sie war entschlossen, nichts dergleichen zuzulassen.

»Sie haben es sehr gut bei mir«, sagte Mrs. Stapleton nicht zum ersten Mal, als Sarah erschien, um ihr die morgendliche Post und die Zeitungen vorzulesen. Mrs. Stapleton erhielt nicht nur die Tagesblätter, sondern auch die Monatsschriften diverser Gesellschaften wie der *Geological Society*, der *Gesellschaft zur Bewahrung britischen Erbes* oder der *Patrio-*

tinnen gegen Bonaparte, die sich alle Hoffnungen darauf machten, in Mrs. Stapletons Testament bedacht zu werden, und sie daher kostenlos schickten. Mrs. Stapleton hatte keine Kinder, denen sie ihr Vermögen eines Tages vermachen konnte, aber auch nie eine Neigung erahnen lassen, ihr Geld für etwas anderes als ihren eigenen Komfort einzusetzen. Oder sich von etwas anderem zu trennen, an das sie sich gewöhnt hatte.

»Miss Banne, es bricht mir das Herz, mir vorzustellen, wie Sie sich an einen Neger wegwerfen.«

»Er ist kein Neger«, entgegnete Sarah, ebenfalls nicht zum ersten Mal, doch Mrs. Stapleton war alt, und man musste ihr zubilligen, eher vergesslich als boshaft zu sein. Überdies war sie kurzsichtig; bei ihrem einzigen gemeinsamen Besuch des Jahrmarkts, auf dem Sarahs Verlobter sein Geld verdiente, hatte sie ihn als schwarzen Häuptling in der Pantomime *Philipp Quarll, oder: Der Englische Einsiedler* auftreten sehen. Ganz gleich, wie oft Sarah versucht hatte, zu erklären, dass es sich um eine Maskerade gehandelt hatte, Mrs. Stapleton beharrte darauf, den zukünftigen Gatten ihrer Gesellschafterin als Afrikaner und die Verbindung daher als zutiefst unnatürlich zu bezeichnen.

»Sie haben es mir selbst von dem Programmzettel vorgelesen«, sagte sie jetzt störrisch. »Der patagonische Samson, so stand es dort.«

»Patagonien liegt in Südamerika«, erwiderte Sarah und konnte trotz bester Vorsätze nicht verhindern, dass sich eine Spur Ungeduld in ihre Stimme mischte. »Nicht in Afrika. Außerdem war es der Veranstalter, der Mr. Belzoni diesen Titel verlieh. Mr. Belzoni stammt aus Padua, in Italien. Galilei und Kopernikus haben dort gelehrt.«

»Also ist er auch noch ein Lügner, der sich als jemand ausgibt, der er nicht ist«, sagte Mrs. Stapleton schnippisch. »Woher wollen Sie wissen, dass diese Behauptung, aus Padua zu kommen, nicht ebenfalls eine Unwahrheit ist? Im Übrigen sehe ich eine italienische Herkunft keineswegs als Empfehlung an, und das sollten Sie auch nicht. Italiener sind ja fast Korsen. Oder ist das umgekehrt? Einen Landsmann des korsischen Ungeheuers zu heiraten ist in diesen Zeiten eigentlich Vaterlandsverrat. Ist Nelson dafür bei Trafalgar gestorben?«

Sarah war durchaus bewusst, dass Mrs. Stapleton sie bereits bei der ersten Ankündigung ihrer Eheabsichten hätte entlassen können. Doch Mrs. Stapleton war zu alt, zu zänkisch und zu einsam, um ohne vertraute Gesellschaft auszukommen, und Sarah hatte gehofft, auch nach ihrer Heirat zumindest eine Weile noch für sie zu arbeiten. Giovanni Belzoni musste außer für sich selbst auch für seinen jüngeren Bruder sorgen, der bei ihm lebte, und Geld an seine Familie in Italien schicken. Ein zusätzliches Einkommen, solange sie noch in England lebten, wäre hilfreich für ihre junge Ehe.

Aber nach Wochen, in denen sie das gleiche Gespräch wieder und wieder mit der alten Dame führte, Wochen, in denen sie die Zähne zusammenbeißen und unsinnige Vorwürfe wie die Gleichsetzung ihres Liebsten mit Bonaparte über sich ergehen lassen musste, schien ihr das Geld, das Mrs. Stapleton ihr zahlte, immer weniger zu bedeuten.

»Noch ist es nicht zu spät«, sagte Mrs. Stapleton bedeutsam. »Ich bin gewillt, über Ihre Verirrung hinwegzusehen, wenn Sie diesem unsäglichen Fehltritt ein Ende bereiten, Miss Banne. Ehen mit Ausländern gehen niemals gut; seien Sie doch vernünftig.« Vernunft in Mrs. Stapletons Sinn bedeutete eine endlose Kette an Jahren eingesperrt in kleinen und größeren Zimmern mit einer zeternden alten Frau. Welcher Arbeitgeber ihr auch nachfolgte, der Höhepunkt eines jeden Tages würde nur das Vorlesen aus den Journalen sein, für das sie dankbar sein musste. Nein, *dieser* Art von Vernunft wollte Sarah nicht folgen. Was sie auf einen Jahrmarkt wie Bartholomew Fair getrieben hatte – so gewagt das für eine unverheiratete junge Frau auch gewesen sein mochte –, war die Sehnsucht nach mehr gewesen. Auch wenn sie nicht sagen konnte, was genau sie sich unter »mehr« vorstellte.

»Ich werde vernünftig sein«, sagte sie ruhig. »Als verheiratete Frau werde ich meinen Pflichten bei Ihnen nicht mehr zu Ihrer Zufriedenheit nachkommen können, Mrs. Stapleton. Daher gebietet es die Vernunft, meine Stelle bei Ihnen zu kündigen.«

Bartholomew Fair gehörte zu den ältesten Jahrmärkten von London. Er ließ sich bis in das Jahr 1123 zurückverfolgen und war ungeheuer beliebt, daran konnten auch sein schlechter Ruf und die Vielzahl der dort herumlungernden Diebe und Huren nichts ändern. Bei ihrem ersten Besuch vor einem Jahr hatte sich Sarah manche Anpöbelei gefallen lassen müssen, weil sie ohne Begleitung kam. Inzwischen kannten die Budenbesitzer, Akrobaten und Schausteller sie alle. Wenn man mit dem stärksten Mann des Jahrmarkts, wenn nicht der ganzen Stadt verlobt war, hatte man nichts Derartiges mehr zu befürchten.

Verlobt, dachte Sarah, *und bald verheiratet. Jetzt gibt es kein Zurück mehr*. Im Nachhinein sorgte die eigene Courage bei ihr für Herzklopfen, doch das Gefühl, endgültig alle Brücken hinter sich abgebrochen zu haben, war auch erleichternd. Halbheiten waren nichts für sie, entschied Sarah. Entweder alles oder nichts. Sie schlenderte zwischen den Buden und genoss die Gewissheit, dass dies von nun an ihre Welt sein würde und nicht mehr Mrs. Stapletons Salon. Sie kannte sich hier bereits gut aus und schenkte weder dem zweiköpfigen Kalb noch dem gelehrten Schwein größere Aufmerksamkeit. Eine der beliebtesten Buden, die von »General Jacko und seinem Affenregiment« belegt wurde, zog immer eine solche Menge Zuschauer an, dass man Mühe hatte, sich durchzudrängen. Jeder der Affen trug eine französische Uniform, und das allgemeine Gelächter war laut genug, um die gelegentlichen Beschwerden zu übertönen, wenn eins der Tiere außer Rand und Band geriet und den Zuschauerinnen die Hüte vom Kopf riss.

Sarah begrüßte das Bauchrednerpaar in der Bude nebenan, mit dem sie sich angefreundet hatte, und beeilte sich dann, um das große Zelt zu erreichen, in dem, wie es die Kinder des Jahrmarkts so laut durch die Gegend schrien, dass sie selbst die Affen übertönten, der »Samson aus Patagonien, der stärkste Mann der Welt« seine Kunststücke zeigte.

Es war der dritte und letzte Tag dieses Jahrmarkts, des größten in London. Morgen würden sie heiraten und zu einem der kleineren weiterziehen, die in London ständig irgendwo stattfanden, sobald in Bartholomew Fair die Buden abgebaut waren. Sarah würde keine Zuschauerin mehr sein, sondern Teil der Schausteller. *Vagabunden, fahrendes Volk,* hörte sie Mrs. Stapletons abschätzige Stimme. *Kein respektabler Mensch wird mehr ein Wort mit Ihnen wechseln, Miss Banne.*

Mrs. Belzoni. Sie würde Mrs. Belzoni sein. Mrs. Giovanni Battista Belzoni.

Miss Banne war eine Gesellschafterin, dazu da, mit der Wandtapete eins zu werden, wenn sie nicht gerade vorlas; trotzdem – oder gerade deswegen – galt sie als respektabel. Mrs. Belzoni dagegen würde zum fahrenden Volk gehören und damit Orte und Menschen kennenlernen, von denen Miss Banne nur träumen konnte – aber jemand wie Mrs. Stapleton würde sie am Sonntag in der Kirche nicht grüßen, noch nicht einmal mit einem Kopfnicken. Das Einzige, was Mrs. Belzoni und Miss Banne gemeinsam hatten, war, dass sie beide ein Korsett trugen wie jede andere Frau; als Sarah es heute Morgen anlegte, war es ihr wie ein Bindeglied erschienen zwischen dem, was sie war, und dem, was sie sein würde. Als etwas, das ihr Halt gab. Wie ein Tau, das man im Hafen von Bristol den Menschen zuwarf, die ins Wasser fielen. Trotzdem hatte sie nicht die geringste Absicht, wieder an Land zu gehen. Sie war gesprungen, und jetzt war es an ihr, im Wasser zu schwimmen.

Es gab keine Verwandten, die ihnen beiden etwas schenken würden, also hatte Sarah selbst ein Geschenk für Giovanni gekauft: einen Ring. Kein Ehering natürlich, das war seine Sache; ein Siegelring, dessen Gravur eine Pyramide zeigte. Damit wollte sie ihm sagen, dass sie stolz auf das war, was er tat, und auf ihn. Die menschliche Pyramide war der wichtigste Bestandteil seiner Nummer, und gleichzeitig stand ein Siegelring für Würde. »Eine Pyramide bedeutet Ewigkeit«, hatte der Händler gesagt. Sarah war sich sicher, damit Giovannis Geschmack getroffen zu haben. Als Sarah das Zelt betrat, hatte er den Beginn seiner Nummer, das Verbiegen von Eisenstangen, bereits hinter sich und beeindruckte das Publikum nun mit dem Heben und Stemmen von Gewichten. Die Menge spendete Applaus, fieberte aber bereits dem Höhepunkt seiner Vorführung entgegen, der menschlichen Pyramide.

Giovannis Kostüm bestand zum größten Teil aus einem Bärenfell. Mit einem silbernen Band hatte er außerdem lange weiße Federn an seinem Kopf befestigt, die er eigentlich nicht nötig hatte; er war auch so der größte Mann hier, unübersehbar selbst in der Menge, die sich im Zelt versammelt hatte. Mr. Merryman, der die Nummer durch seine Kommentare begleitete, rief mit heller, kreischender Stimme, das geehrte Publikum möge doch einen Schritt zurücktreten, um dem großen Samson den Raum zu geben, seine unglaublichste Heldentat zu vollbringen.

Ein erwartungsvolles Raunen lief durch das Zelt. Sarah bemerkte, dass wie immer einige der anwesenden Frauen keine Anstalten machten, Mr. Merrymans Bitte Folge zu leisten, sondern eher versuchten, näher an Giovanni heranzukommen. Noch vor ein paar Wochen hatte Sarah dies gestört; inzwischen wusste sie, dass es wie der Applaus zu dieser Nummer gehörte und ihrem Verlobten zwar schmeichelte, aber wenig bedeutete. Außerdem konnte sie es den Frauen nicht verdenken. Als sie »den Samson aus Patagonien« vor einem Jahr zum ersten Mal gesehen hatte, war es ihr nicht anders gegangen. Auch sie hatte gedacht, dass der biblische Samson gewiss genau so ausgesehen haben musste, mit starken, dunklen Augenbrauen, einer edlen Nase, lockigem Haar und einem weichen, kurzen Bart. Gleich darauf hatte sie sich geschämt und war errötet; sie betrachtete sich als zu vernünftig und zu alt für dergleichen Schwärmereien. Durch das Erröten war sie ihm aufgefallen.

»Hundertdreißig Pfund«, schrie Mr. Merryman, während sein Samson sich nach einem Gestell bückte, das hinter ihm auf der Holztribüne stand, »so viel wiegt allein das von ihm selbst gebaute Eisengestänge, das der stärkste Mann der Welt sich jetzt aufsetzen wird. Staunen Sie! Erleben Sie! Nicht ein, nicht zwei, nicht drei, auch nicht sechs und nicht acht Menschen haben Platz auf diesem Gestänge, nein, zwölf von uns wird Samson gleich vor Ihren staunenden Augen in die Lüfte heben! Nur hier! Nur jetzt!«

Es gehörte sich nicht, die wohlgeformten Beine eines Mannes zu betrachten, oder seine bloßen Arme, und dabei glücklich darüber zu sein, dass er bald ihr gehören würde, aber Sarah tat es trotzdem. Die Aussicht, bald Teil der menschlichen Pyramide zu sein und sich vor all den Leuten zur Schau zu stellen, war weniger schön, aber es war das

Geringste, was sie für ihn tun konnte. Damals, vor einem Jahr, hatte er noch kaum Englisch gesprochen; inzwischen tat er es fließend, trotz eines immer noch starken Akzents. Er hatte es für sie gelernt.

Die zwölf Männer, die nun einer nach dem anderen auf seine Anweisungen hin auf das Eisengestänge kletterten, trugen grüne Pluderhosen und die gleiche Art weißer Federn, die auch auf Belzonis Kopf wippten. Sie waren schlank, doch keineswegs Zwerge. »Wie kommt es«, hatte Sarah ihren Verlobten einmal gefragt, auf dem ersten Spaziergang im Park, zu dem er sie überredet hatte, »dass Sie unter der Last nicht zusammenbrechen, Signore?«

»Weil Gott es nicht zulässt. Er hat mich zu Großem bestimmt.«

Zuerst hatte sie geglaubt, er scherze, und gelächelt. Dann hatte sie die Kränkung und Verlegenheit in seinen braunen Augen gesehen und begriffen, dass er längst nicht gewandt genug war, um seinen Stolz in Scherz und Ironie zu kleiden, schon gar nicht in einer für ihn fremden Sprache, und deswegen wohl oft verspottet worden sein musste. Die Verwundbarkeit, die der hünenhafte, schöne Mann ihr in diesem Moment zeigte, hatte in Sarah den jähen Wunsch geweckt, ihn zu beschützen. Gleichzeitig fand sie es wunderbar, wie fest er an sich glaubte. Sein Selbstbewusstsein rührte nicht von seiner Herkunft her, war nie von Reichtum oder Stand genährt worden. Es war ganz und gar das seine. Das war es, was sie sicher sein ließ, dass er der richtige Mann für sie war.

»... sieben«, jubelte Merryman, »... acht ...« Das Publikum zählte lauthals mit; es bejubelte jeden zusätzlichen Mann. Sarah hob selbst die Hände, um zu klatschen, und spürte, wie ihre Finger dabei jemandes Gesicht streiften. Überrascht blickte sie nach unten und sah einen Jungen, der nicht älter als neun oder zehn Jahre sein konnte; er hatte sich offenbar in dem Gedränge so nahe an sie herangedrückt, um ihre Börse zu stehlen. Seine Finger befanden sich noch an ihrem Kleid, seine Augen waren weit aufgerissen und wirkten erschreckt, als er sich ertappt fand und ihre Hand an seinem Kragen spürte. Es war ein hungriges kleines Gesicht voller Sommersprossen, eingerahmt von struppigen Haaren, die unter dem Schmutz und Staub rot waren; einer seiner Vorderzähne war abgebrochen, als sei er mit einem Stein ausgeschlagen worden, so wie bei Joseph, ihrem Bruder, der nicht älter als dieser Junge gewesen war und ihr damals so groß erschien, als sie ihn zum letzten Mal sah.

Eigentlich hätte sie schreien sollen. Rufe wie »Dieb« waren auf dem Jahrmarkt alltäglich, gerade dieses Jahr, in dem eine Bande von Kindern ihr Unwesen trieb, die, wie das Gerücht lautete, sogar von einem der Schausteller organisiert wurde.

Aber sie würde morgen heiraten. Sarah war ganz und gar nicht in der Stimmung, um den jugendlichen Übeltäter an seinen Ohren zu packen und zum nächsten Gesetzeshüter zu zerren, zumal ihre Barschaft ohnehin sicher zwischen ihren Unterröcken in der Weidentruhe versteckt lag, die ihr gesamtes Gepäck darstellte und bei Mrs. Stapleton darauf wartete, abgeholt zu werden.

Wenn ihr Bruder damals fortgelaufen wäre, statt mit den Bütteln zu gehen, wäre er vielleicht noch am Leben.

»… zehn …«, brüllte Mr. Merryman.

»Lauf«, flüsterte Sarah. Zwischen den Jubelrufen und dem Applaus des Publikums ging ihre Stimme unter, doch der Junge musste sie verstanden haben; er ließ es sich jedenfalls nicht zweimal sagen, drehte sich um und verschwand zwischen den Zuschauern.

»… elf, zwölf! Zwölf Männer, meine Damen und Herren! Schauen Sie! Staunen Sie!«

Mr. Merryman drückte dem Samson aus Patagonien je

eine Fahne in die linke und in die rechte Hand. Dann setzte sich Sarahs Verlobter in Bewegung, während die zwölf Leiber wie Tortenstücke auf einer Kuchenplatte um ihn gruppiert waren und auf dem drehbaren Element des Gestells um ihn rotierten. Er schritt die Bühne, auf der er stand, einmal auf und ab und schwenkte zur allgemeinen Begeisterung die englischen Fahnen.

»Viva«, rief eine ausländische Stimme.

Sarah drehte sich um und sah in einer Ecke des Zeltes Francesco stehen, den jüngeren Bruder ihres zukünftigen Mannes. »Viva Belzoni!«

Etwas von ihrem Glücksgefühl erstarb.

»Gio Batta«, sagte Francesco und gebrauchte in seiner Verzweiflung den familiären Kosenamen, mit dem eigentlich nur ihre Mutter Giovanni Battista noch anredete. »Überleg es dir noch einmal. Mama bricht es das Herz, dass du keine Katholikin heiratest. Deine Kinder werden Heiden sein.«

Sein Bruder, der sein Kostüm auszog und sich abtrocknete, schüttelte ungeduldig den Kopf. »Sie werden im wahren Glauben erzogen werden«, sagte er, obwohl er nie mit Sarah darüber gesprochen hatte. »So Gott uns Kinder schenkt.«

»Aber sie ist *Engländerin!* Du weißt doch, dass Mama und Papa darauf hoffen, dass wir eines Tages nach Hause kommen. Wenn wir unser Glück gefunden haben.«

»Wir haben unser Glück noch nicht *gemacht,* Francesco«, sagte sein Bruder bestimmt und schlüpfte in ein ordentliches Hemd. Es war eines seiner besseren, das ihre Mutter noch selbst bestickt und das all die Wanderungen durch Europa überstanden hatte. Warum Giovanni, dem die Mädchen daheim in Padua nachgeseufzt hatten, sich für eine kleine Engländerin mit aschblonden Haaren und viel zu blasser Haut schmuck machen wollte, würde Francesco nie verstehen. »Und ich kann mir auch nicht vorstellen, ohne Sarah an meiner Seite glücklich zu werden. Der Himmel hat mir zugelächelt, als sie eingewilligt hat, meine Frau zu werden. Denk doch nur, was sie für mich aufgeben wird. Jetzt lebt sie in einem Salon mit Lords und Ladies und …«

Francesco schnitt eine Grimasse. »Du meinst, sie lebt als Dienstmädchen bei einer alten Schachtel mit Geld, die gelegentlich Besuche von Erbschleichern bekommt.«

»Vorleserin«, verbesserte Giovanni. »Sie ist Vorleserin, kein Dienstmädchen. Und eine gebildete Dame. Du und ich, wir haben auf unserer Reise Rosenkränze verkauft, um nicht zu verhungern, Francesco. Und nun verdiene ich mein Geld im Wettbewerb mit einer Gruppe dressierter Affen. Dass eine Dame wie meine Sarah mich für würdig hält …«

Francesco hatte die von ihm wenig geschätzte Miss Banne in der Menge gesehen, und er wusste, dass sie, wie es sich schickte, vor dem Zelt wartete, während sein Bruder sich umkleidete und die Menge sich nach der Vorstellung verlief. Gewiss war sie in Hörweite. »Nein, der Himmel hat *ihr* zugelächelt«, unterbrach er seinen Bruder daher nun und wechselte in sein immer noch holpriges Englisch, damit sie verstand, was er zu sagen hatte. »Sie ist nicht richtig für dich, Bruder. Knochiges englisches Mädchen. Schon über zwanzig Jahre. Daheim wäre sie alte Jungfer. Und hier ist sie …«

… wahrscheinlich noch nicht einmal das, wollte er sagen, überlegte es sich jedoch in letzter Sekunde anders. Die Jungfräulichkeit der Verlobten seines Bruders in Frage zu ziehen war etwas, das gegen alle Sitten verstieß, die ihr Vater ihnen beiden eingetrichtert hatte, und wäre für Giovanni Grund genug, für den Rest seines Lebens kein Wort mehr mit ihm zu sprechen. Selbst dann, wenn sich herausstellen sollte, dass Sarah Banne ihm allnächtlich Hörner aufsetzte, wofür es aber leider überhaupt keine Anzeichen gab. Also

brach Francesco mitten im Satz ab, was sich als Glücksfall erwies, denn die Miene seines Bruders hatte sich bei seinen Worten ohnehin sehr verdüstert. Ohne auf den Wechsel ins Englische zu achten, stürmte Giovanni in der Mundart ihres heimatlichen Padua auf ihn ein: »Knochig sagt du? *Knochig*? Meine Sarah? Sie hat die reizende Gestalt einer Elfe, zierlich, gewiss, doch ein Mann, der ihre lieblichen Brüste nicht sieht, ist kein Mann!« Dramatisch riss er die Hände in die Höhe. »Ihr Haar gleicht dem Honig, den ich auf ihren weichen Lippen koste, und …«

Himmel, hilf mir, dachte Francesco. Man durfte Verliebte nicht reizen, wenn man sich nicht einen fürchterlich sentimentalen Wortschwall einhandeln wollte. Das galt ganz besonders für seinen Bruder. Honig? Sarah Banne hatte Haar, das man mit einigem Wohlwollen als aschblond bezeichnen konnte. Über ihre Lippen vermochte Francesco nichts zu sagen; dachte er an diese Frau, fiel ihm zuerst ihre scharfe Zunge ein und ihr Wesen, das so ganz und gar nicht sanftmütig war, wie es sich für eine Frau ziemte.

»… ihr Gesicht hat die Form eines Herzens, meines Herzens, das ihr auf immer gehören wird«, fuhr Giovanni im Brustton der Überzeugung fort, »und ihre Augen sind wie das Meer …«

»Jetzt weiß ich, dass du blind bist. Sie hat keine grünen Augen«, unterbrach Francesco unwillkürlich auf Italienisch.

»Das Meer ist *blau*«, sagte Giovanni vernichtend. »Und Sarahs Augen sind es ebenfalls.«

Francesco entschied sich für ein anderes Argument, da es ohnehin nichts bringen würde, Giovanni darauf hinzuweisen, dass die Farbe von Sarahs Augen eher dem Grau einer Stahlklinge glich. Erneut sprach er englisch, damit sie ihn verstand, falls sie lauschte.

»Aber sie hat kein Geld. Was ist mit deinen Träumen, Gio Batta? Du findest reiche Braut, du kannst machen, was du willst. Studium, selbst jetzt noch. Frauen laufen dir hinterher, brauchst nur Richtige zu wollen, die dir kann wirklich geben, was Herz so lange schon ersehnt.« Wenn dem englischen Weibsstück wirklich etwas an seinem Bruder lag, dann würde sie begreifen, was sie zu tun hatte. Möglicherweise, das gestand Francesco sich ein, tat er ihr unrecht. Aber er würde nicht zulassen, dass Giovanni wegen einer kleinen Schwärmerei die Chance verlor, etwas aus seinem Leben zu machen. Das war er ihm schuldig, seit sie vor vielen Jahren als Jungen von zu Hause weggelaufen waren. Gio Batta hatte Rom sehen wollen, das ewige Rom, aus dem ihre Familie stammte, wie Papa fest behauptete; natürlich wollte er alleine gehen, doch Francesco hatte nicht lockergelassen und der große Bruder schließlich nachgegeben. Bis Ferrara waren sie gekommen; dann hatte der Händler, bei dem sie mitfahren durften, Geld haben wollen, und weil sie keines besaßen, hatte der Mann ihnen ihre Kleidung weggenommen. Francesco war in Tränen ausgebrochen, und Gio Batta hatte für ihn auf das Abenteuer verzichtet. Er war mit seinem kleinen Bruder nach Padua zurückgekehrt, obwohl er schon damals groß und stark genug war, um sich allein hätte durchschlagen zu können.

So war Gio Batta. Gutmütig bis zum Letzten. Keine Ausländerin sollte das ausnützen. Und wenn es schon eine sein musste, dann war es nur vernünftig, zu erwarten, dass sie reich war.

Es war nicht Sarahs Art, zu lauschen. Überdies sprach sie nur sehr wenig Italienisch, obwohl sie begonnen hatte, es zu lernen, als Überraschung für Giovanni. Dass sie einen Schritt näher an die Zeltplane herantrat, lag allein daran, dass sie es angenehm fand, Sätze zu hören, deren Sinn sie zwar kaum verstand, die aber von einer ganz besonderen Melodie durchzogen wurden. Eine Kindheit im Waisenhaus stellte sicher, dass man lernte, wegzuhören; wenn sie abends in ihrem Bett lag, hatte sie oft die Augen geschlossen und sich vorgestellt, auf einem Schiff zu sein, weit fort, auf einer Reise, und das Geschwätz der anderen war zu dem Gemurmel der Wellen und den exotischen Sprachen fremder Menschen geworden. Den Brüdern zuzuhören, empfand sie nun ähnlich.

Dann wechselte Francesco ins Englische und erhob seine Stimme gerade genug, um deutlich zu machen, dass er nicht nur im Zelt gehört werden wollte, und ihre träumerische Stimmung zerriss. Ein bitterer Geschmack verbreitete sich in ihrem Mund; sie konnte nicht entscheiden, ob er von Zorn herrührte oder der Demütigung, als knochige alte Jungfer bezeichnet worden zu sein. Rasch trat sie vom Zelt weg. Zu bleiben hätte bedeutet, dass sie auf Giovannis Antwort wartete, dass sie sich ihrer Sache nicht sicher war, dass sie ihm nicht vertraute. Nichts davon entsprach ihren Gefühlen.

Sarah presste die Lippen zusammen und wandte sich der gegenüberliegenden Bude zu, in der ein Steinesser inzwischen eine Schar von Bewunderern um sich geschart hatte. Mr. Merryman, der gleiche Ankündiger, der auch mit ihrem Verlobten arbeitete, schrie den Leuten zu, der unglaubliche Mr. Gargantua werde nun von Kieseln zu Pflastersteinen übergehen. Froh über die Ablenkung machte Sarah einen weiteren Schritt nach vorne, ohne zu bemerken, dass Bewegung in die Menge rechts von ihr kam. Ehe sie es sich versah, war jemand direkt in sie hineingerannt, so schnell und so heftig, dass er sie dadurch auf den Boden warf und auf sie fiel.

Es war der kleine Junge von vorhin. Er erkannte sie sofort. »Miss, Miss«, flüsterte er hastig, und sie verstand ihn kaum, weil er einen fürchterlichen irischen Akzent hatte, »Miss, sagen Sie, ich wär Ihr kleiner Junge, bitte. Ich will in kein Gefängnis nicht hinein, und in ein Arbeitshaus auch nicht.«

Sie wusste nicht, ob er sie für alt genug hielt, um einen Sohn wie ihn zu haben, oder für reich genug, um sich einen kleinen Pagen leisten zu können. Aber warum sollte sie einen Dieb decken, nachdem sie ihn schon einmal hatte gehen lassen? Der Junge rutschte von ihr weg.

»Bitte«, flüsterte er eindringlich, stand auf und streckte ihr seine Hand entgegen, um ihr aufzuhelfen, während hinter ihm empörte Rufe laut wurden. Die Hand war schmutzig, mit Nägeln, die abgekaut waren. Sarah fiel auf, dass er viel zu dünn für seine Größe war. Sie erinnerte sich an das Essen in Waisenhäusern. Sie erinnerte sich nur zu gut.

Die Minen, dachte Sarah, *die Minen.*

Sie stand auf, ohne seine Hand zu ergreifen, und klopfte sich den Staub aus den Röcken. Der Junge starrte sie verzweifelt an. Inzwischen hatte sein Verfolger, der sich als ein stattlicher Bürger entpuppte, dessen Gesicht rot vor Empörung war, ihn erreicht und am Rand seines zerlumpten Hemds gepackt. »Jetzt habe ich dich, du dreckiger kleiner …«, begann er, erblickte Sarah und schluckte den Rest hinunter. »Tut mir leid, Miss. Hat der kleine Schurke Sie ebenfalls bestohlen?«

Sie erinnerte sich an Rohrstöcke und Schläge auf die geöffneten Handflächen.

»Nein«, sagte Sarah. »Er … ist mein Diener.«

Das ungläubige Schnauben des Mannes festigte sie nur noch mehr in ihrem Entschluss. Sie wusste, was er in ihr sah; eine Frau in einem grauen Kleid, grau, weil man daran den Staub und die Abnutzung weniger gut erkennen konnte, eine Frau, die auf der Grenze zwischen Bürgertum und Dienstboten stand, wenn nicht bereits auf der falschen Seite.

»Mein Diener«, wiederholte Sarah und hörte, dass ihre Stimme ruhig und fest klang. »Ich gründe einen Hausstand. Mein Mann und ich brauchen ... Personal. Der Junge wird sich um Mr. Belzonis Requisiten und unser Gepäck kümmern.«

Der gerade noch ungläubige und forschende Blick des Mannes wurde verächtlich. Sie war gerade offenkundig in seiner Einschätzung vom Hausmädchen zur Jahrmarktvagabundin abgerutscht, genau wie Mrs. Stapleton es prophezeit hatte.

»Dieser Junge ...«, begann er drohend, wurde jedoch von einer tiefen Stimme unterbrochen.

»Sarah, mein liebwertester Schatz, warum wartest du denn hier draußen?«

Sie hatte ihm einmal, höchst diskret und darauf bedacht, nicht herablassend zu wirken, erklärt, dass man in England keine Koseworte in der Öffentlichkeit gebrauchte und sie voneinander vor Dritten als »Miss Banne« und »Mr. Belzoni« sprechen sollten, doch in diesem Moment hätte Sarah nichts lieber gehört. Giovanni trat hinter sie. Er trug normale Straßenkleidung statt Bärenfell und Federn, doch auch in Hosen und einer Jacke war er immer noch mehr als einen Kopf größer als die übrigen Besucher; den bestohlenen Herrn überragte er um zwei Haupteslängen.

»Unser Diener hier, der gute ...«, sagte sie hastig.

»Jemmy«, warf der Junge ein, der nicht zögerte, sein Glück zu nutzen.

»James«, sagte Sarah mit strenger Stimme, »hat offenkundig ein Missverständnis erregt. Mit diesem Herrn.«

Der Mann blickte von Giovanni zu ihr und wieder zurück. Dann sagte er mürrisch, doch weniger bedrohlich als zuvor: »Das war kein Missverständnis. Der kleine

Schurke hat versucht, mich meiner Börse zu berauben. Gerade eben.«

Wenn dem Mann tatsächlich die Börse fehlt, würde er nicht von einem Versuch sprechen, dachte Sarah. Offenbar war der Kleine als Dieb nicht sehr geübt.

»Das muss ein Missverständnis gewesen sein«, beharrte sie. »James ist ein guter Junge. Er würde dergleichen nie tun.«

»James«, sagte Giovanni, und der Name klang aus seinem Mund mehr wie *Giacomo,* »geh ins Zelt und lass dir dort von Mr. Francesco eine Tracht Prügel verabreichen.« Er wandte sich an den Jahrmarktsbesucher. »Wenn unser Diener Sie belästigte, Sir«, sagte er höflich, »wird er bestraft werden.«

»Belästigt?«, knurrte der Mann. »Bestehlen wollte er mich …« Doch er hatte den erschrockenen Blick gesehen, mit dem James auf Giovannis Anordnung reagierte, musterte sein Gegenüber und entschied offenbar, dass eine Tracht Prügel als Strafe für den Übeltäter genug war und es darüber hinaus nicht ratsam schien, sich mit einem solchen Hünen anzulegen. »Nun gut«, erklärte er. »Der Schlingel wird es Ihnen nicht lohnen, achten Sie auf meine Worte. Aber sei's drum. Für diesmal. Menschen, die zum Hängen geboren sind …« Mit einer Grimasse wandte er sich ab und ließ den kleinen Zuschauerkreis, der sich um sie versammelt hatte, hinter sich.

Sarah entschloss sich zu einer weiteren Geste, die ihr an einem anderen Tag in der Öffentlichkeit unangemessen erschienen wäre. Ihre Rechte stahl sich in die große, warme Hand Giovannis und drückte sie dankbar.

»Können wir jetzt wieder dem Mann beim Steineessen zugucken?«, fragte ein kleines Mädchen ihren Vater. Die Zuschauer wandten sich wieder um; Mr. Merryman begann erneut, lautstark die Künste von Mr. Gargantua anzupreisen.

Der talentlose Taschendieb dachte vermutlich, dies sei ein geeigneter Augenblick, um zu verschwinden, doch Giovanni streckte einen Arm aus und ergriff ihn bei den Schultern. Einen Augenblick später befanden sie sich alle im Zelt, wo der Junge ihnen nach einigem Zögern erzählte, er heiße Jemmy Curtin.

»James«, verbesserte Sarah erneut.

»Was hast du auf diesem Jahrmarkt verloren, Junge?«, fragte Giovanni freundlich und ging in die Knie, um ihm direkt in die Augen sehen zu können. James schien zu spüren, dass ihm hier keine Gefahr drohte und es nicht notwendig war, sofort wieder die Flucht zu ergreifen.

»Ich bin mit meinen Eltern vor einem Jahr aus Irland gekommen … und habe beide an die Cholera verloren«, murmelte er.

»Dummes Gerede«, sagte Francesco auf Italienisch zu seinem Bruder. Da er nicht vorhatte, für immer in England zu bleiben, hatte er sich wesentlich weniger Mühe gegeben, die Sprache zu lernen, und vermied, sie zu sprechen, wenn es ihm nicht gerade darauf ankam, gewisse Dinge deutlich zu machen. »Du glaubst das doch nicht etwa? Er versucht, als Bettler mehr Glück zu haben denn als Dieb!«

Sarah verstand ihren zukünftigen Schwager nicht und achtete auch nicht auf ihn. Sie musterte James Curtin und fragte sich, was aus ihm würde, wenn sie ihn jetzt wieder fortschickte. Wahrscheinlich hatte sie dann das Gefängnis oder das Arbeitshaus nur um ein paar Stunden hinausgezögert.

»Weißt du nicht, dass Stehlen falsch ist, *ragazzo?*«, fragte Giovanni. Der Junge erwiderte nichts, aber der Blick, mit dem er Giovanni Belzonis muskulöse Figur musterte, war vielsagend.

»Wo lebst du?«, fragte Sarah.

»Beim Würstchenverkäufer«, murmelte James, »Mr. Tablott.«

Sarah vermutete, dass der Würstchenverkäufer derjenige war, der den Jungen zum Stehlen losgeschickt hatte. »Nun«, sagte sie langsam, »wie es aussieht, lebst du dort nicht sehr gut. Man scheint sich weder um deine Seele noch um dein leibliches Wohl zu kümmern. Es wird wohl besser sein, wenn wir dich ...«

»Ich will nicht zurück ins Waisenhaus!«, rief der Junge verstört.

Sie biss sich auf die Lippen und schaute zu Giovanni. Er hob die Hand und begann, sein Kinn zu kneten.

»O nein«, sagte Francesco, immer noch auf Italienisch. »Gio Batta, ich kenne diesen Blick! Wie viele Leute willst du noch durchbringen?« Dann wechselte er ins Englische und wandte sich an Sarah. »Gewiss wollen nicht Ehe beginnen mit flohverseuchtem Nichtsnutz, Miss Banne? Oder ist ... Verwandter?«

Das genügte ihr. Sarah dachte an das, was sie vorhin gehört hatte, was sie hören hatte sollen. Außerdem war ihr klar, dass er mit »Verwandter« nicht »Neffe« oder »Cousin« meinte, sonst hätte die kleine Pause in seiner Frage keinen Sinn gehabt. Natürlich war klar, dass er nicht ernsthaft glaubte, dass sie einen unehelichen Sohn im Alter dieses Jungen hatte; er mochte sie für eine gefallene Frau halten, konnte aber rechnen. Nein, das war ganz deutlich eine Demütigung, aber eine, die er leugnen konnte, falls sie ihn beschuldigte, sie beleidigt zu haben. Nun, diese Genugtuung wollte sie ihm nicht bereiten. Mit einem milden Lächeln entgegnete sie stattdessen: »Natürlich ist er es nicht – doch wenn er es wäre, würde ich mir nie anmaßen, Mr. Belzoni darum zu bitten, auf die Gesellschaft eines Verwandten zu verzichten. Familienbande sind auch mir heilig.«

Während Francesco sie ungläubig anstarrte und sich überlegte, ob er wirklich gerade von dem englischen Weibsstück beleidigt worden war oder etwas missverstanden hatte, und

Giovannis Lippen zuckten, atmete Sarah einmal tief durch und sagte zu dem Jungen: »Du hast gewiss genügend Vorstellungen hier beobachtet. Glaubst du, dass du Mr. Belzoni zur Hand gehen könntest? Ihm die Gerätschaften reichen und beim Aufbau der Buden helfen? Du bekämst Kost und Kleidung dafür. Doch nur, solange du ehrlich bleibst.«

James schaute von ihr zu Giovanni, die Augen weit aufgerissen. Es war Sarah bewusst, dass sie eben etwas getan hatte, für das sie – selbst wenn sie und Giovanni bereits verheiratet gewesen wären – erst um Erlaubnis hätte bitten müssen. Außerdem war sie im Gegensatz zu dem, was Francesco glauben mochte, nicht blind. Wenn man selbst nicht mit Reichtum gesegnet war, dann war es nicht sehr vernünftig, sich einen ausgewiesenen Dieb in den gerade zu gründenden Hausstand zu holen.

Doch es gab auch eine andere Wahrheit. Sarah glaubte nicht an Tatenlosigkeit und das Abschieben von Verantwortung. Ihr war soeben die Möglichkeit gegeben worden, das Leben eines Kindes zum Besseren zu wenden, zu tun, was niemand für ihren Bruder getan hatte. Wenn sie den Jungen jetzt wieder auf die Straße schickte, dann wäre sie nicht besser als der Pharisäer, der an dem verwundeten Mann auf dem Weg vorbeigegangen war. Sie hatte die Lektionen ihrer eigenen Kindheit gut gelernt, die religiösen wie die praktischen.

»Kannst du treu sein, Giames?«, fragte Giovanni den Jungen, und Sarah fühlte die Dankbarkeit und Liebe, die sie für ihn empfand, überquellen. Francesco drehte sich auf dem Absatz um und stapfte zum Zelt hinaus.

»Er ist ein guter Junge«, sagte Giovanni später, als sie gemeinsam über den Jahrmarkt spazierten. Sarah brauchte eine Weile, um zu verstehen, dass er nicht von ihrem irischen Findling, sondern von Francesco sprach. »Heimweh hat er, das ist alles, und Sorgen macht er sich um unsere Familie und mich. Er wird noch lernen, dich als seine Schwester zu sehen, bestimmt.«

Das bezweifelte sie. Aber die Erinnerungen an eine Familie und Geschwister lagen zu weit zurück und waren zu wenige, als das sie sicher sein konnte. Etwas von dem, was Francesco so laut und deutlich gesagt hatte, ging ihr nach, und es waren nicht die unschmeichelhaften Worte über ihre Person.

»Giovanni«, sagte sie, und der Name, noch ungeübt statt des formellen *Mr. Belzoni,* glitt ihr überraschend leicht von den Lippen, »Giovanni, ich dachte, du wolltest immer schon Schauspieler werden und irgendwann auf einer echten Bühne stehen. Hast du wirklich von einem Studium geträumt?«

Er seufzte und nickte. »Ja, früher«, sagte er. »Ein Ingenieur wollte ich werden und Maschinen bauen wie der große Leonardo.« Sein Gesicht verfinsterte sich. »Mein Papa ist ein Barbier und hätte das nicht bezahlen können, aber die Patres in Rom hätten mich bestimmt umsonst genommen, wenn das korsische Ungeheuer nicht in unser Land gekommen wäre und alle jungen Männer von der Straße gefangen hätte wie wir die Vögel mit Leimruten. Francesco und ich wollten nicht in der Armee der Franzosen enden, und so haben wir die alten Träume hinter uns gelassen.« Einen Moment lang schwiegen sie, dann heiterte sich sein Gesicht wieder auf. »Aber nicht alle. Ich wollte schon immer die Welt sehen, *carissima*. Und das hat mich zu dir geführt.«

Er wusste, dass *Robinson Crusoe* das erste Buch gewesen war, das Sarah nach der Bibel lesen durfte, und dass sie seitdem vom Meer träumte, von anderen Ländern, anderen Völker. Der Ferne.

Giovanni blieb stehen und ergriff ihre Hände. Sarahs Finger waren kalt, wie meistens, zumal der Abend herandämmerte und es schnell kühl wurde. Seine Hände, groß genug, um in einer Handfläche ihre beiden zu bergen, glühten vor Wärme.

»Sarah«, sagte er, »wir werden gemeinsam reisen und die Welt sehen. Und die Welt wird uns sehen und sich an uns erinnern. Das verspreche ich dir.«

ERSTES BUCH

1815
Ankunft

KAPITEL 1

Mrs. B war beunruhigt, das konnte James sehen, selbst wenn sie es noch so gut versteckte. Nach zehn Jahren mit den Belzonis kannte er sich selbst mit den kleinsten Anzeichen aus. Er glaubte zu wissen, was ihr Sorgen machte. Das Malteser Publikum war es nicht. Niemand konnte schlimmer sein als die Schotten. In Gedanken an Edinburgh spuckte James aus, etwas, das er sich immer noch nicht hatte abgewöhnen können, obwohl er sich Mühe gab, es nicht in Mrs. Bs Gegenwart zu tun. Aber die Schotten waren das Ausspucken wert.

Mr. B hatte in Edinburgh für sie gespielt, keine einfache Nummer, nein, eine richtige Theaterrolle, in einem Spektakel namens *Valentin und Orson*. Er war der Orson gewesen, ein junger Prinz, der in der Wildnis bei einer Bärin aufwuchs. Im Lauf der Handlung wurde die Bärin von Jägern angeschossen und hatte in Orsons Armen zu sterben, nachdem er alle Jäger niedergerungen hatte. Normalerweise war das für Mr. B eine Kleinigkeit – nur in Edinburgh nicht, wo die dummen Schotten die Bärin von einem echten Bären spielen ließen, statt zwei Leute in ein Bärenfell zu stecken, wie sonst überall. Mr. B war tapfer, aber nicht seines Lebens müde und hatte das Tier deswegen auf Abstand gehalten. Das hatte das Publikum zum Zischen und Toben gebracht, dass man hätte meinen sollen, Napoleon selbst stünde auf der Bühne. »Gib deiner armen alten Mutter einen Kuss!«, hatten sie gebrüllt, die schottischen Schurken.

Das war Mr. Bs letzter Auftritt in Schottland und auf den britischen Inseln überhaupt gewesen. Nach einem Jahrzehnt gab es keinen Jahrmarkt mehr, auf dem er nicht mehrfach gastiert hatte, und kaum ein Theater, von *Sadler's Wells* in London, wo die Belagerung von Gibraltar mit riesigen Wasserbecken nachgestellt worden war, bis zum *Crow Street Theatre* in Dublin, wo man sich ebenfalls an einer Feuer-und-Wasser-Nummer versucht und dabei fast die Musiker ertränkt hatte. Es gab einfach nichts mehr, was die Belzonis in Großbritannien noch nicht erlebt hatten.

Deswegen hatten sie das Meer überquert und waren in Portugal und dem befreiten Spanien aufgetreten. Jetzt, wo der Korse endlich besiegt und nach Elba geschickt worden war, hielt Mr. B das Reisen auf dem restlichen Kontinent wieder für sicher. Sicherer als in Schottland war es allemal. Selbst die Malteser, die ein ziemlich eingebildeter Haufen waren mit ihrer Rittervergangenheit und sich mit dem Applaus oft zierten, hatten ihnen keine lebenden Bären auf den Hals gehetzt. Da sich Mr. Bs Engagement im *Manoel* seinem Ende näherte, standen sie vor einer Entscheidung. Mr. B war ehrgeizig. Er hatte gehört, dass der Sultan in Konstantinopel die besten Akrobaten aus allen Ländern zu sich rief und reich belohnte; die Herrscher des Orients verfügten, den Geschichten nach, die man sich erzählte, alle über unendliche Schätze. Aber er hatte auch Heimweh, vor allem, seit sein Bruder Francesco, den James kein bisschen vermisste, zu seinen Eltern zurückgekehrt war, und Italien lag näher als Konstantinopel. James war bereit, jede nur mögliche Summe, die er nicht hatte, darauf zu wetten, welche Aussicht Mrs. B seit Tagen im Magen lag.

»Wird schon Konstantinopel werden«, sagte er tröstend und half ihr beim Aufstellen der Reisekörbe, die im einen wie im anderen Fall gepackt werden mussten. »Italien ist immer da. Und ich hab Mr. B selbst sagen hören, dass er die Pyramide nicht gar so viele Jahre mehr wird vorführen können. Da zeigt er sie dem Sultan doch bestimmt lieber jetzt!«

Mrs. B krauste die Stirn, aber sie nickte.

»Hier in Malta erzählen sie einem gruselige Geschichten von den Türken«, sagte James, der ein Talent dafür hatte, sehr schnell so viel von einer fremden Sprache aufzuschnappen, wie nötig war, um auf Märkten zu handeln und die haarsträubendsten Gerüchte in Erfahrung zu bringen. »Dass sie kleine Kinder gegessen haben während der Belagerung und einem sofort die Kehle durchschneiden, wenn man ein Christ ist.«

»Die Belagerung Maltas liegt fast dreihundert Jahre zurück«, sagte Mrs. B mit ihrer sachlichen, vernünftigen Stimme und begann, das Bettzeug zusammenzulegen, das sie aus England mitgebracht hatte, weil sie dem in ausländischen Herbergen nicht traute. »Wer will das heute noch so genau wissen ...«

»So lange schon?«, fragte James enttäuscht. Auf dem Markt hatte es so geklungen, als sei es gestern gewesen. Er hatte sich schon darauf gefreut, die Belzonis mit dem Schwert zu verteidigen. Nicht, dass er ein Schwert besaß, aber die Türken hatten welche, und Mr. B würde ihm bestimmt gestatten, eines zu kaufen, wenn es nötig war.

»Außerdem hat die Regierung Seiner Majestät einen Botschafter in Konstantinopel. Das wäre wohl kaum möglich, wenn Christen dort die Kehle durchgeschnitten würde«, fuhr Mrs. B fort und zerstörte mit ihrer vernünftigen Art seine spannendsten Tagträume.

»Vielleicht geht es ja doch nach Padua«, sagte James schnell, um ihr die Zerstörung seiner Belagerungsphantasie heimzuzahlen, und bereute es sofort. Mrs. B war sein ein und alles; er wollte ihr keinen Kummer machen. Doch manchmal konnte sie einen dazu bringen, die Wände hochzugehen. Wie sie es fertig gebracht hatte, zehn Jahre lang mit Mr. B auf Bühnen und Budenbrettern zu stehen und mit den abgehärtetsten Managern um gute Plazierungen der Nummer zu verhandeln, ohne sich auch nur das Fluchen anzugewöhnen, wusste James nicht, aber so war es nun einmal. Manchmal dachte er, wenn Mr. B ein Engagement in der Hölle annehmen würde, dann wäre Mrs. B imstande, dem Teufel selbst eine Lektion in Manieren zu geben, während ringsherum alle Ungeheuer der Unterwelt aufmarschierten. James war sich nie sicher, ob er das an ihr bewunderte oder sich nicht doch wünschte, sie einmal, nur einmal wirklich ihre Beherrschung verlieren zu sehen.

Zu seiner Erleichterung hörte er Mr. B die Treppe hochkommen. Es konnte kein anderer sein; bei seiner Größe und seinem Gewicht bestand keine Gefahr, seine Schritte mit denen eines anderen zu verwechseln.

Mr. B öffnete die Tür und strahlte sie an. »Sarah«, rief er, und breitete die Arme aus, »Sarah, James, wir werden die Reise aller Reisen unternehmen! Was denn, noch nicht gepackt? Ich habe dem Kapitän versichert, dass wir morgen früh auf dem Schiff sein werden, wenn es ablegt!«

»Dann geht es nach Konstantinopel?«, fragte James hoffnungsvoll.

»Bah«, sagte Mr. B mit einer wegwerfenden Geste und schnalzte missbilligend mit der Zunge. »Konstantinopel, was soll uns das!«

James' Herz sank. Er traute sich nicht, zu Mrs. B hinüberzublicken. Hoffentlich war der Rest der Belzonis nicht so wie Francesco, der ihm immer eins hinter die Ohren gegeben hatte, wenn sich ihm die Gelegenheit dafür bot.

»Nein«, fuhr Mr. B fort, trat zu Mrs. B, packte sie um die Taille und hob sie hoch, als sei sie eines seiner leichtesten Übungsgewichte, »wir segeln nach … Ägypten!«

Mrs. B lachte, als er sie herumwirbelte. Sie hatte die dreißig inzwischen hinter sich gelassen, doch ihre Figur war noch so zierlich wie damals, als James sie kennengelernt hatte, was in einigen von Mr. Bs Nummern hilfreich war. Wenn Mr. B den Samson von Patagonien gab, traten Mrs. B und James in türkischen Pluderhosen als zwei der zwölf Personen auf dem Gestell auf, und selbst Francesco hatte einmal geknurrt, wenigstens könne man sich bei dem englischen Weibsbild darauf verlassen, dass es nicht zunähme, im Gegensatz zu den meisten anderen Frauen und dem »dummen Jungen«. James hatte keine Meinung über Mrs. Bs Figur; das wäre ihm respektlos erschienen. Ein Kind war er aber schon lange nicht mehr. Also nutzte er die Gelegenheiten, die sich boten, wenn es in anderen Nummern Frauen in Kostümen gab und diese sich hinter der Bühne umkleiden mussten. Manchmal wurde man erwischt und es setzte Ohrfeigen … aber meistens war es die Sache wert.

»Ich wusste nicht, dass es in Ägypten auch Jahrmärkte gibt«, sagte er.

Mr. B setzte Mrs. B ab, machte eine weitere seiner dramatischen Handbewegungen und dröhnte: »Ich bin nicht als Akrobat nach Ägypten eingeladen worden!«

»Eingeladen?«, wiederholte Mrs. B erstaunt.

»In der Tat.« Er machte eine geheimnisvolle Miene. »Der Pascha von Ägypten höchstpersönlich hat um Giovanni Belzonis Hilfe ersucht!«

Nun war es nicht so, dass James Mr. B für einen Lügner hielt. Aber mit einigen von Mr. Bs Behauptungen war es eben so wie mit den Ankündigungen, die James selbst für Mr. B. auf den Jahrmärkten Englands, Schottlands, Spaniens und Portugals gebrüllt hatte: Sie stimmten … *in gewisser Weise.* Die Wahrheit in ihnen war wie ein Kern, den man mit besonders leuchtenden Farben angemalt hatte. Also nahm er das, was Mr. B gerade sagte, nicht wörtlich; worauf man sich verlassen konnte, war, dass irgendjemand in Ägypten Mr. B tatsächlich engagiert hatte.

James wusste nichts über Ägypten, außer dass Nelson dort irgendwann Napoleon besiegt hatte und dass einige Zeit vorher die Kinder Israels das Land verlassen konnten, nachdem sein Pharao von sieben Plagen heimgesucht worden war. So stand es in der Bibel, mit der Mrs. B ihm das Lesen beigebracht hatte.

»Aber Mr. B«, fragte er neugierig, »was sollen Sie denn für ihn tun, wenn nicht Ihre Kunststücke vorführen?«

Mr. B reckte das Kinn. »Seine Hoheit der Pascha«, sagte er, »sucht europäische Ingenieure.«

»Giovanni ...«, begann Mrs. B in dem Tonfall, den sie stets für ihren Mann reserviert hielt und in den sich Stolz mit Sorge mischte. Mr. B begeisterte sich so glühend für Dinge, dass er manchmal völlig übersah, was sie alles für Haken haben konnten. Auf diese Weise war er zu dem Engagement in Edinburgh gekommen; er hatte es fertig gebracht, die Klausel mit dem echten Bären völlig zu übersehen, und als Mrs. B sie entdeckte, waren sie alle schon auf dem Weg nach Schottland.

»Für Wassermaschinen«, fuhr er fort. »Ich habe bei der großen Wassermaschine von *Sadler's Wells* mitgebaut, wie du sehr wohl weißt, und die hat immerhin eine ganze Bühne geflutet. Mr. Dibdin hat mein Talent damals selbst gelobt. Also kann ich auch eine Wassermaschine bauen, die dem Pascha dabei hilft, seine Äcker zu bewässern!«

James konnte sich an das große Spektakel erinnern, bei dem einer von Nelsons Siegen nachgestellt worden war. Es stimmte, Mr. B hatte geholfen ... hauptsächlich beim Tragen von schweren Rohren, die sonst nur mehrere Leute zusammen heben konnten, soweit James es beobachtet hatte, doch vielleicht war ihm Wichtiges entgangen.

»Das ist meine Bestimmung«, schloss Mr. B. »Ich habe es gewusst. Ich habe es immer gewusst! Schluss mit dem Vagabundendasein. Du wirst die Frau des Mannes sein, der

Ägypten in das Land verwandelt, in dem Milch und Honig fließen, mein Schatz!«

»Giovanni«, sagte Mrs. B behutsam, »erzähl mir alles von Anfang an. Wer genau hat dich engagiert? Wie kam es dazu?«

Mr. B teilte ihr mit, er würde ihnen alles erzählen, aber bei einem Mahl, wie es sich für die Feier eines neuen Lebens gehörte, und wollte nichts davon hören, dass erst zu Ende gepackt werden musste. Wenn er in dieser Stimmung war, ließ er sich von nichts abbringen, und so saßen sie binnen kurzem in einer Schenke bei Oliven und frisch gebratenem Fisch, während Mr. B von seiner Begegnung mit einem gewissen Kapitän Ismail Gibraltar in einem Kaffeehaus erzählte. Der Name klang für James genauso echt wie »der Samson aus Patagonien« oder irgendeiner der anderen Jahrmarktsnamen, und er hoffte, dass Kapitän Gibraltar zumindest auch einen wahren Kern hatte, genau wie Mr. B. Auf jeden Fall hatte dieser Ismail Gibraltar sich als Beauftragter des Herrschers von Ägypten ausgegeben, der kein Sultan, sondern ein Pascha war und offenbar noch nicht lange an der Macht am Nil.

»Wenn der Pascha europäische Ingenieure für sein Land braucht«, fragte Mrs. B, »warum schickt er seine Gesandten dann nicht zu den Universitäten?«

»Das hat er wahrscheinlich«, sagte Mr. B. »Aber die feinen Gelehrten werden sich zu gut dafür gewesen sein, sich auf ein Abenteuer bei den Muselmanen einzulassen.«

»Vielleicht wollten sie auch zuerst Geld sehen?«, mutmaßte James. Mr. B warf ihm einen vernichtenden Blick zu.

»Mir ist ein Gehalt versprochen worden. Ich werde angemessen entlohnt werden, und man wird mir alles zur Verfügung stellen, was ich für die Konstruktion brauche. Eine Wassermaschine baut sich schließlich nicht aus dem Nichts.

Glaub mir, Junge, ich habe an alles gedacht. Aber es gibt etwas, das ihr beiden nicht vergessen dürft.« Er wurde ernst. »Wir sollten kein Wort darüber verlieren, dass ich, nun … eine andere Ausbildung habe als andere Ingenieure. Der große Belzoni, der Samson von Patagonien, das ist etwas, das den Pascha nicht zu kümmern braucht. Es gibt ihn nicht mehr, *capisce?* Im Übrigen«, schloss Mr. B mit einem bitteren Lächeln, »war das ohnehin nur eine Frage der Zeit. Es steht einem Mann von fünfunddreißig Jahren nicht an, sich immer noch für die Menge zum Affen zu machen, wenn er will, dass man ihn respektiert.«

James, der sich stets bewusst war, dass er irgendwo im Gefängnis säße oder in einem Armengrab läge, wenn er den Belzonis nicht begegnet wäre, nickte sofort – und sprach nicht aus, was er dachte: Mit fünfunddreißig Jahren konnte man nicht mehr lange den stärksten Mann der Welt verkörpern. Mr. B war für ihn nicht nur ein Gigant, zu dem er aufsah, sondern auch der Vater, den er sich immer gewünscht hatte. Aber wenn man auf Jahrmärkten aufwuchs, dann wusste man, was auf starke Männer wartete, wenn sie erst einmal die vierzig überschritten hatten; im besten Fall nahm man sie noch als Hilfskräfte mit, die beim Bühnenaufbau halfen. So etwas kam für Mr. B natürlich nicht in Frage.

Mrs. B blickte skeptisch drein. Zuerst dachte James, es läge daran, dass Mr. B von ihr verlangte, die Wahrheit ein klein wenig zu verbiegen, doch dann erinnerte er sich daran, dass Mrs. B. ihre Bibeltreue durchaus mit der praktischen Auffassung verband, dass Lügen in der Not gerechtfertigt waren. Nein, was sie zweifeln ließ, musste etwas anderes sein.

»Ich hoffe, der Pascha steht zu den Versprechen seiner Beauftragten«, sagte sie.

»Ägypten, Sarah«, sagte Mr. B beschwörend.

Ihre Stirn glättete sich, und ihr Gesicht wurde weich.
»Ägypten«, wiederholte sie.

Als Sarah an Bord der *Benigno* stand und auf die weißen Häuser von Valetta zurückblickte, die sich wie Vogelnester an den Felsen schmiegten, bemerkte sie auch die rot und grün gestreifte Barken mit ihren Segeln aus Kattun. Während das Schiff sich langsam aus dem großen Hafen von Malta entfernte, erschienen ihr die Barken wie bunte Vögel, die zwischen den schweren, wuchtigen Streitrössern der Ozeane hin und her flogen. Der Wind kam vom Land her und blies ihr ins Gesicht; ein wenig kam sie sich selbst wie ein Vogel vor, hoch genug über der azurblauen Meeresoberfläche, um von der Gischt nicht berührt zu werden. Sarah genoss das Gefühl. Die Brise umspielte sie, fuhr in ihre Haare und versuchte, sie aus der strengen Frisur zu lösen. Sarah ertappte sich dabei, wie sie sich wünschte, in den Nacken zu greifen und den Knoten zu öffnen, zu fühlen, wie der Wind ihr Haar zerzauste. Sie schloss die Augen und atmete tief ein. Die Luft schmeckte nach Salz; Sarah roch das Meer und die alten Planken, auf denen sie stand. Tief unter ihr schlugen die Wellen gurgelnd gegen den Schiffsrumpf. Sie hob das Gesicht in Richtung Sonne und überließ sich ganz den Eindrücken, die auf sie einströmten.

Natürlich war dies nicht ihre erste Seereise, und doch fühlte es sich für Sarah an, als würde sie zum ersten Mal aufbrechen, zum ersten Mal all die Geräusche und Gerüche des Meeres in sich aufsaugen. Sie wünschte, Giovanni würde neben ihr stehen und dieses Erlebnis mit ihr teilen, doch sie konnte sich nicht überreden, diesen kostbaren Moment zu unterbrechen, um ihn zu holen. So stand sie an der Reling, mit allen Sinnen genießend, aber äußerlich gefasst wirkend, so wie man sie kannte, bis ihr die Seeleute rieten, unter Deck zu gehen, um ihr Gesicht nicht zu verbrennen. Da wurde ihr nicht nur das leichte Glühen ihrer Haut bewusst, sondern auch der Umstand, dass sie ihr Korsett heute Morgen zu locker geschnürt haben musste; es scheuerte ein wenig und hielt sie nicht so aufrecht, wie es sollte. Sie trat von der Reling zurück, doch mit dem Schatten, der von einem Vordach auf sie fiel, kehrten auch die Sorgen zu ihr zurück.

Sarah hatte keine Gelegenheit gehabt, dem Beauftragten des Paschas selbst zu begegnen. Ismail Gibraltar war, wie Giovanni erklärte, in Malta geblieben, um von dort aus bald nach Italien weiterzureisen und weitere europäische Wissenschaftler und Handwerksmeister anzuwerben. Immerhin hatte er den Belzonis einen Brief an seinen Herrn mitgegeben, der Giovannis Dienste anpries. Natürlich konnte keiner der beiden ein Wort davon lesen. Sarah hatte sich das Dokument mit den seltsamen Schriftzeichen aushändigen lassen und war damit im Hafen von Valetta so lange von Mann zu Mann marschiert, bis sie jemanden fand, der in der Lage war, ihr den Brief zu übersetzen.

Ein Jahrzehnt des Lebens mit Giovanni war in vielerlei Hinsicht wunderbar gewesen; sie hatte sich stets lebendig gefühlt, auch und gerade wenn sie ihm auf der Bühne in einem Kostüm assistieren konnte. Sie hatte immer wieder Neues erlebt und ihre Entscheidung für ihren Gatten keinen Wimpernschlag lang bereut. Sarah und Giovanni hatten keine Kinder, und manchmal fragte sie sich, ob dieser Mangel der Preis war, den Gott sie für ihr erfülltes Leben zahlen ließ. Doch wenn sie sich vorstellte, einer ungewissen Zukunft mit Säuglingen entgegenzusehen, dann musste sie anerkennen, dass es sich auch um eine Gnade handeln konnte.

Die Aussicht, ein so fernes Land wie Ägypten zu besuchen, stimmte sie durchaus freudig; sie hatte auch keine Angst davor, umgeben von Menschen zu sein, deren Sprache sie nicht verstand. Daran war sie mittlerweile gewöhnt. Aber sie wollte sicherstellen, dass Giovanni, James und sie selbst dort nicht von der Hand in den Mund leben würden. Vor allem, wenn Giovanni tatsächlich mit dem Akrobatenleben aufhören wollte. Sie wusste, dass er an die Zukunft dachte, an das, was auf ihn zukam, wenn seine Kraft nachlassen und ihm kein Einkommen mehr sichern würde; erst gestern hatte sie ihn dabei ertappt, wie er sich mit gequältem Gesichtsausdruck ein graues Haar aus dem Bart zupfte. Sarah hatte nichts dazu gesagt, aber ihre Hand auf die seine gelegt und den Ring, den sie ihm geschenkt hatte, unter ihren Fingern gespürt.

Der Brief, so stellte sich heraus, als man ihn ihr übersetzte, war nicht nur ordentlich gesiegelt, sondern klang auch echt, aber man sagte ihr, er sei mit arabischen Buchstaben in türkischer Sprache geschrieben. Das beschäftigte sie noch, als der Kapitän des Schiffes, Pietro Pace, zu ihr trat und höflich seinen Kopf neigte. Er hatte sie bereits begrüßt, als sie an Bord gekommen waren und Giovanni die Passdokumente vorgewiesen hatte, die für sie alle drei ausgestellt worden waren, also musste er nun wohl ein Gespräch suchen.

»Signora Belzoni«, sagte er und fügte etwas hinzu, das sie nicht verstand.

»Mein Italienisch ist mehr schlecht als recht, fürchte ich.« Sarah war verlegen; sie hatte ihre Sprachkenntnisse eigentlich für gut gehalten, bis sie die ersten Italiener gehört hatte, die nicht Giovanni und sein Bruder waren und völlig andere Dialekte sprachen, noch dazu in einem Tempo, das sie schwindlig werden ließ. »Könnten Sie bitte langsamer …«

»Aber selbstverständlich«, sagte Kapitän Pace und wiederholte: »Gibt es etwas, das ich für Sie tun kann, Signora?«

Sie wollte schon verneinen, als sie begriff, warum er fragte. Als Nächstes würde er sie bitten, unter Deck zu gehen. Sie, Giovanni, der bereits unter Deck war und eifrig an einem Entwurf für eine Wassermaschine zeichnete, und James waren nicht die einzigen Passagiere, doch Sarah war die einzige Frau. Offenbar war der alte Aberglaube über Frauen an Bord eines Schiffes noch verbreiteter, als sie angenommen hatte.

»Ja, Kapitän«, entgegnete sie mit liebenswürdigem Lächeln. »Sie haben Ägypten bereits öfter bereist, nicht wahr?«

»Ich war in Alexandria«, sagte Pietro Pace. »Den Rest des Landes, nun …« Er zuckte vielsagend die Achseln. »Ich bin Seemann, Signora.«

»Darf ich Ihnen trotzdem eine Frage stellen? Ich verstehe nicht, warum ein Brief an den Herrscher von Ägypten in türkischer Sprache geschrieben ist.«

»Ah.« Der Kapitän warf sich in Positur. *Man gebe einem Mann die Gelegenheit, eine Frau zu belehren,* dachte Sarah ohne Groll, *und er wird sie ergreifen.* Genau deswegen hatte sie gefragt … und auch, um den Zeitpunkt des Unter-Deck-Gehens noch etwas hinauszuzögern. Sie konnte sich noch gut an die stickige Luft in den Kabinen auf ihren bisherigen Schiffsreisen erinnern und an die unweigerliche Übelkeit, die sie dort befiel.

»Ägypten, Signora«, erklärte Pietro Pace, »ist eigentlich ein Teil des türkischen Reiches. Es zahlt Abgaben und Tribute an die Pforte in Konstantinopel, obwohl die guten Zeiten für die Türken schon seit gut hundert Jahren vorbei sind.«

»Die Pforte?«

»So spricht man im Allgemeinen von der türkischen

Regierung. Die Bezeichnung geht auf den Palast in Konstantinopel zurück. Jedenfalls gehört Ägypten seit Jahrhunderten zum türkischen Reich, aber diejenigen, die am Nil tatsächlich herrschten und die Abgaben eintrieben, waren ehemalige Sklavensoldaten, die Mamelucken. Jedenfalls war es so, bis der Kaiser dort einmarschierte.«

Sarah warf ihm einen scharfen Blick zu. »General Bonaparte, meinen Sie?« Seit sie England verlassen hatte, war sie des Öfteren auf Menschen gestoßen, die von dem Mann nicht als »das korsische Ungeheuer« oder »Boney« sprachen, sondern ihm voller Respekt seinen angemaßten Titel gaben. Als Engländerin konnte sie nicht anders, als das zutiefst zu missbilligen.

Der Kapitän hüstelte. »Nun ja«, sagte er. »Die Nachrichten von seiner Rückkehr aus Elba haben sich bestätigt, und der Einzug des Kaisers in Paris ist ...«

»*General* Bonaparte wird es noch bereuen, den Ort seiner wohlverdienten Verbannung verlassen zu haben«, unterbrach Sarah ihn, die wie Giovanni entsetzt über die ersten Gerüchte gewesen war und es lange Zeit nicht hatte glauben wollen, voll Überzeugung. »Ganz Europa steht gegen ihn. Seine blutige Tyrannis wird ihr endgültiges Ende finden.« Sie konnte nicht umhin, hinzuzufügen: »In Ägypten hat sie es schon vor vielen Jahren getan, nicht wahr? Er hat sich schmählich zurückziehen müssen, nachdem ihn britische Tapferkeit in seine Schranken verwiesen hatte.« Nelsons Sieg am Nil und die darauf folgenden britischen Triumphe waren etwas, was sie Mrs. Stapleton seinerzeit ausgiebig vorlesen musste; sie hatten sich beide in seltener Einmütigkeit für den Seehelden begeistert.

»So kann man es auch sehen, Signora«, sagte der Kapitän diplomatisch. »Aber, mit Verlaub, die Engländer haben auch nichts auf die Beine gestellt in Ägypten. Sie haben die Mamelucken unterstützt, und die wollten die Ägypter noch weniger zurückhaben als die Franzosen. Deswegen hat die Pforte neue Truppen geschickt. Und einer der Soldaten, die damals ins Land kamen, war Mehemed Ali. Der hat es geschafft, die Engländer zu vertreiben, mit den Mamelucken kurzen Prozess zu machen, sich selbst an die Spitze zu setzen und die Pforte vor vollendete Tatsachen zu stellen: Wenn sie weiter Abgaben haben wollten, mussten die Türken ihn anerkennen. Hat ein paar Jahre gedauert und verlief sehr blutig, aber jetzt macht ihm keiner mehr die Macht streitig. Er ist der Pascha, und das wird wohl auch so bleiben.«

»Ein Usurpator also«, sagte Sarah langsam, »wie General Bonaparte.«

»Hat die Dinge auch ähnlich fest im Griff«, bestätigte der Kapitän mit einem verdächtigen Mangel an Missbilligung. »Für unsereins ist das gut. Vor ihm hat in diesem gottverlassenen Land Willkür geherrscht. Soldaten, die keinen Sold bekommen haben, sind durch die Straßen gezogen, und jeder, der nach Geld aussah, war Freiwild. Früher durften christliche Schiffe nur in dem östlichen Hafen von Alexandria anlegen, und der ist voller Felsen und Abfall. Und der Handel, na, viel gab es nicht, was erlaubt war. Aber Mehemed Ali hat sich in den Kopf gesetzt, Ägypten aus dem Mittelalter herauszuholen, und das bedeutet, dass die *Benigno* im westlichen Hafen anlegen wird, genau wie die muslimischen Schiffe. Europäische Güter sind in diesem Land nun sehr gefragt.« Er warf ihr einen pfiffigen Blick zu. »Wie die Wassermaschine, die der Herr Gemahl bauen wird. Es wird doch eine Wassermaschine werden, hm?«

Falls er damit unterstellte, dass er Giovannis Geschichte nicht glaubte, musste sie diesen Verdacht gleich hier und jetzt beenden.

»Ja«, sagte Sarah auf ihre kühle, überlegene Art und verzichtete darauf, leidenschaftliche Erklärungen über die

Kompetenz ihres Gatten zu geben. Protest hätte sich danach angehört, als seien sie Lügner. Und das war nicht der Fall: Giovanni hatte tatsächlich mehrmals bei der Entwicklung der Wassermaschinen mitgeholfen, die bei den großen Spektakeln ganze Bühnen unter Wasser setzten. Er hatte nicht studiert, doch er besaß Talent für alles Handwerkliche und praktische Erfahrung. Er konnte das, was er zeichnete, selbst bauen. Dazu waren gewiss nicht viele Ingenieure in der Lage. Außerdem besaß er Willenskraft und mehr Begeisterungsfähigkeit, als Sarah je bei einem anderen Menschen erlebt hatte. Wenn er sich vornahm, eine Wassermaschine zu bauen, dann würde ihm das gelingen. Man musste ihn nur vor den Vorurteilen der Menschen bewahren, die nicht verstanden, dass all diese Tugenden mehr zählten als das theoretische Wissen, das man sich für viel Geld an Universitäten erkaufen konnte.

»Keine Pyramide?«, fragte der Kapitän scheinbar harmlos nach.

Sarah war nun sicher, dass er eine von Giovannis Vorstellungen im Manoel erlebt hatte, als sein Schiff längere Zeit im Hafen lag. Vermutlich wartete er darauf, dass sie die Augen niederschlug und errötete.

»Nein, keine Pyramide. Davon soll es in Ägypten bereits genug geben«, sagte Sarah und sah ihm weiter direkt ins Gesicht. Zu ihrer Überraschung lächelte Pietro Pace.

»Das stimmt, obwohl es mich wundert, dass sie noch nicht zugeschüttet sind, bei dem ständigen Wind und all dem Flugsand. Ich bin mir sicher, dass Signor Belzonis Maschine dieses Schicksal erspart werden wird – es scheint mir so, als sei er einer der glücklichen Männer, die vor solchen Problemen geschützt werden.« Dann sagte er, nun wieder mit einem ernsten Gesichtsausdruck: »Aber nun möchte ich Sie wirklich bitten, unter Deck zu gehen, Signora. Je nach Wind haben wir zwei bis drei Wochen Fahrt vor uns, und es hat keinen Sinn, die Männer jetzt schon zu reizen. Nichts für ungut, aber für Seeleute gehören Frauen nun einmal an Land und nicht auf das Meer.«

Es blieb ihr nichts anderes übrig, als dieser direkten Aufforderung nachzukommen, also stieg Sarah die Treppe hinab in das Schiffsinnere und machte sich auf den Weg zu dem winzigen Raum, den man ihr und Giovanni zugeteilt hatte. Wie alle Passagiere und Mannschaftsmitglieder schliefen sie in Hängematten, die übereinanderhingen, was in Giovannis Fall bedeutete, dass seine Arme und Beine ständig auf dem Boden schleiften. Sowohl die Überfahrt von England auf den Kontinent als auch die Reise von Sizilien nach Malta hatte nicht lange gedauert, aber nun würden sie sich auf mehrere Wochen in diesem Quartier einrichten müssen. Sarah seufzte.

Giovanni kniete vor dem Koffer, auf dem er eine Zeichnung ausgebreitet hatte, doch als sie eintrat, setzte er sich auf seine Fersen zurück und überließ die Zeichnung sich selbst.

»Es wird unsere Reise ins Glück werden, Sarah«, sagte er gut gelaunt, stand auf und zog sie in seine Arme. Sie legte den Kopf an seine breite Brust und spürte, wie seine Brusthaare ihre Wange kitzelten. Es war stickig unter Deck, so ganz anders als gerade eben, als der Wind ihr noch ins Gesicht gefahren war, und ihre Röcke klebten an ihren Beinen; Giovanni hatte sich bereits von allem bis auf seine Hosen befreit. Sarah schlang ihre Arme um ihn, ihre Hände streichelten seinen nackten Rücken. Einen Moment lang erlaubte sie es sich, das Gefühl von Geborgenheit zu genießen, das sie in seiner Umarmung empfand. Jeder Zoll seiner Haut, jeder Muskel, der unter ihren Fingerspitzen spielte, war vertraut und geliebt; nach einem Jahrzehnt konnte sie sich nicht mehr vorstellen, ohne ihn zu sein.

Noch einmal atmete sie seinen Duft ein, dann drückte sie

ihn von sich, um keine Wünsche aufkommen zu lassen, die an diesem Ort und zu diesem Zeitpunkt nicht erfüllt werden konnten. Es überraschte sie manchmal, wie ihr Körper auch nach zehn Jahren mit Giovanni auf seinen Anblick, seine Hände, sein erkennbares Begehren reagierte. Zu Beginn ihrer Ehe war sie schockiert über sich selbst gewesen und hatte sich gefragt, ob etwas mit ihr nicht stimmte; im Waisenhaus war immer nur von »ehelicher Pflicht« und »angemessenem Verhalten« die Rede gewesen, nicht von eigenem Vergnügen. Diese Zeit war lange vorbei, und inzwischen war es selbstverständlich für sie, ihn ihr Verlangen wissen zu lassen. Doch nun musste sie vernünftig sein. »Wir sollten uns ausruhen, Giovanni«, sagte sie, auch wenn sie wusste, dass sie dazu von nun an mehr Gelegenheit haben würde, als ihr lieb war.

»Du meinst, so gut uns das in diesen Dingern möglich sein wird?« Er musste sich regelrecht einrollen, um in der Hängematte Platz zu finden, und bat Sarah, ihm noch einmal aus den Briefen von Lady Mary Wortley Montagu vorzulesen, die als Gattin des englischen Botschafters in Konstantinopel vor fast einem Jahrhundert das Leben im Osmanischen Reich beschrieben hatte. Giovanni hatte das Buch gekauft, als Konstantinopel noch ihr Ziel gewesen war, und sie hatte es nicht über sich gebracht, es in Malta zurückzulassen.

Sarah schlüpfte aus ihrem Kleid und dem Korsett und kletterte in Hemdchen und Unterrock auf einen Schemel und von dort in die obere Hängematte. Sie fühlte dabei seine Blicke liebkosend auf ihren Beinen; ein Lächeln spielte um ihren Mund, während sie beinahe bedauernd nach dem Buch griff. Das Licht in der Kajüte war dämmrig und nicht gut für die Augen, aber bis sie wieder an Land gingen, würden sie sich eben damit abfinden müssen. Sie suchte einen Brief von Lady Mary über die Vorzüge des Reisens heraus, um sich genauso wie Giovanni aufzumuntern.

Bereits nach den ersten Sätzen konnte sie seine kräftigen

Finger spüren, die sich von unten in ihre Schultern gruben und sie massierten. Drei Wochen in Hängematten würden auch noch in anderer Hinsicht hart sein … Das Gefühl von Giovannis Fingerspitzen auf ihrer nackten, verschwitzten Schulter ließ sie genießerisch mit dem Lesen innehalten. *Vielleicht,* dachte Sarah, *vielleicht gibt es doch Möglichkeiten, um hier ungestört …*

»Mr B! Mrs B! Sie werden nicht glauben, wo die mich untergebracht haben«, rief James, der genau in diesem Moment hereinstürzte; Sarah biss sich auf die Unterlippe, um ein ebenso unpassendes wie enttäuschtes Aufseufzen zu vermeiden. Sie war keine Frau, die schnell die Fassung verlor und fluchte – aber in diesem Moment hätte sie ihrem Ärger darüber, dass James nach zehn Jahren immer noch nicht gelernt hatte, dass es angebracht war, zu klopfen, nur zu gerne Luft gemacht.

»Wir werden es glauben, wenn du es uns erzählst, *raggazo*«, sagte Giovanni gutmütig. Der sanfte, herausfordernde Druck auf Sarahs Rücken verschwand.

Wie die Diener der anderen Passagiere schlief James im Mannschaftsquartier. »Der Kerl in der Hängematte über mir schwört, dass er Nelson in Neapel gekannt hat«, sagte er glücklich, ließ sich auf dem Koffer nieder, wobei er umsichtig genug war, um Giovannis Zeichnung vorher zur Seite zu schieben, und legte los.

Wie die meisten Jungen hatte James zwischen zwölf und vierzehn geglaubt, er wolle eines Tages Seemann werden, in der glorreichen Flotte dienen und in die Fußstapfen des großen Nelson treten, um Franzosen und anderes Gelichter zu besiegen und vom einfachen Mann bis zum Lord aufzusteigen. Bei den Gelegenheiten, bei denen Mr. B Irland besuchte, um seine Nummern dort aufzuführen, war James in erster Linie glücklich darüber gewesen, auf einem Schiff stehen zu dürfen. Seine Heimat wiederzusehen hatte ihm nichts bedeutet; außer an Hunger und verfaulte Kartoffeln erinnerte er sich nicht an viel aus seiner frühen Kindheit.

Allerdings hörte er in den Häfen auch beunruhigende Geschichten über das, was einem als einfachen Seemann in der Flotte alles erwartete. Bei den Reden von der neunschwänzigen Katze und von Bedingungen, die nicht sehr viel anders als die in Gefängnissen klangen, wurde ihm doch mulmig zumute, und er war froh, dass ihn seine Arbeit bei Mr. und Mrs. B davor bewahrte, zum Dienst für das Vaterland gepresst zu werden, wie es so manchem Jungen wegen des Krieges gegen die Franzosen erging.

Mit neunzehn hatte er sich die Seemannslaufbahn ganz aus dem Kopf geschlagen. Trotzdem war es schön, einige Zeit auf einem Schiff zu verbringen, wenn man nicht selbst zur Mannschaft gehörte und deswegen nicht hart mit anpacken musste. Sein Körper machte immer noch keine Anstalten, sich zu einem zweiten Samson zu entwickeln, sosehr sich James dies auch früher gewünscht hatte.

Während Mr. B seine Tage größtenteils damit verbrachte, über seinen Zeichnungen zu sitzen und gelegentlich etwas darüber zu murmeln, der nächste Joseph zu werden, der vom Pharao bestellt wurde, um Wohlstand über Ägypten zu bringen, besserte Mrs. B alles aus, was geflickt werden musste. Natürlich war sie eine überaus disziplinierte und fleißige Person, aber dass sie sich fast ausschließlich in der Kabine aufhielt, lag wohl vor allem auch daran, weil der Kapitän sie nicht auf Deck sehen wollte. Für James war dies ein Glücksfall, denn weil es dort unten so eng war, bestand Mrs. B nicht darauf, ihn die ganze Zeit in ihrer Nähe zu behalten, um mit ihm Lesen und Schreiben zu üben, etwas, vor dem er sich gerne drückte. Also hatte James genügend Zeit, um sich überall an Bord herumzutreiben, sich zeigen zu lassen, wie man Seemannsknoten knüpfte und die Takelage erklomm, kurzum, die Sonnenseiten des Seemannslebens zu genießen, ohne die Schattenseiten befürchten zu müssen.

Die Sonne brannte wortwörtlich ständig auf das Schiff herunter. Mrs. B tat ihm leid. Unter Deck sitzen zu müssen, wo es immer heißer und stickiger wurde, ohne sich vom Wind abkühlen lassen zu können, war kein Spaß, und noch dazu trug Mrs. B keine weiten Hosen und aufgeknöpfte Hemden, sondern Röcke und ein Korsett. Einmal schlug er ihr vor, sie könne doch die Sachen anziehen, die sie getragen hatte, wenn sie Mr. B bei seinen Nummern assistierte, und einen Moment lang hatte sie sehnsüchtig dreingeschaut, ehe sie den Kopf schüttelte.

»Das gehört sich nicht, James«, sagte sie. »Nicht außerhalb der Bühne, und du hast Mr. B gehört: Wir haben dieses Leben nun hinter uns gelassen. Die Ehefrau eines gelehrten Ingenieurs würde es für undenkbar halten, dergleichen Kleidung je zu tragen.«

»Aber Sie haben die Pluderhosen doch eingepackt, Mrs. B«, wagte James einzuwenden.

»Ich hasse Verschwendung«, entgegnete sie und versuchte einmal mehr, in dem schlechten Licht zu nähen, bis sie schließlich aufsprang und erklärte, das sei lächerlich, und die Besatzung der *Benigno* werde sich mit ihrer gelegentlichen Anwesenheit auf Deck eben abfinden müssen.

Natürlich behielt James sie bei ihren Ausflügen an die frische Luft zunächst im Auge, um sicherzustellen, dass niemand auf dumme Gedanken kam, doch seine Sorge war unbegründet. Niemand war so leichtsinnig, bei der Frau des Giganten – wie die Mannschaft Mr. B nannte – etwas zu versuchen, und so kehrte er erleichtert dazu zurück, sich die Geschichten der Seeleute anzuhören und selbst mit seinen Reiseerfahrungen anzugeben.

Eines Abends ließen sich Mr. und Mrs. B vom Kapitän die Sternenkonstellationen zeigen. Das war jedenfalls die Entschuldigung, die der Kapitän benutzte, um sich sehr nahe neben Mrs. B zu stellen und auf viel zu vertrauliche Art über die Schönheit der Nacht zu schwatzen. James verstand nicht, warum ihn Mr. B nicht ganz einfach niederschlug. Vielleicht, weil sie dann alle bis zur Ankunft in Alexandria unter Deck hätten bleiben müssen; das war jedenfalls der einzige gute Grund, den James sich vorstellen konnte, um es nicht zu tun. Seine Vorstellungen von dem, was sich zwischen Männern und Frauen schickte, waren zwiegespalten; zum einen gab es Kneipen und das Gerede von Seeleuten, an dem er durchaus seine Freude hatte – und zum anderen Mrs. B und Mr. B, die eine Welt für sich waren.

Zugegeben, der Kapitän hatte auch Nützliches zu berichten. Er fragte, ob die Belzonis in Alexandria jemanden kannten oder noch ein anderes Empfehlungsschreiben als das an den Pascha besaßen, und als Mr. B verneinte, meinte Pietro Pace: »Dann sollten Sie sich an den französischen Konsul wenden.«

»An den *französischen* Konsul?«, fragte Mrs. B mit hochgezogenen Augenbrauen. Der Kapitän grinste.

»Er ist einer von uns«, sagte er zu Mr. B, »ein *paisano*, ein Landsmann. Bernardino Drovetti. Schon sehr lange im Land und sehr hilfsbereit gegenüber allen Ausländern. Gerade«, setzte er mit einer Verbeugung an Mrs. B hinzu, »Engländern. Das hat einer beträchtlichen Anzahl Ihrer Landsleute das Leben gerettet, Signora.«

»Wie das?«, fragte Mrs. B, und James konnte ihrer Stimme anhören, dass sie tatsächlich neugierig war.

»Das ist jetzt acht Jahre her«, erzählte der Kapitän, »aber mir steht es vor Augen, als sei's gestern gewesen, denn ich war dabei. Bei einigen der wichtigsten Ereignisse jedenfalls. Damals kreuzte ein englisches Schiff mit vierundsiebzig Kanonen im Hafen von Alexandria auf, verkündete, England befände sich jetzt mit der Türkei im Krieg und verlange die

Kapitulation von Ägypten. Damals gab es noch keine einheitliche ägyptische Regierung; Mehemed Ali war noch dabei, sich mit den Mamelucken herumzuschlagen, und wenn Sie mich fragen: Darum ging es eigentlich. Die Engländer, nichts für ungut, wollten keinen ägyptischen Napoleon, sie wollten lieber viele kleine Mamelucken am Nil, die sie einfach manipulieren und gegeneinander ausspielen könnten, und natürlich reichlich von ihren eigenen Soldaten im Land als Schutztruppe. Aber Drovetti, der hat von Anfang an gespürt, dass Mehemed Ali gewinnen könnte. Also schnappte er sich zwei Dutzend italienische und französische Seeleute, darunter auch mich, schlug sich nach Rosetta durch und schickte von dort Verstärkung nach Alexandria, während er selbst Mehemed Ali, der sich im Landesinneren befand, warnte. Tja, und Mehemed Ali hat gewonnen. Ihr General Fraser musste ruhmlos abziehen. Davon redet man in England wohl nicht so viel wie von Nelson, wie?«, fragte er Mrs. B.

Mr. B murmelte, dass niemand mit nur etwas Gefühl für Freiheit und Anstand ernsthaft einen zweiten Napoleon wollen könne, ob ägyptisch oder nicht, wo schon der erste zu viel gewesen sei in seinem über so viele Leichen gehenden Machthunger. Mrs. B blieb gelassen. »Was hat das mit der Rettung von Engländern zu tun?«

»Nun, Drovetti hat seitdem natürlich bei Mehemed Ali einen Stein im Brett. Sie haben schon recht mit den Leichen, Signor Belzoni; Mehemed Ali wollte eigentlich alle englischen Soldaten um einen Kopf kürzer machen lassen. Aber Drovetti hat ihn überredet, seinen Männern zweimal so viel für einen lebenden Engländer zu bieten, wie er vorher für einen Toten geboten hatte. Danach bürgte der Konsul mit seinem Privatvermögen dafür, dass die lebenden Gefangenen von dem englischen Botschafter in Konstantinopel ausgelöst werden würden. Ich habe den Dankesbrief von

General Fraser selbst gesehen«, schloss Pietro Pace in das ungläubige Schweigen hinein. »Er hängt heute noch im französischen Konsulat.«

»Ein Gentleman würde nicht mit seiner noblen Geste prahlen, um eine andere Nation in Verlegenheit zu bringen«, sagte Mrs. B schließlich, »aber ... es war dennoch eine menschliche und großzügige Tat von Seiten Ihres Drovetti.«

»Nicht gerade der meine, Signora, und vielleicht auch nicht sehr viel länger mehr der Frankreichs. Als der Kaiser ... Verzeihung: Als General Bonaparte nach Elba verbannt wurde, kam der Bescheid, dass ein neuer französischer Konsul eingesetzt werden würde, aber der ist immer noch nicht in Alexandria eingetroffen, soweit ich weiß. Und nach der Rückkehr des ... Generals Bonaparte kommt es vielleicht auch nicht mehr dazu. Drovetti ist ein überzeugter Bonapartist. Er hat unter Murat als Oberst gekämpft, ehe er in den diplomatischen Dienst ging.«

James wollte Mr. B gerade fragen, wer dieser Murat sei, doch dann fiel es ihm wieder ein: einer der Marschälle des Korsen, der mit dessen Schwester verheiratet und König von Neapel gewesen war.

»Wenn Sie mich fragen: Keiner ist für dieses Amt so geeignet wie Drovetti. Ich habe es selbst erlebt«, fuhr der Kapitän fort, »er kann wirklich überzeugen, befehlen und blitzschnell reagieren. Was kann man von einem Konsul mehr verlangen?«

»Wenn wir Hilfe brauchen, werden wir uns an den *englischen* Konsul wenden«, sagte Mr. B; dem grollenden Unterton in seiner Stimme war anzumerken, dass er sich über etwas ärgerte. Ob es das unterschwellige Lob für den Korsen oder das offene für den unbekannten Drovetti war, wusste James nicht, aber da er Mr. B kannte und schon oft Zeuge gewesen war, wie er mit den patriotischsten Engländern mithielt, wenn es gegen das korsische Ungeheuer ging, vermutete er Ersteres.

»Da werden Sie nicht viel Glück haben«, sagte der Kapitän fröhlich. »Missett kann kaum noch einen Finger rühren und empfängt eigentlich nur noch Ärzte und natürlich Briefe aus England, in der Hoffnung, dass ihm endlich seine Versetzung genehmigt wird. Sie müssen sich nicht auf mein Wort verlassen. Fragen Sie den ersten Engländer, den Sie in Alexandria treffen werden, und es gibt dort einige.«

Mrs. B legte eine Hand auf den Arm ihres Gatten, ohne Pietro Pace aus den Augen zu lassen. »Wir werden Fremde in einem fremden Land sein, Kapitän«, sagte sie freundlich. »Und daher sind wir Ihnen für alle Ihre Ratschläge äußerst dankbar.«

Als sie wieder unter Deck gingen, gesellte sich James zu ihnen; heute hatte er es nicht eilig, in die Mannschaftsquartiere zu gehen, wo er schlief. Auf dem Weg hörte er Mr. B schnauben: »Bonapartisten!«

»Nun, nicht jeder hat das Glück, in England aufzuwachsen. Die Verblendung durch ständige Lügen …«, begann Mrs. B friedfertig, aber Mr. B unterbrach sie.

»Ich bin auch nicht in England aufgewachsen, Sarah. Franzosen, nun, ich kann verstehen, dass Franzosen dem Korsen gegenüber blind sind. Aber meine Landsleute? Er ist früher über uns hergefallen als über die meisten anderen Länder! Er ist eine Schande. Ich habe meine Heimat verlassen, um nicht in die Armee dieses Mannes gepresst zu werden.«

»Vielleicht wurde er das auch. Gepresst, meine ich.«

»Zum Oberst wird man wohl kaum befördert, wenn man nur unfreiwillig dient«, sagte Mr. B unnachgiebig. »Und noch weniger zum Konsul.«

»Vielleicht«, sagte Mrs. B zögernd, und James spitzte die Ohren, denn so klang sie eigentlich nur, wenn sie ihn überzeugen wollte, sich Gesicht und Hände zu waschen, wenn es noch gar nicht nötig war, »... solltest du gerade deswegen an diesen Drovetti schreiben. Um ihm die Gelegenheit zu geben, mit jemandem zu sprechen, der aus seiner Heimat kommt. Wer weiß, wie lange der arme Mann mit niemand anderen als Bonapartisten und Mohammedanern geredet hat? Seine Hilfe für die gefangenen englischen Soldaten beweist immerhin, dass er einen guten Kern haben muss. Du könntest ihm so möglicherweise wirklich einen großen Dienst erweisen, Liebster.«

Mr. B brummte und flüsterte etwas, das James als »vielleicht« interpretierte. Das erleichterte ihn, denn es bedeutete, dass er sich nicht zieren würde, in Alexandria selbst den französischen Konsul um Hilfe zu bitten, falls es nötig würde.

Es war schade, dass Frauen ungeeignet für Ämter oder dergleichen waren. Sonst hätte James Mrs. B als Ersatz für den kranken englischen Konsul vorgeschlagen.

KAPITEL 2

Nach Sarahs Berechnung waren drei Wochen vergangen, seit sie Malta verlassen hatten, als das Schiff bei stürmischen Winden die Marabut-Insel erreichte, um einen Lotsen an Bord zu nehmen, der es in den westlichen Hafen von Alexandria geleiten sollte. Dies sei, so wurde Giovanni erklärt, als er fragte, wegen der Riffe nötig. Der sogenannte »neue«, östliche Hafen, früher für Nichtmuslime gedacht, sei in dieser Hinsicht noch viel schlimmer und im Übrigen dabei, zu versanden, seit der Pascha den westlichen Hafen auch für Schiffe der Christen freigegeben habe.

Er erfuhr noch anderes, und Sarah brauchte nur einen Blick auf ihn zu werfen, um zu erkennen, dass es eine schlimme Nachricht gewesen sein musste. Außerdem konnte sie von allen Seiten Flüche hören, die in jeder Sprache gleich klangen. Giovanni seufzte und musste einmal mehr den Kopf schief legen, um seinen mächtigen Körper in den kleinen Raum zu quetschen, den man ihnen zur Verfügung gestellt hatte, ohne gleich überall anzustoßen, als James hereinstürmte und rief: »Mrs. B, Mr. B, haben Sie es auch schon gehört? Allmächtiger, haben Sie das gehört? Die Pest! Die Pest ist in Alexandria!«

Sarah unterdrückte den Reflex, erschrocken die Hände vor den Mund zu schlagen, konnte aber nicht verhindern, dass sie bleich wurde. Was sie über die Pest wusste, hatte sie in der Schule gelernt, doch es war nie mehr als ein ferner Schrecken gewesen, eine Gottesgeißel, deren letztes großes Wüten auf britischem Boden hundertfünfzig Jahre zurücklag. Sie hatte nie erwartet, im Hier und Heute Gefahr zu laufen, dieser tödlichen Bedrohung zu begegnen. Sich unversehens ohne Einkünfte unter Muselmanen wiederzufinden, das war ihre heimliche Befürchtung, oder – obwohl sie versuchte, den illoyalen Gedanken zu unterdrücken – dass Giovanni nicht imstande sein würde, eine Wassermaschine zu bauen; an Krankheit, und nun gar an die schlimmste Krankheit von allen, hatte sie nie gedacht.

Sie hätte es wohl tun sollen. Immerhin handelte es sich um eine der biblischen Plagen Ägyptens.

»An der Pest sterben Leute doch wie die Fliegen, nicht wahr?«, fragte James mit der grimmigen Freude der Jugend an schlechten Nachrichten.

»So kann unsere Reise nicht enden, noch ehe sie begonnen hat«, sagte Giovanni entgeistert. »Das kann nicht sein. Gewiss nicht. Es ist eine Prüfung. Ja«, fuhr er fort, sich Mut zuredend, »eine Prüfung unserer Standhaftigkeit und Tapferkeit.«

»Lästig ist es«, sagte die Stimme Pietro Paces hinter ihm; der Kapitän stand vor der von James offen gelassenen Tür. »Verstehen Sie mich bitte nicht falsch, die Pest ist kein Spaß, aber ganz ehrlich, die Cholera ist schlimmer in diesen Breiten. Gegen die Pest kann man sich einigermaßen schützen, wenn man Kontakte mit den Einheimischen vermeidet und bei der Nahrung aufpasst. Außerdem verlässt die Pest Alexandria ohnehin nie ganz. Gelegentlich flammt sie heftiger auf als sonst, das ist alles.«

»Wollen Sie damit sagen, dass die Leute nicht mehr daran sterben?«, fragte Sarah erstaunt und schöpfte neue Hoffnung.

»Ich will damit sagen, dass *Europäer* kaum daran sterben. Ausnahmen gibt es natürlich immer. Türken und Ägypter, nun ja …« Er machte eine Handbewegung. »Aber damit muss man rechnen, wenn man dieses Land besucht. Deswegen«, schloss er, an Giovanni gewandt, mit einem deutlich vorwurfsvollen Unterton »ziehen es die meisten Männer vor, ihre … Familie zu Hause zu lassen.«

»Mein Zuhause ist an Mr. Belzonis Seite«, sagte Sarah ärgerlich.

Der Kapitän zuckte die Achseln. »Dann wird er sich sicher freuen, nun gemeinsam mit seiner Familie die strengen Quarantäneauflagen beachten zu müssen, Signora. Eine überaus unangenehme Erfahrung, wie ich Ihnen versichern kann, und noch dazu ungünstig für meine Geschäfte und die der anderen Reisenden.« Er machte sich daran, mit den übrigen Passagieren zu sprechen.

»Lass uns an Deck gehen, Sarah«, sagte Giovanni mit belegter Stimme. James folgte ihnen und sagte, sie sollten lieber noch darauf verzichten, was Sarah erst verstand, als ein glühend heißer Windstoß sie fast die kleine Treppe wieder zurückwarf.

»Die Männer sagen, das sei der *khamsin* oder so ähnlich«, erklärte James, während Giovanni sie auffing. »Der Atem des Teufels. Ein Wind direkt aus der Wüste. Bringt auch eine Menge Sand mit sich. Seien Sie vorsichtig da oben – das ganze Deck ist schon rot gezuckert. Glauben Sie, der Sturm bringt die Pest auch hierher, Mrs. B?«

»Du hast gerade gehört, dass kein Europäer an der Pest stirbt«, sagte Giovanni energisch und half Sarah nach oben, wobei er sie, so gut es ging, vor dem Wind schützte. Sie biss die Zähne zusammen. Das Kleid, das sie trug, lastete schwerer auf ihr denn je, und es kam ihr vor, als wolle das Korsett sie heute nicht stützen, sondern ersticken.

Von der Reling aus konnte man zuerst durch den dichten Vorhang aus Sand kaum die Stadt sehen. Doch so schnell, wie der Sturm gekommen war, flaute er auch wieder ab; bald konnte Sarah sich umschauen, ohne ihre Augen vor dem Sand schirmen zu müssen. Endlich würde sie Ägypten sehen, das Land, von dem sie schon lange träumte!

Die Häuser am Hafen sahen heruntergekommen und dreckig aus, die Straßen waren, soweit sie erkennen konnte, nicht gepflastert, und das Einzige, was emporragte, waren einige nicht sehr hohe zwiebelförmige Dächer und schlanke Türme, die, wie sie später erfuhr, zu Moscheen gehörten. Sarah war enttäuscht. Sie erinnerte sich nur zu gut daran, dass der Leuchtturm von Alexandria zu den sieben Weltwundern gezählt hatte, genau wie die Pyramiden; über fünfhundert Fuß war er hoch gewesen. Ägypten war das einzige Land der Welt, das zwei Weltwunder sein Eigen genannt hatte. Doch der Leuchtturm war schon lange zerstört, das wusste Sarah, und von anderen Wundern war hier auf den ersten Blick nichts zu erkennen. Dafür kehrte der Sturm zurück.

Giovanni berührte sie an der Schulter und wies nach rechts. Sie sah hinüber und erkannte eine einzelne Säule, einen Monolith mit kunstvollem korinthischem Kapitel. »Die Säule des Pompeius«, rief er ihr ins Ohr, weil der Wind wieder anfing zu pfeifen und eine normale Unterhaltung unmöglich machte. »Das muss die Säule des Pompeius sein.«

Sie kniff die Augen zusammen und versuchte, mehr zu sehen, aber Giovanni wies schon in die entgegengesetzte Richtung, zu dem verlassenen östlichen Hafen hin. Davor stand erhaben ein riesiger Stein in einer Form, die sie bisher noch nie gesehen hatte. *Ein Obelisk,* dachte Sarah, als ihr das richtige Wort einfiel.

»Die Nadel der Kleopatra«, schrie Giovanni, der Geschichten über die glorreiche römische Vergangenheit liebte, und schlug James auf die Schultern, damit der Junge sie auch wahrnahm, was, da er ausnahmsweise nicht auf seine Kraft achtete, den armen Jungen fast umwarf. Giovannis Augen leuchteten, als hätten sie nicht vor kurzer Zeit gehört, dass der Tod in dieser Stadt lauerte. Da ihr seit James' Ankündigung der Pest die Möglichkeit durch den Kopf ging, mit der

Benigno wieder nach Malta zurückzukehren, fühlte sie sich beschämt. Giovanni hatte recht: Es war eine Prüfung, und wer gleich zu Beginn einer Reise aufgab, war des Abenteuers nicht wert.

Es musste nur jemand dafür sorgen, dass sie das Abenteuer überlebten.

Die Körbe mit ihrem Gepäck waren verpackt und verschnürt, und Sarah beschloss, sie nicht wieder auszupacken, auch nicht, als es Nacht wurde und sie an Bord der *Benigno* blieben, zusammen mit der Mannschaft, den Kaufleuten und ihren Dienern, die mit ihnen von Malta gekommen waren. Wieder auszupacken hätte eine Kapitulation an ihre Befürchtungen bedeutet. Stattdessen versuchte sie zu erfahren, was Giovanni ihr nicht erzählen wollte. Bis auf den Kapitän sprach zwar kein Mannschaftsmitglied mit ihr, aber mit James – und der hatte Übung darin, für sie Klatsch und Gerüchte aufzuschnappen.

»Also, was der Kapitän da gesagt hat, darüber, dass keine Europäer sterben, Mrs. B? Das war gelogen«, berichtete er ihr mit Genugtuung, denn die herablassende Haltung des Kapitäns war ihm zuwider. »Gestern ist ein römisch-katholischer Mönch gestorben. Und die türkischen Soldaten erwischt es ständig. Zwanzig sterben am Tag mindestens, hat der Lotse dem Maat erzählt, und der hat's mir gesagt. Die Ägypter sind's, die nicht sterben. Die sind anscheinend abgehärtet, weil die Pest hier so oft vorkommt.«

»Und was wird dagegen unternommen?«

»Jeder wartet, dass es abklingt«, sagte James lakonisch. »Mit der Medizin für die Leute hier sind die wohl nicht eben großzügig. Die Matrosen, die schon öfter hier waren, sagen, dass es wahrscheinlich um den Johannestag aufhören wird, weil es das meistens tut.« Er grinste, als er ihre Miene sah. An Bibelfestigkeit machte es Mrs. B so leicht keiner nach, aber mit den Heiligen hatte sie es nicht, Protestantin, die sie war. »Am 24. Juni«, ergänzte er.

»Aber heute ist erst der neunte«, sagte Sarah entgeistert. Sie konnte sich nicht vorstellen, dass die *Benigno* so lange bleiben würde.

Kurz entschlossen suchte sie den Kapitän auf. Die Nacht hatte die Temperatur kaum gesenkt, und sie versuchte, nicht an die Herberge in Valetta zu denken, wo es zumindest die Möglichkeit gegeben hatte, sich an einem Becken zu waschen.

»Also schön, ja, gestern hat es einen von uns erwischt«, sagte Pietro Pace unwillig, »aber die Pest ist tatsächlich schon im Abklingen. Die Sache ist die: Jeder Europäer, der an Land geht, muss in Quarantäne, und wenn das so bleibt, ist es tatsächlich sinnlos, hier zu warten.«

»Wie sieht diese Quarantäne aus?«

»Einige Tage in abgeschlossenen Räumen, und wenn Sie danach nicht tot oder angesteckt sind, gibt Ihnen jeder die Hand«, entgegnete der Kapitän mit einem schwachen Grinsen. »Leider gelten die drei Wochen auf unserem Schiff, die Sie bis jetzt hinter sich haben, nicht das Geringste.«

»Aber ein paar Tage in Alexandria selbst, die würden gelten?«, fragte Sarah.

»Nichts für ungut, aber Ihr Tor von einem Mann hat Sie mit seiner Verrücktheit angesteckt. Das ist kein Spektakel auf der Bühne, Signora, und Sie können sich nicht am Schluss verbeugen und abgehen. Das ist die Wirklichkeit, basta!«

Sarah ließ ihn stehen und machte sich auf die Suche nach Giovanni.

Ihr Gatte lehnte gegen die Reling und starrte zu dem nächtlichen Alexandria hinüber, das inzwischen fast gänzlich hinter einem Vorhang aus Dunkelheit verborgen lag.

»Es wird dir nichts geschehen, Sarah«, sagte er.

»Ja, Giovanni«, erwiderte sie behutsam und legte eine Hand neben seine Rechte auf die Reling, »ich weiß.«

»Wir werden nicht mit der *Benigno* nach Malta zurückkehren, auch …«, begann er und klang, als befürchte er, sie werde protestieren, also schnitt sie ihm das Wort ab, was sie selten tat.

»Nein«, sagte sie, »wir werden nicht zurückfahren. Aber es wäre gewiss angebracht, Liebster, um Hilfe bei einem geeigneten Quartier zu bitten. Unter den gegebenen Umständen können wir es uns wohl nicht selbst suchen, und wenn die Pest vor allem unter den türkischen Soldaten wütet, dann haben die Leute des Paschas gewiss anderes zu tun, als uns zur Seite zu stehen.«

»Ich habe heute bereits an die britische Vertretung geschrieben und dem Lotsen den Brief mitgegeben«, erklärte Giovanni, »aber wenn der Konsul wirklich so krank ist …«

»Ich hatte eigentlich an den französischen Konsul gedacht«, sagte Sarah.

~

Um am nächsten Tag das französische Viertel von Alexandria zu erreichen, mussten sie durch Straßen gehen, in denen der Abfall scheinbar den Mangel an Pflasterstein wettmachen wollte. Sarah raffte ihr Kleid und wünschte sich, James' kindischer Vorschlag hinsichtlich des Kostüms, das sie bei Giovannis Pyramidennummer getragen hatte, ließe sich verwirklichen. Hosen zu tragen würde eine solche Erleichterung bedeuten!

Es waren nicht so viele Menschen auf den Straßen, wie sie es sich früher ausgemalt hatte, wenn sie die Geschichten von Cäsar und Kleopatra in Alexandria las. Dass die Stadt ausgestorben und leer wirkte, mochte aber an der Angst vor der Pest liegen und dem Wüstenwind mit den spitzen Sandkörnern, der auch an diesem Tag wieder wehte. Die Menschen, die Sarah sah, trugen helle oder ganz schwarze Gewänder, die den Jahrmarktskostümen von »Türken« nur wenig ähnelten, und starrten unverhohlen neugierig die kleine Gruppe an, die zu dritt ihrem Führer folgte: Giovanni, der unter den Bewohnern dieses Landes noch ein wenig größer als in England wirkte, James mit seinem roten Haar und sie selbst. Nach zehn Jahren an der Seite des Samson von Patagonien war sie an neugierige Blicke gewöhnt – doch nicht an solche, die ihr mehr als ihrem Gatten galten. Sie brauchte nicht lange, um den Grund zu erahnen. Obwohl es vermutlich ein paar andere europäische Frauen in Alexandria gab, lief wohl keine auf der Straße herum, und die einheimischen Frauen, die ihr bisher begegnet waren, hatten sich verschleiert. In einem Buch hatte Sarah einmal die Pestmasken gesehen, die von den Ärzten während der großen Pest in London vor hundertfünfzig Jahren in der vergeblichen Hoffnung getragen wurden, sich damit vor der Ansteckung zu schützen. Nur die Augen waren frei geblieben, genau wie bei den schwarzen Gestalten, die sie hin und wieder wahrnahm. Sarah fröstelte inmitten der Hitze und ging noch etwas schneller. Zwischen den niederen Häusern, dem Mangel an alten Bauten und den verglichen mit den letzten Städten, die sie besucht hatten, gespenstisch leeren Straßen kam ihr Alexandria wie ein leerer grauer Ameisenhügel vor, nicht wie die Stadt, die zur Zeit Christi als eine der schönsten der Welt gegolten hatte.

Ihr Führer blieb stehen und zeigte auf ein Tor in dem rot und weiß gestreiften Mauerwerk, vor dem eine Wache stand. Die grüne Pforte war mit schwarzen Ornamenten geschmückt; in ihrer Mitte gab es ein rotes, eiförmiges Emblem, das mit weißen arabischen Schriftzügen versehen war. »Voilà«, verkündete ihr Führer in gutturalem Französisch,

»la *wakala.*« Dann sagte er etwas zu dem Wachposten, von dem sie nur den Namen »Drovetti« verstand; der Mann nickte und begann, auf sie einzureden.

Giovanni sprach wie sie ein wenig Französisch, die allernotwendigsten Sätze, auch wenn er meistens so tat, als sei dies nicht der Fall. Beide hatten große Probleme, ihren Führer zu verstehen; die Wache hingegen sprach nur Arabisch. Auf diese Weise dauerte es eine Weile, bis sie die Regeln verstanden, die ihnen vorgetragen wurden.

Dies war der einzige Eingang.

Es würde ihnen erst wieder gestattet werden, zu gehen, wenn sie nach drei Tagen noch gesund waren.

Die einzige Nahrung, die sie mitnehmen durften, würden sie jetzt erhalten.

Unter gar keinen Umständen sollten sie auch nach den drei Tagen von Fremden Nahrung annehmen, vor allem kein warmes Brot. Nur altes Brot sei sicher.

Sie sollten nichts anfassen, was von draußen hereingereicht würde, wenn es nicht vorher in Wasser getaucht worden war.

Nachdem er sicher war, dass sie ihn verstanden hatten, trat der Wachposten beiseite und ließ sie eintreten. Sarah schaute sich um. Das *wakala* stellte sich als eine Anlage heraus, die aus mehreren Häusern bestand und einen geräumigen quadratischen Innenhof hatte; eine Treppe führte direkt zu der hölzernen Galerie, die ihn einrahmte und alle Häuser miteinander verband. Das Erdgeschoss aller Häuser bestand aus Kalkstein, das erste Geschoss war aus dem gleichen Holz gezimmert worden wie die Galerie. Im Hof lagerte etwas, was Sarah an Stoffballen erinnerte; außerdem wurden hier einige Tiere gehalten, die frei herumlaufen konnten. Die Türen im oberen Stockwerk dagegen waren alle verschlossen. Ihr Führer gestikulierte und zeigte auf eine – offensichtlich lag dahinter der Raum, den man ihnen zugedacht hatte. Dann murmelte er etwas, das wie »bonne chance« klang, und überließ sie ihrem Schicksal.

»Ich kann's immer noch nicht glauben, dass Sie Mr. B überredet haben, uns bei den Franzosen unterzubringen«, flüsterte James Sarah ins Ohr, während Giovanni die Treppe emporstieg. Was Sarah sehr viel mehr erstaunte, war, dass sich Kapitän Paces Lobpreisung des hilfsbereiten Drovetti nicht als leeres Gerede herausgestellt hatte, aber sie behielt ihre eigene Überraschung für sich. Wenn die Dinge erst wieder ins rechte Lot gebracht waren, würden sie dem Konsul, der so schnell auf den Brief reagiert hatte, gebührend danken. Schließlich war sie Engländerin. Sie wusste, was sich gehörte.

»Was ist daran verwunderlich? Mr. Belzoni ist jeder Notlage gewachsen«, teilte sie James mit und folgte Giovanni in das erste Stockwerk. Sie fragte sich, wer sich hinter den anderen Türen verbarg. Andere Europäer? Türken? Ägypter? Dass sie im französischen Viertel waren, bedeutete nicht, dass hier ausschließlich Franzosen lebten; Kapitän Pace hatte ihr erklärt, die Bezeichnung hinge damit zusammen, dass sich hier das französische Konsulat und einige französische Handelshäuser befanden.

Nichts regte sich. Es kam ihr in den Sinn, dass hinter jeder Tür Tote liegen konnten, die an der Pest gestorben waren. Rasch verdrängte sie den Gedanken und reckte das Kinn etwas höher. Es gab nichts, was sie tun konnte, um ihren Verdacht zu bestätigen; also war es besser, ihn gar nicht erst weiter zu verfolgen. Das leise, unverständliche Murmeln, das sie plötzlich aus einem der Nachbarräume hörte, als sie sich ihrer Tür näherten, erleichterte sie trotzdem.

Der Raum, in dem sie die nächsten drei Tage verbringen würden, stellte sich als karg heraus, ohne Bettgestell oder Tisch, nur mit einem Holzboden. James, der von der Wache ihr Essen für alle drei Tage bekommen hatte, ließ den

Korb und den Wasserschlauch beinahe fallen, als er als Letzter eintrat.

»Oi«, sagte er, ein Gossenausruf, den Sarah ihm eigentlich abgewöhnt hatte, »das ist ja wie …«

»Wenn unser Gepäck eintrifft, wird es besser werden«, sagte Sarah, die sich nicht gerne vorstellte, wie ihre Kleider und die englische Bettwäsche gerade von unkundigen Händen gewaschen wurden, um den Quarantänebedingungen Genüge zu tun. »Im Übrigen war es an Bord der *Benigno* nicht bequemer.«

»Auf der *Benigno* gab es Hängematten«, sagte James trotzig und beäugte den Holzboden, als erinnere er sich nur zu genau daran, wie es sich anfühlte, auf einem solchen ohne Decken schlafen zu müssen.

»Es ist nur für ein paar Tage«, tröstete Giovanni. »Dann werden wir Alexandria erkunden, herausfinden, wo der Pascha sich aufhält, und ich werde ihm meine Aufwartung machen. Er wird mir gewiss Geld für die Maschine vorstrecken, dann nehmen wir uns ein paar schönere Räume. Aber jetzt lasst uns unser erstes Mahl auf ägyptischem Boden genießen, hm?«

Sarah inspizierte, welche Nahrungsmittel ihnen zur Verfügung gestellt worden waren, und teilte sie auf, damit es für drei Tage reichen würde. Eigentlich wollte sie für den Anfang nur etwas von dem alten Brot essen, doch Giovanni sah über ihre Schulter, als sie vor dem Korb kniete, in den die Vorräte gesteckt worden waren, und rief entzückt: »Oliven!« Er hatte sie in England vermisst und bereits in Portugal und Malta jede Gelegenheit wahrgenommen, sie zu essen. Sowohl Sarah als auch James waren von seiner Begeisterung für ihren Wohlgeschmack angesteckt worden, aber inzwischen war es so heiß, dass sie sicher war, ihr Durst würde unerträglich werden, wenn sie etwas Salziges wie diese Früchte zu sich nahm. Sie brachte es nicht übers Herz,

Giovanni die Freude zu verderben, doch sie riet James davon ab.

Eine Stunde später, als James und ihr übel wurde, wünschte sie, sie hätte es nicht getan. Es war vielleicht kindisch, aber wenn sie gewusst hätte, dass Übelkeit ohnehin auf sie wartete, dann hätte sie sich die Oliven gegönnt.

Als es sie überkam, hatten sie gerade den Brief gefunden, der inmitten der Vorräte auf sie wartete. Das Schreiben wünschte *dem ehrenwerten Giovanni Battista Belzoni und seiner Familie* Glück, stellte eine Begegnung in der nächsten Woche in Aussicht und erteilte einige Ratschläge wie den, das kleine gelbe Päckchen vorerst als Ersatz für *Madames Toilettenutensilien* zu betrachten; es enthalte Duftstoffe, die von den Einheimischen nicht nur als angenehm empfunden, sondern, noch wichtiger, als vorbeugend gegen die Pest angesehen würden. Gezeichnet war der Brief mit *Bernardino Drovetti.*

»Madame«, knurrte Giovanni. »Er schreibt tatsächlich *Madame.* Ein Mann aus Piemont schreibt an einen Mann aus Padua und hält es für nötig, französische ... Sarah, was hast du?«

»Es ist gewiss nur die Hitze«, presste sie hervor, als sie auf den Boden sank, weil ihre Knie zu weich waren, um länger stehen zu bleiben, und sie die Hände ballte, um den Impuls zu unterdrücken, zu würgen.

James unternahm keine solchen Anstrengungen. »Oh Gott, Mrs. B, mir ist schlecht«, sagte er, schnappte sich die Schale, aus der sie gerade erst getrunken hatten, und übergab sich.

Giovannis Erfahrung als älterer Bruder bewährte sich genauso wie seine unerschütterliche Konstitution. Er rieb Sarah Rücken und Magen, legte ihr die Beine hoch, wobei er jedermanns Schuhe einsammelte und hastig eine Stütze improvisierte, und brachte James dazu, ebenfalls auf dem

Rücken zu liegen und so lange die Beine anzuziehen und zu strecken, bis die Übelkeit einigermaßen abgeklungen war.

»Leise, *ragazzo*«, flüsterte er beschwörend. »Wenn die Leute hier merken, dass einigen von uns übel ist, glauben sie womöglich, wir hätten uns auf dem Weg hierher die Pest eingefangen.«

»Könnten wir …«, begann James und klang sehr elend.

»Nein«, sagte Sarah knapp. Sie versuchte, so selbstsicher zu klingen, wie sie konnte, obwohl sie während der sich endlos hinziehenden Minuten, in denen sie sich erbrach, mit blinder Panik genau das Gleiche geglaubt, deswegen noch heftiger gewürgt – und sich dann mit aller Gewalt zusammengerissen hatte. »Es ist sicher nur das für uns ungewohnte Wasser. Schließlich sind wir in Afrika. Außerdem sind die ersten Symptome der Pest Husten und Schnupfen, nicht Erbrechen.«

»Vielleicht hat der Franzmann uns vergiftet«, stöhnte James und wurde noch etwas grünlicher im Gesicht.

»Gebrauch deinen Verstand, James. Welchen Grund sollte dieser Mr. Drovetti haben?« Wenn sie sich allerdings vor Augen hielt, dass sie in einer pestverseuchten Stadt, deren Sprache sie nicht beherrschte, auf einem bloßen Holzfußboden lag, ohne Möglichkeit, nach Hilfe zu rufen, weil wahrscheinlich jeder Arzt, der in dieser Stadt lebte, mit Pestkranken beschäftigt war, fragte sie sich, ob nicht sie es war, die irgendwann in der Vergangenheit den Verstand verloren hatte.

»*Carissima, ragazzo*«, riss Giovanni sie aus ihren trüben Gedanken und begann, eins der Lieder aus seiner Kindheit zu singen, um ihnen die Zeit zu vertreiben. Danach brachte er James zum hundertsten Mal bei, wie man einen Bären spielte, etwas, das der Junge wegen seiner eher schmächtigen Figur nie schaffen würde, ihn jedoch zuverlässig jedes Mal ablenkte. Trotz seiner weichen Knie folgte James Giovannis

Beispiel, herumzukriechen, die Arme zu heben und zu brüllen, und während Sarah die beiden beobachtete, entschied sie trotz ihres sich wieder zusammenkrampfenden Magens, dass ihr gemeinsames Leben all seine Gefahren wert war.

Giovanni schärfte ihnen ein, sich bei Besuchen auf keinen Fall etwas anmerken zu lassen, aber niemand klopfte an ihre Tür, und als sie schließlich vorsichtig die Tür öffneten, weil Sarah glaubte, dass der heiße Wind draußen immer noch besser war als die abgestandene, säuerliche Luft im Inneren des Raumes, sahen sie auch niemanden vor den übrigen Räumen oder den anderen Häusern. Sarah atmete ein paar Mal tief durch; es lag ein überraschend süßer Geruch in der Luft, der sie an Zimt erinnerte und an den Weihrauch in den Kirchen Valettas. Sie schnupperte und stellte fest, dass er von einigen der anderen Zimmer ausging. Das gelbe Päckchen fiel ihr ein. Vielleicht sollte sie es wirklich nutzen.

»Was sind das für Vögel, Mr. B?«, fragte James, der sich am Türpfosten festhielt, und deutete auf den Hof unter ihnen, wo nun zwei Tiere herumliefen, die nichts glichen, was Sarah je gesehen hatte. Sie waren so groß wie Ponys und standen auf langen, dünnen rosa Beinen. Eines hatte einen schwarzgefiederten Leib, der so breit war, dass sich ein Mensch hätte darauf setzen können, mit einem weißen Bauch und einen langen Hals, der wieder rosa war; das andere war ganz und gar braun gefiedert. Zwischen den langen Beinen liefen einige kleine Küken herum, die so groß waren wie normale Hühner und mit ihrem hell-dunklen Flaum auch an Hühner erinnerten.

»Ich wusste nicht, dass es so große Vögel gibt«, sagte Sarah fasziniert und vergaß, wie schwach sie auf den Beinen war, als sie ein paar Schritt zur Seite machte, um die Tiere besser sehen zu können. Giovanni ergriff ihren Arm, als sie stolperte.

»Es müssen Strauße sein«, sagte er. »Als ich den schwarzen Häuptling in *Philipp Quarrl* gespielt habe, da habe ich einen Turban mit Straußenfedern getragen. Ja, es sind Strauße.«

Stumm beobachteten sie die Vögel mit ihrem wiegenden Gang. Sie waren auf eine Weise *anders*, die es für Sarah zum ersten Mal wirklich begreifbar machte, dass sie sich nicht nur in einem fremden Land, sondern auf einem anderen Kontinent befanden. *Im Garten Eden müssen solche Vögel gelaufen sein,* dachte sie, als sich eine der anderen Türen öffnete.

»Gehen wir lieber wieder hinein«, sagte Giovanni hastig. »Ihr seht mir beide nicht richtig gesund aus, und davon darf keiner etwas merken.«

Als sie das nächste Mal versuchten, etwas zu essen, blieb es wieder nicht lange im Magen. Erst gegen Ende des zweiten Tages spürte Sarah, dass der Impuls, alles wieder herauszuwürgen, sich gelegt hatte. Sie verbrachte immer längere Zeit damit, die Strauße zu beobachten und die zwei Kraniche, die sich hin und wieder ebenfalls blicken ließen und die sie in ihren Bewegungen an Menuetttänzer erinnerten.

Am Morgen des dritten Tages öffneten sich zwei der Türen bei dem Haus auf der anderen Seite des Hofes, und einige Kinder – Jungen, soweit sie erkennen konnte – traten heraus. Die Kinder winkten ihr über die Galerie zu, und Sarah winkte zurück, was aber kein Erfolg war, denn die Jungen rannten sofort wieder hinein.

Am Ende des dritten Tages waren Giovanni und James immerhin in der Lage, mit Lächeln und Gesten ersten Kontakt mit einigen der Bewohner des *wakala* aufzunehmen; Sarah wurde weiterhin ignoriert oder als Anlass zur Flucht genommen. Jeder hielt einen sicheren Abstand zu ihnen.

Am Morgen des vierten Tages freuten sie sich darauf, ihre freiwillige Gefangenschaft beenden zu können, als es klopfte. James, der eigentlich die Tür hätte öffnen sollen, war gerade hinuntergeschlichen, um sich hinter einem der Häuser zu erleichtern, und Giovanni war gerade wieder so in das Grübeln über seine Ideen für eine Wassermaschine vertieft, dass er das Klopfen nicht sofort bemerkte. Also trat Sarah zum Eingang und öffnete.

Vor der Tür standen zwei Männer, beide in europäischer Kleidung. Der ältere von beiden besaß die tiefe Bräune, die nur Jahre in der Sonne dieses Landes hinterlassen haben konnten, einen üppigen Schnurrbart, in den sich wie bei den dunklen Locken auf seinem Kopf ein erstes feines Grau mischte, und blaue Augen, die einen sehr eigenartigen Kontrast zu der Dunkelheit seines sonstigen Äußeren bildeten. Ohne zu zögern, nahm er ihre Hand und küsste sie, als befände er sich in einem Londoner Salon.

»Madame«, sagte er auf Englisch, mit einer Spur des italienischen Akzents, den man bei Giovanni noch deutlicher hörte, »Sie bringen Alexandria etwas von seiner alten Schönheit zurück. Verzeihen Sie der Stadt den rauhen Empfang. Es ist mir eine Freude, Sie kennenzulernen. Ich bin Bernardino Drovetti, und hier haben Sie«, sagte er mit einer Geste zu seinem Begleiter, »Doktor Duzap, der Ihnen die Gesundheit bestätigen wird, die ich jetzt schon erkennen kann, um Sie in die Freiheit zu entlassen.«

Bereits mit seinen ersten Worten wurde Sarah sich jäh bewusst, dass sie in einem zerknitterten, fleckigen Kleid vor ihm stand, mit Haaren, die zwar gekämmt, gebürstet und hochgesteckt worden waren, aber seit geraumer Zeit kein Wasser mehr gesehen hatten. Es war absurd, sich unter den gegebenen Umständen darüber Gedanken zu machen, aber es war ihr peinlich – und das nahm sie Drovetti sofort übel. Gegen ihren Willen spürte sie den instinktiven Wunsch, hier und jetzt so elegant auszusehen, wie es die Damen taten, die in Mrs. Stapletons Journalen auf Kupferstichen abgebildet gewesen waren. Wie albern! Da andererseits der Groll, der in ihr aufstieg, genauso töricht war und auf jeden Fall verborgen werden musste, sprach sie die erste unverfängliche und freundliche Bemerkung aus, die ihr in den Sinn kam.

»Ich danke Ihnen … und staune über Ihre Fertigkeit in meiner Muttersprache. Woher wussten Sie, dass ich Engländerin bin, Signore? Die meisten Menschen, denen mein Gatte und ich begegnen, gehen zunächst davon aus, dass ich seine Nationalität teile, bis ich den ersten Satz spreche.«

Drovetti lächelte. Es war ein Lächeln, das ihr ein klein wenig zu vertraulich erschien, als teilten sie und er einen Scherz, den niemand sonst verstand, und das war völlig unangebracht. Er erinnerte Sarah an Lovelace, eine Figur aus Samuel Richardsons Roman *Clarissa*. Den Schurken.

»Ich würde Ihnen gerne versichern, dass englische Standfestigkeit aus Ihren Augen leuchtet«, entgegnete er belustigt, »aber die Wahrheit ist, Mrs. Belzoni, dass Sie unter einem britischen Pass hier eingereist sind.«

»Ganz recht«, sagte Giovanni, der nun neben sie trat, ebenfalls auf Englisch. »Ein Pass, den wir den Soldaten des Paschas gezeigt haben, ehe sie uns von Bord gelassen haben. Es war mir nicht bewusst, dass türkische Soldaten auch in französischen Diensten stehen«, setzte er ein wenig kühl hinterher und fügte dann freundlicher hinzu: »Doch ich möchte mich für das Quartier bedanken. Ich bin Giovanni Battista Belzoni aus Padua.«

Drovettis Lächeln vertiefte sich. »Oh, ich stehe selbst nicht mehr in französischen Diensten«, entgegnete er, »obwohl es mir natürlich die Pflicht gebietet, weiter meines Amtes zu walten, bis mein Nachfolger eingetroffen ist. Aber was soll ich sagen? Konversation mit alten und neuen Freunden ist mir immer ein Vergnügen, vor allem in so anstrengenden Zeiten wie den unseren, und die hiesigen Behörden können bei der richtigen Wortwahl ausgesprochen freundlich sein.«

»Wen soll ich jetzt als Erstes untersuchen?«, unterbrach der Arzt, der Sarah an die Puttenköpfe in den sizilianischen Kirchen erinnerte, ungeduldig auf Italienisch. Anscheinend handelte es sich bei ihm um einen weiteren Landsmann Giovannis. »Ich muss noch zu den Patres.«

»Signora Belzoni«, sagte Giovanni, »aber kommen Sie doch bitte herein.«

Die Untersuchung verlief recht oberflächlich; Sarah benutzte die Gelegenheit, um sich zu erkundigen, wie ernst die Lage in der Stadt war, und erfuhr, dass es seit ihrer Ankunft weniger Todesfälle unter den Türken und keine weiteren mehr unter den Europäern gegeben hatte, aber noch sehr viele Menschen krank daniederlagen.

»Ich glaube nicht, dass es sich noch bis zum Johannestag hinziehen wird«, sagte Drovetti mit einer wegwerfenden Handbewegung zu Giovanni. »Am achtzehnten Juni wird der Nil wieder steigen, und dann ist es mit der Pest für dieses Jahr vorbei; wenn Sie länger in diesem Land bleiben, werden Sie merken, dass die Überschwemmungen immer mit dem Ende der Pest zusammenfallen. Sie sollten keine Schwierigkeiten haben, ein Boot zu bekommen, das Sie nach Kairo bringt, wenn Sie bereit sind, sich die Reisekosten mit ein paar anderen Europäern zu teilen.«

»Warum sollten wir ein Boot nehmen?«, fragte Sarah, die davon ausging, dass es teuer sein würde, wenn jetzt schon von Kostenteilung die Rede war. »Warum kein Fuhrwerk?«

»Weil hier der Nil die meisten Straßen ersetzt. Der Wind kommt fast immer aus Nordwesten und lässt die Boote stromaufwärts segeln, und die Strömung bringt sie wieder zurück.«

»Und warum sollte ich nach Kairo weiterziehen?«, fragte Giovanni misstrauisch. »Ich möchte dem Pascha so bald wie möglich meine Aufwartung machen.«

»Gewiss«, sagte Drovetti freundlich. »Das hatten Sie in Ihrem Brief erklärt. Doch der Pascha befindet sich zurzeit selbst auf dem Weg nach Kairo. Und wenn ich Sie wäre, dann würde ich eher früher als später zu ihm eilen. Es ist doch eine Wassermaschine, die Sie ihm bauen sollen, nicht wahr?«

Giovannis dichte Augenbrauen zogen sich zusammen; einen Moment lang sah er so aus, als wolle er fragen, woher Drovetti das wusste, doch dann nickte er nur.

»Nun, wie es sich so trifft, hat Seine Hoheit, Ihr Prinzregent«, sagte Drovetti mit einem Kopfnicken zu Sarah, um sie in die Unterhaltung mit einzubeziehen, »vor wenigen Monaten einen Mr. Allmark mit ein paar Geschenken zum Pascha geschickt. Soweit ich informiert bin – und wie schon erwähnt, unterhalte ich mich gerne –, handelt es sich um ein kleines Dampfmaschinenmodell und eine Wasserpumpmaschine. Der Pascha war in den letzten Monaten damit beschäftigt, Krieg gegen die Wahabiten zu führen, aber nun befindet er sich auf dem Rückweg, und …« Er breitete vielsagend die Hände aus.

Giovanni war etwas bleicher geworden, doch er entgegnete nichts. Sarah war stolz auf seine Selbstbeherrschung, denn diese Neuigkeit war ein wirklicher Schlag. Wenn die britische Regierung dem Pascha eine Wasserpumpmaschine schenkte, dann war die Chance gewiss nur gering, dass Mehemed Ali gewillt war, Giovanni für die Konstruktion einer weiteren zu bezahlen. Mittlerweile war ihr jedoch auch etwas anderes klar, und weil sie Drovetti mit seinen Salonmanieren zeigen wollte, dass sie ihn und seinen Grund, Giovanni Erfolg zu wünschen, durchschaut hatte, sprach sie es auch aus.

»Wir sind Ihnen für Ihren freundlichen Hinweis zu Dank verpflichtet. Wenn mein Gatte zuerst in Kairo eintrifft«, sagte sie zu Drovetti, »und der Pascha ihn mit dem Bau einer Wassermaschine beauftragt, dann wird er wohl an derjenigen der englischen Regierung nicht mehr interessiert sein, oder doch zumindest nicht sehr, weil ihm daran gelegen sein muss, nur das einzuführen, was hier nicht hergestellt werden kann. In diesem Fall hätte sich unsere Regierung umsonst bemüht, was Sie, Monsieur Drovetti, eventuell weniger betrüben wird als den guten Mr. Allmark.«

Noch einmal ergriff Drovetti ihre Hand und führte sie an seinen Mund. »Wer bin ich, um einer so klugen und schönen Frau zu widersprechen. Das Angenehme mit dem Nützlichen zu verbinden, Mrs. Belzoni«, sagte er leichthin, »ist gewissermaßen mein Lebensmotto, und deswegen helfe ich Ihnen gerne. Bevor Sie abreisen, müssen Sie mir noch die Ehre eines Besuches erweisen. Madame Drovetti freut sich bereits darauf, Ihre Bekanntschaft zu machen.«

Giovanni sah aus, als wolle er Alexandria am liebsten sofort verlassen, und nicht nur, um rechtzeitig beim Pascha einzutreffen. Aber unter den gegebenen Umständen blieb ihm nichts anderes übrig, als die Einladung anzunehmen.

Im Gegensatz zu ihrem Gatten war Madame Drovetti eine geborene Französin, und vorerst blieb es Sarah überlassen, sie kennenzulernen. Als sie am gleichen Abend beim französischen Konsulat eintrafen, wo, wie Giovanni sofort bemerkte, nicht etwa die weiße Flagge der Bourbonen mit den Lilien flatterte, sondern die Trikolore der Republik und des Kaiserreichs, teilte ihnen einer der Diener mit, es sei zu einem unerwarteten Zwischenfall gekommen, und kurz danach begrüßte sie Drovetti mit der Frage, ob Giovanni bereit sei, ihm bei einer »Notlage« zu helfen, die ein schnelles Eingreifen nötig machte und die er ihm auf dem Weg erklären würde. Giovanni, der es hasste, jemandem etwas zu schulden, sah eine günstige Möglichkeit, einen Gefallen zu erwidern, und willigte gern ein, während der Diener Sarah in einen Raum führte, der ihr mehr östlich denn westlich erschien: ein niederer Diwan, Teppiche, auf denen große Sitzkissen lagen, und ein sehr niederer Tisch. Immerhin trug Madame Drovetti, die kurz darauf eintrat, europäische Kleidung, doch sie wirkte so frisch und gelassen, dass Sarah, die in ihren Kleidern immer mehr das Gefühl hatte, zu ersticken, sich fragte, was ihr Geheimnis sein mochte.

»Verzeihen Sie«, sagte Madame Drovetti, nachdem sie sich begrüßt hatten, in einem Italienisch, das nicht besser als Sarahs war, was Sarah ein wenig von dem Gefühl nahm, eine ungeschliffene Landpomeranze neben einer Dame zu sein. *Oder eine Vagabundin,* flüsterte es in ihr. Es war nicht so, dass sie sich von der offensichtlich teuren Kleidung einschüchtern ließ, und Sarah war nicht so eitel, als dass es ihr etwas ausgemacht hätte, einer klassischen französischen Schönheit gegenüberzusitzen. Aber etwas an Madame Drovettis Auftreten, ihrer geschmeidigen Art, sich zu bewegen, und dem ungenierten Blick, den sie ohne den mindesten Versuch, ihn zu kaschieren, über Sarahs Kleid wandern ließ, irritierte sie.

»Ich – wie sagt man – ich musste mich erst um die arme Frau kümmern. Männer können abscheulich sein, *n'est-ce pas?*«

Sarah wusste nicht recht, was sie darauf erwidern sollte, und Madame Drovetti bedeutete ihr mit einer anmutigen Geste, sich auf den Diwan zu setzen.

»Aber ich vergesse – vergaß? Sie können es nicht wissen. Dieser Docteur, Duzap … ein Ungeheuer!«

Die kurze Untersuchung hatte Sarah nicht die Gelegenheit gegeben, sich eine Meinung über den Arzt zu bilden, und so bat sie um weitere Aufklärung.

»Seine Frau«, sagte Madame Drovetti, »ist nicht wirklich seine Frau. Verheiratet mit einem armenischen Bankier in Konstantinopel, wer hätte das gedacht? Nun, der Docteur hat sie dazu gebracht, mit ihm zu verbrennen – durchzubrennen? –, und sie nahm fünfundzwanzigtausend Piaster in Juwelen mit. Ah, aber der Schuft hatte es nur darauf abgesehen! Sie trifft hier ein, und er verlangt die Juwelen von ihr. Sie weigert sich. Da behauptet er, sie habe die Pest, will sie in einem Haus mit Pestkranken einsperren und nimmt ihre Steine! *Mon dieu* …«

Einerseits erinnerte die Geschichte Sarah stark an diejenigen, die Anpreiser auf den Jahrmärkten erzählten, andererseits gab es keinen Grund, warum sich solche Dinge nicht tatsächlich ereignen sollten.

»Aber!«, fuhr Madame Drovetti fort und setzte ihre Pausen tatsächlich so kunstvoll, wie Mr. Merryman das einst bei der Einführung des Samson von Patagonien getan hatte. »Auf dem Weg dorthin kann sie entkommen. Sie flieht zu uns! Wirft sich zu Füßen meines Gemahls!«

»Und nun?«, hakte Sarah sofort nach, doch Madame Drovetti klatschte, statt weiterzuerzählen, in die Hände. Ein schwarzer Dienstbote trat ein, dem sie auf Arabisch oder Türkisch ein paar Befehle gab, worauf er nickte und wieder verschwand.

»Und nun, meine Liebe«, erklärte sie weiter, »sind Monsieur Drovetti und Ihr Gatte auf dem Weg zu Duzap, um die Juwelen zu holen, bevor er mit dem nächsten Schiff verschwindet.« Madame Drovetti lächelte sie an. »Ich muss sagen, wir sind glücklich zu schätzen. So leicht hätte es anders sein können, nicht wahr? Das dachte ich, als ich sah das arme Ding. Ein wenig Pech, und es hätte sein können ich.«

»Aber gewiss nicht, Madame«, sagte Sarah höflich. »Es ist

ein furchtbares Schicksal, vor dem die Dame stand, und ich freue mich, wenn mein Gatte dazu beitragen kann, dem Schurken sein Diebesgut wieder abzunehmen, doch es scheint mir, zu all dem wäre es nicht gekommen, wenn diese Frau ihre Ehre nicht vergessen hätte.«

Der Diener kehrte mit einem Tablett zurück, auf dem kleine Porzellantassen standen, wie Sarah mit einem Stich in der Brust erkannte. Es war gewiss Jahre her, seit sie zum letzten Mal aus so edlem Geschirr getrunken hatte. Den Geruch des Kaffees kannte sie von Malta her, und sie hoffte, dass ihr neu gefestigter Magen sie nicht im Stich lassen würde. Noch vor drei Wochen hatte sie das Getränk geschätzt, aber sie traute ihrem Körper noch nicht völlig, und eine Blöße vor der Französin wäre unsagbar peinlich.

Madame Drovetti wartete, bis sie beide Tassen in der Hand hielten, dann plauderte sie gelassen weiter: »Nun, ich selbst habe zwar keine Juwelen mitgenommen, als ich meinen ersten Mann verließ, aber doch die Besitzurkunde für das Haus, in dem wir uns befinden. Es war mein Glück, dass Monsieur Drovetti zu seinem Wort steht, *n'est-ce pas?*«

Was Jahre auf Jahrmärkten und in Theatern ihr ausgetrieben hatten, was einer dreiwöchigen Reise unter Seeleuten nicht geglückt war, gelang Madame Drovetti mit zwei Sätzen, als ihre Bedeutung Sarah klar wurde: Sie errötete und wusste nicht, ob ihre brennenden Wangen durch ihren unbeabsichtigten Fauxpas oder durch das, was ihr gerade eröffnet worden war, verursacht wurden. Die unbekümmerte Selbstverständlichkeit, mit der Madame Drovetti bekannte, selbst eine Ehebrecherin gewesen zu sein, war ihr in dieser Form noch nie begegnet.

»Ah, ich vergaß«, sagte Madame Drovetti und klang ein wenig maliziös. »In England lässt man sich nicht scheiden, hm? Es ist eine der glorreichen Errungenschaften der Revolution, die der Kaiser uns ins Gesetzbuch geschrieben hat.«

Schon wieder der Korse! Aber von dieser Französin ließ sie sich gewiss nicht in die Enge treiben. Sarah schluckte ihre peinliche Berührtheit hinunter und sagte, absichtlich die Formulierung der anderen wiederholend: »Ah, ich vergaß. Wie nützlich für General Bonaparte, da er sich ja selbst scheiden ließ, nicht wahr? Aber verraten Sie mir: Gehört dieses Haus wirklich Ihnen?«

Die sorgfältig gezupften Augenbrauen ihres Gegenübers kletterten in die Höhe. Dann lachte Madame Drovetti und klang aufrichtig belustigt. »Ja, es gehört mir und meiner Mutter. Ich habe es von meinem Vater geerbt, und der nächste Konsul wird mir Miete zahlen müssen. Darf ich ganz ehrlich sein, Madame, wie mit einer Freundin? Manchmal vermute ich, das, was meinem ehemaligen Gatten am meisten im Magen lag, als ich die Trennung verlangte, war die nicht unbeträchtliche Miete für dieses Haus zu verlieren, das nun schon so viele Jahre als französisches Generalkonsulat dient. Dabei ist es bereits alt, und nun, da Monsieur Drovetti nicht mehr Konsul ist, lasse ich es gewiss nicht auf meine Kosten renovieren.«

Es lag Sarah auf der Zunge, zu fragen, ob die Mietersparnis für Monsieur wohl auch ein Grund gewesen war, Madame zu verführen und zu heiraten, und sie war entsetzt über sich selbst, obwohl sie nichts davon aussprach. Es war fast so, als ob französische Frivolität und Boshaftigkeit ansteckte. Trotzdem, eigentlich war es ihre Pflicht, ein gutes Beispiel zu geben.

»Werden Sie nach Frankreich zurückkehren, wenn der neue Konsul hier eintrifft?«

»Mmmmm«, sagte Madame Drovetti und wirkte wie eine Katze, die Sahne leckt. »Wer weiß, was dann passiert? Unser Sohn ist erst drei Jahre alt, und eigentlich ist das noch zu früh für eine so weite Reise. *Malasch,* wie die Menschen hier sagen: Es wird sich alles finden. Aber nun erzählen Sie doch von sich. Unsere arme Bankiersgattin ist einem hübschen Gesicht zum Opfer gefallen – und Sie, meine Liebe? Was hat Sie veranlasst, Englands grünen Hügeln den Rücken zu kehren?«

Das klang verdächtig danach, als stelle die Französin ihren eigenen Ehebruch und den der bedauernswerten Armenierin mit Sarahs Entscheidung, Giovanni zu heiraten, gleich. Nun, Mrs. Stapleton hätte ihr da vermutlich zugestimmt. »Der Wunsch, die Welt zu sehen«, sagte Sarah würdevoll, »war etwas, das Mr. Belzoni und ich stets miteinander geteilt haben.«

»Gewiss, Madame, gewiss ... noch Kaffee?«

Mit einem Mal wurde Sarah bewusst, dass sie überhaupt nicht beweisen konnte, mit Giovanni verheiratet zu sein; es gab hier niemanden, der sie kannte. Am Ende hielt Madame Drovetti sie für ein weiteres durchgebranntes Paar!

Der Höflichkeitsbesuch bei den Drovettis im französischen Konsulat war die erste Gelegenheit, bei der James bewusst wurde, was es für ihn bedeutete, dass Mr. B nun als Mann der Wissenschaft betrachtet werden wollte und nicht mehr als Schausteller. Die Einladung hatte eindeutig nur Mrs. B und Mr. B gegolten, und James würde bei der Dienerschaft bleiben müssen, obwohl er weder Französisch noch Arabisch noch Türkisch sprach; das gehörte sich für die Diener von ehrenwerten Bürgern. Zumindest glaubte er das. Doch als sie beim Konsulat eintrafen, kam James erst gar nicht dazu, sich den Weg in die Küche zu suchen, weil Drovetti Mr. B sofort um Hilfe bat, für etwas, das – wie er sagte – unter Europäern geregelt werden müsste. Auf gar keinen Fall würde James Mr. B unter solchen Umständen alleine lassen, also lief er ungefragt den beiden hinterher, was nicht weiter schwer war. Sie machten an der ersten Ecke beim nächsten Eseltreiber halt, und Drovetti erklärte, dass der Weg zwar nicht sehr weit sei, man aber als Europäer in diesem Land reiten müsse. »Sonst gilt man als Abschaum und als geizig«, erläuterte er. Leider standen nur zwei Esel zur Verfügung, und bei Mr. B hinten aufzusitzen kam für James nicht in Frage; das arme Tier sah ohnehin so aus, als ob es unter seiner hünenhaften Last fast zusammenbrach. Er versuchte, sich nicht wie »Abschaum« zu fühlen, lief gemeinsam mit den Treibern neben den Eseln her und schnappte auf dem Weg genug auf, um zu begreifen, worum es ging.

Als sie den Arzt fanden, setzte der zu einer langen Litanei an, bei der James bald aufhörte, genau auf die Bedeutung zu achten, denn die italienischen Worte für »Missverständnis«, »unschuldig« und »Schlampe« wiederholten sich oft genug. Dann kam »auf keinen Fall«, und erst, als sich Mr. Bs Gesicht verfinsterte und er drohend aufstand, hörte James wieder genauer hin.

»Ich bin niemandes Lakai!«, donnerte Mr. B.

»Nur ein weiterer hilfsbereiter Mann für eine Dame in Not«, ergänzte Drovetti verbindlich. »Also, Duzap, wo sind die Juwelen?«

»Ich habe keine Angst«, presste Duzap heraus. »Nicht vor ihm und nicht vor Ihnen, Drovetti. Ihre Zeit läuft ab! Bald sind Sie hier ein Niemand. Jeder weiß das. Kein Amt, kein Einfluss. Aber ich, ich bin dann immer noch Arzt, und wen brauchen die Leute hier wohl mehr, hm?«

»Nicht einen Arzt, der Gesunde als pestkrank diagnostiziert«, sagte Drovetti milde. »Und ganz gewiss keinen Dieb. Ich glaube nicht, dass sich einer der europäischen Konsuln für Sie einsetzen würde, Duzap, wenn ich Sie der hiesigen Gerichtsbarkeit überlasse, und ich hoffe doch, Sie wissen nach Ihrer Zeit in Konstantinopel, welche Strafe der Islam für Diebstahl vorschreibt.« Er lächelte ohne einen Funken

Humors in seinen Augen. Unwillkürlich fühlte sich James an den Würstchenverkäufer erinnert, der seinerzeit auf dem *Bartholomew Fair* die Kinder für sich hatte stehlen lassen. So hatte der Mann ausgesehen, bevor er einen in eine Kiste mit Ratten sperrte, wenn man den Tag ohne ein Schnäppchen beendet hatte.

»Ich bezweifle, ob Sie Ihren Beruf mit nur einer Hand weiter ausüben könnten«, sagte Drovetti, und der Arzt wurde kalkweiß im Gesicht. Rasch sagte er zu Mr. B: »Hören Sie, ich habe Ihnen und Ihrer Frau heute Morgen geholfen. Ich bin Arzt. Sicher glauben Sie dieses Gerede nicht? Helfen Sie nun auch mir.«

Mr. B warf Drovetti einen prüfenden Blick zu. Drovetti schaute weiterhin milde. »Geben Sie mir die Hand darauf, dass die Juwelen nicht hier sind«, sagte er. Das war eine der ersten Teile seiner Nummer: Freiwillige aus dem Publikum zu holen und sich von ihnen die Hand drücken zu lassen. James ahnte, was kommen würde. Duzap jedoch hatte Mr. B nie auf der Bühne erlebt und war so leichtsinnig, ihm tatsächlich die Hand zu reichen und etwas davon zu murmeln, er hätte gewusst, dass Mr. B kein so schlechter Mensch wie Drovetti sein könne.

»Um die Wahrheit herauszufinden, braucht man eine Hand nicht abzuschlagen«, sagte Mr. B. »Es genügt, wenn man sie zerquetscht.« Und er begann, zuzudrücken.

Es dauerte keine Minute, bis Duzap zusammenbrach.

»Der Koffer mit meinen Instrumenten hat einen doppelten Boden«, stieß der Arzt mit erstickter Stimme hervor. »Da sind die Juwelen. Ich hoffe, die Hexe erstickt daran, oder ihr Bastard von einem Ehemann sperrt sie für den Rest ihres Lebens ein, wenn sie zu ihm zurückkehrt.«

»Sie werden sich an das Klima gewöhnen«, sagte Madame Drovetti und reichte Sarah eine Schale mit Süßigkeiten, die sie dankend ablehnte. Der Kaffee war eine Wohltat und sehr belebend, aber zu viel Ungewohntes wollte sie ihrem Magen nicht auf einmal zumuten. »Und wenn ich Ihnen einen Rat geben darf, dann überreden Sie Ihren Gatten, sich so bald wie möglich einheimische Kleidung anzuschaffen. Monsieur Drovetti trägt eigentlich nur noch zu offiziellen Anlässen europäische, und glauben Sie mir ... ein Kaftan kann ausgesprochen kleidsam sein.« Sie lächelte versonnen. »Am richtigen Mann.«

Eine vulgäre Frau, die dem Geist der Unterhaltung und des Kaffees nachgab, hätte jetzt erwidert, dass die Französin erst einmal Giovanni im Lendenschurz als Samson sehen sollte, aber dergleichen lag Sarah fern. Schließlich durfte nichts von Giovannis Vergangenheit bekannt werden, und schon gar nicht vor so unzuverlässigen Ohren. Außerdem würde es ihr nie in den Sinn kommen, mit dem Äußeren ihres Mannes zu prahlen. Gewiss nicht.

»Mr. Belzoni ist sehr anpassungsfähig.«

»Mmmmm. Das kann ich mir vorstellen ... Monsieur Drovetti hat gar nicht erwähnt, dass Ihr Gemahl aussieht wie ein griechischer Gott im Exil, als er mir von Ihnen beiden erzählte, aber Männer haben natürlich andere Prioritäten. Ja, ich kann mir schon vorstellen, dass Ihr Herkules *sehr* anpassungsfähig ist und sich den Herausforderungen Ägyptens mannhaft stellen wird. Und Sie, meine Liebe?«

Da Giovanni Madame Drovetti noch nicht offiziell vorgestellt worden war, konnte sie ihn eigentlich nur durch das Fenstergitter auf der Straße beobachtet haben. Ganz abgesehen davon, dass dieses anzügliche Kompliment Sarah ärgerte, obwohl sie noch vor kurzem versucht gewesen war, mit Giovanni zu prahlen, verstand sie nicht ganz, wie die Frage gemeint war. Einheimische Kleidung würde in ihrem Fall kaum einen Vorteil bedeuten; nicht, wenn die schwarzen Gewänder der wenigen Frauen, die sie auf ihrem Weg vom Hafen zum *wakala* und vom *wakala* hierher auf den Straßen gesehen hatten, als Beispiel dienen konnten. Ganz gleich, wie warm und unbequem sie sein mochten, ihre Kleider zwangen sie zumindest nicht, ihr Gesicht zu verbergen. Aber vielleicht wollte Madame Drovetti auf etwas anderes hinaus? Auf was, wollte Sarah lieber nicht mutmaßen.

»Ich werde mich bemühen, so schnell wie möglich etwas von der Landessprache zu lernen«, sagte sie daher. »Schließlich wird es eine Weile dauern, bis Mr. Belzoni seine Maschine für den Pascha gebaut hat. Ist der Pascha eigentlich ... ein Mann von Ehre?« *Wird er zu den Zusicherungen seines Agenten stehen*, meinte sie damit, *oder werden wir ohne Einkünfte in diesem Land dastehen und es wieder so verlassen müssen, wie wir es betreten haben?*

Die Französin neigte den Kopf zur Seite. »Ah«, sagte sie, »manchmal vergesse ich, worüber man in Europa spricht, und hier. Doch es ist erst drei Jahre her, und ich dachte eigentlich ... nun, Madame, haben Sie denn nicht von den Mamelucken gehört und wie der Pascha seine Rivalen endgültig besiegt hat?«

»In England«, erwiderte Sarah, »sprach man von ...«

Den Kriegen, die Ihr selbsternannter Kaiser über die Menschheit bringt.

»... anderen Dingen.«

»Ah. Nun, was die Auffassung des Paschas von Ehre betrifft, müssen Sie natürlich unterscheiden zwischen dem, was man in Paris und London darunter versteht, und dem, was im Orient wichtig ist. Bilden Sie sich Ihre eigene Meinung. Der Pascha hat die tapfersten Krieger und führenden Mamelucken-Emire zu einem Mahl in die Zitadelle von Kairo geladen. Als sie nach dem Abendessen die Zitadelle verlassen hatten und auf dem Weg durch die Felsengasse waren, hat Mehemed Alis bester Freund sie dort alle umbringen lassen, während der Pascha für sie betete, als er die Schüsse hörte. Insgesamt waren es fünfhundert Männer, die durch diesen Hinterhalt starben, von den Tausenden Familienangehörigen im ganzen Land, die später an der Reihe waren, ganz zu schweigen. Aber weil der Pascha die Mamelucken nicht selbst den Kugeln ausgeliefert hat und weil seine Gäste sein Haus bereits verlassen hatten und er nicht mehr verpflichtet war, sie zu schützen, blieb seine Ehre nach den hiesigen Begriffen gewahrt. Mein Gatte meint, es sei dem Pascha auf diese Weise gelungen, die Bürgerkriege in Ägypten zu beenden, und er habe mittlerweile gute Chancen, als erster Herrscher von Ägypten seit Hunderten von Jahren im Bett zu sterben. Glauben Sie mir, liebe Freundin, ich will Ihnen keine Sorgen bereiten, sondern Ihnen nur erklären, dass man hier eine eigene Auffassung von Ehre hat – und der Pascha ist da keine Ausnahme.« Wieder setzte sie eine kurze, aber überaus effektvolle Pause. »Im Übrigen habe ich Sie nicht der Sprache wegen gefragt, ob Sie anpassungsfähig sind. Sehen Sie, das Leben hier ist, sagen wir … nicht ungefährlich, und wenn Ihrem Gatten etwas zustößt, was Gott verhüten möge, dann stehen Sie allein da. Und es ist nicht gut für eine Frau, allein zu sein, in Ägypten noch weniger als anderswo.«

»Wenn das Leben hier so gefährlich ist, dann gilt das doch gewiss genauso für mich wie für Mr. Belzoni«, entgegnete Sarah und konnte nicht verhindern, dass sie ungehalten klang. »Aber ich darf Sie beruhigen, auch unser Leben in Europa war nicht ohne Gefahr, und ich habe das nie als Anlass gesehen, Pläne für ein Witwendasein zu machen.«

Madame Drovettis Mundwinkel zuckten. »Nun, das ist Ihre Angelegenheit, meine Liebe, aber unser armer derzeitiger Hausgast hat gewiss auch nicht geglaubt, dass ihr *Docteur* sie derart im Stich lässt, nicht wahr? Und ich kann

Ihnen versichern, es liegt nicht an dem Äußeren der Armen. Sie hat einen Gesichtsausdruck wie ein Engel und eine Figur, die wie für die Sünde gemacht ist; aber Männer sind wie Kinder, sie werden selbst der exquisitesten Süßigkeit müde, wenn sie zu oft dargeboten wird. Ich selbst habe es immer für sinnvoll gehalten, für alle Fälle gewappnet zu sein. Es gibt nicht sehr viele Europäerinnen in Ägypten … nach einer Woche in Alexandria kennen Sie alle, und in Kairo dauert es nur wenige Tage. Außerhalb von Alexandria und Kairo gibt es überhaupt keine von uns. Also, falls das Schicksal zuschlägt, dann sollten Sie keine Schwierigkeiten haben, einen neuen Beschützer zu finden, gerade bei Ihren hellen Haaren, denn europäische Männer gibt es hier erheblich mehr. Aber verlassen Sie niemals die europäischen Viertel, sonst landen Sie am Ende noch im Harem eines Beys, und darüber liest man doch besser Romane, als es in der Wirklichkeit zu erleben, hm?«

»Wenn ich mein Leben mit dem Lesen von Romanen verbringen wollte, dann wäre ich …« *Immer noch Mrs. Stapletons Gesellschafterin,* hätte Sarah um ein Haar gesagt, aber sie besann sich gerade noch rechtzeitig darauf, dass Giovanni und sie niemandem in Ägypten von ihrem alten Leben erzählen wollten. – »… immer noch in London. Mr. Belzoni und ich wollen das Land kennenlernen. Gemeinsam. Und wir werden es auch wieder gemeinsam verlassen.«

Mit einer trägen Handbewegung reichte ihr Madame Drovetti noch einmal die Schale mit Süßigkeiten.

»Oh, meine Liebe, vertrauen Sie auf die Worte einer neuen Freundin. Dieses Land verändert jeden, der es betritt, auf die eine oder andere Weise. Glauben Sie mir, auch wenn Sie Ägypten mit Mr. Belzoni verlassen sollten, wird er nicht derselbe Mann sein, mit dem Sie hierhergekommen sind, und Sie nicht mehr dieselbe Frau.«

»Warum der Korse?«, fragte Mr. B unvermittelt, während sie sich auf dem Rückweg zum französischen Konsulat befanden. James, der den Eseln nach wie vor unmittelbar folgte, spitzte die Ohren. Drovetti, der kein kleiner Mann war, doch neben Mr. B so wirkte, sah zu ihm auf, während sie Seite an Seite durch die engen Straßen ritten. »Nun, das Piemont wurde durch ihn vom Haus Savoyen befreit«, sagte er leichthin. »Als ich in diesem Jahr erfahren musste, dass mich der Wiener Kongress wieder zum Untertan des Königreichs Sardinien gemacht hat, war ich … zugegebenermaßen nicht erfüllt von Freude. Was nun die Alternative betrifft … sind Ihnen die Habsburger wirklich lieber? Ich schaudere bei dem Gedanken, dass ihnen nun der Norden und der Süden Italiens gehören.«

Mr. B zog eine Grimasse. »Zum Teufel mit den Habsburgern«, sagte er lebhaft. »Aber dennoch verstehe ich nicht, wie Sie in den Dienst Frankreichs treten konnten. Das ist mehr, als die Herrschaft des Korsen einfach nur hinzunehmen. Oder sind Sie gepresst worden? Zwei meiner Vettern hat es erwischt, und meine Mutter hat mich schwören lassen, dass … nun, wenn Sie gepresst wurden, liegen die Dinge natürlich anders.«

Als Drovetti den Zügel seines Esels etwas straffer zog, während er den Kopf schüttelte, wurde James bewusst, dass der Konsul nur die rechte Hand benutzte und die linke steif hielt, als könne er sie nicht mehr richtig bewegen. Drovetti trug trotz der Hitze Handschuhe, also ließ sich nicht erkennen, woran das lag, doch da er während Mr. Bs Frage einen kurzen Blick auf seine Linke warf, fragte sich James, ob ein Zusammenhang bestand.

»Es war eine vollkommen freiwillige Entscheidung. Wir haben alle unsere Ideale«, sagte er ruhig. »Die Männer unserer Generation mussten eine Entscheidung treffen. Ich habe nie bereut, nach meinem Studium in Turin zur Armee gegangen zu sein. Ohne Marschall Murat«, fügte er hinzu,

»hätte ich wohl nie diesen Posten erhalten und damit die Gelegenheit gehabt, einem Landsmann nützlich zu sein. Doch verraten Sie mir nun, mein Guter, wie das Schicksal Sie nach England verschlug?«

»Ich musste mein Studium in Rom abbrechen«, sagte Mr. B. knapp.

»Ah, und dann haben Sie in England weiterstudiert? Darf man fragen, an welcher Universität?«

»Ich habe mich zwölf Jahre lang mit Hydraulik beschäftigt«, sagte Mr. B, und James, der nicht wollte, dass der Franzosenknecht die Gelegenheit bekam, Mr. B weiter in Verlegenheit zu bringen, mischte sich ungehörigerweise in das Gespräch ein. »Mr. B ist auch großartig darin, Leute zu beschützen. Wenn unsere Generäle Boney besiegen und Sie jemanden brauchen, der Sie rettet, weil Sie immer noch seine Flagge gehisst haben, dann macht er das für Sie, Sir.«

»Das ist eine große Erleichterung«, antwortete Drovetti mit zuckenden Mundwinkeln. Unverständlicherweise war es Mr. B, der verlegen wirkte.

»Was werden Sie tun, da Ihre Amtszeit nun vorüber ist?«, fragte er nach einem kurzen Schweigen.

»Nun, dass meine Amtszeit vorüber ist, mag sich nach den neusten Ereignissen als etwas … verfrüht herausstellen. Immerhin befindet sich der Kaiser seit März in der Hauptstadt, und wie Sie wissen, ist er zu Lande …«

»Er ist nicht unbesiegbar«, unterbrach ihn Mr. B mit einer gewissen Genugtuung. »Sonst wäre er wohl kaum nach Elba geschickt worden.«

»Zugestanden«, sagte Drovetti und neigte seinen Kopf. »Daher habe ich in der Tat auch Pläne für eine Zeit als Privatmann. Warten Sie noch ein wenig, und Sie werden sehen, worauf ich hinauswill«, schloss er geheimnisvoll.

Als die Männer zurückkehrten, klingelte Madame Drovetti nach ihrem schwarzen Diener, wies ihn an, neuen Kaffee zu bringen und James den Weg in die Küche zu zeigen.

»Wenn Sie gestatten, Madame«, sagte Drovetti zu Sarah und bot ihr seinen Arm, »möchte ich Ihnen und Ihrem Gatten die Zeit etwas verkürzen, indem ich Ihnen meine Sammlung zeige.«

Madame Drovetti machte keine Anstalten, sich vom Diwan zu erheben, obwohl Giovanni ihr mit ein paar Sekunden Verspätung, die er brauchte, um zu begreifen, was erwartet wurde, ebenfalls seinen Arm anbot.

»Nein, nein«, sagte sie und fügte an ihren Gemahl gewandt hinzu: »Sie wissen, *mon cher,* dass ich mit diesem Trödel nichts anfangen kann. Erfreuen Sie unsere Gäste. Ich werde nach dem armen Ding sehen, und wenn sie nicht schläft, wird es sie freuen zu hören, dass ihre Juwelen in Sicherheit sind.«

Das Italienische besaß, genau wie das Französische, zwei verschiedene Anredeformen; im Englischen gab es nur eine. Madame Drovetti ihren Gatten siezen zu hören unterstrich für Sarah einmal mehr die Andersartigkeit, nicht nur der Sprache, sondern auch des Standes. Sie hätte nicht sagen können, warum, aber in diesem Moment war sie sich stärker als je zuvor bewusst, dass die Drovettis ihnen noch vor einem Monat kaum Gastfreundschaft angeboten hätten, oder wenn, dann wie für James in der Küche, bei den Dienstboten.

Sarahs Arm lag auf dem Drovettis. Sie trug ein anderes Kleid als das, in dem sie Drovetti am Morgen gesehen hatte, ihr bestes, doch der graue Stoff wirkte farblos und abgegriffen neben der roten Seide, aus der seine Weste bestand. Plötzlich, und mit dem eigenartigen Zorn, den das Gefühl von Unzulänglichkeit in ihr hervorrief, wünschte sie sich, er könnte sie in ihrem grünen Bühnenkostüm sehen, er und seine Frau, die sie alle beide anschauten, als wüssten sie alles über sie.

»Bis jemand den Garten Eden findet«, sagte Drovetti, während er sie in den Innenhof des Hauses geleitete, »ist Ägypten das älteste Land der Welt. Als der Kaiser hierherkam, brachte er hundertsiebenundsechzig Gelehrte mit sich, die keinen anderen Auftrag hatten als den, die Natur und Geschichte Ägyptens zu untersuchen und aufzuzeichnen. Sie haben vielleicht Denon gelesen?« Er bezog sich auf ein Buch, das bereits vor ein paar Jahren ins Englische übersetzt worden war und von dem auch Sarah gehört hatte, die *Beschreibung Ägyptens* von einem gewissen Vivant Denon, der damals wohl zu Bonapartes Stab zählte.

»Ja«, sagte Giovanni zu ihrer Überraschung. Soweit sie wusste, war das nicht der Fall; ihr Mann war wissenshungrig, doch er hatte mit dem Buchstabieren auf Englisch immer noch seine Schwierigkeiten, und daher las sie ihm meistens vor. Anders als bei Mrs. Stapleton bereitete es ihr bei Giovanni Freude und bedeutete, dass sie ein neues Buch gemeinsam entdecken konnten. Doch Denon war nicht unter ihrer gemeinsamen Lektüre gewesen. Sorge stieg in Sarah auf. Das war eine Aussage, deren Wahrheitsgehalt Drovetti leicht feststellen konnte. Giovanni hätte sich nicht dazu hinreißen lassen sollen.

»Ich habe den Stein gesehen, den Ihr General Menou freundlicherweise unseren Truppen übergeben hat«, sagte sie daher rasch, um Drovettis Aufmerksamkeit auf sich zu ziehen. »Aus Rosetta. Er steht im Britischen Museum.«

Wenn Drovetti die Erinnerung an eine französische Niederlage peinlich war, oder falls er sie als erzürnend empfand, ließ er sich das nicht anmerken.

»Ah ja«, sagte er. »Der Stein, dessen Inschriften uns vielleicht helfen werden, eines Tages die Worte der alten Ägypter lesen zu können … Wir hatten natürlich einen

Gipsabdruck gemacht, bevor ihn die Engländer unter ihren Schutz stellten und mit ihm nach England entschwanden. Was damit derzeit in Paris geschieht, entzieht sich leider meiner Kenntnis. Wie ich höre, behauptet Ihr Mr. Young vom Royal Institute in seinen Artikeln, bereits vierzig Zeichen entziffert zu haben? Nun, mit einem derartigen Schmuckstück kann ich natürlich nicht dienen, doch sehen Sie selbst.« Er wies auf eine Seite des Innenhofes.

Sarah blieb stehen. Unter dem Holzaufbau des ersten Stocks geschützt standen dort, an die Wand gelehnt, Dinge, die sie außerhalb des Britischen Museums nie gesehen hatte … nein, selbst dort nicht. Griechische Statuen kannte sie, gewiss, römische Porträtbüsten und auch den Stein, von dem sie gerade gesprochen hatte. Doch was hier im französischen Konsulat stand, war nicht römisch und nicht griechisch. Sie lief von einem Falken aus schwarzem Basalt zu einem Relief, auf dem die geheimnisvollen Zeichen, die noch niemand lesen konnte, rund um menschliche Figuren geschrieben waren, die rot und weiß auf sie herableuchteten, als seien die Farben erst gestern aufgetragen worden. *Moses,* dachte sie, *Moses und Joseph und die Kinder Israels müssen so ausgesehen haben,* und in diesem Moment spürte sie nichts als Ehrfurcht und Staunen.

»Ich habe auch Papyrusrollen und einige Mumien«, sagte Drovetti, »doch ich hielt es für besser, sie nicht an der frischen Luft unterzubringen.«

Sarah ging andächtig weiter zu einer Frauenfigur, die ebenfalls aus schwarzem Basalt gefertigt worden war und wirkte, als habe jemand ein nasses Leinentuch um ihren nackten Körper gelegt, so deutlich waren die Formen herausgearbeitet. Auf ihrem Kopf trug sie zwischen Kuhhörnern eine Scheibe. *Mond oder Sonne?*, fragte sich Sarah, als sie Giovanni mit belegter Stimme sagen hörte: »Wunderschön.«

Sie schaute zu ihm hinüber. Es war nicht eine bestimmte Statue, die er musterte, sondern all die Schätze, die hier im Innenhof standen. Der Ausdruck auf seinem Gesicht verwirrte sie, weil sie glaubte, alle von Giovannis Mienenspielen zu kennen. Es war nicht der Enthusiasmus, mit dem er die Reise nach Ägypten begrüßt hatte, oder die Freude, mit der er die Strauße in der *wakala* beobachtete. Nein, dieser besondere Ausdruck war neu.

»Sind es solche Kostbarkeiten nicht wert, dass man sich ihnen eine Zeit lang widmet?«, sagte Drovetti lächelnd. »Das ist es, was ich nach der Ankunft meines Nachfolgers zu tun gedenke … wenn es denn dazu kommt.«

Giovanni drehte sich zu ihm um, und Sarah konnte dem Gefühl auf seinem Gesicht einen Namen geben: Es war eine zornige Sehnsucht, die sie bei ihm noch nicht erlebt hatte. Sie hätte nicht sagen können, ob dies den Schätzen Ägyptens galt, von denen gerade die Rede war, oder Drovettis Leben. Ein Mann aus seiner Heimat, der alles hatte, was sich Giovanni erträumte: Ansehen, Reichtum, Respekt, Ruhm bei Landsleuten und Ausländern gleichermaßen. Es dauerte nur einen Herzschlag, bis ihr klar wurde, dass auch Drovetti in Giovannis Gesicht würde lesen können, und der Wunsch, ihren Gatten zu beschützen, ließ sie handeln.

»Ich fühle mich nicht …«, hauchte sie und sank zu Boden. Um Ohnmachtsanfälle spielen zu können, musste man noch nicht einmal die Erfahrung der Jahrmärkte haben; es genügte, einfach eine Frau zu sein.

Giovanni eilte sofort zu ihr und fächerte ihr Luft zu, besorgt auf sie einredend.

»Die Hitze«, flüsterte Sarah, als sie den richtigen Zeitpunkt für gekommen hielt, und schlug die Augen wieder auf. »Es muss die Hitze sein.«

Giovanni kniete neben ihr und hatte ihren Kopf auf seine Beine gebettet. Drovetti dagegen machte keine Anstalten, nach einem Diener zu klatschen, ein Glas Wasser zu holen oder etwas anderes zu tun, mit denen sie gerechnet hatte. Stattdessen waren seine blauen Augen fest auf sie gerichtet, und als sie ihre Lider nun noch einmal flattern ließ, um das mühsam wieder erlangte Bewusstsein zu verdeutlichen, legte er eine Hand auf sein Herz und deutete eine kleine, ironische Verbeugung an.

Wohltäter oder nicht, sie entschied, dass sie Männer verabscheute, die einer Frau ihre Ohnmachtsanfälle nicht glaubten.

KAPITEL 3

James war froh, als sie Alexandria verließen, auch wenn es mitten in der Nacht geschah, der Gezeiten wegen. Er bildete sich ein, er könnte den Tod riechen, der immer noch über der oft wie ausgestorben wirkenden Stadt hing; es erinnerte ihn an Irland, die verhungerten Menschen nach schlechten Ernten und alles, was er über seine Kindheit vergessen wollte.

»Ein Drittel der Stadtbevölkerung ist diesmal gestorben«, sagte Mr. Turner gewichtig.

Mr. Turner war ein junger britischer Gentleman, der wie Mr. B nach Kairo reisen wollte und sich mit ihm die Kosten für das kleine Boot teilte, das sie dort hinbringen sollte. Mit seinem Pferdegebiss und seiner knochigen Gestalt erinnerte er James ein bisschen an Mr. Merryman.

Eigentlich hatte Mr. B vorgehabt, mit Kamelen nach Rosetta zu reiten, der Hafenstadt am befahrensten Nilarm, und sich erst dort ein Boot zu mieten, was James gefallen hätte; er war noch nie auf einem Pferd geritten, geschweige denn auf einem Kamel, und war sehr neugierig darauf. Aber der französische Italiener – oder sollte man diesen Drovetti einen italienischen Franzosen nennen? – hatte erwähnt, dass sie in Rosetta eine große Anzahl von Pilgern vorfinden würden, die in Richtung Mekka unterwegs waren und ebenfalls Boote mieten wollten, was dort den Preis nach oben trieb. James wusste nicht, wo Mekka lag und welcher Heilige dort beerdigt war; es schien aber von großer Bedeutung zu sein, denn als Mr. B das englische Konsulat besuchte, wurde ihm das Gleiche mitgeteilt, und zwar von Mr. Turner. Der alte Konsul, ein Colonel Missett, war tatsächlich so krank, wie überall erzählt wurde, und unfähig, irgendjemanden zu empfangen. Mr. Turner war eigentlich auch nur ein Besucher; doch er hatte zum Stab des britischen Abgesandten in Konstantinopel gehört, war daher einige Tage in der Botschaft untergekommen und befand sich nun auf dem Rückweg nach England.

»Aber es bestand kein Grund, nicht einen kleinen Umweg zu machen«, verkündete er. Sein Diener, ein griechischer Junge mit einem Namen, den James nicht verstand und den er kurzerhand zu »George« machte, zog hinter Turners Rücken eine Grimasse und flüsterte James zu, der kleine Umweg habe aus Reisen nach Zypern, Rhodos, Beirut und Jerusalem bestanden, und jetzt nun auch noch Ägypten. George sprach Englisch, Türkisch und Arabisch und würde auf dem Weg ihr Dolmetscher sein.

Soweit James erkennen konnte, gab es auch noch einen weiteren Grund, warum Mr. Turner ihn dabeihatte. In den Pantomimen, in denen Mr. B immer die wilden Häuptlinge oder gefährlichen Schurken abgab, hätte man George mit seinen hohen Wangenknochen, den ebenmäßigen Zügen und den schwarzen Locken wohl als jugendlichen Liebhaber besetzt, und Mr. Turner legte ihm ein wenig zu oft besitzergreifend seine Hände auf die Schultern. Auf den Jahrmärkten und vor allem auf den Schiffsreisen, die James bisher mit den Belzonis unternommen hatte, war es hin und wieder zu Angeboten von Seeleuten an ihn gekommen, so dass er einige Gesten und Verhaltensweisen richtig zu deuten glaubte. Gleichzeitig war er sich gewiss, dass es Mrs. B völlig entging. Und Mr. B hatte ohnehin nur die Maschine im Kopf, die er bauen wollte. Aber ganz gleich, ob George nun Mr. Turner auch mit seinem Körper zur Verfügung stand oder nicht, es war gut, nicht der einzige Diener an Bord zu sein, jetzt, wo die Belzonis mit einem Herrn von Stand zusammen waren, dem sie ebenfalls als Herrschaften erscheinen mussten.

Es war nur ein kleines Boot mit einem einzigen Mast, eine *jerm,* wie George sagte; Mr. B und Mr. Turner hatten zusammen zweihundertfünfundzwanzig Piaster dafür zahlen müssen, sechs Pfund, wie Mrs. B ausrechnete, die ihr restliches Geld im englischen Konsulat getauscht hatte; ein Betrag, der von Mr. Turner mit einem erfreuten Lächeln zur Kenntnis genommen wurde, für den Mr. B aber ein Jahr lang sparen musste. Die wenigen ägyptischen Bootsleute, die es brauchte, um das Boot zu segeln, waren nicht sehr gesprächig. Nein, es war gut, George an Bord zu haben, schon, weil er einem alles erklärte, während sie sich die Arbeit teilten.

»Vor Rosetta gibt es eine gefährliche Stelle, die ein Schiff am besten bei Tagesanbruch durchfährt«, sagte George mit einem Akzent, der anders als derjenige der Italiener und Franzosen klang, »auch deswegen brechen die Boote von Alexandria hier gegen Mitternacht auf.«

Die beiden jungen Männer suchten die trockensten Stellen an Bord, um das Gepäck zu verstauen, und kamen dabei gehörig ins Schwitzen. Während Mr. Turner etwas darüber erzählte, dass er im Briefwechsel mit Lord Byron stand, und Mr. B gelegentlich einfließen ließ, dass er seit zwölf Jahren die technischen Wissenschaften studierte und eine Maschine bauen würde, die das Wasser des Nils fast ohne jede Hilfe schöpfen und verteilen würde, gestatteten sich ihre Diener in stummer Übereinstimmung ein Augenrollen, obwohl keiner von beiden ein Wort gegen die Herrschaft des anderen sagte.

Als die Morgenröte anbrach, hatten sie die angeblich so gefährliche Mündung von Rosetta erreicht, und James sah mit einigem Unbehagen, dass tatsächlich das Wrack einer anderen *jerm* auf einer Sandbank lag. Zum Glück hatte ihr Boot keine Schwierigkeiten; jedenfalls merkte er nichts davon. Später ankerten sie vor einem Dorf, um zu essen.

Bei Tageslicht wurde ihm erst wirklich bewusst, dass der riesige Fluss, auf dem sie sich befanden, dreimal so breit wie die Themse in London sein musste, und dabei sollte es sich doch angeblich nur um einen Flussarm handeln. Überhaupt war es das erste Mal, dass James wirklich etwas von Ägypten sah, denn in Alexandria waren sie nur zwischen Hafen, *wakala* und Konsulaten hin und her gehastet und wegen der Angst vor der Pest bemüht gewesen, so schnell wie möglich durch die Straßen zu kommen, ohne Zeit, sich umzuschauen. Was ihn nun verblüffte, war das intensive, leuchtende Grün der Felder und Wiesen, die sich bis zum Ufer hinzogen; er hatte sich das Land, über dem tagsüber scheinbar ständig die Sonne brannte, ausgedörrter vorgestellt. Das Dorf, das man in einiger Entfernung am Horizont graurot schimmern sehen konnte, war eine Ansammlung von niederen Kuppeln. Zu seinem Bedauern besuchten sie es nicht; George handelte direkt am Ufer mit einem Ziegenhirten um etwas Milch. James versuchte, sich die einschlägigen Ausdrücke zu merken, denn er würde sie gewiss später noch gebrauchen können. Dann setzten sie sich mit dem gesalzenen Fisch aus den Vorratsfässern und der frischen Milch in den Schatten einiger Palmen, bis ein ächzendes, stöhnendes Geräusch ertönte, das Mr. B aufspringen ließ. Es kam vom Ufer flussaufwärts, wo ein Ochse im Kreis lief, der im Vergleich zu den Rindern, die James in Schottland gesehen hatte, ziemlich hager wirkte. Er war an ein flaches Holzrad gebunden, genau wie eine lange Kette gelber Töpfe, die Wasser aus dem Fluss in einen ausgehöhlten Baumstamm gossen, der irgendwo im Erdreich verschwand.

»So müssen die Bauern bereits zu Zeiten der Pharaonen ihre Felder bewässert haben«, sagte Mr. Turner mit seinem gestochenen Oberklassen-Akzent. »Faszinierend, aber primitiv. Da wird eine Neuerung wirklich benötigt, Belzoni.«

Mr. B nickte geistesabwesend; er war damit beschäftigt, um das Wasserrad zu laufen und es von allen Seiten in Augenschein zu nehmen. Mrs. B fragte ihren Begleiter, ob es stimme, dass der Prinzregent dem Pascha eine Wassermaschine geschickt habe.

»Woher haben Sie das? Von Drovetti?«, fragte Mr. Turner. »Nun ja, lassen Sie es mich so ausdrücken: Nach drei Jahren hat das Auswärtige Amt den Anträgen des Konsulats nachgegeben und Mr. Allmark mit zwei Maschinen geschickt, die Eindruck auf den Pascha machen sollen. Aber er wird sie natürlich nicht ohne unsere Hilfe nachbauen können, während Ihr Gemahl ihm wohl etwas anfertigen soll, das als Modell für viele Nachahmungen dienen kann. Sie werden verstehen, dass dies eine äußerst delikate Angelegenheit ist. Wenn der Pascha sich ganz der Freundschaft der britischen Krone anvertrauen würde, dann könnten wir ihn ohne weiteres mit unseren Errungenschaften versorgen, nur besteht er darauf, uns gegen die Franzosen auszuspielen. Und er hat einiges mit Boney gemeinsam. Sie sind beide selbsternannte Herrscher ohne ordentliche dynastische Legitimation. Und einen England feindlich gegenüberstehenden Usurpator wollen wir gewiss nicht mit den neuesten Erfindungen versorgen – oder von anderer Seite versorgt wissen ... es ist schwierig.«

»Mein Gatte betrachtet England als seine zweite Heimat«, sagte Mrs. B, »und würde nie etwas tun, das britische Interessen gefährdet! Aber meinen Sie nicht, Mr. Turner, dass Großzügigkeit und Fairness uns Engländern die Freundschaft des Paschas mehr als alles andere sichern würden?«

»Gott bewahre Ihnen Ihre Unschuld, Mrs. Belzoni«, sagte Turner und fing übergangslos an, über Bonaparte zu reden, und wie er darauf hoffte, in Kairo Nachrichten darüber zu erhalten, dass man das korsische Ungeheuer erneut und diesmal für immer in seine Schranken verwiesen habe. »Aber nun lassen Sie uns sehen, was Ihren Mann so an dieser primitiven Apparatur fasziniert.«

James trat schnell neben Mr. B, der leise und auf Italienisch etwas darüber murmelte, wie die Maschine, mit der in *Sadlers Wells* das große Feuer-und-Wasser-Spektakel präsentiert worden war, verbunden mit einer Variation dieses Prinzips die Lösung darstellen würde. James fragte ihn lauter als sonst, ob er noch mehr von der Ziegenmilch wolle. Dieser Turner machte ganz den Eindruck, als ob er Italienisch verstünde, und wenn er nicht, dann George.

»Nein, danke, James«, sagte Mr. B zerstreut, aber er murmelte nicht mehr vor sich hin.

George stieß James in die Rippen. »Komm, wir werden hier gerade nicht gebraucht – lass uns die Gelegenheit beim Schopf ergreifen und baden.«

James warf einen skeptischen Blick auf den Fluss. »Bist du sicher?«

»Hast du etwa Schiss?« George sah ihn herausfordernd an. »Mach dir keine Sorgen: Hier können wir noch ins Wasser; weiter nilaufwärts gibt es dann aber Krokodile, dreimal so lang wie dein Mr. Belzoni und mit Zähnen, die ein mageres Bürschchen wie dich problemlos auseinanderreißen können.«

Krokodile hatte James noch nie gesehen, und nach der Beschreibung wünschte er sich auch nicht, deren Bekanntschaft zu machen. Aber nach all den Tagen in der ägyptischen Hitze, die den Eindruck machte, als würde sie drückender, je weiter sie sich von der Meeresküste entfernten, klang das nach einer wunderbaren Idee. James zog sein Hemd aus, doch dann fiel ihm Mrs. B ein, und er zögerte. George folgte seinem Blick und verstand. Er deutete mit dem Kinn in Richtung des *Reis,* wie man den ägyptischen Kapitän nannte, und seine Leute, die bereits völlig nackt im Nilwasser umhergingen. James entschied, dass Mrs. B bestimmt nach dem ersten zufälligen Blick entschlossen in die andere Richtung schauen und gar nicht mitbekommen würde, dass er sich den anderen Männern anschloss. Schnell wurde er den Rest seiner Kleidung los und rannte ins Wasser.

~

Was Sarah empfand, als sie bemerkte, welcher Tätigkeit sich jedermann hingab, war weniger Schock als vielmehr Neid. Die Nacht auf dem Boot war eine Nacht voller Insekten gewesen, und sie hatte aufgehört, die Mückenstiche und Flohbisse zu zählen. Dazu kam, dass sie sich mit all dem alten und neuen Schweiß am ganzen Körper klebrig fühlte. Selbst im Schatten einer Palme ließ sich absehen, dass ihr Kleid und ihr Korsett ihr auch am heutigen Tag zu einer Folter werden würden. Sie hatte sich noch nie gewünscht, ein Mann zu sein, doch sie tat es jetzt. Nur für eine Stunde, eine himmlische Stunde im Wasser.

»Habe ich Ihnen schon erzählt, dass ich versucht habe, den Hellespont zu durchschwimmen, genau wie Lord Byron?«, fragte Mr. Turner mit angestrengt beiläufiger Stimme. Der blonde Schnurrbart, den er trug, war feucht genug von Schweiß, um zu wirken, als habe ihm jemand zwei Pinsel auf die Oberlippe geklebt, und er tupfte sich ständig die Stirn mit einem Taschentuch ab. »Ich habe ihm deswegen auch geschrieben.«

»Sie brauchen mir nicht Gesellschaft zu leisten«, sagte Sarah trocken, denn sie war sich sicher, worauf er im Grunde hinauswollte. »Gesellen Sie sich nur zu den anderen. Ich werde weiter hier unter den Palmen rasten.«

Mr. Turner ließ sich das nicht zweimal sagen. Sarah rückte noch ein Stück weiter zur Seite, um nicht Gefahr zu laufen, einen zufälligen Blick in Richtung Ufer zu werfen.

Stattdessen ließ sie ihren Blick über die Felder schweifen, Reisfelder, wie man ihr erklärt hatte, und zu der Ansammlung von dunklen Hütten hin, die ein Dorf darstellten. Unwillkürlich hob sie die Hand, um ihre Augen zu beschirmen. Grüne Flächen, rote Tupfen auf ockerfarbener Erde, das wolkenlose Blau des Himmels: Die Farben in diesem Land waren so leuchtend, dass ihnen jede Sanftheit fehlte. Wenn sie die Augen schloss, bildete sie sich ein, sie in der Dunkelheit nachglühen zu sehen. Sie dachte an die Reliefs im französischen Konsulat, an das abgetragene Grau ihres Ärmels auf Drovettis roter Seide. Madame Drovetti mit ihrer Eleganz kam ihr in den Sinn, und die selbstverständliche, unbekümmerte Art, mit der die Französin über Verfehlungen und Scheidung sprach. Die Empörung und Verlegenheit, die sie beim Zuhören empfunden hatte, war inzwischen zu einem pflichtbewussten Echo verflogen. Das musste an der Hitze liegen … so wie der Gedanke, einmal unauffällig zu den badenden Männern hinüberzublicken.

Neben ihrer Hand regte sich etwas, und erst jetzt bemerkte Sarah, dass dort ein Tier saß, ein echsenähnliches Geschöpf mit blassgrüner Haut und schwarzgelben Streifen auf beiden Seiten seines kleinen Körpers, so klar, als seien sie gezeichnet. Es öffnete seine Augen, und das blasse Grün verdunkelte sich, bis es sie an das saftige Grün eines Laubblattes erinnerte.

»Ein Chamäleon«, sagte Giovanni, als er sich neben ihr niederließ. Das Tier huschte fort.

»Es kann seine Farben ändern«, sagte Sarah fasziniert. »Glaubst du, es kommt zurück, wenn ich lange genug warte?«

»Ich glaube, davon gibt es hier mehr als genug«, sagte Giovanni, was keine Antwort war. Sarah bemerkte, dass er das Hemd viel zu weit aufgeknöpft hatte. Sein Haar war noch nass; sie streckte ihre Hand aus und ließ die dunklen Locken durch ihre Finger gleiten, um ihre kühle Feuchte zu spüren, ehe die Hitze sie trocknete. Auch ohne sich umzusehen, wusste sie, dass die übrigen Männer sich noch im Wasser vergnügten, konnte das Lachen und Plätschern hören. Giovannis Hemd war so nass wie sein Haar und würde ihn noch eine Weile erfrischen. Selbst diese Methode, um sich abzukühlen, war ihr unmöglich.

»Du brauchst mir nicht Gesellschaft zu leisten«, sagte sie, wie sie es vorhin zu Turner gesagt hatte, und Giovanni entgegnete aufrichtig verwundert: »Ich weiß.«

Das war Giovanni, und deswegen liebte sie ihn nach zehn Jahren noch so wie an dem Tag, als er sie um ihre Hand gebeten hatte: Es wäre ihm überhaupt nicht in den Sinn gekommen, es als ein Opfer zu betrachten, seiner Frau Gesellschaft zu leisten. Weil sie durch die Palmen vor den Blicken der anderen geschützt wurden, erlaubte Sarah es sich, den Kopf an die Schulter ihres Mannes zu legen. Sie spürte die kühlende Feuchtigkeit auf ihrer nackten Wange.

Wenn sie selbst ihre Farben ändern könnte wie das Chamäleon, das sie gerade beobachtet hatte, würde sie ein Wesen wie Giovanni werden wollen, voller eindeutig glühender Farben, ohne das Grau von versteckten Zweifeln.

Die Nächte waren ein wenig kühler, doch nicht unter Deck. Nach der dritten Nacht gab Sarah den Versuch, schlafen zu wollen, auf und ging nach oben, um wenigstens etwas von der frischeren Nachtluft zu haben. Sie wünschte sich, sie könnte zumindest ihre Arme und Beine entblößen, um die Luft auf ihrer nackten Haut zu spüren, aber zwei der Besatzungsmitglieder würden wach, an Deck und mit dem Segeln des Bootes beschäftigt sein, was die Verwirklichung des

Wunsches genauso unmöglich sein ließ, wie es die Teilnahme am Baden für sie gewesen war.

Als sie ein paar Schritte in Richtung Heck machte und dort einen bloßen Rücken im Mondlicht glänzen sah, war daher das erste Gefühl, das sie packte, Neid. Erst dann schaute Sarah genauer hin und begriff, was sie sah. Es war kein Mannschaftsmitglied, das sich gerade zum Schlafen hinlegte, wie sie zuerst gedacht hatte; es waren zwei ineinander verschlungene Gestalten, durch die Taurollen auf dem Schiffsboden nur teilweise den Blicken verborgen. *Jemand hat sich im letzten Dorf, vor dem wir geankert haben, ein Mädchen mitgenommen,* dachte Sarah unwillkürlich und schalt sich gleich darauf töricht. Das Boot war zu klein, um Platz für versteckte Passagiere zu bieten. Wenn noch eine Frau an Bord gewesen wäre, dann wäre Sarah schon längst über sie gestolpert. Aber das Stöhnen, das der Nachtwind nun zu ihr trug, war unmissverständlich, in jeder Sprache. Einen Moment lang war sie ratlos.

Dann erinnerte sie sich an die Passagen über Sodom und Gomorrha im Alten Testament, an die Engel, die sich zu Lot flüchten mussten, weil sie von den Bewohnern Sodoms mit ihrer Lust verfolgt wurden. Als Mädchen hatte Sarah nie verstanden, was die Männer der Stadt von den Engeln wollten, wurden die Engel doch auch als männliche Wesen beschrieben; als erwachsene Frau hatte sie diese Frage nicht mehr gekümmert, weil es wahrlich wichtigere Dinge in ihrem Leben gab, über die sie sich den Kopf zerbrechen musste. Jetzt wurde ihr vorgeführt, worum es bei dieser ominösen Sünde eigentlich ging, und sie kam sich wahrlich vor wie Lots Weib, zur Salzsäule erstarrt. Sie hatte keine Ahnung, was sie tun sollte. Bei einem Mann und einem Mädchen hätte sie sich ganz einfach umgedreht und wäre gegangen; dergleichen war ihr gelegentlich auf den Jahrmärkten passiert. Sie starrte auf den durchgedrückten, vor Hitze glänzenden

Rücken, der sich hob und senkte und sich in der sternenbeglänzten Klarheit der ägyptischen Nacht so deutlich gegen die dunkle Bordwand abhob, fragte sich, ob sie laut um Hilfe rufen sollte, um dem Ganzen ein Ende zu machen, und versuchte, nicht darüber nachzudenken, dass trotz allem Entsetzen der Neid, den sie vorhin gespürt hatte, noch nicht ganz verflogen war, obwohl er nun andere Gründe hatte. Giovanni und sie hatten immer noch keine Gelegenheit gehabt, lange genug miteinander allein zu sein, und seit dem Aufbruch aus Malta waren mittlerweile fast fünf Wochen vergangen.

Energisch schüttelte Sarah den Kopf. Sie war Engländerin, und Engländer wussten, was sich gehörte. Dazu zählte bestimmt nicht die fleischliche Vereinigung unter freiem Himmel und in unmittelbarer Nähe von acht anderen Leuten, selbst wenn es sich um eine eheliche Beziehung und keine biblische Sünde handelte. Wenn die Einheimischen sich gehen ließen, dann sollte sie das nicht kümmern.

Genau in diesem Moment wurden die Geräusche der sich vereinigenden Körper und das dunkle Stöhnen unterbrochen. »O Gott, ja, George, genau da, ja!«, rief jemand eindeutig auf Englisch, und die Sprache nahm der Gestalt die Anonymität.

Das war Mr. Turner!

Diesmal ließ der Schock Sarah nicht erstarren, sondern löste eine sofortige Reaktion aus. Sie wirbelte herum und lief unter Deck, und dass sie dabei über einen der schlafenden Bootsleute stolperte, kümmerte sie nicht.

Sarah erzählte Giovanni nichts von dem, was sie gesehen hatte, und sie sagte auch nichts zu Mr. Turner; aber von nun an fiel ihr auf, wie er im Vorübergehen wie zufällig die Hüfte seines Dieners streifte, und sie nahm sich vor, James auf keinen Fall mit ihm allein zu lassen. Ansonsten versuchte sie, sich von der Hitze, ihrer Schlaflosigkeit und der unerwünschten Entdeckung, die sie gemacht hatte, nicht die Erkundung des Landes verderben zu lassen, was ihr erst am fünften Morgen nach ihrem Aufbruch aus Alexandria wieder gelang. Die Sonne ging auf und zeigte ihr etwas am Horizont, das ihr den Atem nahm.

Sarah weckte Giovanni und James, um den Anblick mit ihnen zu teilen, und hörte, wie sich auch Mr. Turner zu ihnen gesellte; das, was sie sah, nahm sie so sehr gefangen, dass sie nicht weiter darauf achtete. Dort, am westlichen Horizont, weit entfernt, so dass man sich ihre Größe eigentlich kaum vorzustellen wagte, lagen sie: dreifach, mit ihren Spitzen den Himmel berührend.

»Das älteste der sieben Weltwunder«, sagte Mr. Turner ehrfürchtig. »Die drei Pyramiden. Ich habe Herodots Beschreibung in der Schule übersetzt«, fügte er hinzu, und Sarah wurde sich bewusst, dass er bestenfalls Mitte zwanzig sein konnte, wahrscheinlich noch jünger. Älter als James, gewiss, doch näher seinem als ihrem Alter. Giovanni sagte nichts; stattdessen legte er seinen Arm um ihre Taille, und sie konnte spüren, wie sein Atem schneller wurde.

»Also, größer als St. Paul's sind die nicht«, sagte James, und Sarah seufzte.

»Wir werden einen Ausflug nach Gizeh unternehmen, das versteht sich«, teilte Mr. Turner Giovanni mit. »Machen Sie sich um die Organisation keine Sorgen, das erledige ich schon. Wo werden Sie eigentlich wohnen? Bei mir wird es das Kloster Terra Santa sein, aber der Konsul hat mir erzählt, dass man dort die Gegenwart einer Frau nicht dulden wird. Ich muss schon sagen, alter Junge, es war sehr gewagt, mit Ihrer Gattin hierherzukommen.«

Ohne seine Augen von den Pyramiden abzuwenden, entgegnete Giovanni: »Wie man an Signor Drovetti sieht, bin ich nicht der Einzige.«

Turner lachte. »Ah, aber das ist etwas anderes. Der kam, soweit ich weiß, unverheiratet hierher und hat dann die Frau eines französischen Kaufmanns verführt, die schon hier war. Natürlich haben einige Kaufleute in Alexandria ihre Ehefrauen bei sich, aber das sind Händler, die sich auf Dauer in Ägypten niedergelassen haben. Wir Reisende dagegen …«

»Wir werden im Haus eines gewissen Boghos Bey logieren«, sagte Sarah, die nicht schon wieder etwas über Drovettis private Verhältnisse hören wollte. »Der Beauftragte des Paschas in Malta hat uns an ihn verwiesen, falls der Pascha sich nicht in Alexandria aufhalten sollte.«

»*Eines* seiner Häuser, meinen Sie wohl, Mrs. Belzoni«, verbesserte Turner. »Boghos Bey hat als Mehemed Alis Dolmetscher angefangen und ist jetzt nicht nur einer seiner wichtigsten Berater, sondern auch Minister für Auswärtige Angelegenheiten. Wir hatten in Konstantinopel ständig mit ihm zu tun; kein Schreiben aus Ägypten, das nicht durch seine Hände gegangen wäre. Er wird an Macht und Ansehen nur vom Defterdar Bey übertroffen, dem Finanzminister. Seine Kaschefs und Kaimakane, wie man die Steuereintreiber hier nennt, sind der Schrecken aller Ägypter.«

Sein belehrender Tonfall störte Sarah. Spitzer, als angebracht war, sagte sie daher: »Vielen Dank für Ihre Ausführungen, Mr. Turner. Wie ich schon sagte, der Boghos Bey wird uns eine Bleibe zur Verfügung stellen, also ist für uns gesorgt.«

Nach einer Viertelstunde beschrieb der Nil einen Bogen, und die Pyramiden verschwanden aus ihrer Sicht. Es versetzte Sarah einen Stich, aber sie hatte kaum Zeit, dem verschwundenen Weltwunder nachzutrauern, weil sie James neben sich pfeifen hörte.

»Alle Wetter, Mrs. B«, sagte der Junge. »*Das* nenne ich mal eine Stadt.«

Erst jetzt bemerkte Sarah, dass sie – gefangen vom Anblick, der sich ihr bis vor wenigen Augenblicken bot – gar nicht bemerkt hatte, dass sie sich einem ganz anderen, aber ebenso faszinierenden Ort genähert hatten. Vor ihnen lagen so viele kleine Schiffe, dass ihr *jerm* kaum dazwischen navigieren konnte. Hinter dem Wald aus Schiffsmasten und Segeln erkannte sie weißglänzende Kuppeln und Minarette, dazwischen quadratförmige Gebäude, die wie Zuckerstücke wirkten. Auf seine Weise war der Anblick so fremd und schön wie derjenige der Pyramiden, und Sarah dachte, dass er die letzten fünf schlaflosen Nächte wert war.

Die Ägypter murmelten etwas, und Turners Diener übersetzte es für sie: »Masr ohne gleichen. Masr, die Mutter der Welt.«

»Masr?«

»So nennen die Araber Kairo, Signora.«

In Alexandria hatte es geheißen, dass in Kairo ebenfalls die Pest wüten sollte, doch wenn dem so gewesen war, konnte man jetzt nichts mehr davon feststellen. Schon der Lärm, der sie empfing, als sie an Land gingen, war ohrenbetäubend. Bootsleute, Wasserträger, Bettler, Obst- und Fischverkäufer, alles schrie höchst lebendig seine Angebote heraus. In der wogenden Menge sah Sarah immer wieder kleine Kinder, die hier am Hafen nackt herumliefen, und bemerkte mehrere Soldaten in einer Uniform, die, wie Mr. Turner nur zu gerne erklärte, die türkische war.

Wie sich herausstellte, musste Turner bald von ihnen Abschied nehmen; das Kloster Santa Terra befand sich weit entfernt von Bulak, dem Hafen Kairos, und eben hier lag das Haus, in dem Boghos Bey den »ehrenwerten Belzoni und die Seinen« untergebracht hatte. Turners Diener George half ihnen noch, Esel zu mieten, weil man, wie Drovetti sie gewarnt hatte, als Ausländer nicht zu Fuß gehen konnte, und verschwand dann mit seinem Herrn auf eigenen Eseln.

»Riglak! Shamalak!«, schrien die Eseltreiber, die ihre liebe Not gehabt hatten, einen Esel aufzutreiben, der groß genug für Giovanni war, während sie neben ihnen herliefen. Sarah vermutete, dass es so etwas wie »Aufpassen!« bedeuten musste. Damensattel gab es nicht, aber da sie nie reiten gelernt hatte, wäre ihr ein solcher auch keine größere Hilfe gewesen. Stattdessen hatte sie ihre Röcke hochgeschürzt und klammerte sich an ihrem Esel fest, während er durch die Straßen getrieben wurde. Sie bemühte sich, den Gedanken zu verdrängen, dass ihre bestrumpften Beine nun für alle Welt sichtbar waren. Doch sie konnte nicht verhindern, dass sie hin und wieder Gelächter hörte, und das nicht nur von den Ägyptern.

»Tut mir leid, Mrs. B«, sagte James, als sie sich umdrehte und ihn bei einem hastig erstickten Gegurgel ertappte. Sarah verzog keine Miene.

»England erwartet, das jedermann seine Pflicht tut, James«, zitierte sie Lord Nelson bei Trafalgar.

Sie hatte Gelegenheit, an die eher scherzhaft gemeinten Worte zu denken, als sie vor dem Haus eintrafen, das für die nächste Zeit ihr Heim werden sollte. Wie sich herausstellte, befand es sich gar nicht so weit vom Kai entfernt; die Eseltreiber hatten sie mehr oder weniger im Kreis geführt, um ihren Lohn hochzutreiben. Als Giovanni sich jedoch in seiner ganzen Größe vor ihnen aufbaute und ihnen auf seine ernste Art tief in die Augen sah, reduzierten sie ihre Forderungen.

Das Haus lag so nahe, dass man von dort aus die Anlegestellen der Boote beobachten konnte. »Heilige Jungfrau Maria«, stieß Giovanni hervor, der es als Erster in Augenschein nahm. Sarah brauchte nicht lang, um zu erkennen, was ihn zu diesem selten gewordenen Ausruf veranlasst hatte. Die Fenster waren mit angebrochenen hölzernen Riegeln verschlossen; die Tür des Hauses wurde nur von einer dagegengestemmten Stange im Inneren zusammengehalten. »Es sieht aus, als würden wir hier einbrechen«, sagte James, während die Verstärkung sich krachend löste und zu Boden donnerte, als Giovanni die Tür öffnete. Sarah warf ihm einen strengen Blick zu und folgte ihrem Mann ins Innere.

Es gab nicht viel zu sehen und noch weniger, was nicht zerbrochen war; über allem lag wie ein Schleier eine dicke Schicht Staub. Das Haus hatte zwei Stockwerke und, wie es schien, viele Räume, doch als James versuchte, in den ersten Stock zu gehen, brach bereits die unterste Stufe unter seinem ersten Schritt zusammen. Angesichts der Tatsache, dass er in etwa so viel wog wie Sarah und kaum die Hälfte von Giovanni, war das niederschmetternd.

»Nun«, sagte Sarah und bemühte sich, Haltung zu bewahren, »diesmal haben wir immerhin unser Bettzeug dabei und müssen uns keine Gedanken um Quarantänevorschriften machen.«

Giovanni räusperte sich. »Ismail Gibraltar hat mir versprochen, dass der Pascha mich reich bezahlen wird. Dann nehmen wir uns ein besseres Haus.«

Sie wollte ihn nicht entmutigen, doch der Verdacht, dass Ismail Gibraltar ihm womöglich nicht alles geglaubt und diesem Boghos Bey etwas von seiner Skepsis hatte wissen lassen, wuchs in ihr. Andererseits mochte das Haus mit den zerbrochenen Riegeln, in dem bereits alles gestohlen war, was es zu stehlen lohnte, das einzige sein, das derzeit zur Verfügung stand. Wie dem auch sei, hier waren sie, und hier mussten sie versuchen, das Beste aus ihrer Lage zu machen.

James und Giovanni brachten ihr Gepäck herein, und Sarah entschied, dass der größte Korbkoffer, den sie hatten, als Tisch dienen würde. Es gab keine Stühle, also würden sie auf dem Boden sitzen. Wenigstens mussten sie, dank ihres Reisebettzeugs, nicht auf dem nackten Boden schlafen.

Aber sie hatte auf einen Zuber gehofft, in dem sie nicht nur ihre Kleidung, sondern auch sich selbst waschen konnte. Nach einigem Suchen fand sie, was einmal eine Küche mit einer Feuerstelle gewesen sein musste, ohne das geringste Anzeichen von Töpfen oder Geschirr. Die Decke über ihnen knarzte bedrohlich, und ein wenig Staub viel auf ihr emporgerecktes Gesicht.

»Machen Sie sich keine Sorgen, Mrs. B«, sagte James plötzlich, »das wird schon werden. Ich hab am Kai Stände mit Töpferwaren und Kupferzeug gesehen. Geben Sie mir etwas Geld, und ich gehe dahin zurück und kaufe uns, was wir brauchen.«

»Du sprichst doch die Sprache nicht, James«, sagte sie besorgt.

Er grinste. »George hat mir ein paar Ausdrücke beigebracht auf dem Boot. Es wird schon klappen. Wenn nicht, dann klaue ich die Sachen eben. Das«, setzte er hastig hinzu, »war ein Scherz, Mrs. B.«

»Ich weiß, James«, sagte sie gelassen, holte die Piaster hervor, die sie seit Alexandria zwischen ihren Kleidern versteckt hatte, und zählte eine Summe ab, von der sie hoffte, dass sie genügen würde. »Sei vorsichtig.«

Giovanni hatte derweilen einen Papierbogen hervorgeholt, ihn auf dem Koffer ausgebreitet, den Sarah zum Tisch deklariert hatte, und begann, mit dem Bleistift, den er immer mit sich führte, darauf zu schreiben. Ein Blick über seine Schulter verriet ihr, dass es sich um ein Schreiben an Boghos Bey handelte, das seine Ankunft bestätigte und um eine Audienz beim Pascha ersuchte.

»James«, rief er, als der Junge das Haus verließ, »versuche, auch etwas Tinte und Federn zu finden!«

Sarah ging zu dem Fenster, das einen Blick auf den Hafen gestattete, und versuchte, den Jungen im Auge zu behalten.

Das Erstaunlichste, was James auf seinem Weg zurück zum Kai zu sehen bekam, war die Gruppe von sieben oder acht fast gänzlich nackten Frauen und Männern, die mit gesenkten Augen einem Mann in türkischer Kleidung folgten. Haremsszenen waren bei den größeren Jahrmärkten sehr beliebt, aber die Frauen, die Haremssklavinnen spielten, kamen genauso wenig aus der Türkei oder Arabien wie Mr. B aus Patagonien kam, und wenn man nach dem Spektakel versuchte, mit ihnen zu reden, setzte es meistens Ohrfeigen. Echten Sklaven war er dagegen nie begegnet. Mrs. B hatte strenge Ansichten zu diesem Thema; sie war eine überzeugte Anhängerin des ehrenwerten William Wilberforce, der Sklaverei als unchristlich beschrieb und, ein Jahr nachdem die Belzonis James aufgenommen hatten, im Parlament ein Gesetz gegen den Sklavenhandel durchgesetzt hatte. Sie hatte ihm einige Pamphlete von Mr. Wilberforce vorgelesen. Mr. B sagte, er hätte in Rom Sklaven gesehen, kleine Negerjungen, die den großen Damen dort die Schleppe trugen, aber Mr. B neigte manchmal zu … Ausschmückungen, und vielleicht musste James nicht nur die Negerjungen, sondern auch die großen Damen dazu zählen.

Die kleine Menschengruppe, die an ihm vorbeilief, hatte jedenfalls eine schwarze Haut, und die Frauen wiegten sich keineswegs in den Hüften, wie es die Mädchen in den Jahrmarktsspektakeln taten. Die Männer ließen auch nicht die Muskeln spielen, wie das Mr. B in seiner Nummer als schwarzer Häuptling tat. Nein, sie wirkten alle, als wären sie irgendwo anders und würden nicht sehen und nicht hören, was um sie vorging. Wie Blinde, nur dass keiner von ihnen Stöcke benötigte, um zu laufen. Es waren die ersten nackten Frauen, die James am helllichten Tag in der Öffentlichkeit sah; selbst das leichtbekleidetste weibliche Wesen auf den Jahrmärkten hatte doch immer noch etwas getragen. Er konnte nicht anders, er musste stehenbleiben und ungeniert hinschauen, was ihn weniger erregte, als er sich das bei seinen gelegentlichen nächtlichen Phantasien eigentlich vorgestellt hatte, sondern auf eine Art berührte, die für ihn genauso neu war wie der Anblick, der sich ihm bot.

Die dunkle Haut war völlig anders, als James es sich vorgestellt hatte, wenn er Mr. B und andere Gaukler schwarz bemalt auf der Bühne erlebt hatte, und einen Moment lang hatte er den Wunsch, sie zu berühren, um sich von ihrer Echtheit zu überzeugen. Doch als er sich vom Anblick zweier fester, wohlgeformter Brüste losriss, die er gerade bewunderte, traf ihn der leere, hoffnungslose Blick der Frau, und seine Aufregung verflog. Es wurde ihm unbehaglich, und er lief weiter, ohne sich noch einmal umzudrehen.

Was war in ihn gefahren? Da hatte er erstmals in seinem Leben Gelegenheit, unbekleidete Frauen zu sehen, ohne von irgendjemandem dafür bestraft zu werden, und rannte fort, anstatt die Chance ausgiebig zu nutzen? Darüber musste er nachdenken, am Abend, wenn er allein war. Er bedauerte nur, sich mit Mrs. B nicht über ein solches Thema unterhalten zu können. Sie wusste immer eine Erklärung für alles. Aber das war unmöglich, unmöglich in der Welt der Jahrmärkte und erst recht unmöglich in ihrer neuen Welt.

James selbst erregte seinen Teil an Aufmerksamkeit, seines roten Haares und seiner Sommersprossen wegen, aber nichts davon schien unfreundlich zu sein. Das änderte sich, als er einen Stand mit Töpferwaren fand und mit Händen und Grimassen anfing, um den Preis zu handeln. Der Verkäufer wurde plötzlich gesprächig und fing an, wie ein Wasserfall auf ihn einzureden, und James erkannte ein paar Schimpfworte wieder, die sich die Männer auf dem Boot an den Kopf geworfen hatten. Das löste fast ein heimeliges Gefühl in ihm aus. Händler waren doch überall gleich.

Am Ende hatte er die Töpfe und ein paar Küchenutensilien für Mrs. B und noch einige Piaster übrig. Da der Händler ihn mit einem Grinsen entließ, wusste James, dass er trotzdem noch zu viel bezahlt haben musste, aber das kränkte ihn nicht. Es würde kaum das letzte Mal sein, dass er hier für die Belzonis einkaufte. Beim nächsten Mal würde er selbst ein paar nette Ausdrücke auf Lager haben und vorher einen Preisvergleich machen.

KAPITEL 4

Rifaa al-Tawhati war sechzehn Jahre alt, als er nach Kairo kam, um dort die ehrwürdigste und berühmteste aller Koranschulen zu besuchen: die Azhar. Es hätte für ihn selbstverständlich sein sollen, war es aber nicht. Rifaas Familie gehörte zu den ältesten seiner oberägyptischen Heimatstadt Tahta, und viele seiner Vorfahren waren *ulama* gewesen, religiöse Führer. Doch nicht Rifaas Vater. Dieser hatte gelernt, an den Markierungen und am Wasserstand der jahrtausendealten Nilmesser die Erträge der Fellachen vorauszusagen und ihre Steuern danach festzulegen. Dann war Mehemed Ali gekommen, und inzwischen verging kein Tag, an dem Rifaas Vater den Pascha nicht verfluchte. Mehemed Ali hatte die Pachthöfe, die den Wohlstand von Rifaas Familie begründeten, zu Eigentum der Regierung erklärt. Mehemed Ali verlangte, dass Indigo angebaut wurde, und Baumwolle. Mehemed Ali wollte, dass die Bauern Maschinen benutzten, die kein Mensch verstand, und Mehemed Ali, der dreifach verfluchte, drohte damit, die jungen Männer in den Heeresdienst zu pressen. Es war Letzteres, das Rifaas Vater überzeugt hatte, seinen Sohn trotz ihres verlorenen Reichtums nach Kairo zu schicken, um ein Gelehrter zu werden.

»Wir sind *ulama*«, erklärte er, »keine Söldner im Dienst eines albanischen Türkenknechts!«

Wie es sich für einen guten Sohn gehörte, war Rifaa dem Wunsch seines Vaters gefolgt. Es hatte kein Opfer für ihn bedeutet; er war neugierig auf die wundersamste aller Städte. Aber er hütete sich, dies offen zu zeigen. »Türken, Franken, Griechen«, pflegte sein Vater verächtlich zu sagen, »voller

Geschmeiß ist al-Masr, und nur das Licht der Moscheen und ihrer Schulen ist Grund, sich dem auszusetzen.«

»Ja, Vater.«

Der Lehrer, der Rifaa und die anderen Jungen begrüßte, Scheich Hassan al-Attar, hätte niemals die Billigung seines Vaters gefunden. »*Wallahi,* wir leben in einer neuen Zeit«, sagte der Mann ernst, »und keiner weiß das besser als ich. Vor zwanzig Jahren kamen die Franzosen, und ich habe ihr Institut besucht. Nun sind sie alle hier, Franken aller Länder Europas, und der Pascha, Allah erhalte ihn, hat recht: Wenn wir nicht von ihnen lernen, dann werden wir zu Staub unter ihren Sohlen werden und ihre Knechte.«

»Aber«, wandte einer der Schüler ein, »sind nicht Franken die Feinde des Islam?«

Hassan al-Attar las ihnen die Worte des französischen Kaisers vor, die Proklamation, die er damals an das ägyptische Volk gerichtet hatte, und seine Stimme, die den Koran und die erhabenen Dichtungen der Vergangenheit so melodisch rezitierte, machte die Worte zu einem neuen Lied: *»O Scheichs, Richter und Imane, Offiziere und Amtsträger des Landes, sagt Eurem Volk, dass auch die Franzosen wahre Muslime sind; und als Beweis nennt ihnen, dass sie das große Rom besetzten und die Macht des Papstes brachen, der die Christen immer dazu trieb, den Islam anzugreifen, und von dort sind sie auf die Insel Malta gegangen und haben die Malteser Ritter vertrieben, die immer behaupteten, Gott wolle, dass sie die Muslime bekämpften.«*

Er hielt inne und fragte sie, ob sie glaubten, was sie hörten. Es war eine neue Frage für die meisten von ihnen; die Worte des Korans und die Worte von denen, die Macht in Händen hielten, ob es nun Mamelucken waren oder Türken, waren gottgegeben, und die Möglichkeit, sie für wahr oder falsch zu erklären, wäre ihnen nie in den Sinn gekommen. Schließlich war es Rifaa, der es wagte, zu antworten.

»Es mag wahr sein oder eine Lüge, doch wie können wir das wissen, oh Lehrer? Keiner von uns hat den Kaiser der Franzosen je gesehen, oder Rom oder Malta.«

»Ja«, sagte Hassan al-Attar einfach. »Und deswegen öffnet die Augen und lernt, nicht nur die Worte des Korans und des Propheten, gepriesen sei sein Name, sondern lernt von allem, was ihr um euch seht in dieser Stadt. Hört mit euren Ohren, was die Franken sprechen, wie sie einander der Lügen zeihen und schwören, alle Franken, die nicht ihres eigenen Landes sind, hätten nichts als Unheil im Sinn. Prüft mit eurem Herzen, was davon wahr sein mag. Doch vor allem lernt, denn die neue Welt wird nicht wieder zu der alten werden, und wisst ihr nicht, was sie bringt, werdet ihr untergehen und mit euch das Land. Denn ihr seid *ulama,* und wer soll die Zukunft gestalten, wenn nicht ihr?«

Die Schüler waren begeistert und verehrten ihn wie einen Heiligen. Was Rifaa jedoch am meisten für Hassan al-Attar einnahm, war, was er mit dieser Begeisterung tat; er lenkte sie von sich fort, wie die Bauern kleine Kanäle vom Nil in die Felder bauten, damit das Wasser nicht nur einer Stelle am Ufer zugutekam, sondern alle Felder versorgte. »Nicht *einen* Lehrer«, sagte er, »und keinen anderen einzigen Mann sollt ihr zum Maßstab eurer Begeisterung nehmen. Dergleichen gebührt allein Allah. Öffnet euch dem, was euer Volk braucht; das allein sollt ihr als Ziel betrachten.«

In den Straßen von Kairo zu lernen war nicht ungefährlich. Der Pascha war aus dem Krieg zurückgekehrt und mit ihm seine Soldaten, und die, so hieß es, waren nicht glücklich. »Sie sollen angeblich fränkische Ausbilder erhalten und lernen, wie die Franken zu kämpfen«, teilte ein Wasserverkäufer Rifaa mit und spie aus. »Deswegen will der Pascha ägyptische Soldaten: Die türkischen Soldaten sind zu stolz dafür. Für sie ist ein Soldat ohne Pferd kein Soldat. Dabei haben die Mamelucken für ihre Überheblichkeit bitter bezahlt, als sie glaubten, gegen die beweglichen Kanonen der Franken anreiten zu können. Bah! *Ja salam,* mögen sie doch alle an der nächsten Pest sterben, Türken und Franken!«

Für Rifaa, der hier war, weil sein Vater ihn vor dem Soldatendasein bewahren wollte, übten Soldaten die Faszination alles Verbotenen aus, und so starrte er hinter den Türken in ihren Uniformen her, wenn er sie sah. Um die Zitadelle herum waren mehr von ihnen zu finden als sonst irgendwo, weil hier der Pascha residierte. Rifaa sagte sich, er wolle nur das Bauwerk sehen, das der große Saladin bewohnt hatte, zu den glorreichen Zeiten, von denen sein Vater immer schwärmte, vor vielen Jahrhunderten. Natürlich würde er es nicht betreten dürfen, das wusste er. Während er den Hügel erklomm, murmelte er die Worte seines Lehrers: Er war hier, um zu lernen, mit geöffneten Augen.

Seine Augen waren sehr weit offen, als ein Soldat im Galopp durch die enge Gasse preschte, die sich zu der Zitadelle hochschlang. Von unten kamen zwei Franken auf Eseln, und einer der Männer war so groß, dass Rifaa blinzelte, um sich zu vergewissern, dass er nicht träumte. Die Eseltreiber sahen den türkischen Soldaten kommen und wichen sofort zur Seite, und der kleinere Franke, der offenbar das Reiten gewöhnt war, tat desgleichen, doch der Riese saß auf seinem Esel wie angewurzelt. Rifaa hielt den Atem an. Als sich Franke und Soldat auf gleicher Höhe befanden, versetzte der galoppierende Türke dem Riesen mit seinem Fuß und dem metallbeschlagenen Steigbügel einen Tritt und ritt ungerührt weiter, während der Franke aufschrie, von seinem Esel stürzte und hart mit dem Kopf auf dem Boden aufschlug.

Rifaa zögerte nicht, sondern rannte den Weg wieder hinunter. Die Worte des Propheten waren eindeutig: Allah liebte die Mitleidigen, und diejenigen, die Verletzten Hilfe verweigerten, liebte er nicht. Dass Rifaa bisher noch nie näher als zehn Schritte an einen Franken herangekommen war, spielte keine Rolle. Er kannte diese Steigbügel; sie waren wie Schaufeln mit scharfen Kanten, und er konnte sehen, dass neben dem Riesen ein blutiger Fetzen auf der Straße lag.

Nach dem ersten Aufschrei ächzte der Franke nur noch; er hatte die Zähne zusammengebissen und sah kalkweiß aus, während sein rechtes Bein heftig blutete. Die Haut an seiner Schläfe war durch den Sturz aufgerissen und blutete ebenfalls; Rifaa fragte sich sofort, ob auch der Schädel verletzt war, aber dann wäre der Mann wohl nicht mehr bei Bewusstsein und außerdem so gut wie tot. Von schweren Schädelverletzungen hatte sich in seiner Heimat keiner je erholt.

Der kleinere Franke sprach Rifaa zu seiner Überraschung in Türkisch an, das er bereits als Kind gelernt hatte, und sagte, sie seien wegen einer Audienz beim Pascha hier, und Hilfe würde gewiss belohnt werden.

»Ich brauche keinen Lohn«, erklärte Rifaa gekränkt. Dann dachte er an das Geld, das sich sein Vater vom Mund absparte, um ihn in Kairo unterrichten zu lassen, und bereute seinen jugendlichen Hochmut, doch er war auch zu stolz, um seine Aussage zurückzunehmen. »Ich helfe gerne«, setzte er hinzu.

»Niemand braucht dich hier«, sagte einer der Eseltreiber verärgert auf Arabisch. Den anderen musste die Attacke des Soldaten so verschreckt haben, dass er fortgelaufen war. »Das sind keine reichen Franken. Also geh!«

Rifaa ignorierte ihn und rannte zum nächsten Straßenverkäufer, um Wasser und etwas zum Verbinden der Wunden zu holen, bis man den Franken zu einem Arzt bringen konnte. Als er mit beidem zurückkehrte, sagte der verletzte Franke »Danke« auf Arabisch, doch verstummte sofort wieder, sei es, weil er nicht mehr von Rifaas Sprache beherrschte, sei es, weil er unter seinen Wunden litt. Dafür war sein Begleiter gesprächiger. Sein Name, so sagte er in fließendem Türkisch, sei Turner, und dies sei der ehrenwerte Belzoni, erwartet von Boghos Bey und Seiner Hoheit dem Pascha, um für sie eine Maschine zur Bewässerung der Felder zu bauen.

Gemeinsam hievten sie den Verletzten zurück auf seinen Esel und machten sich auf den Weg zu dem nahe gelegenen Kloster Terra Santa, wo Turner wohnte; Belzoni, so erklärte Turner, sei in der Hafenstadt Bulak untergebracht, die viel zu weit entfernt lag.

Die Vorstellung, ein christliches Kloster zu betreten, war unheimlich, aber Rifaa hätte sich geschämt, Furcht zu zeigen. Außerdem befand sich das Kloster im Viertel der Franken, wo er noch nie gewesen war, und sein Lehrer hatte gesagt, sie sollten neues Wissen suchen. Also lief er neben den Eseln her, damit sich dieser Belzoni auf ihn stützen konnte, achtete darauf, dass der verbliebene Eseltreiber die Franken nicht auf Umwegen führte, und versuchte, sich nichts von dem Gemisch aus Neugier und Furcht anmerken zu lassen, was er empfand. Hin und wieder schaute er auf den verwundeten Franken, um sicherzugehen, dass der Mann nicht in Ohnmacht fiel und von seinem Esel auf ihn stürzte. Rifaa glaubte nicht, dass er und der schmächtige Franke Turner in der Lage waren, den riesigen Mann zu tragen, und der Eseltreiber würde gewiss bei der ersten sich ihm bietenden Gelegenheit mit seinem Tier das Weite suchen.

Turner fragte ihn, warum der Soldat seinen Freund wohl angegriffen habe, und Rifaa fühlte sich verpflichtet, klarzustellen, dass dies kein richtiger Angriff gewesen war. Sonst wären die Franken jetzt beide tot. »Ich weiß nicht, Herr, ob es damit zu tun haben könnte«, schloss er, »aber es heißt, der Pascha wolle, dass seine Soldaten nach Art der Franken ausgebildet werden …«

»Ah, ja«, unterbrach Turner und pfiff durch die Zähne. »Ich komme aus Konstanti… aus Stambul, mein Junge. Ich verstehe das Problem.«

Mittlerweile konnte man die Pforte des Klosters bereits erkennen, und Rifaa wurde immer beklommener zumute. Er hatte Geschichten über Christen gehört, die kleine Kinder stahlen, um sie in ihrem Glauben aufzuziehen, und auch wenn er bereits so gut wie ein Mann war, vergaß man solche Geschichten nicht. Was war davon wahr, was erfunden? Er biss sich auf die Lippen.

»Eh, *ragazzo*«, sagte Belzoni, was Rifaa nicht verstand, doch er ging wieder näher an den Esel heran. Die Gesichtszüge des Riesen waren immer noch leicht verzerrt, als er sich nun zu ihm hinunterbeugte. Rifaa befahl sich, keine Angst zu zeigen, und wich nicht zurück. Die Hand des Franken griff hinter sein Ohr – und holte eine Münze hervor.

Es war ein Kunststück, das er auf den Basaren schon öfter beobachtet hatte, und er fühlte, wie sich das Gefühl von unwürdiger Angst in seinem Magen auflöste und ein Lächeln zurückließ. Außerdem war er beeindruckt. Ein Mann, der bei einer solchen Wunde zu einer Spielerei in der Lage war, verdiente Respekt.

Belzoni hielt ihm die Münze hin, und diesmal schluckte Rifaa seinen Stolz hinunter und nahm sie.

Ihren Gatten auf einer Tragbahre und mit einer Eskorte wiederzusehen, die aus Mr. Turner und mehreren Fremden bestand, war einer der schlimmsten Momente in Sarahs Leben, weil der Anblick sie einen Moment lang glauben ließ, Giovanni sei tot. Es war geplant gewesen, dass er nach seiner Audienz beim Pascha im Kloster Santa Terra übernachten würde, deswegen hatte sie ihn nicht vor dem nächsten Tag zurückerwartet und war damit beschäftigt gewesen, eine Leiter in den ersten Stock zu erproben, die ihnen die morschen Stufen ersetzen sollte. Als die kleine Prozession sich auf ihr Haus zubewegte, glaubte sie erst, die Männer würden vorbeiziehen, bis sie Giovannis unverwechselbare Gestalt auf der Tragbahre zwischen zwei Eseln erkannte. Sie presste die Hand auf den Mund und versuchte, den Schrei zu ersticken, der sich ihr entringen wollte. Die Erklärungen, die später kamen, sogar Giovannis schwere Wunden, das alles war harmlos im Vergleich zu diesem Augenblick.

Dann hörte sie seine Stimme nach ihr rufen.

Nachdem sie wusste, dass Giovanni lebte, kostete es Sarah keine Mühe mehr, ruhig zu bleiben, mit James aus Bettzeug und Kisten ein Lager für Giovanni zu bauen und Mr. Turner und seine Begleiter in dem Raum zu empfangen, dessen Decke am wenigsten Staub durchrinnen ließ. Dort hatten sie den aus Koffer und Leinen bestehenden »Tisch« aufgestellt, und Sarah sagte, trotz ihrer Angespanntheit souverän und humorvoll: »Ich darf Sie in meinen Salon bitten, meine Herren.«

Giovanni war im Kloster Santa Terra verbunden und ärztlich versorgt worden, und Turner versicherte ihr, dass keine weitere Gefahr bestand, wenn er seine Wunden in Ruhe heilen ließ. »Sie haben Glück, dass Ihr Schädel nicht ernsthaft verletzt scheint«, sagte er kopfschüttelnd.

»Aber der Pascha!«, rief Giovanni vom improvisierten Lager. »Was muss der Pascha von mir denken! Ich muss mich doch vorstellen, um zu beweisen …«

»Wir haben eine Nachricht geschickt, alter Junge«, sagte Turner wegwerfend. »Der Pascha wird Ihnen sicher eine weitere Audienz gewähren, wenn Sie wieder auf den Beinen stehen.«

Und inzwischen müssen wir weiterhin von unseren Ersparnissen leben. Sarah unterdrückte ein Seufzen.

Einer der Männer, die mit Turner gekommen waren, räusperte sich. Er trug den Kaftan, das Leinenhemd und den breiten Stoffgürtel eines Ägypters; sein Gesicht war tief gebräunt, so dass sie ihn ebenso für einen Einheimischen gehalten hatte wie den Jungen in James' Alter, der bei ihrem Anblick scharlachrot geworden war und prompt das Weite gesucht hatte. Aber als der Fremde den Mund öffnete, sprach er tadelloses Englisch, das, wenn überhaupt, einen Akzent hatte, der sie an die deutschen Offiziere erinnerte, die hin und wieder auf den Londoner Jahrmärkten aufgetaucht waren.

»Machen Sie sich keine Sorgen, Mrs. Belzoni. Ich glaube nicht, dass Mr. Allmarks Pumpe das Projekt Ihres Gatten ersetzen wird. Schließlich hat sie beim ersten Mal nicht funktioniert, und der Pascha möchte garantiert lieber eine eigene haben.«

Turner warf dem Mann einen vernichtenden Blick zu. »Wenn ich vorstellen darf: Johann Ludwig Burkhardt«, sagte er säuerlich. »Der nun schon so lange als Scheich Ibrahim unter den Arabern gelebt hat, dass er vergessen hat, was Takt bedeutet.«

Sie erinnerte sich an das, was Drovetti ihnen über diesen Mr. Allmark erzählt hatte, und daran, was Giovanni nach seinem Besuch bei den Pyramiden zu berichten wusste, der während der Woche vor seiner geplanten Audienz stattgefunden hatte; während Turner und die Eskorte schliefen, hatte er die größte der Pyramiden im Mondschein erklommen und war einem Mann namens Burkhardt begegnet, der sich ein wenig merkwürdig, aber ihm gegenüber sehr freundlich verhalten hatte.

»Ich bin Ihnen für Ihre Offenheit dankbar, Mr. Burkhardt«, sagte Sarah langsam.

»Nichts für ungut«, fuhr Turner fort, der sich nun offenbar zu weiteren Erklärungen bemüßigt fühlte, »aber Allmark wartet schon seit Monaten hier, und wenn Mr. Belzoni ohnehin ein paar Wochen brauchen wird, um sich zu erholen, nun, warum sollte der offizielle Gesandte Englands dann nicht seine Chance ergreifen, hm? Missett hat mir diesbezüglich ein paar Briefe mitgegeben und gesagt, ich solle für eine Audienz beim Pascha sorgen. Das ist seine Pflicht als Konsul, nicht wahr? Schließlich ist Allmark unser Mann. Und Ihr Gatte, nichts für ungut, Mrs. Belzoni, ist kein Untertan Seiner Majestät.«

»Das bin ich auch nicht«, sagte Burkhardt. »Und doch war Sir Joseph Banks so gut, mich in den Dienst der Royal Society zu stellen. Ich glaube, die Regierung Seiner Majestät sollte etwas Derartiges auch für Mr. Belzoni in Erwägung ziehen, nach dem zu urteilen, wie ich ihn in Gizeh kennengelernt habe. Daher möchte ich noch einmal darauf hinweisen – Mr. Allmarks Pumpe mag versagen, und wenn dann kein Ersatz zur Verfügung steht …«

»Wie kommen Sie darauf, dass eine Pumpe britischer Machart versagt?«, fragte Turner verärgert. »Und was heißt überhaupt ›beim ersten Mal‹?«

»In Abwesenheit des Paschas hat Mr. Allmark schon einen Probelauf unternommen, und das Ergebnis hat sich unvermeidlich herumgesprochen«, sagte der hagere Burkhardt freundlich, und Turner presste die Lippen zusammen. Sarah wusste nicht, warum dieser Mann Giovanni so hilfreich zur Seite stand, aber dass er es tat, dämpfte den Ärger, den sie über Turners Doppelzüngigkeit empfand. Turner, der ihren Gatten zum Pascha begleitete und gleichzeitig Mr. Allmark dort fördern wollte!

»Was darf ich Ihnen anbieten?«, fragte sie und lächelte Burkhardt herzlich an. »Wir haben gekochtes Wasser … und gekochtes Wasser. James hat mir zwar Kaffeebohnen mitgebracht, aber ich bemühe mich noch, die Kunst des Türkentrunks zu meistern, und möchte Sie nicht mit einem Experiment in Verlegenheit bringen.«

Burkhardt lachte und meinte, er sei ihr dabei gerne behilflich. Wie sich herausstellte, hatte ihm Boghos Bey von Giovannis Unfall erzählt, und er war in das Kloster Santa Terra geeilt, als Giovanni dorthin gebracht wurde, sehr zur Verwunderung der Mönche, die ihn ebenfalls für einen Araber hielten.

»Und das ist gut so«, sagte Burkhardt. »Noch vor ein paar Monaten war ich in Medina, Mrs. Belzoni, und davor in Mekka. Wenn man mir dort den Moslem nicht geglaubt hätte, würde ich gewiss nicht vor Ihnen stehen. Ich möchte Sie auch bitten, mich Scheich Ibrahim zu nennen und nicht mit dem Namen anzusprechen, den Mr. Turner Ihnen genannt hat. Es ist weniger verwirrend für alle Beteiligten.«

Sarah warf einen Blick auf den Engländer, der verärgert zu ihnen hinüberschaute, und antwortete mit aufrichtiger Freundlichkeit: »Es wird mir ein Vergnügen sein.«

In den folgenden Wochen besuchte Scheich Ibrahim sie häufig, während Giovanni sich erholte. Er zeigte ihnen vom Fenster im ersten Stock ihres Hauses die Karawanen am Kai, die sich auf dem Weg nach Mekka befanden. Er erklärte ihnen, was es mit den Gebeten und Gebetsteppichen auf sich hatte, die von den Pilgern ausgebreitet wurden, wenn sie bei den Rufen der Muezzins, die in Kairo so deutlich zu hören waren wie in London die Glocken, noch wartend am Hafen saßen.

Der Anblick, der sich Sarah im Hafen bot, überwältigte sie immer wieder, diese unglaubliche Ansammlung von Menschen: Fürsten, Bettler, Händler, halbnackte Derwische, Fußgänger und Reiter; innerhalb einer Woche, so war Sarah überzeugt, hatte sie mindestens zweitausend Kamele und dreihundert Pferde vorbeiziehen sehen. Ihr kam es wie ein unüberschaubares Gewimmel vor, doch Burkhardt erklärte ihr und Giovanni, dass die Pilger streng nach ihrer Herkunft getrennt blieben, und machte sie auf die türkischen Reisenden aufmerksam, die wegen ihres erkennbar größeren Wohlstands ins Auge fielen. Sarah fühlte sich an die Drucke erinnert, die im Waisenhaus an der Wand gehangen und den Auszug des Volkes Israel aus Ägypten gezeigt hatten; als Mädchen hatte sie sich vorgestellt, selbst ein Teil des Bildes zu sein und an der Seite von Propheten ins Heilige Land zu ziehen. Nichts schien sich so viele Jahrhunderte später geändert zu haben.

Als Giovanni einmal schlief, während Burkhardt eintraf, James mit dem Besen einen aussichtslosen Kampf gegen Staub und Sand führte und Sarah sich in der Zubereitung des einheimischen Kaffees übte, fragte sie den Schweizer nach seiner Begegnung mit Giovanni auf der großen Pyramide. Was sie wirklich wissen wollte, war, woher seine Freundlichkeit gegenüber zwei völlig Fremden, die noch nicht einmal seine Landsleute waren, eigentlich herrührte, doch sie war zu taktvoll, um das so zu formulieren.

»Ich wünschte, ich hätte Giovanni begleiten können, damals vor drei Wochen«, gestand sie. »Aber Mr. Turner hat deutlich gemacht, dass sich die Einladung nicht auf mich erstreckte.«

Der Engländer hatte in der Woche zwischen ihrer Ankunft in Kairo und der vereitelten Audienz beim Pascha sein Versprechen wahr gemacht, einen Ausflug zu den Pyramiden zu organisieren, doch erklärt, dass er sich wegen beduinischer Räuber kategorisch weigere, eine Frau dorthin mitzunehmen. Am Ende war Giovanni alleine gegangen, nachdem sie ihn dazu überredete; sie wusste, wie sehr er sich darauf gefreut hatte, und sie wollte nicht, dass er ihretwegen ein Opfer brachte. Auf diese Weise hatte sie wenigstens

Giovannis begeisterte Schilderungen, aber sie hatte eben nicht an seiner Seite gestanden und die Pyramiden nicht selbst erklommen.

»Nun, Sie werden gewiss noch Gelegenheit haben, die drei Pyramiden aus der Nähe zu sehen, Mrs. Belzoni«, meinte Burkhardt tröstend. »Ich selbst pflege einen Aufenthalt in Kairo jedes Mal mit einem Besuch dort zu beginnen, deswegen war ich in jener Nacht dort. Das Zelt einer Besuchergruppe aufgeschlagen zu finden hat mich nicht sehr überrascht, aber jemanden zu entdecken, der nicht auf den Sonnenaufgang warten wollte, sondern genau wie ich mitten in der Nacht das älteste aller erhaltenen Weltwunder erstieg, nun, das war neu.«

»Giovanni war schon immer ungeduldig, wenn er sich für etwas begeistert«, sagte Sarah lächelnd, dachte daran, dass er nun auf seine Audienz beim Pascha und den Bau seiner Maschine warten musste, und biss sich auf die Lippen.

»Das Geheimnis auf dem Weg zur Erkenntnis liegt im Erleben, im eigenen Erleben«, entgegnete Burkhardt, und es klang so, als zitierte er etwas. Wenn er es tat, erkannte sie die Quelle nicht; Sarah wartete einen Moment, doch er fügte keine Erklärung hinzu.

»Suchen Sie das hier in Ägypten, Scheich Ibrahim?«, fragte sie neugierig. »Erkenntnis?«

»Die suche ich überall«, gab Burkhardt zurück. »Als ich Ihren Gatten traf, dachte ich, dass wir möglicherweise einige derselben Lehrer hatten, seines Rings mit dem Pyramidensymbol wegen.«

»Das war mein Hochzeitsgeschenk«, sagte sie unwillkürlich.

»Ja, das stellte er später klar, aber wir kamen dadurch sehr schnell ins Gespräch. Sehen Sie, Mrs. Belzoni, ich glaube nicht, dass irgendjemand zufällig den Weg nach Ägypten findet, und in der Regel überrascht uns das Land damit, uns mehr als einen Grund zum Bleiben zu geben, wenn wir hier sind. Ich selbst kam ursprünglich im Auftrag der Royal Society, und ich diene ihr immer noch gerne, aber ich habe hier so viel mehr gefunden, was ich nicht erwartet hatte. Ich denke, das wird Ihrem Gatten ähnlich ergehen. Als ich ihn fragte, ob er auch auf der Spur dessen sei, was die Alten lehrten, meinte er, wenn, dann würde er lieber herausfinden, was sie suchten, nicht was sie lehrten. Da wusste ich, dass ich es nicht bei einem Gespräch mit ihm belassen wollte.«

Sarah dachte darüber nach. Giovanni suchte gerne das Unbekannte, gewiss, aber in Ägypten hatte er sehr konkrete Ziele. Die Vorstellung, eine Wassermaschine zu bauen, dadurch ein Land zu verändern und als großer Mann in die Geschichte einzugehen, würde für die meisten Leute wie ein Hirngespinst klingen, doch sie bedeutete ihm sehr viel, und was Sarah betraf, so glaubte sie an Giovanni; sie war nur praktisch genug, dabei auch an Dinge wie ihren Lebensunterhalt zu denken und darauf zu hoffen, dass der Pascha Giovanni als Lohn Handfesteres anzubieten hatte als höhere Erkenntnis.

Sie wollte Burkhardt nicht verärgern, also sprach sie nicht laut aus, was sie dachte, sondern fragte stattdessen: »Was haben Sie gefunden, das Sie nicht erwarteten – Gutes oder Schlechtes?«

»Es gibt nichts Gutes oder Schlechtes«, sagte Burkhardt mit undurchdringlicher Miene, »es sei denn, unsere Gedanken machen es dazu.« Diesmal erkannte Sarah das Zitat, weil es aus der Bibel stammte.

»Wenn Sie mir mit den Worten der Schlange kommen«, sagte sie lächelnd, »dann muss ich Sie doch fragen, wen Sie da vorhin über Erkenntnis zitiert haben.«

»Die Sufik, Mrs. Belzoni. Die Sufi sind die Mystiker des Islam, wenn Sie so wollen. Sie suchen nach dem Verbindenden und lehren, dass die Wahrheit viele Namen hat. Die Lehre ist sogar noch älter als der Islam selbst.«

»Hängen Sie ihr an?«, fragte Sarah, ehe sie sich bewusst machte, dass sie ihn damit auch fragte, ob er Moslem war, und das konnte gewiss nicht möglich sein. Die Identität des Scheich Ibrahim war eine angenommene, nicht eine wahrhaftige, selbst wenn er sie auch Europäern gegenüber aufrechterhielt. Schließlich war Burkhardt als Christ geboren.

»Die fünf Merkmale eines Sufi sind: den Koran einzuhalten, immer die Wahrheit zu sprechen, das Herz frei von Hass zu halten, verbotene Nahrung und Erneuerungen zu meiden, jede Art von Erneuerungen.« Er nahm ihr den Topf ab und füllte die Tassen mit Kaffee. »Ich aber führe einen Namen, mit dem ich nicht geboren bin, ich habe genau wie Ihr Gatte meine Heimat verlassen, weil ich den Korsen verabscheue, und ich wünsche ihm allen Erfolg dabei, eine Erneuerung in diesem Land einzuführen«, sagte Burkhardt. »Wie könnte ich also ein Sufi sein?«

Den Koran einzuhalten gehörte nicht zu den Dingen, die er als unmöglich für sich genannt hatte, doch Sarah kam nicht dazu, weiter darüber nachzudenken, weil Giovanni aufgewacht war und nach ihr rief. Ihr Gatte freute sich, Burkhardt zu sehen, der versprochen hatte, ihm von seiner Zeit in Mekka und Medina zu berichten.

»Ehe ich es wagte, nach Mekka zu gehen«, sagte er, »habe ich erst einige Zeit in Aleppo verbracht, um mein Arabisch zu verfeinern. In Cambridge hatte ich gute Lehrer, aber mir schwante bereits, dass ich noch weit davon entfernt war, wie ein Muttersprachler zu klingen, und so war die Entscheidung für Aleppo mein Glück. Wenn ich nicht damit beschäftigt war, mit den Eselführern und Derwischen zu reden, saß ich über meiner *Robinson-Crusoe*-Übersetzung.«

»Sie haben *Robinson Crusoe* ins Arabische übersetzt?«, staunte Giovanni. Er kannte nicht viele englische Romane, doch bereits kurz nach ihrer ersten Begegnung hatte Sarah Defoes Geschichte vom gestrandeten Robinson, die ihr während ihrer Kindheit ein Fenster in eine andere Welt eröffnet hatte, erwähnt, und er hatte sich sofort auf die Suche nach dem Buch gemacht und sich wochenlang damit herumgeschlagen, um mit ihr darüber sprechen zu können. Als sie das herausfand, war sie sich gewiss, dass ihre Verliebtheit Liebe geworden war, und in Erinnerung daran ergriff Sarah seine Hand, während Burkhardt nickte.

»Wenn wir die Moslems davon überzeugen wollen«, sagte er, »dass wir mehr zu bieten haben als Kanonen, dann müssen wir ihnen das zeigen, was der Westen hervorgebracht hat, um Geist und Herz zu erfreuen.«

»Nun, ich hoffe, dass meine Maschine die Herzen sehr vieler Moslems erfreuen wird, weil sie ihnen Wasser bringt«, sagte Giovanni. »Doch ich weiß, was Sie meinen. Gibt es denn ein Exemplar Ihrer Übersetzung hier in Kairo? Dem Jungen, der mir geholfen hat, Rifaa, könnte die Geschichte gefallen.«

»Aber gewiss. Wenn Sie Glück haben, wird er sich dann die Mühe machen, nach einer Übersetzung des Korans für Sie zu suchen«, sagte Burckhardt mit einem feinen Lächeln. Sarah dachte erneut daran, wie er für sich nicht ausgeschlossen hatte, dem Islam zu folgen, und wurde sich bewusst, dass sie überhaupt keine Ahnung hatte, was eigentlich im Koran stand. Für Sarah war es eine gewagte Tat gewesen, einen Katholiken zu heiraten, und obwohl ihr Giovanni die betreffenden Briefe vorenthielt, hegte sie den Verdacht, dass es seine Familie noch immer bekümmerte, dass er eine Protestantin geehelicht hatte, gemessen an dem, was Francesco ihr gegenüber nur zu gerne und bei jeder Gelegenheit durchblicken ließ. Doch Katholiken und Protestanten waren immerhin Christen, auch wenn sie das Wort des Herrn unterschiedlich interpretierten. Die Vorstellung, ein Gelehrter wie Burkhardt könnte dem Christentum ganz und gar den Rücken gekehrt und sich einem völlig anderen Bekenntnis zugewandt haben, war so fremdartig, dass sie darüber nachdachte, bis Burkhardt von der Gründung Mekkas durch Hagar und Ismail erzählte, nachdem Abraham sie fortgeschickt hatte; die Vorstellung von der Frau und ihrem Kind, die zwischen Fels und Sand nach Quellen suchten, nahm Sarah gefangen und ließ die Spekulation über Burkhardt verblassen.

Zwei Stunden später saßen Giovanni und Sarah immer noch gebannt da, während Burkhardt von seinen Reisen durch die Wüste Sinai erzählte, der in rosenfarbenen Fels gehauenen Stadt, die von den Arabern Al-Butra genannt wurde und die vor ihm noch kein Mann des Westens gesehen hatte, obwohl er sich gewiss war, dass es sich um das griechische Petra handelte. Er erklärte ihnen, warum Mekka und Medina für die Moslems von solcher Bedeutung waren. Sie hatten selbst jahrelange Reiseerfahrung, aber ihre Touren durch England, Schottland, Wales und Irland, ja sogar die nach Portugal, Spanien, Sizilien und Malta wirkten wie ein kurzer Streifzug durch die Provinz im Vergleich zu den gewaltigen Pilgerströmen aus aller Welt, die Burkhardt schilderte. Trotzdem brachte er es fertig, nie herablassend oder prahlend zu klingen; im Gegenteil, er gestand freimütig, im Gegensatz zu Turners Lobpreisung nicht der erste Europäer in Mekka gewesen zu sein. Es habe vor einiger Zeit bereits einen Spanier gegeben, Domingo Badía y Leblich, dem ein Besuch in der heiligen Stadt der Moslems gelungen wäre.

Es war Burkhardt, der ihnen bei einem seiner Besuche mitteilte, dass Neuigkeiten aus Europa eingetroffen waren; der Korse, so hieß es, sei in Belgien endgültig besiegt worden.

»Aus und vorbei«, sagte Burkhardt, und sein hageres Gesicht strahlte. »Aus und vorbei ist es jetzt mit ihm!«

»Darauf müssen wir anstoßen«, sagte Giovanni überschwänglich, denn inzwischen war Wein aus Alexandria für ihn eingetroffen, mit Genesungswünschen von Bernardino Drovetti, und Sarah holte ihre neuen tönernen Becher.

»Gerne. Aber ich werde bei Wasser bleiben müssen.«

Sarah sagte nichts weiter dazu, doch als sie mit Giovanni allein war, konnte sie sich nicht länger zurückhalten. Sie fragte ihren Gatten, ob es möglich sei, dass Burkhardt nicht nur vorgab, ein Moslem zu sein.

»Das kann ich mir nicht denken«, sagte Giovanni energisch. »Wer hätte je von einem Christen gehört, der freiwillig ein Mohammedaner wurde?«

Niemand, dachte Sarah, *doch das ist nicht die Frage gewesen.* Es gab Dinge, von denen nie jemand gehört hatte und die zum ersten Mal geschahen. Es musste Veränderungen geben, immer, sonst hätte Giovannis Weg ihn nie nach England geführt, sonst wäre sie Mrs. Stapletons Gesellschafterin geblieben. Das war natürlich etwas anderes, als seinen Glauben zu wechseln, doch Sarah musste mit einem Mal an Madame Drovetti denken und deren Versicherung, kein Mann verließe Ägypten so, wie er es betreten habe, und war sich einen Moment lang nicht mehr sicher, ob ein Glaubenswechsel wirklich undenkbar war, vor allem, wenn Burkhardt so zufrieden und glücklich mit seinem Leben schien.

»Er widmet sich nur mit ganzer Kraft seiner Aufgabe«, schloss Giovanni überzeugt. »Burkhardt ein Renegat? Niemals.«

Renegat. Verräter. Diese Ausdrücke wollte Sarah in der Tat nicht mit dem freundlichen Burkhardt in Zusammenhang bringen; sie hatte übersehen, dass Giovanni dazu neigte, in Absoluten zu denken, und beschloss, die Angelegenheit auf sich beruhen zu lassen.

Was genau Burkhardts Aufgabe war, ließ sich allerdings so eindeutig nicht feststellen oder auch nur vermuten. Er war im Auftrag der Royal Society durch Syrien und Arabien gereist, um diese Gebiete zu erforschen und über sie zu berichten, doch was er jetzt in Ägypten tat, darüber verlor er kein Wort. Falls ihn etwas anderes als Sympathie und Hilfsbereitschaft unter ihr schäbiges Dach trieb, dann hatte er es noch nicht erkennen lassen.

In den folgenden Wochen zeigte er Sarah und James die Basare Kairos, nannte ihnen die Namen der Früchte, die sie nicht kannten, wie Datteln und Feigen, und brachte ihnen bei, wie man handelte. Burkhardt empfahl ihr, einige der kleinen Spiegel und Kettchen einzukaufen, die es überall sehr billig gab, weil sie außerhalb der Städte, auf dem Land, eine große Kostbarkeit und daher eine wichtige Handelsware sein konnten.

Als er mit ihnen zum ersten Mal die Meile von Bulak ins eigentliche Kairo ritt, war Sarah entsetzt über die großen Abfallberge vor den Mauern, doch Burkhardt machte sie auf die Schönheit der Stadttore aufmerksam, vor allem des Ba'b Zuwey'leh, das die südliche Grenze des Stadtkerns markierte und von zwei massiven runden Türmen umrahmt wurde, die ihrerseits jeweils noch von einem Minarett gekrönt wurden. »Sie gehören zur großen Al-Muyid-Moschee, die sich gleich hinter dem Tor befindet«, erklärte Burkhardt. »Das Erhabene und das Niedrige liegen hier so eng zusammen wie selten an einem Ort.«

Er führte sie durch Straßen, die wie in Alexandria ungepflastert und meist so eng waren, dass gerade einmal zwei beladene Kamele aneinander vorbeikamen, und lehrte sie, wie man bequem auf den Packsätteln der Esel saß. Durch die vergitterten Erker, die dicht nebeneinander überall auf die Straßen herausragten, wirkten die Gassen noch enger, als sie in Wirklichkeit waren, und Sarah hatte manchmal Angst, vom nächsten Tier, das ihnen entgegenkam, erdrückt zu werden. Den Rücken zu straffen und sich unbeeindruckt vorwärtszubewegen war das einzige Gegenmittel, vor allem, wenn man es mit Kameltreibern zu tun hatte, die mit ihren Peitschen nach links und rechts in die Menge hieben, um ihren Tieren Platz zu verschaffen. Als Sarah auffiel, wie sehr die Farbe Blau dominierte, wie viele Männer und auch ärmere Frauen in blauen Hemden aus Baumwolle oder Leinen herumliefen, meinte Burkhardt, es läge am Indigo, das der Pascha überall anbauen ließ.

Er zeigte ihnen den Kha'n Al-Kahli'li, das Viertel, in dem zweimal in der Woche öffentliche Versteigerungen von alten und neuen Kleidern, Schals und Pfeifen stattfanden, von morgens in der Frühe bis zu den Mittagsgebeten; nirgendwo, sagte Burkhardt, bekam man günstiger dem Klima angemessene Kleidung, und für Giovanni und James sei diese mehr als ratsam.

Mit der Zeit fiel ihr auf, dass es Plätze und Straßen gab, denen Burckhardt auswich, selbst wenn das einen Umweg nötig machte, und Sarah fragte ihn nach dem Grund. »Der Sklavenmarkt von Kairo«, sagte Burkhardt ernst, »ist kein Anblick für eine Dame, Mrs. Belzoni.«

Sie dachte an Mr. Wilberforce und die Pamphlete, die sie gelesen, die Petitionen, die sie unterschrieben hatte, als eine von vielen Frauen, die von Mr. Wilberforce überzeugt worden waren, sich für das Ende der Sklaverei in England einzusetzen. Es war noch kein Jahrzehnt her, seit das Parlament das betreffende Gesetz endlich verabschiedet hatte, das Sklavenhandel auf britischen Schiffen verbot. »Niemand sollte gezwungen sein, seinen Mitmenschen verkauft zu sehen. Vor allem nicht diejenigen, die dabei verkauft werden.«

Burkhardt seufzte. »Ich habe mir schon gedacht, dass Sie eine Abolitionistin sind.«

»Befürworten Sie denn die Sklaverei?«, fragte Sarah bestürzt.

»Ich akzeptiere sie als Teil des Lebens hier, und um offen zu sein, Mrs. Belzoni, ich halte sie für ehrlicher als die Lage so manches Arbeiterkindes in Europa, die als Freiheit beschrieben wird.«

Die Woge von Trauer und Zorn, die Sarah erfasste, war unerwartet heftig. Sie hatte den Namen ihres Bruders viele Jahre lang nicht mehr laut ausgesprochen, und doch war die Erinnerung so klar wie an dem Tag, als man sie beide getrennt hatte. »Sie können nicht ein Unrecht durch ein anderes entschuldigen, Scheich Ibrahim«, entgegnete sie gepresst. »Vor allem, da Sie selbst weder Sklave noch ein Arbeiterkind sind, Sir.«

Daraufhin sagte er nichts, und Sarah fragte nicht mehr nach, als Burkhardt sie ein weiteres Mal auf einem Umweg führte, um ihr den Seidenbasar zu zeigen. Dort gab es nicht weniger viele Stoffe wie im Kha'n Al-Kahli'li, doch er war mit einer hölzernen Decke überdacht, um die empfindliche Seide zu schützen, die matt in der Halbdämmerung schillerte, und die Preise lagen ungleich höher. Sie würde sich nie Gewänder aus dieser Seide leisten können; dennoch, es war ein Vergnügen, sie zu betrachten. Unwillkürlich fragte sie sich, wie viele Seidenballen ein Menschenleben hier wohl wert war, und befahl sich, damit aufzuhören: Eine Einsicht, zu der die nobelste Nation der Erde erst vor kurzem gekommen war, konnte noch nicht so schnell vom Rest erwartet werden. Vielleicht würden bessere Maschinen wie diejenige, die Giovanni konstruieren wollte, einen Unterschied machen. Das war schließlich das zynische Argument der meisten Befürworter der Sklaverei, die sie kannte: Ohne die Kraft vieler Menschen, für die man nicht bezahlen musste, würde das Land zusammenbrechen.

Überall in Kairo gab es Kaffeehäuser, zu denen jedoch

nur Burkhardt und James Zutritt hatten, weswegen sie Sarahs wegen darauf verzichteten; Erfrischung fanden sie stattdessen auf den Basaren, die Gewürze, Duftessenzen und Tee anboten, denn dort reichte man auch Frauen Getränke, und die eigenartige Geruchsmischung von Pfeffer, Parfümen, Majoran und Zimt war an sich schon belebend. Hin und wieder stießen sie auf Schreiber, die öffentlich ihre Dienste anboten. Einige von ihnen mussten Burkhardt kennen, denn sie grüßten ihn mit Namen, und er sprach ein wenig auf Arabisch oder Türkisch mit ihnen. Sarah lauschte den fremdartigen Silben, die so anders klangen als alle Sprachen, die sie kannte, und fragte sich, ob sie lange genug in Ägypten bleiben würden, damit sie sich selbst einige Kenntnisse aneignen konnte.

Burckhardt war es, von dem sie hörten, dass Mr. Allmarks Pumpe auch vor dem Pascha versagt und dass er mit Mr. Turner Ägypten verlassen hatte, um angeblich die Wüste Sinai zu bereisen.

»Wenn man den Groll des Paschas erregt hat«, sagte Burkhardt, »ist das eine durchaus empfehlenswerte Haltung. Boghos Bey ist sein wichtigster Minister, und doch ist es keine zwei Jahre her, da erregte Boghos den Zorn des Paschas so sehr, dass Mehemed Ali befahl, ihn in einen Sack zu stecken und in den Nil zu werfen.«

»Und was geschah?«, fragte Giovanni gebannt. Sarah war nicht weniger gefesselt, was auch daran lag, dass sie sich im Gegensatz zu Giovanni fragte, was wohl geschehen würde, wenn seine Maschine den Wünschen des Paschas nicht entsprach.

»Ein armenischer Landsmann von Boghos, ein Kaufmann namens Walmass, bestach die Wachen, die den Auftrag ausführen sollten, und Boghos tauchte eine Weile unter. Der Pascha bedauerte seinen Befehl schon bald, und als er sich laut wünschte, sein treuer Berater lebe noch, kehrte Boghos zurück. Der Pascha war hocherfreut. Die Wachen hat er trotzdem hinrichten lassen, wegen mangelnder Pflichterfüllung.«

»Was für ein Tyrann!«, sagte Sarah, ehe sie sich zurückhalten konnte. Burkhardt zuckte die Achseln.

»Gewiss. Doch anders kann man hier nicht an die Macht kommen und herrschen. Er wird Ägypten in die moderne Welt zerren, da bin ich sicher, ganz gleich, wie wenig sein Volk das will. Ob ihn die Geschichte dereinst dafür preist oder verdammt, wird sich weisen.«

Mehemed Alis Ruf in der Geschichte war ihr gleichgültig. Was Sarah plagte, war die konkrete Befürchtung, dass er ihren Gatten entweder nicht bezahlen oder in einem Anfall von Zorn den Kopf abschlagen lassen würde. Wenn seine Soldaten mitten auf der Straße harmlose Besucher angriffen, ohne dafür zur Rechenschaft gezogen zu werden, dann machte das eine solche Entwicklung eher noch wahrscheinlicher. Daher bat sie Burkhardt, Giovanni zu begleiten, als es ihrem Gatten wieder so gut ging, dass er dem Pascha endlich seine Aufwartung machen konnte. Wenn es Burkhardt gelungen war, Monate in Mekka zu verbringen, was, wie er ihnen erklärte, für Christen bei Todesstrafe verboten war, und nach einer solchen Tat trotzdem beim Pascha ein und aus zu gehen, dann musste es ihm auch möglich sein, Giovanni inmitten der Zitadelle zu beschützen. Als die beiden fort waren, schickte sie James zum Markt.

So kam es, dass sie alleine war, als es an der Tür klopfte.

Sie hatte inzwischen ein neues Schloss gekauft, das James in die wurmstichige Tür einbauen konnte. Trotzdem war Sarah sich bewusst, dass ein Tritt genügte, um die Tür aufzusprengen. Doch sie erkannte die Stimme ihres Besuchers.

»Madame Belzoni, ich bin untröstlich, Sie alleine zu finden«, sagte Drovetti, nachdem sie ihm geöffnet hatte. »Es war meine Hoffnung, Ihrem Patienten meine Besserungswünsche persönlich zu überbringen.«

»Hat die Niederlage General Bonapartes Sie Ihrer Quellen beraubt, Monsieur?«, entgegnete Sarah, um ihre Überraschung zu überbrücken. »Denn sonst kann ich mir nicht erklären, warum Sie in Alexandria informiert waren, unter welchem Pass wir reisen, aber in Kairo nicht wissen, wann der Pascha meinen Mann empfängt.«

Statt beschämt, verlegen oder erzürnt zu sein und zu gehen, lachte Drovetti und sagte: »Touché! Darf ich trotzdem auf ein Glas Wein hoffen? Einer der Gründe, warum ich ihn aus Alexandria schicken ließ, war die Vorstellung, davon hier mit Ihnen zu trinken.«

Er erinnerte sie mehr an den Schurken Lovelace aus *Clarissa* denn je. Aber er hatte sie gerade daran erinnert, dass sie ihm für die Kiste Wein schon wieder etwas schuldeten, und so holte sie widerstrebend zwei Becher und eine der Flaschen.

»Ich hoffe, er hat Ihrem Gemahl gemundet«, sagte Drovetti, während sie ihm einschenkte.

»Ja«, sagte Sarah wahrheitsgemäß; es wäre kleinlich, das nicht einzugestehen. »Mehr als gemundet. Giovanni hat behauptet, es müsste italienischer Wein sein, kein griechischer.« Letzteres war ihre Vermutung gewesen; schließlich gab es sowohl in Alexandria als auch in Kairo sehr viele Griechen, und Griechenland wurde von den Türken beherrscht.

»Nun, er hat recht«, entgegnete Drovetti lächelnd. »Ein Sohn Italiens wird den Unterschied immer schmecken, Madame. Kein anderes Volk versteht so viel von Wein wie wir, die wir unter der Sonne Italiens geboren wurden, selbst die Franzosen nicht.«

Nachdem sie sich höflich nach dem Befinden von Madame Drovetti und seinem Sohn erkundigt hatte, fragte sie, ob er Frankreich nun doch weiter als Konsul dienen würde.

Ein Schatten flog über sein Gesicht. »Nein«, sagte er. »Wie Sie zweifellos schon wissen, hat es ... eine weitere Änderung der Regierung in Paris gegeben. Ich erwarte meinen Nachfolger spätestens im November.«

Eigentlich wollte sie eine triumphierende Bemerkung machen; warum auch nicht? Wer für einen Tyrannen schwärmte, verdiente es, zu sehen, wie andere Leute über dessen Ende glücklich waren. Sie öffnete den Mund ... doch dann sagte sie sich, dass auch Anhänger des Korsen es nicht verdienten, dass man Salz in ihre Wunden rieb, und trank einen Schluck, statt zu sprechen.

»Die Römer mögen diese Tropfen bereits mit sich geführt haben, als sie nach Ägypten kamen«, sagte Drovetti versonnen und musterte sie. »Wer weiß, vielleicht trank Cäsar ihn im Schatten der Pyramiden mit Kleopatra. Haben Sie die Pyramiden bereits gesehen, Madame?«

»Aus der Ferne«, antwortete Sarah und konnte den Funken von Sehnsucht nicht unterdrücken, der in ihre Stimme kroch. »Mr. Belzoni war in den vergangenen Wochen nicht in der Lage, das Haus zu verlassen, und brauchte mich an seiner Seite«, fuhr sie fort, weil sie nicht erwähnen wollte, dass Turner sie nicht mitgenommen hatte.

»Selbstverständlich. Doch nun, da er wieder auf den Beinen ist ...«

»Wird er sogleich mit der Arbeit beginnen wollen, wenn ihm der Pascha das Geld für das benötigte Material vorstreckt«, sagte Sarah. »Mein Gatte schätzt es nicht, untätig zu sein, Monsieur.«

»Daran hege ich keinen Zweifel. Aber Sie, Madame, scheinen mir auch nicht damit zufrieden zu sein, nur im Haus zu sitzen und zu warten. Das hätten Sie auch in England tun können, nicht wahr?«

Es war, als könne er Gedanken lesen. *Unsinn,* sagte sich Sarah; da sie Giovanni nach Ägypten begleitet hatte, statt in

England zu bleiben, war es gewiss nicht schwer zu erraten, was ihr das Reisen bedeutete und wie sehr sie darunter litt, zurückstehen zu müssen, weil sie eine Frau war. Bei den Reisen in Europa hatte sie immer ihre Aufgaben gefunden und erfüllt; dass es im Orient anders sein sollte, konnte und wollte sie nicht akzeptieren.

Drovetti musterte sie, und wieder kam sie sich vor wie an dem Morgen nach der Quarantäne, als sie ihm zum ersten Mal begegnet war, mit zerknitterten Kleidern, ungewaschenem Haar und einem Gesicht, dem jeder Schutz durch die kleinen Nachhilfen fehlte, die sie durch die Jahrmärkte zu gebrauchen gelernt hatte.

»Es wäre mir eine Freude, einen Ausflug zu den Pyramiden für Sie zu organisieren, Madame. Wenn Sie sich meinem Schutz anvertrauen wollen.«

Sie vertraute ihm überhaupt nicht. Aber abzulehnen hätte Furcht bedeutet oder das Eingeständnis, dass er sie auf eine Weise beunruhigte, die sie nicht verstand.

Und nicht verstehen wollte.

»Mr. Belzoni wird sich freuen, zu hören«, sagte sie, »dass Sie uns einen weiteren Schatz Ägyptens zeigen wollen.« So war es unmöglich für ihn, zu behaupten, Giovanni wäre in der Einladung nicht eingeschlossen gewesen, und sie freute sich, ihn ausmanövriert zu haben. Doch das Lächeln, mit dem er sie betrachtete, hatte nichts von einer Niederlage an sich.

»Dessen bin ich mir gewiss«, sagte er.

Giovanni kehrte bester Stimmung von seiner Audienz zurück. Der Pascha hatte sich sofort nach dem Grund seines Hinkens erkundigt und sein Bedauern zum Ausdruck gebracht; dergleichen Ereignisse seien an Orten mit viel Militär leider unvermeidlich.

»Wie sieht er aus, Mr. B?«, fragte James, der sehr darunter litt, bei dieser einzigen Gelegenheit, einen echten Herrscher zu treffen, nicht mitgenommen worden zu sein. »Hat er direkt mit Ihnen gesprochen?«

»Nun, Scheich Ibrahim und Mr. Boghos übersetzten seine Worte«, sagte Giovanni, »doch das tut nichts zur Sache. Er war *con molto gentilezza* … sehr liebenswürdig. Mein Versprechen, eine Maschine zu bauen, bei der ein Ochse die Arbeit von vieren tut, hat ihn völlig überzeugt! Ihr seht nunmehr einen ordentlich bezahlten Ingenieur Seiner Hoheit vor euch, der euch bald in ein anständiges Haus bringen wird.«

»Giovanni, das ist wunderbar«, sagte Sarah und entschloss sich, ihn ein wenig zu necken, indem sie ihm weitere Beschreibungen abverlangte wie ein aufgeregter Backfisch. »Aber ich muss James' Frage wiederholen. Wie sah der Pascha aus?« Damit ließ sich die gute Stimmung verlängern, ehe sie ihm ihre eigenen Neuigkeiten mitteilte.

Ihr Gatte lachte und zwickte sie in die Nase. »Nun, er ist nicht größer als du und trug keine Ringe, auch nur einen schlichten roten – wie nannte unser Freund das noch einmal? Einen roten Tarbusch auf dem Kopf, ohne Juwel oder Federn, ganz anders als auf den Jahrmärkten. Er hat sehr durchdringende Augen und ein würdevolles Auftreten.«

»Hatte er einen Säbel, um Leuten den Kopf abzuhacken, wenn sie ihm missfallen?«, fragte James hoffnungsvoll. Es schien ihm nicht in den Sinn zu kommen, dass dieses Schicksal Giovanni treffen könnte.

»Natürlich nicht«, entgegnete Giovanni strafend. »Der viele Müßiggang scheint dir zu Kopf zu steigen, *ragazzo*. Aber damit ist nun erst einmal Schluss. Wir werden die nächsten Tage damit verbringen, nach dem Material und einem geeigneten, etwas abgelegenen Platz Ausschau zu halten, um die Maschine zu bauen.« Dann setzte er sich in den »Salon« und holte seine Notizen hervor, um zum hundertsten Mal enthusiastisch darauf herumzuzeichnen. Sarah sah ihm irritiert hinterher; sie war es nicht gewohnt, keinen festen Platz in Giovannis Plänen zu haben.

»Wir sind zu einem Ausflug zu den Pyramiden eingeladen worden, Giovanni«, sagte sie nach einer Weile zögernd und betonte das »wir«. Giovanni schaute nicht auf.

»Ich dachte mir schon, dass Scheich Ibrahim sie dir zeigen wird«, murmelte er und zeichnete weiter. »Sarah, wenn meine Maschine dieses Land erst verändert, werden wir ein Schiff anheuern und den Nil entlangfahren, um die Pumpen überall aufzustellen. Lass dir von Ibrahim schon einmal die Namen der wichtigsten Dörfer nennen ...«

Es war ein unvertrautes Gefühl, das sich allmählich in ihr bemerkbar machte; unvertraut, weil es sich auf Giovanni richtete. Sie sagte sich, dass es keinen Grund gab, verärgert zu sein; er wollte nur das Beste.

Allerdings gab es auch keinen Grund, seinen Irrtum zu berichtigen. Er würde die nächsten Tage damit verbringen, nach einem neuen Haus und nach Material zu suchen; das sollte sie nicht daran hindern, endlich selbst eines der sieben Weltwunder zu sehen, das sich fast vor ihrer Haustür befand. Es war sicher kein Zeichen mangelnden ehelichen Pflichtgefühls, eine solche Gelegenheit zu nutzen; sonst hätte sie gleich in England bleiben können. Also stellte sie Giovannis Annahme nicht richtig.

»Mr. Belzoni lässt sich entschuldigen«, sagte Sarah zu Drovetti, als er mit einer Reihe von Eseln, Dienern und zwei türkischen Soldaten vor ihrem Haus eintraf. »Er hat bereits mit der Erfüllung seines Auftrags begonnen und hält es für seine Pflicht, den Pascha keinen Tag länger als nötig auf die Früchte seiner Arbeit warten zu lassen.«

»Eine bewundernswerte Einstellung«, entgegnete Drovetti und brachte weder mit Wort oder Geste auch nur einen Hauch von Skepsis zum Ausdruck.

Um nach Gizeh zu gelangen, musste man zunächst den Nil mit einem Fährboot überqueren. Als sie das Schilfrohr am Ufer sah, musste Sarah wieder an Moses denken. Die Mischung aus Neugier, Erwartung und Beunruhigung, die sie plagte, wich zurück und machte Ehrfurcht platz.

»Die Bibel war das einzige Buch meiner Kindheit, das Bilder hatte«, sagte sie versonnen. »Ich habe mir manchmal gewünscht, ich könnte in ihnen verschwinden. An den Stich, der die Tochter Pharaos dabei zeigte, wie sie Moses in seinem Schilfkorb aus dem Nil holt, kann ich mich noch genau erinnern. Glauben Sie, dass wir noch mehr über ihn und den Pharao herausfinden werden, wenn es Dr. Young gelingt, die Hieroglyphen zu entschlüsseln?«

»Auch wenn mein Kaiser nun abgedankt hat: Als noch immer amtierender Vertreter Frankreichs muss ich natürlich darauf bestehen, dass es unsere Gelehrten sein werden, denen es gelingen wird, die Hieroglyphen zu entschlüsseln, noch vor dem ehrenwerten Dr. Young und seinen Mitstreitern im Britischen Museum. Doch um ganz offen zu sein, Madame, ich weiß nicht, ob Sie sich da nicht zu viel versprechen. Schließlich wissen wir noch nicht einmal, ob die Hieroglyphen eine Schrift sind oder eine Ansammlung mystischer Symbole. In dem einen wie dem anderen Fall … von ihnen einen Bericht über Moses zu erwarten setzt voraus, dass es da etwas zu berichten gab.«

Sarah, die ihre anfänglichen Hemmungen, wie ein Mann auf einem Esel zu sitzen, überwunden hatte und die Kunst des Reitens diesmal erheblich besser meisterte, weil Drovetti so umsichtig gewesen war, für sie einen Sattel mit Steigbügeln zu organisieren, hätte trotzdem beinahe ihren Halt verloren, als sie sich entrüstet zu ihm umwandte.

»Aber die Bibel …«

»Als nunmehr erneuter Untertan eines gottgewollten Königs«, sagte Drovetti trocken, »würde es mir nie einfallen, an der Heiligen Schrift zu zweifeln. Wenn Sie noch mit dem Konsul der französischen Republik sprächen, wo man die Vernunft zur Göttin gemacht hat, wäre das vielleicht anders.«

Mit dem Verdacht, Burkhardt könne vielleicht wirklich zu dem muslimischen Scheich geworden sein, den er doch nur spielen sollte, um Land und Leute besser kennenzulernen, hatte Sarah sich inzwischen abgefunden. Drovettis offenes Bekenntnis zum Atheismus dagegen verstörte sie aufs Neue, und tiefer, als es Burkhardt mit seinen lebendigen Worten über den Islam getan hatte. Immerhin war der Glaube der Moslems auch ein Glaube an den einen Gott. Sie wusste nicht recht, was sie darauf erwidern sollte – und fragte sich, ob genau das der Grund für die provozierenden Worte Drovettis gewesen war.

Der Verdacht gab ihr ihre Schlagfertigkeit zurück.

»Vernunft«, sagte Sarah, »war eine christliche Tugend, ehe sie eine Göttin wurde. Überdies mag es sein, dass man mich falsch unterrichtet hat, denn ich spreche kein Griechisch, doch beginnt das Evangelium des Johannes nicht mit dem Satz ›Im Anfang war das Wort‹, und kann man den griechischen Ausdruck für Wort nicht auch mit ›Vernunft‹ übersetzen?« Im Stillen dankte sie der Neigung des ehrenwerten Reverend Coulter, Sonntagslehrer an einem Waisenhaus in Bristol, etwas weitschweifige Erklärungen abzugeben und seine wenigen Semester an der Universität herauszustellen, und den drei Jahren bei Mrs. Stapleton, die sich ihre Journale immer bis zur letzten Zeile vorlesen hatte lassen.

»Touché, Madame.« Er bedachte sie mit einem Lächeln, das sie nicht zu deuten wusste. »Ich verspreche Ihnen, wenn eines der Altertümer, die meine Leute in diesem Land finden, einen Hinweis auf Moses enthält, werde ich es Ihnen persönlich zum Geschenk machen.

Diesmal ließ sie sich nicht davon ablenken, auf ihren Esel zu achten und die Zügel fest in der Hand zu behalten, was auch nötig war, da sie inzwischen durch Felder ritten, die gepflügt und so von der Sonne verbrannt waren, dass die Tiere ständig in Gefahr schienen, über die Schollen zu stolpern, obwohl Esel, wie Drovetti ihr versicherte, niemals unsicher wurden. Ohne sich zu ihm umzudrehen, fragte sie: »Ich bin Ihnen dankbar, doch es scheint mir, als verschenkten Sie, was Ihnen noch gar nicht gehört. Sind nicht die hiesigen Altertümer alle Eigentum des Paschas?«

»Oh, ich habe einen *Firman,* eine Grabungserlaubnis. Sie ist nicht weiter schwer zu erhalten. Der Pascha ist ein bemerkenswerter Mann, Madame, vor allem, wenn man bedenkt, dass er als kleiner Tabakhändler in einem makedonischen Nest anfing. Aber er hat keinen Sinn für Altertümer. Der einzige Wert, den sie für ihn besitzen, liegt in dem, den wir Europäer ihnen geben. Das ist die hiesige Tradition, schon seit ewigen Zeiten. Wissen Sie, woraus Saladins Zitadelle erbaut wurde? Aus den Steinen der großen Pyramiden. Deswegen fehlen ihnen heute die Abdeckungen.«

»Die zweitgrößte Pyramide hat noch welche, erzählte mir Mr. Belzoni«, warf Sarah ein.

»Mr. Belzoni hat sehr gute Augen für einen Mann, der noch nie in Ägypten gewesen ist. Das stimmt, soweit es die Spitze der Pyramide betrifft, aber nicht mehr. Immerhin können wir uns dadurch vorstellen, wie die Pyramiden einmal ausgesehen haben müssen. Im Altertum hätten Sie und ich ihre glatten spiegelnden Flächen bereits jetzt über die Ebene leuchten gesehen. Ein Jammer, dass niemand hier war, um die Fassaden zu erhalten oder aufzubewahren.«

»Sind Sie deswegen nach Kairo gekommen?«, fragte

Sarah. »Um Fassaden zu erhalten oder Ausgrabungen zu unternehmen?«

Er schnalzte mit der Zunge, um seinen Esel noch etwas anzuspornen. »Oh, ich lasse nicht hier graben. Die Pyramiden und die Sphinx lassen sich leider nicht entfernen«, entgegnete er gut gelaunt und vermied es völlig, zu sagen, was ihn nach Kairo geführt hatte.

Sie brauchten drei Stunden, um die Pyramiden zu erreichen. In der letzten wurde aus dem aufgebrannten Ackerboden Sand, und Sarah, die bisher die Wüste nur von weitem gesehen hatte, erinnerte das Reiten über diesen nachgebenden Grund auf seltsame Weise an das Stehen auf einem Schiff. Genau wie auf einer längeren Schiffsfahrt hatte sich ihr Körper den ruckenden, wiegenden Bewegungen inzwischen angepasst und aufgehört, durch Unwohlsein zu protestieren. Doch natürlich gab es einen viel wichtigeren Grund, warum sie während des Weges keinen Laut der Beschwerde von sich gab. Von einem Esel durchgeschüttelt zu werden war ein geringer Preis, wenn man von ihm auf die größten und berühmtesten Bauwerke der Welt zugetragen wurde.

Der heißen, trockenen Luft fehlte hier, weit entfernt von der Stadt, inzwischen jeder Beigeschmack von Rauch, Gewürzen und Abfall, und sie glaubte, freier zu atmen. Auf einmal nur noch von Sand umgeben zu sein, war, als hätte sich das helle Sonnenlicht verflüssigt und wäre dann zu weißgoldenen Körnern geworden. Dabei füllten die Pyramiden mehr und mehr den Horizont und gaben ihr einen festen Punkt, auf den sie zustrebte; Sarah fragte sich, was es wohl für ein Gefühl wäre, nichts als Sand sehen zu können, und stellte sich unwillkürlich vor, es müsste so wie auf dem Meer sein, wenn weit und breit kein Land mehr in Sicht war. Aber Seeleute hatten ihre Sextanten, und Sarah konnte sich nicht vorstellen, dass die Einheimischen hier über solche

Instrumente verfügten. Dabei sollte die Wüste größer sein als das Mittelmeer. Die Menschen hier mussten wohl alle die Sterne lesen können, wie die Heiligen Drei Könige.

Vor der Pyramide warteten mehrere in Burnus gehüllte Beduinen, doch Drovettis Begleiter machte abwehrende Handbewegungen, die *»bakschisch, bakschisch!«*-Rufe ignorierend. Drovetti selbst half ihr beim Absteigen und bot ihr Wasser aus einem Lederbeutel an.

»Eigentlich muss man in der Nacht herkommen, bei Vollmond«, sagte er. »Der Mond ist hell genug, um alles sehen zu können. Und es lohnt sich, den Sonnenaufgang hier zu erleben. Aber ich vermutete, dass Sie Signor Belzoni nicht so lange alleine lassen wollten, hm?« Das würde bedeuten, dass er mit Giovannis Abwesenheit gerechnet hatte, obwohl sie seine Einladung für sie beide akzeptiert hatte …

»So ist es«, sagte Sarah fest und schob den Gedanken zur Seite, während sie dankbar ihre Lippen befeuchtete.

Die Beduinen waren inzwischen dazu übergegangen, auch Milch, Eier und Früchte anzubieten. Sie sahen dünn und sehr ausgehungert aus und waren von der Sonne fast schwarz gebrannt.

»Können wir ihnen nicht etwas abkaufen?«, fragte Sarah schuldbewusst.

»Später«, entgegnete Drovetti. »Wenn Sie jetzt einem von ihnen Geld geben, sind bald noch viel mehr als diese hier. In der Nähe gibt es ein Dorf, und die Besucher der Pyramiden sind für die Bewohner nun einmal die sichersten Einkünfte. So war das schon zu Herodots Zeiten, vor über zweitausenddreihundert Jahren.« Er schaute sich um. »Es ist nur schade«, sagte er langsam, »dass Sie die große Pyramide nicht erklettern können, Madame. Von dort oben hat man einen wunderbaren Ausblick, über Kairo hinweg, bis hin zu den Pyramiden von Sakkara.«

Sie hatte den Kopf zurückgelegt, um die drei Giganten in

sich aufzusaugen, vor denen sie stand, vollkommen unfähig, sich vorstellen zu können, wie jemals jemand diese riesigen Steinblöcke ineinandergefügt und so hoch aufgetürmt hatte; sie war so überwältigt, dass sie eine Weile brauchte, um zu verstehen, was er sagte. Es war das Kleid und das Korsett, die es unmöglich machen sollten, die größte der Pyramiden zu erklimmen.

»Wer behauptet, dass ich es nicht kann?«

Immerhin hatte sie gelernt, in Pluderhosen auf Giovannis Schultern zu stehen. Eine Pyramide mit gerafften Röcken zu besteigen musste eine Kleinigkeit im Vergleich dazu sein.

»Selbst flinke Knaben brauchen dafür eine Viertelstunde. Bei erwachsenen Männern, selbst wenn sie einheimische Kleidung tragen, dauert es gewöhnlich drei- bis viermal so lang«, entgegnete er, und sie konnte nicht entscheiden, ob er das als Abschreckung oder Herausforderung meinte.

»Ich bin weder ein Knabe noch ein Mann. *Andiamo*«, sagte Sarah, einen der ersten italienischen Ausdrücke verwendend, den sie je gelernt hatte.

Drovettis Miene war belustigt und beeindruckt zugleich. Er befahl zweien seiner Diener etwas auf Arabisch. Da die beiden vor und hinter ihr kletterten und einer ihr öfter die Hand entgegenstreckte, um ihr auf den nächsten Steinsockel zu helfen, der manchmal höher war als ihre Taille, konnte sie sich denken, was seine Worte bedeutet hatten. Sarah war nicht dumm und akzeptierte die Hilfe, doch es erfüllte sie mit einem gewissen Verdruss, dass Drovetti ohne Unterstützung und sichtbare Anzeichen von Anstrengung alleine kletterte. Während sie sich an Steine klammerte, die vor Jahrtausenden gelegt worden sein mussten, und versuchte, ihr Gleichgewicht zu halten, fragte sie sich vor jeder neuen Stufe, was wohl wäre, wenn sie Männerkleidung trüge. Eigentlich konnte es hierzulande kaum mehr Missbilligung erregen als ihr unverschleiertes Gesicht und der Umstand, dass jeder anwesende Mann bei dieser Kletterei ihre Knöchel sehen konnte.

Immerhin wurde die Höhe der Stufen geringer, je weiter sie stieg, und sie war nicht mehr auf die Hilfe der Männer angewiesen. Bis sie die Spitze erreichte, war sie völlig erschöpft, aber glücklich.

Drovetti hatte nicht zu viel versprochen: Im Osten konnte sie die unzähligen Minarette und Kuppeln Kairos sehen, bis hin zum Fuß eines Gebirges, das, wie Drovetti erklärte, das Mokattam-Gebirge genannt wurde; im Norden zog sich der Nil wie eine dunkle Schlange durch die Ebene, und die Palmenhaine und grünen Felder an seinen Ufern wirkten in der Hitze wie unwirkliche Traumgebilde. Im Westen erstreckte sich die Wüste endlos bis zum Horizont. Es schien unmöglich, dass die Armut, die Sarah in Kairo in allen Gassen hatte beobachten können, sich in der gleichen Welt befand wie diese bezwingende Schönheit, die sie noch nie erlebt hatte und nicht zu deuten wusste.

»El-Hiram«, murmelte Drovetti, als sie nebeneinander auf den Steinen saßen, die ihnen den Blick über Kairo gestatteten. »Auf der ganzen Welt gibt es nichts Vergleichbares.«

»Und Sie haben die Welt natürlich bereist, Monsieur?«, fragte Sarah interessiert und ohne Boshaftigkeit. Ihre Vorbehalte gegen ihn warteten unten auf dem Boden wieder auf sie, und sie würde gewiss wieder misstrauisch sein. Nur nicht jetzt. »Ich dachte, Sie hätten die letzten fünfzehn Jahre hier verbracht?«

»Ägypten ist eine Welt für sich, Madame«, parierte er. »Sie haben Luxor und Karnak noch nicht gesehen, das alte Theben mit seinen Wundern. Doch Sie haben recht; ich kenne sonst nur Frankreich und Italien.«

»Ich kenne England, Irland, Schottland«, sagte Sarah und

fühlte sich leichtherzig wie ein junges Mädchen, »Spanien, Portugal, Sizilien und Malta. Was diese Länder betrifft, haben Sie recht. Dort gibt es nichts Vergleichbares. Aber wissen Sie, Monsieur, ich werde nicht zufrieden damit sein, das zu behaupten. Mr. Belzoni und ich, wir werden den Rest der Welt auch noch bereisen, um selbst herauszufinden, ob es stimmt!«

»Und um den Rest der Welt mit Wassermaschinen zu versorgen?«, fragte Drovetti mit unüberhörbarer Ironie, als wolle er sagen, dass sie beide wussten, wie unwahrscheinlich das war; ihre Bleibe im Bulak zeigte, dass sie und Giovanni keine Möglichkeit hatten, sich ihre Träume zu finanzieren. Er hatte kaum ausgesprochen, als seine Miene sich veränderte. Zum ersten Mal, seit sie ihm begegnet war, wirkte er nicht gewandt, amüsiert oder erzürnend überlegen, sondern peinlich berührt und verlegen. »Es tut mir leid«, sagte er. »Das war eine dumme Bemerkung. Die Hitze muss mir doch stärker zusetzen, als ich dachte. Wir hätten in der Nacht hierherkommen sollen.«

Sarah erwiderte nichts. Alles, was er gesagt oder angedeutet hatte, türmte sich vor ihr auf und raubte dem Tag seinen Glanz. Giovanni und sie waren nicht reich; sie würden nie irgendwohin reisen können, wenn am anderen Ende nicht jemand wartete, der für Giovannis Dienste bezahlte, ob dies nun das Konstruieren von Wassermaschinen sein mochte oder wie früher die Jahrmarktsnummern. Giovanni war fest entschlossen, das Artistenleben hinter sich zu lassen, ehe er zu alt wurde, um ihm je wieder zu entkommen. Wenn seine Wassermaschine nicht das wurde, was er sich erhoffte, konnten sie von Glück sagen, wenn genug Geld übrig geblieben war, um Ägypten wieder zu verlassen. All das wusste sie so genau, wie sie wusste, dass der Mann neben ihr, Franzosenknecht oder nicht, mit seiner großbürgerlichen Herkunft, seinem Studium, seinem Konsulsdasein und seiner Freundschaft mit orientalischen Potentaten das Geschöpf einer anderen Welt war und immer sein würde.

Sarah wandte ihren Blick nicht beschämt ab, sie machte es Drovetti nicht leicht, indem sie seine Entschuldigung akzeptierte, und sie konterte nicht mit einer zornigen Erwiderung. Sie sah ihn nur an.

Am Ende war er es, der die Augen senkte.

»Ich werde sogar den Ursprung und das Herz der Welt sehen«, sagte Sarah und begann mit dem Abstieg.

Als sie wieder am Fuße der Pyramide ankam, kaufte Sarah einem der Beduinen ein paar Datteln ab und verteilte sie an die Diener und die beiden Soldaten, die Drovetti mitgebracht hatte, deren Proteste ignorierend. Als ihre Hand sich dem ersten der beiden Türken entgegenstreckte, war sie sich sehr bewusst, wie Giovanni an seine Verletzung gekommen war und was Burkhardt über die Ressentiments der türkischen Truppen hinsichtlich europäischen Drills erzählt hatte. Der Mann sah sie missbilligend an und murmelte etwas. Sie zog ihre Hand nicht zurück. Schließlich nahm er die Dattel und begann, sie zu essen. Sein Kamerad griff gleich zu.

»Üben Sie sich in der christlichen Tugend der Vergebung und geben Sie einem Unwürdigen ebenfalls eine Dattel«, sagte Drovetti, der bereits vor ihr unten angekommen war, und winkte sie in das kleine Zelt, das seine Leute aufgestellt hatten, um sie beide vor der Sonne zu schützen.

Genug ist genug, entschied Sarah, gab ihm die Dattel und gesellte sich zu ihm.

»Warum sind Sie wirklich nach Kairo gekommen?«, fragte sie unvermittelt, um seine Aufrichtigkeit zu prüfen.

»Ich glaube nicht, dass Sie das wirklich wissen wollen, Madame, doch es liegt mir fern, Ihnen etwas abzuschlagen. Erinnern Sie sich an die Dame, die sich vor Dr. Duzap in das Konsulat flüchtete?«, fragte Drovetti zurück.

Sarah nickte. »Was ist aus der Unglücklichen geworden?«, erkundigte sie sich teilnahmsvoll. *Die Gattin eines armenischen Bankiers in Konstantinopel,* hatte Madame Drovetti gesagt. Sarah fragte sich, ob sie wohl mit den Juwelen zu ihrem Mann zurückgekehrt war. Ob er eine jener grausigen Strafen für sie bereithielt, von denen Burkhardt erzählte und von denen sie in Byrons *Giaur* gelesen hatte? Vielleicht war sie auch Dienerin in einem Kloster geworden. In Alexandria gab es, wie hier in Kairo, christliche Klöster. Gewiss würden sich die Nonnen einer reuigen gefallenen Frau erbarmen, die …

»Nun«, sagte Drovetti so selbstverständlich und beiläufig, als prophezeie er mehr Sonnenschein und Hitze für den nächsten Tag, »sie ist jetzt meine Geliebte, und ich habe eine schöne Unterkunft für sie im hiesigen europäischen Viertel gefunden.«

Würdevolle Sprachlosigkeit wäre auch diesmal die beste Reaktion gewesen, aber Sarah war zu überrascht und zu entsetzt.

»Sie … Sie haben …«

»Es wäre ein wenig taktlos gewesen, sie in der gleichen Stadt wie Madame Drovetti leben zu lassen, nicht wahr?«

Wenn sie sich nicht am Rande der Wüste neben den Pyramiden befänden, dann hätte sie ihn wenigstens stehen lassen und fortlaufen können.

»Offensichtlich haben Sie die Notlage der armen Frau ausgenutzt«, sagte Sarah kalt. »Nur ein Schurke ist zu so etwas in der Lage.«

Drovetti seufzte. »Madame, seien Sie doch ein wenig realistisch. Die *Unglückliche,* wie Sie sich auszudrücken belieben, hat nicht die Absicht, zu ihrem Gemahl zurückzukehren. Dank ihrer wiedererlangten Juwelen ist sie in keiner materiellen Notlage, doch da sie nicht dumm ist, weiß sie, dass sie in diesem Land Schutz benötigt. Sie ist sehr charmant, und ich finde keinen Geschmack an dem hiesigen Brauch, sich Sklavinnen zuzulegen, denen es nicht nur an der Wahlmöglichkeit, sondern vor allem auch der Konversationskunst mangelt. Es ist ein Arrangement, das für alle Beteiligten höchst zufriedenstellend verläuft.«

»Und Madame Drovetti?«, fragte Sarah empört.

»Was für eine ungeheuer englische Frage.« Seine Lippen kräuselten sich amüsiert. »Madame Drovetti erwartet von mir, dass ich mich wie ein zivilisierter Mensch betrage, sie stets mit Respekt behandele und keine Mätresse wähle, deren Identität sie beschämen würde.«

Sarahs Empörung schlug Funken und erfasste ihren ganzen Körper. Was für ein durch und durch abscheulicher Mensch! Sie verstand nicht, wie sie diese Einladung je hatte annehmen können. »Sie haben sich die richtige Nation ausgesucht, um ihr zu dienen, *Monsieur*«, sagte sie heftig.

Drovetti lehnte sich auf dem Teppich, den seine Diener auf dem Boden unter der Zeltplane ausgebreitet hatten, zurück, stützte sich auf seine Ellenbogen und betrachtete sie.

»Zweifellos«, entgegnete er zustimmend. »Wie man hört, behandelt Ihr Prinzregent seine Ehefrau abscheulich und weigert sich, mit ihr im gleichen Haus zu leben. Er betrügt seine Mätresse regelmäßig mit allem, was weiblich ist und einen Puls hat, und war außerdem noch so geschmacklos, mit seinem Modeberater Brummell zu brechen. Sie haben vollkommen recht, Mrs. Belzoni, ich würde es mir wirklich nie verzeihen, wie ein Engländer zu handeln.«

»Bringen Sie mich zurück nach Kairo. *Sofort.*«

Nun schienen Funken in seinen blauen Augen zu tanzen, die in dem dunklen Gesicht so unpassend hell wirkten.

»Deswegen bewundere ich Sie, Madame. Sie haben selbst in Ihrem Zorn gesunden Menschenverstand. Eine dumme Frau wäre jetzt aufgesprungen und hätte versucht, alleine auf einem Esel nach Kairo zu reiten, nur um binnen einer oder zwei Stunden als Opfer eines Überfalls zu enden.«

»Da ich nicht davon ausgehen kann, dass Sie mir in einem solchen Fall in einigem Abstand folgen würden, wie es jeder Gentleman tun würde, um sicherzustellen, dass dergleichen nicht geschieht«, gab Sarah verächtlich zurück, »bleibt mir nichts anderes übrig.«

Er sagte nichts, sondern sah sie unverwandt an.

Mit einem Mal kam ihr eine andere Möglichkeit in den Sinn als die, dass er sie – ob nun in Begleitung oder nicht – ziehen lassen würde. Sie war die einzige Frau hier. Alle anwesenden Männer standen in seinem Dienst oder waren Beduinen, deren Sprache sie nicht beherrschte …

Sei nicht albern, schalt sie sich. *Er hat eine Ehefrau und eine Mätresse. Und du bist kein Mädchen mehr, das heimlich Liebesromane liest. Du zählst bald zweiunddreißig Jahre und bist alles andere als ein unerfahrenes junges Ding mit bebendem Busen, auf das ein skrupelloser Mann es abgesehen haben könnte.*

Sarah erhob sich und klopfte etwas von dem unvermeidlichen Sand aus ihrem Kleid, das nach dem heutigen Tag ganz gewiss wieder geflickt werden musste.

»Gehen wir?«, fragte sie kühl.

Drovetti hob eine Augenbraue. Dann stand er auf und verbeugte sich, wie sie es bei den Muslimen gesehen hatte.

»Nach Ihnen, Madame.«

KAPITEL 5

James hatte gemischte Gefühle darüber, dass der ägyptische Junge, der Mr. B am Tag seines Zusammenstoßes mit dem türkischen Soldaten geholfen hatte, wieder aufgetaucht war. Gewiss, nun, da Mr. B einen guten Platz für den Bau der Maschine und die Arbeiter finden musste, war es gut, einen Einheimischen dabeizuhaben. Aber dieser Rifaa al-Tawhati benahm sich so, als sei Mr. B sein Eigentum, zerrte ihn hierhin und dorthin, und Mr. B – der gleiche Mr. B, der James eingeschärft hatte, dass niemand etwas von ihrer Jahrmarktsvergangenheit wissen dürfe –, unterhielt den Ägypter einmal, indem er mit ausgestreckten Armen zwei volle Wasserkrüge hochstemmte, die hier wegen ihres Gewichts auf der Straße nur von Kamelen getragen wurden.

Es ließ sich nicht leugnen: Das bohrende, verzehrende Gefühl im Magen war Eifersucht.

Um es wieder loszuwerden, bemühte James sich, seinen Wortschatz an arabischen Ausdrücken schneller zu erweitern. Wenn er die Sprache gut genug beherrschte, um tatsächlich übersetzen zu können, würde Mr. B keinen Einheimischen brauchen, nicht wahr? Unangenehmerweise schien Rifaa eine ähnliche Taktik zu verfolgen und noch dazu ein gutes Gedächtnis zu haben; er wiederholte einige von Mr. Bs italienischen Ausdrücken nicht nur, er gebrauchte sie sogar richtig. Als sich herausstellte, dass Rifaa eine Schule besuchte und einen Lehrer hatte, der Französisch und Italienisch sprach, fühlte sich James vollends verraten und übervorteilt.

Sie waren auf der Landstraße zwischen Bulak und Kairo

unterwegs. James trat wütend Staub in die Luft und hoffe, dass Mr. B irgendwann die Art, wie er stapfte, auffallen würde – da blieb dieser plötzlich abrupt stehen. Vor ihnen, auf einer Brücke, sah James eine Gruppe türkischer Soldaten. Einer von ihnen zielte mit seinem Gewehr in ihre Richtung und lachte! Rifaa murmelte etwas, das wie »weitergehen« klang, und Mr. B folgte seinen Worten. James spürte, wie sich seine Hände zu Fäusten ballten. Wenn die Soldaten es genauso hielten wie derjenige, der Mr. B verletzt hatte, würde sich zeigen, wer hier wahrhaft mutig und treu war.

Die anderen Soldaten lachten ebenfalls, und James bildete sich ein, er könnte ihre Blicke im Rücken fühlen, doch niemand von ihnen unternahm etwas.

»Weiter«, drängte Rifaa.

James wünschte, sie wären auf Eseln unterwegs, doch just heute hatte sich kein Tier auftreiben lassen, das unter Mr. B nicht zusammengebrochen wäre, und so waren sie gelaufen.

Als sie endlich die Stadt erreichten, wirkte sie wie ausgestorben. Keine Eseltreiber, keine Kamele, keine Verkäufer auf den Straßen; die Holzverschläge an den Fenstern der Häuser waren fest verschlossen.

»Mr. B«, fragte James, den das auf ungute Weise an Alexandria erinnerte, »kann es sein, dass die Pest hier wieder ausgebrochen ist?«

Mr. B wurde bleich. »Ich hoffe nicht.«

»Einmal Pest überlebt, wieder Pest überleben; Pest kommt, geht«, warf Rifaa tröstend ein, der das Wort »Pest« offenbar verstanden hatte. James verzog das Gesicht, denn er war sicher, was Mr. B fürchtete, war nicht die Pest, sondern die Aussicht darauf, sein Wassermaschinenprojekt noch weiter hinausziehen zu müssen, wenn wieder Quarantäne herrschte.

»Sie können die Maschine garantiert bauen«, sagte er, und Mr. B klopfte ihm auf die Schultern.

Als sie am europäischen Viertel ankamen, war es mit James' Genugtuung vorbei, denn die beiden Tore, die es vom Rest der Stadt abgrenzten, waren verschlossen. Immerhin hörte er, wie sich hinter der kleinen Pforte im Tor jemand bewegte.

»Belzoni«, zischte eine Stimme, »Belzoni, sind Sie das?«

Binnen weniger Momente waren sie innerhalb des europäischen Viertels und die Tür hinter ihnen wieder fest verriegelt. Der Mann, der Mr. B erkannt hatte, war der schwedische Konsul und verwirrenderweise gleichzeitig der Handelsminister des Paschas, wie James später herausfand; Scheich Ibrahim hatte ihn Mr. B vorgestellt. Er hieß Bokhty und erzählte ihnen sofort mehr, als ihnen lieb war.

»Es ist unter den Soldaten eine Meuterei gegen den Pascha ausgebrochen«, sagte er düster. »Wegen des europäischen Drills. Er hat sich in die Zitadelle zurückgezogen, aber es ist noch offen, wie viele der Soldaten sich der Meuterei anschließen werden. Sie sollten sich eine Waffe besorgen. Falls die Soldaten gegen die Franken losgehen, weil sie dem Pascha nichts anhaben können, brauchen wir hier jeden Mann.«

»Mrs. Belzoni besucht heute mit Scheich Ibrahim die Pyramiden«, murmelte Mr. B entsetzt. »Sie werden bei ihrer Rückkehr direkt in die Meuterei …«

»Reden Sie keinen Unsinn. Burkhardt ist hier. Hören Sie, es tut mir ja leid um Ihre Frau, aber hier im europäischen Viertel gibt es auch Frauen, und hier können wir uns verteidigen, wenn die Soldaten anrücken, also kommen Sie jetzt mit mir und …«

Mr. B nannte Mr. Bokhty in drei Sprachen einen Esel, schwor, dass er seine Frau nicht alleine lassen würde, ob in Bulak oder irgendwo zwischen Bulak und Gizeh, und als ihn Bokhty hindern wollte, die kleine, in das Tor eingelassene Tür erneut zu öffnen, schob er ihn wie eine Feder beiseite; seine Kraft ließ den anderen Mann zur Seite taumeln und ihn erschrocken anstarren.

Rifaa schaute zu James, und sein Gesicht war eine einzige Frage. James imitierte die Bewegung, die der Soldat auf der Brücke mit seinem Gewehr gemacht hatte, und versuchte mit den wenigen Brocken Arabisch vergeblich zu erklären, was vor sich ging.

»Du kannst hierbleiben«, sagte Mr. B zu James und schob den Riegel beiseite.

»Das ist doch keine Frage«, gab James gekränkt zurück.

Rifaa hatte inzwischen hastig ein paar Worte mit Bokhty auf Arabisch gewechselt. Seiner Miene nach hielt er sie beide für verrückt, doch er kam mit ihnen. »Esel«, sagte er eindringlich zu Mr. B, und zuerst dachte James, er wolle ihn beleidigen, bis er begriff, worauf Rifaa hinauswollte.

»Wir kommen schneller nach Bulak zurück, wenn wir uns Esel zum Reiten besorgen, Mr. B«, sagte er. Dass sie den ganzen heutigen Tag Bulak und seine Umgebung zu Fuß durchstreift und auch nach Kairo marschiert waren, hatte auch an Mr. Bs Wunsch gelegen, so viele geeignete Plätze wie möglich zu sehen, was nun keine Rolle mehr spielte. Selbst Mr. Bs Gewicht war unwichtig, wenn sein Esel ihn nur einen Teil der Strecke schneller zu Mrs. B brachte. Allerdings wusste James auch nicht, wo in dem ausgestorbenen Kairo Esel aufzutreiben sein würden.

»*E vero*«, rief Mr. B und folgte Rifaa, der sie in eine kleine Gasse und in einen Vorhof führte, der sich als Unterkunft für Eseltreiber herausstellte. Nach einem heftigen Wortwechsel und der Übergabe von Mr. Bs letztem Geburtstagsgeschenk von seinem Bruder, einer Schnupftabakdose – die, wie James argwöhnte, gewiss nicht wirklich aus Silber war –, standen ihnen zwei Esel zur Verfügung. Das hieß, dass er sich einen mit Rifaa teilen musste. Noch schlimmer; Rifaa konnte zu allem Überfluss wirklich reiten, und James, der sicher war, dass er der Ältere sein musste, klammerte sich mit zusammengebissenen Zähnen an ihm fest, während sie die Straße zurück nach Bulak jagten.

Schon bald begegnete ihnen eine Soldatengruppe, die in Richtung Stadtmitte marschierte. Irgendwo in der Nähe hörte James Gewehrsalven; dicht an Rifaa gepresst, wie er war, konnte er immerhin feststellen, dass er nicht als Einziger zusammenzuckte.

Einer der Soldaten ergriff die Zügel von Mr. Bs Esel und hielt ihm ein Gewehr entgegen, ein anderer packte ihn am Kragen, und zwei weitere durchwühlten seine Taschen. Zuerst wünschte sich James, Mr. B würde ihnen zeigen, wie er mit räuberischem Gesindel fertig wurde, doch dann fing er an, die Soldaten zu zählen, und warf einen Blick auf ihre Waffen. Selbst Mr. B würde nicht so viele schnell genug außer Gefecht setzen können. Als ein Soldat Rifaa anschrie, etwas über »Verrat« und »Franken« brüllte, dachte James, dass sie alle drei sterben könnten, hier und jetzt auf dieser Straße, und nur Gott wusste, was dann aus Mrs. B werden würde. Er schaute zu Mr. B, der mit zusammengepressten Lippen ruhig blieb, während seine Brieftasche ausgeleert wurde.

Der Inhalt löste einige enttäuschte Rufe aus. Dann entdeckte der Soldat, der Mr. B beim Kragen gepackt hatte, den Stein, der an Mr. Bs Hemdkrause steckte. Mr. B blieb vollkommen ruhig, und James hielt den Atem an. In den ersten Tagen seiner Zeit bei den Belzonis war er selbst in Versuchung gewesen, diesen Stein zu stehlen, der sich damals in der Mitte von Mr. Bs Kopfputz als Samson von Patagonien befand. Mr. B hatte der Versuchung ein Ende gemacht, indem er James darauf hinwies, dass es sich um einen falschen Edelstein handelte. Dieser Tage benutzte Mr. B ihn nur, wenn er den Pascha oder andere Europäer besuchte, um einen gut gestellten Eindruck zu machen.

Anscheinend war der Eindruck, den er auf die meuternden türkischen Soldaten machte, genau der richtige. Sie ließen von Mr. B ab und begannen darüber zu streiten, wer von ihnen den Edelstein, den sie wohl für einen Rubin hielten, bekommen sollte.

»James, Rifaa«, sagte Mr. B leise, *»avanti!«*

Erst als die Soldaten längst außer Hörweite verschwunden waren, sagte Rifaa etwas. Was er sagte, war allerdings verständlich: nur ein Wort, in dem Groll und Bitterkeit lagen. »Türken!«

Zum ersten Mal wurde James bewusst, dass die Mehrzahl der Soldaten in diesem Land genauso wenig Ägypter waren wie seine europäischen Besucher. Er fragte sich, wie es wohl war, in einem Land zu leben, das von Ausländern besetzt wurde, und eine Erinnerung tauchte in ihm auf, an seine Mutter, die in dem gleichen Tonfall, den Rifaa gerade benutzt hatte, »Engländer!« sagte. Hastig verdrängte er sie wieder, wie alle Erinnerungen an seine frühe Kindheit, auf die er am liebsten ganz verzichtet hätte.

Sie hatten Bulak fast erreicht, als ihnen erneut Soldaten entgegenkamen, diesmal nur zwei statt einer Gruppe. Die Männer riefen ihnen zu, sie sollten absteigen und stehen bleiben, um sich durchsuchen zu lassen. James schaute zu Rifaa, und so entging ihm beinahe, dass Mr. B diesmal nicht einmal eine Sekunde lang stehen blieb, sondern im Gegenteil auf die zwei Soldaten zuhielt. Es war Rifaas erstaunter Ausruf, der ihn wieder geradeaus schauen ließ, gerade noch rechtzeitig, um zu sehen, wie Mr. B die beiden völlig überraschten Soldaten, die offenbar fest mit seinem Gehorsam gerechnet hatten, mit je einer Hand ergriff und ihre Köpfe gegeneinanderschlug. Während sie zu Boden stürzten, packte er ihre Gewehre, schlug den Kolben gegen die nächste Mauer und verbog die Läufe, wie er einst die Eisenstangen verbogen hatte, noch immer, ohne ein einziges Wort zu sagen. Erst als er sicher war, dass beide Männer bewusstlos und ihre Waffen nicht mehr zu gebrauchen waren, sprach Mr. B wieder.

»Niemand«, sagte er mit rauher Stimme, »stellt sich ungestraft zwischen mich und Mrs. Belzoni.«

Rifaa, der einigermaßen verstört dreinsah, schlug vor, sie auf einem Umweg zu führen, doch Mr. B schüttelte den Kopf. James konnte ihn verstehen. Jede weitere Verzögerung war unerträglich, wenn man sich vorstellte, was Mrs. B inzwischen geschehen sein mochte.

James erfasste eisiger Schrecken, als sie endlich vor ihrem heruntergekommenen Haus eintrafen und zwei türkische Soldaten vor der Tür standen. Mr. Belzoni, erneut kalkweiß, wollte hineinstürmen, doch die beiden traten ihm mit auf ihn gerichteten Gewehren in den Weg und sagten ein paar unfreundlich klingende Worte auf Arabisch.

»Lasst mich hinein, ihr Hunde!«, donnerte Mr. B. auf Italienisch. »Wo ist meine Frau?«

Mittlerweile wünschte sich James, sie wären zumindest lange genug im europäischen Viertel geblieben, um ein paar von den Waffen mitzunehmen, von denen Bokhty gesprochen hatte. Er hielt es nicht für wahrscheinlich, dass er und Mr. B es gegen zwei Gewehre aufnehmen konnten. Andererseits, wenn die beiden leichtsinnig wurden und ihre Gewehre herunternahmen, dann konnte Mr. B sie natürlich mit dem kleinen Finger besiegen, wie er gerade vorhin wieder bewiesen hatte …

»Schutz«, sagte Rifaa, der wie James von dem Esel abgestiegen war, aber langsamer, und das Wort ebenfalls an die beiden Soldaten gerichtet hatte, leise und respektvoll.

»Was?«

»Schutz. Befehl. Haus. Frau. Schützen.«

Mr. B schüttelte verwirrt den Kopf. »Wie?«

Rifaa sagte etwas zu den Soldaten, und sie traten beiseite,

um Mr. B durchzulassen. James folgte auf dem Fuß – und erstarrte. Dort im Gang stand, offenbar durch Mr. Bs laute Stimme aufmerksam geworden und auf dem Weg zur Tür, der französische Italiener oder italienische Franzose aus Alexandria!

»Ah, Belzoni«, sagte er und klopfte dem genauso starr wie James dastehenden Mr. B auf die Schulter. »Es ist eine Erleichterung, Sie zu sehen, mein Freund. Wir erfuhren auf dem Rückweg von Gizeh, was sich in der Stadt abspielt, und ich hielt es für meine Pflicht, Madame Belzoni zu beschützen, bis sich die Lage geklärt hat.«

»Danke«, sagte Mr. B mit gerunzelter Stirn.

»Oh, machen Sie sich keine Sorgen um Celim und Orhan. Für die beiden verbürge ich mich. Sie sind loyal.«

»Giovanni«, sagte Mrs. B, die sich offenbar in eines der hinteren Zimmer zurückgezogen und daher länger gebraucht hatte, um den Eingang zu erreichen, mit unendlicher Erleichterung in der Stimme und umarmte Mr. B ganz gegen ihre sonstige zurückhaltende Gewohnheit vor Fremden. Sie küsste ihn sogar direkt auf den Mund. Ihr Gesicht war gerötet, aber das war nach einem Tag an der Sonne nicht anders zu erwarten. Was James nicht begriff, war, warum sich der Kerl aus Alexandria überhaupt in Kairo befand. Sollte nicht Scheich Ibrahim Mrs. B zu den Pyramiden begleiten?

»Nachdem ich Sie nun wieder sicher in den Händen Ihres Gemahls weiß, Madame«, sagte Drovetti, »darf ich mich verabschieden. Wie Sie wissen, gibt es jemanden im europäischen Viertel, an deren Wohlergehen mir viel liegt. Ich werde jedoch Celim befehlen, hier zu bleiben, bis sich die Lage geklärt hat. *Addio,* Belzoni.«

Das Geräusch von Gewehrsalven in der Ferne klang wie Donner, dem kein Blitz als Warnung vorausgegangen war. Sarah hörte sie und dachte, sie müsse sich wegen der gefährlichen Lage in der Stadt größere Sorgen machen, als sie es tat.

Giovanni hatte nicht gefragt, warum sie Drovetti nicht erwähnt hatte. Er hätte heute sterben können, auf dem Weg zu ihr. Doch zum Glück lag er jetzt neben ihr, warm wie ein Backofen, und obwohl die Augusthitze noch schlimmer als die im Juli und Juni war, schmiegte sie sich noch etwas fester an ihn.

»Wenn der Pascha gestürzt wird«, flüsterte sie, »dann brauchen wir trotzdem nicht sofort nach Europa zurückzukehren. Wir können das Heilige Land besuchen, Giovanni. Welcher Ort kann einem wohl mehr Glück bringen?«

»Er wird nicht gestürzt«, erwiderte ihr Mann grimmig, doch seine Hand, die ihr Haar durch seine Finger gleiten ließ, stand in einem seltsamen Widerspruch zu seinem Ton. »Ich werde meine Wassermaschine bauen. Sie wird mich zum berühmtesten Mann Ägyptens machen, während niemand mehr weiß, wie man Drovettis Namen buchstabiert.«

Da war er, der Name, endlich ausgesprochen, und in seiner Bedrohlichkeit viel wirklicher als das Rumoren der Gewehrsalven in der Nacht.

»Es gibt nichts, worum du ihn beneiden müsstest«, sagte Sarah ernst. »Überhaupt nichts. Das weißt du.«

»Ja, ich weiß.«

Sie hoffte es.

Am nächsten Tag, als sie erneut ihre Leiter riskierten, weil sich aus dem ersten Stockwerk mehr erkennen ließ, sprach Giovanni nur noch über das, was sie beobachteten: wie sich ein Teil der Stadtbevölkerung daran versuchte, mit den Schiffen im Hafen zu fliehen, Schiffe, die so schnell überbelegt waren, dass immer wieder Menschen in den Nil stürzten und ertranken, während sich bereits andere verzweifelt bemühten, noch an Bord zu gelangen.

Der Umstand, dass ihr Haus so heruntergekommen war, bedeutete einen gewissen Schutz; es lud gewiss niemanden zum Plündern ein. Giovanni versuchte, dem verbliebenen türkischen Soldaten zu sagen, er könne gehen, doch Celim schüttelte nur den Kopf und hielt eine Art Rosenkranz in der Hand, eine Schnur, die mit orangefarbenen Steinen besetzt war und die er sich durch die Finger gleiten ließ, während er wartete. Da Drovetti den jungen Rifaa zurück nach Kairo mitgenommen hatte, ließ sich noch nicht einmal die Ausrede gebrauchen, er müsse den Jungen in seine Schule zurück begleiten, da man ihn nicht allein durch eine meuternde Armee in die Stadt schicken könne, und Giovanni gab es auf. Sie teilten Wasser und Essen mit dem Soldaten, und Sarah fragte sich, ob er wohl seinen Kameraden beneidete, der zweifellos derzeit Wache bei der Bankiersgattin und ehemaligen Arztgeliebten mit den Juwelen tat, in einem vollständig eingerichteten und nicht baufälligen Haus im europäischen Viertel. Immerhin bestand keine Gefahr, dass ihre Wache es sich anders überlegte und sich den Meuterern anschloss: Er konnte sehen, dass es in diesem Haus nichts zu plündern gab, wenn er nicht gerade ein Bewunderer von billigem Geschirr und Weidenkörben war.

Es dauerte drei Tage, bis Drovetti wieder vor ihrer Tür stand, bester Stimmung und mit einem Korb voller Lebensmittel. James strahlte über das ganze Gesicht, als er der reichen Mahlzeit ansichtig wurde, und als Sarah ein Stück Seife zwischen den Datteln entdeckte, konnte sie nicht anders, sie lächelte ebenfalls. Seife war ein Luxus, den sie zum letzten Mal in Malta erlebt hatte. Giovanni warf ihr einen Blick zu und runzelte die Stirn, während sie Drovetti dankte und meinte, er sei manchmal wirklich in der Lage, Gedanken zu lesen.

»Gute Neuigkeiten«, sagte Drovetti. »Der Pascha hat die Oberhand behalten. Ein Teil der Truppen hier wird nun weiter von allem Europäischen entfernt sein, als sie es sich wünschten – er hat sie in die Wüste geschickt, um sich mit den Wahabiten herumzuschlagen.«

»Ich dachte, der Krieg gegen die Wahabiten sei zu Ende?«, fragte Sarah, als Giovanni keine Anstalten machte, etwas zu sagen.

»O nein. Mekka und Medina sind befreit, aber die Wahabiten haben ihre Hochburgen in den Gebirgen der Wüste und unternehmen von dort aus immer wieder Vorstöße. Mehemed Ali hat seinem Sohn Tusun den Oberbefehl übertragen, weil er es sich nicht leisten kann, zu lange von Ägypten entfernt zu sein, wie man sieht. Abwesenheit …«

»Drovetti«, sagte Giovanni unvermittelt, »ich lade Sie hier und heute ein, um der ersten Erprobung meiner Maschine beizuwohnen. Dann wird es mir eine Freude sein, Sie zu empfangen. Bis dahin möchte ich Sie nicht mehr sehen.«

Drovetti schwieg. Dann neigte er seinen Kopf.

»Es gibt ein altes Sprichwort, das Sie vielleicht kennen, Belzoni. *Sei vorsichtig, was du dir wünschst, denn es könnte dir erfüllt werden.*«

ZWEITES BUCH

1816
Memnon

KAPITEL 6

Es gab nicht viele Momente, in denen der neue englische Konsul in Ägypten sich wünschte, er sei immer noch nichts weiter als ein Maler. Die Palastanlagen des Paschas in Schubra zu besuchen und die Menschen zu beobachten, die der Zeremonie am Nilufer beiwohnen würden, der die heutige Einladung galt, war einer davon.

Henry Salt hielt sich für einen guten, aber keineswegs überragenden Künstler. Das war keine Bescheidenheit, nur das Bewusstsein, dass es Bereiche gab, in denen er Besseres leisten konnte als in der Malerei. Mit zweiundzwanzig war er von Lord Valentia als Sekretär und Zeichner angestellt worden, um ihn auf seiner Reise nach Indien zu begleiten. Indien hatte sein Leben verändert; dort hatte er eine Gelegenheit beim Schopf ergriffen und sich freiwillig gemeldet, um nach Abessinien zu reisen. Er hatte dort die Freundschaft des mächtigsten Häuptlings, des Ras, errungen und war mit Vokabular-Sammlungen der Sprachen Makuana, Monju, Swahili, Samauli und Hurrar zurückgekehrt, mit hundertsechsundvierzig verschiedenen Pflanzen und Aufzeichnungen über siebzig verschiedene Vogelarten, von denen die meisten in Europa noch völlig unbekannt gewesen waren. Das hatte ihm die Aufmerksamkeit der Royal Society und der African Association eingebracht, das Wohlwollen von Sir Joseph Banks und die Ehre, Taufpate für mehrere der Pflanzen zu werden. Als er hörte, dass Colonel Misset, der britische Konsul in Ägypten, um seine Entlassung gebeten hatte, beschloss Salt, den nächsten Schritt zu wagen, und bewarb sich um das Amt. Er hatte seinen sechsunddreißigsten Geburtstag noch vor sich, als es ihm übertragen wurde.

»Wir brauchen einen guten Mann dort«, sagte Sir Joseph Banks, der neben seinen übrigen Aufgaben für die Regierung auch das Britische Museum leitete. Ob er mit »wir« die Regierung Seiner Majestät, die Royal Society oder das Britische Museum meinte, ließ er offen. »Die Bedeutung des Roten Meers für die ostindische Handelskompanie muss ich Ihnen ja nicht erst erläutern. Außerdem ist die Gelegenheit günstig, die Art und Weise, wie der Pascha uns gegen die Franzosen ausspielt, endlich etwas mehr zu unseren Gunsten zu wenden. Mit Boney sind wir fertig, das bedeutet, dass wir als Sieger dastehen, und der französische Konsul, der so innig mit dem Pascha liiert war, dieser Drovetti, der ist gerade ersetzt worden. Wenn Sie es nicht fertig bringen, den neuen Repräsentanten einer besiegten Nation schlecht dastehen zu lassen, sind Sie nicht der Mann, für den ich Sie halte, Salt.«

»Ich werde die Regierung Seiner Majestät nicht enttäuschen, Sir.«

»Und noch etwas. Ägypten ist nicht unbedingt für seine Vögel berühmt, wenn Sie verstehen, was ich meine. Wir haben alle Denon gelesen. In diesem Land warten die Zeugnisse der ältesten Kultur der Welt auf uns, aber haben die Türken und die Araber einen Sinn dafür? Nein. Die Welt hat noch Glück, wenn Mehemet Ali die Pyramiden nicht weiter als Steinbruch benutzt, wie es seine Vorgänger getan haben. Es ist geradezu unsere moralische Pflicht, die edlen Überbleibsel der Vergangenheit vor dem Verfall zu retten und in ein zivilisiertes Land zu bringen.« Banks' Augen verengten sich. »Wir werden den Teufel tun und dieses Erbe den Franzosen überlassen.«

»Ich verstehe, Sir.«

Einen großen Vorteil gegenüber den Franzosen hatte Salt

bereits kurz nach seiner Ankunft herausgefunden und prompt genutzt. Die französische Regierung bestand darauf, ihr Generalkonsulat in Alexandria zu behalten. Sein Vorgänger hatte das englische Konsulat ebenfalls dort gehabt, doch Salt nützte seinen Amtsantritt und seine Vollmachten umgehend aus, um es nach Kairo zu verlegen. Nach all den Berichten, die er studiert hatte, hielt sich der Pascha dort wesentlich häufiger auf. Es war ein kostspieliger Entschluss, gewiss; die Arbeiten an dem Haus, das er ausgewählt hatte, würden ihn fünfhundert Pfund gekostet haben, wenn sie endlich einmal beendet wurden. Dazu kamen vierhundert Pfund an Colonel Misset für die Möbel, die aus Alexandria gebracht wurden, und die ständigen Ausgaben, die er als Konsul haben würde: sein persönlicher Sekretär und ein Übersetzer, drei Pferde mit ihren Pferdeknechten, zwei Wächter, ein Haushofmeister, ein Koch und ein Gärtner; außerdem ein Kamel, um Wasser vom Nil in das neue Konsulat zu schaffen, ein Esel und eine Waschfrau. Das Gehalt, das ihm als Konsul versprochen wurde, eintausendfünfhundert Pfund im Jahr, sah auf einmal längst nicht mehr so hoch aus; sehr viel Geld blieb nicht übrig, wenn man die Ausgaben dagegen rechnete.

»Sie könnten sich Sklaven nehmen, alter Junge«, riet Colonel Misset ihm bei seiner Abschiedszeremonie, aber Henry Salt hatte energisch den Kopf geschüttelt.

»Das verstieße nicht nur gegen die nunmehrigen Prinzipien unserer Regierung, sondern auch gegen meine eigenen.«

»Es ist Ihre Angelegenheit«, sagte Misset und nahm das nächste Schiff nach Italien, weil er nicht glaubt, nach all den Jahren im Osten das englische Klima in seinem Zustand noch verkraften zu können.

Salt hatte sich nicht nur um den Konsulatsposten bemüht, weil er Ansehen versprach. Er hatte Ägypten gemeinsam mit Lord Valentia besucht, auf dem Rückweg von Indien. Das Land und die Spuren seiner ungeheuer alten Kultur, allgegenwärtiger als in jedem anderen Reich, das er auf seinen Reisen kennengelernt hatte, faszinierten ihn. Außerdem hatte Sir Joseph recht: Man konnte die hiesigen Altertümer unmöglich den Türken oder den Franzosen überlassen. Was der Pascha derzeit mit Alexandria anstellte, war ein hervorragendes Beispiel dafür, warum Ägypten in gewisser Hinsicht vor sich selbst gerettet werden musste. Aus den schönen Ruinen der alexandrischen Stadtmauer, die Salt bei seinem ersten Besuch noch bewundert und gezeichnet hatte, war eine hässliche moderne Festungsanlage geworden.

Bei der Zeremonie, der Henry Salt heute beiwohnen sollte, handelte es sich um einen weiteren Modernisierungsversuch des Paschas, der diesmal nicht zu Lasten alter Kulturgüter gehen sollte. Einer der Ingenieure, die er im Ausland angeworben hatte, ein gewisser Giovanni Belzoni, hatte eine hydraulische Maschine gebaut, die angeblich von nur einem Ochsen statt von vieren betrieben werden konnte und trotzdem doppelte Leistung versprach. Sie sollte am heutigen Tag vorgeführt werden. Das allein wäre vielleicht nicht unbedingt ein Grund für den englischen Konsul gewesen, zu erscheinen, doch der wichtigste Mann, den die Royal Society in Ägypten beschäftigte, Johann Ludwig Burkhardt alias Scheich Ibrahim, hatte ihn dringend gebeten, zu kommen; Salt, der Burkhardt auf seinen Reisen kennengelernt hatte, respektierte dessen Urteilsvermögen.

Einmal vor Ort, war er sofort froh, dass er gekommen war. Schubra lag etwa drei Meilen von Kairo entfernt; der Pascha hatte einen kleinen Palast dort, so wie einige andere der reichsten Bewohner Kairos. Innerhalb der Palastanlagen, die an das Nilufer reichten, hatte man Belzoni ein kleines Haus mit Arbeitsplatz zur Verfügung gestellt. Salt genoss es, durch Palmen und Jasminhecken zu schlendern, bis er das Ufer erreichte. Das war der Moment, in dem er sich wünschte, noch ein Maler zu sein, dem es gestattet war, seinen Zeichenblock zu zücken, statt ein Konsul, der dergleichen vielleicht in seiner Freizeit tun konnte, aber nicht, wenn er die Regierung Seiner Majestät repräsentierte. Dabei wäre, was er sah, des Zeichnens überaus wert gewesen: der Pascha inmitten einiger seiner Gefolgsleute, klein, wie immer juwelenlos, was ihn von seinem bunt geschmückten Gefolge umso deutlicher abhob und nach Salts Meinung auch bewusst so kalkuliert war; einige arabische Arbeiter, die den Aufbau am Fluss misstrauisch beäugten; Kinder, die hin und her liefen, um mehr zu sehen; der ehemalige französische Konsul, Bernardino Drovetti, den er durch seinen ersten Ägyptenbesuch kannte und gleich begrüßen würde; und das kleine Grüppchen, bei dem Scheich Ibrahim stand. Wer der rothaarige junge Mann war, wusste Salt nicht, aber der dunkelhaarige Riese musste Belzoni sein. Er hätte ein gutes Modell für einen Zyklopen abgegeben. Die zierliche Frau neben ihm wirkte durch den Kontrast kleiner, als sie in Wirklichkeit war, das konnte Salt, der sich als Zeichner mit Proportionen auskannte, beurteilen. Obwohl sie in den Londoner Salons nur durchschnittlich gewesen wäre – passable Figur, ein angenehmes Gesicht, Haar, das in der Sonne von hellbraun zu aschblond aufgehellt war, also nichts Außergewöhnliches –, fühlte er hier bei ihrem Anblick einen Anflug von Wehmut.

Vor seinem Aufbruch nach Ägypten hatte er versucht, eine passende Frau zu finden. Von der einzigen Kandidatin, die für ihn in Frage kam, erhielt er eine Abfuhr. Henry Salt kannte sich; ein Leben voller Enthaltsamkeit war nichts für ihn. Aber in einem muslimischen Land war eine Ehe mit einem respektablen einheimischen Mädchen unmöglich, Europäerinnen gab es kaum, und die wenigen, die es gab, waren wie Mrs. Belzoni oder Madame Drovetti bereits verheiratet. Prostituierte waren ein Gesundheitsrisiko und ein Verstoß gegen seine Würde als Konsul, und für Sklavinnen galt Ähnliches. Die Vorstellung, für eine Frau bezahlen zu müssen, statt sie durch seinen Charakter zu gewinnen, fand er überdies erniedrigend.

Scheich Ibrahim, der wie stets als muslimischer Gelehrter gewandet war, sah ihn, sagte etwas zu den Belzonis und gesellte sich zu Salt, während Belzoni mit einer Ansprache auf Italienisch begann, die von dem Übersetzer des Paschas auf Türkisch wiedergegeben wurde.

»Warum auf Türkisch?«, fragte Salt, als Ibrahim näher kam.

»Weil der Pascha auch nach einem Jahrzehnt an der Macht kein Arabisch spricht«, erinnerte Ibrahim ihn. Das hatte zwar in den Unterlagen gestanden, die Salt in London erhalten hatte, doch Salt war nicht sicher gewesen, wie zuverlässig Missets Berichte in diesem Punkt waren. Einem intelligenten Mann wie dem Pascha, der aus eigener Kraft an die Macht gekommen war, sollte es schließlich nicht schwerfallen, die Landessprache zu lernen. »Da steht er in bester Tradition«, fuhr Ibrahim fort. »Schließlich verrät uns Plutarch, dass Kleopatra die einzige der Ptolemäer gewesen sei, die tatsächlich Ägyptisch sprach, und die Ptolemäer regierten Ägypten über Jahrhunderte hin.«

»Wird die Maschine denn funktionieren?«, wechselte Salt das Thema.

»Belzoni schwört darauf, und ich halte es für wahrscheinlich. Aber wissen Sie, Salt, das ist nicht so wichtig, vor allem, weil die Grundbesitzer sich ohnehin gegen alles sperren, was der Pascha befiehlt. Wie auch immer, auf die eine oder andere Weise ist sein Dienst für den Pascha damit beendet. Und ich glaube, es gibt noch andere Dinge, die Belzoni in Ägypten tun kann … und nicht für den Pascha.«

Salt wollte nachhaken, doch die Ansprache des Riesen

näherte sich ihrem Ende, und mit einer großen Geste verbeugte er sich vor Mehemed Ali. Der Pascha gab ein Zeichen, und der Ochse, der an die Maschine gespannt war, wurde von den arabischen Arbeitern durch Schreie angetrieben, bis der Kran mit einem horizontalen Rad anfing, sich zu drehen. Die Kette mit sechs Wassereimern, die das Wasser aus dem Nil schöpfen sollte, setzte sich mit einem ohrenbetäubenden Jaulen in Bewegung. Salt, der die gewöhnlichen Wasserräder des Nils mit den üblichen kleinen Behältern kannte, war nicht unbeeindruckt.

»Wenn die Maschine das durchhält, dürfte das zwei- oder dreimal so viel Wasser wie gewöhnlich sein, bei nur einem Ochsen«, kommentierte er durch das Kreischen der Kette hinweg.

Scheich Ibrahim nickte. »Wie ich schon sagte: ein talentierter Mann.«

»Worauf wollen Sie hinaus, Scheich?«

»Der Pascha schuldet uns immer noch ein Gegengeschenk für die Geste der englischen Regierung mit der Dampfmaschine und der Pumpe, die hier irgendwo herumsteht und keine Chance mehr erhielt, ihre Wirksamkeit zu beweisen. Es gibt da in Theben einen Kolossalkopf, den wir haben könnten. Das Problem ist nur der Standort, weitab vom Nil. Die Franzosen haben seinerzeit versucht, ihn zu bewegen, aber umsonst. Sie haben ihn den jungen Memnon genannt, nach dem Sohn der Eos, der hier versteinert sein soll. Und glauben Sie mir, Salt, das ist eines der schönsten Beispiele von Bildhauerkunst, die ich je gesehen habe.«

»Griechisch?«, fragte Salt zögernd.

»Nein, ägyptisch. Ganz und gar unbeeinflusst von den Griechen, also glaube ich nicht, dass er aus der Zeit der Ptolemäer stammt. Ein wirklich ägyptisches Kunstwerk, mit einem Antlitz, das völlig unzerstört ist. Sie waren ja schon einmal kurz in Ägypten, Mr. Consul, also wissen Sie vielleicht, wie selten das ist. So oft sind Gesichter von Statuen zerstört worden, weil man sie für Götzen hielt, aber nicht dieser Kopf. Er liegt in dem Tempel, den Diodorus Siculus beschrieben hat, dem Tempel des Ozymandias.«

Salt öffnete den Mund, um eine weitere Frage zu stellen, als der Pascha die Hände in die Hüften stemmte und einen Befehl gab.

»Dem Pascha ist nach einem Scherz«, übersetzte Scheich Ibrahim. »Er möchte sehen, was passiert, wenn der Ochse durch fünfzehn Männer ersetzt wird.«

Der Ochse wurde losgeschirrt, und die arabischen Arbeiter nahmen seinen Platz ein. Auch der Rothaarige, der bei den Belzonis stand, rannte zu ihnen, um sich gegen den ausladenden Hebel zu stemmen. Unter Lachen und Anfeuerungsrufen drehten sie das Rad einmal. Einige Männer im Gefolge des Paschas applaudierten; aus dem Augenwinkel sah Salt, wie Mrs. Belzoni ihrem Mann die Hand auf den Arm legte und sie sich zufrieden ansahen.

Doch dann ließen sich wie auf ein unsichtbares Zeichen alle Araber fallen. Durch das Gewicht der Wassermassen verlor das Rad jegliche Balance und schlug mit einer derartigen Wucht zurück, dass die Fangvorrichtung, wenn denn eine existierte, dem Druck nicht gewachsen war. Der Hebel schlug zurück – und traf das einzige Ziel, das nicht auf dem Boden lag.

Der rothaarige Junge wurde wie ein Stein aus einem Katapult geschleudert. Belzoni, der sofort losgelaufen war, sprang hinzu und hatte wohl den vollkommen irrsinnigen Plan, den Hebel abzufangen!

Salt hielt den Atem an.

Was fünfzehn Männer nicht geschafft hatten, gelang dem Riesen, auch wenn seine Adern vor Anstrengung hervortraten und ein Netzwerk über seine Haut legten. Der Kran verlangte kein weiteres Opfer. Stattdessen kam das Rad zum

Stehen. Belzoni brüllte einen der Araber an, der schnell einen Keil in das Übersetzungsgetriebe steckte, und ließ erst dann den Hebelarm los.

»Bei Gott«, sagte Salt. »Das ist der stärkste Mann, den ich je gesehen habe!«

Mrs. Belzoni war zu dem rothaarigen Jungen geeilt, der auf dem Boden lag und stöhnte. Sein Bein stand in einem unmöglichen Winkel ab, und es war klar, dass es gebrochen war.

»Der arme James«, sagte Ibrahim. »Aber verstehen Sie nun, was ich meine? Dieser Mann könnte auch einen Kolossalkopf bewegen. Und nach dem, was der Pascha ihm neben der Unterbringung gezahlt hat, wird selbst der geringste Lohn, den Sie ihm zahlen können, ihn überzeugen.«

»Sie sollten mich vorstellen«, meinte Salt und machte sich gemeinsam mit Ibrahim auf den Weg zu dem Italiener, der, nachdem er seine Maschine verankert hatte, schwer atmend vor dem Pascha stand. Mehemed Ali strich über seinen Bart, in dessen rotbraune Haare sich bereits beträchtliches Grau mischte, und verkündete auf Türkisch, es sei leider offenkundig, dass diese Maschine eine zu große Gefahr darstelle, um in Ägypten durch die dummen Fellachen betrieben zu werden. Immerhin habe sie versucht, einen Mann zu töten. Damit wandte er sich ab und schritt mit seinem Gefolge davon.

»Es tut mir leid, aber das war zu erwarten«, sagte Drovetti, der ebenfalls zu dem wie erstarrt dastehenden Belzoni getreten war, als Salt näher kam. »Nach der Meuterei im letzten Jahr ist der Pascha vorsichtig damit geworden, welche fränkischen Erneuerungen er durchzusetzen versucht und welche nicht.«

»Sie!«, knurrte Belzoni. »*Sie* haben ihn gegen meine Maschine eingenommen, geben Sie es doch zu!«

Ehe Drovetti etwas erwidern konnte, erhob Mrs. Belzoni ihre Stimme, die zu Salts Überraschung nichts Italienisches an sich hatte und so englisch wie die Nationalhymne klang. »James braucht Hilfe«, sagte sie scharf. »Wären die anwesenden Herren so gut, ihn in unser Haus zu tragen und einen Arzt zu holen?«

Belzoni schaute beschämt drein, rannte zu ihr und hob den Jungen mühelos vom Boden auf. Salt folgte langsamer. Er hatte auf seinen Reisen einiges über Nothilfe gelernt, doch er vermutete, dass Ibrahim in diesen Dingen noch erfahrener war und dass es vermutlich hilfreicher war, wenn er sich in der Zwischenzeit innerhalb der Palastanlagen nach einem richtigen Arzt umsah. Drovetti gesellte sich zu ihm. Sie wechselten einige Höflichkeitsfloskeln, dann sagte Salt: »Ich bin überrascht, Sie noch in Ägypten zu finden. Monsieur Thédénat-Duvent ist bereits seit dem letzten November amtierender Konsul, nicht wahr? Wir wollen doch nicht hoffen, dass ein so wichtiger Posten mit jemandem besetzt wurde, der ohne den Rat seines Vorgängers nicht sein kann?«

»Aber nicht doch«, sagte Drovetti freundlich. »Monsieur Thédénat-Duvent ist bewundernswert selbstständig. Aber nun, da mich die Last meines Amtes nicht mehr drückt, nutze ich die Möglichkeiten, die dieses schöne Land bietet, und reise. Sie werden das verstehen, Salt, bei Ihrer eigenen Passion für das Abenteuer. Ich finde es wirklich lobenswert und opferbereit von Ihnen, auf weitere völkerkundliche Expeditionen zugunsten des diplomatischen Dienstes fürs Vaterland zu verzichten. Aber wie sagte Ihr großer Held Nelson, ehe er von einer französischen Kugel getroffen wurde? England erwartet, dass jedermann seine Pflicht tut. *Au revoir, mon ami.*«

Er tippte an seinen Hut und verschwand.

Erst als James versorgt und verarztet war, fand Salt die Gelegenheit, sich den Belzonis ordentlich vorzustellen und Belzoni zu fragen, was er nun zu tun gedenke.

»Ich weiß es noch nicht«, erwiderte der Hüne und starrte düster an Salt vorbei in die Richtung des Nilufers, wo seine Maschine stand und wohl von nun an ungenutzt stehen würde, während sie langsam verrottete.

»Nun, Scheich Ibrahim … Mr. Burkhardt hat mir da einen interessanten Vorschlag gemacht. Ich nehme an, er hat Ihnen auch schon vom Kopf des Memnon erzählt, der sich im Ozymandias-Tempel in Theben befindet?«

»Der, den die Franzosen nicht bewegen konnten«, bestätigte Belzoni. Sein Blick wurde lebhafter. »Ja, das hat er.«

Salt erinnerte sich an die Reaktion dieses Mannes auf den ehemaligen französischen Konsul und bemerkte: »Nicht nur die Franzosen unter Bonaparte während der damaligen Invasion. Soweit ich weiß, hat auch Monsieur Drovetti persönlich versucht, den Kopf zu bewegen, und ist gescheitert. Wie man hört, sammelt er Altertümer, so dass ich mir vorstellen kann, dass ihn dieser Umstand …«

»Ich bin dabei«, unterbrach Belzoni ihn.

Salt kam zu dem Schluss, dass sich seine Amtszeit in Ägypten wirklich sehr vielversprechend anließ.

James' Bein war geschient, aber noch längst nicht geheilt, als er mit den Belzonis Kairo verließ. Eigentlich hätte er gerne noch gewartet, um in der Lage zu sein, es den Arbeitern heimzuzahlen, denen er sein gebrochenes Bein verdankte. Er malte sich aus, wie er ihnen auflauern und sie alle einzeln verprügeln würde. Es war eine befriedigende Phantasie, die ihn von seinen Schmerzen ablenkte.

Trotzdem verstand er, warum Mr. B so schnell aufbrechen wollte, als Mrs. B es ihm erklärte. »Der Pascha ist für unseren Lebensunterhalt aufgekommen und hat uns das Haus in Schubra zur Verfügung gestellt, solange Mr. Belzoni für ihn gearbeitet hat«, sagte sie sachlich. »Aber eine Prämie hätte es nur gegeben, wenn er die Maschine angenommen hätte. Und damit haben wir nicht mehr Geld zur Verfügung als das, womit wir nach Ägypten gekommen sind. Mr. Salts Auftrag ist die beste Möglichkeit, das zu ändern. Überdies ist es eine Ehre, für die englische Nation tätig zu sein. Weit mehr als für einen orientalischen Tyrannen.«

»Was wird jetzt aus der Maschine, Mrs. B?«

Mrs. B seufzte, und James wusste, dass ihr genau wie ihm all die Monate vor Augen standen, in denen Mr. B an dem Apparat gearbeitet hatte, und wie stolz er darauf gewesen war, etwas zu schaffen, was nach allgemeiner Ansicht nur ein Gelehrter hätte fertig bringen können.

»Sie wird als Kuriosität im Park des Paschas herumstehen, genau wie die Pumpe des Prinzregenten. Das lässt sich nicht ändern, James. Mr. Belzoni hat sein Möglichstes gegeben, wie er es immer tut.«

»Wenn ich den Kran hätte halten können ...«

»Das war ganz und gar unmöglich, James. Es war nicht deine Schuld.«

»Mr. B hat es gekonnt«, sagte James und verstummte.

»Nun, wenn wir alle so stark wären wie Mr. Belzoni, dann hätte nie jemand bezahlt, um seine Kunststücke zu bewundern, nicht wahr?«

Das Schiff, mit dem sie am 30. Juni von Bulak aus den Nil aufwärts segelten, war ein kleiner Einmaster mit einer Besatzung von fünf Mann und dem *Reis* genannten Kapitän. Als Dolmetscher nahmen sie George mit, der von Mr. Turner nach dessen Reise durch den Sinai in Kairo zurückgelassen worden war. James argwöhnte, dass George außerdem für ihn einspringen sollte, solange er noch pflegebedürftig war und Mr. B nicht viel zur Hand gehen konnte. Nun, wenigstens war es nicht Rifaa, dessen Studien sicherstellten, dass er nicht mit den Belzonis kommen konnte; außerdem tat George ihm leid. Er hatte offenbar darauf gehofft, dass Mr. Turner ihn nach England mitnahm, und aus Enttäuschung mit dem Trinken jedes erreichbaren Schlucks Alkohol angefangen.

Mr. B erwähnte die Maschine nie mehr. Ob der Gedanke an sie nun zu schmerzhaft oder zu erzürnend war, er behandelte sie und seinen alten Traum, als Wohltäter Ägyptens in die Geschichte einzugehen, als habe beides nie existiert. Er hatte sich auch nicht von Scheich Ibrahim trösten lassen, der ihnen allen davon erzählte, wie Mehemed Alis Versuch, den Ölbaum in Ägypten einzuführen, von den Fellachen zurückgewiesen worden war, weil sie die Segnungen dieses Baumes nicht verstanden und Ölbaum nach Ölbaum vertrocknen ließen. »Seither ist er sehr vorsichtig geworden. Nehmen Sie es nicht persönlich«, hatte Scheich Ibrahim Mr. B beschworen, doch den kümmerten dergleichen Erläuterungen nicht mehr. Stattdessen redete er nur noch davon, wie Mr. Salt ihm zusätzlich zu dem Transport des Kopfes damit beauftragt habe, alles, was er an gut erhaltenen Altertümern finden würde, ebenfalls nach Kairo zu schicken:

»Für das Britische Museum«, sagte er mit jenem Ausdruck von Stolz im Gesicht, den James an ihm vermisst hatte seit dem Debakel mit der Maschine.

»Hat er das gesagt?«, fragte Mrs. B.

»Nun, er ist der englische Konsul. Es *muss* für das Britische Museum sein! Außerdem hat er mir zusätzliche tausend Piaster dafür gegeben. Die können doch nur aus seinem Gehalt als Konsul stammen, eh? Überlege doch, Sarah. Der Kopf Memnons wird nur das erste von vielen Monumenten sein, das im Britischen Museum stehen und den Namen Belzoni tragen wird.«

»Verzeihung, Mr. B«, unterbrach James, »aber wer war eigentlich dieser Memnon, dessen Kopf Sie holen sollen?«

»Das«, sagte Mr. B mit dem pfiffigen Gesichtsausdruck, den er an den Tag legte, wenn er etwas nicht wusste, aber gleichzeitig eine wunderbare Möglichkeit hatte, dies zu überspielen, »soll dir Mrs. Belzoni erklären, James.«

»Memnon war der Sohn der Göttin Eos, James«, begann Mrs. B, doch es schien ihr nicht so viel Freude wie sonst zu bereiten, die Erklärung für Mr. B zu übernehmen; da es dafür aber eigentlich keinen Grund geben konnte, verwarf James den Gedanken sofort wieder und hörte gespannt weiter zu. »Er hat im Trojanischen Krieg gekämpft, und als er starb, verwandelte die Göttin ihn in Stein und brachte ihn in seine Heimat Ägypten zurück. So glaubten jedenfalls die heidnischen Griechen. Natürlich kann es nicht dieser Memnon sein, aber der Name hat sich offenbar eingebürgert. Wenn es Mr. Young gelingt, die ägyptische Schrift zu entziffern, finden wir vielleicht heraus, wen der Kopf wirklich darstellt.«

»Unser Freund Ibrahim«, meinte Mr. B, »hat mir erzählt, dass ein römischer Schriftsteller namens Diodor Nochetwas den Tempel beschrieben hat, in dem dieser Kopf liegt, und behauptet, er sei von einem König namens Ozymandias errichtet worden.«

James probierte die Namen der Reihe nach aus. »Memnon ... Ozymandias ... Memnon ist einfacher«, entschied er.

»Lass mich noch einmal Salts Bevollmächtigungsbrief lesen«, sagte Mrs. B, und als Mr. B ihn ihr aushändigte, las sie halblaut vor.

Der erwähnte Kopf befindet sich am Westufer des Flusses gegenüber von Karnak, in der Nähe des Dorfes Kurna. Er liegt an der Südseite eines zerstörten Tempels, der von den Einheimischen Kossar-el-Dekaki genannt wird. Der Kopf ist noch mit einem Teil der

Schulterpartie verbunden und weist folgende Merkmale auf:
1.) Er liegt auf dem Boden; das Antlitz ist himmelwärts gerichtet.
2.) Die Gesichtszüge sind vollkommen und sehr schön.
3.) In einer der Schultern befindet sich ein Loch, das die Franzosen hineingebohrt haben sollen, um den Kopf vom Rumpf zu trennen.
4.) Der Kopf ist aus rot-schwarzem Granit, und die Schulterpartie ist mit Hieroglyphen bedeckt. Er darf keinesfalls mit einem anderen verwechselt werden, der in der Nähe liegt und stark zerstört ist.

»Giovanni«, sagte Mrs. B beunruhigt, »was ist, wenn du den Kopf birgst und dann erklärt wird, es handele sich um den falschen, um dich um dein Honorar zu prellen?«

Mr. B zwickte sie in die Nase. »Sei nicht so misstrauisch, Sarah! Hier bietet sich endlich die Möglichkeit, den Namen Belzoni unsterblich zu machen. Da denkt man nicht an kleinlichen Wucher.«

»Ich würde sehr wohl daran denken«, sagte George, der gelauscht hatte, später zu James. »Weil ich nämlich bezahlt werden will. Wenn du klug bist, bestehst du auch auf dein Gehalt. Glaub mir, wer für Herrschaften arbeitet, weil er sie *gern* hat, ist ein Narr!«

»Vielleicht bei deinem Turner«, sagte James gekränkt. »Außerdem, was soll ich hier mit eigenem Geld? Mr. B kommt für mich auf, und es gibt nichts Gescheites, für das man es ausgeben kann in diesem Land!«

George machte ein überlegenes Gesicht. »Ha! Das glaubst auch nur du. Warte, bis wir in Assiut sind.«

Sarah war für die Reise einen Kompromiss mit sich selbst eingegangen: Sie trug immer noch ein Korsett und die Wäsche, die sich für eine Frau ziemte, aber sie hatte ihre Kleider sorgfältig verpackt und sich für die weiten blauen Hosen eines ägyptischen Mannes und die braune Weste eines europäischen entschieden. Auf diese Weise hoffte sie, einerseits mehr Bequemlichkeit und Bewegungsfreiheit zu haben und andererseits nicht zu sehr aufzufallen. Selbst Burkhardt war einigermaßen konsterniert gewesen, als sie sagte, sie wollte Giovanni begleiten, statt in Kairo zu bleiben.

»Nilaufwärts gibt es keine Europäerinnen«, sagte er. »Und die einzigen einheimischen Frauen, die von einem Ort zum anderen reisen, sind Sklavinnen und Tänzerinnen. Bei allem Respekt vor Ihrer Hingabe als Gattin, Mrs. Belzoni, ich halte das für zu gefährlich.«

»Gefährlicher als Ihren Aufenthalt in Mekka?«, fragte Sarah zurück. »Ich glaube nicht, dass man mich steinigen wird, und mir wurde versichert, Derartiges hätte Ihnen geschehen können, hätte man Sie als Franken entlarvt.«

»Als *Christ,* nicht als Franken, Mrs. Belzoni«, verbesserte er mit einem unergründlichen Lächeln. Immerhin musste er zugeben, dass sie recht hatte, und gab ihr den Rat, dann wenigstens Männerkleidung zu tragen, um das Risiko zumindest einzuschränken.

Die Reaktionen auf ihren Anblick in Hosen hätten nicht unterschiedlicher sein können: James klappte der Unterkiefer nach unten, dabei hatte er sie auf der Bühne oft genug in ihren Pluderhosen gesehen. »Aber doch nicht hier, Mrs. B!«, sagte er erschrocken, und sie musste ihm versichern, dass das Geheimnis ihrer Schaustellervergangenheit natürlich trotzdem gewahrt bleiben würde. George ließ sich, wenn er überrascht oder entsetzt sein sollte, nichts von diesen beiden Gefühlsregungen anmerken; seine hochgezogene Augenbraue schien Sarah eher ein Anzeichen von Spott zu sein, etwas, was diesem jungen Mann in ihren Augen auf keinen Fall zustand.

Noch mehr aber beschäftigte sie eine andere Reaktion – oder vielmehr der vollkommene Mangel einer solchen: Giovanni nahm keine Notiz von ihren neuen Hosen, und als sie ihn darauf ansprach, murmelte er nur, es sei sicher die praktischste Lösung für sie. Natürlich wusste Sarah, dass er ihnen allen in Gedanken vorangeeilt war und sich bereits mit der Bergung des Kopfs des Memnon beschäftigte. Aber ein klein wenig störte es sie doch, dass sie deswegen derzeit für ihn unsichtbar geworden war. *Sei nicht albern,* sagte sie sich, und schob den ganzen ungewohnt frivolen Gedankengang auf das allzu lange Verweilen an Ort und Stelle.

Die Zeit in Kairo war die längste gewesen, die sie und Giovanni seit ihrer Heirat an einem Ort verbracht hatten, und Sarah stellte fest, dass sie das Reisen vermisst hatte. Zudem war es eine große und bisher ungekannte Erleichterung, dabei keine Kleider tragen zu müssen, die für Regentage in England bestimmt waren.

Ob es an der ägyptisch-europäischen Männerkleidung lag oder daran, dass sie inzwischen an das hiesige Klima gewöhnt war, sie genoss es, das Nilufer an sich vorüberziehen zu sehen und die Menschen am Ufer zu beobachten: die Feldarbeiter, oft nur mit einem Lendentuch bekleidet, die Frauen, deren Hände und Füße mit Henna und Tätowierungen bedeckt waren und die auf ihren Köpfen Obstkörbe trugen, Taubenkäfige oder Wasserkrüge, die Ibisse, die Kamele und die Büffel, die an den alten ägyptischen Wasserrädern zogen und das wohl auch noch das nächste Jahrtausend tun würden.

Nach fünf Tagen erreichten sie Manfalut. Es war kein Ort, an dem sie länger als eine Nacht bleiben wollten; in erster Linie ging es darum, die Vorräte aufzustocken. Außerdem hatte Giovanni die Hoffnung, ein paar Gerätschaften erwerben zu können, die er in Kairo wegen der Eile ihres Aufbruchs nicht hatte finden können. Das Einzige, was er mitgebracht hatte, waren Seile aus Palmenfasern, vierzehn Balken und vier Rollen für einen Seilzug. Zumindest ordentliche Taue waren nötig. Während sie auf der Suche waren, erfuhr George, dass Mehemed Alis Sohn Ibrahim Pascha, sich derzeit in Manfalut aufhielt. Da Giovanni von Salt beauftragt worden war, in Assiut, der Hauptstadt Oberägyptens, dem örtlichen Machthaber seinen *Firman* vorzuweisen, um sich so die nötigen Arbeiter zu sichern, beschloss er, die günstige Gelegenheit beim Schopf zu ergreifen und Ibrahim Pascha bereits hier seine Aufwartung zu machen.

»Ich werde George zum Übersetzen brauchen«, sagte er zu Sarah. »Aber kommst du …«

»Gewiss«, entgegnete sie fröhlich. »Um Seile zu erkennen, brauche ich ihn nicht, und genügend arabische Zahlen kenne ich mittlerweile, um verhandeln zu können. Mach dir keine Sorgen.«

Er gab ihr trotzdem die Pistole, die er nach dem Aufstand in Kairo erworben hatte, und brach dann mit George auf. Über Mehemed Alis Söhne wusste er nicht viel; angeblich hatte der Pascha Dutzende. Derjenige, der in Kairo am meisten von sich reden machte, war Tusun, der als Held des Krieges gegen die Wahabiten in Arabien galt.

Giovanni versuchte, nicht daran zu denken, wie schnell und leicht Mehemed Ali die Arbeit eines ganzen Jahres in eine Enttäuschung verwandelt hatte. Der Pascha war nicht schuld, entschied er, das hatte auch Burkhardt gesagt, sondern die von ihm beauftragten Araber, die um ihre Arbeit fürchteten und alle Erneuerungen zurückwiesen. Und natürlich Bernardino Drovetti. Seine Hilfsbereitschaft war von Anfang an nur Tarnung gewesen, trotz ihrer gemeinsamen Herkunft. Giovanni war sicher: Drovetti, der Franzosenknecht, musste gegen ihn intrigiert haben, weil Giovanni die unendlich würdigere Partei Englands ergriffen hatte.

Der angenehme Duft von Kaffee und Sandelholz durchzog die Gassen und ließ ihn hoffen, dass Mehemed Alis Sohn in gastfreundlicher Stimmung sein und ihnen etwas zu trinken anbieten würde. Es überraschte ihn, viele Frauen auf Matten vor ihrer Haustür stehen oder sitzen zu sehen, ganz im Gegensatz zu Kairo; sie trugen helle Kleider, eines über das andere gezogen, und die schwache sommerliche Brise ließ den Stoff im Wind flattern. Nach all den Jahren in England, wo jeder auf Pastelltöne schwor, mutete es Giovanni fast heimatlich an, leuchtende Farben wie in Italien zu finden, denn die Kleider der Frauen waren himmelblau, leuchtend gelb und brennend rot, ohne jede britische Mäßigung. Er nahm seinen Anflug von Heimweh als glückliches Omen.

Als er vor den jungen Ibrahim Pascha geführt wurde, blinzelte Giovanni und glaubte einen Moment, die ägyptische Hitze habe ihn dazu veranlasst, das Objekt seines Ärgers leibhaftig werden zu lassen. Neben Ibrahim, der seinem Vater nicht sehr glich, saß gelassen und offenbar bester Stimmung ... Bernardino Drovetti! Musste er diesem Mann schon wieder begegnen?

Der junge Pascha zog die Augenbrauen zusammen, und Giovanni begriff, dass die Überraschung ihn seine Verbeugung hatte vergessen lassen. Eilig holte er sie nach und verfluchte Drovetti einmal mehr.

Er überreichte seinen *Firman*, den Mehemed Alis Sohn huldvoll entgegennahm, aber nur oberflächlich betrachtete, bevor er zu sprechen begann.

»Ibrahim Pascha sagt, diese Papiere seien in Ordnung, doch müssten sie dem Defterdar Bey in Assiut gezeigt werden. Er selbst befindet sich auf dem Weg nach Kairo und kann Ihnen daher nicht weiterhelfen«, übersetzte George. »Und er sagt, dass er Sie auf keinen Fall aufhalten will und sicher ist, dass Sie sofort aufbrechen wollen.«

Giovanni bedankte sich trotz des offensichtlichen Rauswurfs und ging so gemessen, wie er es fertig brachte, hinaus. Auf dem Weg holte ihn Drovetti ein.

»Mein Freund, ich wusste nicht, dass Sie jetzt auch unter die Jäger antiker Stücke gegangen sind«, sagte Drovetti. »Was für eine unerwartete Freude, Sie hier zu sehen.«

»Das Unerwartete«, entgegnete Giovanni und wünschte sich, diesen Kerl nur einmal fassungslos zu sehen, »ist mein Geschäft.« Es war ein eleganter Satz, auf den er stolz war, bis er sich bewusst wurde, dass er ganz und gar nicht zu dem Belzoni passte, der er zu sein wünschte; derjenige, der die letzten dreizehn Jahre mit dem Studium und der Konstruktion von Maschinen verbracht hatte, nicht auf dem Jahrmarkt.

»Hm«, entgegnete Drovetti, und Giovanni wappnete sich, wartete auf die unvermeidliche Bemerkung über genau diesen Punkt. Stattdessen fuhr der Mann in seinem Italienisch mit dem Piemonter Akzent, der Giovanni von Mal zu Mal mehr auf die Nerven fiel, gelassen fort: »Wenn dem so ist, dann möchte ich Ihnen eine Freude machen. Ganz ehrlich, ich glaube kaum, dass Sie den Memnon-Kopf bewegen werden, aber …«

»Zweifeln Sie etwa an meinen Fähigkeiten?«, fragte Giovanni aufgebracht. »Meine Wassermaschine hat funktioniert. *Tadellos* funktioniert. Das wissen Sie genau!«

»Natürlich hat sie das, und woran ich zweifle, Belzoni *mio*, ist die Arbeitswilligkeit der Fellachen rund um Luxor. Es fällt, sagen wir einmal, nicht leicht, sie zu motivieren. Auch und gerade mit einem *Firman* des Paschas nicht. Seine Hoheit erfreut sich leider noch keiner großen Beliebtheit bei der Landbevölkerung. Einige gehen sogar so weit, sich zu verstümmeln, um nicht in die Armee eingezogen zu werden. Doch wie dem auch sei – ich möchte Ihnen ein Geschenk machen. Es gibt dort in den Höhlen von Kurna einen Granitsarkophag, der über und über mit Hieroglyphen bedeckt ist. Ich war leider nicht in der Lage, ihn von seinem Standort zu entfernen, ohne ihn zu beschädigen. Als Zeichen meines Vertrauens in Ihre Fähigkeiten und damit Sie nicht völlig ohne Ergebnis zu Ihrem neuen Arbeitgeber zurückkehren, möchte ich Ihnen diesen Sarkophag schenken.«

Giovanni war versucht, Drovetti zu sagen, er könne sich den Granitsarkophag in den Hintern stecken. Mitleid und Almosen brauchte er nicht. Aber dann dachte er nach. Ein richtiger Granitsarkophag mit den alten ägyptischen Schriftzeichen war ein eindrucksvolles Stück, das ganz gewiss im Britischen Museum landen würde, wenn er es Salt brachte – und zwar mit dem Namen seines Entdeckers, Giovanni Battista Belzoni. Drovetti glaubte ganz offensichtlich nicht, dass er den Sarkophag bewegen könnte, genauso wenig wie den Memnonkopf; deswegen verschenkte er das Stück so bereitwillig. Nun, man würde sehen, wer zuletzt lachte!

»Sie sind alles, was ein Landsmann in der Ferne sich nur wünschen kann«, sagte Giovanni und versuchte sich an seiner eigenen Version von Drovettis Lächeln. »Ich akzeptiere mit herzlichem Dank.«

Falls Drovetti etwas anderes erwartet hatte, ließ er es sich nicht anmerken. »Als Zeichen unserer neubelebten Freundschaft werden Sie mir sicher gestatten, Sie und Ihre Gattin heute Abend zu einem Mahl einzuladen.«

»Woher wissen Sie, dass Mrs. Belzoni sich bei mir befindet?«, fragte Giovanni, ehe er es sich versah.

»Der Charakter Ihrer Gattin macht eine andere Möglichkeit für mich undenkbar.«

»Eins muss man dem französischen Mistkerl lassen«, sagte James zu George, während er sich auf ihn stützte und hinter den Belzonis herhumpelte. »Er hat offenbar an jedem Ort in Ägypten einen mächtigen Freund.«

Das Essen, zu dem Drovetti geladen hatte, fand im Garten eines der reicheren Kaufleute von Manfalut statt. »So stelle ich mir den Garten Eden vor«, staunte James, als er sich umsah; außer den allgegenwärtigen Palmen und Akazien gab es hier Granatapfelbäume, Zitronenbäume, Orangenbäume, Pfirsichbäume, Aprikosenbäume und Birnenbäume. Er hörte Tauben gurren und andere Vogelstimmen, die er nicht kannte. In einigen der Bäume hingen Laternen, und der helle ägyptische Mond tat ein Übriges, um die Dunkelheit der Nacht fernzuhalten. Auf dem Boden waren Kissen und Teppiche ausgebreitet worden, und James, der wusste, dass er unter anderen Umständen als Diener wahrscheinlich hätte stehen müssen, war fast bereit, ein wenig von seinem Misstrauen gegenüber Drovetti aufzugeben, als dieser darauf hinwies, eine dieser Lagestätten sei »für den verwundeten jungen Curtin« gedacht.

Mrs. B und Mr. B waren inzwischen darin geübt, auf dem Boden zu sitzen. Das Erste, was ihnen angeboten wurde, war eine Wasserpfeife.

»Mein Freund Amar erweist uns eine große Ehre«, sagte Drovetti auf Englisch, und Mr. B bedankte sich auf Arabisch, wie er es in Kairo gelernt hatte, ehe er einen Zug von der Pfeife nahm, so lange und ausgiebig wie möglich. Der Araber, der neben ihm saß, lächelte huldvoll. Drovetti tat ebenfalls einen Zug aus der Pfeife, und James kam es vor, als dauerte er eine winzige Spur länger. Dann verschluckte James sich beinahe, als Mrs. B sich die Mündung des Schlauches geben ließ. Ihr Zug dauerte nicht so lange wie die der Männer; es war ein simples Einsaugen und Ausatmen, was die vorhergehende Machtprobe plötzlich albern aussehen ließ. Am meisten überraschte James allerdings, dass der Araber keine Miene verzog, sondern fortfuhr, huldvoll zu lächeln.

»Ich dachte, er würde verärgert sein, weil Mrs. B eine Frau ist«, flüsterte er George zu, der neben ihm kniete.

»Wäre er auch, wenn er es wüsste, du Dummkopf. Er denkt, sie ist einer von den verweichlichten bartlosen Engländern, die es miteinander treiben.« Er machte ein verächtliches Gesicht und wechselte dann das Thema. »Meinst du, Drovetti hat Wein mitgebracht? Ich kann nirgendwo welchen sehen ...«

Es kostete James einiges an Selbstbeherrschung, nicht zu entgegnen, was ihm auf der Zunge lag: *Du meinst, wie du und Mr. Turner?* Noch schwerer war es aber, nicht einer höchst unstatthaften Heiterkeit nachzugeben und bei der Vorstellung von Mrs. B als Mr. Bs Lustknaben laut zu lachen. Zum Glück bot sich ihm schnell eine Ablenkung; die hiesigen Diener begannen, das Essen zu servieren, und einer saß mit einer Art Saiteninstrument da und zupfte darauf herum.

»Der ägyptische Gesang ist eine Kunst, die Sie unbedingt kennenlernen müssen«, sagte Drovetti zu Mrs. B. »Uns Männern bleibt es leider in der Regel versagt, eine Almeh zu hören, aber für Sie besteht dieses Problem nicht.«

»Almehs sind Sängerinnen«, erklärte George leise. »Und glaub mir, da verpasst du nichts. Tänzerinnen, das ist etwas anderes. Hah! Warte nur, bis wir in Assiut sind ...«

Mrs. B. nahm etwas von der gebratenen Gans, die man ihr anbot, und lächelte Drovetti an. »Dann werde ich mich darum bemühen. Ich liebe Musik. Daher war es immer ein großes Glück für mich, dass Mr. Belzoni über eine so wunderbare Stimme verfügt.«

James, der wusste, dass Mr. B gelegentlich sang, wenn er gut gelaunt war, aber kaum besser oder schlechter als die meisten Leute, grinste ob dieser Feststellung. Drovetti sagte etwas auf Arabisch zu seinem Gastgeber und wandte sich dann Mr. B zu.

»Wenn dem so ist, dann schlage ich vor, Belzoni, dass wir zwei Fliegen mit einer Klappe schlagen. Was halten Sie von einem Duett in der schönsten aller Sprachen? So können wir gleichzeitig das Ohr Ihrer Frau erfreuen und uns bei Amar bedanken.«

Mr. B schluckte das Stück Gänsefleisch hinunter, das er gerade abgebissen hatte, und stand auf. »Mit dem größten Vergnügen.«

Sie einigten sich auf ein Lied, das *Viva, Viva* hieß und laut Drovetti von jemandem namens Salieri stammte. James stellte fest, dass er beide Fäuste geballt hatte und aufrecht saß, statt bequem zu liegen; so sehr hatte er nicht mehr mitgefiebert, seit Mr. B den echten Bären hätte umarmen sollen.

»Viva, viva la bottiglia«, begann Mr. B. Nach einem Vers fiel Drovetti mit ein: *»Viva, viva l'allegria.«* Seine Stimme war kein tiefer Bass wie Mr. Bs – sondern ein Bariton, sagte Mrs. B später –, doch der Kontrast war nicht störend, im Gegenteil. Zu James' Verblüffung ergänzten sich die beiden sehr gut. Der Araber machte ein etwas verwundertes Gesicht, doch Mrs. B saß so aufrecht wie James und beobachtete beide Männer, die zusammen standen und irgendetwas von Wein und Welt sangen, mit einer mehr als gefesselten Miene.

»Non più bella compagnia nel gran mondo non si dà«, sangen sie aus vollem Hals – und gemeinsam. James hatte ein Wettsingen erwartet und natürlich darauf gehofft, dass Mr. Bs Stimme die Drovettis so übertönte, dass noch nicht einmal ein Piepsen zu hören war. Stattdessen war es eher so, als umschlängen sich die beiden Stimmen und stützten einander. Nach einer Weile kam er dahinter, dass es trotzdem

ein Wettsingen war, nur glich es einem Ring- statt einem Faustkampf, und ein Teil der Herausforderung bestand darin, die Schönheit des Ganzen nicht zu zerstören.

Als Drovetti ein letztes *»no, nel gran mondo«* gesungen hatte, holte er Atem, und es war Mr. B, der das finale *»non si dà!«* schmetterte, ungehindert. Doch er übertönte den anderen nicht etwa; Drovetti schien ganz bewusst auf diesen letzten Vers zu verzichten.

Nach einer Sekunde atemlosen Schweigens begann Mrs. B zu klatschen, und James stimmte mit ein. Er traute seinen Augen kaum, als Mr. B Drovetti umarmte und sich von ihm umarmen ließ, während Mrs. B rief: »Das war wunderbar, meine Herren!«

Als Mr. B ein wenig später zu ihm kam, um zu überprüfen, ob James sein Bein gut gelagert hatte, fragte James ihn leise, ob er denn Drovetti nun traue.

»Keineswegs«, murmelte Mr. B. »Das verstehst du nicht, *ragazzo*. Ein Lied ist nur ein ... Waffenstillstand. Aber das musste sein! Wer sind wir sonst, nördliche Barbaren?«

»Danke«, sagte James beleidigt, und Mr. B fuhr ihm lachend durch das Haar, ehe er wieder zu Mrs. B und Drovetti zurückkehrte.

»Sie haben uns noch nicht verraten, was Sie nach Manfalut führt«, sagte Mrs. B gerade liebenswürdig. »So fern von Alexandria ... und Kairo. Begleiten Sie den jungen Pascha?«

»Nein, das war ein zufälliges Zusammentreffen, ganz wie bei Ihnen«, entgegnete Drovetti. »Ich bin in die entgegengesetzte Richtung unterwegs, zum zweiten Nilkatarakt und nach Abu Simbel.«

»Ybsambul?«, wiederholte Mr. B, und James war selbst nicht sicher, ob er den Namen richtig verstanden hatte.

»Ihr Freund Scheich Ibrahim war vor drei Jahren dort«, erwiderte Drovetti. »Lassen Sie sich bei Gelegenheit darüber erzählen, wenn Sie nach Kairo zurückkehren. Leider dauert es immer etwas, bis seine Berichte … anderen Ohren als britischen zukommen, doch ich muss sagen, ich bin neugierig.«

»Sind Sie ganz allein unterwegs, oder reisen Sie in Begleitung?«, fragte Mrs. B, als Mr. B schwieg und die Stirn runzelte. Bei James fiel der Groschen. Hatte der italienische Franzose gerade angedeutet, dass er Berichte von Burkhardt an die Royal Society ausspionieren konnte?

Drovetti hob seinen Becher, als toaste er ihr zu. »Leider nicht in so charmanter wie Mr. Belzoni. Monsieur Rifaud und Monsieur Cailliaud leihen mir ihre tatkräftige Unterstützung. Man könnte auch sagen, sie bereiten mir den Weg, denn sie haben darauf bestanden, bereits vorauszureisen, als ich Ibrahim Pascha meine Aufwartung machte. Wir werden wohl in Theben wieder zueinander stoßen.«

James wartete darauf, dass jemand sagte, sie seien nicht nach Theben unterwegs, sondern nach Luxor, bis ihm wieder einfiel, was ihm George erklärt hatte: Luxor hieß der heutige Ort am östlichen Nilufer; Theben, der Name, den die alten Schriftsteller in den Büchern gebrauchten, aus denen Mrs. B ihnen gelegentlich vorlas, wurde dieser Tage dagegen für die gesamte Gegend zu beiden Seiten des Nils benutzt.

Mr. B. räusperte sich. »Ich würde mich dann gerne für Ihre Gastfreundschaft erkenntlich zeigen, aber leider fürchte ich, dass ich Tag und Nacht vollauf damit beschäftigt sein werde, den Kopf des Memnon zum Nilufer zu befördern.«

»Madame, meine Bewunderung für Sie als Ehefrau steigt erneut«, sagte Drovetti zu Mrs. B. Drovettis arabischer Freund klatschte in die Hände, und der Musiker, der vorhin ein Instrument gezupft hatte, begann erneut, zu spielen.

»Das ist der beste Abend seit langem«, flüsterte George, der sich während des Duetts entfernt hatte und nun wieder zurückkehrte. »Ich habe gerade die Satteltaschen von Drovettis Esel untersucht, und weißt du, was ich gefunden habe?« Triumphierend schwenkte er ein Lederfläschchen. »Schnaps!«

»Er hat den ganzen Abend als einzigen Affront gegen mich geplant«, brummte Giovanni. »Und das Schlimmste war, dass ich mich auch noch wegen meines Dolmetschers bei Drovetti entschuldigen musste.«

»Du hättest seine Einladung nicht anzunehmen brauchen«, entgegnete Sarah zu ihrer eigenen Überraschung mit einem scharfen Unterton, dann seufzte sie. »Aber du wirst mit dem Jungen sprechen müssen.«

»Oh, das werde ich, Liebling. Verlass dich darauf.«

Sie wusste, was das zu bedeuten hatte, und es war alles andere als eine gute Idee. »Leider befürchte ich, dass ihm klar ist, dass wir so schnell keinen anderen Dolmetscher finden und keiner von uns auf Arabisch mehr kann als Gemüse einkaufen, und noch nicht einmal das auf Türkisch. Vielleicht … sollte ich mit ihm sprechen.«

Weil sie bereits am folgenden Nachmittag in Assiut anlegten, fand Sarah erst dort ausreichend Gelegenheit dazu. Der Defterdar Bey hielt sich nicht in der Stadt auf, und sein italienischer Arzt, Dr. Scotto, ein Genuese, war zwar gerne bereit, für sie eine Unterkunft zu finden, in der sie auf die Rückkehr des Beys warten konnten, hatte aber sonst nur Hiobsbotschaften für sie, die er auf freundliche, charmante Weise verkündete, schulterzuckend, als wüsste er wirklich nicht, warum das Schicksal ausgerechnet ihn für solche schlechten Neuigkeiten ausersehen hatte. Wie Drovetti hielt er es für unwahrscheinlich, dass sie unter den Fellachen in der Gegend von Theben Arbeiter finden würden, zumindest jetzt nicht. Wenn der Nil erst gestiegen war und alles überflutete, was den Bauern eine Ruhezeit bescherte, wäre das etwas anderes, aber dann war die Strecke zwischen dem Kopf und dem Flussufer unpassierbar, und dabei handelte es sich um etwa drei englische Meilen. Außerdem bezweifelte er, dass sie ein geeignetes Boot finden würden, um den Kopf nach Kairo zurückzutransportieren, wenn es Giovanni denn gelänge, ihn bis zum Ufer zu bewegen, was er ebenfalls für völlig unmöglich hielt.

»Ihr Boot ist zu klein, und die meisten anderen Boote, die in dieser Gegend anlegen, sind es nicht weniger. Bis eines mit genügend Laderaum kommen wird, ist der Nil gestiegen und hat den armen Memnon überflutet und in einem Schlammloch begraben. Oder Sie sind dann immer noch dabei, die Säulen und Felstrümmer fortzusprengen, die im Weg liegen. Oh, ich vergaß. Sie haben ja noch nicht einmal Sprengpulver! Geben Sie es auf, mein Freund.«

»Die alten Ägypter«, sagte Giovanni ärgerlich, »jene, die nicht nur den Kopf dorthin brachten, wo er jetzt liegt, sondern die noch viel größere Statue, von der er stammt, hatten auch kein Sprengpulver. Was sie vermochten, sollten wir als moderne Menschen doch erst recht fertigbringen!«

»Es ist Ihre Zeit und Mr. Salts Geld«, sagte Dr. Scotto milde und wechselte das Thema.

George meldete sich verdächtig schnell freiwillig, um auf den Markt zu gehen und einzukaufen, und schob die Lippen zu einem Schmollen vor, als Sarah ihm mitteilte, dass sie ihn begleiten würde. »Aber Mrs. B«, sagte er, da er diese Anredeform von James abgeschaut hatte, »das schickt sich nicht. Ich werde schon alles besorgen, was Sie mir auftragen!«

»Daran zweifle ich nicht. Weil ich dich begleite.«

Er stieß einen frustrierten Laut aus, ein halbes Stöhnen, nur kurz, doch es erinnerte Sarah an jene Nacht, die sie lieber vergessen hätte, und an eine englische Stimme, die Koseworte flüsterte. Das ließ seine neuerwachte Trunksucht auf einmal in einem etwas anderen Licht erscheinen und machte die Situation gleichzeitig schwieriger denn je. Wenn Turner die Abhängigkeit des Jungen ausgenutzt hatte, dann war unbegreiflich, warum George erst jetzt sein Elend zeigte, statt froh darüber zu sein, dass der Mann fort war. Wenn er dagegen Turner nachtrauerte, wenn das, was zwischen den beiden geschehen war, seinem freien Willen entsprochen hatte ... dann wusste sie nicht, was sie dazu sagen sollte. Sie betrachtete George eindringlich, dieses schöne Gesicht, das sie – obwohl sie ihn nun schon etwas länger kannte – doch immer wieder mit seinem feinen Schnitt überraschte, und fragte sich, wann die Männer in ihrer Umgebung die Neigung entwickelt hatten, ihr Rätsel aufzugeben.

Schweigend folgte Sarah George auf den Basar. Abgesehen von der Absicht, mit ihm unter vier Augen zu reden, hatte sie auch vermutet, dass der Junge einen Teil des Geldes wieder heimlich für Alkohol ausgeben würde. Wenn es Europäer in Assiut gab, wie man an Dr. Scotto sah, oder Kopten, und die gab es eigentlich überall, dann gab es gewiss auch Wein oder Schnaps zu kaufen. Schließlich wusste sie inzwischen, dass keines von beiden für die Kopten verboten war, die ägyptischen Christen, die sich so abschotteten, dass es leichter war, mit einem Muslim zu sprechen, der bei ihrem Anblick die Augen abwandte, als mit ihnen.

Doch es stellte sich heraus, dass sie George falsch eingeschätzt hatte; es war nicht die Aussicht auf Alkohol, die den Wunsch in ihm geweckt hatte, allein auf den großen Markt von Assiut zu gehen. Was hier feilgeboten wurde, waren nicht nur Lebensmittel, Körbe und noch mehr nur aus Palmfasern bestehende Taue. Die Menschen, die aus allen Richtungen und oft von weither hierhinkamen, interessierten sich wenig für die Gerüche mannigfaltiger Gewürze; es war nicht der Duft gegrillten Fleischs, der sie anzog und sich mit dem Duft des Kaffees mischte, der aus Kaffeehäusern drang. Nein, was die meisten Marktbesucher um sich scharte, waren die Gruppen dunkelhäutiger, nahezu nackter Menschen, die hier versteigert wurden.

»Von hier aus brechen die Sklavenkarawanen in den Sudan auf«, erklärte George, »und hier kommen sie wieder an, um Sklaven, Elefantenzähne und Goldstaub gegen Kaffee, Zucker, Tücher und Eisen zu tauschen.« Ihr entsetzter Blick sorgte wieder dafür, dass er eine Augenbraue hochzog; sie wünschte, er würde sich diesen Manierismus, für den er entschieden zu jung war, abgewöhnen. »Ich habe Sie gewarnt, Mrs. B.«

Er selbst wirkte keineswegs abgestoßen oder entsetzt. Im Gegenteil, Sarah sah, wie er sowohl Männer als auch einige der kaum dem Kindesalter entwachsenen Mädchen mit großem Interesse musterte. Sarah wurde fast übel, als sie sah, wie die Verkäufer die Mädchen an ihren intimsten Stellen berührten. Keine Brust blieb unberührt, kein Hintern, der nicht genussvoll gekniffen oder mit beiden Händen gepackt wurde, um seine Festigkeit zu unterstreichen. Diesem Körperteil wurde aber auch bei den jungen Burschen die meiste Aufmerksamkeit gewidmet, und die geifernden Zuschauer lachten dazu. Ein weiterer Verkäufer zwang seinen Sklaven gar, den Mund zu öffnen, um einem Käufer sein Gebiss zu zeigen. Er war ein großer, muskulöser Junge, kaum älter als George und James. Sarah wandte beschämt den Blick von dem Treiben ab.

Sklaven, welche die zwanzig deutlich überschritten haben mochten, hatte sie überhaupt nicht gesehen, und Sarah versuchte, sich nicht vorzustellen, was das bedeutete; Mr. Wilberforces Pamphlete waren in diesem Punkt eindeutig gewesen. Einer der Händler rief George etwas zu, und als George ihm auf Griechisch antwortete, fragte sie unwillkürlich: »Ist das kein Türke?«

George schüttelte den Kopf. »Das ist einer von den Kantziakis' aus Stambul. Ich glaube, ich kenne seinen Vetter. Mrs. B, das ist nichts für Sie. Lassen Sie mich doch einfach hier, und wir sehen uns später wieder und …«

»Wie kann er als Christ mit Sklaven handeln?«, fragte Sarah entgeistert und schalt sich im nächsten Moment naiv. Während ihrer Kindheit in Bristol hatte der Sklavenhandel dort mehr floriert als in jeder anderen englischen Stadt. Die meisten der reich ausgestatteten Kutschen, die sie vorbeifahren sah, wenn sie zu Fuß durch ihre Heimatstadt ging, beförderten Herrschaften, die ihr Vermögen dem Sklavenhandel verdankten. Sie hatte bereits in London gelebt, als das Gesetz gegen die Sklaverei vom Parlament erlassen wurde, aber es war ihr durchaus bewusst, dass die reicheren Leute in Bristol darüber empört waren.

George blieb das Problem einer taktvollen Antwort erspart, als der Händler grinste und ihm erneut etwas zurief. Der Junge musterte sie. »Wenn Sie das wirklich wissen wollen, Mrs. B, dann sagen Sie jetzt kein Wort mehr.« Er trat näher an den Händler heran, schaute erneut wohlgefällig auf die dunkelhäutigen Gestalten und sagte auf Italienisch, so dass sie ihn verstehen konnte: »Die letzte Ladung hat dein Vetter doch an die Ostindische Handelskompanie losgebracht, nicht wahr?«

Der Mann nickte. »Für die Offiziere schöne, gut gebaute Mädchen aus Somalia, oder Abessinierinnen. Ich schwöre dir, da würde jede Haremsschlampe des Sultans in Stambul grün vor Neid! Dazu dralle Nubierinnen mit großen Brüsten und kräftigen Hintern für die Mannschaften. Jeder bekommt von mir, was ihm gefällt. Wenn dein neuer Engländer hier kaufen will, ich habe noch mehr zu bieten als die, die heute zur Verfügung stehen.« Direkt an Sarah gewandt, fügte er hinzu: »Sir, Sie können sich bei allen Stützpunkten der Ostindischen Handelskompanie am Roten Meer erkundigen, wie gut meine Ware immer ist.«

Trotz Georges Ermahnung konnte sie sich nicht zurückhalten. Die Ostindische Handelskompanie war zwar auch von Mr. Wilberforce in seinen Pamphleten gegen den Sklavenhandel als Übeltäter genannt worden, aber das war vor der Gesetzesänderung gewesen. Was dieser Mensch da mit seinen Worten unterstellte, war, dass ihm Briten hier und heute Frauen abnahmen! Und selbst wenn die Ostindische Handelskompanie privat geführt wurde, waren die Soldaten und Seeleute, die sie beschäftigten, doch Teil der englischen Armee.

»Das Einzige, wonach ich mich erkundigen werde«, sagte Sarah in ihrem verächtlichsten Italienisch, »ist der Name des kommandierenden Generals, damit er dieser Ungeheuerlichkeit ein Ende setzen kann.«

Beim Klang ihrer weiblichen Stimme veränderte sich die Miene des Händlers für einen Moment. Dann lachte er laut auf und sagte zu George: »Wenn das da ein Beispiel für eine Engländerin ist, dann wundert es mich nicht, dass deren Armee in den Kolonien Bordelle für ihre Soldaten braucht. Aber nun geht, ihr versperrt meinen Kunden die Sicht.« Er lachte noch einmal und drehte ihnen demonstrativ den Rücken zu.

»Ich hatte Sie gewarnt, Mrs. B«, sagte George vorwurfsvoll, nachdem er sie unangebrachterweise am Arm gefasst und weggeführt hatte.

Ihr Zorn über das eben Gehörte machte es ihr schwer, doch Sarah beschloss, das Nachgrübeln über den Wahrheitsgehalt der Prahlerei eines Sklavenhändlers auf später zu verschieben, und sich auf den Jungen zu konzentrieren. »George, hast du denn kein Mitleid mit den Sklaven?«, fragte Sarah, weil sie das mehr verstörte als seine neue Vorliebe, Alkohol zu stehlen.

»O doch, Mrs. B! Natürlich.« Er fixierte sie mit seinen dunklen Augen. »Ich meine, Mr. B sollte sich … ich meine, uns unbedingt eine von ihnen kaufen, statt das Geld für Altertümer auszugeben! Eine Sklavin kostet hier nur dreihundert Piaster, und ich bin sicher, ich könnte einen Landsmann wie Kanziakis auf zweihundertfünfzig herunterhandeln …«

»Nein«, sagte Sarah und gab ihrer Stimme einen schneidenden Ton. Sie wusste, dass sie auf das, was er Giovanni gerade unterstellen wollte, nicht eingehen durfte, so wütend die Unverschämtheit des Jungen sie auch machte; es musste ganz klar sein, dass dieser Gedanke so abwegig war wie nur irgendetwas. »George, Mr. Belzoni hat von Mr. Salt das Geld nicht erhalten, damit er den Sklavenhandel unterstützt, sondern um einen wichtigen Beitrag zur Rettung der Kultur dieses Landes zu leisten. Wir sollten ihm alle dabei helfen, soweit es in unseren Kräften steht – ganz besonders *du.*«

Sein Gesicht verschloss sich.

Sarah hielt sich wieder vor Augen, dass sie ihn brauchten und dass sie ihm gegenüber nicht nur die Oberhand gewinnen musste, sondern vor allem seine Loyalität. In einem weicheren Tonfall fuhr sie fort: »Du hast dein Leben noch vor dir, George. Es wird gewiss noch viele Gelegenheiten für dich geben, für wichtige Persönlichkeiten zu dolmetschen, und gewiss auch für solche, deren Reichtum mit Großzügigkeit einhergeht, vor allem, wenn Mr. Belzoni dich von ganzem Herzen dem englischen Konsul empfehlen kann.« Ihre Stimme wurde wieder hart. »Doch wenn er deinetwegen noch einmal das Gesicht verliert, bezweifele ich sehr, dass er sich dazu bereitfindet. Leider würde das auch bedeuten, dass sein Bericht an Mr. Salt eine so betrübliche Tatsache wie den Diebstahl von Alkohol erwähnen würde, und ich glaube nicht, dass irgendein englischer Gentleman auf Reisen gewillt sein wird, jemanden zu beschäftigen, vor dem ihn der englische Konsul warnt.«

»Vielleicht wissen Sie nur nicht genug über englische Gentlemen«, murmelte George aufsässig, und obwohl sie eigentlich vorgehabt hatte, über die Angelegenheit zu schweigen, konnte Sarah nicht anders, sie musste etwas klarstellen.

»Was auch immer zwischen dir und Mr. Turner vorgefallen sein mag«, sagte sie energisch, »wird sich nicht wiederholen. Und selbst wenn es weitere Männer geben sollte, ob nun Angehörige meiner oder anderer Nationen, die bereit sind, dich um einen solchen Preis einzustellen, sollte dir deine eigene Selbstachtung verbieten, auf diese Art von ... von Handel einzugehen. George, du bist ein freier Mann! Du kannst dir dein Brot durch die Gaben deines Verstandes verdienen. Seinen Körper zu verkaufen ist eine Sünde gegen Gott.«

Während sie sprach, verfinsterte sich Georges Miene zusehends.

»Mit Verlaub, Mrs. B, Sie verdienen Ihr Brot auch nicht durch Ihren Verstand; Sie brauchen das nicht zu tun, weil Sie eine Frau sind. Sie haben geheiratet.«

Seine Worte trafen sie wie ein Schlag. Sarah war sich nicht sicher, ob er tatsächlich ihre Ehe einem käuflichen Arrangement gleichsetzte oder nur meinte, sie könne ihn nicht verstehen, weil sie nie finanzielle Not erlitten hatte. Es lag ihr auf der Zunge, beiden Punkten heftig zu widersprechen, doch sie erkannte gerade noch rechtzeitig, dass sie im Begriff war, einen Streit mit einem Jungen vom Zaun zu brechen, der für sie arbeitete, statt es bei einer überlegenen Ermahnung zu belassen, wie es eine Frau, die seit jeher an den Umgang mit Dienern gewöhnt war, zweifellos getan hätte.

Daher sprach sie nicht von ihrer Zeit als Gesellschafterin. Sie sagte nicht, dass Giovanni auch nicht vermögender als George gewesen war, als er Italien verlassen hatte, und trotzdem seinen Weg gegangen war; schließlich war es wichtig, dass in Ägypten jeder glaubte, Giovanni sei ein Ingenieur. *Du musst dich nicht rechtfertigen,* sagte Sarah sich, doch sie brachte es auch nicht fertig, das zu tun, was eine Frau wie Madame Drovetti wohl ohne Zögern getan hätte: George zu ohrfeigen und sofort zu entlassen. Nach dem Beispiel, das Mr. Turner ihm gegeben hatte, musste sie ihm zugestehen, dass er britischen Moralvorstellungen mit einem gewissen Zynismus begegnete.

Außerdem hast du wirklich geheiratet, um dein Leben ändern zu können, flüsterte es in ihr. *Natürlich hast du dich aus Liebe für Giovanni entschieden, aber du warst auf der Suche nach einem Mann, weil du dein Leben so dringend ändern wolltest und es dir allein nicht möglich gewesen wäre, das weißt du genau.*

Es war ein Gedankengang, der sie verstörte, doch davon ließ sie nichts erkennen. Wichtig war hier und jetzt, dass George genügend innere Disziplin fand, um das Beste aus seinem Leben zu machen, statt sich gehen zu lassen und dem Alkohol und Selbstmitleid zu verfallen.

»Ganz recht«, sagte sie, »ich habe geheiratet. Und mein Gatte verlässt sich darauf, dass ich meinen Verstand gebrauche. Mein Verstand wiederum lässt mich zu dem Schluss kommen, dass es genügend Dolmetscher in diesem Land gibt, die bereit sind, sich an die Regeln zu halten, die ich aufstelle. Es ist deine Entscheidung, George, und dein Leben. Benutze deinen eigenen Verstand und triff sie. Aber vergiss eines nie: Wer nur ein Spielzeug sucht, wird immer eins finden, ohne anspruchsvoll sein zu müssen.«

»Deine Mrs. B ist eine Hexe«, sagte George zu James, als sie vom Einkauf zurückkehrten. »Eine wirkliche Hexe! Bei Gott, ich hasse die Engländer. Die einen machen einem leere

Versprechungen, und die anderen …« Wütend trat er gegen den Holzrahmen der Tür.

James wartete, bis George seinen Verband erneuert hatte, dann sagte er: »Nimm es nicht so schwer, George. Gegen Mrs. B haben schon andere den Kürzeren gezogen.«

»Bah. Ich werde es ihr zeigen. Zeigen werde ich es ihr!«

Georges erster Schritt, es Mrs. B zu zeigen, bestand darin, einen Zimmermann aufzutreiben, während sie in Assiut auf den Defterdar Bey warteten.

»Ich weiß, dass Mr. B eigentlich noch mehr Taue haben wollte«, sagte er grinsend und nicht zu Unrecht davon überzeugt, dass er etwas Kluges getan hatte, »aber ich dachte, ein Zimmermann wäre auch nicht schlecht.«

Mr. B schlug ihm auf den Rücken, lobte ihn und gab ihm einige Piaster über den versprochenen Lohn hinaus. Mrs. B lächelte – und küsste ihn ohne Vorwarnung auf die Wange. »Danke«, sagte sie, während er errötete. »Ich wusste, dass Mr. Belzoni auf dich zählen kann, George.«

»Ich heiße Giorgios«, murmelte er, doch er hörte damit auf, sie James gegenüber als Hexe zu bezeichnen.

Der Zimmermann stellte sich als wahrer Glücksgriff heraus. Obwohl er Grieche war, sprach er ein wenig Italienisch, und Giovanni war bald mit ihm in eifrige Debatten darüber verwickelt, wie wohl die Ägypter ihre Statuen transportiert hätten. Er gab Sarah den Rat, den ihr auch Burkhardt gegeben hatte, sich hier in Assiut mit so vielen kleinen Spiegeln und bunten Kettchen wie möglich einzudecken, um sie als Gastgeschenke zu benutzen; und er fertigte eine Krücke für James an, die besser war als diejenige, die er bisher benutzte.

Am sechsten Tag kam der Bescheid, dass der Defterdar Bey nach Assiut zurückgekehrt sei. Giovanni sprach vor, präsentierte seinen *Firman* und erhielt ein Dokument mit Anweisungen für den Kaschef der Provinz Armant, zu der die Fellachen von Theben gehörten. Sie ließen Assiut ohne großes Bedauern zurück und segelten weiter.

KAPITEL 7

Sie trafen mitten in der Nacht in Dendera ein, viel zu spät, um noch an Land zu gehen. Sarah war gerade eingeschlafen, als Giovanni sie wachrüttelte und aufgeregt zum Himmel zeigte. Sie blinzelte. Dort oben zog eine Sternschnuppe ihre Bahn, doch anders als die eine Sternschnuppe, die sie als Kind beobachtet hatte, verglühte diese nicht so schnell. Aus dem bläulichen Schimmer wurde mit der Zeit ein reines Weiß und schließlich, kurz bevor die Sternschnuppe verschwand, ein Rot, und als Sarah den Atem ausstieß, hatte sie zwanzig Herzschläge gezählt.

»Gott ist mit uns«, sagte Giovanni hingerissen. »Das war das glücklichste aller Omen! Du wirst sehen!«

Die Julihitze war ebenfalls mit ihnen, als sie am Morgen des 19. in Dendera von Bord gingen und Esel mieteten, um die zwei Meilen zu der Tempelruine zurückzulegen, von der Scheich Ibrahim ihnen vorgeschwärmt hatte. Mit Hosen zu reiten war eine solche Erleichterung, dass Sarah wünschte, sie hätte ihre Männerkleidung schon viel früher angelegt.

Das erste Stück des Weges konnte sie von dem Tempel nichts entdecken; nur hohes Geröll und Schuttberge waren zu sehen, und Giovanni murmelte etwas von einem Steinbruch, obwohl auch gelegentlich halb zerfallene Hütten auftauchten. Vor den Hütten saßen Männer, die den Eindruck erweckten, die Mundstücke ihrer Wasserpfeifen in den Mund zu nehmen sei Arbeit für sie, während die wenigen weiblichen Gestalten, die sie ausmachen konnten, in der Regel damit beschäftigt waren, mit Schaufeln oder Pflügen die Erde zu bearbeiten. Dann waren sie endlich nahe genug an ihr Ziel herangekommen, um an diesen Hindernisse vorbeizublicken – und Giovanni sagte nach einem Ausruf des Staunens eine beträchtliche Zeit kein Wort mehr. Stattdessen stieg er von seinem Esel ab, setzte sich auf den Erdboden und schaute gebannt geradeaus.

Sarah musste erst noch mit den Eseltreibern verhandeln, die sie nicht bezahlen wollte, ehe sie nicht auch den Rückweg zum Nil hinter sich hatten. Daher dauerte es eine Weile, bevor sie wirklich wahrnahm, was ihren Gatten hatte verstummen lassen.

Aus Sand, Erde und Geröll ragten Säulen empor, Säulen, die genauso reich und bunt mit Ornamenten bemalt waren wie die Decke, die sie trugen, und während sie noch die Kapitele bewunderte, sah sie etwas weiter entfernt eine weitere Kolonnade, deren Säulen Frauenfiguren darstellten. Sarah griff unbewusst nach ihren Röcken, erinnerte sich, dass sie keine mehr trug, und lief auf den hinteren Bereich des Tempels zu, dessen Boden auch im Inneren hoch mit Flugsand bedeckt war, so dass die Decke des Tempels fast zum Greifen nahe schien. Das satte Blau, das bräunliche Rot, es brannte sich in die Augen und zwang sie, Säule um Säule zu umrunden, um noch mehr zu sehen. Bilder von Menschen und Tieren, Zeichen über Zeichen, die ihre uralten Geheimnisse und ihre Bedeutung hüteten.

Die Säulen schienen dem Schutt und Sand regelrecht zu entwachsen, und sie fragte sich, wie hoch der Tempel wohl war, wenn man ihn erst bis zum Boden ausgrub, und warum das bisher niemand getan hatte. Nach dem Umfang der Säulen zu schließen, musste ihr weitaus größter Teil, so hoch wie fünf Giovannis übereinander, immer noch im Boden verborgen liegen. Auf dem Dach, einer riesigen flachen Platte, standen einige Hütten, die ihrerseits aussahen, als zerfielen sie und wären lange verlassen.

Giovanni hatte sich inzwischen erhoben und kletterte auf das Dach, was durch die Sandwälle zu beiden Seiten, die es manchmal überragten, nicht weiter schwer war. Er ergriff Sarahs Hand, um sie hinaufziehen.

»Das muss der schönste Tempel des Landes scin«, sagte er begeistert.

»Es ist der erste, den wir sehen, Giovanni«, entgegnete sie neckend und lehnte ihren Kopf an seine Brust. »Sei nicht so voreilig.«

»Kannst du dir denn einen schöneren vorstellen, oh angelsächsische Zurückhaltung?«, fragte er mit einem warmherzigen Lächeln auf den Lippen. Dann legte er sich auf das Dach, so dass sein Oberkörper den Rand überragte, und fuhr mit seinen Händen über die Ornamente und Farben unter ihm. Dabei scheuchte er unzählige Fledermäuse auf, die sich hier eingenistet hatten, und Sarah schlug instinktiv ihre Hände über dem Kopf zusammen, doch keines der Tiere kam in ihre Nähe.

»Nein, aber ich hätte mir auch die Pyramiden nie wirklich vorstellen können.«

Am meisten gefiel Giovanni ein mehrere Yards großes, kreisrundes, bunt bemaltes Relief, das eindeutig den Himmel und die Tierkreise darstellte, welches er in einem Raum auf der Ostseite des Tempels fand, als sie wieder vom Dach herunterstiegen.

»Die Feinheit, Sarah, siehst du sie? Ich habe die Gemälde in den großen Kirchen von Rom gesehen, und ich sagte dir, sie sind nicht besser! Ach, es ist ein Jammer, dass sich der Kopf des Memnon nicht hier befindet. Vier herrlich ausgemalte Säulenhallen habe ich gezählt, und unzählige Nebenräume. Ich könnte den ganzen Tag hierbleiben. Und wenn man sich vorstellt, dass noch mehr solche Reliefs unter dem Schutt und Sand verborgen sein könnten!«

»Ja«, sagte Sarah voller Bedauern. »Aber für die zahlt Mr. Salt nicht.« Vielleicht war es besser so. Sie konnte sich nicht vorstellen, wie man ein solches Relief transportieren sollte, ohne die Decke des Tempels zu zerstören, und es erschien ihr falsch, etwas zu Fall zu bringen, das die Jahrtausende überstanden hatte.

Giovanni trauerte Dendera noch nach, bis sie zwei Tage später Luxor erreichten, jene Siedlung, die an Stelle des alten Theben lag.

Als ihr Schiff sich dem Hafen näherte, entdeckte James, der gerade trotz anderslautender ärztlicher Ratschläge ein weiteres Mal versuchte, ohne zwingenden Grund auf seinen Krücken auf und ab zu gehen, ein Gebäude am östlichen Nilufer, das Giovanni ein weiteres Mal die Sprache verschlug. Er hatte genau wie Sarah die Drucke in Denons Beschreibung von Ägypten gesehen, die Mr. Salt aus England mitgebracht und ihnen vor ihrer Abreise geliehen hatte, doch niemand von ihnen war auf die Wirklichkeit gefasst gewesen. Anders als in Dendera lag die weitläufige Säulenhalle mit den beiden Obelisken und den Kolossalstatuen auf der Vorderseite, die wie gigantische Wächter wirkten, direkt am Nil und war fast vollständig frei von Erde und Schutt. Die Säulen ragten so groß und wuchtig gen Himmel, dass sie nahezu alles in den Schatten stellten, was Giovanni und Sarah bisher gesehen hatten; nur die Pyramiden waren größer, doch denen hatten sie sich langsam über die Ebene genähert, während sie mit dem beeindruckenden Tempel nahezu unvorbereitet konfrontiert wurden.

»Aber … das können keine Menschen gebaut haben«, stammelte James. »Das müssen Riesen gewesen sein!«

»Magier«, sagte George aus tiefster Überzeugung. »Die mächtigsten Magier kamen immer schon aus Ägypten. Das ist das Land der Zauberei.«

»Wie haben sie es gemacht«, murmelte Giovanni und stieß mit seiner Faust in die Luft. »Das möchte ich wissen! Die Figuren sind alle aus einem einzigen Stein herausgemeißelt und mindestens fünfmal so groß wie ich. Haben sie die Statuen hierhergebracht oder Steinblöcke, die erst hier bearbeitet wurden?«

»Was hatten diese Leute für Meißel, die mit Granit fertig geworden sind?«, fragte sich der Zimmermann, der neben die Belzonis getreten war. »Welche Maschinen haben diese Massen bewegt? Wie in aller Welt haben sie es gemacht?«

Giovanni legte ihm eine Hand auf die Schulter. »Das, mein Freund, sind die Fragen, die wir gemeinsam beantworten werden.« Sarah sah, dass seine Augen vor Begeisterung zu glühen schienen.

Die Besichtigung von Luxor und vom etwas weiter entfernten Karnak, dessen Tempel noch größer sein sollten, was sie sich kaum vorstellen konnten, musste aber noch warten; Pflicht war Pflicht, und nun, da sie an ihrem Zielort eingetroffen waren, musste ihr erster Weg sie natürlich zu dem Memnon-Kopf führen, der sich auf der westlichen Seite des Nils befand. Schließlich zählte jeder Tag, wenn nicht jede Stunde; sobald der Nil über die Ufer trat, würde eine Bergung unmöglich sein. Diesmal wurden Giovanni und Sarah von James, George und dem Zimmermann begleitet; nur der Kapitän und seine Leute blieben an Bord des Schiffes.

Die beiden riesigen, zerklüfteten Statuen, an denen sie nach einer Stunde vorbeiritten, schienen die weite Ebene zu bewachen. Sie waren aus mehreren Blöcken zusammengesetzt und mehr als hundert Fuß hoch; Sarah fragte sich, wie viele Jahrhunderte sie wohl schon an sich vorbei hatten ziehen sehen. In einiger Entfernung, etwa so weit wie die, die sie mittlerweile vom Ufer trennte, konnte Sarah in der flirrenden Hitze Berge erkennen. »El Kurn«, sagte der Eseltreiber und wies mit dem Stock, den er in der Hand hielt, in deren Richtung.

Die Tempelruinen, zu denen sie unterwegs waren, lagen nicht weit davon und empfingen sie mit einem umgestürzten kopflosen Koloss gleich am Eingang, der fast so groß wie diejenigen in der Ebene zu sein schien, doch im Unterschied zu ihnen aus einem einzigen Steinblock gearbeitet worden war. Inzwischen war Giovanni so erpicht darauf, endlich das Objekt seiner Bemühungen leibhaftig zu sehen, dass er ihn vorerst wenig beachtete und durch die Trümmer des Innenhofes hastete.

»Kein Wunder, dass die Franzosen nichts über dieses Geröll schleifen konnten«, sagte James, der mit George hinter herhumpelte, und beäugte die am Boden liegenden riesigen Gesteinsbrocken beunruhigt.

»Mr. Belzoni wird es können«, entgegnete Sarah automatisch, doch sie blickte zu dem Eingangskoloss zurück, dessen mit dem Gesicht am Boden liegender zerstörter Kopf allein schon größer als ihr »Salon« in Bulak war, und hoffte, dass derjenige, um dessentwillen sie hierhergekommen waren, höchstens halb so groß war. Sie fragte sich, wie um alles in der Welt irgendjemand ein solches Stück von hier bis zum Nilufer bringen würde … und befahl sich dann, Vertrauen zu haben.

Im zweiten Innenhof sah sie Giovanni inmitten von weiteren Gesteinsresten stehen, umgeben von Bruchteilen eines riesigen menschlichen Körpers. *Vielleicht hat James gar nicht unrecht,* dachte Sarah, *und die alten Ägypter sind wirklich Giganten gewesen, bevor sie allesamt versteinerten.* Dann schalt sie sich töricht und kletterte zwischen dem Geröll hindurch zu ihrem Mann.

»Darf ich vorstellen«, sagte er mit heiserer Stimme, »der Kopf des Memnon!«

Was Sarah zunächst für einen weiteren, fast drei Meter langen Gesteinsbrocken gehalten hatte, erkannte sie nun von Giovannis Seite aus als Kolossalbüste, bei der ein Teil der Kopfbedeckung abgebrochen war. Das Gesicht dagegen war makellos erhalten, geschmeidig, mit mandelförmigen

Augen und einem Lächeln auf den Lippen, das so ganz anders als der strenge Ausdruck der Königsstatuen in London war, die Sarah kannte.

»Er lächelt in Vorfreude darauf, nach England gebracht zu werden«, sagte Giovanni und drückte ihre Hand. »Wir werden nicht wanken und nicht weichen, bis der Memnon an das Ufer des Nils gebracht ist. Was vor Ablauf eines Monats geschehen muss«, fügte er nachdenklich hinzu, »weil mir der Kapitän versichert hat, dass der Nil danach die Ebene bis hierher überfluten wird.«

»Aber könntest du dann nicht den Kopf direkt von hier auf ein Boot setzen?«, fragte Sarah verwundert.

»Nein, für ein Boot wird das Wasser viel zu flach sein. Es soll hier angeblich kaum bis zum Knie gehen. Du kannst an den Mauern dort erkennen, wie hoch es steigt«, erklärte Giovanni und wies auf die Streifen an der Außenwand. »Außerdem gibt es keine Empore, von der aus man den Kopf anheben könnte. Nein, wir müssen ihn von hier aus bis zum Ufer schaffen, solange dort noch Boote anlegen können, die genügend Laderaum haben … Morgen gehe ich zum Kaschef von Armant, damit er mir Arbeitskräfte gibt.«

»Warum nicht gleich heute, Mr. B?«, fragte James, der sich mit Georges Hilfe inzwischen bis zu ihnen durch die Trümmer vorgekämpft hatte. »Es ist noch recht früh.«

»Heute werden wir unser Gepäck vom Boot holen und hier eine Unterkunft bauen«, sagte Giovanni seelenruhig.

Sarah setzte sich auf das, was einmal ein Teil von Memnons Krone gewesen sein mochte. »Hier?«, wiederholte sie, so gelassen sie konnte.

»An der Seite von Königen, mein liebster Schatz«, strahlte Giovanni und begann auf den Zimmermann einzureden.

Sie wählten eine Ecke der Säulenhalle aus, um als Schlafstelle zu dienen, und Giovanni, der Zimmermann und George verbrachten den Nachmittag damit, eine kleine Mauer aus Lehmziegeln zu bauen, die hier seit Jahrtausenden herumlagen, um Sarah dahinter so etwas wie Privatsphäre zu geben.

»Das Bein des Jungen ist noch nicht richtig geheilt«, sagte der Zimmermann zu Giovanni, während sie Steine aufeinandertürmten. »Sind Sie sicher, dass Sie ihn und die Frau nicht lieber auf dem Boot lassen wollen?«

»Mrs. Belzoni ist Bequemlichkeit genauso gleichgültig wie mir«, entgegnete Giovanni, spuckte in die Hände und rollte einen weiteren Steinblock zur Seite, den nur ein Mann wie er bewegen konnte, »und für James gilt das Gleiche.«

»Ich glaube, mir ist nicht gut, Mrs. B«, sagte James derweil, während Sarah mit zusammengepressten Lippen seinen Verband erneuerte.

»Das ist die Hitze, James. Ich würde dir kalte Wickel machen, aber wie du weißt, sind wir hier Meilen vom Ufer entfernt und werden mit dem Wasser sparsam sein müssen.«

Natürlich wusste Sarah, dass es ein einmaliges Abenteuer war, in einem altägyptischen Tempel zu schlafen, und dass sie dankbar dafür sein sollte; auf Bequemlichkeit konnte sie problemlos verzichten. Sie fragte sich allerdings, ob es hier Schlangen gab wie diejenigen, die auf zahllosen Säulen abgebildet waren, gefährliche Spinnen oder irgendwelche ägyptischen Insekten, die sie noch nicht kannte. Sie fragte sich nicht, ob sie von Flöhen oder Mücken gestochen werden würde; das wusste sie bereits.

»Ich wünschte wirklich, ich hätte die Mistkerle, die mich mit dem Kran allein gelassen haben, fertig machen können, bevor wir aus Kairo fort sind«, sagte James düster und starrte auf sein Bein. Als sie nichts erwiderte, blickte er sie überrascht an. »Warum sagen Sie jetzt nicht, dass ein guter Christ seinen Feinden vergibt, Mrs. B?«

»In einem Fall wie diesem vergibt er ihnen, wenn sie hinter Schloss und Riegel sind und Zeit haben, über ihre Boshaftigkeit nachzudenken.«

Das heiterte James auf, doch seine Miene verdüsterte sich schnell wieder, als er hinter einem der Felsbrocken ein Geräusch hörte, das er nicht zuordnen konnte. »Mrs. B«, begann er vorsichtig, »meinen Sie, das Übernachten im Tempel ist wirklich eine gute Idee?«

»Frage dich, was dir lieber ist, James: Du könntest jetzt natürlich in London sein, in einem ordentlichen Bett … oder die Wunder Ägyptens sehen und Mr. Belzoni dabei erleben, wie er den Kopf eines Helden des Altertums rettet und es den Franzosen zeigt. Beides gleichzeitig geht nicht.«

James öffnete den Mund, wie um sie zu fragen, ob es das war, was sie sich selbst sagte, doch dann schloss er ihn wieder.

Der Kaschef von Armant war Türke, kein Araber, und bot Giovanni bereits Kaffee und eine Pfeife an, ehe George mit seiner Übersetzung fertig war. Er blieb auch weiterhin äußerst zuvorkommend, während er lächelnd erklärte, warum Giovanni sein Unternehmen am besten gleich aufgeben sollte.

»So kurz vor der Überschwemmung des Nils werden Sie keine Fellachen finden, die frei sind, um zu arbeiten, mein Herr.«

»Auf dem Weg hierher habe ich in zahlreichen Dörfern Männer gesehen, die nichts zu tun haben«, protestierte Giovanni.

»Sie irren sich. Und sie würden eher hungern, als eine derart schwierige Arbeit wie die Ihre zu leisten. Um jenen Stein auch nur einen Fingerbreit vom Fleck zu bewegen, brauchen meine Fellachen die Hilfe Allahs, und der wird sie ihnen kaum gewähren, wenn sie für einen Christen arbeiten. Überdies werden sie gebraucht, auf den Feldern des Paschas.«

»Der Pascha selbst hat mir die Erlaubnis gegeben, sie anzustellen!«

Auf diese Weise zog sich das Gespräch in die Länge.

»Mit Verlaub, Sir«, sagte George, als sie sich auf dem Rückweg befanden, »ich glaube, er hat darauf gewartet, dass Sie ihm, nun ja … etwas schenken. Wenn Sie verstehen, was ich meine.«

»Aber er hat doch schließlich nachgegeben und versprochen, die Männer zum Memnonium zu schicken!«

»Würde mich wundern, wenn Sie morgen jemanden sehen, Sir.«

Georges Worte erwiesen sich leider als richtig. Giovanni wartete bis neun Uhr morgens, vergeblich. Dann mietete er ein Kamel und brach gemeinsam mit George erneut nach Armant auf. In seinem Gepäck befanden sich Kaffeebohnen und Schießpulver. Diesmal überreichte er Geschenke – und kehrte mit einem schriftlichen Befehl an den Kaimakan von Kurna zurück, dem Dorf, das dem Memnonium am nächsten lag.

Sarah hatte ursprünglich geplant, mit James als Begleiter den Nil zu überqueren und Luxor am östlichen Ufer zu besuchen, aber James machte nicht den Eindruck, als sei er wirklich auf dem Weg der Besserung. Sie hatte aber auch nicht vor, das Memnonium zu bewachen, zumal sie schnell merkte, dass sich die Steine tagsüber so aufheizten, dass es kaum möglich war, sie anzufassen. Also nahm sie Giovannis Pistole, etwas Geld und einige der Kettchen aus Alexandria mit sich, ließ James in der Obhut des Zimmermanns zurück, der damit beschäftigt war, Tragbahren für die Balken, die sich noch immer auf dem Schiff befanden, zu bauen, und ging nach Kurna. Nach einem Jahr in Kairo sprach sie zwar nicht wirklich Arabisch, aber für *Geld, Bezahlung, Arbeit* und dergleichen genügte es.

»Können Sie mit dem Ding überhaupt umgehen, Mrs. B?«, fragte James besorgt und machte Anstalten, aufzustehen und sich seine Krücken zu suchen.

»Ich werde Mr. Belzoni bei nächster Gelegenheit bitten, mich zu unterrichten«, entgegnete Sarah knapp, genau wissend, dass Giovanni ebenfalls nie gelernt hatte, eine Pistole abzufeuern; er hatte sie nur aus Kairo mitgenommen, weil Scheich Ibrahim ihnen das dringend geraten hatte.

»Aber wenn jemand nun wirklich …«

»Bleib dort im Schatten liegen, James. Du solltest wissen, dass ich in all den Jahren an Mr. Belzonis Seite gelernt habe, wie man den Eindruck erweckt, den man zu erwecken wünscht.«

Ihr Haar war geflochten, hochgesteckt und zur Gänze unter einem Turban verborgen. In der Hitze Oberägyptens war es das Praktischste, genauso wie ihre westöstliche Männerkleidung. Es war nicht so, dass Sarah bewusst versuchte, sich als Mann auszugeben, doch der Verdacht, dass es an dieser Kluft liegen konnte, dass mehr Leute mit ihr sprachen als auf der Reise von Alexandria nach Kairo in weiblicher Kleidung, war ihr schon gekommen. Ob ihr Aufzug ihr auch bei ihrem gegenwärtigen Vorhaben helfen würde, musste sich erst noch zeigen.

Was sie zunächst vorfand, waren Ruinen eines Dorfes, doch darauf hatte Burkhardt Giovanni und sie vorbereitet; die Häuser waren bereits seit Mehemed Alis Krieg gegen die Mamelucken verlassen. Die Fellachen von Kurna lebten größtenteils in Berghöhlen. Nach ihren Erfahrungen im Tempel hielt Sarah das für ein Zeichen gesunden Menschenverstandes. Sie konnte sich erfreulicherweise auch gut genug verständigen, um klarzumachen, dass es Arbeit gab und dass sie gute Bezahlung für die Männer anbot. Trotzdem erntete sie nur allgemeines Kopfschütteln und gestenreiche Erklärungen, dass man nur mit Erlaubnis des Kaimakans arbeiten dürfe.

Der Kaimakan, der zu den wenigen Bewohnern Kurnas zählte, die in einem Haus lebten, stellte sich als albanischer Soldat in türkischen Diensten heraus, der sie aufmerksam musterte, während sie ihr Anliegen vorbrachte, und schließlich lachte. »Eine Frau«, sagte er in stark akzentuiertem Italienisch.

»Mein Gemahl hat einen *Firman* vom Pascha«, beharrte Sarah.

»Soll herkommen mit Papieren. Eine Frau!«

Hier war offensichtlich nichts auszurichten. Eine Frau hatte für ihn offenbar nicht mehr zu sagen als eine Fliege. Missmutig verließ Sarah das Haus.

Das gleißende Weiß des Kalksteins, aus dem der Berg hier bestand, ließ ihre Augen sofort wieder schmerzen, und sie wünschte sich, sie könne eine der Grotten betreten, um ihre Augen ein wenig länger in der Dunkelheit zu erholen, bevor sie sich auf den Rückweg machte. Aber ohne Einladung ein fremdes Heim zu betreten gehörte sich nicht. Sie setzte sich auf einen Stein, der im Schatten lag und daher nicht mehr so fürchterlich glühte.

Nach einer Weile sah sie ein paar brauner Füße vor sich zum Stehen kommen. Die Füße waren mit sorgfältig gezeichneten Ornamenten aus Henna bemalt, und Sarah schaute auf. Wie alt die Frau war, die in ein Tuch aus der üblichen dunkelbraunen Baumwolle gekleidet vor ihr stand, ließ sich nur schwer sagen; die Haut der Füße war aufgesprungen und rissig, trotz der sorgfältigen Malerei, doch das war bei der Wärme des Bodens im Sommer kein Wunder, und das unverschleierte Gesicht kam ihr sehr viel jünger vor.

»Wasser«, sagte die Frau, das erste Wort, das Sarah auf Arabisch gelernt hatte, und hielt ihr einen Krug entgegen. Es war himmlisch, und sie benutzte es auch, um sich ein wenig das Gesicht zu kühlen, nachdem sie getrunken hatte.

Die Frau bat sie nicht in eine der Höhlen, doch sie tauschte einige streng riechende Salben, die, wie ihre aufflatternden Hände klarmachten, Insekten fernhalten sollten, und einen Schleier gegen einen der kleinen Spiegel. Sarah hatte nicht vor, den Schleier zu tragen, aber James musste den größeren Teil des Tages an einem Fleck sitzen und konnte ihn gut gebrauchen, denn er hatte die helle Haut aller Rothaarigen.

Sie fragte nach dem Namen der Frau und erfuhr etwas, das wie Mutter-von-Osman klang; vielleicht lag es an ihrer Aussprache, an ihren mangelnden Sprachkenntnissen, oder die andere hatte die Frage falsch verstanden. Aber sie wiederholte Sarahs Namen ohne weiteres und benutzte ihn, als sie Sarah ein Stück zurück begleitete, in einem Satz, den Sarah sich merkte, damit sie ihn George später wiederholen konnte, weil sie kein einziges Wort verstand, bis auf ihren Namen und das allgegenwärtige »Allah«.

»Mrs. B«, sagte George, als sie ihn rezitierte, »ich glaube, das möchten Sie nicht unbedingt wissen.«

»Sonst hätte ich dich nicht gefragt.«

»Sie hat gesagt: *Es ist Allahs Wille, dass man sich um Wahnsinnige kümmert, Sarah, also fürchte dich nicht. Er wird über dich wachen.«*

Die Fellachen, die am vierten Tag auftauchten, nachdem Giovanni dem Kaimakan die Order des Kaschefs zusammen mit einigen Geschenken überbracht hatte, wiederholten das Wort »wahnsinnig« auch oft, aber sie stellten sich in eine Reihe auf, als Giovanni es von ihnen verlangte, und hörten George zu, als er Giovannis Angebot an sie weitergab, das bei dreißig Para pro Tag lag, was mit allgemeinem Beifall aufgenommen wurde.

»Wie viel ist das in englischem Geld, Mrs. B?«, fragte James leise.

Sarah hatte inzwischen oft genug getauscht und umgerechnet. »Viereinhalb Pennies.«

»Oh.«

»Scheich Ibrahim meint, das sei gerecht und eineinhalb Mal mehr, als sie für die Feldarbeit bekommen«, sagte Sarah, die wusste, dass einem Lastarbeiter auf einem Jahrmarkt in England für einen halben Tag deutlich mehr gezahlt wurde. Doch es war nicht ihr Geld, es war das von Mr. Salt und musste reichen, bis der Kopf des Memnon sich auf dem Weg nach Kairo befand.

Am Ende waren es etwa achtzig Männer, die bereit waren, den Kopf des Memnon, den sie als *Kafan* bezeichneten, zu bewegen. Die tagelange Warterei erwies sich als Segen, denn in dieser Zeit hatte der Zimmermann aus den Balken, die sie aus Kairo mitgebracht hatten, eine Art Plattform konstruiert und vier runde Stämme besorgt, die er zu Rollen abhobelte. Es war das Resultat all der Debatten, die er und Giovanni darüber geführt hatten, wie die Ägypter den tonnenschweren Granit ursprünglich hierhergeschafft haben mochten, und Sarah hoffte, dass sie recht hatten. Ein weiterer Fehlschlag nach der Maschine würde nicht nur das Ende ihrer Zeit in Ägypten bedeuten; es konnte auch dazu führen, dass Giovanni den Glauben an sich selbst verlor. Sein festes Vertrauen darauf, dass das Schicksal großes mit ihm vorhabe, war so sehr ein Teil von ihm wie seine Arme und Beine; ein erneutes Debakel würde ihn verkrüppeln.

Giovanni hatte entschieden, die Büste mit vier Stangen hoch genug zu hebeln, um die Plattform darunter zu schieben, und fasste selbst mit an, als einige der Fellachen zögerten, etwas zu tun, was sie in Gefahr brachte, zerquetscht zu werden. Durch sein Beispiel beeindruckt, folgten sie ihm. Sarah ertappte sich dabei, wie sie James' Hand hielt, während die Arbeiter und Giovanni den Kopf sehr langsam und vorsichtig auf die Plattform hievten. Die Finger des Jungen zitterten in ihren, und Sarah drückte fester. Es hatte sogar Vorteile, die Luft anzuhalten; mittlerweile war es so heiß, dass es ihr bei jedem Atemzug so vorkam, als sauge sie Flammen ein.

Als der Kopf tatsächlich auf dem Gestell lag, brachen sie und James in begeisterte »Bravo«-Rufe aus. Giovanni strahlte und sagte, trotz der großen Anstrengung voller Tatendrang, zu George: »Sag den Männern, dass wir nun den vorderen Teil des Wagens anheben, damit wir die Rollen darunterschieben können.«

Sarah fiel auf, dass James' Hand immer noch zitterte; es war also kein Zeichen der Aufregung.

»Tut mir leid, Mrs. B.«, flüsterte der Junge. Ihm standen Schweißperlen auf der Stirn, doch das traf auf jedermann zu; was Sarah beunruhigte, war, dass seine Zähne klapperten, als sei ihm kalt.

»James, ist dein Bein …«

»Nein, keine Sorge, dem Bein geht es gut. Es ist nur die Hitze, Mrs. B. Das ist schlimmer als in einem Ofen hier, dieser Tempel.«

Da hatte er nicht unrecht. Besorgt schaute sie zu Giovanni, der mit den Fellachen die Platte vorne mit Hebestangen anhob, während andere die erste der Rollen darunterschoben. Der Samson aus Patagonien hatte seine Wundertaten nicht in einem Ofen vollbracht, sondern im kühlen Londoner Nebel. Doch es gab keine taktvolle Art und Weise, die ihr einfiel, um ihn zu bitten, seinen persönlichen Einsatz bei dieser Temperatur lieber sein zu lassen.

»Und nun«, sagte Giovanni schwer schnaufend, was er

bei seinen Darbietungen nie getan hatte, »die ... nächste ... Rolle.«

Die Leute befestigten Seile an der Plattform, auf welcher der Kopf lag, und zogen so lange, bis auch die zweite Rolle sich darunter befand. Giovanni hatte Sarah erklärt, was er vorhatte: Wenn der Kopf erst auf dem Gestell lag und mit den Tauen festgebunden worden war, würde ein Teil der Männer das Gestell ziehen; andere würden den Weg von Trümmern und Steinen freiräumen und wieder andere die Rollen, die hinten frei wurden, vorne neu einsetzen. Auf diese Weise würde es anders als bei einem tatsächlichen Wagen mit Rädern nicht die Gefahr eines Achsenbruchs geben. »Hier darf nichts kaputtgehen«, hatte Giovanni gesagt. »Es gibt keinen Ersatz, und wenn der Kopf noch einmal auf dem Boden liegt, bekommen wir ihn vielleicht nie wieder hoch!«

An den Verschnürungen des Kopfs beteiligte er sich nicht mehr selbst. Er gab George ein paar Anweisungen und setzte sich eine Weile zu Sarah und James in den Schatten, was Sarah noch mehr beunruhigte, denn sie hatte nicht damit gerechnet, Giovanni ohne längere Überredung zu so einer vernünftigen Handlung bewegen zu können.

»Es wird gelingen, Sarah«, sagte Giovanni mit rauher Kehle. »Du wirst sehen.«

Bis zum Abend hatte sich das Gestell mit dem Kopf tatsächlich um ein paar Yards bewegt. Die Fellachen stießen begeisterte Rufe aus, als die Rollen zum ersten Mal erneuert werden mussten, und George übersetzte, dass sie von Giovannis Kraft und dem Umstand, dass er selbst mit anpackte, so beeindruckt waren, dass sie ihn als Gottes Koloss bezeichneten. Doch der Zimmermann blieb still, runzelte die Stirn und sagte zu Giovanni, er habe sich die Strecke noch einmal angesehen, und zwei der Säulensockel des Tempels befänden sich noch immer im Weg.

»Die sind nur aus Sandstein, die zerschmettern wir«, entgegnete Giovanni. »Kopf hoch, Mann! Ab heute ist der Memnon unterwegs. Ich werde Salt bald eine Botschaft nach Kairo schicken. Gott ist mit uns!«

Gott hielt es leider für nötig, Giovannis eigentlich unzerstörbare Gesundheit zu prüfen. In der Nacht hatte es Sarah mit nicht nur einem, sondern zwei Patienten zu tun, denen sie den Kopf hielt und trotz aller Vorsätze, Wasser zu sparen, Umschläge machte: Sowohl Giovanni als auch James war fürchterlich übel. George und der Zimmermann waren keine Hilfe; sie hatten sich entschieden, den langen Weg morgens und abends in Kauf zu nehmen, obwohl er sie eine ganze Stunde kostete, und auf dem Boot zu schlafen. Sarah tat ihr Bestes, um die beiden nicht zu beneiden, während sie Giovanni den gewaltigen Rücken massierte und James soweit hinaus ins Dunkle half, dass er sich erbrechen konnte, ohne ihre Schlafstätten zu besudeln.

»Denke an Alexandria«, ächzte Giovanni. »Wir müssen einfach durchhalten und uns an die neue Umgebung gewöhnen, das ist alles. Den Einheimischen geht es hier auch blendend.«

»Die Einheimischen schlafen nicht in Tempeln, die kaum abkühlen, sondern in Höhlen«, sagte Sarah nüchtern und fragte sich, wann bei ihr wohl die Übelkeit begänne. Doch im Gegensatz zu Alexandria blieb sie vorerst von jeder Schwäche verschont.

Am nächsten Tag gelang es immerhin, den Kopf um etwa fünfzig Yards weit zu bewegen, nachdem die Säulenreste erst einmal zerschmettert und aus dem Weg geschafft worden waren, doch eigentlich hatte Giovanni auf mindestens hundert gehofft, um seinen Plan einhalten zu können. Die Plattform wollte einfach nicht so gleiten, wie sie sollte. Als Giovanni sich während einer Pause zu Sarah in den Schatten setzte, fragte sie: »Glaubst du, dass es hier Buttermilch gibt?«

»Buttermilch?«, fragte er verwundert. »Ich bin nicht sicher, ob James in seinem Zustand …«

»Als Schmiere zwischen Plattform und Walzen«, erklärte Sarah. »Ich habe sie früher beim Backen verwendet, und ich dachte …«

Giovanni küsste sie auf die Stirn und sprang wieder auf. »Du bist mein Gottesgeschenk, Sarah!«

Die Fellachen hatten Ziegen und ließen sich für die Buttermilch gut bezahlen, doch sie machte es in der Tat am nächsten Tag einfacher für die Plattform, sich auf den Walzen zu bewegen. Giovanni verbrachte eine weitere Nacht damit, sich zu erbrechen, und am nächsten Morgen war er nicht mehr in der Lage, aufzustehen. James hatte bereits mehrfach das Bewusstsein verloren.

»Das genügt«, sagte Sarah. »Wir packen unsere Sachen zusammen und ziehen wieder auf das Boot um.«

»Aber …«

»Du wirst nicht in die Geschichte eingehen, Giovanni, wenn du hier an einem Hitzschlag stirbst, und ich weigere mich, James der gleichen Gefahr auszusetzen. George, wir brauchen ein Kamel und zwei Esel mehr als sonst.«

Bettzeug, Töpferware und Vorräte, die Sarah nicht dem erstbesten glücklichen Finder spenden wollte, wurden dem Kamel aufgeladen. Sie setzte sich hinter James auf einen der Esel; Giovanni gelang es mit Hilfe des Zimmermanns, im Sattel zu bleiben.

An Bord des Schiffes, das sie aus Kairo hierhergebracht hatte, war es tatsächlich angenehmer als in den Ruinen des Tempels; eine leichte Brise strich über das Deck. James sah etwas weniger grünlich im Gesicht aus, doch weder er noch Giovanni waren in der Lage, irgendetwas zu essen.

»Nur noch zwei Tage und der Juli ist zu Ende«, sagte Giovanni verzweifelt. »Ich muss wieder zurück, Sarah, und die Arbeit weiter vorantreiben, verstehst du das nicht?«

»Morgen«, entgegnete sie unnachgiebig. »Wenn es dir besser geht. Und am Abend kommst du wieder hierher.«

Giovannis Lider flatterten. Sie beschloss, das als Zustimmung zu nehmen. James machte ihr größere Sorgen, da er ihr erst gar nicht widersprach und keine einzige Frage stellte. Für sie alle drei war es bereits die zweite schlaflose Nacht, und sie fragte sich, was geschähe, wenn sich Giovanni nicht wieder erholte oder sie ebenfalls krank würde.

»Giovanni«, wisperte sie, als sie ihm etwas Wasser einflößte, denn ob er nun essen konnte oder nicht, trinken musste er, »Giovanni, ich glaube, James sollte Mr. Salt deine Botschaft überbringen und ihm melden, dass der Memnon unterwegs ist. Und danach sollte er im Konsulat bleiben, bis wir zurückkehren.«

»Aber dann wird er den größten Teil von Memnons Reise verpassen!«, protestierte Giovanni schwach. »Ich will nicht, dass …«

»Wir hätten ihn nicht aus Kairo mitbringen sollen«, sagte Sarah beschwörend. »Hier draußen wird sein Bein nie richtig verheilen, und in dem Zustand verträgt er die Hitze noch schlechter als sonst irgendwer. Giovanni, wir tragen Verantwortung für ihn.«

Ihr Gatte würgte das Wasser, das sie ihm gerade eingeflößt hatte, wieder heraus. »Nein. Er gehört an unsere Seite. *Das* ist es, was Verantwortung bedeutet! Außerdem sieht es doch so aus, als ginge es uns schlecht, wenn wir ihn zurückschicken, und was soll Salt dann denken? Nein, er bleibt hier. Basta!«

Während Giovanni sprach, mischte sich in die Sorge, die Sarah empfand, ein neues, unerwartetes Gefühl. Es waren die letzten beiden Sätze, die es auslösten: Sie konnten doch nicht wirklich bedeuten, dass Giovanni sein Ansehen wichtiger war als James' Gesundheit? Das verstand sie gewiss falsch. *Basta,* das Wort, das jegliche Diskussion beendete, hatte Giovanni ihr gegenüber vorher nie gebraucht, und es konnte nur an seinem eigenen schlechten Zustand liegen, dass er es jetzt tat.

»Er wird denken, dass James derzeit in keinem Zustand ist, um dir zu helfen, und dass du als gewissenhafter Mann sowohl James schonen als auch das Unternehmen nicht durch Krankenpflege verzögern und gefährden möchtest«, sagte sie so vernünftig und überzeugend wie möglich klingend und bemühte sich, den Unterton des Vorwurfs aus ihrer Stimme herauszuhalten.

Giovanni schwieg. Sarah wurde bewusst, dass sie nicht wusste, was sie tun sollte, wenn er auf James' Bleiben bestand. Als seine Gattin war es natürlich ihre Pflicht, sich seinen Entscheidungen zu fügen, doch wenngleich sie in ihrem gemeinsamen Jahrzehnt nicht immer in allen Punkten einer Meinung gewesen waren, hatte es trotzdem nie eine Gelegenheit gegeben, bei der sie an der Lauterkeit seiner Motive für eine Entscheidung zweifelte, wenn sie mit etwas nicht einverstanden gewesen war.

Dann sagte Giovanni gereizt: »Du hast recht«, und sein trockenes Würgen machte klar, wie elend er sich fühlte, auch wenn sein Magen längst alles von sich gegeben hatte, was möglich war. Sarah tupfte ihm das Gesicht mit einem Lappen ab und schob den Ausbruch vorhin auf seinen eigenen schlechten Zustand.

Am nächsten Morgen, dem 30. Juli, kehrte Giovanni zurück zum Memnonium, um den Transport weiter zu überwachen; Sarah setzte mit James nach Luxor über, um nach einem Schiff zu suchen, das ihn nach Kairo mitnahm. Zu sagen, dass sich James verraten und verkauft vorkam, wäre untertrieben gewesen.

»Dass Sie mich loswerden wollen, Mrs. B, das hätte ich nie von Ihnen geglaubt.«

»Es ist zu deinem eigenen Besten, James. Wenn du dich erholt hast …«

»Ich bin nicht aus Zucker, Mrs. Belzoni!«, sagte der Junge heftig, und der Umstand, dass er ihren Namen ganz aussprach, war genauso ungewohnt wie sein Tonfall ihr gegenüber. Sarah schaute ihn stumm an. Leider war James mit dieser Taktik nur allzu vertraut; er erwiderte ihren Blick, verschränkte die Arme ineinander und schwieg ebenfalls. Schließlich seufzte Sarah.

»James«, sagte sie, »Mr. Salt mag ein ehrenwerter Mann sein. Aber nach der Art und Weise, wie der Pascha Mr. Belzoni behandelt hat, möchte ich diesmal lieber vorsichtig als vertrauensvoll sein. Es würde mir wirklich viel bedeuten, wenn du ihm die Nachricht über den Transport des Memnon-Kopfes überbrächtest und mir dann schriebst, was genau er darauf sagte und wie er anderen davon berichtet. Wenn du ihn als ein vorübergehendes Mitglied seines Haushalts ein wenig im Auge behieltest und dir ein Bild davon machtest, was für eine Art von Gentleman er ist und was er von Mr. Belzoni alles erwartet. Deinem Urteilsvermögen vertraue ich.«

»Sie meinen …«, sagte James langsam, und Zorn und Enttäuschung wichen allmählich aus seiner Miene, »… ich soll Ihr Spion sein?«

Unter anderen Umständen hätte Sarah protestiert. Tyrannen wie Bonaparte gebrauchten Spitzel; eine ehrsame englische Bürgerin tat dergleichen nicht. Doch hier ging es in erster Linie um die Gesundheit eines Jungen, der seit einem Jahrzehnt sein Leben mit ihr und Giovanni teilte.

»Das meine ich.«

»Mrs. B«, sagte James, und seine Mundwinkel krümmten sich zu einem Lächeln in die Höhe, aus dem Stück für Stück ein Strahlen wurde, »Sie können auf mich zählen!«

Giovanni blieb diesmal bei Kräften und ließ sich auch nicht entmutigen, als er am letzten Julitag entdecken musste, dass der Koloss, der inzwischen um zweihundert Yards weitergebracht worden war, zu versinken drohte, weil der direkte Pfad zum Ufer zu morastig wurde. Der sicherste Umweg bedeutete dreihundert zusätzliche Yards, aber es blieb ihm nichts anderes übrig. Sarah erfuhr davon erst am Abend; sie hatte beschlossen, ihre Tage nicht in der gleißenden Sonne neben dem Koloss, sondern in Kurna zu verbringen und zu versuchen, die Frauen dort kennenzulernen, was ihr sowohl sinnvoller erschien, da ihre Gegenwart Giovanni nicht helfen konnte, als auch besser dazu geeignet sein würde, sie vor der Art von Hitzschlag zu bewahren, wie er Giovanni und James ereilt hatte.

Mutter-von-Osman war nicht so schwer wiederzufinden, wie sie befürchtet hatte. Diesmal hatte Sarah einige Kaffeebohnen mitgebracht, und dieses Gastgeschenk führte dazu, dass sie in eine der Höhlen gebeten wurde. Vor dem Eingang saß ein sehr wild aussehender Hund, der knurrte, doch auf ein paar Worte ihrer Begleiterin hin ruhig wurde. Das Innere der Höhle war erstaunlich. Es war herrlich kühl; ganz im Gegensatz zu dem niedrigen, schmucklosen Eingang war sie groß genug, um Wohnraum für fünf oder sechs Menschen und zwei Ziegen zu bieten, und hatte einen senkrecht abfallenden Schacht, der Sarah unwillkürlich an ein Grab ohne Sarg erinnerte, bis sie näher hinsah und begriff, dass es tatsächlich ein Grab war. Eine der Ziegen kaute an etwas, das sie aus dem Schacht gezerrt hatte. *Ein alter Kü-*

chenlumpen, dachte Sarah, bis sie begriff, dass es Teil eines Mumiengebindes sein musste. Ihr stockte der Atem. In dem Schacht befanden sich sogar noch ein paar Knochen und noch mehr Stoffstreifen, in denen die Mumie einst eingewickelt gewesen sein musste. Der Sarg war fort; doch das Holz der Feuerstelle, an die man sie plazierte, während ihre Gastgeberin die Kaffeebohnen nahm, um Kaffee zu kochen, war bunt bemalt, auf die gleiche feine, sorgfältige Weise, die sie auf den Säulen in Dendera bewundert hatte.

Sarah schaute zu der Ziege hin, wartete darauf, dass ihr wegen der Nähe zu einer Leiche übel wurde, und stellte überrascht fest, dass sich kein derartiges Gefühl in ihr meldete. Sie überlegte sich, ob sie ihrer Gastgeberin oder einer der anderen Frauen, die sich in der Höhle befanden und um sie sammelten, etwas im Austausch für das Feuerholz bieten sollte, und sagte sich, dass es für den Sarg in jedem Fall zu spät war. Irgendwo in einer dieser Höhlen musste sich auch der Granitsarkophag befinden, den Drovetti Giovanni geschenkt hatte; wenn er so etwas bekam, würde der englische Konsul ohnehin keine Bruchstücke eines Holzsarges haben wollen. Sie versuchte, sich nicht vorzustellen, wie viel Erbe einer alten Kultur hier auf diese Art bereits vernichtet worden war, für immer verloren; es zeigte ihr, wie wichtig Giovannis neue Arbeit war.

Männer waren nirgendwo zu sehen. Ob sie nun alle für Giovanni arbeiteten oder anderweitig beschäftigt waren, in den Höhlen hielten sie sich jedenfalls nicht auf, und so fand sich Sarah bereit, als ihr durch Gesten und langsam ausgesprochene Worte klargemacht wurde, dass die Frauen neugierig auf eine Fränkin waren, ihren Turban und ihre Weste abzulegen. Sarahs helles Haar erregte nur kurze Aufmerksamkeit; was die Frauen wesentlich mehr beschäftigte, waren die Knöpfe der Weste. Nach einer Weile begriff Sarah, dass die anderen glaubten, hinter den Knöpfen seien Münzen verborgen, und öffnete ein paar, um zu demonstrieren, dass dem nicht so war. Das führte zu der Entdeckung ihres Korsetts, das missbilligendes Zungenschnalzen erregte. Eine der Frauen fuhr sich an die Kehle und mimte einen Erstickungsanfall.

»Manchmal«, murmelte Sarah und gab ihnen innerlich recht. Natürlich war es undenkbar, die Kleidung der hiesigen Frauen zu tragen, die, wie sie ihr erklärten, *Hulaleeyeh* hieß; ein dunkelbrauner Baumwollstoff, der über beiden Schultern festgeknüpft war und die Arme völlig freiließ; wenn die Frauen gingen, konnte man ihre Brüste deutlich auf und ab wippen sehen. Die Burka, die sie in Kairo öfter gesehen hatte, das schwarze sackähnliche Gewand, das nur die Augen freiließ, schien hier keine zu benutzen.

»Kein Schmuck?«, fragte Mutter-von-Osman sie, und es gab allgemeine mitleidige Laute. Die meisten der anwesenden Frauen trugen kupferne Armbänder und Fußkettchen; bei allen waren die Hände und Füße mit kunstvoll gemalten Ornamenten geschmückt.

Nach ein paar Wiederholungen von »kafan«, »Mann«, »Schatz«, »Lohn« und ähnlichen Worten kam Sarah der Verdacht, dass die Frauen glaubten, Giovanni vermute einen Schatz im Kopf des Memnon und wolle ihn bergen, um seine Frau endlich mit Schmuck ausstatten zu können, wie es sich für einen Mann gehörte. Allerdings herrschte allgemeine Skepsis, dass sich in dem Kopf etwas anderes als noch mehr Stein verbarg. Mutter-von-Osman ballte eine Faust und sagte laut »kafan«, um deutlich zu machen, sie glaube, der Kopf sei nicht hohl, sondern aus solidem Stein. Zu der Flut von Worten, die folgten, gehörte »Franken«, »früher«, »gelassen« und, was Sarah mittlerweile kaum mehr überraschte, ein Name: Drovetti.

»Ich glaube, ich verstehe ... Schon früher waren Franken

hier, und wenn sogar Mr. Drovetti den Kopf hier gelassen hat, dann kann er keinen Schatz enthalten?«

Mutter-von-Osam nickte.

Es war niemand hier, der sie verraten konnte, also gab Sarah einer etwas frivolen Neugier nach und fragte: »Drovetti – hier – oft?«

Zwei-, dreimal im Jahr, erfuhr sie mittels emporgehaltener Finger, und er zahlte gut. Der albanische Kaikaman belieferte ihn mit Altertümern, die er von ihren Männern erhielt. Nun, irgendwoher mussten diejenigen, die sie in Alexandria gesehen hatte, schließlich gekommen sein, also war das nicht weiter verwunderlich, und Drovetti hatte erzählt, dass er dafür einen Firman besaß. Um ein Haar hätte sie gefragt, ob Drovetti, wenn er hierherkam, alleine wohnte, und hielt sich in letzter Sekunde zurück, entsetzt über sich selbst. Das ging sie nun wirklich nichts an. Im Übrigen wusste sie bereits mehr als genug über die Privatangelegenheiten des undurchsichtigen ehemaligen Konsuls. Nein, mehr wollte sie gewiss nicht wissen.

Hastig lenkte sie das Gespräch wieder auf das Leben der Frauen in Kurna. Mutter-von-Osman zeigte ihr den kleinen Handwebstuhl, mit dem sie arbeitete. Es erinnerte Sarah an das Waisenhaus und ihre Besessenheit, zu lernen, an die überwältigende Erleichterung, als Lehrerin übernommen zu werden, statt als Näherin oder Weberin zu enden. Aber sie hatte natürlich die Grundzüge des Handwerks gelernt, und ihre Finger erinnerten sich an alles, während sie über Schiffchen und Rahmen fuhren.

Der Webstuhl, mit dem sie zu weben gelernt hatte, war allerdings trotz seiner Schäbigkeit effektiver gewesen. Sarah machte eine fragende Geste, hob das Schiffchen in die Höhe und schaute zu ihrer Gastgeberin, die wahrscheinlich glaubte, sie bitte darum, weben zu dürfen, und nickte. Es fiel Sarah leichter, als sie für möglich gehalten hatte, sich an die Art zu erinnern, wie im Waisenhaus von Bristol die Webstühle ausgestattet waren. Giovannis Liebe zu Konstruktionen musste ein wenig abgefärbt haben. Sie stellte ihn etwas steiler, wählte gleichmäßige Steine als Last für die Kettfäden und nahm weitere kleine Veränderungen vor. Nach einer Stunde trat sie zurück und deutete auf den Webstuhl.

»Besser. Hoffnung?«

Mutter-von-Osman musterte sie, dann setzte sie sich an den veränderten Webstuhl und probierte ihn aus. Die übrigen Frauen schauten neugierig zu.

Nach einer Weile nickte Mutter-von-Osman befriedigt. »Besser.«

Sarah lächelte.

Eine Woche später kehrte Giovanni nicht wie sonst bei Sonnenuntergang zum Boot zurück. Es wurde Nacht, und Sarah wartete immer noch vergeblich. Gegen Mitternacht war sie sicher, Giovanni habe erneut ein Hitzeschlag getroffen und sowohl die Fellachen als auch George hätten ihn neben dem Koloss im Stich gelassen. Sie begann, sich bittere Vorwürfe zu machen, nicht bei ihm im Tempel geblieben zu sein, doch dann kehrte der griechische Zimmermann zurück, der sich offenbar die Freiheit genommen hatte, den Tag in Luxor zu verbringen. Er erzählte, dass am Morgen niemand von den Fellachen erschienen sei. Mr. Belzoni sei sofort mit George zum Kaimakan aufgebrochen, und nach einigen Stunden vergeblichen Wartens auf ihren Gatten habe er entschieden, dass an diesem Tag wohl nichts mehr geschehen werde, und sei nach Luxor gegangen.

»Ich war den ganzen Tag lang in Kurna«, sagte Sarah verstört. »Wenn er dort war, nur ein paar Minuten von mir entfernt, warum hat er nicht …«

Der Zimmermann zuckte die Achseln. Sie dachte an all

die geöffneten Särge in den Höhlen, die Gänge ins Nichts, die Schächte, deren Tiefe niemand kannte. Ihre Phantasie malte ihr aus, wie der Kaimakan Giovanni ein Messer in die Brust stieß und ihn in einen der Särge beförderte …

Nimm dich zusammen, befahl sich Sarah. *Giovanni bezahlt die meisten der Dorfbewohner, und die Frauen haben mir erzählt, dass ihre Männer einen Teil an den Kaimakan abgeben müssen. Also verdient er an Giovanni. Er hat keinen Grund, ihm ein Leid zuzufügen, solange er noch hofft, dass Giovanni seine Leute weiter bezahlt.*

Sich an gesunden Menschenverstand zu halten war bei Tageslicht allerdings leichter als in der Nacht. Sarah hörte die winzigen Wellen des Nils gegen das Boot schwappen, schaute zu den Sternen auf, die sich am wolkenverhangenen englischen Himmel nie in dieser unmenschlichen Klarheit gezeigt hatten, und wünschte sich, zumindest James wäre hier. Er würde sich, laut und ohne zu zögern, all die albernen Sorgen machen, die sie dann von sich weisen könnte, und sie würde ihn und sich selbst beruhigen, indem sie ihm wieder und wieder alle guten Gründe aufzählte, warum Giovanni nichts passiert sein konnte. Aber James war auf dem Weg nach Kairo, und das war gut so.

Die meisten Sterne waren verblasst und die Sonne noch nicht aufgegangen, als sie endlich Giovannis Stimme hörte, den geliebten, vertrauten Bass. Bis er an Bord kam, hatte sie ihre übernächtige Phantasie, die Erleichterung und den absurden Zorn, der sie durchglühte und fragen wollte, warum er sie so lange ohne Nachrichten hatte warten lassen, zurückgedrängt und genügend Haltung gewonnen, um sich auf eine feste Umarmung zu beschränken. »Was ist geschehen, Giovanni?«

Ihr Mann war bester Laune. Ihm schien nicht bewusst zu sein, dass sein Verhalten Anlass zu etwas anderem gab. So überschäumend glücklich hatte sie ihn selten erlebt. Dass er während seiner Erklärung beständig ins Italienische fiel, unterstrich dies nur noch. Sarah faltete die Hände, ganz die Haltung einer zwar erwartungsvollen, aber sittsamen englischen Ehefrau, die ihr nun diente, um den unstatthaften Impuls zu unterdrücken, ihn für die Stunden voller Sorgen zu ohrfeigen.

»Als keiner der Arbeiter auftauchte, bin ich natürlich sofort zu diesem Hund von einem Albaner gegangen. George hat mir erzählt, dass er Drovetti mit Altertümern beliefert, und damit wusste ich *alles*. Er hat es natürlich gewagt, sich hinter allerlei Blödsinn zu verstecken: Die Männer würden auf den Feldern des Paschas gebraucht, oder sie wollten wegen des Ramadan nicht arbeiten, all die üblichen Ausreden. Und dann hat er es gewagt, mich *anzufassen!* Aber darauf hatte ich nur gewartet. Ach, Sarah, ich habe mich so lange zurückgehalten, aber das war die Sache wert. Ich habe den Kerl einfach in die Luft gehoben, drückte ihn an die nächste Wand und nahm ihm die Pistolen und den Säbel weg, mit denen er mich bedrohte. Neue Pistolen. Ich wette, die hatte er erst kürzlich von Drovetti bekommen. Sarah, meine Liebste, mein Engel, das war so gut, als hätte ich ihn kastriert«, sagte er glücklich.

»Und dann?«

»Dann hat er alles auf den Kaschef geschoben und behauptet, der Befehl, die Fellachen nicht länger für mich arbeiten zu lassen, sei von diesem gekommen, und er als kleiner Kaimakan hätte da nicht widersprechen dürfen. Also habe ich mit George das nächste Boot nach Armant genommen. Wir sind noch vor Sonnenuntergang dort eingetroffen. Natürlich waren wir nicht die Einzigen. Es müssen etwa dreißig Gäste beim Kaschef gewesen sein, und sie warteten alle auf den Sonnenuntergang, damit sie mit dem Essen beginnen konnten. Als der Kaschef mich sah, lud er mich ein, daran teilzunehmen.« Auf einmal schien ihm etwas einzufallen, und er räusperte sich. »Das verstehst du doch, mein Schatz, nicht wahr? Von diesem Mann hing alles ab. Ich musste die Einladung natürlich annehmen.«

»Natürlich.«

»Nun, nach dem Essen sprach ich ihn auf die Fellachen an, und nach einigem Hin und Her und dem gleichen Gerede vom Ramadan, das der Kaimakan schon von sich gegeben hatte, bewunderte er lauthals die Pistolen, die ich dabeihatte. Diejenigen, die ich diesem albanischen Windhund abgenommen hatte, verstehst du? Ich bot sie ihm als Geschenk an, er legte seine Hände auf meine Knie und erklärte mich zu seinem Freund ... und mein neuer Firman mit einer Anweisung an den Kaimakan wurde umgehend ausgestellt.« Er griff in seinen Burnus, den er inzwischen nach Art des Landes trug, und zog ihn hervor. »Das bringe ich jetzt persönlich nach Kurna. Und dann wird wieder gearbeitet! *Ha!* Und weißt du, was das Beste an allem ist?«

»Nein, Giovanni«, sagte Sarah in einem so sanften Tonfall, dass es seinen Argwohn erweckt hätte, wenn er nicht immer noch vor Triumph beinahe geborsten wäre.

»Das war der Beweis! Der Beweis, dass Drovetti gegen mich arbeitet! Und warum tut er das? Weil er weiß, dass ich den Kopf nach Kairo bringen werde, deswegen. Weil er weiß, dass ich ihn und die verfluchten Franzosen dadurch wie Kapaune aussehen lasse. Drovetti *fürchtet* mich!«

Unter normalen Umständen hätte Sarah es dabei belassen. Doch sie hatte die ganze Nacht damit verbracht, sich um sein Leben zu sorgen, und er hätte das durch eine einfache Botschaft an sie abwenden können, als er sich noch in Kurna befand.

»Etwas verstehe ich nicht«, sagte sie milde. »Wenn es Drovetti war, der den Kaimakan dazu veranlasst hat, die Fellachen zurückzuziehen, warum hat der Kaschef dann bestätigt, dass der Befehl von ihm kam, und hat ihn wieder zurückgezogen, als er von dir die Pistolen erhielt?« In dem rötlichen Licht der aufgehenden Sonne sah sie, wie sich die buschigen Augenbrauen ihres Gemahls zusammenzogen. »Wenn aber Drovetti den Kaschef bestochen hat, und nicht den Kaimakan, dann hat der Kaimakan tatsächlich nur einen Befehl ausgeführt.«

»Sarah, der Kaimakan hat gewiss einfach nicht alle Bestechungsgeschenke mit dem Kaschef geteilt, und das hat den Kaschef zu meinem Freund gemacht!«

»Im Übrigen setzt das Ganze voraus, dass Drovetti inzwischen aus«, wie hatten er und Burkhardt den Ort noch genannt, »Ybsambul zurück ist und von deinem Erfolg erfahren hat. Wenn dem so ist, dann wundert es mich, dass er uns noch keinen Besuch abgestattet hat, um sich persönlich davon zu überzeugen. Er scheint mir nämlich ein Mann zu sein, der nichts dem Zufall überlässt.« Spitz fügte sie nach einer kurzen Pause hinzu: »Aber vielleicht bin ich als Frau einfach nicht in der Lage, eine so komplizierte Situation richtig zu verstehen. Oder ich bin zu müde. Du musst mich entschuldigen, Giovanni, und ich will dich auch nicht länger aufhalten. Da es mir die ganze Nacht nicht gelungen ist, werde ich jetzt versuchen, etwas zu schlafen. Bis heute Abend.«

Mittlerweile war Giovannis blendende Laune zur Gänze geschwunden. »Sarah …«, begann er, und die Verletztheit in seiner Stimme ließ Sarah ihre Worte fast schon wieder bereuen.

Wenn er sich entschuldigt, dann werde ich es auch tun, beschloss sie.

»… als meine Ehefrau solltest du uneingeschränkt auf meiner Seite stehen.«

Sarah starrte ihn ungläubig an.

»Das gehört sich so«, beharrte Giovanni.

Wir haben beide nicht geschlafen, dachte Sarah. *Wenn ich jetzt nicht sofort gehe, werde ich Dinge sagen, die ich wirklich bereue, und Giovanni wird noch mehr Dinge sagen, die … nein.*

»Bis heute Abend, Giovanni«, sagte sie ausdruckslos und drehte sich nicht mehr zu ihm um, während sie unter Deck ging.

KAPITEL 8

James wäre lieber gestorben, als es zuzugeben, aber dem Glutofen des Memnoniums entronnen zu sein hatte einiges für sich. Auf dem Boot nach Kairo ließ man ihn in Ruhe, auf dem Nil war es nicht ganz so heiß, und bis er im neuen britischen Konsulat eintraf, um bei Mr. Salt vorzusprechen, fühlte er sich nicht nur viel besser, sondern war auch schon in der Lage, bis auf ein leichtes Hinken wieder normal zu gehen.

Mr. Salt empfing ihn sehr herzlich und war äußerst erfreut über die Nachricht, dass die Bergung des Memnon-Kopfes gut voranschritt. Er versprach, ihn bis zur Rückkehr der Belzonis im Konsulat unterzubringen. »Du kannst dem Gärtner zur Hand gehen und auch sonst aushelfen, wo Not am Mann ist«, sagte er wohlwollend. »Und denke daran, Curtin: Das hiesige Personal ist für Instruktionen von einem ausgebildeten britischen Diener gewiss dankbar, wenn sie taktvoll vorgebracht werden.«

Da die einzige Ausbildung, die James je erhalten hatte, auf Jahrmärkten und durch Mrs. B stattgefunden hatte, bezweifelte er, dass er irgendjemandem Lehren erteilen konnte, doch wenn Mr. Salt ihn für einen ausgebildeten Diener hielt, dann hielt er Mr. B für einen Gentleman, und das war gut so.

Das Konsulat war mit Abstand das prunkvollste Haus, in dem James je gelebt hatte. Der Boden bestand aus buntem Marmor, die Decken waren mit Ornamenten und Girlanden bemalt, es gab edle Vorhänge und seidenbezogene Diwans und Stühle wie in Europa. Selbst im Dienstbotenquartier, wo natürlich Baumwolle statt Seide verwendet wurde, gab es ein ordentliches Bett, im dem er schlafen durfte. Bei all dem Luxus war es nicht einfach, seine Mission im Auge zu behalten und Mr. Salts Charakter vorbehaltlos zu ergründen.

Die erste Gelegenheit dazu hatte er schon bald nach seiner Ankunft, als er, wie befohlen, dem Gärtner zur Hand ging, was offenbar bedeutete, an Bäumen und Hecken mit Scheren herumzuschnipseln. Mr. Salt kam in den Garten, gemeinsam mit einem Gast, und winkte ihn zu sich. James brauchte nur einen Blick auf den Gast zu werfen, um ihn zu erkennen.

»Nun, wer hätte das gedacht? Wie schön, dich wiederzusehen ... James, nicht wahr?«, sagte Bernardino Drovetti.

»Der junge Curtin wurde mir von Belzoni geschickt«, sagte Mr. Salt, »um mir von seinen Fortschritten zu berichten. Der Kopf des Memnon hat seine lange Reise nach England angetreten«, schloss er in einem erwartungsvollen Ton, und James, der keine Schule für herrschaftliche Diener brauchte, um ein Stichwort zu erkennen, fiel ein: »Das hat er, Sir. Als ich Theben verlassen habe, hatte man ihn schon mehrere hundert Yards bewegt.«

Das war übertrieben, aber James war sicher, dass es inzwischen stimmte. »Mr. B kommt ganz wunderbar mit den Fellachen zurecht. Sie würden für ihn durchs Feuer gehen. Er freut sich schon darauf, Ihren Sarkophag zu bergen, wenn er mit dem Kopf am Nilufer angelangt ist, Sir«, schloss James, nun an Drovetti gewandt.

»Ehre, wem Ehre gebührt.« Drovetti lächelte sein Banditenlächeln. »Das ist bemerkenswert ... selbst wenn ihm die Überschwemmung doch noch einen Streich spielen sollte. Sie wird in diesem Jahr früher erwartet, aber machen Sie sich nichts daraus, Salt. Ihr Mann Belzoni hat den Kopf dann immer noch weiter bewegt als je ein anderer vor ihm.«

James war sicher, dass Mr. B mehr beleidigt darüber wäre,

als Salts Mann bezeichnet zu werden, was ihn bestenfalls Mr. Salts Sekretär und schlimmstenfalls einem Dienstboten gleichstellte, als über den Zweifel an seiner Leistung, und war gespannt, ob Mr. Salt das richtigstellen würde. Der britische Konsul öffnete den Mund, doch Drovetti redete weiter, in seinem fließenden, singenden Englisch, das viel zu perfekt war, als es einem Ausländer eigentlich zustand.

»Und wie geht es *Mrs.* Belzoni, James?«

Obwohl seine Mission es verlangt hätte, still zu bleiben und auf Mr. Salts Klarstellung oder auch Mangel an Klarstellung zu warten, brachte James es nicht fertig, auf diese Frage nicht zu antworten. Er hatte nicht vergessen, dass der falsche Franzosenfreund Mrs. B schon bei ihrer ersten Begegnung die Hand geküsst und sie am Tag der Meuterei zu den Pyramiden eskortiert hatte.

»Es geht ihr gut«, entgegnete er mit blitzenden Augen. »Sie ist immer an Mr. Bs Seite. Immer!«

»Wie sollte es anders sein«, bemerkte Drovetti. »Wenn du sie wiedersiehst, mein Junge, versichere ihr doch, dass meine Bewunderung für sie als Ehefrau weiterhin steigt. Haben Sie Mrs. Belzoni kennengelernt, Salt?«

»Ich hatte in der Tat die Ehre und das Vergnügen«, sagte Mr. Salt höflich. »Natürlich wird es eine Weile dauern, bis ich das Privileg haben werde, die Bekanntschaft zu erneuern, aber wissen Sie, Drovetti, Sie sollte doch nichts abhalten, Ihren Landsmann und Mrs. Belzoni in Theben zu besuchen, da Sie nun so viel Zeit haben. Schließlich drückt Sie die Last Ihres Amtes nicht mehr, und aus Ihrer geplanten Tempelöffnung in Abu Simbel wurde ja leider nichts, nicht wahr?«

James war ganz Ohr und hin- und hergerissen zwischen dem Vergnügen daran, dass sein Konsul – schließlich, entschied er, war er englischer Staatsbürger, und damit war Mr. Salt *sein* Konsul – dem Franzosenknecht eins auswischte, und der Hoffnung, Drovetti würde das nicht dadurch parieren, dass er den Vorschlag wörtlich nahm und nach Theben reiste. Das konnte Mr. B nun wirklich nicht gebrauchen.

Drovetti musterte Salt. Dann lächelte er, zog einen silbernen Behälter aus seiner Jacke und bot Salt eine der beiden Zigarren an, die sich darin befanden. James, der in Portugal und auf Malta Männer Zigarren hatte rauchen sehen, aber selbst nie die Chance gehabt hatte, herauszufinden, wie es schmeckte, war neugierig und neidisch zugleich.

»Wissen Sie, Salt«, sagte Drovetti, »Sie sind wirklich eine Erholung nach dem alten Langweiler Misset. Ich hoffe nur, dass Thédénat-Duvent das zu schätzen weiß.«

Salt nahm das Angebot an und schickte James hinein, um eine Öllampe zu holen, an der die Zigarren entzündet werden konnten. Als James zurückkam, hörte er Salt sagen: »... würde sogar noch weitergehen. Sie sammeln doch all diese Altertümer nicht, um sie selbst zu behalten.«

»Nicht mehr, als Sie es zu tun beabsichtigen, mein Freund. Ich bin kein Millionär, und mir steht auch kein ererbtes Schloss zur Verfügung. Natürlich werde ich früher oder später verkaufen.«

Salt nahm James die kleine Lampe ab und reichte sie Drovetti, der seine Zigarre entzündete. »Gut. Aber warum dann nicht an mich?«

»Glauben Sie, dass Sie sich das leisten können?«

»Nicht an mich als Privatperson. Sir Joseph Banks von der Royal Society hat mir deutlich zu verstehen gegeben, dass es zu meinen Obliegenheiten hier gehört, die hiesigen Kulturschätze womöglich für das Britische Museum und das Königreich zu erwerben. Kommen Sie, Drovetti. Der Krieg ist vorbei. Im Übrigen sind Sie Frankreich durch nichts verpflichtet, oder? Das ... Regime, dem Sie ehrenvoll gedient haben, ist dahin, und Sie wissen, dass es nicht zurückkehrt. Die jetzige Regierung hat Sie entlassen. Und als

Piemontese sind Sie nunmehr ohnehin wieder Untertan des Königs von Sardinien. Was sollte Sie also daran hindern, Ihre Sammlung an uns zu verkaufen?«

Drovetti stieß eine Rauchwolke aus, die wesentlich stärker als die der hiesigen Wasserpfeifen roch und James an die Kneipen daheim erinnerte. Doch jetzt war nicht der Moment für Heimweh. Er hielt den Atem an. Auf die Idee, dass man einen Feind nicht besiegen musste, sondern kaufen konnte, wäre er nie gekommen. Irgendwie erschien es ihm unheldenhaft und weich; Nelson hätte dergleichen nie getan.

»Vielleicht nichts«, sagte Drovetti endlich. »Vielleicht alles. Ganz im Ernst, Salt, Sie *sind* gut. Aber ich habe vor Jahren eine Wahl getroffen. Ich habe, wenn Sie so wollen, mein Herz verschenkt. Und selbst wenn die Dame meiner Wahl mich derzeit nicht ihre Farben tragen lässt – es mag hingehen, Teile meiner Rüstung an Fremde zu verkaufen, um meinen Lebensunterhalt zu finanzieren, aber nicht an den ärgsten Feind meiner Liebsten, der sie erst vor kurzem ihrer Seele beraubt hat.«

Salt schwieg eine Zeit lang. Dann sagte er leise: »Ich verstehe.«

Nach einigen Stunden Schlaf und bei Tageslicht empfand Sarah keinen Groll mehr; der Nil stieg, und der Zeitpunkt, den die Fellachen für die Überschwemmung prophezeiten, lag bestenfalls noch eine Woche entfernt, wahrscheinlich näher. Natürlich hatte Giovanni an nichts anderes gedacht.

Doch sie glaubte auch nicht, dass es einen Grund gab, sich zu entschuldigen. Sie hatte nichts gesagt, was nicht der Wahrheit entsprach. Es wäre so einfach gewesen, ihr durch eine kurze Nachricht eine schlaflose Nacht voller Ängste um sein Leben zu ersparen. Dass er am Ende versucht hatte, sich ins Recht zu setzen, indem er sich auf seine Position als Ehemann berief, war fast genauso schlimm und passte überhaupt nicht zu dem Giovanni, den sie kannte. Doch genug davon. Sie würden den Morgen beide hinter sich lassen und einfach vergessen.

Giovanni sagte tatsächlich nichts mehr darüber. Doch während er ihr bisher von kleinen Vorfällen berichtet hatte, sein Staunen darüber äußerte, dass die meisten der Fellachen ihren Ramadan einhielten, tagsüber nichts aßen und trotzdem in der Gluthitze arbeiteten, während er sonst den Abend damit verbracht hatte, sich ihre Geschichten über die Frauen anzuhören, und sie damit geneckt hatte, dass sie doch versuchen sollte, sich die Hände und Füße ebenfalls zu bemalen, schwieg er jetzt und sprach kaum mit ihr. Das war seiner überschwänglichen Natur so entgegengesetzt, dass es Sarah nicht nur bekümmerte und verletzte, sondern auch Sorgen machte. Ein paar Mal öffnete sie den Mund, um George auszufragen, ob Giovanni tagsüber Schwächeanfälle gehabt hätte, und verzichtete in letzter Sekunde darauf. Sie fragte sich, ob sie sich entschuldigen sollte, und sagte sich dann, dass es nichts zu entschuldigen gab.

Am Morgen des zwölften August war sie noch an Bord des Bootes und versuchte, einige ihrer Kleidungsstücke zu waschen, als ein Mann in der Uniform der türkischen Janitscharen von Luxor herübergerudert kam. Wie es sich herausstellte, handelte es sich um einen Kurier, den Mr. Salt direkt aus Kairo geschickt hatte, mit zusätzlichem Bargeld für Giovanni, mehr Kaffee, zwei weiteren Pistolen und Schießpulver, alles Dinge, um die sie durch James gebeten hatten. Ein Brief, in dem er für die Benachrichtigung durch den jungen Curtin dankte und seiner Freude über den Erfolg Ausdruck verlieh, lag ebenfalls bei – und ein Schreiben von James. Sarah hatte ihm das Buchstabieren selbst beigebracht, aber sie wusste, dass sich seine Begeisterung für Lesen und Schreiben sehr in Grenzen hielt; er tat keines von beidem, wenn es sich irgendwie vermeiden ließ. Es rührte sie, dass er sich diesmal die Mühe gemacht hatte.

Sie beschloss, den Kurier als Anlass zu nehmen, ihren Stolz zu überwinden und nach Giovanni zu sehen. Der Kopf des Memnon war inzwischen schon nahe genug am Ufer, um selbst die Bootsleute, die zu Beginn deutlich gemacht hatten, dass sie es für unmöglich hielten, das Unternehmen noch vor der Überschwemmung zu beenden, dazu zu bringen, sich zu Giovannis Hilfstruppe zu gesellen.

Als sie sich der Traube von Menschen näherte, die an dem Gestell zogen, erkannte Sarah zu ihrer Bestürzung, dass sich Giovanni mitten unter ihnen befand. Sie hätte es wissen müssen. Sein Hitzschlag zu Beginn des Unternehmens hatte ihn gewiss nur noch darin bestärkt, beweisen zu wollen, dass seine Kraft ungebrochen war, selbst in der ägyptischen Augusthitze, und dass er alles geben konnte, wenn es darum ging, seine einmal übernommene Aufgabe zu erfüllen.

Die Männer sangen, zogen und schoben den Koloss im Rhythmus eines Liedes, und man musste nicht viel Arabisch verstehen, um die immer wiederholten Worte bald auswendig zu können. *Doos yá lellee, doos yá lellee, doos ya lellee, eshké mahboobee fetennee.* Während Sarah ihre Schritte beschleunigte, die Briefe von Salt und James in der Hand, ertappte sie sich dabei, wie sie sich ebenfalls im Takt der Melodie bewegte.

»Giovanni«, rief sie und hielt Salts Brief mit dem amtlichen Siegel hoch, »Giovanni!« Gewiss war das eine Möglichkeit für ihn, die Arbeit zu unterbrechen, ohne das Gesicht zu verlieren?

Er winkte zurück, doch fuhr fort, mit den Fellachen zu singen und zu ziehen. George kam ihr entgegengelaufen.

»Wir werden es heute noch schaffen, Mrs. B«, sagte er

aufgeregt. »Ganz ehrlich, ich hätte das nicht für möglich gehalten. Nie!« Und fast ohne Pause setzte er hinzu: »Werden Sie und Mr. B dann nach England zurückkehren, zusammen mit dem Kopf? Da brauchen Sie doch bestimmt noch einen weiteren Diener. Jemanden, dem Sie trauen können.«

»George, ich glaube nicht, dass wir so bald nach England zurückkehren werden«, sagte Sarah abwesend. »Wie lange beteiligt sich Mr. Belzoni schon an ...«

»Seit wir die dreihundert Yards Umweg in Kauf nehmen mussten, Mrs. B«, erklärte George ungeduldig. »Er hat gesagt, wenn die Männer sehen, dass er selbst genauso hart anpackt, dann strengt sich jeder doppelt an.«

»Damit hat er sicher recht«, murmelte Sarah, und fühlte ihre Besorgnis wachsen. Gleichzeitig wurde ihr klar, worauf George mit seiner vorherigen Bemerkung hinausgewollt hatte, und sie sah ihn an.

»Warum möchtest du unbedingt nach England, George?«, fragte sie. »Du kennst das Land doch überhaupt nicht.«

»Mit Verlaub, Mrs. B, Sie und Mr. B und James kannten Ägypten auch überhaupt nicht und sind trotzdem hierhergekommen.«

»Das ist keine Antwort.«

»Möchten Sie wirklich wissen, weswegen?«

Sie nickte.

Der Junge schaute sie an. Er war, soweit sie wusste, etwas jünger als James, und die ebenmäßigen Gesichtszüge und vollen Lippen, die das Gegenteil von James' Stupsnase und Sommersprossen waren, verliehen ihm etwas Androgynes und unterstrichen seine Jugendlichkeit. Doch die dunklen Augen, die sie musterten, waren völlig erwachsen und frei von aller Kindlichkeit.

»Ich bin ein Grieche, Mrs. B«, sagte er. »Wissen Sie, was Griechen hier sind, hier und ... und überall?« Er machte eine weit ausholende Handbewegung. »Ist ganz gleich, ob ich in Konstantinopel oder Ägypten bin. Die Pforte regiert überall. Und für die sind wir Dreck. Gerade mal besser als die Neger, aber mehr nicht. Sogar die Araber stehen weit über uns, weil sie Moslems sind. Für einen Türken ist ein Grieche ein Sklave, den er ab und zu bezahlt.« Er schnipste mit den Fingern. »Dreck.«

»Doos yá lellee, doos yá lellee, doos ya lellee, eshké mahboobee fetennee«, sangen die Arbeiter.

Sarah sah George lange an. Sie erinnerte sich an das hitzige Gespräch, das sie mit ihm geführt hatte, daran, wie sie ihn herausgefordert hatte, und daran, wie er seitdem wenig unversucht ließ, um sich ihr gegenüber zu beweisen, auch wenn er dies oft hinter einer ironisch hochgezogenen Augenbraue zu verstecken suchte. Sie hatte diesem Jungen Hoffnung gemacht, sein Tor zur Welt aufzustoßen – und musste es ihm nun vor der Nase zuschlagen. Leise sagte sie: »Wir können dich nicht nach England mitnehmen, George. Ganz gleich, wann wir das Land verlassen. Mr. Belzoni ist nicht ... wohlhabend wie Mr. Turner oder Mr. Salt. Wir haben keinen ... Haushalt. Und keine Dienerschaft, außer James, der bei uns aufgewachsen ist. Wir haben noch nicht einmal ein eigenes Haus.«

»Ich brauche gar kein großes Gehalt«, protestierte George. »Nur eine Chance. Die habe ich mir bereits bei Mr. Turner ... verdient, und er hat mich betrogen. Was muss ich denn noch alles tun, um meine Chance zu bekommen?« Er hielt kurz inne, dann fügte er hinzu: »Sie können James im englischen Konsulat lassen. Da geht es ihm doch gut, oder? Behalten Sie mich bei sich.«

Nur eine Chance, dachte Sarah, und es erinnerte sie nur allzu sehr daran, wie sie in Bristol gebetet hatte, als sie noch im Waisenhaus war. *Gib mir eine Chance, o Herr, lass mich die Anstellung in London bekommen, nur eine Chance, ich möchte hier fort, bitte ...*

Es tat ihr diesmal weh, als sie langsam den Kopf schüttelte. »James ist wie ein Sohn für uns, George.«

»Ach ja?«, fragte George herausfordernd. »Davon habe ich aber nichts bemerkt, seit Mr. B ihn fortgeschickt hat. Seither arbeite *ich* nämlich für zwei, nicht nur als Übersetzer, sondern auch als Diener, und Mr. B hat sich noch kein einziges Mal beschwert oder gesagt, dass er James vermisst. Er hat immer nur über die Arbeit geredet – und zwar mit *mir.*«

Er wollte nicht nur eine Chance, er wollte an James' Stelle treten, das begriff Sarah nun. Ob es George selbst klar war oder nicht, er hätte gerade eben genauso gut sagen können: *Ich möchte wie ein Sohn für Sie werden.* Das machte das Gespräch unendlich schwerer, als wenn er sie einfach nur um eine Stelle oder um Geld gebeten hätte. In England, im Gespräch mit einem Engländer, hätte sie so tun können, als sei ihr nicht klar, worauf George wirklich hinauswollte, und darauf vertrauen, dass eine englische Version von George danach vorgab, eine solche Unterhaltung habe niemals stattgefunden. Aber hier war nicht England, George war kein Engländer, und der schützende Schleier von Diskretion und Zurückhaltung, der sich dort über Gefühlsausbrüche zu legen hatte, war ihm unvertraut.

»Weder Mr. Belzoni noch ich«, sagte Sarah schließlich leise, »würden jemals einen Menschen, der uns etwas bedeutet, im Stich lassen. Das verstehst du doch sicher.«

George wandte sich abrupt von ihr ab und schaute sehr angestrengt zu dem Kopf des Memnon hinüber. Nach einer Weile fragte er: »Soll ich Ihnen übersetzen, was sie dort singen, Mrs. B?«

»Das wäre sehr freundlich von dir.«

»Schritt! O meine Wonne! Schritt! O meine Wonne!«, begann George, und seine belegte, rauhe Stimme wurde mit jedem Wort geschmeidiger. »Flammende Sehnsucht nach meiner Liebsten macht es mir schwer …«

Mit einem Mal stolperte Giovanni, und Sarah hielt sich nicht länger zurück. Sie rannte zu ihm. Entsetzt sah sie, dass er aus Nase und Mund blutete, helles, rotes Blut. »Weiter«, flüsterte er, »es muss weitergehen …«

»Du bist ein Narr«, sagte Sarah und setzte, als sie den verzweifelten, verletzten Ausdruck in seinem Gesicht sah, mit beruhigender Stimme hinzu: »Ein wunderbarer Narr.«

Sie bat George, zusammen mit dem Zimmermann das Kommando zu übernehmen, nachdem sie gemeinsam Giovanni in den Schatten gebracht hatten. Sein Kopf ruhte nun auf ihrem Schoß, während sie ihm die Stirn abtupfte und mit dem Schleier, der sie vor der Sonne hatte schützen sollen, die Blutung stillte.

»Ein Kurier aus Kairo ist gekommen«, sagte sie. »Mit Briefen von Mr. Salt und James. Ich dachte, du würdest sie gerne lesen. Mr. Salt gratuliert dir und freut sich sehr, dass der Kopf des Memnon auf dem Weg ist. Außerdem schickt er Kaffee, Schießpulver und die neuen Pistolen, die du haben wolltest. Was James schreibt, habe ich noch nicht gelesen. Warte, ich lese es dir vor.« Er nickte matt.

Sarah holte die Briefe aus ihrer Westentasche und begann: *»Liebe Mrs. B, wie geht es Ihnen, mir geht es gut, das Konsulat ist ein* – hier hat er ein Wort durchgestrichen, Giovanni – *ein feiner Ort mit einem richtigen Garten, heute war …«*

Sie stockte. Dann fuhr sie fort: *»… heute war dieser Drovetti hier, und Mr. Salt hat versucht, seine Sammlung zu kaufen, aber Drovetti wollte nicht, obwohl er in Abu Simbel* – das muss Ysambul sein, Giovanni – *obwohl er in Abu Simbel nicht weitergekommen ist, sagt Mr. Salt. Jeder hat wissen wollen, wie der Kopf des Memnon aussieht. Drovetti meint, dass er in der Überschwemmung stecken bleibt. Sagen Sie Mr. B, er soll ihm Saures geben …«*

Auf ein Schnaufen von Giovanni hin ließ sie den Brief sinken.

»Ich. Wusste. Es«, keuchte er wütend.

Und Drovetti, dachte Sarah, *weiß nun, dass der Memnon-Kopf auf dem besten Weg zum Nil ist. Falls er tatsächlich noch etwas unternehmen will, dann jetzt.* Doch was sie laut sagte, war: »Du wirst den Kurier mit der Nachricht von deinem Erfolg zurückschicken können, Giovanni. Heute ist der große Tag, nicht wahr?«

Leider ging Giovanni nicht auf die Ablenkung von dem Drovetti-Thema ein. »Er versucht, Salt seine Sammlung zu verkaufen. Um mich auszustechen, so dass Salt den Kopf nicht mehr haben will.«

Es lag ihr auf der Zunge, darauf hinzuweisen, dass laut James' Brief Salt derjenige war, der das Angebot gemacht hatte, doch in seinem Zustand würde Giovanni das gewiss als Verteidigung Drovettis missverstehen, also verlegte Sarah sich auf ein anderes Argument, um ihren Gatten zu beruhigen.

»Giovanni, Scheich Ibrahim hat den Kopf einzigartig genannt, und niemand kennt den Orient so gut wie er. Wenn Drovetti etwas auch nur annähernd so Schönes in seiner Sammlung hätte, dann hätte er doch kaum versucht, ihn selbst zu bergen, nicht wahr? Und falls ... wenn er den Kaschef gegen dich aufgewiegelt hat, dann beweist das doch auch nur, dass er nichts Vergleichbares besitzt.«

»Nein«, sagte Giovanni leise, hob einen Arm, um ihre Hand mit dem blutbefleckten Schleier zu ergreifen, und zog sie an seine Lippen. »Nichts Vergleichbares.«

Sarah lauschte in sich hinein und versuchte zu verstehen, ob die Implikation dessen, was er da gerade gesagt und getan hatte, sie rührte oder zornig machte. Ein wenig von beidem, entschied sie.

»Du bist ein wunderbarer Narr«, wiederholte sie, beugte sich vor und küsste ihn auf die Stirn.

Bereits am frühen Nachmittag erreichte das Gestell mit dem Kopf des Memnon das Nilufer. Giovanni, der mittlerweile wieder auf den Beinen war und sich nur leicht auf George stützte, zahlte jedem einzelnen Arbeiter zusätzlich zum vereinbarten Tageslohn einen ganzen Piaster und versicherte ihnen, sie hätten es verdient.

»Wir haben Großes vollbracht«, verkündete er, und Georges junge Stimme klang der seinen auf Arabisch nach. »Was niemandem gelungen ist, nicht den Türken und nicht den Franzosen, niemandem seit Tausenden von Jahren, ist uns gelungen, heute.«

Sein Stolz steckte die Fellachen an. Seit dem Tag, an dem sie den Kopf auf das Gestell gewuchtet hatten, waren sie nicht mehr so begeistert gewesen; zwischen all den Jubelrufen und Schulterklopfen hatte man den Eindruck, sie wären willens und in der Lage, wieder eine Pyramide zu bauen. Jeder erzählte dem anderen, dass nur sein persönlicher Einsatz für die Ankunft des Kopfes am Nilufer verantwortlich sei.

Es gab in Luxor kein Schiff, das in der Lage gewesen wäre, den Kopf zu transportieren, ganz gewiss nicht ihr kleiner Einmaster aus Kairo, doch das war Giovanni bereits vorher gesagt worden. So einfach und so schnell würde sich auch sonst keines finden; doch der Kopf befand sich nun am Nilufer, und ganz gleich, wie lange es dauern würde, ein geeignetes Boot zu finden, es war, wie Giovanni sich ausgedrückt hatte, vollbracht.

Da Sarah ihren Mann kannte, überraschte es sie nicht, dass er keine Anstalten machte, sich am nächsten Tag auszuruhen. Sie hatten eigentlich geplant, nun endlich gemeinsam den Tempel von Luxor und das Tempelgebiet von Karnak am östlichen Ufer zu besichtigen. Doch Giovanni bestand darauf, Drovettis Sarkophag sofort in Augenschein zu nehmen, und nahm George nebst drei der willigsten Arbeiter mit, die den Memnon gezogen hatten, um sich in den Höhlen von Kurna zur richtigen Stelle führen zu lassen. Eigentlich hatte Sarah vorgehabt, ihn zu begleiten, doch dann hatte sie zufällig einen Blick in einen der verbliebenen kleinen Spiegel aus Kairo geworfen. Sie hielt sich nicht für eitel, aber nach mehreren Wochen in glühender Hitze nach einem Bad zu verlangen, statt mit einem feuchten Tuch einen mühsamen Kampf gegen aufwirbelnden Staub in den Höhlen auszufechten, und sich endlich das Haar waschen zu wollen, war nicht zu viel verlangt. Die Frauen von Kurna hatten schon öfter vielsagend ihre Nasen berührt, und von Menschen, die in Höhlen lebten, als stinkend empfunden zu werden war demütigend.

Zum Glück war es nicht schwer, den Frauen eine ganz bestimmte Frage zu stellen. Wie Sarah gehofft und vermutet hatte, badeten sie genau wie ihre Männer im Nil, nur an anderen Stellen, durch das Schilf geschützt vor den zufälligen Blicken von Bootsreisenden; außerdem würde sie hier sicher vor Krokodilen sein. Sarah war klar, dass der Nil nicht viel sauberer als die Themse sein würde, doch das war ihr mittlerweile gleichgültig. Sie wollte nur endlich Wasser am ganzen Körper spüren und sich den Dreck aus den Haaren waschen.

Sie gab einer der Frauen ein Kettchen mit Buntsteinen im Austausch gegen eines der braunen Baumwollkleider, weil sie nicht mit ihren eigenen Sachen ins Wasser gehen wollte, und stellte bei ihrer Ankunft am Ufer fest, dass ihre Begleiterinnen sich bald auch dieser Kleidung entledigten. Sarah beneidete sie, doch sie brachte es nicht fertig. Nicht am helllichten Tag und im Bewusstsein, dass jederzeit ein Fremder kommen konnte. Die Widersprüche dieses Landes waren ihr ein Rätsel. Wenn sie nicht einige Dinge völlig missverstanden hatte, dann handhabte man hier auf dem Land zwar die Frage der Verschleierung viel großzügiger als in Kairo und Alexandria, doch bestrafte untreue Frauen damit, dass man sie in einen Sack steckte und in den Nil warf. Vielleicht hatte sich George die Geschichte über eine solche Strafe aber auch nur ausgedacht, um ihre Leichtgläubigkeit zu überprüfen.

Die vier Frauen, die mit ihr gegangen waren, lachten ein wenig über sie, doch das Gelächter klang gutmütig. Eine von ihnen bedeutete Sarah, dass sie die Augen unter Wasser geschlossen halten sollte; sie verstand nicht, was daran so wichtig sein mochte, dass es ihr gegenüber betont wurde, nickte aber dankend.

Die engen Flechten aufzulösen, die sie die ganze Zeit über getragen und wieder und wieder nachgeflochten hatte, war eine ungeheure Erleichterung; ihren Kopf unter Wasser zu tauchen und es kühl über sich zusammenschlagen zu spüren, war das Paradies.

Sie tauchte wieder auf, und die Luft, gerade eben noch heiß und drückend, war auf einmal erträglich, nun, da jeder Fleck ihres Körpers nass war, und schien sie mit sanfter Hand zu streicheln. Das Schwatzen, Spritzen und Lachen um sie erinnerten sie an die Gelegenheiten, an denen sie sich im Waisenhaus mit anderen Mädchen umgezogen hatte, doch das war immer in Eile geschehen, und die träge Entspanntheit der Frauen, der Umstand, dass sie alle bei so etwas Persönlichem wie Waschen unter freiem Himmel statt in einem kalten Waschraum standen, machte es doch ganz anders. Es war aufregend und seltsam zugleich.

Sarah kehrte in ihrer geliehenen ägyptischen Kleidung ausgeruht und mit dem Gefühl, zum ersten Mal seit ihrer Abreise aus Kairo sauber zu sein, auf das Boot zurück. Eine ganze Weile hielt sie ihr Korsett in der Hand, ehe sie es wieder anzog; es schien Teil der Hitze, Erschöpfung und Enge zu sein, die sie doch gerade erst abgelegt hatte, und sie musste sich überwinden, ehe sie wieder hineinschlüpfte und sich in eine Europäerin zurückverwandelte. Es war, als sei ein Teil von ihr mit den anderen Frauen im Nil zurückgeblieben und spüre immer noch das weiche Wasser und die warme Luft auf der Haut. Sarah versuchte, dergleichen Phantastereien zu unterdrücken, zog sich wieder ihre Männerkleidung an und setzte mit dem Zimmermann nach Luxor über, um endlich den gewaltigen Tempel dort zu besichtigen und ein paar Einkäufe zu machen. Eigentlich hatte sie das gemeinsam mit Giovanni tun wollen, aber es war nicht abzusehen, wie lange er noch in den Höhlen verweilen würde.

Nach all der Zeit im Memnonium hatte sie geglaubt, sich an die Größe, den Umfang und die Imposanz der ägyptischen Säulen gewöhnt zu haben, doch das Memnonium bestand zum größten Teil aus Trümmern; hier in Luxor standen die meisten Säulen noch aufrecht und waren im Gegensatz zu denen im Tempel von Dendera nicht im Sand versunken. Sarah ging andächtig in ihrem Schatten, legte ihre Hände auf die Zeichen, die kein Mensch mehr lesen konnte, und obwohl sie sich noch zu gut an Drovettis spöttische Bemerkung darüber erinnerte, fragte sie sich, ob wohl auch Moses und der Pharao des Buches Exodus vor langer Zeit zwischen diesen Säulen gestanden hatten. Wenn sie die Augen schloss, schien es ihr, als hielten die Jahrtausende den Atem an; als wären es diese Säulen, welche die Last der Ewigkeit auf sich trugen. Nur die unzähligen Tontöpfe auf dem, was von dem Dach übrig war, die den Einheimischen als Taubenschläge dienten, störten, doch im gleichen Moment, als sie ihre Lider senkte, wurde aus dem Gegurre etwas, das genauso zu dem Tempel gehörte wie die heiße ägyptische Luft und nicht mehr wegzudenken war.

Als eine Stimme sie auf Französisch ansprach, fühlte Sarah sich für einen Moment ertappt, ein Gefühl, das sie unwillkürlich mit einem einzigen Mann in Verbindung brachte, an den sie in diesem Moment ganz und gar nicht denken wollte. Doch als sie sich umdrehte, stand nicht Drovetti vor ihr, sondern ein Fremder, dem sie noch nie in ihrem Leben begegnet war.

»Madame Belzoni?«, fragte er und verbeugte sich. »Frédéric Cailliaud, *a votre service.*«

»Es freut mich, Ihre Bekanntschaft zu machen«, sagte Sarah automatisch auf Englisch und wechselte dann ins Italienische über, um ihn zu fragen, ob er diese Sprache beherrschte, da ihr Französisch nur aus wenigen Phrasen bestand. Wie sich herausstellte, tat er es. Er sei ein Mineraloge, erklärte er, habe an der Reise zum zweiten Katarakt des Nils mit Monsieur Drovetti teilgenommen und sei danach von ihm dem Pascha vorgestellt worden, weswegen er das Glück habe, nunmehr zu einer Expedition zur östlichen Wüste zwischen dem Nil und dem Roten Meer unterwegs zu sein, um dort nach alten vergessenen Minen zu suchen.

»Ich hoffe, Sie haben sich vom Pascha im Voraus bezahlen lassen«, sagte Sarah trocken, »da Seine Hoheit nicht immer … zufrieden mit dem Ergebnis monatelanger Arbeit ist.«

»Es ist eine Herausforderung im Dienst der Menschheit, Madame, nicht nur des Paschas. Ich bin zu jung, um die Gelegenheit gehabt zu haben, zu den Wissenschaftlern zu zählen, welche die Ehre hatten, den Kaiser nach Ägypten zu begleiten, doch es war schon immer mein Traum, die Wüste zu bereisen.«

Sie dachte an den Anblick, der sich ihr von der Pyramide aus geboten hatte, an die ungeheure Fremdartigkeit des endlos scheinenden Sandes dort im Westen. »Das kann ich verstehen. Doch weswegen führt Sie dann Ihr Weg hierher? Ist das nicht ein Umweg?«

»Keineswegs, Madame, oder doch nur ein leichter. Aber Monsieur Drovetti hat mir vor meiner Abreise aus Kairo einige … einige Aufträge erteilt, die ich hier für ihn erledigen soll, und nach seiner Großzügigkeit mir gegenüber ist mir das eine Freude.«

Also hatte Giovanni doch recht gehabt. Drovetti hatte ihm durch seine Leute Knüppel zwischen die Beine werfen lassen. Sie wusste nicht, ob sie das erleichterte oder enttäuschte. Überrascht war sie gewiss nicht; einem Mann, der ohne jede Scham davon sprach, seine Gattin zu betrügen, seine Konkubine in einem eigenen Haus unterbrachte und den Korsen verehrte, war alles zuzutrauen. Warum Cailliaud sie erwartungsvoll anschaute, verstand sie nicht; hoffte er darauf, dass sie, in Vertretung Giovannis, eingeschüchtert wirkte?

»Ja«, sagte sie ruhig. »Monsieur Drovettis Großzügigkeit ist mir bekannt.«

Cailliaud blickte bekümmert drein. »Ah, dann ist es keine Überraschung mehr? *Quel domage.*«

»Was ist keine Überraschung mehr?«

»Ihr Geschenk, Madame, Ihr Geschenk. Monsieur Drovetti hat es mir mitgegeben.«

Es war unbegreiflich, wie dieser Mann es sogar in seiner Abwesenheit fertig brachte, sie erröten zu lassen.

»Ich erwarte keine ...«

»Also ist es doch eine Überraschung?« Cailliauds Gesicht hellte sich auf. »Wunderbar. Sie werden begeistert sein, Madame, ich verspreche es Ihnen. Ich habe es bereits auf das Boot bringen lassen, das mir als das Ihre bezeichnet wurde. Deswegen bin ich auch hier; man hat mir gesagt, dass Sie diesen erhabenen Ort besuchen, und ich würde es mir nie verzeihen, Luxor verlassen zu haben, ohne Ihnen persönlich Monsieur Drovettis herzlichste Grüße ausgerichtet zu haben, was ich hiermit tue.«

Es gab mehrere Dinge, die Sarah auf der Zunge lagen. Sätze wie *Ich glaube Ihnen kein Wort*, oder: *Ich nehme keine Geschenke von unmoralischen Franzosen an, die in Wirk-*

lichkeit Italiener sind. Oder auch: *Wenn Drovetti sich einbildet, ich wüsste nicht, dass er aus irgendwelchen Gründen eine Art Tauziehen mit meinem Gatten begonnen hat und dies nur ein Teil davon ist, dann täuscht er sich.*

Aber vor ihr stand ein Mann, der ihr nichts getan hatte und nur höflich begegnet war, und selbst wenn er offensichtlich ebenfalls dem Kult des Korsen frönte, schickte es sich nicht, ihm mit Unhöflichkeit zu begegnen. Sie mochte keine Dame sein, und seit ihrer Heirat auch nicht mehr das, was Mrs. Stapleton als eine anständige Bürgerin bezeichnet hätte, doch sie war auch kein Waschweib ohne Manieren. Außerdem war sie Engländerin, und einem Franzosen gegenüber als Erste in Beschimpfungen auszubrechen hätte für sie Verrat an der britischen Würde bedeutet.

»Ich danke Ihnen, Monsieur«, sagte Sarah daher förmlich. »Bitte grüßen auch Sie Monsieur und Madame Drovetti allerherzlichst von mir und meinem Gatten.«

»Das werde ich tun, Madame«, strahlte Cailliaud, verbeugte sich noch einmal und entfernte sich. Erst als er verschwunden war, wurde Sarah bewusst, dass er anders als Drovetti keine Anstalten gemacht hatte, ihr und Giovanni seine Gastfreundschaft aufzudrängen oder die ihre in Anspruch zu nehmen, wie es für Europäer weit weg von zu Hause eigentlich üblich war. Vielleicht wäre es an ihr gewesen, eine Einladung auszusprechen? Doch Höflichkeit hin oder her, sie konnte sich nur zu gut vorstellen, wie Giovanni darauf reagiert hätte, und nach den Strapazen der letzten achtzehn Tage wollte sie ihn schonen. Der Schrecken über das Blut aus seinem Mund am gestrigen Tag saß ihr noch in den Knochen. Zumindest hatte er es heute in den Höhlen von Kurna einigermaßen kühl.

Sie ertappte sich dabei, ihren Besuch in Karnak zu verschieben und die Einkäufe schneller hinter sich zu bringen, als sie geplant hatte, und wusste selbst nicht, warum sie es so eilig hatte, wieder zum Westufer überzusetzen. Auf dem Boot fand sie tatsächlich ein kleines Paket. Sein Inhalt stellte sich als drei kleine Bücher heraus, sorgfältig verschnürt; eine englische Übersetzung der *Geschichten von Tausendundeiner Nacht*. Beiliegend befand sich ein Brief Drovettis.

Madame – der größte Teil des Suchens nach Altertümern besteht im Warten. Um Ihnen das Warten zu erleichtern und ein wenig die Zeit zu vertreiben, nehme ich mir die Freiheit, Ihnen eine Gabe zu Füßen zu legen, die uns, wenngleich sie nicht die Eleganz von Gallands Übersetzung ins Französische hat, dennoch eindrucksvoll andere Schätze der Welt, in der wir uns befinden, vor Augen führt. Ihr ergebener Diener, Bernardino Drovetti

Die einzigen neuen Bücher, die sie seit ihrer Ankunft in Ägypten hatte lesen können, waren diejenigen, die Henry Salt ihnen während der kurzen Zeit nach dem Unglück mit der Maschine und vor dem Verlassen Kairos zur Verfügung gestellt hatte. Bücher, Bücher gar in englischer Sprache, waren in diesem Land kostbarer und unendlich seltener als Schmuck. Sarah, die von einem Mann wie Drovetti zuerst ein höchst unpassendes Schmuckstück erwartet hatte, war fest entschlossen gewesen, sein Geschenk mit einem höflichen, aber unmissverständlichen Brief nach Kairo zurückzuschicken. Aber der Anblick der Bücher, der Geruch von bedrucktem Papier, der ihr entgegenströmte, als sie unwillkürlich einen der Bände aufschlug, das Gefühl dünner Seiten auf ihren Fingerspitzen, all das entwaffnete sie auf eine Weise, der sie zumindest an diesem Tag nichts entgegenzusetzen wusste.

Als Giovanni heimkehrte, über und über mit Staub bedeckt, doch bester Laune, hatte sie beschlossen, die Bücher als Salts Leihgabe zu deklarieren. Das würde Giovanni nicht die Laune verderben und ließ ihr die Möglichkeit, Drovetti die Bücher zurückzugeben, wenn sie nach Kairo zurückkehrten. Inzwischen wäre es höchst unvernünftig, sie ungelesen vermodern zu lassen. Und so war sie noch halb in Gedanken bei Sindbad dem Seefahrer, als Giovanni und George mit ihrem Bericht begannen.

»Man hat versucht, mich hereinzulegen«, knurrte Giovanni, »und um ein Haar wäre das auch gelungen. Aber unser George hier hat es verhindert!«, schloss er und klopfte dem jungen Griechen auf den Rücken.

»Durch Zufall«, gestand George mit einem schiefen Lächeln. »Ich dachte wirklich, es wäre aus und vorbei mit mir, Mr. B. Darauf müssten wir eigentlich einen trinken, nicht wahr?«

»Nun, George, ich glaube nicht, dass …«, begann Sarah.

»Ausnahmsweise«, sagte Giovanni und entkorkte, was ihnen an Wein noch geblieben war. Wie er erzählte, hatten die Araber ihn und George zunächst durch ein Gewirr von Höhlen und Tunneln geführt; einige, sagte er, seien so eng gewesen, dass man nur auf dem Bauch durch sie kriechen konnte, und einer so eng, dass Giovanni einfach zu groß und breit war, um hindurchzupassen, im Gegensatz zum schlanken George und einem der Araber.

»Und kaum waren wir durch, da stürzte der Kerl neben mir mitsamt unseren Kerzen in die Tiefe. Ganz ehrlich, Mrs. B, ich dachte, er wäre tot und mit mir sei es aus und vorbei. Ich schrie lauthals »Ich bin verloren«, aber Mr. B und der Araber neben ihm konnten nun mal nicht durch den engen Tunnel. Dann fiel mir auf, dass von irgendwoher Licht kam, richtiges Licht, und wissen Sie was? Da war eine schmale Öffnung, nur mit losem Geröll bedeckt! Das habe ich beiseitegeräumt und Leute aus dem Dorf geholt, um dem Mann zu helfen, der in den Schacht gestürzt war – es war nämlich nur ein Schacht, kein Abgrund, wie ich zuerst dachte. Inzwischen hatte Mr. B mit seinem Führer versucht, zum Ausgang zurückzukehren, um ebenfalls Hilfe zu holen, aber die Gänge sehen dort alle gleich aus, und statt zu der Höhle, in der sie angefangen hatten, landeten sie …«

»Gott war mit mir, Sarah«, warf Giovanni übermütig ein. »Mein Araber wollte überhaupt nicht mehr weitergehen, und wir hatten auch den Rest unserer Begleiter verloren. Aber ich dachte, ich hörte so etwas wie Meeresrauschen in einer Richtung, folgte dem Geräusch, und weißt du, wohin mich das führte? Zu George und den Leuten aus dem Dorf, die versuchten, den Mann aus dem Schacht zu ziehen! Aber das Beste kommt noch.« Er machte eine gewichtige Pause, und diesmal schwieg auch George. Dank ihrer nachmittäglichen Lektüre konnte Sarah einem Scherz nicht widerstehen.

»In der Höhle war ein Flaschengeist?«

Mann und Junge sahen sie in seltener Einmütigkeit verständnislos an. »Sarah, es ist doch offensichtlich«, sagte Giovanni ungehalten. »Der Eingang, den George gefunden hat, war den Dorfbewohnern längst bekannt und außerdem keine hundert Yards von dem Sarkophag entfernt. Sie haben diesen Eingang absichtlich zugeschüttet. Außerdem wäre selbst ohne ihn mindestens die Hälfte des Wegs durch die Gänge und Tunnel nicht nötig gewesen. Sie wollten nur, dass ich den Sarkophag nicht alleine wiederfinde, damit ich jedes Mal Führer bezahlen muss. Ha! Aber nicht mit Giovanni Belzoni, meine Freunde!«

»Nehmen Sie es nicht persönlich, Mr. B«, sagte George. »Als die Sache einmal aufgeflogen war, haben sie zugegeben, das mit jedem Besucher gemacht zu haben, auch mit dem französischen Konsul im letzten Jahr. Von irgendetwas müssen die Leute hier schließlich leben.«

»Oh, ich habe nichts dagegen, dass sie von Drovetti leben«, entgegnete Giovanni und rieb sich die Hände. »Wegen des langen Wegs durch die engen Gänge hat er wahrscheinlich auch geglaubt, dass niemand den großen Sarkophag dort bergen kann. Ach, es ist einfach zu schön, um wahr zu sein. Kastriert und machtlos wird er sich vorkommen. Machtlos!«

»Gewiss wird er das«, sagte Sarah und lächelte ihn an, ihren Gatten, der aussah, als habe ihn jemand erst in Öl und dann in Sand gewälzt, und der barst vor guter Laune wie schon lange nicht mehr. Der Wunsch, der bereits heute Morgen in ihr erwacht war, wurde stärker, und Sarah dachte: *Warum nicht? Wann, wenn nicht jetzt?*

»Giovanni«, sagte sie, »die Frauen von Kurna haben mir eine geschützte Stelle gezeigt, wo man im Nil baden kann. Zur Feier deines Siegs solltest du dir das gönnen.«

Da George nicht wissen konnte, was sie meinte, sagte er: »Oh, Sie können gleich vom Schiff aus in den Nil springen, Mr. B, keine Sorge, das stört hier keinen. Ich hatte das auch vor.«

Früher wäre Sarah wegen des Missverständnisses errötet, aber angesichts dessen, was sie von George wusste, sah sie dazu keinen Anlass. Giovanni, der verstanden hatte, worauf sie hinauswollte, grinste und fuhr George durch das Haar.

»Nur zu, mein Junge, aber Mrs. Belzoni und ich werden uns eine ruhigere Stelle suchen.«

Man konnte sehen, wie bei George der Groschen fiel. Er hob eine Augenbraue, machte eine knappe Verbeugung vor Sarah und ging in der Tat in Richtung Heck, um sich dort mit provokanter Ruhe zu entkleiden, um sich anschließend in das erfrischende Nilwasser zu stürzen. Sarah hakte sich bei Giovanni unter, während sie über den Steg an Land gingen. Die Augusthitze, ihre ständig verschwitze Haut und das quälende Schweigen zwischen Giovanni und ihr waren alles andere als ein Aphrodisiakum für Sarah gewesen; da sie auf dem Schiff mit George, der Besatzung und sehr dünnen Wänden lebten, waren sie noch dazu gezwungen gewesen, bei dem privatesten Teil ihres Ehelebens keinen Laut von sich zu geben, was nicht leicht war. Gerade heute aber war Sarah danach zumute, sich einfach gehen zu lassen, glücklich zu sein, ohne sich Gedanken zu machen, wer sie hörte, und sie ahnte, dass es Giovanni genauso ging. Seine Hand löste sich von ihrem Arm und wanderte zu ihrem Nacken, und sie spürte seine großen, warmen Finger über ihre bloße Haut dort streichen, während sie schneller und schneller gingen.

»Hast du mich vermisst?«, fragte sie, halb im Scherz, halb im Ernst, und zog ihre Schuhe aus, um barfuß über die von der Nilüberflutung feuchte, weiche Erde zu waten, die noch vor ein paar Tagen verbrannt und schroff gewesen war. »Inmitten deiner Höhlen und seit Jahrhunderten zum ersten Mal beschrittenen Wegen, hast du mich vermisst?«

»Lass mich dir beweisen, wie sehr«, gab er auf Italienisch zurück, und Sarah lachte.

»Ich nehme den Großen Belzoni beim Wort«, sagte sie, als sie die Stelle im Schilf gefunden hatte. »Aber erst, wenn ich ihn von seiner Rüstung aus Sand befreit habe«, setzte sie neckend hinzu, und Giovanni lachte ebenfalls.

»Vor dir strecke ich die Waffen.« Er begann, sich betont langsam auszuziehen. Ihr Mann, ihr Geliebter ... Obwohl Sarah das Schauspiel genoss, mit dem er nach und nach seinen athletischen Körper für sie entblößte, musste sie ein Seufzen unterdrücken. Etwas hatte sich zwischen ihnen verändert, seit sie nach Ägypten gekommen waren, etwas, das sie nicht benennen konnte. Früher hätte sie nie versucht, eine Kluft zwischen ihnen mit ihrem Körper zu überbrücken. Aber heute wollte sie es versuchen, wollte versuchen, sich selbst dabei wiederzufinden, um Gefühle und Verstand erneut in Einklang zu bringen und sie eins werden zu lassen, wie sie es vor Ägypten gewesen waren.

Giovanni stand nun nackt vor ihr. Um seine Lippen spielte ein Lächeln, in das sich Stolz und Herausforderung gleichermaßen mischten. Manchmal kam sie sich älter als er vor, obwohl er sie an Jahren übertraf.

Sarah verscheuchte die Gedanken, die in ihr aufgestiegen waren, wie lästige Mücken. Dies war nicht der Ort und die Stunde, um zu viel nachzugrübeln. Dies war der Platz, den sie ausgewählt hatte, um ein altes Feuer zu entfachen und zueinander zu finden.

Bald schon knieten sie beide im Wasser. Sarah wusste, dass sie sein Hemd ohnehin waschen würde, also bestand kein Grund, es nicht als Schwamm und Spielzeug gleichermaßen zu gebrauchen. In ihren Händen wurde es zu einer nassen Rolle, die ihm über die Brust strich, den Bauch und die Beine; Giovanni bewies einmal mehr, wie sehr er als Schausteller gelernt hatte, etwas vorzutäuschen, als er so tat, als versuche er nur, ihr das nasse Stoffknäuel abzujagen, und sie dabei mehr und mehr von ihren eigenen Kleidern befreite. Er kannte jeden Zoll ihres Körpers so gut wie sie den seinen, und mit der spielerischen Vertrautheit der Liebenden, die sich Zeit lassen konnten, dehnten sie die Stunden im warmen Abendlicht, bis es fast dunkel wurde und sie ein wenig heiser und erschöpft, mit nassen Kleidern und rundum glücklich an Bord ihres Schiffes zurückkehrten.

Giovannis gute Laune hielt zwei Tage lang an. Am dritten erschienen die Männer, die er dafür bezahlte, die Geröllmassen gänzlich beiseitezuschaffen, nicht zur Arbeit. Diesmal war es Sarah, die herausfand, was geschehen war, weil Mutter-von-Osman es ihr bereits beim Betreten ihrer Höhle unter Weinen und Wehklagen entgegenschrie. Der Kaschef war aus Armant nach Kurna gekommen, hatte die Männer bei der Arbeit erblickt und sie unverzüglich verhaften lassen. Es war kein großes Vokabular nötig, um ihre Gesten und anklagenden Worte wie »Schuld« und »nicht mehr sehen« zu verstehen.

»Ich verstehe das nicht«, sagte Giovanni. »Ich habe ihm doch die beiden Pistolen des Kaimakan gegeben. Will er noch mehr – wie nennen sie es hier – noch mehr Bakschisch? Oder sollte ... George! *George!* Wir werden jetzt gleich zum Kaschef gehen, bevor er Kurna wieder verlässt, aber auf dem Weg fragst du jeden, der es wissen kann, ob in den letzten Tagen irgendwelche Franzosen in der Gegend gesichtet wurden!«

Er stapfte los, ehe Sarah etwas sagen konnte. Es war ohnehin zu spät, um ihm von Cailliaud zu erzählen. Sie dachte an die Frauen, die mit ihr gelacht und sie willkommen geheißen hatten, und was es wohl bedeutete, in einem Land wie dem diesen verhaftet zu sein. Ein bitterer Geschmack von Übelkeit und Schuldbewusstsein füllte ihren Mund.

»Ihr *Firman*, mein Freund«, sagte der Kaschef zu Giovanni, ohne mit der Wimper zu zucken, »gilt für den Kopf des Memnon. Auch die Arbeit der Männer war nur für den *kafan* gestattet. Wenn Sie die Männer für andere Ausgrabungen brauchen, dann müssen Sie eine neue Erlaubnis erwirken. Was nun den Sarkophag betrifft, so wurde er im vergangenen Jahr an den französischen Konsul verkauft. Ehe ich nicht eine schriftliche Bestätigung habe, dass er Ihnen den Sarkophag tatsächlich überlassen hat, wie Sie behaupten, wäre es unehrenhaft von mir, ihn einfach vom Nächstbesten bergen zu lassen.«

»Mr. Drovetti«, sagte Giovanni zähneknirschend, »ist nicht mehr der französische Konsul.«

»Sie, mein Freund, sind auch nicht der englische Konsul, und trotzdem erwarten Sie von mir, dass ich den Sarkophag nun als Ihr Eigentum ansehe, oder etwa nicht?«, übersetzte George. »Das gleiche Recht muss für alle gelten. Holen Sie sich Ihre schriftlichen Bestätigungen aus Kairo. Dann sehen wir weiter.«

Giovanni holte tief Luft.

»Er hat bewaffnete Leibwächter, Mr. B«, sagte George hastig, weil er eine Wiederholung der Ereignisse beim Kaimakan befürchtete. Er hatte Giovannis Bitte erfüllt und herausgefunden, dass tatsächlich ein Franzose mit Namen Cailliaud in Luxor und Umgebung gesichtet worden war. Die Auskunft hatte Giovanni nicht eben beruhigt.

»Die Überschwemmung hat nun begonnen«, meinte der Kaschef, ohne ihn aus den Augen zu lassen. »Da ist es ohnehin weiser, sich in der Tugend der Geduld zu üben. Allah ist mit den Geduldigen, mein Freund.«

»Wir werden uns wiedersehen, mein *Freund*«, sagte Giovanni, deutete eine Verbeugung an, drehte sich abrupt um und ließ den Kaschef zurück, der ungerührt in die Hände klatschte und sich Datteln bringen ließ.

»Ich kann nicht wochenlang hier in Theben sitzen und darauf warten, dass Briefe mit Bestätigungen aus Kairo kommen«, erzählte Giovanni Sarah, als er sie wieder traf und sie über dieses neuste Beispiel französischer Infamie und arabischen Verrats aufklärte, »oder auf ein Boot, das den Memnon transportieren kann, während *er* sich irgendwo zwischen Kairo und Alexandria ins Fäustchen lacht«, schloss er ein wenig hilflos.

»Nein, das kannst du nicht«, pflichtete Sarah ihm bei. »Deine Arbeiter würden dafür leiden. So, wie es aussieht, würde sie der Kaschef sofort freilassen, wenn er glaubt, dass sie nicht mehr von dir beschäftigt werden. Ihre Frauen verzehren sich vor Sorge, Giovanni.«

Er fühlte sich beschämt, denn an das Schicksal der Arbeiter hatte er nicht gedacht. »Aber ich kann auch nicht mit eingezogenem ... ich kann auch nicht jetzt nach Kairo zurückkehren, vor allem nicht ohne den Kopf«, sagte er bedrückt.

»Wir haben immer noch das Boot zu unserer Verfügung«, sagte Sarah nachdenklich. »Du hast die Besatzung für den gesamten August bezahlt, und es ist doch eigentlich gleich, was sie in dieser Zeit tun und wohin sie fahren, nicht wahr? Wir könnten ... Giovanni, wir könnten weiter nilaufwärts reisen. Scheich Ibrahim hat es getan. Theben läuft uns nicht weg.«

»Das ist es!« Er umfasste ihre Taille, zog sie mit sich hoch und wirbelte sie überschwänglich herum. »Nicht nur Scheich Ibrahim hat es getan, sondern auch *Drovetti*«, sagte er, während er mit ihr auf dem schlammigen, feuchten Grund des Uferstreifens tanzte. »Er war in Ybsambul, das hat James doch geschrieben, Ybsambul beim zweiten Katarakt des Nils, und er hat versucht, etwas auszugraben, und ist gescheitert. Sarah, du bist meine Inspiration und mein Leben!«

KAPITEL 9

Es war nicht so, dass Rifaas Leben als Schüler der Azhar ihn nicht genügend beschäftigte. Die Azhar war eine kleine Welt für sich. Sie war um einen gewaltigen Innenhof gebaut. Die östliche Seite verfügte über einen großen Säulengang, der dem Gebet geweiht war. Die drei übrigen Seiten dagegen waren in kleinere Säulengänge untergliedert, die zu verschiedenen Wohnfluchten führten, eine für jede Provinz Ägyptens. Jede der Riwáks, wie die Wohnbereiche genannt wurden, hatte eine eigene kleine Bibliothek, und als Student wurde von Rifaa erwartet, dass er sie nutzte, um den Lektionen zu folgen, die seine Lehrer ihm und seinen Mitstudenten erteilten. Ob Grammatik, Rhetorik, Dichtkunst, Theologie, das Gesetz, Algebra oder Geometrie, der Unterricht war mehr als gründlich und bereitete Rifaa auf das Leben vor, das sich sein Vater immer für ihn erträumt hatte.

Es bestand also kein Grund, dem Franken Belzoni nachzutrauern, der gewiss nicht gewesen war, was Hassan al-Attar gemeint hatte, als er Rifaa und die übrigen Studenten ermahnte, auch die Franken zu studieren, um auf die neue Zeit vorbereitet zu sein. Belzoni war kein Krieger und kein Gelehrter, und seine Maschine hatte Ägypten nicht verändert. Außerdem war er der Knecht seiner Frau, wie die Franken es angeblich alle zu sein pflegten.

Doch Belzoni war freundlich zu Rifaa gewesen, und so anders als die meisten Menschen, die Rifaa kannte. Er nahm die Dinge nicht so hin, wie sie waren. Seine Maschine mochte unbenutzt und zerbrochen in Schubra stehen, doch er hatte sie selbst erdacht und geschaffen, und Rifaa, der Tag für Tag lernte, Berechnungen anzustellen, die vor ihm schon Hunderte gemacht hatten, und Verse zu schmieden, die nur beschrieben, was schon tausendmal gesagt worden war, fand, dass der Versuch, etwas Neues zu entwickeln, etwas Großes war, selbst wenn so ein Versuch scheiterte. Er konnte nicht anders, er vermisste den Franken.

Um seinen armen Vater nicht um Geld bitten zu müssen, tat er inzwischen, was die meisten der Studenten und Lehrer taten, um ihren Lebensunterhalt zu bestreiten: Er rezitierte den Koran gegen Bezahlung in Haushalten und vor Gräbern und verdingte sich gelegentlich auf den Basaren als Briefeschreiber. So auch heute. Gerade packte er Papier, Schilfrohr und Tinte zusammen, um sein Geschäft für den Tag zu beschließen, als sein Blick auf eine vertraute Gestalt fiel. Das rote Haar und das gefleckte Gesicht ließen die Person sofort aus der Menge hervorstechen. Rifaa hatte Belzonis Diener nicht übermäßig gemocht, wahrscheinlich, weil ihm der Junge ebenfalls nicht gerade herzlich entgegengekommen war, also überraschte es ihn, festzustellen, dass er sich über den Anblick freute. Es lag wohl daran, dass die Rückkehr des Dieners bedeutete, dass auch Belzoni wieder hier sein musste. Rifaa folgte dem Rothaarigen, der ihn nicht gesehen hatte, räusperte sich und begrüßte ihn mit den fränkischen Worten, an die er sich erinnerte.

»*Es salamu' alekum,* Rifaa al-Tawhati«, entgegnete James in annehmbarem Arabisch und ohne jede Feindseligkeit, wenngleich mit einer gewissen Herausforderung. Dann lächelte er. »Überraschung, huh? Nil ertrunken nicht.«

Wie sich herausstellte, waren Belzoni und sein Weib nicht bei ihm. Der Junge diente dem englischen Konsul, während er auf die Rückkehr seines Herrn wartete. Für jemanden, der sich wöchentlich darin üben musste, keine Miene zu verziehen, während bei seinen Rezitationen aus dem glorreichen Koran immer ein Teil der Zuhörer schnarchte, war es nicht weiter schwer, seine Enttäuschung zu verbergen. Außerdem kam ihm zu Hilfe, dass sie einer Gruppe *Gaziyahs* über den Weg liefen, die in der Hoffnung, zu einer Feier eingeladen zu werden, Proben ihrer Kunst auf der Straße darboten. James riss die Augen auf, als er die unverschleierten Tanzmädchen sah. Rifaa wollte so tun, als sei er über dergleichen erhaben, doch er musste zugeben, dass die Tänzerinnen in den Städten sehr wohl zu den Themen gehörten, über die er in seinem Heimatort mit seinen Freunden gesprochen hatte.

»*Almehs?*«, fragte James, während er hingerissen zu den Frauen schaute, die zum Klang eines Tamburins begannen, ihre Hüften zu bewegen, und versuchte sich an dem arabischen Wort, als sei es eine Süßigkeit. Rifaa war entsetzt.

»Almehs sind Künstlerinnen«, sagte er strafend. »Sängerinnen, anständige Frauen. Sie würden sich niemals den Blicken von fremden Männern aussetzen! Wenn sie singen, dann hinter einem Haremsgitter, wie es sich gehört. Das sind *Gaziyahs,* Tanzmädchen.«

»He. Was falsch an Auftritten für Geld? Wir früher ...« Abrupt schwieg der junge Franke und schaute angestrengt zu den Gaziyahs, obwohl diese ihre kleine Darbietung bereits beendet hatten und lauthals verkündeten, wo man sie fände, wenn sie zu einer Feier geladen werden sollten. Sollte Rifaa erklären, dass nichts falsch an solchen Auftritten war, solange sie von Zigeunerinnen und nicht anständigen ägyptischen Frauen veranstaltet wurden? Nein, das wäre offenkundig die falsche Erwiderung; nach der Art, wie James sich gerade versprochen hatte, war er selbst einmal aufgetreten, vielleicht als Musiker, ehe Belzoni ihn in seine Dienste nahm.

»Man tut manche Dinge, um sein Dasein zu fristen«, sagte Rifaa verständnisvoll. »Ich biete auch im Basar meine Dienste an.«

Diesmal war es James, der ihn entsetzt anstarrte und aus seinem stockenden, bruchstückhaften Arabisch erst in eine Sprache fiel, die Rifaa nicht verstand, und dann in Belzonis Italienisch. Was Rifaa davon verstand, waren dem Tonfall nach Mitleidsbekundungen und Versprechen, den englischen Konsul Henry Salt zu fragen, ob dieser einen weiteren Diener beschäftigen könne.

»Braucht der englische Konsul denn arabische Schreiber?«, fragte Rifaa zweifelnd, doch mit einem Funken Aufregung, die auch von dem logischen inneren Einwand, dass selbst, wenn dem so sein sollte, ein ausgebildeter Gelehrter eher in Frage kam als ein bloßer Student, nicht völlig unterdrückt wurde. Wenn möglich, ließ seine Frage James noch entsetzter dreinschauen.

»Der Konsul ist ein englischer Gentleman!«, sagte James energisch, was ein Ausdruck war, den Rifaa überhaupt nicht einordnen konnte. »Kein englischer Gentleman würde je – schön, Mr. Turner, aber nicht … und ein paar Matrosen, zugegeben, aber das ist etwas anderes, und …« Mit einem Mal hielt er inne. Seine Haut, die inzwischen zwar nicht mehr so unnatürlich hell war, aber immer noch deutlich blasser als die der meisten Ägypter, färbte sich tatsächlich rötlich.

»Wie – was, sagtest du, tust du auf dem Basar?«, fragte er mit leicht erstickter Stimme auf Italienisch. Rifaa brauchte nicht lange nachzudenken. Das betreffende Wort hatte er sowohl auf Französisch als auch auf Italienisch parat.

»Ich schreibe«, sagte er. »Briefe und Dokumente.«

»Oh«, sagte James, und seine Haut wurde noch röter. »Oh. Ich – ich hatte etwas anderes verstanden. *Oh.*« Fast unhörbar fügte er in Rifaas Sprache hinzu. »Muss besser noch lernen Arabisch. Bitte nicht fragen.«

Rifaa hatte Mitleid mit ihm, obwohl er mittlerweile den Schatten eines Verdachts spürte, was James vermutet hatte; nun war es an ihm, einen roten Kopf zu bekommen.

»Wie du wünschst«, sagte er dennoch höflich und entschied, dass in dem gründlichen Studium von Sprachen wahrlich der Schlüssel zur neuen Zeit liegen musste.

Um James über den peinlichen Moment hinwegzuhelfen und weil er unbedingt wissen wollte, was aus Belzoni geworden war, lud er den jungen Franken ein, mit ihm zusammen ein Kaffeehaus zu besuchen. Dabei hoffte er, dass James für den Kaffee bezahlen würde. Rifaa wäre gerne großzügig gewesen, wie es eigentlich seine Art und die seiner Väter war, doch eine Tasse Kaffee kostete fünf Para, und sein Vater, einst der reichste Mann in seinem Heimatort, verdiente an manchen Tagen nicht mehr als zwanzig; deswegen war es Rifaa auch so wichtig, selbst zu etwas Geld zu kommen. Als James bei seiner Schilderung der Arbeit in Theben beiläufig erwähnte, wie viel die Fellachen von Belzoni erhalten hatten, verschluckte er sich beinahe.

»Jetzt verstehe ich«, sagte Rifaa, »warum der Pascha euch Franken so hofiert. Es ist nicht nur, damit wir eure Kriegskünste und eure Technik erlernen. Ihr bringt Geld in das Land.«

»Dreißig Para pro Tag ist viel Geld? Außerdem glaube ich nicht, dass euer Pascha das nötig hat. Ist er nicht märchenhaft reich? Wir haben am Rande des Palasts von Schubra gewohnt, als Mr. B die Maschine baute, und der war doch nur der Landsitz und trotzdem so imposant wie unser Buckingham Palace.«

»Der *Pascha* ist reich«, sagte Rifaa bedeutsam. »Weil er der Staat ist. Alle Steuern, die früher Landbesitzer wie mein Vater erhoben haben, sind abgeschafft worden, und alles Land, was den *ulama* gehört hat, ging ebenfalls an den Staat. Nun gibt es nur noch eine Steuer statt vieler, aber diese eine ist höher, als die vielen es je waren. Außerdem bestimmt der Pascha, was angebaut wird. Jetzt will er sogar Baumwolle in Ägypten.«

»Was ist denn falsch an Baumwolle? Baumwolle ist wichtig. Ohne Baumwolle wären unsere Weber daheim arm dran«, kommentierte James.

»Aber für *wen* ist sie wichtig?«, fragte Rifaa. »Für uns Ägypter oder für euch Engländer? Baumwolle kann man nicht essen, und mit dem, was wir auf unseren Feldern anbauen, haben wir seit Menschengedenken keine Hungersnöte mehr gehabt! Kennt ihr Hungersnöte?« Abrupt verstummte er. Nun klang er wie sein Vater, und das wollte er nicht, denn es führte zu nichts. »Erzähle mir mehr von dem riesigen Kopf und den Säulen der Ewigkeit«, sagte er versöhnlich, um das Thema wechseln zu können. Aber im Inneren wünschte er sich, er könnte die Länder der Franken selbst sehen, so, wie Belzoni nun sein Land sah, um herauszufinden, wie reich oder arm sie wirklich waren und was den Menschen dort nutzte, und nicht nur den Paschas und Beys.

Giovanni hatte den Zimmermann in Theben ausbezahlt und Wachen für den Kopf des Memnon zurückgelassen. Je weiter sie nilaufwärts kamen, desto stärker veränderte sich das Land. Aus dem Sandstein wurde überwiegend Granit; zwei Tage nach ihrem Aufbruch aus Luxor sahen sie in Esne die ersten Gruppen von Menschen, die schwarze Haut hatten, große silberne Ringe in der Nase trugen – und nackt herumliefen. Selbst die Sklavinnen auf dem Markt von Assiut hatten wenigstens einen dünnen Schal um die Hüften getragen – und abgesehen von Giovanni und einigen zufälligen Blicken, die sich im Lauf der Jahre nicht hatten verhindern lassen, war männliche Nacktheit etwas, das Sarah gänzlich unvertraut war. Auch nun wollte sie beschämt in eine andere Richtung schauen, merkte jedoch, dass dies aus zwei

Gründen nicht möglich war: Zum einen wollte sie sich vor George, der ihre Reaktion bemerkt hatte und mit einem herausfordernden Lächeln kommentierte, keine Blöße geben; zum anderen war ihr bewusst, dass sie seit Kurma, das einen albanischen Kaimakan gehabt hatte, keinem Menschen mehr begegnet war, der nicht in Afrika geboren wurde. *Du kannst deinen Blick abwenden, Sarah,* sagte sie zu sich selbst, *aber du kannst deine Augen nicht vor diesem Land verschließen.*

Also schaute Sarah bewusst hin – und merkte schnell, dass dieser Anblick auch nicht viel anders war, als würde sie inmitten von London eine Gruppe Passanten im Vorbeigehen mustern. Für jeden dieser Menschen hier war seine Nacktheit selbstverständlich, und sie bewegten sich so selbstbewusst, dass Sarah sich unwillkürlich fragte, ob Adam und Eva im Garten Eden so gegangen waren. Es fiel ihr auf, dass auch George, der die Sklaven in Assiut mit einer eindeutigen Miene taxiert hatte, an die Menschen am Ufer kaum einen zweiten Blick verschwendete. Was Giovanni betraf, so schienen sie ihm nicht mehr oder weniger aufzufallen als die Büffelherde, die an einem Morgen den Nil durchquerte und die er aufmerksam beobachtete.

»Es ist ein wunderbares Land, Sarah«, sagte er versonnen, während sich zwei hohe Felsen wie ein Tor aus dem Strom erhoben und sie am linken, palmenbekränzten Nilufer einen alten Palast erspähten. Sie würden bald Assuan erreichen, die letzte Stadt, zu der dieses Boot sie bringen konnte, ehe sie ein neues mieten mussten, des Katarakts wegen, durch den nur mit großer Vorsicht und mit sehr leichten Schiffen navigiert werden konnte, die an Seilen durch die Felsen gezogen wurden, wie ihnen der Kapitän erzählt hatte. Giovanni deutete auf die Insel vor ihnen, auf der deutlich erkennbar Mauerreste standen. »Das sind römische Mauern«, sagte er. »Stell dir vor, Sarah, ich bin vielleicht der erste Sohn Romas seit den Tagen der Cäsaren, der seinen Fuß hier auf das Ufer des Nils setzt.«

Sie lächelte und schlug einige der allgegenwärtigen Mücken zur Seite, die sich zu vermehren schienen, je weiter sie fuhren. Es erleichterte sie, dass er es so formulierte und sich darüber freute, statt schon wieder einen Vergleich mit Drovetti zu ziehen, der auf dem Weg nach Ybsambul ebenfalls hier vorbeigekommen sein musste.

Sarah wusste nicht, ob Drovetti diesen Cailliaud geschickt hatte, um Giovanni an der Bergung des Sarkophags zu hindern, nachdem er gehört hatte, dass der Kopf des Memnon tatsächlich an die Briten fallen würde, und ihm bei dieser Gelegenheit auch gleich die Bücher für sie mitgab, oder ob die Bücher der eigentliche Grund für den Aufenthalt des Mineralogen in Luxor gewesen waren und Cailliaud einfach nur vor Ort die Chance genutzt hatte, um seinem Patron einen Gefallen zu erweisen. Es bestand sogar die sehr entfernte Möglichkeit, dass Cailliaud gar nichts mit dem Verhalten des Kaschef zu tun hatte, der nun wirklich nicht wissen konnte, dass Drovetti den Sarkophag verschenkt hatte.

Im Grunde wollte Sarah nicht wissen, welche dieser drei Erklärungen zutraf. Sie wollte das Land Ägypten in sich aufnehmen und Giovanni dabei erleben, wie er Freude an ihrem gemeinsamen Abenteuer hatte, nicht, wie er zusehends besessener davon wurde, auf die eine oder andere Weise Drovetti zu übertrumpfen.

Sie erinnerte sich daran, was Burkhardt ihnen erzählt hatte: Assuan lag kurz vor der Grenze zu Nubien. Bis dorthin hatten es bisher nur wenige Männer geschafft, er selbst, ein gewisser Mr. Bankes, Drovetti und seine Begleiter. *Und noch keine Frau,* dachte Sarah plötzlich, und der Gedanke erfüllte sie mit einer stolzen Wärme. *Keine einzige Europäerin. Das hat er gesagt. Ich bin die erste.*

Um den zweiten Katarakt zu erreichen, brauchten sie ein Boot, das oberhalb der Stromschnellen vor Anker lag, sowie die Erlaubnis des Agas, des militärischen Befehlshabers dieser südlichen Provinz, der in Assuan residierte. Das bedeutete zwar zusätzliche Ausgaben, doch Giovanni war sicher, nicht mit leeren Händen zurückzukehren. Da seine bisherigen Begegnungen mit höheren Provinzbeamten, ob in Assiut, Armant oder Kurna, bisher nicht immer gleich zu den gewünschten Ergebnissen geführt hatten, wie Sarah es loyal für sich formulierte, hielt sie es an der Zeit, einen Vorschlag zu machen, über den sie lange nachgedacht hatte.

»Giovanni«, sagte sie, »der Aga ist doch gewiss kein junger Mann mehr, wenn er in der hiesigen Provinz das Sagen hat.«

»Nun, das ist anzunehmen.«

»Dann liegt es nahe, dass er verheiratet ist.«

»Er könnte auch ein alter Junggeselle sein«, erwiderte Giovanni und schlug eine Mücke tot, die es auf ihn abgesehen hatte, eine Geste, die er mittlerweile nur noch sehr selten machte, weil sich die Anstrengung bei der schier unendlichen Zahl der Blutsauger einfach nicht lohnte. »Nicht jeder hat so viel Glück wie ich, mein Schatz.«

»Giovanni, der mächtigste und reichste Mann weit und breit ist *immer* verheiratet. Das ist ein Naturgesetz. In allen Ländern.«

»Oh, der Aga hat bestimmt mehr als eine Frau«, steuerte George bei. »Sonst nimmt ihn hier kein Mann ernst.«

»Da wäre es doch möglich«, sagte Sarah, auf ihren sorgfältig zurechtgelegten Plan zusteuernd, »dass ich seine Frauen besuche.«

»Du willst einen Harem besuchen? Donnerwetter. Ich kenne da eine gewisse Dame«, setzte Giovanni mit einem leichten Grinsen hinzu, das in seinem Bart verschwand, »für die du einmal gearbeitet hast, die wäre bei dem Gedanken in Ohnmacht gefallen.«

Sein Bart, dachte Sarah, *wird bald gestutzt werden müssen;* sie hatte es schon lange nicht mehr getan, und nun war aus der ehemals kurzen, gekräuselten Zierde seines Kinns ein regelrechter Vorhang geworden, wie ihn die Männer hierzulande voller Stolz trugen. Der Pascha hatte, wann immer sie ihn in Schubra gesehen hatte, über seinen gestrichen. Sarah seufzte. Wenn ein langer Bart für die Ägypter die Würde eines Mannes unterstrich, dann wäre es unklug, Giovanni dieses Vorteils zu berauben, nur weil sie diese Zotteln wenig ansprechend fand. *Natürlich hält Drovetti es nicht für nötig, sich in dieser Hinsicht an seine Umgebung anzupassen; sein Schnurrbart ist durch und durch europäisch und gepflegt,* dachte Sarah und schalt sich gleich darauf, weil sich Giovannis Manie, Vergleiche mit Drovetti zu ziehen, offenbar auf sie übertragen hatte. Es war ihr völlig gleich, wie Drovetti aussah.

»Mrs. B, ich glaube nicht, dass man mich in einen Harem lässt«, gab George zu bedenken und riss sie aus ihren Gedanken.

»Natürlich nicht«, sagte Sarah schnell. »Du wirst mit Mr. Belzoni beim Aga bleiben und für ihn dolmetschen. Ich werde schon allein zurechtkommen. Das habe ich in Kurna schließlich auch geschafft.«

»Mrs. Belzoni betritt Bereiche, die uns Männern verboten sind, George«, sagte Giovanni. »Sie hat das Abenteuer eben auch im Blut!« George und er grinsten sich an, eine Verbrüderung, die Sarah ärgerte, obwohl sie wusste, dass ihr Gatte sie damit nur necken wollte. Es fiel ihr schwer, Giovanni nicht darauf hinzuweisen, dass er sie in dieser Sache vollkommen falsch einschätzte.

Was ich im Blut habe, dachte Sarah, *ist nüchterne Kalkulation.* Sie nahm an, dass die Frauen des Agas nicht viele

Besuche von Menschen außerhalb Assuans erhielten, und gewiss noch keine Europäerin gesehen hatten. Sie würde eine Ablenkung sein, für die man dankbar war, selbst wenn die Frauen hier nicht so gastfreundlich sein sollten wie die in Kurna. Ein anderes Naturgesetz, das sie Giovanni gegenüber nicht erwähnte, lautete, dass die Ehefrauen aller Länder über Mittel und Wege verfügten, um ihre Gatten zu beeinflussen. Wenn sie die Ehefrauen für sich gewann, dann würde sich der Aga hoffentlich nicht mit dem Pascha, dem Kaimakan und dem Kaschef in die Reihe von Amtsträgern einreihen, deren Verhältnis zu Giovanni … nicht zu den besten Ergebnissen geführt hatte.

Verglichen mit den bisherigen Würdenträgern, denen sie begegnet waren, lebte der Aga von Assuan geradezu bescheiden. *Selbst die Ställe im Sommerpalast des Paschas waren größer,* dachte Sarah, als sie hineingebeten wurden, *aber verglichen mit den Behausungen der Menschen hier ist es natürlich luxuriös.* Bei der Residenz des Agas handelte es sich um drei Gebäude mit einem Innenhof, in dem er mit Giovanni und einigen seiner Leute unter freiem Himmel speisen würde, und zwei angebauten kleinen, aber fest überdachten Räumen.

Als sie zu einem von ihnen geführt wurde, glaubte sie, dass es sich um die Küche handelte. Es gab jede Menge Wasserkrüge, Siebe, um die Spreu vom Weizen zu trennen, ein paar tönerne Töpfe zum Kochen, einige Holzschalen, einen Ofen, eine Kaffeekanne und ein paar alte Matten, um darauf zu sitzen oder zu liegen. Begrüßt wurde sie von einer dicken und mindestens vierzigjährigen Frau, die sich als die erste Gemahlin des Agas vorstellte. Es war sehr eng in dem kleinen Raum, da auch die Schwester des Agas anwesend war, die ihre Verwandtschaft und Bedeutung sofort klarmachte, ihr Ehemann, der nicht glücklich darüber aussah, dass er sich hier aufhalten musste, statt mit den Männern zu speisen, zwei kleine Kinder, die sich hinter die Hauptfrau drückten, drei alte Frauen, die Dienerinnen oder ältere Verwandte sein mochten, und ein alter schwarzer Sklave. Der Schwager des Agas klatschte in die Hände, und der Sklave brachte einen Schemel, auf den sich Sarah setzte. Dann machte sich der Schwager daran, Kaffee und eine Wasserpfeife vorzubereiten, während Sarah versuchte, Lächeln und Blicke mit den Frauen auszutauschen.

Zunächst scheiterte sie ganz und gar. Jede der Frauen musterte sie zwar sehr aufmerksam, doch ohne eine Miene zu verziehen. Sarah hatte Geschenke mitgebracht, entschied aber, mit der Überreichung noch ein wenig zu warten. *»Es salamu' alekum«*, sagte sie, die Grußformel auf Arabisch rezitierend, die sie längst auswendig konnte, und machte einladende Gesten, um zu verdeutlichen, dass die übrigen Frauen sich doch ebenfalls setzen sollten. Der Schwager des Agas schüttelte heftig den Kopf, reichte ihr die Pfeife und begann, ihr Kaffee einzuschenken. Diesmal deutete Sarah mit einer fragenden Miene auf die Hauptfrau, und ihr Schwager entgegnete mit einem verächtlichen Gesicht etwas, in dem die Worte »Affen« und »zu gut für« vorkamen. Als Sarah klarmachte, dass sie nicht mehr Kaffee wollte, verschwand er mit der Kanne im nächsten Raum, kehrte ohne sie zurück und schloss die Tür ab.

Sarah hatte inzwischen gelernt, zu rauchen, doch in Kurna war es üblich gewesen, zu teilen, also bot sie die Pfeife nach einigen Zügen der Hauptfrau an, die sie entgegennahm und genau einmal rauchte, ehe der Mann sie ihr mit einem wütenden Blick fortnahm. Er hob die Hand, als wolle er sie schlagen. Sarah sprang auf und erklärte, so gut sie konnte, es sei ihre Schuld, und sie bitte um Verzeihung für das Missverständnis. Mit einem Brummen machte sich der Schwager daran, die Pfeife wieder in Gang zu setzen und sie ihr ein zweites Mal anzubieten. Als sie ablehnte, verschwand auch die Pfeife im Raum nebenan.

Etwas Derartiges war ihr noch nie passiert. Sarah hatte als Frau eines Jahrmarktschaustellers oft genug Missachtung kennengelernt, nicht nur von Mitgliedern der angeblich besseren Kreise, sondern auch von anderen Schaustellern auf den Jahrmärkten. In Europa war es oft genug vorgekommen, dass ihren Worten in Gesprächen kein Gewicht beigemessen wurde, weil sie eine Frau war; in Ägypten hätte sie blind und taub sein müssen, um nicht zu bemerken, dass sie gelegentlich wie eine Kreuzung aus Sehenswürdigkeit und Monstrosität behandelt wurde. Damit konnte sie umgehen. Doch noch nie hatte man sie so höflich behandelt und zur gleichen Zeit andere Frauen wie Ungeziefer. Es war, als betrachte sie der Schwager des Agas als Mitglied einer anderen Spezies.

Ob das nun hieß, dass ihre englische Nationalität sie in den Augen dieses Ägypters zu einem Mann ehrenhalber machte, oder ob er sich in einem längeren Streit mit seiner Schwägerin befand und sie einfach nur benutzte, um der Hauptfrau einen Schlag zu versetzen, wusste sie nicht. In Gedanken an ihren Schwager Francesco hielt Sarah die zweite Möglichkeit durchaus für denkbar. In dem einen wie dem anderen Fall brachte es sie in eine schwierige Lage. Wie konnte sie es vermeiden, Giovannis Anliegen zu schaden? Wenn sie die Frauen weiterhin in Schutz nahm und der Schwager Einfluss auf den Aga hatte, dann konnte es damit enden, dass sie nie über Assuan hinauskamen. Wenn sie ignorierte, wie er seine Schwägerin und die anderen Frauen behandelte, dann würden diese es ihr gewiss und mit Recht übel nehmen, und ob der Schwager nun Einfluss hatte oder nicht, Sarah konnte sich nicht vorstellen, dass die Hauptfrau keinen besaß.

Sarah versuchte, sich an etwas Nützliches aus ihrer Zeit in

Kurna zu erinnern, wo alles viel leichter gewesen war, und dachte daran, wie ihr sonnengebleichtes Haar und ihre Kleidung die Frauen fasziniert hatten. Nun, es war natürlich undenkbar, in Anwesenheit von … Sarah hielt inne. Das war es! Eine Möglichkeit, den Schwager zu veranlassen, sich zurückzuziehen, ohne ihn zu beleidigen. Sie setzte ein vorsichtiges Lächeln auf und murmelte laut: »Verzeihung, Verzeihung, Kopf, schmerzen, so viel Ehre.« Dann hob sie ihre Hände und nahm ihre Kopfbedeckung ab. Als ihr sorgfältig geflochtenes Haar zum Vorschein kam, erstarrte der Schwager des Agas und verabschiedete sich nach einem undeutbaren Blick hastig; das Haar einer ehrbaren Frau betrachtete kein fremder Mann.

Erst, als sich die Tür zum Hof hinter ihm geschlossen hatte, hörte sie die Kinder kichern. Die Frauen musterten sie nun unverhohlen neugierig. Sarah holte den kleinen Spiegel und die Kettchen hervor, die sie als Geschenk mitgebracht hatte, und überreichte sie der Hauptfrau.

Der Spiegel erregte allgemeines Aufsehen, und den gurrenden, bewundernden Lauten, mit denen die Frauen versuchten, einen Winkel zu finden, um auch sich dort wiederzufinden, während ihre Herrin ihn pausenlos hochhielt, entnahm Sarah, dass er größer war als diejenigen, die diese Frauen kannten, selbst wenn sie sich das kaum vorstellen konnte. Vielleicht verstand sie auch etwas falsch, und er war sauberer oder aus besserem Metall?

Ihr Haar, die Weste und das Korsett erregten ähnliche Reaktionen wie in Kurna. Es war sehr eigenartig, so viele Hände über ihr Haar und ihre Haut streichen zu fühlen, und sie versuchte, nicht zimperlich zu sein und ihr Lächeln beizubehalten, doch es war eine gewisse Erleichterung, als Rufe von draußen die Frauen veranlassten, mit dem Kochen für den Aga und seine Gäste zu beginnen, und Sarah ihre Kleidung wieder ordnen ließen.

Das Festessen, so stellte sich heraus, bestand aus Okraschoten, die in einer Lammfleischbrühe gekocht und danach über Brot gegossen wurden, und gewürztem Fleisch, das mit Reis zu kleineren Bällchen geformt wurde. Ehe es zum Aga und Giovanni hinausgetragen wurde, kosteten alle Frauen davon. Sarah beschloss, sich an die Lammfleischbrühe zu halten, die immerhin gekocht und daher am wahrscheinlichsten frei von Ungeziefer war, aber die Hauptfrau nahm etwas von dem gewürzten Fleisch und Reis in ihre Hand und hielt es Sarah hin, um es ihr persönlich in den Mund zu stecken.

»Das Beste«, sagte sie und lächelte.

Du hast gewollt, dass sie dir gewogen sind, also nimm dich zusammen, dachte Sarah, erwiderte ihr Lächeln, öffnete den Mund und kaute den Reis so schnell wie möglich, um es hinter sich zu bringen. Sie hatte kaum einen beifälligen Laut ausgestoßen, als die Hauptfrau ihr noch etwas gab, mit einem gutmütig klingenden Satz, der eindeutig die Worte »zu dünn« enthielt. Sarah starrte auf die wogenden Rundungen vor ihr und musste daran denken, wie sie James vor über einem Jahr neckend an Lord Nelson erinnert hatte: *England erwartet, das jedermann seine Pflicht tut.* Nun schien es an ihr zu sein. Schicksalsergeben öffnete sie den Mund und akzeptierte noch etwas mehr Reis.

Giovanni hatte das Gefühl, sich in einem ständigen Kreislauf zu bewegen. Gleich nach seiner Ankunft in Assuan hatte er Tabak, Seife und Kaffee als Geschenk zum Haus des Agas geschickt, was seine Einladung zur Folge hatte, und außerdem das Versprechen erhalten, dass der Aga ihm sein eigenes Boot für die Fahrt nach Ybsambul zur Verfügung stellen würde. Nun, im Haus des Agas, hörte er wieder bedauernde Worte über die Unabkömmlichkeit von Leuten so kurz nach dem Ramadan, um das Boot auch zu steuern.

»Ein Lotse würde mir schon genügen«, sagte er. »Dann könnte ich mein eigenes Boot nehmen.«

Der Aga hob abwehrend die Hände. »O ncin, nein. Das ist ganz und gar gegen das Gesetz. Nur Boote aus Assuan dürfen nach Nubien. Ihres könnte die Stromschnellen nie passieren, wissen Sie das nicht? Aber meine Leute haben alle gefastet und gebetet, und nun sind sie erschöpft ... wenn es denn überhaupt sein muss, mein Freund, dann müssen sie auch gebührend entschädigt werden.«

»Natürlich«, sagte Giovanni und stellte sich auf neue Verhandlungen ein. »An welche Entschädigung haben Sie gedacht, um Ihr Boot und Ihre Leute entbehren zu können?«

Als George ihm die Summe übersetzte, glaubte Giovanni, er habe sich verhört, und ließ den jungen Griechen noch einmal wiederholen, was er gerade gesagt hatte.

»Hundertzwanzig Maria-Theresien-Taler?«

»Das hat er gesagt. Und dass er keine Piaster haben will.«

Natürlich fing jede anständige Verhandlung mit einer überhöhten Forderung an, doch diese war so unglaublich, dass sie nicht ernst genommen werden konnte. Giovanni hatte noch einige Maria-Theresien-Taler bei sich, aus der Zeit, in der sie in Portugal, Sizilien und Malta gastiert hatten, aber nicht sehr viele. Doch selbst wenn man die Piaster, die ihm von Henry Salt zur Verfügung gestellt worden waren, hier irgendwo in die andere Währung umtauschen könnte, würde eine derartige Summe ihn um den gesamten Rest seines Geldes erleichtern.

»Unmöglich«, erklärte Giovanni kurz angebunden. »Viereinhalb Taler für einen Lotsen und mein eigenes Boot. Mehr nicht.«

Der Aga biss in den mit Lammfleischbrühe übergossenen Fladen und ließ sich Zeit mit dem Kauen, bis er entgegnete:

»Dann, mein Freund, hoffe ich, dass Ihnen Assuan gefallen wird. Besuchen Sie auf jeden Fall die Insel, die von Euch Franken Elephantine genannt wird. Den Franzosen hat sie besonders gut gefallen, wie ich mich erinnere.«

»Der Kerl glaubt, ich hätte Angst«, sagte Giovanni wütend, während sie durch die engen Straßen Assuans auf ihren Eseln zum Boot zurückritten. »Angst vor seinen Stromschnellen, vor den Untiefen und vor den Banditen, die er hier befehligt. *Bah!* Der wird mich kennenlernen. Ich heure meinen eigenen Lotsen an, und dann segeln wir.«

»George meint, die Männer aus Kairo hätten Angst um ihr Boot«, antwortete Sarah behutsam. »Außerdem bräuchten wir dann noch zusätzliche Leute, die es an Seilen durch die Stromschnellen ziehen, und die wären alle Untergebene des Agas. Vielleicht sollten wir ein paar Tage abwarten, bis unsere Mannschaft sich an den Gedanken gewöhnt hat und wir gemeinsam eine Möglichkeit finden, wie du Männer anwerben kannst, ohne jemanden zu verärgern. Vielleicht wird der Aga ja auch einlenken.«

»Bestimmt nicht. Der ist von Drovettis Agenten bestochen worden, genau wie die anderen.«

»Trotzdem wäre es bedauerlich, wenn du die Möglichkeit nicht nutztest, die Tempelruinen auf Elephantine und Philae zu besichtigen, Liebster«, sagte Sarah. »Wer weiß, ob wir auf dem Rückweg die Zeit dazu haben werden …«

»Hm. Ein, zwei Tage vielleicht …«, brummte Giovanni. Später war er überrascht, als Sarah ankündigte, dass sie ihn nicht begleiten würde.

»Ich habe erfahren, dass der Aga noch eine Zweitfrau hat, die bei meinem Besuch nicht zugegen war«, sagte sie. »Es wäre unhöflich, nur einer der Frauen meine Aufwartung zu machen und nicht der anderen.«

»Aber wir verlassen diesen Ort doch bald, mein Schatz.

Es braucht dich nicht zu kümmern, was diese Wilden von dir denken.«

»Es geht nicht darum, was sie von mir denken, es geht darum, was sich schickt, Giovanni, und was ich von mir denke. Ich weiß, was sich gehört.«

Damit ließ Giovanni sich überzeugen, mit George allein die Insel Elephantine und das Nilometer zu besuchen, das dort angeblich seit der Zeit Alexanders den Stand des Nils maß, obwohl die Inschriften nur bis zu Augustus zurückreichten. Sarah sagte sich, dass keines ihrer Argumente eine Lüge gewesen war: Höflichkeit wie Gerechtigkeit geboten es tatsächlich, die beiden Frauen des Agas gleich zu behandeln. Doch was sie Giovanni verschwiegen hatte, war, dass ein Besuch bei der zweiten Frau eine wunderbare Gelegenheit bot, um ihren Versuch, das Wohlwollen des Agas über seine Frauen zu erringen, fortzusetzen.

Wie sich herausstellte, war die zweite Frau des Agas um einiges jünger und schlanker als seine Hauptfrau, doch auch sehr schüchtern. Sie trug ihr Haar in zahllose kleine Zöpfe geflochten und eingefettet, wie die schwarzen nubischen Frauen, von denen Sarah seit Esna immer mehr gesehen hatte, und hielt ihre Augen ständig auf den Boden gerichtet, auch, als Sarah ihr ein paar Kettchen schenkte, die sie hastig versteckte. Diesmal wurde Sarah kein Kaffee angeboten, sondern Datteln. Nach einer Weile kam die Hauptfrau herein, was die jüngere Frau des Agas zu einer hastigen Verbeugung und zu noch größerer Schüchternheit veranlasste.

»Ihr Franken«, sagte die Hauptfrau, nachdem Sarah sie begrüßt hatte, »sucht alle nach Schätzen und bringt doch kein Geld mit, hm?«

Sarah dachte daran, wie alle Leute in Kurna geglaubt hatten, in dem Kopf des Memnon müsse sich Gold verbergen, weil Giovanni sich so bemüht hatte, ihn zu bergen. Es war sinnlos gewesen, ihnen gegenüber vom Britischen Museum und dem Ruhm für die Nachwelt zu sprechen. Außerdem hatten sie im übertragenen Sinn wohl nicht so unrecht. Giovanni suchte nicht nach Gold, doch ein Schatz konnte viele Formen haben.

»Wenn wir Geld hätten«, entgegnete sie und strengte sich an, die richtigen Worte zu finden und sie in die richtigen Reihenfolge zu setzen, »dann müssten wir nicht suchen. Wir haben aber trotzdem ein Geschenk zu bieten: Freundschaft.«

»Hmmm«, sagte die Hauptfrau. »Freundschaft ist das Fett, das ein Mahl zusammenhält, doch es ist heute hier und morgen verbraten, leider. Was hat der Aga morgen von der Freundschaft, und wir, seine bescheidenen Frauen, eh?«

Sarah verstand nicht alles, aber doch den Sinn der Aussage, vor allem, weil sie die ganze Nacht lang darüber gegrübelt hatte, was um alles in der Welt sie anbieten konnte, um den Aga durch seine Frauen zu überzeugen. Giovanni hatte recht; sie konnten unmöglich ihr gesamtes Geld für die Fahrt zwischen den Katarakten ausgeben. Aber Kaffee, Schießpulver, Spiegel, all diese Dinge hatten ihre Wirkung bisher verfehlt.

Wenn man nichts zu geben hatte, dann musste man eben so tun, als wäre dem nicht so.

»Freunde sind Freunde von Freunden«, sagte Sarah geheimnisvoll. »Mein Gatte ist der Freund von Mehemed Ali Pascha. Er hat ihn selbst ins Land geholt aus dem fernen Land der Franken.«

Die Hauptfrau machte eine skeptische Miene. Die jüngere der Frauen schaute lange genug auf, um Sarah einen mitfühlenden Blick zu schenken, doch es war offensichtlich, dass sie auch nicht überzeugt war.

»Ein Freund von Mehemed Ali Pascha«, wiederholte Sarah eindringlich und dachte: *Glaubt mir, bitte, glaubt mir doch.* Dann gab sie sich einen Ruck und fügte hinzu: »Genau wie Drovetti. Ein Freund.«

Nun lehnte die Hauptfrau sich vor und wiederholte Drovettis Namen, den sie offensichtlich erkannte, in fragendem Tonfall und mit einigen weiteren Worten, zu denen auch »Freund« gehörte. Sarah nickte eifrig und war froh, dass sich Giovanni weit, weit fort befand und nie etwas von diesem Gespräch erfahren würde.

»Hmmmm.« Sie spürte, wie die Frau ihr unter das Kinn griff und ihr dann die Wange tätschelte.

»Kleine Fränkin«, sagte die Gemahlin des Agas lächelnd. »Du musst wirklich mehr essen. Dich stärken für die Reise nach Abu Simbel.«

Als der Bote des Agas kam, war Sarah damit beschäftigt, ihre Reisekörbe und den Koffer ein weiteres Mal umzupacken; die Geschenke für die Einheimischen, Kleinigkeiten aus Kairo und Assiut, gingen ihnen allmählich aus, aber das bedeutete mehr Raum für andere Dinge, einschließlich ihrer drei Bücher. Sie hatte gerade die Bettwäsche, die sie nun schon so lange begleitet hatte, neu gefaltet, als Giovanni nach ihr rief, Freude und Triumph in seinem Tonfall. Sarah strich ihr Haar zurück, setzte sich ihre Kopfbedeckung wieder auf und ging zu ihm.

»Der Aga hat nachgegeben«, sagte Giovanni erleichtert; obwohl er es nie zugegeben hätte, war ihm die Aussicht, mit einer unwilligen Mannschaft und in Feindschaft mit den örtlichen Behörden weiterzusegeln, alles andere als lieb gewesen. »Zwanzig Maria-Theresien-Taler gegen die Nutzung seines Bootes, einschließlich der Mannschaft. Sarah, der Nil ist unser!«

»Gott ist mit den Tüchtigen«, sagte Sarah und beschloss, das Naturgesetz bezüglich des verheirateten Status von mächtigen Männern bei den Dingen einzuschließen, für die sie Gott in ihrem Nachtgebet täglich dankte.

KAPITEL 10

Abu Simbel«, sagte Henry Salt langsam, so dass der Junge es verstand. »Nicht Ybsambul. Abu Simbel. Dorthin ist dein Herr jetzt unterwegs, so scheint es.«

Er hielt den Brief in der Hand, den ihm sein Kurier überbracht hatte, und bemühte sich, nicht zu zeigen, dass er unsicher war, was er davon halten sollte. Zu hören, dass der Kopf des Memnon tatsächlich am Nilufer nur noch auf das geeignete Schiff wartete, war natürlich eine wunderbare Nachricht, doch in Ermangelung eines handgreiflichen Beweises hatte sie auch etwas Unwirkliches, wie eine Fata Morgana in der Wüste. Die Mitteilung, dass Belzoni das zusätzliche Geld nicht etwa genutzt hatte, um in Luxor, wo man bei jedem zweiten Schritt über Altertümer stolpern musste, weitere kleinere Ausgrabungen zu machen, sondern nilaufwärts zu segeln, war beunruhigend. Was wusste er eigentlich von Belzoni, außer, dass Scheich Ibrahim sich für ihn eingesetzt hatte? Nur, dass er einer der zahllosen Abenteurer war, den der Pascha ins Land geholt hatte, um ein Stück zur Modernisierung Ägyptens beizutragen, und der dann wieder fallen gelassen worden war. Vielleicht aus Gründen, die tiefer gingen, als das Malheur bei der Erprobung von Belzonis Maschine vermuten ließ?

Andererseits hatte er den Bericht gelesen, den Scheich Ibrahim der Royal Society über Abu Simbel geschickt hatte: Ein exquisiter kleiner Tempel, etwa zwanzig Fuß über dem Fluss gelegen und ganz aus dem Felsen geschlagen, und dahinter standen, etwa zweihundert Yards von dem kleinen Tempel entfernt, vier riesige, gewaltige Statuen, die ebenfalls aus dem Felsen gehauen worden waren, in Nischen, die direkt in den Berg hineingingen, aber fast zur Gänze von Sand bedeckt waren. Bei einer der Statuen ragte der Kopf, ein Teil der Brust und eines Armes über den Sand hinweg; bei der daneben war fast nichts mehr sichtbar, weil das Gesicht abgebrochen war, und von den anderen beiden ragten nur die hohen Hauben, die Statuen hierzulande trugen, aus der Wüste hervor. Scheich Ibrahim schwor, dass der Kopf der sichtbaren Statue so schön wie der des Memnon sei; doch es war der Schluss seines Berichtes, der Salt am meisten fesselte und der – wie er vermutete – auch Drovetti den Nil aufwärts getrieben haben musste. Burkhardt glaubte nicht, dass die vier Statuen einfach nur vor der Felswand standen, sondern dass es sich um den Eingang zu einem zweiten Tempel handeln musste, der völlig im Sand verschüttet und so seit Jahrhunderten verschlossen war.

»Was soll ich denn jetzt tun, Sir?«, fragte der junge Curtin zögernd. »Ich bin wirklich dankbar, dass Sie mir Arbeit hier im Konsulat geben, das schwöre ich, Sir, aber ich bin jetzt wieder völlig gesund, und wenn Mr. B mich braucht …« Er stockte. Natürlich hatte er selbst nicht die Mittel, um von Kairo nach Abu Simbel zu gelangen.

Salt tat er leid. Es war offensichtlich, dass der Junge den Belzonis treu ergeben war. Doch er hatte nicht die Absicht, noch mehr Geld in diese Unternehmung zu stecken, ehe er Ergebnisse irgendwelcher Art greifbar vor sich sah. Seine Mittel waren alles andere als unbegrenzt, und sosehr er Sir Josephs Überzeugung teilte, dass die ältesten Kunstschätze der Welt in englische Hände gehörten, so war er doch auch der Ansicht, dass man Risiko und Realismus immer in einem vernünftigen Verhältnis zueinander bringen musste.

»Nun, wie es scheint, Curtin«, sagte Salt so herzlich wie möglich, »werden du und das Personal der Regierung Seiner Majestät in Ägypten es noch eine Weile miteinander aushalten müssen.« Hätte Salt nicht selbst eine sichere Existenz aufgegeben, um mit Lord Valentia um die Welt zu reisen, als er nur wenig älter als dieser Junge war, hätte er sich ohnehin gefragt, wie jemand die Anstellung bei einem Konsul nicht dem unsicheren Dasein an der Seite eines Abenteurers vorziehen konnte. Doch er erinnerte sich lebhaft. Außerdem hatte er nicht nur Belzonis Brief erhalten, sondern auch einen der jungen Dame, der er vor seiner Abreise aus England den Hof gemacht hatte, in der Hoffnung, sie überreden zu können, seine Frau zu werden. Mary hatte ihm bereits in England eine Abfuhr erteilt, doch Salt hatte gehofft, seine Abwesenheit würde sie vielleicht wehmütig und weicher stimmen. Vielleicht hätte er nicht so offen über das sein sollen, was sie hier erwartete, zugegeben, doch er hielt es für unklug, ein gemeinsames Leben mit Lügen zu beginnen. Die Erwähnung von Mrs. Drovetti und Mrs. Belzoni als Europäerinnen, die das Leben in Ägypten bewältigten, hatte auch nicht geholfen. *Es ist mir gleich, wie viele europäische Frauen das Unglück haben, in jenem Land zu wohnen, Mr. Salt,* hatte sie geschrieben und ihre Ablehnung wiederholt.

Ja, Salt wusste, was es hieß, den Preis für die eigene Sehnsucht nach der Ferne zu zahlen, und weil er Wohlwollen für den Jungen empfand, fügte er hinzu: »Sollte sich jedoch ein Reisender finden, den sein Weg nach Assuan führt, werde ich ihn fragen, ob er dich als Diener mitnimmt.«

»Danke, Sir«, sagte James Curtin und strahlte. Nachdem der Junge zu seinen Pflichten zurückgekehrt war, ließ Salt sich sein Pferd bringen und machte sich auf den Weg zur Residenz des Paschas in Schubra. Er hatte gute Neuigkeiten aus England und hoffte, das auch zum Besten eines Anliegens nutzen zu können, das Colonel Misset unverständlicherweise endlos aufgeschoben und vernachlässigt hatte. Mehemed Ali hatte Verträge mit der Ostindischen Handelsgesellschaft, doch er versuchte schon seit langem eine eigene kleine ägyptische Flotte aufzubauen. In der Vergangenheit hatte die Regierung Seiner Majestät dergleichen nur mit Missbilligung betrachtet. Das Anliegen des Paschas, ein ägyptisches Schiff um das Kap der guten Hoffnung zu schicken, war ganz und gar abgelehnt worden. Salt hielt das für kurzsichtig. Natürlich war es wichtig, die vollkommene Kontrolle über jede Art von maritimem Zugang nach Indien zu behalten. Aber die alten Römer waren mit der Maxime »teile und herrsche« immer sehr gut gefahren. Tatsache war, dass sich im Roten Meer Wahabiten als Piraten herumtrieben und dass es in Mehemed Alis ureigenstem Interesse lag, mit ihnen fertig zu werden und für sichere Handelsrouten zu sorgen; wenn er es tat, dann mussten es die Fregatten Seiner Majestät nicht tun, und der Handel konnte unbehindert florieren.

Salt nahm zwar vorsichtshalber einen eigenen Dolmetscher mit, doch Boghos Bey hatte seine Anwesenheit zugesichert und befand sich tatsächlich vor Ort, um für den Pascha zu übersetzen.

»Die Reise um das Kap«, sagte er, nachdem er die Begrüßung und die Übermittlung der guten Wünsche seiner Regierung hinter sich gebracht hatte, »birgt natürlich viele Gefahren.«

Der Pascha lächelte. »Meine Kapitäne sind schon ungeduldig, sich diesen Gefahren zu stellen. Bedenken Sie, mein Freund, noch kein muslimisches Schiff hat sie hinter sich gebracht.«

»Dann freut es mich, dass ein ägyptisches das erste sein wird«, sagte Salt und präsentierte das Schreiben, zu dem Sir Joseph den Außenminister, Lord Castlereagh, überredet hatte. Er ließ etwa eine Viertelstunde vergehen, in welcher der hocherfreute Pascha ihm dankte und von der Zukunft Ägyptens sprach, dann entschied er, dass es Zeit für sein Anliegen war.

»Euer Hoheit«, sagte er, »sowohl als Engländer als auch als aufrichtiger Bewunderer Ihrer noblen Pläne für Ägypten hat es mich sehr bekümmert, hören zu müssen, dass es etwas gibt, das die Ehre Eurer Hoheit beflecken könnte.«

»Ihre Besorgnis um meine Ehre labt meine Seele«, übersetzte Boghos Bey, während der Pascha sich zurücklehnte und über den Bart strich. »Um welche Schmach handelt es sich?«

Es handelte sich um den ehemaligen Soldaten William Thomson, gebürtig in Perthshire, Schottland, der bei dem 78sten Highlander-Regiment gedient hatte und während der Niederlage von General Fraser bei Rosetta im Jahr 1807 gefangen genommen worden war. Durch Drovettis Intervention für die britischen Gefangenen hatte er seinen Kopf nicht verloren, doch anders als die übrigen war er nicht ausgelöst worden. Man hatte ihn gezwungen, zum Islam überzutreten, und als Sklaven verkauft. Scheich Ibrahim war ihm, der nun den Namen Osman trug, in Jedda bei einem Schneider begegnet und hatte den Fall Misset vorgetragen – umsonst. Salt versuchte, das mit der Krankheit seines Vorgängers zu entschuldigen, doch er empfand es trotzdem als beschämend.

»Hmmmm«, sagte der Pascha, nachdem Salt Burkhardt als Quelle genannt hatte. »Scheich Ibrahim und seine Verlässlichkeit sind mir natürlich wohlbekannt. Als ich mit meinen Truppen bei Taif vor Mekka lagerte, um die ketzerischen Wahabiten aus der Stadt des Propheten zu vertreiben, hat er mir seine Aufwartung gemacht. Der eine oder andere meiner Ratgeber damals schien zu glauben, dass der gelehrte Ibrahim kein wahrer Muslim sei, und empfahl mir, die Herzen der Bevölkerung dort zu gewinnen, indem ich ihn steinigen lasse, wie es sich ziemt, wenn ein Ungläubiger versucht, Mekka zu betreten.« Er seufzte. »Wissen Sie, warum die Wahabiten in Arabien so viele Anhänger haben und warum der Sultan mich so dringend ersucht hat, mit diesem Pack fertig zu werden, mein lieber Salt? Sie behaupten, dass wir, die wir Untertanen der Pforte sind, jede Reinheit des Glaubens schon lange verloren haben. Sie sehen uns bereits als Teil des Westens. Es ist kein Kompliment.«

»Scheich Ibrahim hat mir von der Begegnung erzählt«, entgegnete Salt. »Er rühmte die Weisheit und Großzügigkeit Eurer Hoheit bei dieser Gelegenheit.« Was Burkhardt tatsächlich gesagt hatte, war: *Ich glaube, es hat ihn amüsiert, mir das Geld zu leihen, um meine Pilgerfahrt nach Mekka zu beenden. Aber wenn ich ihn dadurch in Verlegenheit gebracht hätte, dass ich mich nicht wirklich als Muslim verhalten hätte, dann wäre ich meinen Kopf los gewesen. Nicht, weil er selbst so streng im Glauben ist, sondern weil es ihn sein Gesicht hätte verlieren lassen. Vergessen Sie das nicht, Salt.*

»Ich habe nie an seiner Dankbarkeit gezweifelt«, sagte der Pascha.

»Auch William Thomson – Osman – wäre Eurer Hoheit überaus dankbar. Genau wie die Regierung Seiner Majestät. Er ist der einzige Engländer, der als Sklave gehalten wird, und dieser Umstand beschämt uns und die warme Freundschaft, die, wie ich zu hoffen wage, nunmehr zwischen Eurer Hoheit und uns besteht, da alte Missverständnisse längst überwunden sind. Welcher Freund würde den Verwandten eines Freundes als Sklaven sehen wollen?«

»Wahrlich«, sagte der Pascha nach einem kurzen Nachdenken. »Nun, fern sei es mir, weiterhin einen Flecken auf unserer Freundschaft zu dulden. Osman soll seine Freiheit haben. Allah hat mich gesegnet mit Freunden, die so auf meine Ehre achten! Nehmen Sie meinen Freund Drovetti. Er könnte den mühsamen Staatsangelegenheiten jetzt den Rücken kehren, doch nein! Statt die Freiheit zu genießen, die ihm seine Regierung gegeben hat, steht er mir immer noch mit seinem Rat zur Seite. Erst kürzlich hat er mir Abschriften der Bedingungen zukommen lassen, welche die Ostindische Handelsgesellschaft in ihren Verträgen mit den Regierungen anderer Länder pflegt, und ich sagte ihm, mein geschätzter Freund Salt werde gewiss dafür sorgen, dass auch mein Vertrag entsprechend verändert wird. Da war er ganz meiner Meinung.«

Drovetti dachte Salt und zitierte innerlich das, was Drovetti ihm gesagt hatte, *Sie sind gut.*

»Die Verträge Eurer Hoheit bestehen mit der Ostindischen Handelsgesellschaft«, sagte er laut.

»Ja«, sagte der Pascha milde. »Der bedauernswerte Osman gehört einem meiner Untertanen, und nicht mir.«

»Dann haben wir beide Glück«, sagte Salt und begann in Gedanken schon, seinen nächsten Brief nach London über Sicherheitslecks zu diktieren, »dass die Regierung Seiner Majestät einen gewissen Einfluss innerhalb der Ostindischen Handelsgesellschaft besitzt und die Untertanen Eurer Hoheit Eurem Ratschlag aufs Wort folgen.«

Was Giovanni an den Granitmassen zu beiden Seiten des Nils am meisten faszinierte, war, dass Statuen wie die des Memnon aus ebendiesem Material gemacht worden sein mussten; um Theben gab es nur Kalkstein und Sandstein. Die mächtigen Statuen, die beeindruckenden Obelisken, sie alle entstammten den Felsen zwischen Assuan und Abu Simbel. Irgendwie war es den alten Ägyptern gelungen, diese riesigen Granitblöcke, die länger und dicker waren als der höchste Mast, den er je auf einem Schiff gesehen hatte, aus den Felsen zu sprengen und den Fluss hinunterzuschaffen, und das durch die Stromschnellen des ersten Katarakts bei Assuan.

»Nun, sie mussten sich nicht mit bestechlichen Verwaltungsbeamten herumschlagen«, schloss er. »Damals tat gewiss jeder, was der Pharao sich wünschte. Aber trotzdem – welche Leistungen, Sarah, welche Leistungen. Und keiner von ihnen hat an einer Universität studiert. Daran siehst du, dass es möglich ist!«

Sarah war dabei, Giovannis und ihre Stiefel mit Palmenblättern auszukleiden. Der *Reis* des Schiffes hatte sie durch George gewarnt, dass der Sand um Ybsambul herum heiß genug war, um Straußeneier darin zu kochen, was George, der über keine Stiefel verfügte, dazu veranlasst hatte, zu erklären, er bleibe an Bord; um einen Tempel zu besichtigen, brauche Mr. Belzoni ihn schließlich nicht. »Wenn Sie mich fragen, Mrs. Belzoni – es ist einfach zu heiß hier.« Missmutig hatte er zu den Krokodilen hinübergeschaut, die sie seit gestern immer wieder in kleineren und größeren Gruppen auf den Sandbänken am Ufer liegen sahen. Sarah konnte nicht widerstehen, ihm zu erklären, dass die mächtigen Tiere die glühende Sonne offenbar genossen, und schließlich besaßen sie eine Haut, die dick genug war, um der Hitze Paroli zu bieten. Sie wusste nur zu gut, dass George nicht gut auf die Krokodile zu sprechen war; ihre Gegenwart hielt die Besatzung davon ab, sich am Abend im Wasser zu erfrischen.

Vielleicht übertrieben sowohl der *Reis* als auch George, doch Sarah wollte lieber vorsichtig sein und es dem Sand etwas schwerer machen, sich bis zu ihrer Haut durchzubrennen. Daher blickte sie erst auf, als Giovanni laut auf Italienisch »Heilige Jungfrau« rief.

Die sechs Statuen, die weit über ihnen aus dem Felsen ragten, mussten mindestens dreißig Fuß hoch sein. Von denen, die laut Scheich Ibrahim deutlich größer, aber fast vom Sand verschüttet waren, konnte sie vorerst noch nichts erkennen, denn diese sollten zweihundert Yards vom Ufer entfernt hinter einer Sanddüne liegen. Aber wenn sie sich vorstellte, dass Statuen solcher Höhe von Sand begraben werden konnten, musste sie sich unwillkürlich vorstellen, wie es wäre, wenn Buckingham Palace auf diese Weise von der Erde verschluckt würde. Auch die Geschichte von Sodom und Gomorrha kam ihr in den Sinn, von Gott, der Städte voller Zorn vom Angesicht der Erde tilgte, bis auf Lots Weib, das zur Salzsäule erstarrt war, als es sich umwandte, um das Unglück zu sehen. Sarah fröstelte.

Giovanni war mit keinerlei biblischen Erwägungen beschäftigt. Er zog sich ungeduldig die Stiefel an und sprang, kaum dass ihr Boot angelegt hatte, von Bord, um die zweihundert Yards und den Sandhügel, der den Blick auf die Figuren noch behinderte, so schnell wie möglich hinter sich zu bringen, den unübersehbaren ersten Tempel völlig ignorierend. Sarah verschnürte ihre Stiefel, holte tief Luft und folgte.

Eigentlich hatte sie geplant, langsamer zu laufen, doch wie sich herausstellte, hatte der *Reis* nicht übertrieben. Der glühend heiße Sand brachte sie dazu, bergaufwärts so schnell zu laufen, wie es eben ging; mit jedem Schritt schienen die feinen, brennenden Körner Schlingen um ihre Füße zu ziehen und sie festhalten zu wollen.

Als sie Giovanni erreichte, blickte er nach oben und musterte etwas, das man aus der Ferne nicht hatte sehen können: Über den sichtbaren Hauben der Figuren war ein gewaltiger, mit Hieroglyphen besetzter Fries in die Felswand gehauen, nicht, wie die sechs Statuen des kleineren Tempels, die man vom Nil aus sah, zur Flussseite hin, sondern nach Osten gerichtet.

Sie zählte zweiundzwanzig Affen auf dem Fries, und jeder war größer als ein Mensch. Doch was Giovanni betrachtete, war das Gesicht der einzigen der vier Statuen, das zusammen mit einem Teil des Oberkörpers aus dem Sand hervorragte.

»Sarah«, flüsterte er, »siehst du es? Erkennst du es?«

Die ruhigen, ebenmäßigen Züge mit dem kleinen Lächeln kamen ihr in der Tat bekannt vor. »Er gleicht dem Kopf des Memnon«, sagte Sarah zögernd.

»Das ist keine bloße Ähnlichkeit«, entgegnete Giovanni. »Ich habe einen Monat lang Stunde um Stunde auf dieses Gesicht gestarrt, Sarah. Ich habe es von jedem nur möglichen Winkel betrachtet, und ich schwöre dir, es handelt sich um das gleiche. Er ist es. Memnon. Ozymandias. Der gleiche Mann!«

Unter den Büchern, die Mr. Salt aus England für das neue Konsulat mitgebracht hatte, waren Ausgaben aller Historiker gewesen, die sich mit Ägypten beschäftigten. Sein Sekretär war angewiesen worden, für Giovanni die Beschreibung des Memnoniums zu kopieren, und während Sarah auf den Riesen starrte, der aus dem Wüstensand ragte, erinnerte sie sich an die Inschrift, die Diodor der Memnon-Statue zuschrieb, deren Kopf Giovanni zum Nil gebracht hatte. *Ich bin Ozymandias, König der Könige; sieh meine Größe, und versuche mich in irgendeinem meiner Werke zu übertreffen.*

Was wird von uns bleiben, dachte Sarah und schüttelte den Kopf über sich. »Nun«, sagte sie nüchtern, »diesen wird niemand je von seinem Standort entfernen können.«

Giovanni erwiderte nichts. Stattdessen schaute er auf den Falkenkopf, der genau in der Mitte zwischen den vier Statuenköpfen zu sehen war, und begann, unhörbar die Lippen zu bewegen. »Darunter muss die Tür sein, unter dem Falken«, sagte er schließlich. »Siehst du es? Zwei Statuen links, zwei rechts, und zwischen den Figurenpaaren ist der Abstand etwas breiter.« Er runzelte die Stirn. »Aber wenn man die Größe der Statuen anhand der Proportionen von Kopf und Schulter ablesen kann, dann … dann liegt der Eingang mindestens fünfunddreißig Fuß unterhalb der Sandoberfläche. Fünfunddreißig Fuß! Das sind mehr als fünf Stockwerke eines Hauses!« Er sank mit einem frustrierten Gesichtsausdruck in die Knie – und sprang sofort wieder auf, weil er die Hitze des Sandes vergessen hatte. »Gottverdammt!«, fluchte er los. »Entschuldige bitte, Sarah, aber ... Eine Öffnung durch den feinen Flugsand zu graben ist unmöglich. In dem kann man ja fast schwimmen! Da könnte man genauso gut ein Loch in Wasser bohren«, schloss er niedergeschlagen und schüttelte den Kopf. »Selbst wenn es gelingt, den Sand hier fortzuschaufeln, würde er sofort von oben nachrutschen.«

Tröstend berührte sie seinen Arm. »Rom ist nicht an einem Tag erbaut worden. Wir sind hier, Giovanni, und wir brauchen nicht sofort wieder umzukehren. Gib dir Zeit, um darüber nachzudenken. Aber vielleicht solltest du das im nächstgelegenen Dorf tun, damit wir unsere Vorräte erneuern können?«

Das Dorf Ybsambul lag etwas weiter nilaufwärts und bestand, soweit Giovanni erkennen konnte, zum größten Teil aus einem Palmenhain. Die Männer, die man vom Boot aus sah, trugen Säbel, Speere und Schilde, und Giovanni sagte Sarah, sie solle besser an Bord bleiben, während er mit George auf die Suche nach dem örtlichen Kaschef ging.

Vielleicht irrte er sich mit den Sandmassen. Es war möglich. Vielleicht zeigten die ersten Grabungen, dass er sich irrte. Und so oder so, er war nicht Drovetti, der aufgegeben hatte. Nein, er war Giovanni Belzoni. Er wollte, nein, er *musste* es einfach versuchen. Vielleicht gab es etwas, das er übersah.

Der Kaschef, so stellte sich heraus, war nicht anwesend, doch sein Sohn Daud vertrat seine Belange. »Hier war vor ein paar Monaten schon einmal ein Mann aus Kairo, um nach Schätzen zu suchen«, übersetzte George. »Er hat keine gefunden.«

Eben, dachte Giovanni, *eben.*

»Ich suche nicht nach Schätzen, sondern nach Steinen«, entgegnete er laut. »Steine, die den alten Pharaonen gehörten und oftmals bereits zerbrochen sind. Völlig wertlos für euch, doch wir Franken erhoffen uns von ihnen Aufschluss über das Land unserer Vorfahren.«

Daud warf ihm einen Blick zu, der keiner Übersetzung bedurfte und unter den Zuhörern allgemeines Gelächter auslöste. »Steine, wie? Und wo willst du diese ... Steine finden, Franke?«, fragte er, als sich alle wieder beruhigt hatten.

»Im Inneren des Felsens. Ich bin mir sicher, dass es einen Eingang gibt, direkt unter dem Falkenkopf. Er muss nur von Sand befreit werden«, sagte Giovanni. »Wenn das möglich ist, winkt den Männern, die mir dabei helfen, viel Bakschisch.«

Diesmal wurde Georges Übersetzung mit einer Grimasse erwidert.

»Und womit willst du zahlen – mit dem Geld von Mehemed Ali, Pascha in Kairo? Was sollen wir hier damit anfangen? Wir können nichts dafür kaufen!«

Das war ein neues Problem. In keinem der Länder, die Giovanni bereist hatte, war Geld nichts wert gewesen. Es kam ihm vor, als habe ihn der Nil in der Zeit zurückgebracht. Der *Reis* des Bootes hatte so etwas angedeutet und gemeint, die Leute hier tauschten am liebsten Durra, die ägyptische Hirse, gegen Datteln und Datteln gegen Salz. Aber dass Geld hier wirklich überhaupt nichts galt, war aus dieser Warnung nicht zu entnehmen gewesen. Giovanni dachte fieberhaft nach, während er, um nicht zu zeigen, dass er noch nach einer Lösung suchte, vorschlug: »Du könntest das Geld nach Assuan schicken und dort Durra dafür kaufen.«

»Dann behalten die das Geld in Assuan, ohne uns Durra zu schicken, und wir stehen mit überhaupt nichts für unsere Arbeit da«, gab Daud unbeeindruckt zurück. Nach der Übersetzung fragte George aus eigenem Antrieb etwas, erhielt Antwort von einem der umstehenden Männer und sagte leise zu Giovanni: »Die meinen das todernst, Mr. B. Der andere Mann aus Kairo hat ihnen dreihundert Geldstücke gegeben, damit sie ihm die Figuren freischaufeln, und sie haben ihm jedes einzelne wieder zurückgegeben. Alles. Es bedeutet ihnen überhaupt nichts.«

Es war sinnlos, hier das Lob des Geldes zu singen; die Leute brauchten etwas, das sie anschauen und fühlen konnten. Das verstand er. Giovanni holte eine Münze hervor und hielt sie in die Höhe.

»Manche sagen, dies sei ein Piaster«, erklärte er. »Doch ich nenne es ein Versprechen. Dafür gibt es Durra. Gutes Durra.«

»Wie viel?«, fragte ein Mann aus der Gruppe, die sich inzwischen um Daud und Giovanni geschart hatte, und Giovanni, der die Frage sofort verstand, entgegnete: »Jedermann wird dir dafür genügend Durra geben, das für einen einzelnen Mann drei Tage ausreicht.«

Die Männer blickten einander an, und der Mann, der gefragt hatte, schüttelte den Kopf. »In deinem Land mag das so üblich sein, aber bei uns tauscht sicherlich niemand sechs Maß Durra gegen so ein Stück Eisen.«

»Niemand«, wiederholte Daud und löste allgemeines Nicken aus, »hier gibt es niemand, der das täte. Überhaupt niemanden.«

Darauf hatte Giovanni gewartet. Er drückte dem Mann neben Daud den Piaster in die Hand. »Doch, es gibt jemanden. Gehe zu meinem Boot, mein Freund, und verlange, man solle dir dafür so viel Durra geben, wie ich gerade gesagt habe. Es wird geschehen.«

Sie hatten sich zwar hier mit Datteln und frischem Wasser eindecken wollen, doch Durra war von Assuan her noch genügend vorhanden, und der *Reis* würde tun, wie ihm geheißen. Giovanni musste nur wenige Minuten warten, ehe er den Mann zurückkehren sah, mit einem kleinen Sack, aus dem das versprochene Durra quoll, als er es den übrigen Männern präsentierte.

»Ah«, murmelte Daud, während die anderen Männer tuschelten. »Aber ein Mann, ein Mann, der arbeitet, so ein Mann braucht nicht nur ein Maß Durra pro Tag. Nein, er braucht … vier. Gib jedem vier deiner Münzen, jeden Tag, und ich werde die Erlaubnis erteilen.«

Wenn die Verhandlungen begonnen hatten, dann war die wichtigste Hürde genommen, entschied Giovanni und begann damit, zu feilschen. Es gab ihm ein wohliges Gefühl, sich sagen zu können, dass Drovetti noch nicht einmal so weit gekommen war.

Sarah fragte sich noch, welche Entschuldigung sie diesmal gebrauchen sollte, um bei der Gattin des örtlichen Kaschefs vorzusprechen, als der wachhabende Bootsmann nach ihr rief. Ein kleines schwarzes Mädchen, gewiss nicht älter als elf oder zwölf Jahre, wollte an Bord kommen. Mit einigem Entsetzen hörte Sarah die Worte »Gattin des Kaschefs«, und mit umso größerer Erleichterung, als das Mädchen erst einmal an Bord war, die vollständige Vorstellung, denn es handelte sich um die *Dienerin* der Gattin des Kaschefs. Anscheinend hatte sich bereits herumgesprochen, dass Giovanni mit seiner Gemahlin reiste, was nicht weiter verwunderlich war; nachdem Giovanni erst einmal mit dem Verhandeln begonnen hatte, waren bis auf eine Wache auch die Bootsleute an Land gegangen. Es war das erste Mal, dass eine der einheimischen Frauen den ersten Schritt machte, und Sarah beschloss, es als gutes Omen anzusehen. Sie versuchte, sich so gut wie möglich mit dem Mädchen zu verständigen, was nicht einfach war, da die Kleine ständig vor ihr zurückwich. Es war deutlich, dass sie Angst hatte; ob das an ihrer Herrin oder Sarah mit ihrer weißen Haut und der Männerkleidung lag, ließ sich nicht ausmachen.

Trotzdem musste ihr wohl befohlen worden sein, nicht ohne Gastgeschenk zurückzukehren. Sarah hatte nicht mehr viele Halbedelsteinkettchen, aber was das Mädchen den verstohlenen Blicken nach am meisten beeindruckte, war ohnehin etwas anderes: die kleine Reisewaschschüssel, die sie und Giovanni seit vielen Jahren benutzten.

In Kairo hätte Sarah nicht gezögert, denn dort würde sie problemlos einen Ersatz finden. Hier war das nicht der Fall, und sie hatte nicht die geringste Vorstellung davon, wie lange sie und Giovanni in Ybsambul bleiben würden. Doch das war der springende Punkt; es konnte noch sehr lange dauern, und das machte den Versuch, sich schnell Freunde zu schaffen, umso wichtiger. Wichtiger als dieses spezielle Stück Zivilisation auf jeden Fall, entschied Sarah, und bedeutete dem Mädchen, die Schüssel sei ein Geschenk für ihre Herrin.

Das Mädchen war noch dabei, ihr zu danken, als Sarah den Bootsmann ein weiteres Mal rufen hörte – doch diesmal eindeutig zornig! Sie lief zum Heck und sah, dass zwei der Einheimischen mit Messern und Speeren bewaffnet versuchten, an Bord zu kommen. Im Gegensatz zu dem Mann, der vor ein paar Stunden mit Giovannis Piaster aufgetaucht war, machten sie nicht den Eindruck, als hätten sie Tauschabsichten.

»Fort, fort«, schrie der Bootsmann, machte aber keine Anstalten, etwas anderes zu tun. Er wusste, dass er nicht Gefahr lief, etwas zu verlieren, was für ihn wertvoll war; warum sollte er sich in Gefahr begeben, um den Besitz der Franken zu schützen?

Sarah dachte nicht nach; wenn sie nachgedacht hätte, dann hätte sie Angst gehabt. Ohne zu zögern, ergriff sie eine von Giovannis Pistolen mit beiden Händen, stellte sich gegen den Mast, damit der Rückstoß sie nicht stolpern ließ oder gar umwarf, und feuerte sie ab, ohne auf etwas Bestimmtes zu zielen. Sie hatte ohnehin kein Pulver zur Hand, um nachzuladen, und sie glaubte nicht, dass sie jemanden ernsthaft verwunden oder gar töten konnte. Aber wenn Geld hier noch eine unbekannte Größe war, dann bezweifelte sie, dass man sich mit Handfeuerwaffen auskannte und wusste, dass sie nachgeladen werden mussten.

Der erste der Männer war bereits an Bord. Als er den Schuss hörte, erstarrte er. Für einen kurzen Moment, während das Geräusch noch verhallte, schauten sie einander an. Seine Augen waren schreckgeweitet, und Sarah spürte den Schweiß auf ihrem Gesicht, spürte, wie ihr einzelne Tropfen auf die Lippen und in die Augen rannen und brannten.

Dann schrie er auf, brüllte seinem Gefährten etwas zu und sprang vom Boot herunter. Sarah gab sich immer noch keine Zeit, nachzudenken. Sie rannte hinter ihm her, die Pistole, die nicht mehr abgefeuert werden konnte, hocherhoben in einer Hand, sprang ebenfalls an Land, stürzte auf die Knie, raffte sich auf und schrie etwas, was sie selbst nicht verstand, immer wieder, während sie weiter rannte, bis ihr bewusst wurde, dass die beiden Männer zwischen den übrigen Dorfbewohnern verschwunden waren, die aus der entgegengesetzten Richtung auf sie zugelaufen kamen. Eben noch war sie einem von ihnen gegenübergestanden, und jetzt konnte sie nicht mehr sagen, wie er sich von den übrigen Männern unterschied, die alle in ihre Richtung schauten, mit leicht geöffneten Mündern. Sie meinte, Giovanni unter ihnen bemerkt zu haben, doch das spielte keine Rolle.

»Niemand«, rief Sarah so laut wie möglich auf Arabisch, »niemand stiehlt von mir!«

Dann drehte sie sich um und kehrte zum Schiff zurück. Bereits bei dem ersten Schritt wurde ihr bewusst, dass ihre Knie zitterten. Ihr Rücken dagegen wurde noch ein wenig gerader.

Erst als sie wieder an Bord war und sich hinter der Takelage verstecken konnte, sank sie auf die Knie.

»Zwei Piaster pro Mann und Tag«, sagte Giovanni und küsste ihre rechte Schulter. »Ich bin so stolz auf dich! Etwas zu essen haben wir ebenfalls bekommen, als Gastgeschenk. Zuerst haben sie uns gebratene Heuschrecken angeboten. Die essen sie hier als Rache dafür, dass die Biester in Scharen über ihre Pflanzen herfallen, aber diesen Leckerbissen habe ich der Mannschaft überlassen. Ich bin gespannt, was sie uns stattdessen bringen werden.«

Sarah war sich nicht sicher, ob sie den Umstand, dass der Kaschef sie für eine furchteinflößende Hexe hielt und deswegen bessere Bedingungen geboten hatte, als Kompliment nehmen sollte. Aber es war nützlich, entschied sie, und das zählte. Außerdem war die Furcht, die sie im Nachhinein eingeholt und sie wie Espenholz hatte zittern lassen, abgeflaut und hatte sie durchaus hungrig zurückgelassen.

Das abendliche Mahl, das für sie und Giovanni an Bord gebracht wurde, bestand aus Sauermilch und warmen Brotfladen aus Durra. In Kurna hatte Sarah beobachten können, wie die Brote gemacht wurden; sie wurden auf einem flachen Stein gebacken, der auf kleineren Steinen auflag, unter denen sich eine Feuerstelle befand. Wenn die weiche Durra-Paste auf den großen Stein gestrichen wurde, dauerte es kaum eine Minute, bis die Fladen fest genug waren, um gewendet zu werden. Da der Geschmack mit dem Erkalten säuerlicher wurde, aßen sie und George die Fladen so schnell wie möglich, denn die Bootsleute hatten abgelehnt. *James, der jede Art von Brot schon immer liebte, hätte die Fladen verschlungen*, dachte Sarah und wurde sich bewusst, dass sie ihn vermisste. Sie wusste, dass sie unter den gegebenen Umständen das Richtige getan hatte; doch James war von Beginn ihrer Ehe an bei ihr gewesen, und nach einem Jahrzehnt glaubte sie nicht, dass sie jemals eigene Kinder haben würde.

Giovanni mochte günstige Bedingungen mit Daud ausgehandelt haben, doch er musste auch noch das Einverständnis von dessen Vater, dem alten Kaschef Hussein, einholen, der sich in Aschkit befand, eineinhalb Tage weiter nilaufwärts. Er ging davon aus, dass Sarah ihn dorthin begleiten würde, bis sie ihm erzählte, dass die kleine schwarze Dienerin nach dem Vorkommnis mit der Pistole sehr bald zurückgekehrt war und ihr die feierliche Bitte überbracht hatte, Kaschef Dauds Gemahlin zu besuchen.

»Es wäre eine Beleidigung, die Einladung nicht anzunehmen.«

»Aber dann wirst du hier im Dorf übernachten müssen«, sagte Giovanni, »und das alleine, während wir mit dem Boot unterwegs sind.«

Sarah konnte nicht widerstehen und neckte ihn. »Sagtest du nicht, du seiest stolz auf mich?«

»Selbstverständlich«, schwor er.

»Dann lass mich hier. Mir wird nichts geschehen. Schließlich hast du die Leute überzeugen können, dass Geld etwas wert ist, und du nimmst das Geld mit dir.«

»Wenn die Frau des Kaschefs Sie eingeladen hat«, warf George ein, »dann sind Sie so sicher wie in Abrahams Schoß, Mrs. B. Dann sind Sie nämlich eine Gastfreundin, und die Gesetze der Gastfreundschaft sind in diesem Land heilig.«

»Dein Wort in Gottes Ohr«, sagte Giovanni, aber sie konnte ihm ansehen, dass er gehen wollte, statt die Tage mit Warten zu verschwenden, wenn es sich vermeiden ließ.

»Ist dir inzwischen eingefallen, wie du das Loch ins

Wasser bohren kannst?«, fragte sie ihn, und er meinte, vielleicht ließen sich Palisaden bauen, um den nachfließenden Sand aufzuhalten; dafür allerdings musste er um Palmenholz verhandeln, und mangels ihres früheren Zimmermanns auch um Äxte und Männer, die Balken anfertigen konnten. »Aber vor allem«, schloss er, »will ich etwas tun, und deswegen muss ich einen Anfang machen. Dann wird sich alles andere finden, ich weiß es.«

»Dein Wort in Gottes Ohr«, sagte Sarah und steckte ihm das letzte Stück des Brotfladens in den Mund.

Daud lebte im Gegensatz zu den meisten anderen Dorfbewohnern, die in Hütten aus Nilschlamm und Stroh schliefen, in einem aus Lehmziegeln gemauerten Gebäude, und seine Gemahlin hatte einen Raum für sich, wie es schien; zumindest befand sich niemand außer ihr und ihrer Dienerin dort, als Sarah eintrat. Ihre Gastgeberin saß auf keiner der üblichen Schilfmatten, sondern auf einer Decke, die aus zusammengenähten schwarzen Ziegenhäuten bestand. Nachdem sie Sarah begrüßt hatte, wies sie auf die Ziegendecke und bedeutete Sarah, dort Platz zu nehmen, während sie selbst sich auf die Erde setzte. Es war ein ehrenvoller Empfang, kein Zweifel, und Sarah beschloss, ihn als gutes Omen zu nehmen. Neben Sarah lag ein kleines nacktes Kind, das nicht älter als zwanzig Tage sein konnte, und sie bewunderte es laut und ausgiebig, was Dauds Frau umgehend ein Lächeln entlockte.

Dauds Gemahlin und ihre Dienerin waren so neugierig wie die anderen Frauen, was Sarahs Haar und Kleidung betraf, und so verwundert wie alle über das Korsett, das ihnen Grimassen entlockte, während sie halbnackt um Sarah herumsaßen. »Frauenkleidung unter Männerkleidung«, erklärte Sarah, der es von Mal zu Mal schwerer fiel, sich nicht zu wünschen, sie könnte ganz darauf verzichten. Vor allem, wenn sie von Frauen umgeben war, die alle im Gegensatz zu ihr viel molliger waren und trotzdem ohne diese Einschnürung lebten.

Als die Nubierin in die Hände klatschte, lehnte Sarah sich erwartungsvoll zurück, doch es wurden keine Speisen gebracht; stattdessen traten einige weitere Frauen ein und begannen zu tanzen, während eine der Dienerinnen eine Handtrommel schlug. Sie hatte von orientalischen Tänzen gehört, doch noch nie einen erlebt, und fand das, was sie beobachtete, gänzlich unähnlich allem, was sie kannte. Es gab keine Partner wie bei den Tänzen Englands, und die Frauen bewegten, anders als in den exotischen Jahrmarktnummern, kaum ihre Arme. Stattdessen schien es sich um ein rhythmisches Schreiten auf der Stelle zu handeln, und doch begann die Bewegung nicht mit den Beinen. Die anmutigen Bewegungen erinnerte Sarah an nichts so sehr wie an eine Welle, die durch einen Stein ausgelöst wurde, den man ins Wasser warf, und die sich nun langsam und in perfekter Harmonie bis ans Ufer ausbreitete. Es schien fast so, als wären die Tänzerinnen nicht aus Fleisch und Knochen, sondern vom Kopf bis zu den Zehen tatsächlich so weich und geschmeidig wie Wasser. Sarah merkte, wie der einfache Rhythmus der Trommel in ihr aufstieg und den unerhörten Wunsch in ihr weckte, einfach aufzustehen, sich zu diesen Frauen zu gesellen, sich ganz in der Bewegung zu verlieren, ihren verschwitzten, eingeschnürten Körper für einen Augenblick zu verlassen und …

»Dein Mann«, sagte Dauds Gemahlin in fragendem Tonfall und fügte ein paar Worte hinzu, die Sarah nicht verstand, bis auf »groß«.

Nun, natürlich war Giovanni hochgewachsen, aber die Stimme der Frau hatte fragend geklungen, nicht, als ob sie eine Bemerkung machte. Sarah riss sich vom Anblick der Tänzerinnen los, schaute zu ihrer Gastgeberin und bat um eine Wiederholung; diesen Satz beherrschte sie nur zu gut.

Dauds Gemahlin rollte die Augen. »Wie … groß?«, fragte sie geduldig und benutzte ihre Hände, als hielte sie einen Mörser oder eine Flasche. Sarah wusste immer noch nicht, worauf sie hinauswollte. Vielleicht hatte die Frau gehört, dass alle Franken Trinker waren, und wollte wissen, wie viel Alkohol Giovanni vertrug? Doch hätte sie dann nicht nach der Größe, sondern der Menge gefragt, und diesen Unterschied hatte sie schon sehr früh beim Feilschen auf dem Basar gelernt.

Als deutlich war, dass sie immer noch nicht begriff, seufzte die Frau, wechselte einen Blick mit ihrer Dienerin, und Sarah kam sich dumm vor. Sie war sonst schneller darin, den Zusammenhang zu erfassen, selbst wenn ihr der Wortschatz fehlte. »Daud«, sagte ihre Gastgeberin und machte die Geste noch einmal, mit beiden Händen näher beieinander. »Dein Mann?«

Himmel, hilf mir, dachte Sarah. Dann fiel ihr ein, dass sie Daud nicht im Haus gesehen hatte. Womöglich war er auch unterwegs? Und vielleicht wollte seine Gemahlin darum nur wissen, ob sie Giovanni ebenfalls vermisste. Ja, das konnte es sein – die Frau wollte herausfinden, ob die gefährliche Hexe es auch länger als ein paar Stunden ohne ihren Mann aushielt.

»Er ist bald wieder da«, entgegnete sie, hob ebenfalls beide Hände und zeigte mit ihnen einen minimalen Abstand. »Und ich vermisse ihn nur ein kleines bisschen.«

Nicht nur ihre Gastgeberin, sondern alle Frauen im Raum machten mit einem Mal ein sehr mitleidiges Gesicht.

Wie sich herausstellte, war das beste Instrument, um in Ybsambul zu graben, jenes, mit dem in dieser Gegend der Boden beackert wurde und das Sarah an eine Egge erinnerte:

lange Stangen, an deren Ende ein kreuzförmiges Stück Holz befestigt war, und an beiden Enden ein Tau. Ein Mann schob das Kreuzende wie eine Schaufel in den Sand, ein anderer zog an den Tauen und der Stange. Damit ließ sich der Sand tatsächlich bewegen, auch wenn, wie Giovanni erwartet hatte, sofort Sand nachstürzte, sicherte man die Schneise nicht schnell mit Palmholz ab.

Insgesamt fanden sich am ersten Tag etwa dreißig Männer zur Arbeit ein, und obwohl er wusste, dass Sarah ihn deswegen tadeln würde, arbeitete er mit ihnen, um sie zu motivieren. Immerhin war es inzwischen Mitte September, und die Hitze machte ihm nicht mehr so zu schaffen. Er fühlte sich kräftig wie zu seinen besten Zeiten. Trotzdem achtete er jedes Mal darauf, sein Gesicht abzukühlen und zu waschen, ehe er Sarah gegenübertrat.

An diesem Abend hätte er sich die Mühe nicht machen brauchen; ihre Augen waren entzündet, und sie sah ihn kaum an, während sie Wasser durch ein Sieb laufen ließ und Stofffetzen in die Schale darunter tauchte.

»Es tut mir leid«, sagte sie. Sie hatte begonnen, ihm und George jeden Abend aus der Sammlung von Geschichten vorzulesen, die Mr. Salt ihr geschickt hatte, und es war offensichtlich, dass sie an diesem Abend nicht dazu in der Lage sein würde.

»Nein, nein, halte deine Augen geschlossen«, sagte Giovanni erleichtert. Eigentlich genoss er es, wenn Sarah ihm vorlas, nicht nur, weil er ihre Stimme liebte, sondern auch, weil er auf diese Weise Geschichten und Wissen in sich aufnehmen konnte, ohne sich unbeholfen und ungebildet vorzukommen, wenn er mit dem Lesen der fremden Sprache Probleme hatte. Doch heute verzichtete er gerne, denn so würde sie nicht auf die Idee kommen, seinen Zustand genau zu überprüfen. »Lass mich dir erzählen, was sich heute zugetragen hat, Liebste. Wusstest du, dass der alte Kaschef angeblich zwanzig Frauen hat, eine in jedem Ort hier am Nil? Nun, Daud hat entsprechend viele Brüder, und einer bestand darauf, am ersten Tag dabei zu sein. Er ist fest davon überzeugt, dass ich nach Gold und Juwelen suche, genau wie sein Bruder. Ich werde es nicht leugnen, zumal es die Männer des Dorfes dazu bringt, schneller zu graben, aber ich habe bereits vereinbart, dass wir nur Goldschätze teilen und alles, was ich an Steinernem finde, mein Eigentum ist.«

Während er weitererzählte, nahm er ihr Stoff und Wasserschale ab und begann, ihre Augenlider für sie abzutupfen. Nur gelegentlich benutzte er den Stoff verstohlen für sich selbst.

»Die Menschen hier sind so überzeugt davon, dass wir Gold suchen«, sagte Sarah, »aber niemand hat mir bisher davon berichtet, dass wirklich jemand die Schätze der Pharaonen gefunden hätte, kein Türke, kein Franzose und auch kein Engländer. Glaubst du, sie sind noch irgendwo verborgen?«

Die Höhlen von Kurna fielen ihm ein und die Menschen dort, die davon sprachen, dass ihre Väter und Väterväter bereits dort gelebt hatten, inmitten von Mumien und Sarkophagen, nicht nur Jahrzehnte, nicht nur Jahrhunderte, sondern bis hin zu der Zeit, als Luxor tatsächlich noch Theben hieß.

»Die meisten sind gewiss schon gestohlen worden, als die Römer ins Land kamen«, entgegnete Giovanni. Sarah hatte recht; niemand hatte je von einem konkreten Schatzfund berichtet. Leider konnte er sich nur zu gut vorstellen, wie Gold und Silber hier die Besitzer wechselten, zerstückelt wie die Holzsarkophage in Kurna, eingeschmolzen gar.

»Giovanni«, sagte Sarah leise, »wonach suchst du wirklich, hier im Sand? Ich weiß, dass es kein Gold ist. Aber Altertümer gibt es in diesem Land an leichter zugänglichen Orten. Auch Altertümer, die … die ebenfalls nicht von anderen Leuten geborgen werden konnten. Was wünschst du dir mehr, etwas zu finden – oder jemanden zu übertreffen?«

»Sarah«, sagte er vorwurfsvoll, »du solltest mich besser kennen. Ich möchte etwas vollbringen, das noch nicht getan worden ist, von niemandem auf der Welt, und in die Geschichte eingehen. Das wollte ich schon immer.« Da sie schwieg, setzte er hinzu: »Wenn es mir dabei gelingt, Bonapartisten und ihre Helfershelfer in ihre Schranken zu verweisen, dann ist daran doch nichts Schlechtes, nicht wahr? Doch es ist nicht mein wichtigster Grund.«

Sie öffnete die Augen, und er sah, dass sie nicht nur geschwollen waren, sondern auch voller kleiner roter Adern. Doch ihr Ausdruck war liebevoll.

»Ich weiß, Giovanni.«

Die Vorräte, die sie mit dem Boot des Agas aus Assuan mitgebracht hatte, neigten sich schnell dem Ende zu, und das bedeutete, dass sie ihr Essen zur Gänze aus dem Dorf beziehen mussten. Obwohl die Männer die Piaster nun als Lohn akzeptierten, war dennoch niemand bereit, ein Schaf zu verkaufen, und das bedeutete, dass sie von Durra, Wasser und einer kleinen Menge Fett zu leben hatten. Soweit es Sarah betraf, wäre sie gerne bereit gewesen, auf das Fett zu verzichten, wenn ihr dafür jemand etwas hätte geben können, um ihren Augen zu helfen. Die Entzündung wollte nicht schwinden. Sie konnte nicht mehr spazieren gehen oder Besuche machen, und Zeit bei Giovannis Ausgrabungsversuchen zu verbringen kam ganz und gar nicht in Frage. Sonnenlicht allein wurde zur Qual und löste eine heftige Tränenreaktion aus, selbst, wenn es nur die milde Morgen- oder Abendsonne war; die gleißende Helle, die während des größten Teils des Tages herrschte, wurde völlig unerträglich.

Mit zusammengebissenen Zähnen machte sie sich trotzdem auf den Weg zur Frau des Kaschefs, um dort um Hilfe zu bitten, um Arzneien, falls es im Dorf welche gab. Dauds Gemahlin war entsetzt darüber, dass Sarah ihre Augen auswusch. »Schlecht, schlecht!«, rief sie.

»Aber ich filtere das Wasser vorher, ich reinige es«, versuchte Sarah auf Arabisch zu sagen und benutzte ein Weizensieb, um zu zeigen, was sie meinte. Das Kopfschütteln der Nubierin wurde noch energischer.

»Nein, nein, nein. Kein Wasser! Davon werden sie schlechter!« Was sie und ihre Dienerinnen sonst noch zu sagen hatten, war alles andere als ein Trost. »Das geschieht bisweilen. In zwanzig Tagen wird es besser werden.«

»Zwanzig?«, wiederholte Sarah ungläubig. »Zwanzig Tage?«

»Und wenn nicht in zwanzig, dann in vierzig. *Malasch!*«

Malasch war ein Ausdruck, den sie noch oft von den Frauen Ybsambuls hörte. Er ließ sich kaum übersetzen und schien in fast jeder Situation passend zu sein, ganz egal, ob man »umso schlimmer« sagen wollte oder »was soll's«.

Leider erwies sich, dass die Frauen recht hatten: Während Giovanni seine Tage damit verbrachte, um Palmenholz für weitere Palisaden zu handeln, Sand zu schaufeln und die Arbeiter, die nach einiger Zeit, als weit und breit kein Stein, kein Eingang und kein Schatz zu sehen war, anfingen fortzubleiben und neu überzeugt werden mussten, lag Sarah auf dem Boot, zusammengekrümmt, und trug eine Binde um die Augen, um der Versuchung nicht zu erliegen, sie trotz aller Warnungen auszuspülen oder zu reiben. Sie hatte gehofft, dass sie irgendwann gegen das Jucken und Brennen taub werden würde, aber nichts dergleichen geschah, und selbst die Tränen fehlten mittlerweile.

Eines Nachmittags kam George zu ihr. »Mrs. B«, begann er mit ernster Stimmte, »wenn Sie mich fragen, da hilft nur eins. Wir haben doch noch ein, zwei Flaschen Wein an Bord, oder? Kommen Sie, ich helfe Ihnen, den zu leeren. Anschließend haben Sie vielleicht Kopfweh, aber das Augenbrennen ist sicher für ein paar Stunden betäubt.«

»Ich bin keine Säuferin, George«, sagte sie so überlegen wie möglich.

»Nun gut … es sind Ihre Augen.«

Giovanni las ihr abends vor, obwohl sie an seiner Stimme hörte, wie erschöpft er war; er stolperte über mehr englische Worte, als er es gewöhnlich tat. Sie merkte, wie dies ihre angespannten Nerven fast zum Zerreißen brachte, und fand sich schrecklich ungerecht; es war nicht sein Fehler, dass es nirgendwo einen Arzt gab und ihre Augen weiterhin zuschwollen.

Tagsüber besuchten die Frauen des Ortes sie, beteten und schwatzten, und Sarah lernte mehr Arabisch, als sie es in einem ganzen Jahr in Kairo getan hatte. Wenn sie sich stark genug auf jedes einzelne Wort konzentrierte, dann musste sie nicht an den stetig brennenden Schmerz in ihren Augenhöhlen denken oder daran, dass sie mittlerweile kaum mehr sehen konnte. Zwanzig Tage, hatten die Frauen gesagt, doch die zweite Woche war gekommen und gegangen, und es wurde nicht besser, sondern schlimmer. Sie hörte den Geschichten der Frauen zu, die von Hungersnöten sprachen, von diesem und jenem Krieg und der Angst, dass ihre Männer in die neue, allumfassende Armee des Paschas eingezogen werden würden und nicht mehr hier waren, um die Felder zu bestellen. Einige junge Männer, so hieß es, hackten sich einen Finger ab oder schnitten sich am Bein Sehnen durch, um nicht eingezogen zu werden in den Krieg gegen die Wahabiten.

»Aber ich dachte, der sei so gut wie vorbei«, wandte Sarah ein.

»Wenn nicht in diesen, dann in den nächsten«, sagte die

Frau, die sie gerade besuchte, und fächelte ihr mit einem Palmenblatt Luft zu. »Jetzt holen sie unsere jungen Männer schon wie Sklaven ab und führen sie in Ketten fort. Allah verfluche den Pascha! Ganz gleich, wer regiert, es wird immer Kriege geben. *Malasch!*«

Früher wäre es ihr widersinnig erschienen, sich zu verstümmeln, ganz gleich, aus welchem Grund, doch mittlerweile wünschte Sarah manchmal, sie könne sich ihre Augen aus dem Kopf reißen wie Ödipus, nur, um sie nicht mehr spüren zu müssen.

Am zwanzigsten Tag konnte Sarah ihre Lider überhaupt nicht mehr öffnen. Sie war blind.

Sie öffnete ihren Mund, um nach Giovanni zu rufen, und erinnerte sich, dass er das Boot bereits verlassen hatte, um diesmal noch vor Sonnenaufgang am Tempel zu sein. War George mit ihm gegangen? Wahrscheinlich. Vielleicht auch nicht. Vielleicht schlief er noch; vielleicht war er genauso an Land wie die Bootsleute. Vielleicht war sie völlig alleine hier.

Sarah versuchte, nach vertrauten Dingen zu tasten, von denen sie wusste, wo sie liegen mussten: ihr Korsett, ihr Wams, ein Kamm, mit dem sie am Abend zuvor ihr Haar gekämmt hatte, ehe sie es wieder zusammenband. Die Binde, um ihre Augen zu bedecken, die nun nicht mehr nötig war. Sie war allein im Dunkeln, und die Furcht, die sie empfand, war so umfassend, dass sie es noch nicht einmal fertig brachte, zu schreien.

Nimm dich zusammen, befahl Sarah sich. *Du kennst hier jeden Fleck nur zu gut. Hier gibt es nichts, was du nicht kennst. Du bist nicht blind. Du … kannst nur nicht sehen.*

Aber die Frauen hatten gesagt, es würde besser werden, und es war schlechter geworden. Etwas streifte ihre Hand, und ein einzelner, rauher Schrei entrang sich ihrer Kehle. Mit einiger Erleichterung stellte Sarah fest, dass sie zumindest nicht auch noch ihre Stimme verloren hatte. Wahrscheinlich war es nichts anderes als eine der allgegenwärtigen Mücken, an deren Stiche sie sich mittlerweile gewöhnt hatte.

»Mrs. B?«, rief George, der zu ihr gestolpert kam und sehr aufgeregt klang. Er war also noch an Bord. Gut.

»George«, sagte Sarah, »ich habe mir die Angelegenheit mit der Weinflasche überlegt.«

Sich zu betrinken war eine völlig neue Erfahrung. Blind zu sein half dabei, denn paradoxerweise fühlte es sich für sie so an, als könne auch George sie nicht sehen. Der Wein war schon längst nicht mehr die Kostbarkeit aus Alexandria, es war ein Dattelwein und schmeckte furchtbar, aber das half dabei, ihn schnell herunterzukippen. Das Brennen in ihren nicht mehr sehenden Augen wurde tatsächlich schwächer.

Zum Ritual des sich miteinander Betrinkens gehörte offenbar auch, dass man sich völlig unangemessene Dinge erzählte. George brauchte nicht lange, bis er anfing, von Mr. Turner zu reden.

»Ich hasse ihn«, sagte er mit schwerer Stimme. »Christus und alle Heiligen, ich hasse ihn so sehr. Er hat es versprochen. Hat versprochen, mich mitzunehmen. Hat wahrscheinlich die ganze Zeit über mich gelacht, während er seinen großen Schwanz …«

Es sagte einiges über ihren Zustand, dass sie ihn an dieser Stelle zwar unterbrach, aber nicht etwa mit einem »du armer Junge« oder »Ich will kein Wort darüber hören«. Nein, was aus Sarahs Mund kam, war vielmehr: »O mein Gott! Jetzt verstehe ich endlich, was Dauds Frauen wissen wollten!«

»Mrs. Belzoni, das ist nicht komisch«, sagte George gekränkt, als sie anfing zu kichern.

»Nein, ist es nicht«, entgegnete Sarah, und ihr Kichern ging in ein Schluchzen über, von dem sie nicht wusste, ob es ihren Augen galt oder Georges betrogenen Hoffnungen. »Ist es ganz und gar nicht.«

»Werden Sie mich hinauswerfen, Mrs. B?«, fragte er auf einmal besorgt.

Sarah tastete nach der Flasche und berührte dabei seinen Arm. »Nein, George. Hier gibt es doch keine anderen Übersetzer weit und breit.«

Er zog seinen Arm weg, fluchte auf Griechisch und sagte erbittert: »*Das* ist der einzige Grund? Bei allen Heiligen, was muss man denn noch tun, damit ihr Engländer einen mögt? Da könnte ich mir ja auch gleich wünschen, dieser Mistkerl Turner wäre hier. Wenn er mich schon nicht nach England mitnimmt … könnte er wenigstens hier sein. Monat um Monat wie ein Mönch leben, was für ein Leben ist das? Ach, Mrs. B, ich hasse ihn. Ich hasse ihn so sehr.«

Sarah stürzte noch einen Schluck hinunter, der nicht im Mindesten mehr brannte, sondern sich warm und weich in ihr ausbreitete. Inzwischen war ihre Blindheit angenehm durchsetzt von dem Gefühl, anstelle ihres Augenlichts überirdisches Verständnis für alle Dinge bekommen zu haben. Es war wie eine Offenbarung; wenn man ihr in dieser Minute die Hieroglyphen vorgelegt hätte, dann wäre Sarah in der Lage gewesen, sie zu entziffern und das Geheimnis Ägyptens zu lösen. Nur George verstand sie noch nicht.

»Aber wenn du ihn hasst, warum soll er dann hier sein?«

»Himmel Herrgott, Mrs. B …«

»Was tun Männer eigentlich genau miteinander?«, fragte sie kühn, während der Geschmack des Weins in ihrem Mund alles hinwegspülte, was eine solche Frage sonst undenkbar gemacht hätte. Sie sah es nicht, spürte aber geradezu, wie George seine Augenbraue hob.

»Nicht so viel anderes als Männer und Frauen, denke ich. Jedenfalls habe ich das meiste, was mir bei Mr. Turner genutzt hat, von Nadia gelernt, und Nadia wollte als Jungfrau in die Ehe eingehen. Sonst hätte man sie umgebracht, wenn sie ihre Jungfräulichkeit verloren hätte, und noch dazu an einen Griechen.«

»Du kannst nicht … George, man ist entweder eine Jungfrau oder man ist keine. Das ist ein feste … eine feststehende Tatsache.« Ihre Zunge verhedderte sich, und sie fragte sich, wie stark dieser Dattelwein eigentlich war. Es lag ihr auf der Zunge, ihn zu fragen, wie lange es dauerte, bis man sich bewusstlos trank.

»Nein, nein, nein«, sagte George, und wenn sie ihn hätte sehen können, hätte er mit einem Finger vor ihrem Gesicht herumgewedelt, »das stimmt nicht. Meine Güte, kein Wunder, dass die Engländer hier ankommen wie die Verhungerten, wenn sie denken, dass es immer nur das eine oder das andere geben kann. Mrs. B, Sie müssen doch wissen, dass man …«

Giovannis Stimme unterbrach ihn. Er rief nach George, wohl, weil dieser nicht vor dem Tempel erschienen war, und Sarah hörte, wie George sich hastig aufrappelte und etwas dabei umstieß. Er war noch damit beschäftigt, lautstark Aufräumversuche zu machen, als Giovanni hereinkam.

»Wo in aller Welt …«

»Mrs. Belzoni geht es nicht gut, und …«

»Giovanni«, sagte Sarah, sie beide übertönend, »ich bin blind. Und wir brauchen mehr Dattelwein.«

Zwei Stunden später, nachdem Giovanni ihren letzten Kaffee aufgebraucht hatte, um sie wieder auszunüchtern, entdeckte Sarah, dass Augenschmerzen und pochende Kopfschmerzen sich, vermischt mit Übelkeit, nicht gegenseitig aufhoben. Stattdessen schienen sie sich in einem Wettrennen um die schlimmste Auswirkung zu befinden.

»Es tut mir leid, dass ich dir deinen Ausgrabungstag ruiniert habe«, sagte sie, weil es leichter war, sich darauf zu konzentrieren als auf die Schmerzen oder die Frage, ob sie ihre Augen je wieder würde öffnen können, ob nun in weiteren zwanzig Tagen oder zwanzig Jahren. Nein, lieber an alles andere denken, nur nicht an das, oder sie würde der Versuchung nachgeben, sich wieder zusammenzukrümmen und zu wimmern wie ein getretener Hund.

»Wir sind gestern schon auf zwanzig Fuß Tiefe vorgestoßen«, sagte er. »Und auf der rechten Seite haben wir den Teil eines weiteren Kopfes freigelegt. Das Ohr allein ist dreieinhalb Fuß lang! Und ich habe einen Weg gefunden, den Sand aufzuhalten, Sarah. Ich kann es schaffen, wirklich und wahrhaftig.«

»Ich wünschte, ich könnte es sehen, Giovanni«, sagte Sarah, ehe sie sich zurückhalten konnte, und die Dunkelheit um sie, der bohrende Schmerz in Kopf und Augen drang in ihren Tonfall und machte ihn bitter, »aber dazu bin ich nicht in der Lage.«

Er schwieg, und sie wurde sich bewusst, dass sie seine Augen nicht sehen konnte, seine Miene, die Art, wie er stand oder saß, und ob er gerade seine Schultern gestrafft oder vorgebeugt hatte. Es war ein neues Schweigen, das sie nicht mehr verstehen konnte, weil die Zeichen, die sie in einem Jahrzehnt zu lesen gelernt hatte, verschwunden waren.

Die Dunkelheit um sie wurde noch ein wenig erstickender.

»Sarah«, sagte er endlich, »ich glaube … ich glaube, ich habe nicht mehr genügend Geld, um bis zum Eingang vorzustoßen. Vielleicht sollten wir nach Luxor zurückkehren. Inzwischen muss es doch ein Boot geben, das groß genug für den Kopf des Memnon ist.« Er machte eine Pause. »In Luxor gibt es gewiss auch einen Arzt. Und wenn nicht dort, dann in Armant oder Assiut.«

Vielleicht meinte er wirklich nur, was er sagte: Das Geld ging ihnen aus, wie sie nur zu genau wusste. Ohne Geld würde niemand arbeiten. Doch was Sarah hörte, war etwas anderes. Sie hörte, dass er ihretwegen bereit war, auf seinen Traum zu verzichten, und ihre Finger tasteten ins Leere, bis sie seine Hand fanden.

»Mr. Salt wird begeistert über den Kopf sein«, murmelte Sarah. »So sehr, dass er dir eine zweite Reise nach Ybsambul bezahlt, und noch viel mehr. Du wirst wieder hier sein und den Eingang freilegen, Giovanni.«

Eigentlich wäre es ihre Pflicht als Ehefrau gewesen, sein Opfer nicht anzunehmen. Aber die Furcht davor, blind zu bleiben, war zu groß, und sie sagte sich, dass ihre Worte der Wahrheit entsprachen. Giovanni würde zurückkehren können.

Er sah Sarah an, die Frau, die er über alles liebte und die sich nun doch so hilflos an seine Hand klammerte. Also sagte Giovanni nicht, dass der Wind bald all den ausgegrabenen Sand wieder in das freigelegte Loch hineingeweht haben würde, noch sprach er von seinen Befürchtungen, dass Drovetti einen weiteren Versuch unternehmen konnte, den Tempel freizulegen, nun, da die Bewohner des Dorfes gelernt hatten, Geld zu akzeptieren und zu graben, ohne gleich wieder vom Sand verschüttet zu werden. Er legte nur ihre Hände zusammen und nahm sie in die seinen, wie um sie zu wärmen, obwohl auch der September noch mehr als genug Wärme bot.

»Du wirst wieder hier sein und den Eingang freilegen, Giovanni.«

»So wird es geschehen«, sagte er.

KAPITEL 11

Als der Brief aus Assuan eintraf, erreichte er Salt in einem Zustand voller Gewissensbisse. Das, was er durch eine Eheschließung vor seiner Abreise nach Ägypten gerne verhindert hätte, war eingetreten; er hatte eine Liebelei mit einer Einheimischen begonnen, die nicht gut enden konnte.

Zumindest war es keine Sklavin oder Dirne; Makhbube war eine Abessinierin, die im Konsulat als Waschfrau arbeitete. Sie hatte etwas an sich, was ihn vom ersten Moment an fesselte. Nachdem er ihre Nationalität erfuhr, bot ihm diese erfreulicherweise den Anlass zu einem Gespräch – er beherrschte ihre Muttersprache und unterhielt sich mit ihr über ihre Heimat, schwelgte in der Erinnerung an seine Zeit in Abessinien an der Seite des Ras. Sie hatte ihm aufmerksam zugehört und, nachdem sie die anfängliche Schüchternheit überwunden hatte, auch etwas zu dem Gespräch beigesteuert, was ihm gefiel. Als ihn die junge Frau anlächelte, verstand Salt dies nur zu gern als Zeichen dafür, dass auch sie Gefallen an ihm gefunden hatte; allerdings musste er sich eingestehen, dass wohl von Anfang an klar gewesen war, dass die Unterhaltung auf dem Diwan enden würde. Makhbube mochte keine Sklavin sein, doch als Magd, die weiterhin Geld im Konsulat verdienen wollte, war ihre Entscheidungsfreiheit beschränkt.

Da er gerade über seine eigenen charakterlichen Fehler und Sünden am weiblichen Geschlecht nachgrübelte, war er geneigt, die Geschichte von Belzonis vielversprechendem Grabungsbeginn und der Augenkrankheit seiner Frau wörtlich zu nehmen, statt Skepsis walten zu lassen, wie es bei einem Abenteurer vielleicht angebracht gewesen wäre. Sowohl sein Sekretär als auch sein Dolmetscher waren der Meinung, dass Belzoni alles nur erfunden hatte, um den Umstand zu verschleiern, dass er in Abu Simbel genauso gescheitert war wie Drovetti, und um etwas mehr Geld für sich herauszuschlagen.

»Meine Frau ist leidend«, zitierte Yanni Athanasiou, der wie die meisten Dolmetscher Grieche war und Italiener ohnehin nicht besonders mochte. »Das ist die zweitälteste Ausrede der Welt, Mr. Consul.«

Doch wenn Belzonis Frau seinetwegen etwas zustieß, wäre das unverzeihlich, sagte sich Salt und entschied, dem Mann noch etwas Geld zukommen zu lassen. Außerdem war es wirklich an der Zeit, keine Ausreden von Seiten der Ägypter mehr hinzunehmen, die immer noch behaupteten, alle in Frage kommenden Boote stünden nicht zur Verfügung, und ein Schiff für den Transport des Memnon-Kopfes aufzutreiben.

Zwei Tage später rief er den jungen Curtin zu sich und sagte ihm, es gebe gute Neuigkeiten und eine Entscheidung zu treffen. »Ich muss in Geschäften nach Alexandria«, begann er, »und du kannst mich dorthin begleiten. Da der Kopf des Memnon von dort nach England verschifft werden wird, muss Mr. Belzoni irgendwann dort eintreffen. Oder aber«, fügte er mit einem Augenzwinkern hinzu, »du machst dich jetzt schon auf den Weg nach Luxor, wohin deine Herrschaft in diesen Tagen unterwegs ist.«

Dem begeisterten Gesicht des Jungen nach zu schließen, war seine Entscheidung keine Frage; Salt hatte das auch nicht anders erwartet. »Es mag sein, dass dir die Gesellschaft nicht behagt«, sagte er warnend. »Die Gesellschaft auf dem Weg von Kairo nach Luxor, meine ich. Wie ich erfahren habe, wollen zwei Herren mit einem Boot, das groß genug für den Kopf des Memnon ist und ihnen vom Pascha vermietet wurde, nilaufwärts fahren.«

»Aber Sir, was sollte mir denn daran nicht … es ist doch nicht Mr. Drovetti, oder?«, fragte Curtin, während seine gerade noch begeisterte Miene in sich zusammenfiel.

»Nein, Drovetti befindet sich zurzeit in Alexandria.« Genau wie der Pascha, was auch einer der Gründe für Salts Aufbruch dorthin war. »Aber es handelt sich in der Tat um zwei Franzosen und um seine Leute, Monsieur Rifaud und Monsieur Cailliaud.«

»Sir, mit Verlaub, warum sollten die mich mitnehmen? Die wissen doch, dass ich für Mr. B und Sie arbeite, Sir, und das macht mich doch gleich doppelt zum Feind.«

Belzonis Diener eine kleine Lektion in Politik zu erteilen war auch eine Möglichkeit, nicht darüber nachzudenken, ob Makhbube wohl heute wieder die Wäsche abholte.

»Sie werden es tun, um zu demonstrieren, dass sie nicht das geringste zu verbergen haben und dass es den Franzosen überhaupt nichts ausmacht, dass Mr. Belzoni gelungen ist, woran sich von Bonapartes Leuten bis zu Drovetti jeder ihrer Landsleute vergeblich versucht hat.« In der Tat war der Umstand, dass die beiden nilaufwärts unterwegs waren, ein beruhigender Hinweis darauf, dass die Franzosen die Angelegenheit sehr ernst nahmen, und das beste bisherige Zeugnis für Belzonis Erfolg, das nicht von ihm selbst kam. Doch dergleichen laut auszusprechen wäre taktlos gewesen. »Im Übrigen«, schloss Salt, »ist, wie ich auch schon zu Drovetti gesagt habe, der Krieg vorbei.« Seine Mundwinkel zuckten. »Was nicht heißt, dass es sich die Regierung Seiner Majestät leisten kann, schlechter als die verdammten Franzosen dazustehen, also richte deinem Herrn aus, dass er sich nötigenfalls ein paar Fellachen mieten soll, um die Kerle zu verprügeln, falls sie Ärger machen.«

»Das«, sagte der Junge würdevoll, »kann Mr. B schon

ganz alleine.« In seinen Augen leuchtete deutlich die Hoffnung, dass es dazu kam.

Es ist wohl, dachte Henry Salt, *ein Zeichen von allmählich einsetzendem Alter, wenn man dergleichen sieht und sich wünschte, noch so jung zu sein.*

Die Frauen des Agas in Assuan brauten einen Knoblauchsud und wiesen Sarah an, ihren Kopf über die Dämpfe zu halten. Wenn das Auswirkungen hatte, so konnte sie diese vorerst nicht spüren. »Du musst Geduld haben«, sagten die Frauen. »Vierzig Tage vom Beginn der Augenentzündung an, *malasch*.«

Sarah klammerte sich daran und zählte jeden Tag, während Giovanni ihr restliches Geld darauf verwandte, ein Boot zu mieten, das sie nach Luxor bringen würde, und den Aga für einige gut erhaltene Altertümer auf der Insel Philae zu bezahlen. Es gab dort einen Obelisken, den man mit etwas Glück im nächsten Jahr bergen konnte, und zwölf Steinblöcke mit Reliefs, die Teil der Mauer eines zerstörten kleinen Tempels am Südende der Insel gewesen waren. Jeder Block war drei Fuß lang, drei Fuß breit und zwei Fuß dick, was den Transport erschwerte, doch Giovanni konnte den Aga mit hundert zusätzlichen Piaster überzeugen, die Blöcke in dünne Platten spalten zu lassen. »Auf die Reliefs kommt es an«, sagte er zu Sarah. »Den restlichen Stein können die Leute hier als Baumaterial verwenden.«

Sie tastete die Oberflächen der Reliefs ab, vorsichtig, Stück für Stück; es gab ihr etwas in der Dunkelheit zu tun, während das Boot mit dem Strom nilabwärts trieb. Geschwungene Linien, nur wenige gerade; Sarah versuchte, sie im Geiste zu einem Bild zusammenzusetzen, und fragte sich, wie nahe sie dem Original mit ihrer Phantasie kam. Sie wusste, warum Giovanni so bemüht darum gewesen war, die Reliefs mitzunehmen: Wenn in Luxor kein Geld von Mr. Salt auf sie wartete, mussten sie etwas haben, das sich vorweisen ließ. Oder für das man einen anderen Käufer finden konnte. Sie erinnerte sich an die dünnen Gestalten vor den Pyramiden, die versucht hatten, Drovetti und ihr etwas zu verkaufen, und fragte sich, ob das Leben des Samson aus Patagonien und seiner Assistentin nicht würdevoller gewesen war.

Der Stein unter ihren Fingerspitzen war warm. Eine ... eine Gestalt? Ja, das, was sie gerade ertastete, waren ganz bestimmt die Umrisse einer Frau, die kniete, und zwar ... Sarah hielt den Atem an und konzentrierte sich ganz auf das, was ihre Fingerspitzen ertasteten. Die Frau kniete vor einer der Figuren mit den Tierköpfen, die in diesem Land Götter darstellten!

Sie berührte ihr eigenes Gesicht, das ihr, seit sie es nicht mehr sehen konnte, manchmal so fremd vorkam wie der Stein. Sarah hatte sich nie für eitel gehalten, doch offenbar war der kurze überprüfende Blick in einen Spiegel wichtiger, als es ihr bewusst gewesen war. Sie dachte an die Frauen in Assuan und deren Faszination an der Reflexion; nun hatte sie keinen Grund mehr, sich als über solchen Dingen stehend zu betrachten, jetzt, wo sie sich fragte, wie andere sie wahrnehmen konnten, wenn sie selbst nicht mehr dazu in der Lage war. Ihre Hände glitten ihren Hals hinunter; er war noch immer glatt und lang genug, um niemals plump zu wirken. Aber sie hatte die Frauen in Ägypten und Nubien Krüge auf ihrem Kopf balancieren sehen, und die Stärke und Grazie bei jedem Schritt ließen Sarah jetzt, da sie sich kaum bewegen konnte, ohne gegen etwas zu stoßen, ihre eigene Ungelenkheit doppelt stark empfinden.

Madame Drovetti in Alexandria fiel ihr ein, die sich zwar nicht so graziös wie die Ägypterinnen bewegt hatte, aber doch mit einer eleganten Selbstverständlichkeit, die in jeder Geste ausdrückte, wie zufrieden sie mit sich und der Welt war. *Wie eine gut gefütterte Katze, die auf ihrer Couch thronte und sich regelmäßig putzte,* dachte Sarah. Madame Drovetti musste ein paar Jahre älter als sie selbst sein, doch ihrer hellen Haut, die trotz der Jahre in Ägypten ganz offensichtlich selten mit der Sonne in Berührung kam, hatte man das kaum angesehen; lediglich an den Händen und am Hals merkte man, dass sie nicht mehr die Jüngste war. Ihre dunklen Haare waren frei von jedem Grau gewesen. Vielleicht hatte sie eine Perücke getragen?

Es war absurd, worum man sich Gedanken machte, wenn sich die Welt auf Ertastbares verkleinert hatte!

In Luxor teilte man ihnen mit, dass Geld von Mr. Salt sowie »eine Überraschung« in Kena auf sie warteten. Giovanni brachte Sarah hastig in einem der Häuser unter, in dem es, wie ihm versprochen wurde, einen Raum allein für Sarah gab, ehe er mit George nach Kena aufbrach, das sechzig Kilometer weiter im Norden lag.

Sarahs vermeintliches Refugium entpuppte sich als das Quartier der Frauen des Besitzers: Ein ummauerter Raum auf dem Dach ohne jede Abdeckung, voller Feigen, die dort zum Trocknen hingen, mit einem Wasserkrug und einem Kochplatz, der aus drei Ziegeln bestand, auf die man einen Topf stellen konnte. Sie teilte das Quartier mit einer alten Frau, deren vier Töchtern und ihrer Schwiegertochter, der Gattin des Hausherrn. Zu ihrer Überraschung war es nicht so schwer, wie sie geglaubt hatte, die Frauen durch den Klang ihrer Stimmen auseinanderzuhalten. Sie waren alle hilfsbereit, doch mehr als Gebete und weiteren Knoblauchsud hatten auch sie nicht zu bieten, was die Behandlung von Sarahs Augen betraf. Ein Arzt, ob Franke oder Moslem, war nirgendwo aufzutreiben.

Am fünfunddreißigsten Tag ihrer Krankheit gelang es ihr endlich, ihre Lider ein winziges Stück zu heben, genug, um sie sofort wieder zu schließen, denn es war helllichter Tag, und die ägyptische Sonne schien geradewegs auf die Dachterrasse des Hauses. Sarah hob beide Hände und schirmte ihre Augen ab. Dann versuchte sie erneut, ihre Lider zu heben. Ein Stück, nur ein winziges Stück ... Es tat weh, und sie biss sich auf die Lippen, bis sie bluteten, aber es gelang ihr. Eine Stunde später war der Spalt, den sie schaffte, immerhin so groß, dass sie die Gemahlin des Hausherrn dabei beobachten konnte, wie sie Fleisch zwischen ihre Zähne nahm, es mit einer Hand lang zog und mit der anderen, die ein Messer hielt, in kleine Stücke schnitt.

»Für dich, zur Stärkung«, sagte ihre Schwiegermutter zu Sarah, deren Versuche nicht unbeobachtet geblieben waren. Sarah schloss die Augen wieder und fand keine Möglichkeit, zu sagen, sie habe keinen Hunger, die nicht undankbar geklungen hätte. Außerdem war es noch nicht einmal wahr.

Du bist nicht blind, sagte sie sich, und die Erleichterung darüber wurde allmählich wirklich und vertrieb die Übelkeit und ihre Ängste. *Wenn du deine Lider wieder öffnen kannst, und sei es auch nur einen kleinen Spalt weit, dann bist du nicht blind. Dann ist es wirklich nur noch eine Frage der Zeit.*

»Allahu akbar«, murmelte die alte Frau neben ihr, und obwohl es ein muslimisches Gebet war, stimmte Sarah aus ganzem Herzen zu. »Gott ist wahrhaft groß«, sagte sie, ohne nachdenken zu müssen, auf Arabisch.

Es war der siebenunddreißigste Tag. Sarah konnte ihre Lider bereits zur Hälfte öffnen, was sie in die Lage versetzte, sich die Treppe hinunterzubegeben und ihrer wohlmeinenden Gesellschaft zumindest ein, zwei Stunden lang zu entkommen, um ein wenig Zeit für sich allein zu haben. Als sie vor die Tür des Hauses trat, sah sie drei Gestalten die Straße lang kommen. Einer von ihnen erblickte sie und rannte auf sie zu; die Sonne ließ sein rotes Haar aufleuchten.

»Mrs. B! Mrs. B!«

»James«, sagte sie und ertappte sich dabei, wie sie mit ihren Fingern sein Gesicht nachzeichnete, obwohl es nicht mehr nötig war. Er legte seinen Kopf auf ihre Schulter, obwohl er inzwischen größer war als sie.

»Ich muss dir die Haare schneiden, James«, sagte Sarah, und es war wohl die Helligkeit, die Tränen in ihre so lange schon ausgetrockneten Augen trieb.

»Die französischen Mistkerle haben kein einziges Mal versucht, mich fertig zu machen«, erzählte James, als sie zum ersten Mal seit Monaten wieder alle zu einem Mahl beisammensaßen, und klang enttäuscht. »Sie tun überhaupt sehr nett und wollen unbedingt, dass Mr. B ihnen den Kopf zeigt. Aber sie haben Geschenke für die Amtsleute hier und anderswo dabei, und ich würde mich wirklich wundern, wenn sie das Schiff wieder zurückschicken, um Mr. B den Kopf transportieren zu lassen, wenn sie ihre eigene Reise nach Assuan beendet haben.«

»Das tut nichts zur Sache«, erklärte Giovanni. »Nun, da es Mrs. Belzoni besser geht und Mr. Salt Geld geschickt hat, können wir mit dem Transport nach Alexandria noch etwas warten. Die einzig wahre Antwort auf die französische Herausforderung ist, mit noch mehr Altertümern zurückzukehren. Und es wird mir ein *Vergnügen* sein, Drovettis Lakaien den Kopf des Memnon am Ufer des Nils persönlich zu präsentieren.«

Mit einem Mal wirkte James unbehaglich. Er räusperte sich. »Also, Mr. B … nichts für ungut, aber … ich glaube, es wäre schon gut, wenn Sie dem Konsul seine Altertümer so bald wie möglich übergeben.«

Giovanni runzelte die Stirn. »Aber er hat mir keinen Zeitpunkt gesetzt. Vertraut er mir etwa nicht? Hat jemand gegen mich intrigiert?«

»Nein, nein, es ist nur … also, wenn ich jemandem so viel Geld gegeben hätte, dann würde ich irgendwann etwas dafür sehen wollen.«

Die Furchen auf Giovannis Stirn vertieften sich.

»Großzügigkeit entzündet sich am leichtesten an Begeisterung, Giovanni«, sagte Sarah schnell. »Wenn der Konsul erst sieht, was du für ihn erreicht hast, wird er begeistert genug sein, die Ausgrabung von Ybsambul zu finanzieren.«

»Nicht für ihn«, murrte Giovanni, »für das Britische Museum«, doch er sagte nicht, dass sie oder James unrecht hatten.

Die Präsentation des Memnonkopfes endete mit einem heftigen Streit; einer der beiden Franzosen, Jean-Jacques Rifaud, stammte aus Marseille und wechselte auf einen Fluch Giovannis hin sofort und mühelos ebenfalls ins Italienische.

Die Unterhaltung war zunächst höflich geblieben, obwohl Cailliaud gemeint hatte, im Grunde sei die Methode, die Belzoni benutzt habe, um den Kopf bis zum Nilufer zu bringen, doch recht einfach gewesen; dergleichen hätte eigentlich jeder vermocht.

»Das war die Methode, mit der Alexander der Große das Rätsel des Gordischen Knotens löste, ebenfalls«, erwiderte Giovanni spitz. »Ich wette, hinterher hat auch jeder gesagt, natürlich muss man den Knoten ganz einfach zerschneiden, aber vor Alexander ist eben kein Mensch darauf gekommen.«

Dem hatten die Franzosen nicht widersprochen, doch später hatte Rifaud, der behauptete, Bildhauer zu sein, gesagt: »Nun, er ist ja durchaus eindrucksvoll, aber ganz ehrlich, ich habe schon feinere Skulpturen in diesem Land gesehen. Der Ausdruck dieser Figur hier ist doch etwas platt und einfallslos, und wenn ich da an ein paar der exquisiten Stücke in unserem Konsulat denke ...«

»Ihr Konsul«, gab Giovanni empört zurück, »Ihr *ehemaliger* Konsul hätte sich diese Skulptur gar zu gerne unter den Nagel gerissen, genauso wie Ihr *ehemaliger* Kaiser. Aber die waren dazu nicht in der Lage! Die ganze französische Armee war dazu nicht in der Lage!«

»Die große Armee hatte Besseres zu tun«, parierte Rifaud.

»Ja, ganz Europa zu unterdrücken, mit ihren gekauften Lakaien und Helfershelfern.«

»Nur keinen Neid, Belzoni. Wir können nichts dafür, wenn die Briten Sie schlecht bezahlen. So ein Krämervolk ist nun mal knickrig ...«

An dieser Stelle waren Giovanni seine aus vollem Herzen kommenden Verwünschungen entschlüpft, und eine halbe Stunde später lauschten sowohl Cailliaud wie auch die umherstehenden Araber immer noch ehrfurchtsvoll einer beidseitig gebrüllten völlig unverständlichen Schimpfkanonade. James, der Einkäufe für Sarah erledigte, war sehr unglücklich darüber, nicht dabei gewesen zu sein, zumal Giovanni schwor, es habe mit einer Morddrohung geendet, doch Rifaud sei zu feige gewesen, um sich gleich mit ihm anzulegen.

»Was genau hat der Kerl gesagt, Mr. B?«

»Dass er mir die Kehle durchschneiden lässt, wenn ich weitere Altertümer ausgrabe«, sagte Giovanni, was eine freie Interpretation der Beleidigung war, die ihm Rifaud entgegengeschleudert hatte. Tatsächlich hatte dieser gebrüllt: »Spiel ruhig weiter den apportierenden Schoßhund für die Briten, du Esel, es ist deine eigene Kehle, die du durchschneidest!« Giovanni hatte nicht die Absicht, dies vor Sarah und dem Jungen so zu wiederholen. Außerdem war eine

Drohung gewiss das, was Rifaud *gemeint* hatte. Er stürzte sich in eine heftige Rede darüber, dass er sich auf keinen Fall einschüchtern lassen wollte. Eine Stunde später hatte er den Wortlaut Rifauds bereits vergessen; nicht vergessen war jedoch sein Entschluss, koste es, was es wolle, mit dem Kopf und seinen übrigen Entdeckungen nach Alexandria zu kommen. Er würde es ihnen zeigen, Salt und Drovetti gleichermaßen. Und dann würde ihm Salt die Rückkehr nach Ybsambul finanzieren.

Eine Alternative war schlichtweg undenkbar.

»Ganz ehrlich, ich verstehe nicht, warum du wieder hier bist«, sagte George schlecht gelaunt zu James. Er war seit ihrem Wiedersehen in Kena mit verdrossenem Gesicht herumgelaufen. »Warum bist du nicht in Kairo geblieben? Eine Stellung im Konsulat, das ist doch eine feine Sache!«

»Für dich vielleicht«, entgegnete James, der selbst überrascht war, beim Anblick Georges an Mr. Bs Seite keineswegs erfreut gewesen zu sein, obwohl er doch eigentlich befreundet mit dem Griechen war. So gut wie zumindest.

»Nun, sie haben dich jedenfalls nicht vermisst«, versetzte George scharf. »Das tun Herrschaften nie. Ich wette, Mr. Turner hat noch kein einziges Mal an mich gedacht, seit er Ägypten verlassen hat.«

Genug war genug. »Das wette ich auch. Aber die Belzonis haben mich sehr wohl vermisst. Wir sind eine Familie, nicht ein feines Herrchen auf Reisen und sein … Spielzeug!«

»Und was meinst du, warum sie einfach darauf gewartet haben, bis Salt dich zu ihnen zurückschickt? Weil ihr eine *Familie* seid? Mach dir doch nichts vor, du Einfaltspinsel. Wenn es nach den Belzonis ginge, dann wärest du jetzt noch in Kairo. Sie haben gehofft, dass du die Gelegenheit beim Schopf packst und ihnen nicht länger auf der Tasche liegst. Deswegen haben sie dich überhaupt fortgeschickt. Aber nein, dazu bist du zu dumm.«

Natürlich war das alles Unsinn und bösartige Unterstellung, aber James öffnete seinen Mund und sagte, ehe er es sich versah: »Wir werden ja sehen, was passiert, wenn der Kopf erst in Alexandria ist und Mr. B wieder den Nil hinaufzieht. Wen er dann mitnimmt – und wen nicht!«

Eineinhalb Jahre, dachte Sarah, als ihr Boot eine letzte Flussbiegung nahm und auf den Hafen von Alexandria zusteuerte. *Eineinhalb Jahre ist es nun her, seit wir aus Malta hierherkamen und nicht wussten, ob wir überhaupt je an Land gehen würden, weil die Pest wütete.*

Die Sonne war untergegangen, und wie sie mittlerweile wusste, wurde es hier im Herbst und Winter sehr schnell sehr kalt. Trotzdem ging sie nicht unter Deck; sie zog lediglich die Jacke, die sie trug, noch etwas fester um sich und verschränkte die Arme ineinander. Ihre Augen waren weit geöffnet und tranken den Sternenhimmel in sich hinein. Nie wieder würde sie diesen Anblick für selbstverständlich nehmen. Es kam ihr so vor, als habe ihre Krankheit sie mit größerer Sehschärfe ausgestattet, doch vielleicht lag das nur daran, dass sie vorher ihr Augenlicht nicht als Geschenk betrachtet hatte.

Giovanni stand neben ihr, deutete aufgeregt auf die Lichter am Hafen, die sich in einem unregelmäßigen Rhythmus auf und ab bewegten. »Ich glaube, sie warten mit einer Fackeleskorte auf uns«, sagte er und klang aufgeregt wie ein kleiner Junge.

»Auf Memnon und seinen Begleiter«, gab Sarah zurück,

die genau wusste, dass er auch deswegen eigens noch einmal einen Boten von Rosetta aus an Salt geschickt hatte. Er wollte nicht sang- und klanglos ankommen wie ein Laufjunge, der seine Fracht ablieferte. Und er hatte recht. Das war sein Moment des Triumphes.

»Seine Begleiter«, verbesserte Giovanni und verwendete das Wort im Plural. »*Companions*, Sarah. Den großen Belzoni und seine Gefährtin.«

Sie wusste, was er damit sagen wollte, und griff nach seiner Hand.

Allmählich konnte sie genauere Umrisse an der Anlegestelle ausmachen: Mr. Salt, Scheich Ibrahim, Mr. Salts Sekretär, einige Männer, die sie nicht kannte, und … konnte das Drovetti sein, mit Madame Drovetti an seiner Seite, die ein elegantes, auf ihre Figur zugeschnittenes Kleid trug? Ja, es waren die beiden!

Sarah wusste um jeden ausgeblichenen Fetzen an ihrem Körper und ihr viel zu braun gebranntes Gesicht, und doch hätte sie es um nichts in der Welt mit Madame Drovettis Erscheinung eintauschen mögen. Giovanni hatte recht. Es war ihrer beider Triumph.

»Ja«, sagte sie. »Sie warten auf *uns.*«

DRITTES BUCH

1817

Abu Simbel

KAPITEL 12

A*uch ein Februartag in Kairo ist wärmer als so mancher Augusttag in England,* dachte Henry Salt, während er seine Krawatte umband, die er kaum mehr trug. Seiner Meinung nach war dieser Beitrag Beau Brummells zur männlichen Mode überschätzt und nicht sehr praktisch im ägyptischen Klima. Andererseits gab sie seiner Erscheinung den Anstrich des Offiziellen, und das war in diesem Fall von Bedeutung. Ihm war selten jemand begegnet, der so empfindlich auf Kleinigkeiten reagierte wie Giovanni Belzoni. Es war, als sei der Mann ständig auf der Lauer und vermute in allem Hinweise, dass man ihn nicht für voll nahm oder genügend zu schätzen wusste.

Dabei wusste Salt dies durchaus. Der Kopf des Memnon war jede Ausgabe wert gewesen und seine Bergung eine außerordentliche Leistung, über die er in englischen Journalen begeistert geschrieben hatte. Es hatte vorher nie etwas vergleichbar Erhabenes gegeben, was in diesem Land für England gewonnen worden war. Was Belzoni über Abu Simbel und die Möglichkeit, dort zu graben, berichtet hatte, klang ebenfalls vielversprechend. Und die kleineren Altertümer, die der Italiener mitgebracht hatte, besonders die Reliefs, bildeten einen schönen Anfang für Salts Sammlung, die eines Tages der Drovettis gewiss das Wasser reichen würde. Um seine Dankbarkeit zu zeigen, hatte er über die hundert Pfund hinaus, die er Belzoni für seine Dienste im letzten halben Jahr bezahlt hatte, noch weitere fünfzig Pfund hinzugefügt. Da sein eigenes Konsulatsgehalt der letzten neun Monate zu Weihnachten immer noch nicht eingetroffen war, hatte er wirklich nicht mehr Bargeld entbehren können.

Deswegen hielt er es für gerecht, Belzoni zu sagen, er möge sich zwei der löwenköpfigen Statuetten selbst nehmen, die der Mann von seiner Reise mitgebracht hatte. Das hatte zu einer sehr seltsamen Reaktion geführt: Belzoni hatte sich bedankt, doch mit einer Miene, als beiße er in einen sauren Apfel.

»Ich glaube«, sagte Scheich Ibrahim, dem es nicht gut ging und der hustete, als er Salt besuchte, »das Problem liegt darin, dass er dachte, all die Altertümer seien für das Britische Museum bestimmt.«

»Nun, ich hoffe doch sehr, dass das Britische Museum sie mir eines Tages abkaufen wird, wenn ich eine Sammlung beisammen habe«, entgegnete Salt aufgeräumt. »Schließlich hat mir Sir Joseph zu verstehen gegeben, dass die Erwerbung von Altertümern zu meinen patriotischen Pflichten zählt. Aber ich kann es mir nun wahrlich nicht leisten, sie dem Britischen Museum zu *schenken*. Schließlich bin ich kein Nabob der Ostindischen Handelsgesellschaft. Bis man sie mir abkauft, sind sie natürlich mein Eigentum. Haben Sie ihm das nicht erklärt?«

»Doch, selbstverständlich. Aber sehen Sie, Salt, er hat … nun einmal eine sehr klare Vorstellung von sich. Als Ehrenmann. Man muss es auf Italienisch sagen, um es zu verstehen. Ein Mann von Ehre arbeitet für eine Regierung, und das tut er, wenn Sie ihn in Ihrer Eigenschaft als Konsul beschäftigen, aber wenn er zugibt, dass er für Sie als Privatmann arbeitet, dann wäre er folglich kein Ehrenmann, sondern ein Diener. Tun Sie ihm also den Gefallen, erwähnen Sie den privaten Aspekt nicht zu oft, und Sie werden beide gut miteinander auskommen.«

Salt war der Letzte, der gute Ratschläge in den Wind schlug. Also machte er sich bei seinen Treffen mit Belzoni die Mühe, europäische Kleidung zu tragen, selbst wenn Belzoni, wie die meisten Franken hier mittlerweile, das Vernünftige in diesem Klima tat und das Gewand eines Einheimischen trug. Er empfing ihn in der Bibliothek, die ihm als Arbeitszimmer diente, nicht im Garten, wie er es bei anderen Besuchern oft tat, die er schon länger kannte, damit der Italiener sich nicht zu vertraulich und möglicherweise als Diener behandelt fühlte, sondern als Gentleman. Wie es sich für einen guten Diplomaten gehörte, plauderte er erst eine Weile mit Belzoni über Nichtigkeiten, ehe er auf den Grund ihres Treffens zu sprechen kam.

»Nun, Belzoni«, sagte er, »ich könnte mir vorstellen, dass ein Mann mit Ihrer Tatkraft darauf brennt, endlich wieder zu neuen Taten zu schreiten.«

Belzonis ernste Miene erhellte sich, und er nickte. »Ybsambul …«, begann er, doch Salt schüttelte den Kopf.

»Alles zu seiner Zeit, Belzoni, alles zu seiner Zeit. Sind Sie sich eigentlich bewusst, dass wir eines der sieben Weltwunder sozusagen direkt vor der Haustür haben? Ich möchte, dass Sie mich nach Gizeh begleiten.«

»Mr. Consul, die Pyramiden sind in der Tat ein Wunder, aber ich kenne sie schon, und …«

»Es findet dort ein neues Ausgrabungsprojekt statt.«

»Was?«, fragte Belzoni, sichtbar überrumpelt.

»Ein genuesischer Landsmann von Ihnen, Kapitän Battista Caviglia, kam kurz nach Weihnachten hier an und hat sofort damit begonnen, sich die große Pyramide selbst vorzunehmen. Mittlerweile soll er erstaunliche Ergebnisse erzielt haben, und da ich mich bei Mr. Briggs, der das Ganze finanziert, für ihn verbürgt habe, würde ich mich gerne vor Ort überzeugen.

Samuel Briggs war ein in Alexandria ansässiger englischer Kaufmann, bei dem die Belzonis während ihres jüngsten Aufenthalts gewohnt hatten, und Belzoni sah aus, als läge ihm eine Frage auf den Lippen, vermutlich, warum Briggs dann nicht auch bereit war, seine nächste Reise nach Abu

Simbel zu finanzieren. Doch als er dann sprach, fragte er zu Salts angenehmer Überraschung etwas anderes.

»Ich habe die Pyramide des Cheops besucht, und der Gang, der zur Grabkammer hineinführt, war halb verschüttet. Ist es dieser Eingang, den Kapitän Caviglia jetzt freilegt?«

»Unter anderem«, sagte Salt geheimnisvoll. Wenn es ihm gelang, Belzoni für das Pyramidenprojekt zu interessieren, dann schlug er zwei Fliegen mit einer Klappe. Belzoni und Caviglia konnten gemeinsam arbeiten, Briggs würde den Großteil der Kosten übernehmen, bis Salt sich nach Ankunft seines Gehalts hälftig beteiligen konnte, und er würde die Möglichkeit haben, sich regelmäßig persönlich von den Fortschritten überzeugen zu können, ohne formell darum bitten zu müssen.

Caviglia hatte das neue Jahr damit begonnen, etwas zu tun, was bisher noch niemand gewagt hatte und ihm deswegen Salts Respekt einbrachte: Er ließ sich von der Hauptkammer im Inneren der Pyramide des Cheops den tiefen senkrechten Schacht hinunter, der von den Besuchern immer als »Brunnen« bezeichnet worden war. Nach etwa zwanzig Fuß Tiefe hatte Caviglia eine Abzweigung nach Süden gefunden, die mit Steinen gefüllt und versperrt war, und hatte sie unter beträchtlichen Schwierigkeiten freigelegt, um vierzehn Fuß tiefer eine kleine Grotte zu finden, zu niedrig, als dass ein Mann in ihr stehen konnte. Von dort aus hatte er sich in einen weiteren Schacht, der den Weg versperrte, abgeseilt. Nach hundert Fuß hatte er immer noch kein Ende erreicht, aber dafür weiteres Geröll gefunden, das möglicherweise noch mehr Schachteingänge versperrte.

»Die Luft ist furchtbar«, hatte Caviglia zu Salt gesagt, als er ihm das erste Mal Bericht erstattete, »aber ich bin überzeugt, dass all diese Schächte miteinander verbunden waren. Wenn man das Geröll forträumt, dann müsste es möglich sein, Luftzufuhr überall innerhalb der Pyramide zu haben. Ja, noch mehr – es würde mich nicht wundern, wenn es Verbindungsgänge von der großen Pyramide zur Sphinx und zu den Pyramiden in Sakkara gibt!«

Das klang nach einer abenteuerlichen Theorie: Zwischen Gizeh und Sakkara lagen fünfzehn Meilen, doch selbst wenn Caviglia sich in diesem Punkt irrte, war das Gangsystem, das er in der großen Pyramide freischaufelte, eine wunderbare Entdeckung.

»Vielleicht lässt sich auf diese Weise das Geheimnis ihrer Entstehung lösen«, sagte Salt enthusiastisch zu Belzoni, als der Mann ihn und Briggs schließlich nach Gizeh begleitete.

»Das wäre wundervoll«, sagte Belzoni einsilbig.

Caviglia hatte sein Quartier in einem der nahe gelegenen Gräber aufgeschlagen, zwei in den Fels gehauenen Räumen, die überall mit Plänen und Zeichnungen behängt waren; er hatte sich sogar Regale und Tische gezimmert, um Bücher aufzustellen, und das Grab ähnelte so einer klösterlichen Gelehrtenkammer, in der Caviglia sie herzlich empfing, ehe er sie in die große Pyramide geleitete.

Salt, der den einzigen früher passierbaren Gang bereits kannte, durch den man hatte kriechen müssen, merkte sofort, dass die Luftzufuhr wirklich verbessert war, von dem Umstand, dass man als normal großer Mensch nun aufrecht gehen konnte, ganz zu schweigen. Er ließ sich die zweihundert Fuß des neuen Schachtes hinab, und nachdem Belzoni desgleichen getan und Caviglia zu seinem Erfolg beglückwünscht hatte, hielt er den Zeitpunkt für gekommen, seinen Vorschlag den Betroffenen direkt zu machen.

»Kapitän, Mr. Belzoni«, sagte Salt, »es ist offenkundig, dass Ihnen beiden die Seele dieses Landes gewogen ist. Warum nicht Ihre Kräfte vereinigen? Kapitän, ich bin sicher, dass Mr. Belzoni mit seinem Ingenieurstalent eine enorme Hilfe in der Pyramide sein würde.«

Die beiden Italiener blickten sich im Schein der Ölfunzel, die von Briggs gehalten wurde, schweigend an. Dann sagte Belzoni formell, in einem Englisch, das stärker von seinem heimischen Akzent geprägt war, als es Salt sonst von ihm gewohnt war: »Es wäre nicht richtig, den Ruhm eines Mannes zu teilen, der sich bereits bis zum Äußersten seiner Tatkraft verausgabt hat. Auf das Schlachtfeld zu ziehen, nachdem die Schlacht bereits zur Hälfte geschlagen ist? Nein, Mr. Consul, das wäre nicht recht.«

»Mit anderen Worten, junger Mann«, sagte Caviglia, der höchstens zehn Jahre älter als Belzoni sein konnte, »Sie möchten nur aus eigenen Kräften berühmt werden. Nun, das ist sehr lobenswert. Ich bin sicher, wenn Sie sich weiterhin anstrengen, werden Sie es schaffen.«

Man musste, dachte Henry Salt, der die Oper schätzte, *wohl Italiener sein, um eine Primadonna zu werden, aber nicht unbedingt eine Frau.*

»Sarah«, fragte Giovanni bedrückt, während er seine Gattin dabei beobachtete, wie sie das Chamäleon tränkte, mit dessen Zähmung sie bei ihrer Rückkehr nach Kairo begonnen hatte, »bin ich ein neidischer Mensch?«

»Natürlich nicht«, erwiderte Sarah, ohne aufzusehen. Sie hielt ein Glas in einer Hand, während das Chamäleon sich auf ihrer anderen aufstellte und seine vorderen Klauen auf den Glasrand legte. Seine Zunge glitt immer wieder mit Windeseile in das Wasser.

»Warum habe ich dann kaum ein Wort herausgebracht, als ich Caviglia gegenüberstand?«, fragte Giovanni. »Es beschämt mich, Sarah. Er ist kein Bonapartist, kein unmoralischer Franzosenknecht. Er hat mir nichts getan. Warum kam kein Kompliment für diesen Mann über meine Lippen? Er muss ein mutiger Mann sein, nach dem, was er vollbracht hat, und dennoch …« Er hieb mit einer Hand auf den Tisch. Die Erschütterung erschreckte das Chamäleon; es sprang von Sarahs Hand auf die Tischplatte und begann, aufzuschwellen und sich dunkel zu färben.

»Ich kann mich nicht auf meinen Lorbeeren ausruhen«, erklärte Giovanni. »Es gibt noch so viel Wundersames in diesem Land zu entdecken, und ich bin der Mann dafür, das weiß ich! Doch ich muss es allein beweisen, das verstehst du doch, Liebste, nicht wahr?«

Sarah musterte ihn und erkannte, dass er etwas auf dem Herzen hatte, das tiefer ging als das Gefühl, von jemandem übertrumpft worden zu sein.

»Vielleicht solltest du Mr. Salt noch einmal wegen der Ausgrabung in Ybsambul ansprechen?«, schlug sie behutsam vor. »Gewiss versteht er, warum du sein Angebot, mit Kapitän Caviglia zu arbeiten, ablehnen musstest.«

»Das habe ich schon. Gewissermaßen. Auf dem Rückweg von Gizeh.« Wenn möglich, dann sah er nach diesen Worten noch bedrückter aus.

Sarah spürte, wie sich Anspannung in ihr ausbreitete. Wenn der Konsul schlicht und einfach nein gesagt hätte, wäre Giovanni durch die Tür gestürmt und hätte lauthals auf den undankbaren Mann geschimpft. Bei einer Zusage wäre er durch die Tür gestürmt, hätte sie um die Taille gefasst und durch die Gegend gewirbelt und verkündet, dass sie heute noch zu einem von Boghos Beys allen Europäern offenen Gastmählern gehen würden, um zu feiern.

»Giovanni, was ist los mit dir?«

»Ich dachte, wenn er noch nicht bereit ist, Ybsambul zu finanzieren«, sagte Giovanni stockend, »weil er befürchtet, dass es am Ende keinen Tempel gibt, sondern nur eine Fassade und die Figuren in ihren Nischen, dann doch gewiss eine Reise nach Luxor, wo sich mit Sicherheit und sofort Altertümer finden lassen.«

Er erinnerte sie an niemanden so sehr wie an James in dem ersten Jahr ihres gemeinsamen Lebens, wenn der Junge etwas angestellt hatte und befürchtete, ins Arbeitshaus geschickt zu werden, und das verwirrte sie, denn was er sagte, war sinnvoll und richtig, und er musste doch wissen, dass sie ihm beipflichten würde.

»Das erscheint mir durchaus vernünftig«, sagte Sarah. »Erschien es denn dem Konsul nicht so?«

Giovanni machte ein Gesicht, als hätte Henry Salt ihm verkündet, dass er Caviglia und Drovetti gemeinsam dem Prinzregenten für die höchsten Orden, die England zu vergeben hatte, vorschlagen wollte. »Er hat eingewilligt.«

Sarah musste sich zusammenreißen, um nicht aus der Haut zu fahren. »*Warum* bist du dann nicht glücklich darüber, Giovanni?«

»Mr. Salt wird mir seinen Sekretär mitgeben«, begann Giovanni, »um Abschriften aller Inschriften zu machen, die wir finden, weil er sich für die Entzifferung der Hieroglyphen interessiert … und um das Geld zu verwalten. Außerdem bekomme ich seinen persönlichen Dolmetscher und einen Koch.«

»Einen Koch?«, fragte Sarah ungläubig und dachte an Kurna und das Leben in den Höhlen dort.

»Aber er … er möchte nicht, dass du mich begleitest, Liebste.«

In das Schweigen hinein fügte Giovanni hinzu: »Er ist besorgt, dass deine Gesundheit erneut leiden könnte und dass dein Leid mich dann wieder davon abhielte, eine begonnene Aufgabe zu vollenden.«

Das Demütigende an dieser Unterstellung war, dass Sarah nicht behaupten konnte, sie sei völlig aus der Luft gegriffen.

Giovanni hatte die Arbeit in Ybsambul im letzten Jahr nicht nur des fehlenden Geldes wegen abgebrochen, sondern hauptsächlich ihretwegen. Aber eine Augenentzündung war nichts, was sich so einfach wiederholen würde! Außerdem war es in Theben sie gewesen, nicht Giovanni oder James, die kein einziges Mal unter der Hitze zusammengebrochen war. Sarah spürte, wie ihr das Blut in die Wangen schoss. Sie hatte Giovanni zehn Jahre lang vom schottischen Hochland bis zu den Felsen von Malta überallhin begleitet, und eine Augenentzündung als Grund zu nehmen, sie als Gefährdung des neuen Abenteuers zu behandeln, als sei sie eine Dame, die ihr Haus nie verlassen hatte, war schlicht und einfach nicht gerechtfertigt. Natürlich konnte Salt nicht wissen, dass sie vor Ägypten schon lange Reiseerfahrungen gesammelt hatte, aber Giovanni wusste es, und er …

Seine dunklen Augen schauten sie bittend an.

In diesem Moment begriff sie.

»Du hast bereits eingewilligt«, sagte Sarah.

»Ich muss beweisen, wozu ich fähig bin«, wiederholte er, »und jeder Tag hier in Kairo, den ich warte, ist ein verschwendeter Tag.«

Das Chamäleon wählte diesen Moment, um vom Tisch hinunter auf den Boden zu klettern und hinter dem Wäschekorb zu verschwinden, und Sarah war der kleinen Kreatur sehr dankbar, denn es gab ihr die Entschuldigung, aufzustehen und so zu tun, als versuche sie, es wieder einzufangen. Sie kniete vor dem Wäschekorb, Giovanni den Rücken zugewandt, und spürte Salz in ihren Augen und Galle in ihrer Kehle. Von allen Menschen auf dieser Welt wusste Giovanni am besten, was ihr das Reisen bedeutete.

»Ich verstehe«, sagte sie, angestrengt auf den Wäschekorb schauend. »Ich verstehe, Giovanni. Natürlich werde ich dich vermissen, doch ich freue mich für dich.«

»Wirklich?«, fragte er, und es war die unverhohlene Erleichterung in seiner Stimme, die sie gleichzeitig erzürnend und rührend fand. Ihm musste klar sein, dass sie log! Er kannte sie. Doch er hoffte wohl so sehr, dass sie die Wahrheit sagte.

Sarah dachte daran, wie er Ybsambul ihretwegen verlassen hatte, wie er dort nicht gezögert hatte, ihre Gesundheit an erste Stelle zu setzen, und zwang ihrer Stimme ruhige, liebevolle Gleichmäßigkeit ab, der jede Enttäuschung und Anklage fehlte.

»Ja, Giovanni, wirklich.«

James war ganz und gar nicht glücklich über das, was er hörte. Die Belzonis waren für ihn immer eine Einheit gewesen; sich zu entscheiden, entweder bei dem einen oder dem anderen zu bleiben, tat weh. Die Vorstellung, dass Mr. B ihn am Ende gar nicht dabeihaben wollte, weil er befürchtete, dass James in Theben erneut einen Hitzschlag erlitt, war genauso schlimm wie die, Mrs. B in Kairo zurückzulassen.

»Ich werde nicht alleine sein«, sagte Mrs. B zu ihm. »Einer der Konsulatsbeamten, Mr. Cocchini, hat seine Familie hier und mir ein Zimmer in seinem Haus angeboten. Du brauchst dir keine Sorgen um mich zu machen, James.«

Aber er machte sich Sorgen, und er wusste genau, dass sie allein sein würde, ganz gleich, was für eine angenehme Gesellschaft die Cocchinis waren. Es musste sie verletzen, von Mr. B zurückgelassen zu werden.

Am Ende gab eine Begegnung mit George den Ausschlag.

»Du glaubst vielleicht, dass es mir etwas ausmacht, dass dein Mr. B mich nicht mitnimmt, sondern sich Yanni Athanasiou hat aufschwatzen lassen«, sagte George zu ihm. »Aber da täuschst du dich. Weil der Konsul nämlich jemanden benötigen wird, der an Yannis Stelle übersetzt, und das bin ich.

Dreimal kannst du raten, wer mich empfohlen hat! Geh ruhig mit dem großen Belzoni. Ich wette, Mrs. B wird dankbar sein, wenn sie Besuch von jemandem bekommt, der nicht ständig darüber zetert, dass er lieber in Theben wäre. Keine Sorge, ich werde mich um sie kümmern.«

»Du hast kein Recht, sie Mrs. B zu nennen«, sagte James heftig, »und sie wird deinen Besuch auch gar nicht brauchen, weil ich nämlich bleiben werde!«

Also stand er am zwanzigsten Februar mit Mrs. B an einer der zahlreichen Anlegestellen in Bulak und beobachtete, wie der arabische Koch ein großes Gewese um Mr. Beecheys silbernes Besteck machte, als es an Bord geladen wurde. Der Koch von Mr. Salts Sekretär brachte allein schon mehr Ausrüstung mit, als der gesamte Haushalt der Belzonis umfasste. Und doch erhob Mr. B keine Einwände dagegen, was James merkwürdig fand. Mrs. B musste sich das Gleiche denken, doch sie winkte gemeinsam mit James, als das Schiff ablegte, liebevoll und enthusiastisch, ohne sich etwas anmerken zu lassen.

Auf dem Ritt zurück nach Kairo war Mrs. B sehr schweigsam, bis James, um sie abzulenken und die Stille zu durchbrechen, seinen Esel anhielt und sagte: »Ich glaube, ich habe ein neues Chamäleon für Sie entdeckt, Mrs. B! Da drüben, im Maisfeld!« Er wollte gerade loslaufen, als sie ihn zurückhielt.

»Lass es hier, James. Wir könnten es ohnehin nicht von hier zurück bis zu Mr. Cocchinis Haus im fränkischen Viertel transportieren, ohne es versehentlich zu quetschen, und wenn man das tut, sterben sie. Weißt du, ich habe entdeckt, dass es sehr empfindliche Tiere sind. Man muss wirklich behutsam mit ihnen umgehen.«

»Ich werde darauf achten, Mrs. B«, entgegnete James und dachte, dass er besser darin wurde, Ungesagtes in den Worten der Menschen mitzuhören. »Ganz bestimmt.«

»Das weiß ich, James.«

KAPITEL 13

Yanni Athanasiou brauchte nicht lange, um zu entscheiden, dass er Giovanni Belzoni verabscheute. Zunächst einmal schien der Mann zu glauben, die Pflichten eines Übersetzers seien mit denen eines Dieners gleichbedeutend. Nun war Yanni durchaus bereit, für Mr. Beechey das Gepäck zu tragen; Mr. Beechey war ein Gentleman und Vertreter von Mr. Salt auf der Reise. Aber Belzoni war nichts weiter als ein weiterer Angestellter, genau wie Yanni selbst, und nahm sich doch heraus, jedermann Befehle zu erteilen.

Außerdem war Belzoni auf kindische Weise leichtgläubig. Es herrschte Südwind, was für die Jahreszeit sehr ungewöhnlich war, aber dafür sorgte, dass sie fünf Tage nach dem Verlassen Kairos bei El-Atfieh an Land gehen mussten, weil das Schiff nicht weiterkam. Die Einheimischen erzählten, dass es im nächsten Dorf, El-Burumbul, eine halb im Sand vergrabene Statue gab. Yanni warnte Belzoni, dass es sich bei der Geschichte mit Sicherheit nur um einen Versuch handelte, einige Piaster für das Vermieten von Eseln und den Verkauf von Essen zu verdienen, aber hörte Belzoni auf ihn? Nein. Er bestand darauf, El-Burumbul zu besuchen und nach der Statue Ausschau zu halten. Schließlich standen sie vor einem formlosen Felsbrocken, der alles oder nichts hätte sein können. Der Fellache, der sie führte, behauptete, dass es sich um ein Kamel handelte, das Allah zu Stein habe werden lassen. Die kleineren, rings umher liegenden Steine seien Wassermelonen, die das Kamel getragen habe, ehe Gott auch sie zu Stein werden ließ. Yanni übersetzte die ganze Geschichte mit einem Augenrollen und erwartete zumindest ein Eingeständnis Belzonis, dass sie ihre Zeit verschwendet hatten und dass Yanni völlig im Recht gewesen sei mit seiner Einschätzung. Stattdessen lachte der Italiener, sagte: »Was für eine wunderbare Erklärung!« – und gab dem unverschämten Fellachen auch noch ein Bakschisch.

Kein Wunder, dass der Konsul ihn nicht ohne Aufsicht hatte losziehen lassen.

Der Südwind machte ihnen weiterhin zu schaffen, und als sie am fünften März endlich El-Minia erreichten, freute sich Yanni auf die Gelegenheit, einen Landsmann zu besuchen. Dr. Valsomaki destillierte seinen eigenen Ouzo, verkaufte Arzneien und handelte mit kleinen Altertümern wie Skarabäen und Terrakottafiguren, die ihm die Fellachen der Gegend brachten und die er seinerseits an Besucher weiterverkaufte. Es war gewiss der ideale Ort, um einen schönen Abend zu verbringen und sich mit nützlichen Zutaten für die Weiterfahrt einzudecken. Der gleichen Meinung waren offenkundig auch die Kopten in französischer Uniform, die sie bei Valsomaki antrafen; sie arbeiteten für den französischen Ex-Konsul Drovetti. Für Belzoni war das unverständlicherweise ein Grund, Valsomakis Gastfreundschaft auszuschlagen.

»Er empfängt Drovettis Gesindel!«, sagte er empört zu Yanni. »Bestimmt verkauft er auch Altertümer an sie.«

»Er empfängt *jeden*«, sagte Yanni achselzuckend. Was war nun schon wieder in den verrückten Italiener gefahren? Warum Valsomaki als Grieche irgendwelche Parteilichkeit für Franzosen oder Briten zeigen sollte, war ihm schleierhaft. Yannis eigene Parteilichkeit war strikt von seinem Einkommen abhängig und stand daher der britischen Regierung zu, was einen angenehmen Abend mit anderen Europäern aber nicht ausschloss. Warum tat Belzoni, der ebenfalls für seine Dienste bezahlt wurde, so, als sei er etwas Besseres? Sein nochmaliger Hinweis auf Dr. Valsomakis Arzneien und seinen begehrten Ouzo nützte nichts, nein, Belzoni bestand darauf, dass sie weiterreisten, und Mr. Beechey gab um des lieben Frieden willen nach.

Am nächsten Tag, der ihnen immer noch den gleichen widrigen Wind bescherte, besuchten sie in El-Rairaman einen Engländer, Mr. Brine. *An dem,* dachte Yanni, *kann Belzoni nichts auszusetzen finden.* Mr. Brine war vom Pascha angestellt worden, um die moderne Zuckerrohrverarbeitung in Ägypten einzuführen, und hatte extra dafür eine eigene Variante entwickelt. Statt aber nun in seinem Haus auf einen Wechsel der Windrichtung zu warten und seine angebotene Gastfreundschaft zu nutzen, fragte ihn Belzoni als Erstes, ob die beiden Kopten in Drovettis Diensten durch El-Rairaman gekommen wären. Als er erfuhr, dass dem so war, kannte er kein Halten mehr.

»Sie sind auf dem Weg nach Luxor«, verkündete er, »um dort alle Arbeiter zu mieten und uns die Ausgrabungsstellen wegzunehmen. Aber nicht mit mir! Meine Freunde, wir müssen sofort aufbrechen.«

»Belzoni«, sagte Mr. Beechey seufzend, »der Wind bläst noch immer in die falsche Richtung.«

»Dann reisen wir eben über Land.«

»Über Land?«, fragte Yanni entgeistert. »Das sind zweihundertachtzig Meilen!«

»Und?«

Mr. Beecheys Kinn fiel herab. »Machen Sie, was Sie möchten, Belzoni«, sagte er kategorisch. »Aber ich nehme das Boot.«

»Wir reiten«, erklärte Belzoni mit zusammengepressten Lippen.

Yanni war entsetzt, als er entdeckte, dass mit »wir« Belzoni und er selbst gemeint waren. Er bat Beechey, das zu verhindern, aber der Sekretär des Konsuls sagte, Mr. Salt habe Yanni in erster Linie mitgeschickt, um Mr. Belzoni eine

Hilfe zu sein, und daran ließe sich nun einmal nichts ändern. Damit begannen die fünf schlimmsten Tage in Yannis bisherigem Leben.

In El-Rairaman mieteten sie einen Esel und ein Pferd; Belzoni nahm sich bei seiner Größe natürlich das Pferd und bestand auf einem Aufbruch um Mitternacht, statt wenigstens bis zum Morgen zu warten. Bis zum nächsten Sonnenuntergang erreichten sie Manfalut, wo sie neue Tiere brauchten. Yanni beneidete seinen völlig abgehetzten Esel aus El-Rairaman, der zumindest ausruhen konnte; Belzoni gönnte ihnen beiden keine Pause, sondern bestand darauf, dass sie mit den frischen Tieren sofort nach Assiut weiterritten. Dort gab es immerhin eine kurze Pause, doch nach Sonnenaufgang befahl der wahnsinnige Italiener, dass sie wieder aufsattelten.

Bei Anbruch der Nacht trafen sie in Tahta ein – und Yanni brach zusammen. Nach vier Stunden Schlaf in einem Kloster weckte ihn Belzoni und zwang ihn, weiterzureiten. Farshut, Bahgura, Kena, er durchquerte all diese Orte wie ein Schlafwandler, dem jeder Muskel schmerzte, so dass es ihm selbst, wenn er Belzoni eine Pause abrang, nur selten gelang, tatsächlich einzuschlafen.

Als sie nach fünfeinhalb Tagen mittags in Luxor eintrafen, rechnete Yanni die Stunden zusammen, die er seit Beginn dieses Gewaltrittes geschlafen hatte, und kam auf elf.

»Das sollen uns Drovettis Lakaien erst einmal nachmachen«, erklärte Belzoni hochzufrieden.

Yanni hätte ihn umbringen können.

Sarah war entschlossen, sich nicht dem Groll über die Ungerechtigkeit des Lebens zu ergeben. Sie würde das Beste aus ihrer Lage machen, wie sie es immer getan hatte. In den

Geschichten aus Tausendundeiner Nacht war ständig von Bädern die Rede, und das hatte sie nicht nur neidisch, sondern auch neugierig gemacht, während sie in Höhlen und auf Booten lebte. Hatte sie nicht in Theben und Ybsambul von der Freiheit geträumt, zu baden? Sie überredete Mrs. Cocchini, mit ihr gemeinsam ein türkisches Bad zu besuchen, von denen es in Kairo nur so wimmelte. Sie wurden von Männern im Allgemeinen vormittags und von Frauen nachmittags genutzt, doch Sarah hatte bisher nie die Möglichkeit und Muße gehabt, ein solches Bad zu betreten, und die gerade erst aus Italien eingetroffene Mrs. Cocchini hatte es alleine nicht gewagt.

»Aber ist das etwas, was eine anständige Frau tun kann?«, fragte ihre Gastgeberin mit großen Augen.

»Diese Bäder werden von Frauen besucht, und Sie wissen doch, dass diese unser ganz normales Auftreten im Allgemeinen als schamlos empfinden«, behauptete Sarah in Erinnerung daran, wie ihre energische Art immer wieder für Aufsehen gesorgt hatte; sie verschwieg wohlweislich, dass sich diese durchaus auch von der Wesensart Mrs. Cocchinis unterschied. »Ich möchte meinen, dass wir in einem solchen Bad so sicher sind, als würden wir in London einen Fünfuhrtee einnehmen.«

Vor dem Eingang aus roten und weißen Steinen hing ein Leinentuch, das alle Männer daran erinnerte, dass die Badestunden der Frauen angebrochen waren. Als Sarah und Mrs. Cocchini durch die Pforte traten, kam ihnen eine Dienerin entgegen, die ihnen bedeutete, sofort zurückzugehen und mit dem linken Fuß zuerst einzutreten. Sarah freute sich, die gesprochenen Worte gut zu verstehen und nicht mehr so oft auf Vermutungen angewiesen zu sein.

Nachdem sie das Bad auf die vorgeschriebene Art betreten hatten, wurden sie in die erste Kammer gebeten, die, wie sie erfuhren, *Meslakh* hieß. Die Wände bestanden aus Ziegeln und Gips, und Sarah bemerkte, dass sie mehrere Risse aufwiesen; entweder hatten sie sich ein altes Bad ausgesucht oder ein häufig benutztes.

Eine Dienerin übergab ihnen Holzpantoffeln und half ihnen, ihre Schuhe auszuziehen. Die Hüterin des Bades, *M'allim* genannt, nahm ihre Börsen und Eheringe entgegen und sperrte sie in eine Holztruhe. Mrs. Cocchini war sichtlich beunruhigt und verzichtete nicht darauf, Sarah laut danach zu fragen, wie die Aussichten auf eine Rückgabe stünden.

»Ich nehme an, dass man großen Wert darauf legt, dass wir nach diesem Besuch noch oft wiederkehren; machen Sie sich also bitte keine Sorgen«, beruhigte Sarah sie und hoffte, dass sie sich nicht täuschte.

Im Inneren der *Meslakh* befand sich ein Springbrunnen mit kaltem Wasser, der aus einer achteckigen Marmoreinlassung emporwuchs. An den Wänden standen Diwans, auf denen bereits einige Besucherinnen saßen, lagen oder ruhten. Sarah und Mrs. Cocchini durchquerten den Raum und folgten der Dienerin, die sie zu einem kleinen Raum ohne Fenster oder Oberlicht führte, den sie als *Beyt-owwal* bezeichnete und der zum Ablegen der Kleider bestimmt war.

»Sie tragen ja noch ein Korsett, Signora Belzoni«, sagte Mrs. Cocchini nervös kichernd, als sie einen schamhaften Blick über die Schulter warf und sah, wie Sarah die Schnürung löste. »Wissen Sie denn nicht, dass die völlig aus der Mode gekommen sind?«

Sarah hatte es nicht gewusst, und wenn sie an die Tortur dachte, die ihr das Korsett so manches Mal in der ägyptischen Hitze bereitet hatte, wünschte sie, irgendjemand hätte die Güte besessen und es ihr verraten. Also hatte sie sich den Zwang des Korsetts für nichts und wieder nichts angetan? Unglaublich!

Ich hätte frei davon sein können, dachte Sarah – und fragte sich auf einmal, was für einen Unterschied es eigentlich gemacht hätte, wenn sie das Korsett schon vor zwei Jahren abgelegt hätte. Giovanni schien es schließlich kaum aufgefallen zu sein, als sie ihre Kleider immer häufiger zugunsten von Männerhosen in den Gepäckkörben ließ. Wen hätte es also gekümmert? Gewiss nicht die Frauen in den Höhlen von Kurna oder die Dorfbewohner von Ybsambul. *Keinen Tag länger,* schwor Sarah sich und riss sich das Folterinstrument mit einiger Heftigkeit vom Leib. Es hätte nicht viel gefehlt, und sie hätte es auf den Boden geworfen, um darauf herumzutrampeln; wäre sie allein gewesen, dann hätten die drei Jahrzehnte ihres Lebens nicht genügt, um sie zurückzuhalten. Unter den gegebenen Umständen schaffte sie es gerade noch, sich zu beherrschen, und das Korsett mit leicht zitternden Händen zusammenzufalten.

Die Frau, die sie bediente, überreichte ihnen beiden jeweils vier Handtücher; eines, um ihre Kleider hineinzulegen, eines, um sich darauf zu setzen, eines, um ihren Körper damit zu bedecken, und eines, um ihre Haare einzuwickeln. Sich in Gegenwart fremder Frauen auszuziehen war ihr immer noch nicht selbstverständlich, und Sarah schalt sich töricht, als sie sich abwendete und hastig versuchte, den Knoten ihres Handtuchs so zu verschließen, dass nichts verrutschen konnte. Aber Mrs. Cocchini schien es nicht anders zu gehen.

Als sie beide den Anschein erweckten, fertig mit dem Gezerre an ihren Handtüchern zu sein, führte man sie in den Hauptraum des Bades, den *Harárah*. Die Luftfeuchtigkeit, die ihnen entgegenschlug, war eine völlig andere Art von Hitze als die glühende Trockenheit der Wüste, und doch war Sarah innerhalb weniger Minuten von Schweiß bedeckt.

In dem mit schwarzweißem Marmor ausgekleideten *Harárah* befanden sich ein Springbrunnen mit heißem Wasser in der Mitte eines weiteren Achtecks und zahlreiche marmorne Liegebänke. Erst jetzt begriff Sarah, dass man in einem türkischen Bad offensichtlich nicht badete, oder zumindest nicht sofort. Stattdessen hieß man sie, sich zuerst auf die Bänkchen um den heißen Brunnen zu setzen und später auf den marmornen Liegebänken Platz zu nehmen.

Als sie sich vor dem Brunnen niederließ, schlug ihr der Dampf warm und weich entgegen, und als sie in die kleinen Schälchen sah, die von dem zentralen Pfosten hingen, erkannte Sarah, dass sich in ihnen Salz befand. Unschlüssig blickte sie zu einer anderen Frau hinüber, die auf dem Bänkchen neben ihr saß und sie neugierig betrachtete. Ihr üppiger Körper stellte eine Herausforderung für das Handtuch dar. Gutmütig machte sie Sarah und Mrs. Cocchini klar, dass sie sich mit den groben Körnern das Gesicht abreiben sollten.

»Ich weiß nicht recht«, sagte Mrs. Cocchini und zog das Handtuch, das sie um ihren Oberkörper gewickelt hatte, etwas enger.

»Wenn du in Rom bist«, meinte Sarah, die der Übermut gepackt hatte, »mach es wie die Römer.« Mit einer Hand griff sie in die Salzschalen und rieb sich, wie geheißen, die weißen Kristalle ins Gesicht. Der Dampf ließ sie bald zu einer feinen Kruste werden, und Sarah fühlte sich ein wenig, als sei sie wieder an Bord des Schiffes, das sie nach Ägypten gebracht hatte.

Da weder sie noch Mrs. Cocchini den heißen Dampf gewohnt waren, gingen sie bald zu den marmornen Sitzliegen, die sich nicht ganz so nahe am Brunnen befanden, und legten sich auf ihre Handtücher nieder, wie sie es bei den Einheimischen sahen.

Es war ein eigenartiges Gefühl, sich inmitten von Frauen wiederzufinden, die alle die gleichen rotweißen Handtücher um den Leib und den Kopf gewickelt trugen, und sonst gar nichts, und zu wissen, dass sie eine von ihnen war. Das Einzige, was Sarah Belzoni von den anderen unterschied, war die Helle ihrer Haut, und selbst in dieser Beziehung war sie hier keine alleinige Ausnahme.

Für Mrs. Cocchini schien die Situation ähnlich ungewohnt zu sein; sie blickte an sich hinunter und lachte verlegen, ehe sie sich auf ihr Handtuch legte. Die anderen Besucherinnen dagegen schwatzten unbekümmert miteinander. *Seltsam,* dachte Sarah. Anders als auf dem Lande trugen die meisten Frauen in den Straßen Kairos Schleier, aber hier waren sie das genaue Gegenteil von befangen und eingeengt; ob jung oder alt, ob schlank oder mollig, sie ruhten auf eine selbstverständliche Weise in ihren Körpern, die Sarah, wie ihr bewusst wurde, nicht besaß. Oder doch? Der Stein unter ihrem Handtuch war heiß, und der Dampf, der sich auf ihre Haut legte, die Schweißperlen, die ihr herabrannen, all das ließ sie sich jedes Zentimeters ihrer selbst bewusst werden. Die Schwere ihrer Brüste, die Art, wie ihr Haar, das unter seinem Handtuch inzwischen auch feucht war, sich an ihren Kopf schmiegte; alles, von den Sohlen ihrer Füße über einen blauen Fleck an ihrem linken Knie bis hin zu ihrer Nasenspitze war auf eine Weise vorhanden, wie sie es noch nicht erlebt hatte.

Eine kräftig aussehende Nubierin kam zu ihnen und begann, Sarahs Schultern durchzukneten. Ehe sie es sich versah, wurde ihr Kopf einmal in jede Richtung herumgerissen, so dass sie einen Moment lang glaubte, die Frau wolle ihr das Genick brechen. Das Gleiche geschah mit jedem einzelnen ihrer Glieder, nacheinander und so selbstverständlich, dass ihre Schrecksekunden rasch verebbten. Die Hände der Frau durchwalkten ihr Fleisch, als sei es Brotteig. Sarah schloss die Augen und ließ zu, dass die neuen Eindrücke, die auf sie einströmten wie der Dampf und die Stimmen der Frauen, sie ganz und gar erfüllten. Als am Ende jeder Fleck ihrer Haut mit einem rauhen Tuch aus Hanffasern abgerieben und die Hornhaut mit Bimsstein von ihren Füßen geschabt worden war, fühlte Sarah sich, als könne sie sich in der heißen, feuchten Luft des Bades auflösen und als Wolke im ägyptischen Äther zerfließen.

Anschließend wurde sie mit Palmfasern, die in einem kleinen Bronzebecher lagen, abgewaschen. Nach den rauhen Hanffasern tanzten sie spielerisch leicht über sie hinweg, und das wundersam kühle Wasser, in das sie getränkt waren, war so willkommen, dass Sarah glaubte, jede Pore ihrer Haut müsse sich öffnen, um es aufzunehmen. Auch ihr Haar wurde auf diese Weise erfrischt. Die erste Dienerin erschien wieder, um ihre Achselhöhlen zu rasieren; danach erhielt sie neue Handtücher und wurde wieder in die *Meslakh* geführt, wo ihr und Mrs. Cocchini die Haare gebürstet und geflochten wurden, während sie auf den Diwans lagerten.

Die Nubierin kehrte zurück, ein Fläschchen in der Hand. Als sie es öffnete, roch es schwach nach Rosen. Diesmal war die Massage, die sie bei Sarah begann, ohne jede abrupte Bewegung; stattdessen rieb sie das Rosenöl mit langsamen, gleitenden Gesten in Sarahs Haut hinein.

Wenn man ihr noch auf Malta gesagt hätte, dass sie einmal ruhig daliegen würde, während eine wildfremde Person ihren ganzen Körper berührte und ihr Öl auf die Oberschenkel rieb, hätte sie die Bemerkung für geschmacklos gehalten und auf keinen Fall geglaubt. Nun aber merkte sie, dass sie nicht einmal unwillkürlich zurückzuckte, sondern jede Berührung genoss. Sie kam sich wie in einem Traum vor, wo alles gut und richtig war.

Man bot ihnen an, ihnen die Augen und Lippen zu schminken. »Lassen Sie uns doch ja sagen, Signora Belzoni«, bat Mrs. Cocchini und klang wie ein eifriges Kind, als Sarah ihr die Frage übersetzte. »Es sieht uns doch ohnehin niemand in die Augen, bis wir wieder zu Hause sind, und dann können wir es gleich abwischen. Aber einmal möchte ich wissen, wie ich als Ägypterin aussehe!«

Sarah fühlte sich gleichzeitig erfrischt und doch auf wohlige Art erschöpft – und ganz sicher war sie nicht in der Lage, der Versuchung zu widerstehen, etwas zu tun, das sie normalerweise als töricht abgelehnt hätte. »Warum nicht«, sagte sie und gab der Dienerin zu verstehen, dass sie beide einverstanden waren.

Als man ihr am Ende einen Spiegel vorhielt, sah sie zu ihrer Überraschung keine völlig Fremde darin und auch keine törichte Frau, die sich als Orientalin verkleidet hatte. Die Kohle auf ihren Augenbrauen und das Gemisch aus Blau und Rot auf den Lidern hob die Farbe ihrer Augen hervor, und der Hauch von Henna, den man auf ihrem Gesicht verrieben hatte, betonte ihre Wangenknochen auf eine sehr schmeichelhafte Art. Die Bräune, die das letzte Jahr überall dort hinterlassen hatte, wo ihre Haut nicht von Kleidung bedeckt gewesen war und die sie bei diesem Klima wohl nicht mehr verlieren würde, ließ es natürlich aussehen, während ihr blasses Gesicht in England früher das gleiche Rot hätte grell wirken lassen. *Nun,* dachte sie, *für einmal geht es an.* Sie machte Mrs. Cocchini ein Kompliment über ihr Aussehen, das ihre Begleiterin zufrieden kichern ließ, und fühlte sich wie ein Neugeborenes, als sie mit ihr das türkische Bad verließ.

Das Gefühl überdauerte keine Minute, denn noch ehe sie von Mrs. Cocchinis wartendem Diener in Empfang genommen werden konnten, der mit den Eseln auf sie wartete, rief eine vertraute Stimme ihren Namen.

»Madame Belzoni! Ich muss doch etwas richtig gemacht haben, dass der Himmel mich mit diesem Anblick belohnt.«

Nachdem die Masseurin ihren Körper auseinandergenommen und wieder zusammengesetzt hatte, konnte Sarah noch nicht einmal zur Salzsäule erstarren. Es gab nichts mehr in ihr, was derzeit in der Lage war, steif zu werden. Zu ihrer Überraschung errötete sie noch nicht einmal, obwohl ihr die Schminke auf den Augen und das in viel zu viele kleine Zöpfe geflochtene Haar sehr bewusst waren.

»Monsieur Drovetti«, sagte Sarah, und als er von seinem Pferd abstieg, ließ sie sich von ihm die Hand küssen.

»Wollen Sie mich Ihrer bezaubernden Begleiterin vorstellen?«

»Es handelt sich um eine Landsmännin von Ihnen. Mrs. Pietro Cocchini«, sagte Sarah, und weil die Höflichkeit es verlangte, erledigte sie auch den Rest der Vorstellung. »Mrs. Cocchini, Sie haben gewiss schon von Monsieur Drovetti gehört, dem ehemaligen französischen Konsul.«

Drovetti küsste auch Mrs. Cocchini die Hand, die ihn begeistert und ohne Verlegenheit mit einem italienischen Redestrom überschüttete, und bot sich anschließend an, die beiden Damen zurück zu ihrem Haus zu begleiten.

»Oh, tausend Dank«, sagte Mrs. Cocchini erfreut. »Sie müssen den Tee mit uns einnehmen.«

»Es wäre mir eine Ehre.«

»Begleitet Madame Drovetti Sie diesmal nach Kairo?«, fragte Sarah. Er lächelte sie an.

»Leider nicht. Als liebende Mutter fühlt sie sich unfähig, unseren Sohn alleine zu lassen, und Giorgio ist mit vier Jahren nun einmal noch zu jung, um zu reisen.«

»Oh, Sie haben einen kleinen Jungen?«, fragte Mrs. Cocchini, wartete die Antwort aber erst gar nicht ab, sondern begann mit Geschichten über ihren eigenen Sohn und ihre beiden Töchter, die allerdings schon alle älter als zehn Jahre waren. Drovetti hörte sich alle Einzelheiten an, als sei es das Interessanteste auf der Welt, nickte an den richtigen Stellen und setzte auch genügend bewundernde Zwischenlaute ein.

Man kann sehen, dachte Sarah, *warum er als Diplomat so erfolgreich gewesen ist.*

Nach ihrer Rückkehr eilte Mrs. Cocchini sofort in die Küche, um ihren Bediensteten Anweisungen zu erteilen, was Sarah alleine mit Drovetti in dem kleinen Raum ließ, der von ihrer Gastgeberin Salon genannt wurde.

»Sie hätten mir die Bücher nicht zurückschicken müssen, Madame«, sagte er. »Schließlich nenne ich eine französische Ausgabe mein Eigen. Haben die Geschichten Ihnen nicht gefallen?«

»Sie waren bezaubernd«, sagte Sarah. »Aber ich sah mich nicht in der Lage, sie in dem Geiste anzunehmen, in dem sie mir geschenkt wurden, und das machte mich zu einer unwürdigen Empfängerin.«

»In welchem Geist wurden sie denn geschenkt?«, fragte er, und zur Abwechslung blieb seine Stimme völlig ernst. Er lächelte auch nicht. Seine hellblauen Augen musterten sie sehr aufmerksam.

Nun gut, dachte Sarah.

»Monsieur Drovetti, ich mag ein Mitglied des schwächeren Geschlechts sein und bin gewiss nicht dessen klügste Vertreterin, aber so naiv, anzunehmen, Sie würden mich auch nur eines Blickes würdigen, wenn es Ihnen nicht aus irgendwelchen Gründen darum ginge, meinen Gatten herauszufordern, bin ich gewiss nicht.«

Man hörte Schritte und Mrs. Cocchinis Stimme, die mit ihrem Diener sprach, doch Drovetti sagte, ohne den Blick von Sarah zu wenden: »Das, Madame, sind gleich mehrere Unterstellungen, und Sie schulden mir die Möglichkeit, mich zu rechtfertigen. Seien Sie gerecht.«

Es bestand die Möglichkeit, ihm nun mitzuteilen, er solle ihr vor Mrs. Cocchini sagen, was auch immer er ihr zu erklären habe. Er würde sich gewiss weigern und seine unerbetene Aufmerksamkeit ihr gegenüber könnte so ein Ende finden. Doch er hatte an ihren Gerechtigkeitssinn appelliert. Es lag gewiss daran – und nicht an dem Umstand, dass ihr das Zurückgelassenwerden in Kairo immer noch zu schaffen machte; sie hatte sich schon zu lange mit dem Gedanken auseinandergesetzt, dass ein Koch und silbernes Besteck offenbar unentbehrlicher waren, dass sie erwiderte: »Ich möchte morgen gegen drei Uhr die St.-Sergius-Kirche besuchen, um den Wohnort der Heiligen Familie dort zu sehen.« Sie konnte nicht widerstehen, hinzuzufügen: »Eine Kirche scheint mir der rechte Ort zu sein, um sein Innerstes zu offenbaren, nicht wahr?«

Kaum hatte sie es ausgesprochen, bereute sie es auch schon; es klang wie eine Neckerei der Art, wie man sie nur mit Freunden austauschte, nicht mit Feinden.

Das Lächeln kehrte in Drovettis Augen zurück. »Ich werde dort sein«, sagte er, während Mrs. Cocchini den Raum betrat und verkündete, Tee und Süßigkeiten würden in einer Minute gebracht.

James stellte fest, dass er den Garten des Konsulats vermisste. Außerdem befanden sich seine guten Schuhe, diejenigen, die ihm Mrs. B zum letzten Geburtstag geschenkt hatte und die er außerhalb des Hauses wegen des Drecks nicht anzog, immer noch im dortigen Dienstbotentrakt. Es war ein guter Grund, sich noch einmal im Konsulat blicken zu lassen, doch wenn er ehrlich zu sich war, hoffte er auch, dem Konsul dabei über den Weg zu laufen. Er hatte das Gefühl, dass der Konsul ihn mochte, und vielleicht ließ sich Mr. Salt ja von ihm überzeugen, dass Mrs. B jeder Anstrengung gewachsen war. Mr. B war vielleicht zu … zu aufgeregt gewesen. Einen Versuch war es auf alle Fälle wert.

Er schwatzte mit einigen der Diener im Konsulat, erhielt seine Schuhe und ging unter dem Vorwand, den Gärtner besuchen zu wollen, in den Garten, wo Mr. Salt sich oft aufhielt, wenn er nicht in seiner Bibliothek arbeitete. Diesmal jedoch war weder vom Konsul noch vom Gärtner etwas zu sehen. James war enttäuscht, doch dann beschloss er, die Gelegenheit nicht ganz verstreichen zu lassen, ohne für Mrs. B ein paar der Blüten von den Bäumen zu brechen, die in diesem Land bereits im Februar ausschlugen. Damit konnte er sie sicher ein wenig aufheitern.

Als er auf den dichten Maulbeerfeigenbusch zuging, trat hinter ihm zu seiner Verblüffung eine junge dunkelhäutige Frau hervor, die, soweit er sich erinnerte, eine Wäscherin war und gewiss nichts im Garten zu tun hatte. Sie sah ihn – und rannte ins Haus. James' Überraschung weitete sich zu einem Schreck, als er die zweite Person sah, die bisher hinter dem Busch verborgen gewesen und nicht der erwartete Gärtner war.

»Guten Tag, Curtin«, sagte Henry Salt. Seine Stimme war ruhig und freundlich wie immer, und nur seinem etwas betretenen Gesichtsausdruck merkte man an, dass er verlegen war.

»Guten Tag, Sir.«

James hatte sich eine kleine Rede zurechtgelegt, doch nach dem eben Erlebten war ihm jedes Wort davon entfallen. Nicht, dass dieser Moment geeignet gewesen wäre; um das zu wissen, musste man keine Dienerschule durchlaufen haben. Er verstand selbst nicht, warum ihm die Angelegenheit so peinlich war. Auf den Jahrmärkten, in den Häfen und sogar in den ägyptischen Dörfern hatte er Paare viel Deutlicheres tun sehen, als kurz nacheinander hinter einem Busch hervorzutreten.

Aber keiner davon war eine Amtsperson gewesen, geschweige denn der Vertreter Seiner Majestät in Ägypten.

Mr. Salt nahm ihm das bestimmt übel. *Das Gescheiteste wäre, so schnell wie möglich zu verschwinden,* dachte James, doch seine Füße rührten sich nicht vom Fleck, während sein Gesicht brannte.

»Es geht Mrs. Belzoni und dir gut, Curtin?«

»Ja, Sir.«

Salt wölbte eine Augenbraue. »Kann ich dir bei etwas behilflich sein, Junge?«

»Nein, Sir«, sagte James und bekam endlich die Beine wieder in seine Gewalt. »Ich wollte nur guten Tag sagen, Sir, weil ich doch hier war, um meine Schuhe abzuholen. Auf Wiedersehen, Sir.«

»Auf Wiedersehen, Curtin.«

So viel zu der Hoffnung, bald mit Mrs. B nach Theben folgen zu können.

Die alte römische Festung, in der sich neben der Sergius-Kirche auch andere Gotteshäuser und Läden befanden, die allesamt Christen gehörten, umfasste einen riesigen Bereich: tausend Fuß von Norden nach Süden, siebenhundert Fuß von Osten nach Westen. Die Mauern und Festungstürme waren noch sehr gut erhalten, so dass Sarah sich wunderte, dass die moslemischen Herren der Stadt die Festung nicht für sich beanspruchten. Sie wurde von den Arabern *Ckusr esh-Schem'a* genannt, ein Name, den Sarah vor einem Jahr, bei ihrem ersten Besuch mit Giovanni und James, nicht verstanden hatte. Mittlerweile konnte sie sich übersetzen, dass er *Festung der Kerzen* bedeutete, und nahm an, dass der Name sich auf die zahllosen Kerzen in den griechisch-orthodoxen und koptischen Kirchen hier bezog, die sie als Protestantin immer ein wenig nervös machten.

»Hier war vor mehr als tausend Jahren das Hauptquartier

der griechischen Armee, die von den Arabern unter Amr besiegt wurde«, sagte Drovetti hinter ihr, als sie vor der Eingangspforte der Sergius-Kirche stand, und sie zuckte zusammen, weil sie ihn nicht hatte kommen hören; es musste an den anderen Kirchenbesuchern liegen, die hin und wieder an ihr vorbei in die Kirche gegangen waren. »Dieser Ort ist also wie geschaffen für Kapitulationen nach langen Belagerungen.«

Sarah drehte sich zu ihm um und entschied, dass eine seiner unangenehmsten Eigenschaften war, dass man bei jeder Anzüglichkeit, die er von sich gab, nicht sicher sein konnte, ob es nicht eine eigentlich harmlos gemeinte Bemerkung war, und bei jeder harmlos gemeinten Bemerkung eine Anzüglichkeit vermuten musste. Das Beste war wohl, sich unbeeindruckt zu zeigen und ebenfalls eine Bemerkung zu machen, die auf verschiedene Weise interpretiert werden konnte.

»Nun, ich glaube, Ihr General Menou hat bei Rosetta vor unseren Truppen kapituliert«, entgegnete sie, »aber das liegt zu weit von hier für einen Ausflug.«

»Rule Britannia«, sagte Drovetti und bot ihr seinen Arm, den sie akzeptierte, ehe sie die Kirche betraten. Der Diener der Cocchinis, der sie bis zur Kirche eskortiert hatte, blieb zurück; sie hatte ihn angewiesen, sie in zwei Stunden wieder am Eingang abzuholen.

Der Weihrauch war noch so erstickend, wie sie ihn von ihrem letzten Besuch in einer nicht protestantischen Kirche in Erinnerung hatte, und sie hustete. Drovetti beobachtete sie belustigt. »Sie haben noch nicht oft an einem orthodoxen Gottesdienst teilgenommen, Madame, nicht wahr?«

»Noch überhaupt nicht«, verbesserte sie ihn, »und ich habe auch nicht die Absicht, das zu ändern. Schließlich bin ich Mitglied der Kirche von England und nur hier, weil ich gerne die Grotte der Heiligen Familie wiedersehen möchte.«

Sie wollte nicht als Erste auf den Grund ihrer Begegnung zu sprechen kommen, also fragte sie ihn, ob er denn schon einmal hier gewesen sei.

»Ich muss gestehen, nein. Trotz all der Jahre in diesem Land habe ich mir die Aussicht von hier oben noch nicht gegönnt.«

»Monsieur Drovetti«, sagte Sarah. »Erzählen Sie mir nicht, dass die vielen Kerzen in der Festung der Kerzen Sie davon abgehalten haben. Man sollte meinen, die Herausforderung, Ihr eigenes Licht alle anderen überstrahlen zu lassen, wäre Anreiz genug zu einem Besuch?«

»Madame Belzoni«, entgegnete er, »Ihr Vertrauen in meine Fähigkeiten, alle anderen in den Schatten zu stellen, macht diesen Tag bereits unvergesslich für mich.«

Sie ertappte sich bei einem Lächeln und musste sich daran erinnern, dass sie nicht hier war, um Drovettis Gesellschaft amüsant zu finden. Sie war hier, um an dem Ort, welcher der Heiligen Familie Obdach geboten hatte, nachdem sie vor Herodes nach Ägypten geflohen war, ein Gebet für die baldige Wiedervereinigung ihrer kleinen Familie zu sprechen und sich Drovettis Erklärungen seines Verhaltens ihr und Giovanni gegenüber anzuhören. Mehr nicht.

Die Grotte, die als Obdach Josephs und Marias bezeichnet wurde, war ihr bei ihrem ersten Besuch sehr klein vorgekommen, und sie hatte sich auch nicht vorstellen können, warum die Heilige Familie ausgerechnet in einer Höhle hatte leben wollen, doch mittlerweile kannte sie Kurna, und das machte die Vorstellung leichter. Sarah löste sich von Drovetti und gesellte sich zu den Frauen in griechischer Tracht, die Gebete murmelten, die sie nicht verstand. Sie war tatsächlich versucht, selbst eine Kerze zu stiften, doch die Erinnerung an Reverend Coulter und seine Ermahnungen, sich niemals von eitlen Zeremonien des katholischen Flügels der Kirche von England beeindrucken zu lassen, geschweige denn von römischen Katholiken und ihrem papsthörigen Brimborium, war auch nach Jahrzehnten noch zu lebendig. Coulter hatte es nicht für nötig gehalten, die Kinder in einem Waisenhaus von Bristol vor griechisch-orthodoxem Mystizismus zu warnen, aber das lag vermutlich nur daran, dass er niemals in einer orthodoxen Kirche gewesen war oder überhaupt davon gehört hatte.

Sarah schloss die Augen und betete: für Giovanni, James, Giovannis Erfolg, eine rasche Wiedervereinigung und um Gottes Hilfe dabei, jede Art von unvernünftigem Groll darüber, zurückgelassen worden zu sein, gründlich in sich auszurotten. Als sie wieder zu Drovetti ging, der an eine Säule gelehnt auf sie wartete, sagte er: »Ehe der Islam nach Ägypten kam, soll die Festung in der ersten Nacht jedes Monats mit Kerzen erleuchtet worden sein, daher der Name. Manchmal glaube ich, der Pascha sollte sich bei seinen Bemühungen, neue Industrien hierzulande einzuführen, wieder auf die alten besinnen. Als das Land dem Christentum verloren ging, erlitt der Kerzenhandel wirklich einen schweren Verlust.«

Sarah schluckte die erste Erwiderung, die ihr auf der Zunge lag, hinunter. Dann sagte sie: »Als er vierzehn war, hielt es James ebenfalls für geistreich, möglichst provokante Bemerkungen zu machen. Aber wissen Sie, Monsieur Drovetti, ich glaube, er ist inzwischen aus dem Alter hinausgewachsen.«

Er legte eine Hand auf sein Herz. »Und ein weiterer tödlicher Stoß, Madame. Lassen Sie uns einen der Festungstürme besteigen. Die Aussicht auf Kairo soll atemberaubend sein, und wie ich mich erinnere, schulde ich Ihnen einige Erklärungen.«

Sie musste sich inzwischen dem Klima angepasst haben, denn die Luft, die sie draußen nach all dem schweren Weihrauch in der Kirche empfing, erschien ihr tatsächlich frisch statt heiß. Die Stufen zu erklimmen, die zu Turm und Wall führten, fiel ihr so leicht, wie es in England der Fall gewesen wäre, obwohl sie heute eines ihrer Kleider trug und, nur weil Drovetti das Gegenteil bestimmt aufgefallen und er vielleicht falsche Schlussfolgerungen gezogen hätte, ihr Korsett. Für den Besuch einer Kirche türkische Kleidung oder auch nur ein Gemisch aus europäisch-türkischer Männerkleidung zu tragen schien ihr falsch.

Der Blick über Kairo war so schön, wie er es versprochen hatte. Sie versuchte einmal mehr, die Dächer der Minarette und Moscheen zu zählen, und gab auf. Die fragile Eleganz der Minarette, die sie mit nichts vergleichen konnte, was sie aus Europa kannte, ließen sie wünschen, sie besäße zeichnerisches Talent. Unter anderen Umständen hätte sie eine Weile lang nichts gesagt und einfach nur die Aussicht genossen, doch die Umstände waren nicht anders; dieser Mann war kein Freund der Familie, mit dem man einen Ausflug machen konnte.

»Warum sind Sie hier, Monsieur Drovetti?«, fragte Sarah unvermittelt, ohne den Blick von der Stadt abzuwenden.

»Nun, der Pascha wollte mit mir über das Kanalprojekt sprechen, das er plant, und ...«

»Sie wissen genau, was ich meine.«

»Nein, Madame, das weiß ich nicht«, sagte er, und nun war sie gezwungen, ihn direkt anzuschauen. Eine kühle Präzision lag in seiner Stimme, die sie von ihm noch nie gehört hatte. »Ich verstehe mich vielleicht darauf, Menschen einzuschätzen, aber ich kann keine Gedanken lesen, was ebenfalls zu den Dingen gehört, die Sie mir unterstellen.«

»Ihr Verhalten meinem Gatten gegenüber«, begann Sarah. Drovetti unterbrach sie.

»Es mag Sie überraschen, Madame, aber was Ihren Gatten und mich betrifft, so sehe ich mich als die verletzte Partei. Als Sie beide in dieses Land kamen, war *er* es, der in Verbindung mit mir trat und um meine Hilfe bat. Nicht umgekehrt. Es war mir eine Selbstverständlichkeit, einem Landsmann diese Hilfe zu gewähren, wiederholt, wie ich betonen möchte. Ihr Gatte scheint die Gewährung dieser Hilfe jedoch mit einer fortgesetzten Beleidigung verwechselt zu haben, die einer Kriegserklärung gleichkommt. Es war nicht mein Fehler, dass der Pascha seine Maschine nicht auf die Art und Weise entgegennahm, die er sich erhoffte. Ich hätte ihm den Erfolg gegen die englische Maschine gegönnt. Danach hat er sich entschieden, auf einem Feld tätig zu werden, das mir, wie Sie beide sehr genau wussten, sehr wichtig ist. Nun wäre ich gerne bereit gewesen, Ihren Gatten zu beschäftigen, aber nein, er wählte einen Auftraggeber, der in direktem Wettbewerb zu mir steht, und hielt es noch nicht einmal für nötig, angesichts der Unterstützung, die er vorher von mir erbeten und akzeptiert hatte, ein Wort der Erklärung und Entschuldigung zu äußern. Madame, ich habe nie vorgegeben, ein Heiliger zu sein, aber das wäre nötig, um angesichts dieses Verhaltens nicht zumindest, sagen wir einmal, ein gewisses Ressentiment gegenüber Ihrem Gatten zu empfinden.«

In Bartholomew Fair hatte es ein Zelt gegeben, in dem sich Spiegel aller Arten befanden, Spiegel, in denen der Betrachter sich einmal dünn, einmal in die Breite gezerrt vorfand, so verändert und verbogen, dass er sich selbst nicht wiedererkannte. Ein ähnliches Gefühl erfasste Sarah, während sie ihm zuhörte. Drovetti hatte den Spiegel verbogen, um alles so aussehen zu lassen, wie er es jetzt darstellte, doch sie konnte den Finger nicht auf die Stelle legen, die eine Lüge war. Stattdessen musste sie sich mit einer gewissen Bestürzung fragen, ob es sein konnte, dass er nichts als die Wahrheit sagte. Hatten Giovanni und auch sie selbst sich der Undankbarkeit und Unhöflichkeit in einem unverzeihlichen Grad schuldig gemacht? Darüber musste sie nachgrübeln, wenn sie alleine war; jetzt galt es, sich auf den Punkt zu konzentrieren, den seine niederschmetternde kleine Rede überhaupt nicht berührt hatte.

»Wenn Sie die Angelegenheit so sehen«, sagte Sarah und versuchte, würdevoll und gelassen zu klingen, »dann müssen Sie mir verzeihen, wenn ich mich frage, warum Sie mir gegenüber nicht die gleichen … Ressentiments hegen. Wenn mir gegenüber jemand undankbar und unhöflich ist, dann wäre ich bemüht, der betreffenden Person und den ihr Nahestehenden aus dem Weg zu gehen. Ich würde gewiss keine Geschenke senden oder Gespräche suchen.«

»Und was, wenn mir aufrichtig etwas an Ihrer guten Meinung liegt, Madame?«, fragte er leise. »An *Ihrer* guten Meinung, Sarah. Nicht an Madame Belzonis, denn mir läge auch daran, wenn Sie als Mrs. Salt oder Signora Cocchini in diesem Land eingetroffen wären.«

»Meiner guten Meinung?«, wiederholte sie und wusste nicht, ob sie es ungläubig meinte, sarkastisch oder aufrichtig. Sie war immer noch in dem Zelt mit den Spiegeln, und die verzerrten Bilder vor ihr konnten die Wahrheit sein – oder auch nicht. Ihr schlechtes Gewissen wurde stärker.

»Habe ich je versucht, mich besser darzustellen, als ich bin?«, fragte er eindringlich. »Ich kann mich nicht erinnern, Ihnen gegenüber Frömmigkeit geheuchelt oder vorgegeben zu haben, ein Muster der ehelichen Treue zu sein, Sarah. Ich würde Sie nicht belügen. Mir kommt es darauf an, Sie als Freundin zu gewinnen, so, wie ich bin, nicht besser, aber auch nicht schlechter. Ist Freundschaft zwischen zwei Lagern denn so völlig unmöglich?«

Die warme Nachmittagssonne, die selbst den Februar in diesem Land zu einem einschmeichelnden Monat machte, ließ das Grau in seinem dunklen Haar silbern aussehen. *Und was,* dachte sie, *wenn er es so meint? Was, wenn nicht? Wenn er sich insgeheim über jede Minute, die ich hier schweige und ihm zuhöre, lustig macht?*

Sie fragte sich nicht, warum ihr überhaupt etwas an *seiner* guten Meinung liegen sollte. Wenn er die Wahrheit sagte, dann hatte sie bei ihm etwas gutzumachen. Wenn er log, dann würde Höflichkeit und die Bereitschaft, zu vertrauen, ihn beschämen, und nicht sie, entschied Sarah und antwortete ihm, nicht in ihrer Sprache und nicht in seiner, sondern in derjenigen des Landes, in dem sie sich befanden, und das zitierend, was ihr die Frauen von Ybsambul, Assuan und Luxor wieder und wieder gesagt hatten: »*Maschallah!*«

»Wenn Gott es will«, sagte Drovetti, der den Ausspruch natürlich kannte, und übersetzte ihn dabei ins Englische, »dann kann es geschehen.«

Giovanni hatte sich am Tag nach seiner Ankunft in Luxor die Nase gebrochen, nicht im Streit mit jemandem, sondern bei einem Sturz in den Tempelanlagen von Karnak, wo er die meiste Zeit verbrachte.

Der größte Teil des Geldes, das Salt zur Verfügung gestellt hatte, befand sich bei Beechey, und Beechey auf dem Boot, das immer noch nicht angekommen war; daher konnte Giovanni noch nicht so viele Arbeiter anheuern, wie er wollte. Immerhin versprach der Kaimakan von Karnak, nachdem er den neuen Firman gesehen hatte, dass diesmal niemand für die Zusammenarbeit mit ihm im Gefängnis landen würde, solange sie sich auf Luxor und Karnak beschränkten. Giovanni begann mit der Freilegung eines der sitzenden Kolosse vor der Säulenhalle des Luxortempels, jenseits der gewaltigen Sphinxallee, die auf den großen Tempel von Karnak zulief. In Gedanken setzte er die zersprungenen Gesteinsbrocken wieder zusammen, sah die Säulen unversehrt und ohne Schutt vor sich aufragen, stellte sich die Sphingen in einer Reihe vor, wie sie die Obelisken und Tempel zu einer Einheit verschmolzen; die Vollkommenheit, die er auf einmal so deutlich vor sich sah, schnürte ihm die Kehle zusammen. Es war an ihm, wenigstens Bruchstücke davon wieder zum Leben zu erwecken.

Widder und Sphingen aus Sandstein, die fast alle von der Witterung beschädigt waren, gab es viele, aber selten welche aus schwarzem oder rotem Granit, von Alabaster ganz zu schweigen. Giovanni wollte mehr; er suchte nach Außergewöhnlichem und stürzte sich daher auf den sitzenden Koloss. Er schätzte die größte der Statue auf neunundzwanzig Fuß vom unteren Ende des Sitzes an. Hier gab es keinen feinen Flugsand und keinen ständigen Wind wie in Abu Simbel, der das Ausgraben erschwerte. Die Arbeit ging bereits am ersten Tag zügig voran; da alle Araber, die sich in der Nähe befanden, mit dem Graben beschäftigt waren, hatte er genügend Zeit, um sich den großen Tempel von Karnak in Ruhe anzusehen, ohne dabei gestört zu werden. Er brauchte fast eine Stunde, um den Tempelbereich zu umrunden, und konnte kaum einen Schritt machen, ohne von dem Wunder des Ortes ins Herz getroffen zu werden. Die Sonne ging allmählich unter, und die langgestreckten Schatten der Säulengruppen, die sich über die Ruinen streckten, vermengten sich mit dem rötlichen Licht und lösten in ihm eine Ehrfurcht aus, die nichts mehr mit der Aussicht auf Erfolg zu tun hatte. Er schien sich allein im Mittelpunkt des allerheiligsten Ortes der Welt zu befinden: ein Wald voller gigantischer Säulen, weit über hundert, die bei all ihrer Größe nie plump wirkten, sondern durch die Lotosblüten, die den Kapitellen entwuchsen, die Anmut selbst waren, über und über bedeckt mit herrlichen bunten Ornamenten und fein gezeichneten Figuren. Dabei schätzte er, dass jede Säule so hoch wie ein zehnstöckiges Haus und jedes einzelne Kapitell groß genug war, um Platz für fünfzig Männer zu bieten. Ja, das hier musste ein Tempel sein, kein Palast; solche Gebäude bauten Menschen gewiss nur zu Ehren der Götter, nicht für bloße Sterbliche. Giovanni wünschte sich, er könne zeichnen, denn er war sich gewiss, dass jeder, der Karnak nicht kannte, sich einen solchen Tempel nie würde vorstellen können, ganz gleich, wie oft man ihn beschrieb.

Er blieb, bis die Sonne vollends versunken war und alles im Dunkeln lag. Das hatte zur Folge, dass er über einen Gesteinsblock stolperte und auf einen weiteren stürzte. Seine Nase hörte den größeren Teil der Nacht nicht mehr auf zu bluten, und am nächsten Tag war offensichtlich, dass sie gebrochen war.

Dieses Ärgernis stellte sich allerdings nur als das erste von vielen heraus. Die beiden Kopten, die für Drovetti arbeiteten, trafen ein, im Gegensatz zu ihm mit genügend Bargeld ausgerüstet, um sofort so gut wie jeden arbeitswilligen Fellachen auf der Ostseite des Nils für ihre eigenen Ausgrabungen anzuheuern. Das brachte Giovanni dazu, sein Glück wieder auf der Westseite zu versuchen, wo sich, wie er hoffte, noch genügend Leute gut an ihn und ihr Honorar für den Transport des Memnon-Kopfes erinnerten. Man lud ihn in fast jede Höhle in Kurna zu einem Gastmahl ein, doch auf die Frage nach Arbeit ohne Honorar, aber mit dem festen Versprechen auf spätere Zahlung erntete er nur Achselzucken.

»Wenn dieser Weichling Beechey mit uns gekommen wäre, dann wären beide Nilufer jetzt unser«, sagte Giovanni verärgert zu Yanni Athanasiou, der verdächtig gleichmütig über diesen Zeitverlust wirkte und keine vernünftigen Ratschläge anzubieten hatte, wie man die Fellachen doch überzeugen könnte. Schließlich nahm sich Giovanni ein kleines Boot, um Beechey entgegenzusegeln. Da er diesmal Glück mit dem Wind hatte und von der Strömung des Flusses begünstigt war, brauchte er nur vierundzwanzig Stunden, um Beechey und das Boot aus Kairo zu erreichen, aber nochmals drei Tage, um nach Luxor zurückzukehren.

Er war immer noch verärgert über Drovettis Kopten und entschlossen, sich jetzt endlich auch den Sarkophag zu holen, den Drovetti ihm seinerzeit versprochen hatte. Außerdem plante er, seinen neuen Wohlstand zu benutzen, um die Bewohner Kurnas dazu zu bringen, ihn in die Tunnel zu führen, in denen sich die Mumien befanden, von denen sie gewöhnlich nur Stücke verkauften, bevor sie das Leinen als Futter für ihre Ziegen nutzten. Natürlich war er überzeugt davon, dass sie jede Mumie vorher genau auf Schmuckstücke untersuchten; darauf zu hoffen, dass auch nur ein Ring oder ein Amulett noch vorhanden war, wäre sinnlos.

Es waren nicht so sehr die Mumien selbst, auf die es ihm ankam; bei ihnen mussten sich Papyri befinden, das Pergament des alten Ägypten, von denen Drovetti ihnen ein paar Beispiele in Alexandria gezeigt hatte. Papyrus ließ sich leicht transportieren, und wenn er noch vorhanden, bemalt und nicht beschädigt war, dann sollte man die Schriftrollen wirklich vor ihrem vermutlichen Schicksal als Ziegenfutter in Ägypten retten.

Außerdem war die Wahrscheinlichkeit, Papyrus zu finden, nach tausendjähriger Grabräuberei größer als bei Grabbeigaben aus Gold und Edelsteinen.

Dank der Unterstützung von Beecheys Piastern verband sich die Gastfreundschaft seiner Arbeiter vom letzten Jahr tatsächlich mit der Bereitschaft, ihn durch weitere Tunnel zu führen, während er auf der Ostseite des Nils wieder genügend Leute abwerben konnte, um damit zu beginnen, eine weitere Allee von Sphingen freizulegen. Es zwang ihn, täglich zwischen West- und Ostufer hin- und herzupendeln, doch das ließ sich nun einmal nicht vermeiden.

Seine gebrochene Nase stellte sich in den Grabhöhlen als

Vorteil heraus, denn Beechey und Yanni, die ihm zunächst zu folgen versuchten, wurde wegen des Geruches sehr schnell so schlecht, dass sie es aufgaben, sich in der Nähe von zahllosen Mumien aufzuhalten.

Er fand jeden Tag etwas; die Papyri befanden sich in den zahllosen Bandagen, in denen die Mumien eingehüllt waren und die er Stück für Stück abwickelte. Manche ruhten an der Brust, andere unter den Achselhöhlen oder in der Wölbung des Knies, doch sie waren dort, Papyri, Rollen, bedeckt mit Hieroglyphen und Bildern, die darauf warteten, von ihm, Giovanni Belzoni, gefunden zu werden.

Giovanni hatte aufgehört, an Mumien als Leichen zu denken. Die erste Mumie, auf die er in den Höhlen stieß, war noch ein Körper für ihn gewesen; der klar erkennbare Schädel hatte ihn an die Reliquien in den Kirchen daheim in Padua und Rom gemahnt. Als er zögerlich die Binden berührte, die diese uralten Toten umhüllten, war ihm ein Schauer über den Rücken gelaufen. Doch dann war er auf eine eingenähte Papyrusrolle voller wundersamer Zeichen in den schönsten Farben gestoßen, hatte seine Betretenheit und sein Unbehagen hinuntergeschluckt und mit dem Messer, das er mit sich führte, die Rolle von der Leiche getrennt. Inzwischen zögerte er bei solchen Gelegenheiten schon längst nicht mehr. Er trat oder stieß ständig gegen Brustkörbe, Schädel und Beine, und wenn er durch die engeren Tunnel kroch, rieb sich sein Körper immer wieder nicht nur gegen Erde und Fels, sondern auch gegen Dutzende von jahrtausendealten Körperteilen. Nachdem ihn seine Begleiter aus Kurna erst einmal alleine ließen, konnte er seinem Instinkt folgen und entdeckte neue Gänge und gelegentlich zwischen den Gebeinen auch Amulette, Skarabäen oder kleine Terrakotta-Figuren.

»Belzoni, nichts für ungut, aber Sie stinken inzwischen selbst wie eine Leiche«, sagte Beechey, der wie Giovanni sein Quartier im Tempel von Luxor aufgeschlagen hatte, weil das Boot aus Kairo inzwischen von Ratten verseucht und daher unbewohnbar geworden war. Die Besatzung hatte es versenkt, um die Nager zu vertreiben, und war noch dabei, es wieder leer zu schöpfen, als Giovanni an einem weiteren Abend vom Westufer in das Tempelquartier zurückkehrte. Beechey verbrachte seine Tage damit, die Funde zu katalogisieren und die Zeichnungen und Abschriften zu machen, die Salt haben wollte, also konnte man ihm keine Untätigkeit vorwerfen, im Gegensatz zu Yanni Athanasiou, der seine Nützlichkeit erst noch beweisen musste.

Giovanni zuckte die Achseln. »Wen kümmert es? Unsere Sammlung wächst.«

»Mr. Salt«, sagte Beechey deutlich, »wird zweifellos dankbar für die Sammlung sein, aber die wird nicht mehr lange wachsen. Es gibt Ärger. Sie waren ja heute nicht hier, sondern in den Tunneln, aber unsere Arbeiter sind weggeblieben. Yanni hat sich umgehört, und anscheinend gibt es da neue Befehle von ganz oben.«

»Nicht schon wieder der Kaimakan«, knurrte Giovanni. Beechey schüttelte den Kopf.

»Der Kaschef?«

»Nein«, sagte Salts Sekretär. »Es sieht so aus, als befände sich der Defterdar Bey selbst in der Gegend. Und wenn Yanni da nicht etwas falsch verstanden hat, dann hat der Defterdar Bey befohlen, dass kein Kaimakan auf beiden Seiten des Nils mehr seine Leute Engländern zur Verfügung stellen noch ihnen gestatten darf, Altertümer an uns zu verkaufen.«

Giovanni stand reglos da. Seine Hände öffneten und schlossen sich.

»Belzoni«, sagte Beechey alarmiert, »der Defterdar Bey ist der Gouverneur hier. Er ist außerdem der Schwiegersohn des Paschas, und außer ihm hat er keine Vorgesetzten. Also kommen Sie mir bloß nicht auf die Idee, bei ihm tätlich zu werden! Wir verlieren sonst noch alle unsere Köpfe, bevor Mr. Salt irgendetwas für uns tun kann!«

In Gedanken zählte er bis zehn, wie er es getan hatte, ehe er als der Samson von Patagonien das nächste Gewicht anhob. »Ich werde mit ihm sprechen«, sagte Giovanni dann. »Ruhig und respektvoll. Wir haben einen Firman des Paschas. Damit sind wir im Recht.«

Der Defterdar Bey, so stellte sich heraus, befand sich in Gamola, das drei Meilen nördlich von Luxor lag. Beechey zog Yanni Athanasiou vor Belzonis Aufbruch dorthin beiseite und beschwor ihn, bei der Übersetzung vorsichtig zu sein und nötigenfalls die Worte des Italieners abzuschwächen. »Wir wollen Altertümer«, sagte er, »aber wir wollen auch überleben, und das, ohne es uns für die nächsten zehn Jahre mit Mehemed Alis Familie zu verderben.«

Die Ermahnung wäre nicht nötig gewesen. Yanni hatte nicht die Absicht, für Giovanni Belzoni Selbstmord zu begehen. Als sie von dem Defterdar Bey empfangen wurden, der sich in Begleitung mehrerer seiner Kaschefs befand, trug Yanni die höflichsten und unterwürfigsten Grußformeln vor, die er kannte. Belzoni überreichte seinen Firman.

»Das«, sagte er gepresst, »ist der Wille des Paschas.«

»Das«, übersetzte Yanni höflich, »ist die Meinung des Paschas.«

»Nun«, entgegnete der Bey mit einem Lächeln, »mein geschätzter Schwiegervater pflegt seine Meinung hin und wieder zu ändern, nicht wahr? Das ist das Privileg eines Herrschers.«

»Hat er gerade unterstellt, der Pascha sei senil oder bestechlich?«, fragte Belzoni entrüstet, als ihm Yanni das übersetzte; dieser schickte ein Gebet zu seinem Schutzheiligen, dass sich unter den Kaschefs keiner befand, der Italienisch sprach.

»Im Übrigen«, fuhr der Bey fort, »ist es meine Pflicht als sein Stellvertreter hier, gerecht zu sein. Sie, mein Freund, haben Ihr Bestes getan, um beinahe jedes Kunstobjekt in Theben aufzukaufen, so dass für die andere Partei nichts übrig blieb. Das ist nicht im Geiste des gerechten Wettbewerbs, hm? Deswegen sehe ich mich gezwungen, Ihrer Tätigkeit hier ein Ende zu bereiten. Was Ihren Firman betrifft, nun, den haben Ihre Rivalen ebenfalls. Wie soll ich da ein Wort des Paschas über das andere stellen?«

»Die andere Partei? Die Partei mit den größeren Geschenken, das ist es wohl! Diese Kerle waren es doch, die zuerst versucht haben, alles aufzukaufen und mir meine Arbeiter abzuwerben. Wir sind die Benachteiligten hier, wir haben das Recht auf unserer Seite! Die anderen hingegen arbeiten mit List und Tücke, sie sind der Abschaum der Menschheit, mit denen man sich erst gar nicht einlassen sollte!«

»Wir sind voller Vertrauen«, übersetzte Yanni, »in Ihr gerechtes Urteil, Euer Gnaden.«

Diese Kürze, so entdeckte er, war ein Fehler. Sowohl Belzoni als auch der Defterdar Bey sahen ihn misstrauisch an. Belzoni sprach zwar etwas Arabisch, doch kein Türkisch, und der Bey war Türke, daher hatte Yanni nicht geglaubt, dass es diesbezüglich Schwierigkeiten geben könnte, doch der Italiener wandte sich nun direkt an ihn.

»Athanasiou«, sagte Belzoni langsam, »das war nie und nimmer eine Übersetzung dessen, was ich gesagt hatte.«

»Ich habe es nur etwas kürzer und diplomatischer gefasst«, sagte Yanni hastig. »Türkisch ist eine komplizierte Sprache, in der …«

»Übersetzen Sie, was ich gesagt habe!«

»Übersetze, was er gesagt hat, Grieche«, sagte der Bey gefährlich leise.

Yanni tat sein Bestes, um Belzonis Worte trotzdem etwas höflicher klingen zu lassen. Der Defterdar Bey erhob sich von seinem Diwan.

»Wie weit ist es bis Kurna?«, fragte er Yanni.

»Sechs Meilen, Euer Gnaden.«

»Man bringe uns Pferde«, sagte der Bey und klatschte in die Hände. »Ich werde mich mit eigenen Augen von dem überzeugen, was Gerechtigkeit ist.«

Auf dem Weg nach Kurna, der dank der Pferde nur zwei Stunden dauerte, schwitzte Yanni Blut und Wasser, fast so viel, schien es ihm, wie während des fünftägigen Gewaltritts mit Belzoni.

Das Erste, was der Bey zu sehen verlangte, war das Memnonium. Er marschierte um den zweiten gefallenen Kopf herum, dessen Gesicht zu zerstört war, als dass sich eine Bergung gelohnt hätte, ging zu der Stelle, an welcher der Kopf des Memnon einst ruhte, blickte sich erneut im Tempel um und bemerkte: »Mir scheint, hier gibt es einige Säulen weniger, seit der Kopf des Giganten entfernt wurde.«

»Nur Säulensockel«, sagte Belzoni. »Es war notwendig, sie zu zersprengen, damit wir den Kopf bewegen konnten.«

»Notwendig für wen?«, fragte der Bey und machte sich auf den Weg nach Kurna. Unterwegs befahl er Yanni, ihm zu berichten, wie Belzoni seine Tage verbrachte und für was er die Fellachen bezahlte. Als er von den Mumien und Papyri hörte, fragte er Belzoni direkt danach.

»Und da behauptet ihr Franken doch immer, eure Leidenschaft gelte nur den Steinen. Wertlose Steine, so drückt man sich doch aus, um der Geschichte willen, mitnichten zu vergleichen mit unwürdiger Grabräuberei, der es nur um Gold und Juwelen geht. Sie suchen natürlich nicht nach Gold bei den Toten, nicht wahr?«

»Nach Papier«, sagte Belzoni, das moderne Wort verwendend. »Um der Vergangenheit willen. Wie Sie sagen, Euer Gnaden. Die Kopten in Drovettis Diensten dagegen …«

»Wir sprechen von den Fellachen, die für *Sie* arbeiten«, sagte der Bey bedeutsam, »nicht von den Kopten. Die Kopten sind Christen. Wen wundert es, wenn sie sich an Franken verhuren? Aber diejenigen, die Ihnen hier bei Ihren Unternehmungen helfen, das sind Moslems.«

Als der Scheich von Kurna erschien, fuhr ihn der Bey mit einer Heftigkeit an, die klarmachte, dass seine bisherige Zurückhaltung nur gespielt war: »Wie viele von euch helfen diesem Mann hier bei der Suche nach Mumien?«

Der Scheich warf sich vor ihm auf den Boden. »Sieben, Herr. Manchmal acht. Ich schwöre, dass es nicht mehr sind. Er braucht nicht mehr.«

Soweit es die Suche nach Mumien betraf, war das richtig, und nach mehr hatte der Bey nicht gefragt. Mittlerweile sprach er Arabisch, und Yanni hatte aufgehört, für Belzoni zu übersetzen; es war klar, dass hier alles auf eine Katastrophe hinauslief.

»Sieben oder acht Männer. Sieben oder acht Moslems, die diesem Franken helfen, jede Leiche zu schänden, die hier noch nicht von euch geschändet worden ist. Aber das ist ja nicht weiter verwunderlich. Ihr seid ein Nest von gottlosen Grabräubern und wart es schon immer. Gibt es in Kurna überhaupt noch eine Mumie, die unangetastet in ihrem Sarkophag liegt?«, schloss der Bey, dessen Lautstärke sich mehr und mehr zu einem Brüllen gesteigert hatte. »Auch nur eine einzige?«

»Ja, Herr, die gibt es«, sagte der Scheich verzweifelt. »Lasst uns nur Zeit, und wir werden …«

»*Nein.* Es gibt keine Zeit. Schaffe mir binnen einer Stunde den Sarkophag mit einer Mumie herbei, dessen Deckel noch nie geöffnet wurde, oder dir wird die Strafe zuteil, die Grabräubern gebührt, du Hund!«, befahl er mit eiskalter Stimme und sah dabei Belzoni direkt an.

Während der Scheich unter Begleitung von mehreren Soldaten des Bey davon stürzte, sagte Yanni leise auf Italienisch zu Belzoni: »Ich hoffe, dass Ihnen klar ist, wem das gilt, was jetzt geschehen wird.«

»Aber das Recht liegt doch …«

Der Mann hätte keine zehn Jahre unter türkischer Herrschaft überlebt, ganz gleich, wie groß und stark er war. »Sie haben den Bey verärgert, und er wird diesen armen Kerl jetzt dafür bestrafen, weil er sich nicht mit dem englischen Konsul anlegen will. Noch nicht«, zischte Yanni wütend. »Und wenn Sie nicht endlich anfangen, sich an die Regeln dieses Landes zu halten, wird er nicht der Einzige bleiben. Ich bin bereits von Türken geschlagen worden, und von Arabern. Das ist keine Erfahrung, die ich wiederholen will. Was meinen Sie denn, warum ich mich so um die Stelle bei den Engländern bemüht habe?«

»Der Scheich hat nichts getan, als sich an den Firman des Paschas zu halten«, sagte Belzoni stur. »Genau wie die anderen Männer, die für mich arbeiten. Dafür kann der Defterdar Bey sie nicht bestrafen, das widerspricht doch sicher den Gesetzen des Paschas!«

Yanni gab es auf. Er nahm sein Kettchen in die Hand und begann, die roten Halbedelsteine durch die Finger rinnen zu lassen. Das beruhigte ihn zumindest ein wenig.

Noch vor Ablauf der Stunde, die vom Bey damit verbracht wurde, wütend auf und ab zu gehen und seine Stiefel mit einer Reitpeitsche zu malträtieren, hatte es der Scheich tatsächlich fertig gebracht, eine Mumie in einem ungeöffneten und wunderschön bemalten Holzsarkophag aufzutreiben. Unter anderen Umständen hätte das Yanni zu der ärgerlichen Feststellung veranlasst, dass die Bewohner von Kurna alle Betrüger waren, die Geld für tagelange Sucharbeiten nahmen, wo sie in Wirklichkeit binnen kurzem viel bessere Funde hätten vorweisen können, doch angesichts dessen, was nun folgen würde, tat ihm der Scheich nur leid.

Wie er erwartet hatte, besänftigte der Anblick der Mumie in ihrem Sarg den Defterdar Bey keineswegs.

»Leichenschänder«, sagte er angewidert. »Ihr seid allesamt Leichenschänder. Leg dich auf den Boden, du Hund.«

Sowie der Scheich seinem Befehl gefolgt war, befahl der Bey dreien seiner Soldaten, ihn den Stock kosten zu lassen. Nach dem ersten Schlag machte Belzoni, der ungläubig auf den Bey gestarrt hatte, eine Bewegung, als wolle er sich auf die Soldaten stürzen. Im eigenen Interesse wurde Yanni handgreiflich und packte Belzonis Arm.

»Sie werden ihm nicht helfen«, flüsterte er eindringlich. »Wenn Sie gegen seine Soldaten tätlich werden, dann hat der Bey die Entschuldigung, die er braucht, um mit uns genau das Gleiche zu machen, und der Scheich wird deswegen nicht weniger verprügelt. Das Einzige, was Sie jetzt noch für ihn tun können, ist um Gottes willen den Mund zu halten und ihm anschließend Geld zu geben!«

Er spürte, wie sich Belzonis Muskeln unter seinen Fingern spannten, und einen Moment lang befürchtete er, der gemeingefährliche Riese werde ihn fortschleudern und ihrer aller Unglück heraufbeschwören. Doch Belzoni rührte sich nicht, und Yanni stieß erleichtert den Atem aus, während der Scheich unter den Stockhieben seine Schmerzen herauszuschreien begann.

»Athanasiou«, stieß Belzoni hervor, »sagen Sie dem Bey, dass ich für diesen Mann um Gnade bitte. Sagen Sie es so demütig, wie Sie wollen.«

Yanni tat sein Bestes. Er fügte hinzu, dass Belzoni auch einmal direkt für den Pascha gearbeitet habe und der Pascha es gewiss gern sähe, wenn man ihm eventuelle Verstöße aus Unwissenheit vergebe und ihm beim Lernen über die Sitten dieses Landes unterstütze. Der Defterdar Bey lachte – und sagte zu dem Soldaten, der den Stock in der Hand hielt: »Mach schon, schlag härter zu!«

Erst als der Scheich nur noch leise wimmerte, befahl er, aufzuhören, schwang sich in den Sattel seines Pferdes und ließ Belzoni und Yanni mit den Bewohnern von Kurna zurück. Der Italiener hatte seine Lektion offenbar immer noch nicht gelernt. Statt die Leute ihrem rechtschaffenen Zorn und ihrer Trauer zu überlassen und sich schleunigst aus dem Staub zu machen, bestand er darauf, den Scheich eigenhändig in seine Wohnhöhle zu tragen. Er redete unentwegt davon, dem Mann helfen zu wollen und aus Luxor Medizin und alles sonst zu holen, was immer der Scheich begehrte.

»Um Himmels willen, Belzoni«, sagte Yanni, »der Mann ist doch nicht mehr in der Lage, zu sprechen. Und selbst wenn er sprechen könnte, würde er doch mit uns nicht mehr reden wollen. Schauen Sie sich doch um!«

Sie waren nur noch von feindseligen, stummen Gesichtern umgeben. Welche Bande der Freundschaft sich auch durch die gemeinsame Arbeit des letzten Jahres zwischen Belzoni und den Dorfbewohnern gebildet hatten, sie waren nun zerrissen.

»Ich werde an den Pascha schreiben«, sagte Belzoni. »Noch heute Nacht.« Er wiederholte es in seinem einfachen, gebrochenen Arabisch und erwartete offenbar, dass der Wall aus Schweigen aufbrach. Natürlich wartete er umsonst.

Yanni hoffte eindringlich, dass der nächste Kurier aus Kairo Mr. Salts Befehl bringen würde, Belzoni sich selbst zu überlassen. Der Mann war eindeutig zu dumm und für Dritte zu gefährlich, um in diesem Land frei herumzulaufen.

KAPITEL 14

Es war seltsam, mit Mrs. B in einem Haushalt zu leben, der nicht der ihre war. Die Cocchinis waren eine freundliche Familie, doch sie waren Fremde. Außerdem behandelten sie James bei aller Freundlichkeit doch als Dienstboten, so wie es im Konsulat geschehen war, nur, dass er dort ohne die Belzonis gelebt hatte. Von Mrs. B wurde erwartet, dass sie den Tee mit den Cocchinis einnahm – von James, dass er währenddessen in der Küche blieb oder im Stall half. Es war nicht so, dass er arbeitsunwillig war, aber einmal ertappte er sich bei dem verräterischen Gedanken, dass Mrs. B in England ebenfalls in die Küche geschickt worden wäre, als Gattin eines Jahrmarktdarstellers.

Mrs. B verbrachte durchaus viel Zeit mit ihm alleine; er begleitete sie zu den Basaren, und sie vertraute ihm an, die Einkäufe für den Haushalt zu erledigen mindere für sie das Gefühl, die Gastfreundschaft der Cocchinis auszunutzen. Er fand Käfige für ihre Chamäleons, weil die Cocchinis sie nicht frei im Haus herumlaufen lassen wollten, und suchte mit ihr nach Namen für die Tiere, deren Zahl beständig wuchs. Aber das neue Gefühl der Ungleichheit, die ihn die Belzonis früher nie hatten empfinden lassen, verschwand trotzdem nicht. Außerdem störte es ihn, dass der Feind in Person, Bernardino Drovetti, sich offenbar für befugt hielt, hin und wieder bei den Cocchinis aufzutauchen, und stets zum Tee oder Abendessen eingeladen wurde. Natürlich war Mrs. B nicht die Gastgeberin und konnte niemanden ausladen, und die Cocchinis hatten, nur weil sie keine gebürtigen Briten waren, offenbar den Eindruck, ehemalige französische Konsuln zu empfangen ließe sich mit einer Anstellung im britischen Konsulat vereinbaren. Dabei verdrehte James schon der Anblick dieses Mannes den Magen.

Als Mrs. B ihm erzählte, die ersten von Mr. B gefundenen Altertümer seien aus Theben eingetroffen, und Mr. Salt habe sie zu einem Empfang im Konsulat eingeladen, bei dem er diese Funde den Europäern in Kairo präsentieren wollte, fragte James sofort, ob auch Drovetti kommen werde.

»Da er sich immer noch in Kairo befindet«, erwiderte Mrs. B, »gehe ich davon aus.« Mit einem kleinen Lächeln fügte sie hinzu: »Es würde mich wundern, wenn ihm Mr. Salt nicht gleich die erste Einladung geschickt hätte.«

»Gut«, sagte James und wunderte sich selbst, wie tief der Groll war, der in seiner Stimme lag. »Dann soll der Franzosenknecht sehen, was er nicht mehr kriegen kann.«

Mrs. B warf ihm einen prüfenden Blick zu und fragte, ob er sie begleiten wollte.

»Aber Sie brauchen keinen Dienstboten, der Sie eskortiert, Sie gehen doch zusammen mit den Cocchinis und deren Leuten.«

»Es kann sein, dass ich die Gesellschaft früher verlassen möchte als die Cocchinis«, entgegnete Mrs. B. »Außerdem dachte ich, dass du Mr. Belzonis Funde gewiss ebenfalls sehen willst.«

Aber wenn der Empfang Tee oder andere Getränke mit einschloss, würde er zu denen gehören, die ihn servierten, nicht zu denen, die ihn gemeinsam mit Mrs. B. einnahmen. Der Gedanke stach immer noch, wenngleich etwas weniger, weil Mrs. B ihn dabeihaben wollte.

Er hätte es eigentlich von dem Moment an wissen müssen, als Mr. B ihnen in Malta sagte, dass er als ein Ingenieur nach Ägypten geladen worden war. Damit war Mr. B die Möglichkeit geboten worden, ein Gentleman zu sein. Jahrmarktskünstler hatten Leute, die für sie arbeiteten und Teil der Familie waren. Gentlemen hatten Diener. So war das nun einmal.

James zog seine guten Schuhe für den Empfang an und ließ es zu, dass Mrs. B ihm mit einem nassen Kamm das Haar geradezog und daran herumschnitt. Sie selbst trug ihr bestes Kleid, das im vergangenen Jahr hauptsächlich in Körben gelagert hatte und erst tagelang ausgehangen werden musste. Als er sie darin die Treppe heruntergehen sah, dachte er, dass etwas sehr anders war, seit sie es zum letzten Mal getragen hatte ... und errötete, als ihm bewusst wurde, was genau es war. Das Kleid hatte natürlich keinen tiefen Ausschnitt, aber trotzdem konnte er sehen, dass sich ihre Brüste sanft auf und ab bewegten, wie bei den einheimischen Frauen, wenn sie gingen. Mrs. B trug kein Korsett mehr! James schämte sich sehr, weil ihm das aufgefallen war.

Der Empfang in der Botschaft begann so, wie zu erwarten gewesen war. Mr. Salt hatte einige kleine Statuen aufgestellt, einen Sarkophagdeckel aus rotem Granit gegen die Wand gelehnt und mehrere Papyri zusammen mit ein paar Zeichnungen auf Tischen ausgebreitet, europäisch hohen Tischen, die eigens für das Konsulat gezimmert worden waren. Die Gäste beugten sich bewundernd darüber, während Mr. Salt Erklärungen abgab.

Der Konsul hatte Mrs. B sehr freundlich begrüßt und stellte sie den Gästen, die sie noch nicht kannten, als Gattin von Mr. B vor, »dem Mann, der uns den Kopf des Memnon und die Stücke, die Sie hier sehen, gewonnen hat und der weiter unermüdlich tätig ist«, zuletzt zwei jungen Männern in englischer Armeeuniform. Drovetti war noch nirgendwo zu sehen, also beschloss James, die Küche aufzusuchen, weil das, wenn er es recht bedachte, die einzige Möglichkeit bot, einige der Süßigkeiten zu stibitzen, an die er bei dem Empfang selbst als Mrs. Bs Schatten natürlich nicht herankam.

Wenn er schon als Dienstbote in eine andere Klasse gehörte, dann würde er auch die Vorteile ausnutzen.

Auf dem Weg zur Küche nahm er einen Umweg, um an seiner alten Stube vorbeizukommen, und hörte ein Geräusch, das ihn innehalten ließ. Es verstummte, als er stehenblieb, doch James hatte es erkannt; jemand hatte laut und vernehmlich geschluchzt. Er schaute sich um, und da stand, in eine Nische gepresst, die Wäscherin, die er mit dem Konsul zusammen im Garten gesehen hatte. Eine ihrer Hände bedeckte ihren Mund, wie um zu verhindern, dass ihr ein weiterer Laut entfuhr, und auf ihren Wangen erkannte er Tränenspuren.

Er hatte nicht die geringste Ahnung, was er sagen oder tun sollte. Auf die Idee, die junge Frau zu ignorieren und so zu tun, als habe er nichts gehört oder gesehen, kam er erst gar nicht. Ursprünglich war sie ihm aufgefallen, weil sie trotz der dunklen Haut ein wenig seinem ersten Schwarm vom Jahrmarkt in Liverpool glich, Dorothy, aber jetzt, wo er sie aus der Nähe sah, verblich die Ähnlichkeit und ließ eine Fremde zurück, zu deren Schönheit oder Trauer er keinen Zugang hatte. Schweigend sahen sie einander an; James fühlte sich seltsam hilflos. Dann ließ sie ihre Hand sinken und straffte ihren Rücken, bis sie sehr gerade stand.

»Miss«, sagte James, weil er das Schweigen nicht mehr aushalten konnte, »Miss …«

Aber andere Dienstboten redete man nicht mit »Miss« an, selbst wenn sie weißhäutig waren, und diese war es nicht. Endlich kam ihm eine Erleuchtung. Wegen des heutigen Empfangs hatte er eines der zehn Taschentücher dabei, die Mrs. B aus England mitgenommen hatte und die genau wie ihr heutiges Kleid meistens im Koffer oder in den Körben blieben. Er holte es hervor und streckte es ihr entgegen. Das Mädchen starrte verständnislos darauf.

»Was«, fragte sie auf Arabisch, das klang, als sei es so

wenig ihre Muttersprache, wie es die von James war, »soll ich damit tun, Junge?«

Von einem weiblichen Wesen, das höchstens vier oder fünf Jahre älter als er sein konnte, »Junge« genannt zu werden, war denn doch ein wenig kränkend. »Wisch dir die Tränen damit ab«, sagte James unwirsch.

»Ich habe nicht geweint«, sagte sie kühl.

Er konnte es nicht leiden, wenn Leute ihn für dumm verkaufen wollten. »Ja, und du hast auch nicht mit Mr. Salt hinter einem Baum getändelt.«

Das letzte Wort sagte er auf Englisch; auf Arabisch kannte er es nicht. Aber die Bedeutung musste ihr klar sein, denn ihre Augen verengten sich, und sie warf ihm ein paar Worte an den Kopf, die er von den Bootsleuten auf dem Nil her als besonders heftige Beschimpfungen erkannte. Sie klang wütend genug, dass ihm zum ersten Mal eine Möglichkeit in den Sinn kam, an die er bisher noch nicht gedacht hatte, und er biss sich auf die Lippen.

»Hat er ...«, fragte er und fühlte Verlegenheit, Enttäuschung und eine merkwürdige Art von hilflosem Zorn in sich aufsteigen, »hat er dich ... gezwungen?«

Er hätte nicht gedacht, dass Mr. Salt diese Art von Mann war. Und was ihm plötzlich bestürzend klar wurde: Es gab absolut niemanden, der Mr. Salt daran hätte hindern können, Wäscherinnen Gewalt anzutun, oder der ihn dafür zur Rechenschaft ziehen konnte.

Das Mädchen starrte ihn an und lachte. »Kleiner Junge«, sagte sie, »geh nach Hause.«

Der Zorn in ihm wurde heftiger, und er machte einen Schritt auf sie zu. Das Taschentuch fiel vergessen auf den Boden, als er ihren Arm packte.

»Hat er?«

»Nein«, sagte sie und stieß ihn mit einer Heftigkeit zurück, die ihn verblüffte. Offenbar stählte Wäschewaschen die Muskeln. Dann brach sie erneut in Tränen aus, und James war verwirrter denn je. Eine Weile stand er stumm da, dann hob er das Taschentuch vom Boden auf und drückte es zögernd gegen ihr Gesicht, damit sie sah, wozu es da war. Ihre rechte Hand streifte die seine, als sie es ergriff, und er ließ es hastig wieder los.

»Mein Vater schlägt mich tot«, sagte das Mädchen.

Das klang etwas vertrauter und verständlicher. Väter waren überall verärgert, wenn ihre Töchter ohne Ring am Finger die Tugend verloren.

»Ich habe niemandem etwas verraten«, sagte James. »Ich kenne deinen Vater gar nicht. Arbeitet er hier im Konsulat?«

Ihr Vater, so stellte sich heraus, war einer der Pferdeknechte. Er war schon vor etwa zwanzig Jahren nach Kairo gekommen und hatte sich seit dem letzten Jahr im neuen englischen Konsulat verdingt, weil er gehört hatte, dass die Bezahlung höher war als anderswo; der neue Konsul kannte die hiesigen Verhältnisse noch nicht gut genug, um es besser zu wissen. Sie hieß Makhbube und war bereits einmal verheiratet gewesen, mit einem anderen Abessinier, doch ihr Mann war während der Meuterei von marodierenden türkischen Soldaten getötet worden, also war sie zu ihrer Familie zurückgekehrt. James hörte die Geschichte, während er mit ihr in einer Ecke saß und den gesüßten Tee trank, den er schnell aus der Küche stibitzt hatte.

»Mich wundert es, dass dein Vater dich überhaupt für einen Christen hat arbeiten lassen«, sagte James. »Ich dachte, das ist nur euren Männern erlaubt.«

Makhbube warf ihm einen empörten Blick zu. »Wir sind Abessinier.«

Er verstand nicht, was sie damit sagen wollte.

»Abessinier sind Christen«, sagte sie beleidigt. »Abessinien ist ein christliches Königreich, genau wie England. *Salt* weiß das. Er hat es besucht und an der Seite des Ras selbst gesessen. Er hat mir davon erzählt …«

Ihre Stimme verklang in einem erneuten Tränenausbruch. Unbeholfen klopfte er ihr auf den Rücken, wie es Mr. B bei ihm gemacht hatte, als James einmal sehr elend gewesen war. Er dachte daran, wie Mr. B und Mrs. B ihn in Schutz genommen hatten, als er selbst verängstigt und hilflos gewesen war, damals, als er nichts als ein miserabler kleiner Dieb auf dem Bartholomew Fair gewesen war, und versuchte, den ruhigen, sicheren Tonfall zu treffen, in dem sie gesprochen hatten.

»Dein Vater findet es bestimmt nicht heraus.«

»Doch«, sagte sie erstickt, und ihre Tränen versiegten. »Doch. Denn ich bin schwanger, kleiner Junge, und Salt wird mich nie, niemals zu seiner Gattin nehmen.«

Der Ehrenwerte Charles Leonard Irby und der Ehrenwerte James Mangles waren als Hauptleute in der Flotte Seiner Majestät die höchstrangigen Offiziere, die an dem Empfang im britischen Konsulat teilnahmen. »Der gute Irby und ich haben uns entschlossen«, so erzählte Mangles Sarah, »das Ende des Krieges mit einer Reise durch aller Herren Länder zu feiern, und nachdem wir Europa durchquert haben, ist nun Afrika an der Reihe.« Mangles war in ihrem Alter, Irby ein wenig jünger, und beide besaßen die Art von Übermut, die charmant war, solange sie noch als jungenhaft durchging. Sie hatten seit ihrer Ankunft in Kairo bereits die große Pyramide besucht und sich die neu gereinigten Schächte von Kapitän Caviglia zeigen lassen.

»Famoser Bursche«, erklärte Irby. »Er will sich als Nächstes die Sphinx vornehmen und versuchen, den Körper vom Sand zu befreien. Meint, dass unterhalb des Kopfes ein ganzer Tempel verborgen sein könnte, so riesig, wie der Körper sein muss, wenn man nach dem Kopf geht. Ihr Gatte gräbt ebenfalls, habe ich gehört?«

Sarah erzählte vom Kopf des Memnon, von Kurna und Ybsambul und Giovannis Überzeugung, zu einem Eingang dort vorstoßen zu können. Sie tat ihr Bestes, um die Giganten zu beschreiben, die dort aus dem Sand ragten, das Dorf, die Männer mit ihren Schilden aus Krokodilshäuten.

»Man könnte meinen, Sie wären selbst dort gewesen«, sagte Mangles und hätte mutmaßlich ein Kompliment über die Lebhaftigkeit ihrer Beschreibung angeknüpft, doch er wurde unterbrochen.

»Oh, Madame Belzoni war dort«, entgegnete Drovettis Stimme. Er war schon wieder hinter ihr aufgetaucht, ohne dass sie seine Ankunft bemerkt hatte. Es erinnerte sie an eine Katze, und sie war versucht, ihm vorzuschlagen, sich ein Glöckchen um den Hals zu binden. »Sie hat den ersten Katarakt des Nils hinter sich gelassen. Wie ich annehme, haben das die Herren noch vor sich?«

Beide Offiziere brachen in höfliches Gelächter aus, bis Sarahs Schweigen ihnen klarmachte, dass Drovetti nicht gescherzt hatte. Aus dem Gelächter wurde verlegenen Hüsteln.

»Das, nun ... Mrs. Belzoni, das muss sehr ... anstrengend gewesen sein. War denn Ihr Gatte nicht um Ihre Gesundheit und Sicherheit besorgt?«

»Mr. Belzoni und ich haben schon viele gemeinsame Reisen hinter uns«, gab Sarah zurück und stellte die beiden Hauptleute und Drovetti einander vor, in der Hoffnung, damit das Thema wechseln zu können. Anscheinend hatte zumindest Hauptmann Irby bereits von dem ehemaligen französischen Konsul gehört.

»Sie sammeln ebenfalls Altertümer, richtig? Nun ja, der Louvre hat ja noch einiges nachzuholen, seit wir Boney den Stein von Rosetta weggeschnappt haben.«

Es war, als befände sie sich immer noch in dem Zelt mit den verzerrenden Spiegeln. Sarah war aus ganzer Seele Engländerin und stolz darauf. Ihr Abscheu vor dem korsischen Ungeheuer war seit dessen endgültiger Niederlage keineswegs geringer geworden. Sie hatte oft genug selbst viel verächtlichere Dinge über Bonaparte gesagt und auch über die Franzosen im Allgemeinen. Die Äußerungen von Irby und Mangles hätten ihr also harmlos und alltäglich erscheinen müssen. Doch statt zweier patriotischer Offiziere, die noch vor ein paar Jahren die Freiheit Europas vor dem Korsen verteidigt hatten, während Drovetti das Ungeheuer nach Kräften unterstützte, sah sie in diesem Moment zwei dummdreiste, taktlose Tölpel, die einen Gast des Konsulats ungebührlich behandelten.

»Ich glaube, Monsieur Drovetti hat die Papyri noch nicht gesehen«, sagte sie kurz angebunden, »und auch noch nicht Mr. Beecheys Zeichnungen. Und ich muss gestehen, dass mir vorhin bei dem Gedränge Mr. Salts Erklärungen entgangen sind. Könnten Sie mir Ihre Expertise in Altertümern zur Verfügung stellen, Monsieur, wenn ich Ihnen zeige, was mein Gatte gefunden hat?«

»Es wäre mir eine Freude, Madame«, sagte Drovetti, bot ihr seinen Arm und führte sie zu den Tischen mit den Papyri, während Irby und Mangles schnell neue Zuhörer fanden. Er sagte nichts über die Männer, wofür sie ihm dankbar war.

»Haben Sie die Papyrusstauden in Unterägypten gesehen, Sarah?«, fragte er. »Sie werden bis zu zwei Meter hoch, und die Blätter erinnern mich immer an die herabfallenden Fäden eines Feuerwerks, die niemals verglühen und den Boden erreichen.«

»Ich erinnere mich. Ich wusste allerdings nicht, dass es Papyruspflanzen waren, als wir daran vorbeisegelten.« Sie betrachtete die Dokumente mit ihren roten und braunen

Zeichen. »Es kommt mir wie ein kleines Wunder vor«, gestand sie. »Jede andere Pflanze verwelkt so schnell, und selbst gepresste Blumen zerfallen nach ein paar Jahren, aber diese Blätter hier müssen Jahrtausende überlebt haben.«

»Sarah Belzoni«, sagte Drovetti mit gespieltem Entsetzen, »erzählen Sie mir nicht, dass Sie als Mädchen Blumen in Büchern gepresst haben. Wo bliebe da Ihre angelsächsische Nüchternheit? Als Nächstes werden Sie noch gestehen, heimlich französische Romane gelesen zu haben, und ich bin gänzlich desillusioniert.«

Gegen ihren Willen musste sie lächeln. »Keine *französischen* Romane«, sagte sie. »Wir haben genügend englische Autoren, die sich in diesen Geschichten ergehen. Und ich kann Sie beruhigen; als Mädchen habe ich niemals Blumen gepresst.« Sie konnte nicht widerstehen und fügte mit geheimnisvoller Miene hinzu: »Als *Mädchen*.«

»Das ist eine Herausforderung«, sagte Drovetti. »Nun werde ich alle drei Bände der Geschichten aus Tausendundeiner Nacht auf die Spuren von Pflanzen hin durchgehen müssen.«

»Ich könnte mir schlechtere Beschäftigungen für Sie denken, Monsieur«, bemerkte Sarah und musste sich eingestehen, dass diese Art Wortgefechte ihren Reiz hatten und ihr Freude bereiteten. Im Übrigen brauchte sie nicht zu lügen: Seit sie mit Giovanni zum ersten Mal durch ganz England gezogen war, hatte sie begonnen, kleine Erinnerungen an die schöneren Orte zu sammeln, die sie besuchten. Blumen oder Baumblätter zwischen die Seiten der Bibel oder der wenigen anderen Bücher zu legen, die sie besaßen, war eine unkomplizierte und keinen Platz raubende Möglichkeit. »Aber wollen Sie mir damit sagen, dass Sie bald nach Alexandria zurückkehren?«

Er schüttelte den Kopf. »Nein. Ich habe die Bücher mit mir gebracht, in der Hoffnung, dass Sie Ihre Meinung vielleicht noch ändern.« Für einen Moment war sie verlegen und wusste nicht, was sie sagen sollte, doch dann fügte er mit einem spöttischen Lächeln hinzu: »Falls nicht, kann ich sie Mr. Salts Bibliothek stiften. Schließlich sind seine finanziellen Mittel zur Anschaffung neuer Dinge derzeit anderweitig gebunden, nicht wahr?«

»Kein Mann kann widerstehen, wenn sein eigener Name ausgesprochen wird«, sagte Henry Salt, der unbemerkt zu ihnen getreten war; er hatte offenkundig Drovettis letzte Worte gehört, und Sarah begriff, dass dieser sich dessen bewusst gewesen war, während er sprach. »Habe ich recht verstanden, dass Sie unser Konsulat mit einer Stiftung unterstützen wollen? Sie sind zu großzügig. Schließlich haben wir nunmehr bereits den Sarkophag, den Sie Mr. Belzoni geschenkt haben.«

»Mit mehr als einer«, erwiderte Drovetti gleichmütig, und Sarah, die an die dreibändige Ausgabe der arabischen Märchen dachte, musste unwillkürlich lächeln. »Es tut mir leid, Salt, dass ich mich verspätet habe, aber gerade als ich gehen wollte, traf ein Kurier aus Luxor für mich ein. Wie es scheint, hat der Defterdar Bey dort gerade verfügt, dass von nun an alle Altertümer dort an mich verkauft werden sollen. Natürlich steht es in den Sternen, wie lange dieser Entschluss anhält.«

Salt hatte sich gut in der Gewalt. Er sagte nur: »Das muss sehr teuer gewesen sein.«

»Nein, überhaupt nicht«, entgegnete Drovetti. »Ich gebe zu, ich dachte, es würde teuer werden, weil gerade jemand dort die Preise in die Höhe treibt, und meinen Kopten gingen schon die Gastgeschenke an den Defterdar Bey aus. Aber dann scheint etwas geschehen zu sein, das ihn verärgert hat. Nun, ich nehme an, Sie werden selbst noch davon hören.«

Sarah drehte sich um und verließ den Raum. Salt würde es

auf ihre Loyalität gegenüber Giovanni zurückführen, doch das Schlimmste war, dass sie sich gerade persönlich verraten fühlte. Und zwar nicht als Mrs. Belzoni.

Noch ehe sie den Flur nach der großen Halle durchquert hatte, holte Drovetti sie ein. »Sarah …«, begann er.

»Ich nehme an, es hat Sie sehr amüsiert, dass ich Ihnen geglaubt habe«, sagte sie gepresst und war dankbar, dass ihre Miene unbewegt blieb.

»Sarah, das sind doch zweierlei Dinge. Ich habe nie behauptet, ich würde den Wettbewerb mit Salt abbrechen. Er bezahlt Leute dafür, dass sie ihm Altertümer bringen, ich tue das Gleiche, und wir versuchen beide, die hiesigen Amtsinhaber für uns zu gewinnen. Es tut mir leid, dass Ihr Gatte darin verwickelt wird, aber ich kann nur wiederholen: Das war nicht meine Entscheidung. Wenn er es sich eines Tages anders überlegt, wird es mir eine Freude sein, ihn zu beschäftigen.«

»Soweit ich weiß, befinden sich inzwischen auch Österreicher, Spanier und Preußen in Theben. Betrachten Sie diese Männer ebenfalls als Feinde? Oder haben Sie ihnen auch angeboten, für Sie zu arbeiten?«

»Die Frage hat sich nie gestellt«, entgegnete Drovetti, ohne zu zögern, »denn wie es sich trifft, haben all diese Herren weder Glück noch Talent. Was mich nicht weiter wundert«, setzte er hinzu, und sie konnte nicht entscheiden, ob er das, was er sagte, ernst meinte, als Ausflucht oder einfach nur als Neckerei, »schließlich sind sie im Gegensatz zu Ihrem Gatten und mir keine Italiener.«

»Giovanni würde die englische Nation, die er sich als Beschützerin gewählt hat, nie verraten«, sagte Sarah, um sich davor zu bewahren, über diese gefährlich vertraute Demonstration italienischer Prahlerei zu lächeln, und merkte erst einen Augenblick später, dass sie sich so weit vergessen hatte, den Vornamen ihres Mannes zu gebrauchen, statt von

Mr. Belzoni zu sprechen. »Er wechselt seine Loyalitäten nie.«

»Das verstehe ich«, sagte Drovetti, »weil ich es auch nicht tue. Ich mag nicht mehr Konsul sein, doch meine Loyalität gilt nach wie vor Frankreich. Sie sind eine gerechte Frau, Sarah. Halten Sie die gewählte Treue zu einer Nation wirklich nur für eine Tugend, wenn es Ihre eigene ist? Ist jede andere Loyalität ein Laster?«

Sie schwieg. Ein Teil von ihr wollte kein weiteres Wort mehr mit ihm wechseln, aber ein anderer teilte ihr mit, dass er recht hatte. Er war der erste Mensch, der ihre eigenen Überzeugungen dazu verwendete, um sie dazu zu bringen, das, was sie für selbstverständlich angenommen hatte, zu hinterfragen, und mehr und mehr Dinge, die früher so klar waren, aus zwei verschiedenen Blickwinkeln zu betrachten, wo es doch eigentlich nur einen geben sollte. Sarah versuchte, dem Gefühl, das diese Verwirrung in ihr auslöste, einen Namen zu geben, und entschied, dass sie ihn dafür hassen sollte. Dann wieder fand sie diese Reaktion unwürdig und schwach.

»Ich bin auch meinen Freunden gegenüber loyal, Sarah«, sagte er, und sie wünschte sich, sie würde die Beschwörung in seiner Stimme nicht hören. Ihr fiel auf, dass sie ihm nie die Erlaubnis gegeben hatte, ihren Vornamen zu benutzen, und doch tat er es inzwischen mit der größten Selbstverständlichkeit.

»Bin ich Ihre Freundin?«

»Sagen Sie es mir, Sarah.« Die Dämmerung, die hier, wo noch niemand Lampen aufgestellt hatte, sein Gesicht verschwimmen ließ, gab seiner Stimme etwas Unwirkliches. »Sagen Sie es mir.«

Giovanni wartete so ungeduldig auf den Kurier aus Kairo, dass er dem Mann, als er kam, Salts Brief fast aus der Hand riss – und all seine Selbstbeherrschung brauchte, um ihn nicht zu öffnen, als er sah, dass der Brief an Beechey adressiert war.

Beechey, der von niemandem eine Erlaubnis zum Zeichnen brauchte und daher in seiner Arbeit fortfuhr, war so in das Konterfei eines der Obelisken vertieft, dass er den Brief zunächst beiseitelegte und weiter zeichnete. Das war zu viel.

»Öffnen Sie ihn!«

Nach einem Blickwechsel mit Yanni, der nicht dazu geeignet war, Giovanni zu beruhigen, tat Beechey wie geheißen. Er las den Brief durch. »Mr. Salt ist beim Pascha vorstellig geworden … und der hat versprochen, umgehend einen Kurier an den Defterdar Bey zu schicken.«

»Ist das alles?«, fragte Giovanni ungläubig.

Beechey seufzte. »Nein. Aber lesen Sie es doch selbst, Belzoni. Ich wäre Ihnen allerdings verbunden, wenn Sie danach nicht erneut Ihre Stimme erheben. An manchen Stellen hier gibt es ein ziemliches Echo.«

Die feinen, hochgezogenen Schriftzüge des Briefes verschwammen für einen Moment vor Giovannis Augen. Dann sammelte er sich und las. Wie von Beechey erwähnt, begann Salt mit der Beschreibung seiner Audienz beim Pascha, der von der Anmaßung des Bey sehr aufgebracht gewesen sei. So weit, so gut, dachte Giovanni, und las weiter.

Sie müssen sich allerdings bewusst sein, dass derzeit weder Sie noch Mr. Belzoni im Dienst der Regierung stehen; Sie sind schlicht und einfach in der gleichen Lage wie zwei Reisende, die damit begonnen haben, eine Sammlung zu erstellen, und haben daher nur das Recht auf die Entschädigung, die jeder englische Gentleman erwarten könnte. Es ist wirklich notwendig, dass dies absolut klar ist, denn wie Sie wissen, habe ich von der Regierung keinerlei offiziellen Auftrag, um jemanden in dieser Sache zu beschäftigen. Ich trage die vollen Kosten alleine und sammele ausschließlich für mich, und Sie sind daher alle beide nur privat beschäftigt. Wenn Streitereien dieser Art zu einem Dauerzustand werden sollten, dann gebe ich lieber den Gedanken an das Sammeln vollständig auf, als mich auf etwas Derartiges einzulassen. Den Pascha für England zu gewinnen ist wichtiger als alle antiken Stücke zusammen.

»Das … das ist ungeheuerlich«, schnaubte Giovanni. »Ungeheuerlich!«

»Belzoni, ich hatte Sie doch gebeten …«

»Was für ein Konsul ist das, der vor den Franzosen den Schwanz einzieht?«

Beechey war ein ruhiger Mann mit einer leisen Stimme und einer Miene, als fühle er ständig die Notwendigkeit, sich die Brille zu putzen, die er trotz seiner jungen Jahre trug. Doch jetzt wurde sein Tonfall eisig.

»An Ihrer Stelle, Belzoni«, sagte er, »würde ich mir überlegen, was ich sage. Sie sind kein Engländer, wissen Sie. Wenn ich recht informiert bin, stammen Sie aus Padua. Dann sind Sie seit der Niederlage des Korsen wieder österreichischer Untertan. Wir haben also keinerlei Verpflichtungen Ihnen gegenüber. Sollte Ihnen Mr. Salt als Arbeitgeber nicht behagen, dann hindert Sie nichts daran, nach Kairo zurückzukehren und sich um die Protektion des österreichischen Konsuls zu bemühen. Vielleicht finanziert der Ihnen Ihre weiteren Unternehmungen.«

Zu beobachten, wie der arme Scheich geschlagen wurde, und nichts tun zu können war schlimmer gewesen, aber

Giovanni empfand die Demütigung dieses Moments dennoch als furchtbar. Er hätte nichts lieber getan, als Beechey Salts Brief in den Mund zu stopfen und ihn in den Ruinen von Karnak sich selbst zu überlassen. Aber das Geld, das er im letzten Jahr verdient hatte, befand sich bei Sarah in Kairo, und selbst wenn es hier wäre, so würde es ihm doch nur Arbeitskräfte für zwei oder drei Wochen sichern. Dazu kam, dass er als Privatmann keinen Firman besaß. Als einfacher Giovanni Belzoni nach Ybsambul zu reisen war ganz und gar unmöglich.

In diesem Moment begann er, Salt fast so sehr zu hassen wie Drovetti.

»Lassen Sie uns abwarten, welche Auswirkung die Ermahnung des Paschas auf seinen Schwiegersohn hat«, sagte Beechey versöhnlich. »Es ist noch nicht aller Tage Abend.«

Ich werde an Sarah schreiben, dachte Giovanni, um sich nicht völlig in Wut und Enttäuschung zu verlieren. *Ich werde an Sarah schreiben und sie bitten, noch einen weiteren Fürsprecher beim Pascha zu finden, Burkhardt vielleicht, oder Boghos Bey.*

Es war unmöglich, jetzt aufzugeben.

Ein Schreiben des Defterdar Bey traf nur einen Tag später ein, was immerhin klarstellte, dass der Pascha wirklich prompt auf Mr. Salts Bitte reagiert haben musste. Das Schreiben beinhaltete einen versiegelten Firman, der laut der knappen Erklärung, die Yanni Athanasiou übersetzte, den Fellachen, Scheichs und Kaimakans in Kurna und zu beiden Seiten des Nils bezüglich aller Grabungen in Theben neue Anweisungen gab. Da die Strafe für den Scheich von Kurna öffentlich gewesen war und sich die Kunde davon so schnell verbreitet hatte, entschied Giovanni, dass er den Firman ebenfalls vor einer möglichst großen Öffentlichkeit entsiegeln und vorlesen würde. Damit würden alle Fellachen der

Gegend erfahren, dass sie wieder für ihn arbeiten konnten, ohne etwas vom Defterdar Bey befürchten zu müssen.

»Am besten«, sagte er zu seinem Dolmetscher, »lassen wir es nicht Sie vorlesen, sondern einen der Scheichs. Auf diese Art sind sie ganz sicher, dass wir sie nicht belügen, und ihre Ehre ist wiederhergestellt.«

»Hm«, entgegnete der Grieche, der wohl nicht zugeben wollte, dass Giovanni eine gute Idee gehabt hatte, doch er sagte nichts weiter.

Als Versammlungsort wurde die Höhle in Kurna bestimmt, die als Markt zum An- und Verkauf von kleinen Altertümern fungierte und den größten Raum bot. Sie war bis zum Bersten gefüllt, nicht nur mit den Bewohnern von Kurna, sondern auch mit Giovannis Arbeitern aus Luxor. Obwohl er versuchte, ruhig und gelassen zu wirken, war er mehr als erleichtert, dass so viele seiner Aufforderung gefolgt und gekommen waren. So umständlich wie möglich holte er mit einer gewichtigen Geste den Firman hervor, hielt ihn hoch, so dass alle das ungebrochene Siegel des Bey erkennen konnten, und reichte ihn dem einzigen der Scheichs, der bekannt hatte, lesen zu können.

Der Scheich öffnete den Firman unter dem Gemurmel der Menge, neigte seinen Kopf und bewegte stumm die Lippen, wie, um seinen Vortrag erst zu üben. »Soll ich es wirklich laut vorlesen, Herr?«

»Ja«, entgegnete Giovanni. »Jeder soll wissen, was der Defterdar Bey zu sagen hat.«

Der Scheich machte eine seltsame Miene und begann mit seiner Rezitation.

»Es ist Wille und Wunsch von Hamed, dem Defterdar Bey und gegenwärtigen Herrscher von Oberägypten, dass weder die Scheichs noch die Fellachen oder irgendjemand anderer von diesem Zeitpunkt an Altertumsgegenstände an die Engländer verkaufe oder für sie arbeite – im Gegenteil:

Ich erteile hiermit den Befehl, dass alles, was möglicherweise gefunden wird, an die Männer des ehrenwerten Drovetti verkauft werde. Wer immer sich diesem Befehl widersetzen sollte, muss mit dem Unwillen des Bey rechnen.«

Giovanni brauchte einen Moment, bis er die Welt um sich herum wieder wahrnahm. Er spürte Beecheys Hand auf seiner Schulter. In den Augen des Engländers stand ein Mitleid, das schlimmer war als Hohn oder Triumph.

»Es hat nicht sollen sein, Belzoni. Lassen Sie es gut sein.«

»Es ist noch nicht vorbei«, sagte Giovanni, während die Fellachen einer nach dem anderen die Höhle verließen, schweigend, was sich wie eine Verurteilung anfühlte. »Noch ist nichts vorbei.«

»Mrs. B«, sagte James, als Mrs. Cocchini mit ihren Kindern aus dem Haus war und die Dienstboten anderweitig beschäftigt, »Mrs. B, darf ich Sie etwas fragen?«

Sie kniete vor den Käfigen mit den Chamäleons. Zuerst hatte sie versucht, sie gemeinsam in einen großen zu sperren, aber es hatte sich herausgestellt, dass die Tiere dann einander die Schwänze und Beine abbissen. Sie waren ohnehin kurzlebig in Gefangenschaft; Mrs. B hatte es bisher noch nie fertig gebracht, sie länger als zwei Monate am Leben zu erhalten. Jetzt hatte jedes seinen eigenen kleinen Käfig, und wenn sie die Tiere herausließ, damit sie sich in Abwesenheit der Cocchinis auslaufen konnten, dann einzeln. Als James sie ansprach, schaute sie kurz auf.

»Natürlich, James.«

»Es ist etwas … ich glaube nicht, dass Sie darüber reden wollen«, sagte James unbehaglich, »weil es sich nicht gehört, aber ich kann nicht … wenn jemand in Not ist, muss man doch helfen, nicht wahr, Mrs. B?«

Sie nickte und teilte ihm mit, er solle nur sprechen; der Grund, warum sie ihn nicht anschaue, sei, um das Chamäleon im Auge zu behalten, das sie gerade herausgelassen hatte. »Wenn es hier verschwindet und ich es nicht mehr finde, dann wird Mrs. Cocchini mir das übel nehmen.«

Es war ihm ganz recht, dass sie ihn nicht anschaute. Das machte es für James einfacher, von der Angelegenheit zu sprechen. Mittlerweile dachte er kaum noch an etwas anderes; sogar den Brief, der am Vortag von Mr. B aus Theben eingetroffen war, hatte er nur am Rande wahrgenommen.

»Mr. Salt hat die Wäscherin des Konsulats geschwängert«, platzte er heraus, »und nun hat Makhbube Angst, dass ihr Vater sie totschlägt, wenn es herauskommt.«

Mrs. B setzte sich auf ihre Fersen zurück und schaute ihn ungläubig an. »Das kann doch nicht sein! Und woher weißt du …«

»Sie hat es mir erzählt. Außerdem habe ich sie mit dem Konsul gesehen, vor ein paar Wochen. Mrs. B, auch wenn der Vater ihr nichts tut, was wird dann aus ihr? Ich meine, ich weiß doch, wie es ist. Bei uns daheim gehen Frauen mit Kindern ohne Väter ins Arbeitshaus oder auf die Straße. Gibt es so was hier überhaupt? Ein Arbeitshaus, meine ich.«

In die Stille hinein räusperte er sich.

»Ich weiß nicht, ob meine Eltern verheiratet waren«, bekannte er. »Manchmal denke ich, deswegen hat sich keiner um uns gekümmert, als sie krank waren und gestorben sind. Weil sie's nicht waren.«

»Lass mich darüber nachdenken«, sagte Mrs. B. Ihre Stimme klang sehr ruhig, gar nicht entsetzt oder empört, wie es James erwartet hatte. Er war ein wenig enttäuscht. Andererseits war ihm dieser spezielle Satz von Mrs. B nicht unvertraut. In der Regel kam etwas dabei heraus, wenn Mrs. B nachdachte.

Er hoffte nur, dass es Makhbube helfen würde, was immer es war.

Inzwischen war es Mai, und die Temperaturen stiegen von Woche zu Woche. Henry Salt trug die in diesem Klima so bequemere und leichtere türkische Kleidung, während er auf der Dachterrasse des britischen Konsulats den schönen Ausblick genoss und seiner alten Beschäftigung nachging: Er malte ein Aquarell von Kairo und fand es beruhigend, sich zur Abwechslung auf nichts Komplizierteres als Farben konzentrieren zu müssen.

Als ihm Mrs. Belzoni gemeldet wurde, überlegte er, dann ließ er sie heraufbitten, da er es nicht für nötig hielt, ihretwegen in europäische Kleidung zu wechseln und sie deswegen warten zu lassen. Mrs. Belzoni war inzwischen lange genug in Ägypten, um solche Formalitäten nicht bei jedem Besuch zu erwarten. Sie wollte ihn wahrscheinlich um Neuigkeiten von ihrem Gatten bitten; Salt setzte eine ernste Miene auf und legte sich ein paar taktvolle Formulierungen zurecht, während er auf sie wartete.

Mrs. Belzoni trug ihr graues Kleid, in dem sie ihn immer an eine Gouvernante erinnerte. Eine hübsche Gouvernante, zugestanden, aber eine Gouvernante. Auch der ernste Blick, mit dem sie ihn begrüßte, passte dazu. Nachdem sie ein paar höfliche Erkundigungen nach dem Befinden des anderen ausgetauscht hatten, setzte Mrs. Belzoni sich auf den Stuhl, den ein Diener für sie gebracht hatte, legte ihre Hände in ihren Schoß und sagte: »Mr. Consul, als Engländerin, die ihr Land liebt, ist es mir ein tiefes Bedürfnis, es würdig vertreten zu wissen.«

Das war eine Aussage, die er nicht erwartet hatte, doch er war Diplomat genug, um seine Überraschung zu überspielen. Er wusste nicht, ob sie ein Kompliment beabsichtigte; Mrs. Belzoni war eine intelligente Frau mit korrekten Umgangsformen, doch wenn man Engländer war und ein Ohr für die feinen Unterschiede des Akzents hatte, dann wusste man, dass sie bestenfalls der unteren Mittelklasse entstammte. Daher konnte ein gelegentlicher Ausrutscher, eine unabsichtliche Plumpheit hin und wieder natürlich verziehen werden.

»Das ehrt Ihren Patriotismus, Mrs. Belzoni«, entgegnete er.

»Deswegen«, fuhr sie fort, jedes Wort korrekt gesetzt und ausgesprochen und ohne die gelegentlichen lässigen Verschleifungen, wie sie eine Dame der Oberschicht gebraucht hätte, »war ich natürlich entsetzt, zu hören, dass der oberste Repräsentant meines Landes in Ägypten ein armes einheimisches Mädchen verführt und in andere Umstände gebracht hat.«

Salt war schockiert, aus mehreren Gründen. Zum einen, weil er von einer Schwangerschaft Makhbubes noch nichts wusste; zum anderen, weil er trotz seiner Begegnung mit dem jungen Curtin nicht erwartet hatte, dass dieser mit seiner Herrin über das sprach, was er mutmaßlich beobachtet hatte. Mit anderem Gesinde vielleicht, doch ein solches Thema tauchte in der Konversation mit einer englischen Dame einfach nicht auf. Dass Mrs. Belzoni es so direkt ihm gegenüber zur Sprache brachte, war der dritte Grund, warum er trotz seiner gewohnten Selbstbeherrschung nicht verhindern konnte, dass ihm das Blut in den Kopf schoss. Er griff nach dem Becher mit Wasser, der neben ihm bereitstand, und trank hastig. Als er sich wieder in seiner Gewalt hatte, spürte er, wie ein Gemisch aus Scham und Panik in ihm aufstieg. Es *war* ein unwürdiges Verhalten gewesen, das wusste er; trotz bester Bemühungen keine englische Ehefrau gefunden zu haben war keine ausreichende Entschuldigung. Daran, dass seiner Verirrung ein Kind entspringen könnte, hatte er überhaupt nicht gedacht. Ein Kind! Was um alles in der Welt sollte er nun tun?

»Mrs. Belzoni, Sie sehen mich fassungslos«, sagte er ehrlich. »Mir waren die ... anderen Umstände des Mädchens nicht bekannt.«

»Es ist eine traurige Welt, Mr. Consul«, erwiderte sie, »in der eine solche Neuigkeit nicht als freudiges Ereignis dem Vater als Erstes mitgeteilt wird. Immerhin freue ich mich, zu hören, dass Sie sich zu Ihrer Verantwortung bekennen. Was gedenken Sie in dieser Hinsicht zu unternehmen?«

»Nun ...«, begann er. Sie unterbrach ihn sofort.

»Ich nehme nicht an, dass Sie um Ihre Demission als Konsul bitten werden.«

Zum ersten Mal stieg ein vager Verdacht in ihm auf, was den eigentlichen Grund ihres Besuches betraf. Er verwarf ihn sofort wieder. Anständige englische Frauen taten so etwas nicht. Abenteuerinnen vielleicht, aber nicht Mrs. Belzoni.

»Natürlich nicht«, entgegnete er abwartend.

»Nichtsdestoweniger«, sagte sie und wirkte mehr wie eine Gouvernante auf ihn denn je, was im völligen Gegensatz zu der Ungeheuerlichkeit stand, die in ihren Worten lag, »könnte ich mir vorstellen, dass man Sie entlässt, wenn eine Beschreibung Ihres Verhaltens ein Mitglied der Regierung erreicht. Stellen Sie sich nur vor, was geschähe, wenn dies noch nicht einmal durch ein Mitglied unserer Nation geschähe, sondern durch einen ehemaligen Amtsträger der Franzosen! Er könnte den ganzen Vorfall benutzen, um das Ansehen Englands und seiner Vertreter der Lächerlichkeit preiszugeben.«

Salt konnte nicht glauben, was er da hörte. Es konnte sich einfach nicht um eine Erpressung handeln, die als Drohung das Bekanntgeben seiner Privatangelegenheiten an Drovetti verwendete. Bei einem Mann hätte er gewusst, wie er zu reagieren hatte: Je nach Stand hätte er ihn zu einem Duell gefordert oder von seinen Dienstboten verprügeln und hinauswerfen lassen. Doch Mrs. Belzoni war mit ihrer schlanken Gestalt, dem sorgfältig hochgesteckten Haar und den sittsam gefalteten Händen in jeder Beziehung ein Mitglied des schwächeren Geschlechts.

»Mrs. Belzoni«, sagte er durch zusammengepresste Lippen hindurch, »worauf wollen Sie hinaus?«

»Nicht auf Ihre Entlassung, Mr. Consul«, antwortete sie sanft. »Das würde weder dem armen Mädchen nützen, noch Ihnen ermöglichen, meinen Gatten weiterhin zu unterstützen. Ich glaube daran, dass man den Menschen eine zweite Chance geben sollte, Mr. Consul … allen Menschen. Sogar dem Defterdar Bey. Sorgen Sie dafür, dass mein Gatte durch ihn nicht mehr behindert oder gefährdet wird. Es ist mir natürlich klar, dass der Defterdar Bey an Gesicht verlieren würde, wenn mein Gatte jetzt sofort in Luxor weitergräbt, also schicken Sie Mr. Belzoni nach Ybsambul, mit allen Mitteln, die er braucht, sofort, ohne weitere Verzögerung, und er wird den Tempel, der sich dort befindet, für Sie und die Ehre unserer Nation ausgraben.«

Eine Zeit lang schwieg er. Er konnte sich nicht entscheiden, ob er eine rührende Demonstration ehelicher Loyalität und Entschlusskraft oder eine skrupellose Erpressung vor sich hatte, oder beides. Mrs. Belzoni schlug weder die Augen nieder, noch wandte sie ihren Blick ab; stattdessen schaute sie ihn unverwandt an. Sie hatte blaue Augen, die bei einem bestimmten Sonnenlichteinfall grau wie Stahl wirkten; das fiel ihm heute zum ersten Mal auf.

»Woran glauben Sie noch, Mrs. Belzoni?«, fragte Salt endlich. Er hatte beim Pascha interveniert, doch mit der Zurückhaltung, die ihm geboten schien, da er nicht die englischen Beziehungen zu Mehemed Ali und seiner Familie für etwas aufs Spiel setzen wollte, das man ihm als persönliche Ruhmsucht auslegen konnte.

»An die eheliche Gemeinschaft«, gab sie zurück. »Es zieht mich an die Seite meines Gatten, Mr. Consul. Ich würde mich freuen, ihm die Nachricht, dass sein Traum vom letzten Jahr Wirklichkeit werden kann, selbst überbringen zu können. Und da ich so sehr an die Ehe glaube, denke ich auch, dass die Mutter Ihres Kindes in einer solchen am besten aufgehoben wäre.«

Genug war genug.

»Ich kann sie nicht heiraten.«

»Das ist mir klar«, sagte Mrs. Belzoni kühl. »Aber ein Mann in Ihrer Position, Mr. Consul, hat genügend Untergebene, deren Ehe er arrangieren kann. Dem Mädchen bliebe jede Art von schlechter Reputation erspart, desgleichen ihrer Familie, ihr Einkommen wäre gesichert ... und *Ihr* Kind, Mr. Consul, wüchse nicht als Bastard auf. Man sollte meinen, dies wäre eine Lösung in Ihrem Sinn. Oder haben Sie keine väterlichen Gefühle?«

Er war in indischen Basaren und afrikanischen Dörfern Halsabschneidern begegnet, die mit mehr Skrupel verhandelten.

»Selbstverständlich«, entgegnete er knapp. Es kam ihm in den Sinn, dass es wirklich die beste Lösung für Makhbube war. Außerdem würde nach einer Eheschließung und der ehelichen Geburt des Kindes kein Material mehr für einen Skandal zur Verfügung stehen. Was den Defterdar Bey betraf, nun, die neusten Depeschen aus London wiesen wieder darauf hin, dass der Rohstoffbedarf der heimischen Webereien längst nicht mehr gedeckt war und selbst die Kolonien bald nicht mehr als Lieferanten ausreichen würden. Dem Pascha den doppelten Ankauf ägyptischer Baumwolle für das nächste Jahr anzubieten mochte für Mehemed Ali genug sein, um seinem Schwiegersohn die nötigen Befehle zu geben, und Mrs. Belzonis Gedanke über Ybsambul war nicht unklug. Auf diese Weise würde wirklich niemand das Gesicht verlieren. Das, entschied Henry Salt, würde jedoch das erste und letzte Mal sein, dass er sich von irgendjemandem erpressen ließ.

»Ich wusste, dass Sie mir zustimmen würden, Mr. Consul«, sagte Mrs. Belzoni und verabschiedete sich von ihm.

Er begleitete sie nicht hinaus.

Einen geeigneten Ehemann für Makhbube zu finden war nicht einfach. Je länger Salt sich das zukünftige Leben seines Sohnes oder seiner Tochter vorstellte, desto weniger konnte er sich mit dem Gedanken anfreunden, das Kind mit dem Stigma der unehelichen Geburt aufwachsen zu lassen, und da es zur Hälfte weiß sein würde, ließe sich seine Herkunft bei einer Ehe zwischen Makhbube und einem anderen Abessinier oder auch einem Araber gewiss erraten. Andererseits würde kein Weißer sie heiraten, selbst wenn sie noch Jungfrau wäre, aus den gleichen Gründen, warum dies für Salt selbst nicht in Frage kam. Er zerbrach sich darüber den Kopf, bis ihm plötzlich ein Weißer einfiel, der ihm genügend zu Dank verpflichtet war, um Makhbube und ihr Kind als die seinen anzunehmen und das Kind mit britischen Werten zu erziehen. Natürlich! Er hätte sofort an ihn denken sollen: Osman, der ehemalige Soldat William Thomson vom 78sten Highlander-Regiment, der sich dank Henry Salt nunmehr wieder der Freiheit erfreute.

Er sprach mit Osman, der in seinem breiten schottischen Akzent erklärte, wenn »das Mädel« eine gute Natur besäße und bereit wäre, fest anzupacken, werde es ihm eine Freude sein, dem Konsul auszuhelfen.

»Ich bin Ihnen überaus dankbar, Mr. Thomson.«

»Nee, nee, Mr. Consul, dankbar bin ich. Sie haben keine Ahnung, wie das ist, hier ein Sklave zu sein. Und machen Sie sich mal keine Sorgen um das kleine Ding. Einen Haushalt wollte ich sowieso gründen, jetzt, wo ich frei bin. Und eines von unseren Mädels sieht mich ohnehin nicht mehr an mit meinem Turban. Wir haben alle unsere Blessuren.«

Makhbube hörte sich seinen Vorschlag an, ohne etwas zu sagen. »Das Kind wird in meinem Testament bedacht werden«, sagte Salt, als sie schwieg. Er sprach arabisch mit ihr, was er sonst nicht tat, doch es schien notwendig, um klarzustellen, dass ihr altes Verhältnis wirklich in jeder Beziehung sein Ende gefunden hatte. »Doch solange ich lebe, scheint mir ein solches Arrangement die beste Lösung. Mr. Thomson – Osman – ist ein ehrenwerter Mann, und als nunmehriger Angestellter des Konsulats eines sicheren Einkommens gewiss. Meine unverbrüchliche Zuneigung …«

Sie machte eine abwehrende Handbewegung. »Ich verstehe schon«, sagte sie in ihrer eigenen Sprache. »Ich werde ihn heiraten. Das ist besser als alles andere.«

»Warum hast du Mrs. Belzoni von deiner Schwangerschaft erzählt, Makhbube?«, fragte Salt impulsiv, ehe er sich zurückhalten konnte.

»Das habe ich nicht«, protestierte sie. »Nicht ihr, sondern …« Ihre Augen verengten sich. »Oh … Mrs. Belzoni hat mit Ihnen gesprochen. *Deswegen* kümmern Sie sich um uns, um mich und das Kind.«

»Wenn ich es von dir erfahren hätte …«

»Guten Tag, Sir«, sagte Makhbube auf Englisch, wie sie es oft genug im Konsulat gehört hatte, und verschwand.

Belzonis Reise nach Abu Simbel zu organisieren erwies sich als weitaus einfacher. Salt hielt sich nicht für einen nachtragenden Menschen, doch er konnte einer Geste nicht widerstehen. Die Hauptleute Mangles und Irby hatten seit ihrer Ankunft in Kairo davon gesprochen, sich bis zum zweiten

Katarakt des Nils vorwagen zu wollen; sie suchten wegen ihrer begrenzten finanziellen Verhältnisse nur immer noch Mitreisende und einen Dolmetscher. Da er in Yanni Athanasious Abwesenheit auf den jungen George angewiesen war, hatte Salt ihnen zunächst nicht helfen können. Jetzt bestellte der Konsul sie zu sich und schlug ihnen vor, sich mit Mr. Beechey und Mr. Belzoni zusammenzutun. Sie konnten ihnen seine neuen Anweisungen überbringen und zusätzliche Mittel für die Ausgrabung eines mutmaßlichen Tempels in Abu Simbel.

Erst als sie bereits zwei Tage unterwegs waren, unterrichtete er Mrs. Belzoni davon und fügte hinzu, sie könne natürlich auf seine Kosten nachreisen, doch sie würde das nächste Schiff, das über Luxor hinaus unterwegs war, abwarten müssen, so dass ihr Gatte und seine Begleiter möglicherweise schon aus Theben abgereist sein würden, wenn sie dort eintraf.

»Sie sind ein großzügiger Mensch, Sir«, sagte Mrs. Belzoni, und am Ausdruck ihrer Augen erkannte Salt, dass sie ihn genau verstanden hatte.

KAPITEL 15

James hatte geglaubt, er würde jubilieren, wenn er und Mrs. B endlich Mr. B nachreisen durften, doch zu seiner Überraschung entdeckte er, dass er Kairo diesmal nur ungern den Rücken kehrte. Es lag nicht daran, dass er Angst vor einem neuen Hitzschlag hatte; inzwischen hielt er sich für abgehärtet genug, um mit der Wüste selbst fertig zu werden. Aber es gab jemanden in Kairo, den er vermissen würde.

Nachdem ihm Mrs. B gesagt hatte, sie habe mit Mr. Salt gesprochen, hatte James vorsichtshalber ein paar Tage verstreichen lassen, ehe er das Konsulat aufsuchte, um nach Makhbube zu sehen. Zu seiner Verblüffung packte sie ihn bei der Hand, sowie sie seiner angesichtig wurde, zerrte ihn in die nächste Ecke – und verabreichte ihm eine Ohrfeige.

»Aber ...«

»Ich werde heiraten«, sagte sie. »Deinetwegen, kleiner Junge.«

»Ich bin weder klein noch ein Junge«, entgegnete James gekränkt, »und ich dachte, du freust dich, wenn Mr. Salt dich heiratet.«

Sie stemmte die Hände in die Hüften. »Nicht Henry Salt. Ich werde einen Renegaten heiraten, der Jesus und die Jungfrau Maria an die verwünschten Moslems verraten hat!«

»Oh.«

Er musste sehr ratlos dreingeschaut haben, denn ihr Gesicht wurde ein wenig weicher und versöhnlicher. »Ich habe mit ihm gesprochen«, sagte sie widerstrebend. »Er scheint ein guter Mann zu sein. Und mein Vater hegt keinen Verdacht. Aber du hast versprochen, mich nicht zu verraten, und du hast es getan!«

»Wärest du denn lieber weiter ohne Mann schwanger?«, fragte James verwirrt. Frauen waren sehr seltsame Geschöpfe.

»Nein«, sagte sie – und überraschte ihn dann ein zweites Mal, indem sie rasch das Taschentuch aus ihrem Ausschnitt hervorholte, das er ihr während des Empfangs gegeben hatte. »Hier«, fuhr sie fort. »Ich habe es gewaschen. Ich … ich bin dir dankbar. Dir und deiner Herrin. Du kannst mir eure Wäsche bringen, weißt du. Ich werde sie mit der des Konsulats waschen, und es kostet euch nichts. Das Waschweib, das Mrs. Cocchini beschäftigt, die taugt nichts.«

James bedankte sich und nahm das Taschentuch wieder an sich. Auf dem Weg zurück zu den Cocchinis bemerkte er, dass es den Duft ihrer Haut trug, und er brachte es nicht über sich, es zurück zu den anderen in Mrs. Bs Korb für Feiertagskleidung zu legen.

In der Woche danach brachte er tatsächlich die Wäsche zu ihr, weil Mrs. B sagte, sie müssten bereit sein, um jeden Moment abzureisen, und brachte ihr etwas türkischen Nougat mit, den er auf dem Basar erstanden hatte. »Du isst ja jetzt für zwei«, sagte er, und sie lachte und teilte den Nougat mit ihm, während sie auf den Treppenstufen saßen und sie ihn bat, ihr ein paar englische Ausdrücke mehr beizubringen, weil sie ihren zukünftigen Gatten damit überraschen wollte.

Ja, er würde sie vermissen.

Mrs. B wirkte auch nicht uneingeschränkt glücklich. Ein Päckchen wurde für sie abgegeben, von einem Kopten. Es befand sich ein Buch darin, und als sie es aufschlug, stellte sich heraus, dass jemand einen gepressten Lotoskelch hineingelegt hatte. James, der über ihre Schulter hinweg die Titelseite anschaute, las laut »Hebräische Melodien von George Gordon, Lord Byron«.

Zuerst dachte er, es handele sich um ein Buch mit Gebeten und Kirchenliedern. Dann erinnerte er sich dunkel, dass Lord Byron ein Dichter war, berühmt genug, dass James, der noch nie in seinem Leben ein Gedicht gelesen hatte, zumindest von ihm gehört hatte. Es war kein Begleitschreiben dabei, doch er konnte sich nur eine Person denken, die Mrs. B einen Gedichtband mit gepressten Blumen schickte, und das war nicht Henry Salt.

Alles in allem war es doch gut, dass sie bald wieder mit Mr. B zusammen sein würden.

Sie saß vor einem der kleinen Handspiegel, die sie im Dutzend kaufte, weil sie wusste, dass sie bald wieder wichtige Geschenke sein würden, und hielt ihn hoch. Sarah war nicht besonders stolz auf das, was sie getan hatte, doch sie hielt es nach wie vor für notwendig. Außerdem hatte es geholfen: Das Mädchen Makhbube und ihr Kind waren versorgt, Giovanni würde Ybsambul ausgraben können, und sie würde bald wieder mit ihm vereint sein.

Früher wäre ihr das Prinzip, dass der Zweck die Mittel heiligte, aus ganzer Seele zuwider gewesen. Dieses Land veränderte sie, und sie wusste nicht, wohin die Veränderung sie und Giovanni noch führen würde.

Sarah legte den Spiegel fort und packte ihn zu den übrigen. Sie war noch mit dem Zusammenfalten ihrer Hemden beschäftigt, als Mrs. Cocchini sie zum Tee rufen ließ. Der Gast sei schon eingetroffen. Unwillkürlich streckte sie ihre Hand aus, um den Spiegel noch einmal hervorzuholen, und ließ sie sofort wieder sinken. Das war lächerlich. Sarah versuchte absichtlich nicht, ihr Haar zu richten oder nachzuprüfen, ob ihr Kleid saß. Bald würde sie ohnehin wieder Männerkleidung tragen. Diesmal hatte sie beschlossen, ganz auf den europäischen Beitrag zu verzichten. Wenn in Europa keine Korsetts mehr getragen wurden, dann waren auch Westen hierzulande überflüssig, zumindest, wenn man eine Frau war; ihre Kleider würden genauso in Kairo zurückbleiben wie das alte Folterinstrument. Sie würde in Kaftan, Hemd, Schärpe und Hosen gehen, frei von jeder überflüssigen, altmodischen Stütze, die ihr ohnehin nur den Atem nahm, und sich eine Menge Ausbesserungsarbeiten an ihren Kleidern ersparen.

Nach einem Taschentuch zu greifen, um ihr Gesicht abzutupfen, ehe sie das Zimmer verließ, hatte nur mit der Temperatur zu tun, nicht mit dem Wunsch, auf keinen Fall verschwitzt auszusehen, und sie biss sich nur auf die Lippen, weil ihr danach war, nicht etwa, um ihnen Röte zu geben.

Er wartete unten, mit den Cocchinis plaudernd, und Sarah fragte sich unwillkürlich, ob es an dem Unterschied zwischen Padua und Piemont lag, dass sein Italienisch selbst für ihre englischen Ohren erkennbar anders klang als das, was sie von Giovanni und Francesco gewohnt war.

»Madame Belzoni.«

»Monsieur Drovetti.«

»Signor Drovetti wird uns verlassen«, zwitscherte Mrs. Cocchini auf Englisch, »und nach Alexandria zurückkehren.«

»Auch ich werde Kairo bald verlassen«, sagte Sarah und war zufrieden damit, wie ruhig ihre Stimme klang. »In die entgegengesetzte Richtung.«

»Es sieht Ihnen nicht ähnlich, fortzulaufen, Madame«, sagte Drovetti, und sie war gleichzeitig ärgerlich und dankbar, dass er sie vor anderen Leuten nicht Sarah nannte.

»Ich wüsste nicht, wovor ich fortlaufen sollte«, entgegnete Sarah und reckte ihr Kinn.

»Vor den verdienten Tributen Ihres Sieges, Madame«,

sagte er, nahm ihre Hand und küsste sie. Im Gegensatz zu früheren Gelegenheiten beließ er es diesmal nicht, wie es eigentlich üblich war, bei der Andeutung eines Kusses, sondern berührte ihre Finger tatsächlich mit seinen Lippen. Sein Schnurrbart streifte ihre Haut, als er sie wieder losließ. »Immerhin müssen Sie ein Wunderwerk der Überredungskunst vollbracht haben, wenn Sie Mr. Salt überzeugen konnten, das arbeitsame Zölibat Ihres Gatten zu erleichtern und Sie nachkommen zu lassen. Es ist das erste Geheimnis im englischen Konsulat, dessen Erklärung mir auf Dauer verborgen zu bleiben scheint. Sie hätten Ihren Konsul zumindest eine Abschiedsfeier für sich organisieren lassen sollen.«

Ich werde nicht lächeln, dachte Sarah. *Ich werde auch nicht verärgert sein. Ich werde nicht geschmeichelt sein oder mich schämen. Ich werde nichts als Gleichmut empfinden.*

»Er ist ohnehin ein vielbeschäftigter Mann«, antwortete sie. »Und versteht, dass es mich an die Seite meines Gatten drängt. Vor allem jetzt, wo Mr. Belzoni sich wieder ganz dem Dienst an der Vergangenheit widmen kann, statt sich mit Despoten und kindischen Wettbewerben herumzuschlagen.«

»Und da ist er ja, der Tee!«, rief Mrs. Cocchini mit einer gewissen Dringlichkeit. Während Mr. Cocchini sie in den nächsten Raum führte, der gleichzeitig als Lehrzimmer für die Kinder und als Salon fungierte, bot Drovetti Sarah seinen Arm und flüsterte ihr zu: »Sie laufen davon, Sarah.«

»Sie schmeicheln sich.«

»Habe ich gesagt, dass ich mich meine?«

Während des Tees sprach man über die Neuigkeiten aus Europa, und Drovetti erzählte, dass nach dem Tod von Mehemed Alis Sohn Tusun im letzten November der Oberbefehl im Krieg gegen die Wahabiten jetzt endgültig an dessen

Bruder Ibrahim ging, der hoffte, sich auf diese Art für die Nachfolge zu qualifizieren.

»Etwas habe ich nie verstanden«, sagte Mr. Cocchini. »Warum führt der Pascha überhaupt Krieg gegen die Wahabiten? Ich dachte, es seien die Türken, mit denen sie im Streit lägen. Er hat sich doch für unabhängig von der Pforte erklärt, nicht wahr?«

»Ja und nein. Er hält Ägypten nominell als Vizekönig des Sultans, und in dieser Eigenschaft hat ihn der Sultan gebeten, gegen die Wahabiten vorzugehen. Aber es gibt noch einen sehr viel wichtigeren Grund. Die Wahabiten hatten bereits die heiligen Städte erobert, Mekka und Medina, und sie wollen den Geist des Dschihad wieder entfachen. Das konnte er verhindern und die heiligen Städte befreien, die jetzt wieder für alle Moslems zugänglich sind. Doch die Wahabiten sitzen immer noch in den Bergen und unternehmen Raubzüge über ganz Arabien hinweg. Ägypten grenzt an Arabien, und der Pascha hat es zu seiner Politik gemacht, es den Franken zu öffnen und so viel von unserer Welt zu übernehmen, wie nötig ist, um Ägypten in einen modernen Staat zu verwandeln. Das macht ihn in jedem Fall zum idealen Ziel für die Wahabiten: ein Ketzer, der die Franken hofiert! Und Mehemed Ali ist nicht auf den Thron gekommen, indem er darauf wartete, dass seine Feinde zuerst zuschlagen.«

»Sie klingen, als ob Sie ihn dafür bewunderten«, sagte Mrs. Cocchini. »Sie sind doch kein Konsul mehr, Mr. Drovetti, also seien Sie ehrlich – ist er nicht ein fürchterlicher Tyrann?«

»Natürlich ist er das. Wäre er es nicht, dann würde er hier nicht mehr lange herrschen und überleben.«

»Monsieur Drovetti«, sagte Sarah, »scheint mir grundsätzlich Menschen zu bewundern, die zuerst zuschlagen. Ich nehme an, das liegt an Ihrer militärischen Vergangenheit?«

»Ah ja, richtig. Sie haben unter Murat gedient«, sagte Mr. Cocchini. »Das hätte ich fast vergessen.«

»Ich hatte diese Ehre, aber ich würde es trotzdem anders formulieren«, entgegnete Drovetti, und seine Augen ließen Sarah nicht los. »Ich bewundere Menschen, die genügend Entschlusskraft und Phantasie haben, um ihre Ziele zu erreichen. Selbst, wenn diese Ziele nicht die meinen sein sollten, bewundere ich sie.«

»Auf solche Gemeinsamkeiten«, sagte Mr. Cocchini herzlich, »lohnt es sich, anzustoßen. Ich glaube, meine Liebe«, fügte er an seine Frau gewandt hinzu, »wir sollten den Wein aus Umbrien hervorholen, den Signor Drovetti so gütig war, uns mitzubringen. Wo er und Mrs. Belzoni doch sozusagen ihren Abschied aus Kairo feiern.«

Als sie alle die kleinen Becher in der Hand hielten, die in diesem Land üblich waren, hob er seines zu einem Toast.

»Auf alle Menschen, die guten Willens sind und die Stärke finden, in ihrem Leben auch Gutes zu bewirken!«

Sarah überraschte sich dabei, wie sie ebenfalls aufstand und ihr Glas erhob. »Auf die Loyalität«, sagte sie. »Mögen wir immer etwas haben, dem wir loyal gegenüber sein können.«

Sie meinte Giovanni und gewisse innere Überzeugungen. Wenn Drovetti etwas anderes verstehen wollte, so war das seine Sache.

»Auf die Zukunft«, sagte Drovetti und erhob sein Glas. »Mögen wir alle die Phantasie haben, um sie zu gestalten!«

Yanni wusste nicht, ob er erleichtert oder beunruhigt sein sollte, als sie Luxor verließen. Einerseits war es sehr beruhigend, sich in immer größerer Entfernung vom Defterdar Bey und den Bewohnern von Kurna zu wissen. Der Bey konnte seinen Ärger über Belzoni das nächste Mal an dessen nichtenglischen Dienern auslassen, und Yanni wusste, dass es ihn dann noch vor Beecheys Koch treffen würde. Die Bewohner von Kurna konnten auf die Idee kommen, sich dafür zu rächen, dass einer der ihren auf Befehl des Bey halb totgeschlagen worden war. Nein, es war wirklich gut, Luxor endlich hinter sich zu wissen.

Andererseits kehrten sie nicht etwa nach Kairo zurück, sondern segelten in Richtung Nubien. Obwohl Mr. Beechey zum Glück weiterhin das Geld in seinem Besitz hatte, schien Belzoni wieder zu glauben, er habe die alleinige Befehlsgewalt. Wohin immer das noch führen würde, es konnte nichts Gutes sein.

Die beiden englischen Offiziere, die aus Kairo eingetroffen waren, Irby und Mangles, boten zuerst einen Hoffnungsschimmer. Nicht nur, weil schlecht gelaunte Beys, Kaschefs und Agas sich Yannis Erfahrung nach von englischen Uniformen durchaus beeindrucken ließen und Angehörige einer fränkischen Streitmacht wahrscheinlich nicht behelligen würden, sondern auch, weil er darauf hoffte, die beiden würden als mäßigender Einfluss auf Belzoni wirken. Es stellte sich jedoch ziemlich schnell heraus, dass Mäßigung ein Begriff war, mit dem die beiden Herren nichts anzufangen wussten. Man schickte ihn nach Esna, um Vorräte zu beschaffen, während die Gesellschaft zur Insel Philae oberhalb des ersten Nilkatarakts weiterzog. Als er wie verlangt mit Vorräten beladen dort eintraf, fand er Irby und Mangles damit beschäftigt, die britische Flagge zu hissen und auf dem Pylonen des dortigen Tempels ihre Namen und den Belzonis einzuritzen.

»Heute ist der Geburtstag Seiner Majestät«, sagte Mangles und schlug Belzoni auf die Schultern, »da müssen wir einen ordentlichen Salut abgeben!«

Ein ordentlicher Salut bestand offenbar darin, alle fünf

Gewehre, die der Gesellschaft zur Verfügung standen, abzufeuern und einundzwanzig Schüsse zu verballern. Durch die Hitze der Sonne und das Abfeuern wurden die Gewehrläufe derart heiß, dass Beechey und Belzoni das Unterfangen bald aufgaben, weil sie nicht schnell genug nachladen konnten, ehe die Gewehrläufe unberührbar wurden. Irby und Mangles feuerten unverdrossen weiter, und das, was Yanni ihnen hätte vorhersagen können, geschah; die Bewohner von Philae glaubten, die Franken seien dabei, ihresgleichen umzubringen, und erschienen mit ihren eigenen Waffen. Es kostete Yanni einiges an Überredungskunst, um sie davon zu überzeugen, dass es sich um harmlosen Wahnsinn und Verschwendung von Munition handelte, nicht um Angriffe.

Weder Irby noch Mangles war überhaupt aufgefallen, dass es durch ihre Schießerei ein Problem gab. »Auf die Gesundheit Seiner Majestät! Hipp, hipp, hurra!«

»Sir«, sagte Yanni zu Beechey, der noch immer der Vernünftigste der Gesellschaft zu sein schien, »ist der englische König nicht seit Jahren dem Wahnsinn verfallen, so dass sein Sohn an seiner Stelle regiert?«

Beechey sah ihn strafend an. »Darüber sprechen wir nicht.«

»Ich meine nur, Sir, dass in einem solchen Fall doch Gesundheitswünsche nicht nötig sind. Und da es wirklich besser wäre, die Einheimischen nicht zu verstören, sollten Sie vielleicht dem Abfeuern der Waffen ein Ende …«

»Als Sekretär des englischen Konsuls stünde es mir schlecht an, Äußerungen von Patriotismus zu unterbinden, Yanni.«

Äußerungen von Patriotismus bildeten einen großen Teil der Gesprächsthemen. »Wir haben gehört, dass Sie Schwierigkeiten mit den Franzmännern und ein paar von den hiesigen Eingeborenen hatten«, sagte Irby zu Belzoni, »aber machen Sie sich keine Sorgen. England steht voll und ganz hinter Ihnen. Wenn noch mal jemand etwas versucht, werden wir beweisen, dass der Geist von Waterloo auch im Orient gegenwärtig ist!«

Belzoni strahlte. »Ich muss zugeben, es ist eine Erleichterung, das zu hören. Ich dachte schon, dass Mr. Salt …«

»Salt ist Diplomat, mein Guter. Die müssen immer etwas um den heißen Brei reden. Außerdem hat er nicht gedient. Hauptmann Mangles und ich, wir haben Pulver gerochen, und eines kann ich Ihnen versichern, uns hat noch nie jemand nachgesagt, wir hätten um der Bequemlichkeit willen einen Rückzieher gemacht!«

Schon am Tag nach der patriotischen Feier legte ein kleines Boot an, das Mrs. Belzoni und ihren irischen Diener als Passagiere hatte. Weder Mangles noch Irby hatten erwähnt, dass Mrs. Belzoni ihnen folgte, und dem völlig überraschten Gesicht ihres Gatten nach zu urteilen, hatte er auch nicht darüber Bescheid gewusst.

Während Mrs. Belzonis Bursche ihr Gepäck zum Tempel an der Inselspitze brachte, wo die Gesellschaft ihr Lager hatte, zog Mangles Belzoni beiseite. Yanni sagte sich, dass es nicht einfache Neugier, sondern Vorsicht im Umgang mit unberechenbaren Menschen war, die ihn dazu brachte, zu lauschen. »Ah, ja«, sagte Mangles, »jetzt erinnere ich mich. Der Franzmann bei dem Empfang hat behauptet, dass Sie beim letzten Mal Ihre Gattin dabeihatten, Belzoni, aber wir waren fest davon überzeugt, dass es sich um einen Scherz handeln musste. Ganz im Ernst, eine Reise nach Nubien ist wohl nicht die Art Unternehmung, zu der man eine Dame mitnimmt, alter Junge.«

»Mrs. Belzoni ist erfahren im Umgang mit allen Widrigkeiten«, protestierte Belzoni.

»Mag schon sein, mein Guter, mag schon sein, aber das

Boot, das wir für die Fahrt nach Ybsambul gemietet haben, ist jetzt schon voll. Zählen Sie doch nach. Zwei weitere Passagiere, das geht nicht.«

»Aber Mrs. Belzoni hat eigens den Weg von Kairo hierher gemacht, und …«

»Das haben wir auch«, sagte Mangles energisch. »Hauptmann Irby und ich sind zu Ihnen gestoßen, um Ihnen zu helfen, zum ewigen Ruhm Englands in die Unsterblichkeit einzugehen. Es gab Leute in Kairo, die haben Sie als Scharlatan bezeichnet, der seine Gönner nur schröpft, Belzoni, aber wir haben uns von derlei Infamien nicht beeinflussen lassen. Wir wussten, dass Sie ein Mann sein müssen, der alles tut, um sein Ziel zu erreichen. Wen wollen Sie lieber dabeihaben, zwei Männer, die mit anpacken können, oder eine zarte Frau und einen Jungen ohne Muskeln? Ich will nicht hoffen, dass Sie auf Ihrer Frau bestehen, nur, damit Sie es etwas bequemer haben, Belzoni; Sie verstehen, was ich meine.«

Der Italiener machte ein unglückliches Gesicht, aber zu Yannis Verblüffung erhob er keine weiteren Einwände. *Belzoni muss diese Reise nach Ybsambul wirklich mehr als alles andere wollen,* dachte er und begann zum ersten Mal, so etwas wie Respekt vor ihm zu empfinden. Seine Frau zu wählen, damit er nachts ein paar angenehme Stunden verbringen konnte, wäre aber wahrlich nicht gerecht gewesen, wenn man bedachte, dass der Rest von ihnen auf alle derartigen Vergnügungen verzichten musste.

Große Teile der Tempelwände waren mit christlichen Figuren und Symbolen aus Lehm bedeckt, doch überall, wo diese Schicht abgebröckelt war, konnte man Hieroglyphen und die immer noch so erstaunlich leuchtenden Farben erkennen, als seien sie gestern aufgetragen worden. Sarah war ein wenig erschöpft von ihrer Reise eingetroffen, doch sich in dieser Umgebung umzuschauen vertrieb ihre Müdigkeit sofort, und sie verlor sich in der vollendeten Komposition der Farben.

Giovanni gesellte sich zu ihr und James, half ihnen dabei, das Nötigste auszupacken, nicht viel, da sie ja bald weiterreisen würden, und ließ sich von James von Kairo erzählen. Doch schon bald schickte er den Jungen fort. Da sie nun endlich allein waren und sich die übrige Gesellschaft in ausreichender Entfernung befand, trat Sarah zu ihm und küsste ihn; nicht auf die Wange, wie sie es vor aller Augen bei ihrer Ankunft getan hatte, sondern auf den Mund. Sie hatte ihn sehr vermisst und führte ihre verwirrten Gefühle in Kairo in erster Linie darauf zurück. *Aber nun sind wir wieder zusammen,* dachte Sarah und schlang ihre Arme um ihn, mit einem Hunger, dessen sie sich nur halb bewusst gewesen war. *Ich bin bei dir, Giovanni. Das ist, was ich will, und das ist alles, was zählt.* Spiegel würden ihr ab sofort wieder verlässlich zeigen, was sie zu sehen erwartete, und keine verkehrten Perspektiven.

Zuerst erwiderte Giovanni ihren Kuss, und sie spürte seine Hände auf ihren Brüsten; es war offensichtlich, dass auch er sie vermisst hatte. Dann aber wanderten seine Finger zu ihren Schultern und schoben sie sanft, aber bestimmt zurück. »Sarah«, sagte er, »meine Liebste, es gibt etwas, das ich dir sagen muss.«

Von allen Arten, wie man nach monatelanger Trennung eine Unterhaltung mit seiner Gattin beginnen konnte, war das die schlechteste. Sie konnte sich keine Fortsetzung dieser Einleitung vorstellen, die auf etwas Gutes hinauslief. Andererseits war es für sie auch nicht denkbar, dass Giovanni so etwas sagte, wenn es nicht wirklich wichtig war. Sarah versuchte, nicht enttäuscht zu sein, und sah ihn freundlich auffordernd an, wie es sich für eine gute Ehefrau gehörte.

Die Erklärung über Boote, Passagiere, Notwendigkeiten und Kompromisse, in die er sich stürzte, traf sie dennoch wie eine Ohrfeige.

»Sarah?«

Sie hatte in Kairo einen Mann erpresst – denn es war Erpressung gewesen, das wusste sie, und Erpressung war ein Verbrechen –, um ihm weitere Ausgrabungen in Theben und Ybsambul zu ermöglichen und um wieder bei ihm sein zu können. Der Vorwand mit der Passagierzahl war lächerlich. Beecheys Koch befand sich immer noch bei ihm; was sollte der in Ybsambul tun, Durra-Fladen backen? Nein, sie war es, die hier zurückgewiesen wurde. Ungewollt erinnerte sie sich an eine Stimme, die ihr etwas zuflüsterte: *Sie laufen davon.* Ihre Nägel vergruben sich in ihren Handflächen.

»Sarah, ein Boot nach Kairo wird nicht schwer zu …«

»Ich gehe *nicht* zurück nach Kairo«, sagte sie scharf.

Das Schuldbewusstsein in Giovannis Gesicht machte einer leicht argwöhnischen Verblüffung Platz. »Warum nicht?«

»Weil ich mehr von Ägypten kennenlernen will als Kairo und Theben«, erwiderte sie. »Ich wollte mit eigenen Augen sehen, wie du den Tempel von Ybsambul öffnest. Doch wenn es keinen Platz auf dem Boot für mich gibt, dann werde ich eben hierbleiben, bis du mit deinen Ausgrabungen fertig bist. Auf Philae.«

»Alleine?«, fragte er entgeistert.

»Mit James, wenn er bei mir bleiben will«, entgegnete sie. »Da du ihn schließlich genauso wenig mitnehmen kannst wie mich, wenn es auf die *Passagierzahl* ankommt.«

»Sarah …«

»Du musst mich entschuldigen, Giovanni. Es war eine lange Reise von Kairo hierher. Ich bin müde.«

Als er zögerte und noch einmal den Mund öffnete, wandte Sarah sich von ihm ab und begann, mit dem Deckel eines Korbes Staub und Vogelabfälle vom Boden zu entfernen. Nach einer Weile musste sie den Deckel reinigen. Sie marschierte an Giovanni vorbei, der immer noch stumm dastand, wich ein paar Trümmern aus und entschied, dass die Distanz zu dem Ort, wo sie schlafen würde, weit genug war.

Als sie zurückkehrte und sich sofort niederkniete, um ihre Säuberungsaktion fortzusetzen, war Giovanni verschwunden.

Nach einer Weile hörte sie Schritte auf dem jahrtausendealten Tempelboden widerhallen und schaute auf; doch es war nicht Giovanni, sondern Mr. Beechey.

»Mrs. Belzoni«, sagte er, »ich ... ähem ... ich habe gehört, dass Sie zu bleiben wünschen?«

»Ja«, entgegnete sie knapp.

»Also, ich würde es wirklich begrüßen, wenn Sie sich das noch einmal überlegen. Die Leute auf Philae und den Nachbarinseln scheinen mir angriffslustig zu sein, wenn man nach ihrer Reaktion auf unseren Salut gestern schließt. Und diebisch, aber was will man bei der allgemeinen Armut anders erwarten?«

»Ich weiß mich zu verteidigen, Mr. Beechey. Außerdem habe ich im letzten Jahr einige Zeit unter den Einheimischen verbracht, als ich wegen einer Augenkrankheit völlig blind war. Damals hat niemand diesen Umstand ausgenutzt.«

»Damals hatten Sie auch nicht mein silbernes Besteck bei sich«, platzte er heraus.

Sarah richtete sich auf. »Wie bitte?«, fragte sie ungläubig.

»Nun ja«, sagte Beechey verlegen, »mein Koch war ein wenig übereifrig, als wir abreisten, und hat mein silbernes Besteck mitgenommen. Mittlerweile ist uns beiden natürlich klar geworden, dass es hier mehr Gefahr anlockt, als es auf einer Reise wie der unseren tatsächlich nützt. Deswegen wollte ich es Ihnen eigentlich nach Kairo mitgeben.«

»Mr. Beechey«, zischte Sarah zwischen zusammengebissenen Zähnen hindurch, »ich fahre *nicht* nach Kairo, und damit *Punktum.*«

Im Gegensatz zu Giovanni trug Mr. Beechey keinen türkischen Turban, sondern einen englischen Hut. Jetzt nahm er ihn ab und drehte ihn verlegen in den Händen. »Nun, wenn Sie sicher sind, dass Ihnen hier keine Gefahr droht ...«

»Das bin ich.«

»Könnten Sie dann trotzdem auf mein Besteck aufpassen?«

~

Das Boot, das Yanni für die Gesellschaft gemietet hatte, besaß eine Mannschaft, die aus einer Familie bestand: vier Brüdern, ihre Schwäger und einige Söhne. Damit würde sich das Problem umgehen lassen, dass einzelne Mannschaftsmitglieder versuchten, mehr Bakschisch als die anderen zu erhalten, oder einander befehdeten. Ausgemacht waren einhundertsechzig Piaster für alle pro Monat, und ein Bakschisch am Schluss der Reise, wenn die Mannschaft sich zufriedenstellend verhielt; ihre Verpflegung musste die Mannschaft selbst mitbringen. Alles in allem, dachte Yanni, hatte er einen guten Handel abgeschlossen.

Der undankbare Belzoni hatte trotzdem fürchterliche Laune, als sie Philae verließen, und sie wurde nicht besser, als sie in Abu Simbel eintrafen und sich herausstellte, dass sich die Verhältnisse dort verändert hatten. Kaschef Daud, der den Dorfbewohnern die Arbeitserlaubnis zu geben hatte, war nicht da, und außerdem würde es nun nötig sein, die gleiche Erlaubnis von seinem Bruder Khalil zu erhalten. Beide, so hieß es, befänden sich in Tumas und würden erst in einigen Tagen nach Abu Simbel zurückkehren. Belzoni bezahlte fluchend einen Boten, der seine Rückkehr verkünden und um die Arbeitserlaubnis bitten sollte.

Mangles und Irby bestanden darauf, die Wartezeit auszunutzen, um weiterzusegeln; schließlich wollten sie den zweiten Katarakt erreichen. Die Mannschaft war nicht glücklich darüber, und als die Engländer und Belzoni alle von ihrem Ausflug zum Felsen von Abu Sir zurückgekehrt waren, den zweiten Katarakt nach Herzenslust besichtigt hatten und sich wieder nach Abu Simbel einschiffen wollten, befand sich die gesamte Mannschaft an Land und verlangte von Yanni, ihre neuen Forderungen zu übersetzen.

»Der Gesandte des edlen Drovetti«, sagte der *Reis* bedeutsam, »hat uns seinerzeit ein Drittel seines Kaffees gegeben, und seines Fleisches, und seines Brots. Sind die englischen Franken so viel geiziger?«

Sowie Belzoni den Namen Drovetti hörte, verdüsterte sich seine Miene noch mehr, als sie es dieser Tage ohnehin schon war. Doch bevor er etwas sagen konnte, warf sich Mangles in Positur. »Ein Engländer«, verkündete er, »weicht niemals von seinem Wort zurück! Ein Franzosenknecht mag das halten, wie er will, aber wir Briten sind da anders. Die Bedingungen, denen wir zugestimmt haben, lauteten: keine Verpflegung.«

Yanni übersetzte – und fügte hinzu, dass es sich seiner Meinung nach bei diesen Franken wirklich um unnachgiebige Dickköpfe handelte. Dieser Versuch, dabei zu helfen, die Mannschaft zu überzeugen, blieb nicht unbemerkt.

»Athanasiou«, sagte Belzoni grollend, »Sie haben schon wieder etwas übersetzt, was wir nicht gesagt haben. So viel Arabisch kann ich schon.«

Angesichts dieser Undankbarkeit beschränkte sich Yanni

von nun an auf das Notwendigste. »Der *Reis* sagt«, übersetzte er feindselig, »dass die Mannschaft weder Hand noch Fuß rühren wird, bis ihre Bedingungen erfüllt sind. Wir könnten das Boot kaufen, wenn uns danach wäre, aber *sie* würden es bestimmt nicht für uns segeln.«

»Das darf ja wohl nicht wahr sein«, stöhnte Beechey. Die englischen Offiziere blickten sich einigermaßen ratlos an.

»Dann werden wir es eben selbst segeln. Bis Ybsambul schaffen wir es allemal«, stieß Belzoni hervor und stapfte auf das Boot zu.

»Mr. Belzoni, das ist verrückt«, rief Yanni. »Das Boot wird zerschellen! Sie werden uns alle umbringen!«

Mangles und Irby zögerten einen Moment, dann liefen sie Belzoni nach. Yanni schaute zu Beechey, den er für die letzte Bastion gesunden Menschenverstandes hielt, doch der Brite zuckte die Achseln. »Mein Koch ist noch an Bord«, sagte er, nahm Yannis Arm und zog ihn in Richtung des Bootes, leise hinzusetzend: »Spielt man in Griechenland keine Karten, Yanni? Ich glaube nicht, dass die Leute uns mitsamt unserem Geld und dem Kaffee alleine fortsegeln lassen oder gar riskieren, dass uns das Schiff dabei untergeht.«

Das war alles gut und schön, und nach einem Moment des Nachdenkens verstand Yanni die Taktik, doch er befürchtete auch, dass Belzoni imstande war, seine Drohung in die Tat umzusetzen. Er dachte an die fünfeinhalb Tage im Sattel, nur, um als Erster in Luxor anzukommen. Belzoni war wahnsinnig! Es gab kein anderes Wort dafür.

Yanni fing an, zur Heiligen Jungfrau zu beten, ließ sich aber von Mr. Beechey an Bord ziehen. Die Mannschaft am Ufer beobachtete sie. Da Irby und Mangles sich durch ihren Dienst als Seesoldaten mit Booten am besten auskannten, trafen sie tatsächlich sachkundig und schnell alle Vorbereitungen, um den Anker zu lichten und die Taue zu lösen. Sie entrollten bereits das Segel, als der *Reis* vom Ufer aus rief: »Also gut! Wir kommen an Bord!«

Yanni klammerte sich schweißgebadet an den Mast, als er Mangles munter zu Beechey sagen hörte: »Fast so viel Mumm wie ein Engländer, dieser Belzoni, wie? Da sehen Sie, wie es einem Mann hilft, wenn man ihn fern von allem hält, was ihn zu einem Weiberknecht macht.«

»Da mögen Sie recht haben«, entgegnete Beechey. »Auf jeden Fall bin ich erleichtert, dass die betreffende Dame mein Silber in ihrem Gewahrsam hat. Andernfalls wäre ich nämlich in einer Situation wie dieser versucht gewesen, es als Lösegeld anzubieten. Und das wäre wirklich schade gewesen. Es ist reines Sterling.«

»James«, sagte Mrs. B, nachdem das Boot die Insel Philae verlassen hatte, »du bist derzeit meine einzige Hoffnung für das männliche Geschlecht.«

Er war es nicht gewohnt, dass Mrs. B und Mr. B im Streit auseinandergingen, und es lag ihm furchtbar im Magen. Andererseits war er ebenfalls enttäuscht, zugunsten von Fremden zurückgelassen zu werden, und er verstand Mrs. Bs Groll auf die gesamte Gesellschaft, nicht nur Mr. B. Das Schlimmste war, dass Mr. B nicht für Mrs. B gekämpft hatte; er konnte es nicht getan haben, nicht wirklich, sonst hätte er gewonnen, davon war James überzeugt. Auch, wenn sie es nicht direkt sagte, glaubte James, aus Mrs. Bs Äußerung herauszuhören, dass sie die Angelegenheit ebenfalls so sah, und er wusste nicht, was er dagegenhalten sollte, falls sie den Gedanken laut aussprach.

»Mrs. B«, fragte er ein wenig hilflos, »was machen wir jetzt?«

»Wir verteilen Mr. Beecheys Besteck an die Inselbewohner und jeden Besucher von beiden Ufern des Nils«, erklärte Mrs. B sofort, dann seufzte sie und schüttelte den Kopf. »Nein, das werden wir wohl nicht tun … leider. Wir werden stattdessen ein paar kleine Mauern aus Geröll bauen, James, und dahinter das Gepäck verstecken, das wir nicht brauchen.«

»Und dann, Mrs. B?«

»Dann werden wir uns jeden Fleck der Insel ansehen und versuchen herauszufinden, mit wem wir am besten um Lebensmittel handeln. Nicht, dass wir jetzt schon welche brauchen, aber ich sorge lieber vor. Außerdem«, fuhr sie fort und lächelte, »wäre es doch gelacht, wenn ich hier kein Chamäleon finde.«

Sie hatte ihre Chamäleons in Kairo freigelassen, ehe sie die Stadt verließen, und obwohl er nicht ganz verstand, warum sie diese Tiere so gern hatte, nickte er. »Geht in Ordnung, Mrs. B.«

»Und«, fuhr Mrs. B fort, mit blitzenden Augen, als gälte es, jemandem etwas zu beweisen, »wir werden es nicht bei Lebensmitteln belassen. Wenn wir erst das Vertrauen der Einheimischen gewonnen haben, kann Mr. Beecheys Silberbesteck tatsächlich noch einen Zweck auf dieser Reise erfüllen. Ich bin mir nämlich sicher, dass wenigstens ein Teil der Leute hier Dinge besitzt, die sie und ihre Vorväter schon vor Generationen ausgegraben haben. Wenn ich recht habe, dann können wir mit ihnen tauschen.«

James grinste, dann konnte er nicht widerstehen und fragte: »Ich dachte, das Eigentum anderer ist heilig, Mrs. B, und gehört das Silber nicht Mr. Beechey?«

»Mr. Beechey ist in seiner Funktion als Sekretär des englischen Konsuls auf dieser Reise«, sagte Mrs. B. »Damit ist es Eigentum der englischen Nation. Genau wie alles, was wir dafür eintauschen werden. Es mag Leute geben, James, die uns für unfähig halten, auf dieser Reise etwas zum Ruhm unseres Heimatlandes beizutragen, aber ich betrachte es als meine Pflicht, ihnen zu zeigen, wie sehr sie im Unrecht sind.«

Wie sich herausstellte, gab es außer dem größten Tempel der Insel, in dem sie wohnten und der irgendwann sowohl ein Schafstall als auch eine christliche Kirche gewesen sein musste, weitere kleine Tempelchen um sie herum und einen im Süden, der laut Mrs. B kein ägyptischer sein konnte, weil er römische Säulen hatte. Den allerdings konnten sie nicht betreten: zwei Frauen wohnten darin, die bei ihrem Anblick »fort, fort!« schrien. Trotzdem dauerte es nicht lange, bis die ersten Leute bei ihnen auftauchten. James hatte eine Pistole dabei, die ihm Mr. B übergeben hatte, doch niemand versuchte, sie anzugreifen. Es handelte sich um ein paar alte Frauen, die rasch mit Mrs. B ins Gespräch kamen, wenn man es so nennen konnte. Sie sprachen nicht das Arabisch der Leute in Kairo, doch mit Unterstützung von Gesten genügte es, um sich zu verständigen. Mrs. B tauschte Eier und Zwiebeln gegen Kettchen und Spiegel, und als die Frauen anfingen, sie nach ihrem Haar zu fragen, beschloss James, dass es sicher genug für Mrs. B war, um sich zu entfernen, solange er in Hörweite blieb. Er suchte zunächst ergebnislos nach Chamäleons und ertappte sich dabei, darüber zu sinnieren, was Makhbube wohl gerade tat.

Als er am Abend mit Mrs. B gemeinsam auf den immer noch warmen Tempelstufen saß und den Sternenhimmel betrachtete, der von einer Klarheit war, wie es sie in England nirgendwo gab, fragte er leise: »Mrs. B, es ist wohl immer unrecht, seines Nächsten Weib zu begehren?«

»Ich habe dich die Zehn Gebote doch selbst gelehrt, James«, erwiderte sie, und erst später fiel ihm auf, dass es nicht die eindeutige Antwort gewesen war, für die er sie zunächst hielt.

»Auch, wenn sie noch nicht meines Nächsten Weib ist? Oder nicht mehr? Ich meine – nicht wirklich. Nicht dass ich … ich frage nur so, Mrs. B. Um uns die Zeit zu vertreiben.«

Er spürte ihre Hand auf seiner Schulter.

»Oh, James … Du hast gehofft, dass ich Makhbube zu uns hole, als du mir von ihrer Lage erzählt hast, nicht wahr?«

»Nein! Ich meine, vielleicht. Ich meine, ich wusste noch nicht – ich wusste überhaupt nicht, was man in so einer Lage tut, Mrs. B.«

»Es tut mir leid, dass ich dich enttäuscht habe, James. Aber es muss dir klar sein, dass es Mr. B selbst hier in Ägypten schwerfiele, noch zusätzlich für eine Mutter und ihr heranwachsendes Kind aufzukommen. In England wäre es gänzlich unmöglich, und wir werden irgendwann dorthin zurückkehren.«

»Ja«, sagte er leise, »ich weiß.« Er wartete darauf, dass Mrs. B ihm erklärte, er solle sich daher fürderhin jeden Gedanken an die junge Frau, die bald Mrs. Thomson sein würde, aus dem Kopf schlagen, und dass der Herr sich hinsichtlich der Heiligkeit der Ehe eindeutig ausgedrückt hatte: Wer eine andere Frau mit Begehren in seinem Herzen ansah, beging Ehebruch. Doch sie sagte nichts dergleichen.

Sarah hätte es ihm nie gesagt, weil sie Giovanni nicht vor Dritten kritisierte, selbst James gegenüber nicht, aber der Junge lag mit seinen Vermutungen über ihre Gefühle sehr nahe an der Wirklichkeit. Obwohl alles, von der Luft um sie herum bis zum Boden unter ihren Füßen, Sarah bewies, dass sie nicht träumte, gab es immer noch Momente, in denen sie glaubte, sie habe sich alles nur eingebildet, und das für die einzig mögliche Erklärung dieses Verrats an ihr hielt.

In Kairo hatte sie für Giovannis Entscheidung, ohne sie nach Theben zu gehen, noch alles Verständnis aufgebracht, das ein Jahrzehnt voller Vertrauen ineinander geschaffen hatte. Ihre Augenerkrankung, die seinen ersten Aufenthalt in Ybsambul hatte scheitern lassen, war Erklärung genug gewesen, und sie hatte versucht, dieses Unglück nicht mit seinem eigenen Zusammenbruch im Memnonium gleichzusetzen. Aber hier, auf Philae, war ihr das nicht länger möglich.

Vielleicht war es eine Verschwörung? Vielleicht hatte Salt den Offizieren Anweisungen gegeben, von denen sie nichts wusste. Vielleicht hatte Giovanni gar keine Wahl gehabt. Aber nein: Die beiden Soldaten waren von ihrer Ankunft genauso überrascht gewesen wie Giovanni. Mangles und Irby waren bestimmt keine guten Schauspieler; wenn Salt sie vorher instruiert hatte, dann wäre Sarah das nicht verborgen geblieben. Doch ganz gleich, ob die beiden nun auf Salts Wunsch hin handelten oder aus eigenem Antrieb, es war keine Viertelstunde vergangen, bevor Giovanni zu ihr kam und ihr sagte, sie würde nicht mit ihm kommen. Warum hatte er nicht darum gekämpft, sie bei sich behalten zu dürfen? Warum hatte er nicht darauf bestanden, dass statt ihrer der verwünschte Koch zurückblieb? Brauchte er die Bewunderung zweier englischer Offiziere, die ihn noch vor ein paar Jahren als Jahrmarktskünstler auf eine Stufe mit Tanzbären gesehen hätten, so sehr, mehr als ihre Gegenwart?

Sarah hatte sich nicht dazu überwinden können, Giovanni davon zu erzählen, wie sie Salt überhaupt dazu gebracht hatte, den Defterdar Bey zu besänftigen und ihm die Gelder wie die Reise nach Ybsambul zu ermöglichen. Salt zu erpressen war ihr möglich, aber bei dem Gedanken, Giovanni moralisch unter Druck zu setzen, drehte sich ihr der Magen um.

Vielleicht lag es an ihr. Vielleicht sah er bereits nicht mehr die Sarah, die er liebte. Vielleicht hätte er es vorgezogen, wenn sie so geblieben wäre, wie sie ihm in England begegnet war, unberührt von Zeit und Erfahrung, wie eine Blume unter einer Glasglocke. Wie Madame Drovetti in ihrem Salon in Alexandria, so überaus französisch und eine Dame, keine Vagabundin, deren Haare von der Sonne gebleicht und deren Haut trocken und braun war.

Es war völlig unangemessen, in diesem Zusammenhang an die Drovettis zu denken. Vielleicht kamen ihr diese Gedanken nur, weil wirklich sie selbst es war, die sich verändert hatte, nicht Giovanni. Er war ihr Gatte, und sie hatte vor Gott gelobt, ihn zu achten, zu ehren und in allen Dingen zu gehorchen. Früher war ihr Respekt und Gehorsam leichtgefallen und selbstverständlich gewesen, denn er hatte beides nie gefordert. Sie waren ihren Weg gemeinsam gegangen. Immer. Gemeinsam.

Aber hatte nicht auch er gelobt, um ihretwegen auf alles andere zu verzichten?

Ihre Gedanken drehten sich in einem Kreis, aus dem sie keinen Ausweg fand.

~

Am zehnten Juli kehrten die Kaschefs Daud und Khalil nach Abu Simbel zurück und schlugen ihr Lager in den Strohhütten am sandigen Flussufer auf. Yanni musste wie ein Diener die Geschenke tragen, als er Belzoni und die Offiziere zu den Kaschefs begleitete: Kaffee, Schießpulver, Tabak, Seife, einen Turban für jeden und ein Gewehr für Daud, das Mr. Salt in Kairo zwölf Pfund gekostet hatte. Er fragte sich, ob es den Engländern oder Belzoni bewusst war, dass ein Übersetzer nicht das Gleiche wie ein Leibdiener war, aber zu protestieren wäre nutzlos gewesen.

Die Kaschefs schienen zunächst beide guter Stimmung zu sein. Khalil, der jüngere von beiden, der gewiss sechs Fuß groß war und so dick, dass es den Eindruck von Massivität erhöhte, trug ein loses, langes weißes Hemd, einen alten Turban und Pantoffeln; er behielt nicht nur die Franken, sondern auch seinen Bruder genau im Auge. Daud war nicht nur älter, sondern auch größer und schlanker als Khalil, und sein blaues Hemd war von etwas besserer Qualität. Es war offensichtlich, dass Belzoni ihn erkannte und sich in erster Linie an ihn wandte, und die gute Laune verlor sich während der Unterhaltung rasch aus der Miene des jüngeren Bruders. Yanni war noch nicht mit der Übersetzung von Belzonis Rede beim Überreichen der Geschenke fertig, als Khalil aufstand.

»Warum«, fragte er eisig, »erhält mein Bruder ein Gewehr, und nicht ich? Sind wir nicht beide die Söhne unseres Vaters und seine gleichberechtigten Stellvertreter? Was ist das für ein Zeichen der Respektlosigkeit mir gegenüber?«

Anscheinend waren sie direkt in einen jener brüderlichen Wettbewerbe um die Nachfolge geraten, die für unbeteiligte Dritte nur zu oft mit durchschnittenen Kehlen endeten. Yanni war sich nicht sicher, *was* genau er verbrochen hatte, um in diesem Jahr von einer Hölle in die nächste zu kommen, doch irgendetwas musste es gewesen sein. Selbst Belzoni war sofort klar, dass sie ein Problem hatten, und der Italiener war Yanni noch nie durch sein Einfühlungsvermögen aufgefallen.

»Ich habe den höchsten Respekt vor beiden Kaschefs«, versicherte er hastig. »Es handelt sich um ein bedauerliches Versehen. Ein Gewehr für Khalil Kaschef wird umgehend von unserem Boot geholt werden.«

»Bah«, sagte Khalil und stapfte in eine der anderen Hütten davon.

»Wir haben aber doch kein zusätzliches Gewehr, Belzoni, sondern nur unsere eigenen«, sagte Irby.

»Dann nehmen wir eben Ihres«, gab Belzoni heftig zurück. »Schließlich müssen wir, wie Hauptmann Mangles so richtig zu mir sagte, alle Entbehrungen im Dienst der Sache auf uns nehmen.«

Es dauerte noch den Rest des Nachmittags und kostete Yanni alles, was er an demütigen Reden zu bieten hatte, doch Khalil ließ sich schließlich mit Irbys Gewehr beschwichtigen und gab genau wie Daud sein Einverständnis für die Beschäftigung der Männer. Belzoni verbrachte den ganzen Abend damit, um das Loch herumzulaufen, das von seiner Grabung aus dem letzten Jahr noch übrig geblieben war, und vor sich hin zu murmeln.

Am nächsten Morgen tauchten zwar nicht alle der versprochenen sechzig Männer auf, doch immerhin kamen welche. Er teilte sie in zwei Gruppen ein und zeigte ihnen, wo sie zu beginnen hatten.

»Wir müssen den Sand von der Seite her abtragen, denn wenn man ihn von der Mitte her wegräumt, würde er von seitwärts nachrutschen und das Mittelteil wieder zuschütten. Jede Gruppe nimmt sich eine der Flanken der Statue vor, zwischen denen sich der Eingang befinden muss.«

Nachdem Yanni das übersetzt hatte und die Männer mit der Arbeit begannen, holte er tief Luft und wandte sich an Belzoni.

»Sir, ich weiß nicht, ob Ihnen klar ist, dass in diesem Jahr am sechzehnten der Ramadan beginnt.«

»Ich habe den Kopf des Memnon ausschließlich während des Ramadan transportiert, und die Männer von Kurna haben wacker gearbeitet«, gab Belzoni zurück. Dann verengten sich seine Augen misstrauisch. »Sie haben doch nicht etwa vor, die Leute hier gegen mich aufzuwiegeln, Athanasiou? Mangles glaubt, dass Sie etwas mit dem Benehmen der Bootsmannschaft zu tun hatten. Stimmt das?«

»Nein, Sir«, gab Yanni empört zurück. »Wenn ich das

täte, dann säßen wir noch im nächsten Jahr hier, und ich möchte baldmöglichst nach Kairo zurückkehren.«

»Ich möchte nur sichergehen, dass wir alle an einem Strang ziehen. Es geht hier um so viel, Athanasiou, es muss einfach gelingen.«

»Das verstehe ich, Sir«, sagte Yanni, weil man Verrückten immer das Gefühl geben musste, man verstehe sie, »aber ich wollte nur darauf hinweisen, dass in ein paar Tagen der Ramadan beginnt.«

Wie üblich wurden seine Ratschläge nicht beachtet. Am sechzehnten erschien keiner der Männer mehr zur Arbeit, was ihn nicht im Geringsten überraschte. Belzoni marschierte ins Dorf, wo sich herausstellte, dass Khalil bereits abgereist war, um den Ramadan in Derr zu feiern; Daud war noch dabei, sich einzuschiffen.

»Mein Freund, es ist Ramadan. Man kann von gläubigen Anhängern des Propheten, gepriesen sei sein Name, nicht erwarten, dass sie während des Ramadan den ganzen Tag in der Sonne arbeiten, ohne zu essen und zu trinken, und sie dürfen nicht essen, weil es das Gebot Gottes verletzen würde. Überdies sollten sie überhaupt nicht arbeiten, sondern das Wort Gottes bedenken. Es tut mir leid. Gott will es so.«

Belzoni bekam ein Glitzern in die Augen, das Yanni mit höchster Beunruhigung erfüllte.

»Nun gut«, sagte er. »Dann werden meine Begleiter und ich den Tempeleingang eben alleine freilegen. Doch wie es unserer Abmachung vom letzten Jahr entspricht, Daud Kaschef, werde ich versuchen daran zu denken, dir eine Nachricht zu schicken, bevor wir die Tür erreichen, damit du dabei sein und deinen Teil des Goldes beanspruchen kannst.«

»Das ehrt dich, mein Freund. Wir werden uns nach dem Ramadan über die restliche Arbeit verständigen«, entgegnete Daud und verabschiedete sich. Mutmaßlich glaubte er kein Wort oder war zumindest sicher, dass bis Ende des Ramadans nichts Nennenswertes geschehen würde. Yanni wünschte sich, dass er ebenfalls kein Wort glauben könnte, doch er hatte die ungute Ahnung, dass Belzoni zumindest den Teil mit dem »alleine freilegen« ernst meinte. Es dauerte nicht lange, und es erwies sich, dass dem so war.

»Das kann doch nicht Ihr Ernst sein, alter Junge«, sagte Mangles. »Haben Sie eine Ahnung, wie heiß es hier ist? Wir haben ein Thermometer dabei. Hundertzwölf Grad Fahrenheit im Schatten, und das war gestern Vormittag, nicht mittags. Das reicht, um ein Ei auf einem der Steine zu braten. Ich bin ja ganz dafür, die Eingeborenen zu bluffen, aber das überleben wir nicht lange!«

»O doch«, sagte Belzoni unbeirrt. »Wir werden noch vor Sonnenaufgang aufstehen und bis neun Uhr arbeiten, und am Nachmittag wieder ab drei, wenn der Berg uns Schatten gibt. Bei diesen Temperaturen lässt es sich aushalten. Ich habe Erfahrung. Außerdem sind wir Männer hier, damit jeder von uns, der an Bord war, mit anpacken kann, nicht wahr? Wenn Sie sich zu schwach dazu fühlen, hätten Sie ja in Philae zurückbleiben können!«

Es ging um die Abwägung zwischen zwei Übeln, dachte Yanni und fragte sich, was genau Belzoni ihm antun könnte, wenn er sich schlicht und einfach weigerte, bei diesem Wahnsinn mitzumachen. Er musterte die große, muskulöse Gestalt des Italieners, die glitzernden Augen, und schloss bitter, dass ihm vermutlich weder die Offiziere noch Mr. Beechey, noch der Koch zur Seite stehen würden, wenn es Belzoni einfiele, ihn mit Muskelkraft zu überreden.

Also fand er sich gemeinsam mit Belzoni, Beechey, Mangles, Irby und dem Koch, der zwar auch etwas vom Ramadan gemurmelt hatte, doch schlicht ignoriert worden war, mit nacktem Oberkörper vor einer Felsfront wieder und schaufelte Sand. Wenn er jemals nach Kairo zurückkehren sollte, würde er einen Weg finden, Belzoni umzubringen. Langsam und qualvoll. Das schwor er sich.

Immerhin schien die Arbeit der Franken auf die Bootsmannschaft Eindruck zu machen, wenn schon nicht auf die Dorfbewohner. Nach einer Weile kamen einige von ihnen hinzu und nahmen sich ebenfalls Schaufeln. Ob es nun daran lag, dass sie nichts zu tun hatten, oder daran, dass sie den Rest ihres Geldes nicht erhalten würden, wenn alle Franken an Hitze und Überarbeitung starben, wusste Yanni nicht, doch er war dankbar für die Hilfe. Als er mitbekam, dass sie Wetten hielten, wer von den Franken als Erster zusammenbrechen würde, war er beleidigt, dass er einer der beliebtesten Kandidaten war. Er selbst hätte auf Mr. Beechey gewettet, denn die beiden Offiziere, das musste man ihnen lassen, stellten sich als abgehärtet und eifrig genug heraus, um ihre großsprecherische Art einigermaßen zu rechtfertigen.

»Ich habe neun Blasen an der linken Hand und zehn an der rechten, aber was soll's«, sagte Mangles achselzuckend.

Am zwanzigsten tauchten die ersten Freiwilligen aus dem Dorf auf; der Klang der Münzen, die Belzoni hier vor einem Jahr populär gemacht hatte, musste sie erneut überzeugt haben. Yanni hätte erleichtert sein sollen, aber inzwischen bestand sein Tag nur noch aus feurigen Visionen aus Hitze und Schweiß und dem abendlichen Zusammenbruch auf dem Boot, dem ein traumloser Schlaf folgte. Er hoffte beinahe darauf, dass ihm irgendwann von einem Einheimischen die Kehle durchgeschnitten wurde. Anders, so fürchtete er, würde er Belzoni nie entkommen.

Wie es der Zufall wollte, hatte diejenige der Frauen, mit der sich Sarah am meisten anfreundete, einen Namen, der ihrem eigenen nicht unähnlich war. Zara war Witwe, eine Frau, die ihren Mann im Kampf ihres Stammes mit einem anderen Stamm verloren hatte. »Und beide Söhne«, sagte sie. *»Malasch, Malasch.«* Da sie weder Mann noch Kinder hatte, war sie arm, doch keineswegs bitter, und einmal überraschte sie Sarah damit, dass die alte Frau ihr von ihrem wenigen Öl und Butter anbot, um ihre Haare zu fetten. Da beides für sie kostbar war, handelte es sich um ein ungeheuer großzügiges Geschenk. »Ist gut für dein Haar«, sagte Zara. »Um es vor der Sonne zu schützen.« Ihr eigenes war wie das der meisten Nubierinnen gefettet, und es gab keine Möglichkeit, ihr zu erklären, dass ranzige Butter im Haar bei Fränkinnen eher Übelkeit auslöste, ohne grob unhöflich zu sein. Sarah entschied sich, für einen Tag in den sauren Apfel zu beißen, und revanchierte sich, indem sie Zara das Tuch gab, mit dem sie ihr Haar gewöhnlich schützte. Das erwies sich als ein so unerwartetes Geschenk für die alte Frau, dass Zara ihr die Hände küsste.

»Du brauchst eine Dienerin in deinem *bellad,* ja?«, fragte Zara. »Wenn du zurückgehst. Sarah, nimm mich mit dir. Ich werde dir die Füße und Kleider waschen, für dich kochen und dein Brot backen und fränkische Kleidung tragen, alles, was du möchtest, wenn du mir nur Weizenbrot gibst statt Durra und mich mitnimmst.«

»Aber ist das hier nicht deine Heimat?«, fragte Sarah behutsam.

»Hier ist Armut und nichts anderes« entgegnete Zara pragmatisch. »Ich bin nicht mehr jung, kann nicht noch einmal heiraten.«

Sarah versteckte sich hinter Giovanni und behauptete, nicht die Erlaubnis zu haben, eine Dienerin zu nehmen. Es beschämte sie, doch was sie James gesagt hatte, entsprach der Wahrheit; sie konnten sich gerade einen Dienstboten leisten, doch nicht zwei, und James war ohnehin mehr ein Familienmitglied, das sich seinen Unterhalt verdiente.

Immerhin war sie in der Lage, Zara und den anderen Frauen, die zu ihr kamen und sich mit ihr unterhielten, bald einen Gefallen zu erweisen. Sarah bat James daher, Wildgeflügel zu kaufen, damit sie zur Abwechslung einmal Fleisch statt der von James geangelten Fische essen konnten. James kehrte stolz mit zwölf Wasserhühnern zurück, die an eine Stange gebunden waren; genug, um mit den anderen Frauen zu teilen.

Zara aber warf einen Blick darauf und spuckte aus. »Nimm die nicht«, warnte sie Sarah und zeigte ihr, dass vor allem zwei von ihnen voller Ungeziefer waren und die Haut unter den Federn wund.

James schämte sich sehr. Die beiden schlimmsten hatte er von der Frau gekauft, die mit ihrer Mutter in dem kleinen römischen Tempel wohnte, die anderen zehn auf der Insel gegenüber, die er mit einem selbst gebastelten Floß erreichte. »Und ich habe geglaubt, die Hexe hat sich endlich mit uns abgefunden«, sagte er reuig, denn die Frau aus dem südlichen Tempel war auf der ganzen Insel berüchtigt und gefürchtet. Sie verprügelte jedes Kind, dessen sie habhaft wurde, und drohte Besuchern wie Fremden mit dem bösen Blick.

Sarah dachte nach. Sich mit dem Betrug abzufinden hieße, vor den anderen Frauen hier das Gesicht zu verlieren; aber sie wusste nicht, wie lange sie noch hierbleiben würde, und wenngleich die Einheimischen die Frau aus dem Tempel nicht mochten und fürchteten, so war sie doch eine der ihren. Zu hart mit ihr zu verfahren konnte sehr leicht dazu führen, sich auch den Rest der Leute auf der Insel zu Feinden zu machen.

»Wir werden entweder besseres Geflügel oder unser Geld zurück verlangen«, sagte sie schließlich, und Zara lachte.

»Ah, du wirst keines von beiden bekommen.«

»Wir werden sehen.« Sarah nahm sich ihre Pistole, doch sie legte sich auch ihren Burnus um und trug sie darunter, so dass sie nicht offen sichtbar war. Dann ging sie mit James, Zara und einem alten Mann, der wegen seiner Zahnlosigkeit und seiner hohen Jahre meistens in Gesellschaft der Frauen war, die ihn mit Brei fütterten, zu dem römischen Tempel.

Als sie in Hörweite gekommen waren, sah Sarah Mutter und Tochter aus dem Tempel herauskommen. Sarah bat den alten Mann, ihnen zu sagen, was ihre Forderung war. Das tat er – und erntete Hohngelächter. Danach brach die jüngere Frau in Beschimpfungen aus. Sarah verstand nicht alles, doch man brauchte kein Genie zu sein, um zu schlussfolgern, dass sie gerade ausgiebig verflucht wurde. Sie bedeutete ihren Begleitern, zurückzubleiben, und ging alleine auf den Tempel zu, bis sie direkt vor ihrer Gegnerin stehenblieb.

Der Frau gingen allmählich die Worte aus. Zwischen abgerissenen Wortfetzen wurde ihr Blick immer unsicherer. Sarah schaute auf die armselige Kleidung und dachte an das, was Zara über Armut gesagt hatte. Die andere hatte noch nicht einmal ein Messer, und diese Möglichkeit war eigentlich der Grund gewesen, warum sie sich die Mühe mit der Pistole gemacht hatte.

»Schweig«, sagte Sarah in ihrem besten Befehlston. Sie fügte weder etwas hinzu, noch wandte sie den Blick von der Frau. Ihr Gegenüber machte einen Schritt auf sie zu, doch Sarah wich nicht zurück. Es war keine Panik, wie es in Ybsambul der Fall gewesen war, als sie die beiden Eindringlinge auf dem Schiff mit einer Pistole an Land verfolgt hatte; diesmal fürchtete sie sich nicht, und sie hatte sich ihre möglichen Schritte gründlich überlegt.

»Was?«, zischte die andere schließlich.

»Neue Vögel oder das Geld.«

Als die Frau sich bückte und Staub aufhob, glaubte Sarah einen Moment lang, der Staub sei dazu bestimmt, ihr in die Augen geworfen zu werden, und die Erinnerung an vierzig quälende Tage sorgte dafür, dass sie nun doch Furcht packte. Nicht vor körperlicher Gewalt, der sie begegnen konnte; nur vor Staubkörnern.

Die Hand der Frau hob sich … doch sie warf den Staub nicht in Sarahs Richtung. Stattdessen landete er auf ihrem eigenen Kopf. »Unglück«, schrie sie. »Unglück ist mein Brot, Tag und Nacht.«

»Neue Vögel oder das Geld«, beharrte Sarah. »Von deiner Hand. In meinem Tempel.«

Damit drehte sie sich um und schritt langsam davon. Es war ein Trick, den Giovanni benutzt hatte, wenn er auf den Jahrmärkten seine Nummern vorführte; er hatte ihr seinerzeit erklärt, dass er sich natürlich schneller bewegen könnte, doch langsame Bewegungen wirkten nun einmal eindrucksvoller und gewichtiger. Sie war alles andere als gewichtig, also brauchte sie jedes Hilfsmittel, dessen sie sich bedienen konnte.

Auf dem Rückweg fragte James, was sie nun tun würden.

»Warten«, sagte Sarah.

Wie sich herausstellte, musste sie nur einen halben Tag und eine Nacht warten. Dann, am späten Morgen, standen Mutter und Tochter vor ihr, mit zwei neuen Vögeln. Mittlerweile hatte sich die Angelegenheit herumgesprochen, und außer Zara waren noch neun weitere Frauen zu dem großen Tempel gekommen, um zu sehen, wie die Sache ausging.

Sarah untersuchte die Wasserhühner, wie sie es Zara hatte tun sehen. Soweit sie erkennen konnte, waren sie ungezieferfrei, doch sie winkte Zara zu sich und bat sie, ihr Urteil abzugeben. Zara begutachtete das Geflügel ausgiebig, und ein immer breiteres Grinsen zog ihren zahnlosen Mund in die Höhe.

»Es ist gut«, sagte sie.

Mit einer dramatischen Geste nahm Sarah die Vögel entgegen, dann streckte sie die Arme aus, und reichte sie der Frau und ihrer Mutter zurück. So gut ihr Arabisch es zuließ, verkündete sie: »Weder kommt es mir auf die Vögel an noch auf das Geld. Behalte beides, oh Weib, doch wisse, dass man mich nicht betrügt. Betrüge mich nie mehr, und geh hin in Frieden. *Allah jibarah fih.*«

Die Frauen um sie herum wiederholten das, was sie gesagt hatte, in ihrem Dialekt. Die Hexe vom römischen Tempel starrte auf das Geflügel, dann auf Sarah. Sarah tat der Arm bald weh, doch sie ließ ihn nicht sinken, bis ihr die Frau endlich beide Vögel wieder abnahm und ihrer Mutter reichte. Dann kniete sie stumm nieder und küsste Sarah die Hand.

»Ein Mann«, sagte Zara später zu ihr, »ein Mann, der hätte ihr gestern noch die fränkische Waffe, die du da hast, an den Kopf gehalten und ihr das Geld abgenommen. Ein kluger Mann, der hätte gehandelt wie du und sie zu sich kommen lassen, aber er hätte heute die Vögel genommen und seinen Sieg ausgekostet. Und morgen wäre sein Topf leer gewesen, denn wer will schon, dass eine von uns so von einem Franken behandelt wird? Aber du bist weise, Sarah. Lass mich noch einmal dein Haar fetten, denn morgen werden dir so viele Frauen ihr eigenes Öl bringen.« Mit einem listigen Lächeln fügte sie hinzu: »Ach, und noch etwas: Die übrigen zehn Vögel, die brauchst du doch nicht. Du hast die Fische, die dein Junge für dich fängt.«

»Ich schenke sie dir gerne«, entgegnete Sarah, »aber hast du mir nicht selbst gezeigt, dass auch ihre Haut schlecht ist und Ungeziefer in ihnen lebt?«

»Ah, aber ich kann sie in Salzwasser auswaschen«, sagte Zara. »Das reinigt sie und tötet das Ungeziefer. Sarah, ich habe nur einen Becher Durra am Morgen und einen am Abend, wenn es ein guter Tag ist. Selbst als mein Mann und meine Jungen noch da waren, gab es nicht viel mehr. Du schenkst mir ein Fest mit diesen Vögeln.«

»Du sollst sie haben. Sag, hättest du mir das mit dem Salzwasser verraten, wenn ich sie selbst hätte essen wollen?«

»Dann wärest du nicht meine liebe Freundin Sarah, die Tochter der Weisheit«, antwortete Zara, und obwohl Sarah über das Vorenthalten von Wissen hätte verärgert sein sollen und ihrem Haar schon wieder eine übelkeitserregende Wohltat drohte, musste sie lachen.

Sie war immer noch guter Stimmung und versuchte, eines der ägyptischen Lieder, die sie die Frauen oft genug singen hörte, nachzusummen, als sie ein Boot auf Philae zusteuern sah. Ein großes Boot, keines der kleinen oder Flöße, die ständig von beiden Flussufern und den anderen Inseln her kamen.

Giovanni, dachte sie und schalt sich im nächsten Moment töricht. Der Eingang des Tempels, den er suchte, konnte noch gar nicht ausgegraben sein, und er würde gewiss nicht wieder unverrichteter Dinge fortziehen. Im Übrigen war sie sich gar nicht sicher, ob sie ihn bereits sehen wollte. Der Alltag auf Philae hatte sie besänftigt, aber ihr Groll, ob vernünftig oder nicht, war noch nicht erloschen.

Das Boot kam auch aus der falschen Richtung. Immerhin war es möglich, dass es Nachrichten für sie brachte, und so schickte sie James, um diese für sie in Empfang zu nehmen. Er war nicht alleine, als er zurückkehrte, mit einer sehr düsteren Miene und einem großen, schnurrbärtigen Mann in seiner Begleitung.

»Meine teure Madame Belzoni«, sagte Drovetti und machte eine formvollendete Verbeugung.

Sie hätte nicht gedacht, dass es ihm möglich sein würde,

sie in einem noch unvorteilhafteren Zustand vorzufinden, als er es bei ihrer ersten Begegnung in Alexandria getan hatte, aber diese Gelegenheit, das Öl in ihrem Haar, die staubige türkische Kleidung und die braungebrannte Haut, all das übertrumpfte alles Bisherige noch. Außerdem hatte sie fest darauf gerechnet, ihn erst wiederzusehen, wenn sie an Giovannis Seite nach Kairo zurückkehrte.

Doch sie *hatte* damit gerechnet, ihn wiederzusehen. Und das Gefühl, das sie erfasste, als sie ihn die Anhöhe des großen Tempels erklimmen sah, war keine Abwehr.

KAPITEL 16

Die Zahl der Dorfbewohner, die trotz des Ramadan regelmäßig zur Arbeit erschienen, belief sich inzwischen auf zwanzig, wobei an manchen Tagen sogar mehr aufkreuzten. Giovanni nahm dies nicht als Anlass, selbst mit der Arbeit aufzuhören, denn er wusste, dass die übrigen Europäer seinem Beispiel folgen mussten, wenn sie nicht das Gesicht verlieren wollten.

Je tiefer sie kamen, desto mehr befreiten sie auch die zwei mittleren Figuren vom Sand, der sie jahrtausendelang vor dem erbarmungslosen Zahn der Zeit geschützt hatte. Als sie einen abgebrochenen Sims fanden, machte das allen genügend Mut, um zu riskieren, bis zehn Uhr statt neun am Vormittag zu graben. Die Möglichkeit, dass er einen erneuten Zusammenbruch wie seinerzeit zwischen Memnonium und Nilufer erleiden könnte, kam Giovanni erst gar nicht in den Sinn. Es war ihm, als habe er einen Pakt mit dem Schicksal geschlossen; wenn er alles, wirklich *alles* daransetzte, sein Ziel zu erreichen, dann würde es diesmal keine Hindernisse geben. Nein, sein Körper ließ ihn so wenig im Stich, wie es die Kräfte seiner Mitreisenden taten, trotz der erbosten Blicke, die ihm der Grieche hin und wieder zuwarf, oder Mr. Beecheys lautem Bestehen darauf, die Geschichte von Pharao zu rezitieren, der die Kinder Israels Frondienste leisten ließ, bis Moses sie befreite.

Am dreißigsten Juli stießen sie auf einen Wulst und auf ein weiteres, darunterliegendes Fries. Giovanni versuchte, sich nicht anmerken zu lassen, was er empfand. Er befahl, dass eine neue Palisade errichtet wurde, um den Sand abzustützen. Die spätnachmittägliche Sonne sank immer tiefer, und er ermahnte sich, im Schatten, den sie warf, nicht mehr zu sehen, als tatsächlich da war, bis er einige der Fellachen laut »Bakschisch, Bakschisch!« rufen hörte.

Er hatte sich nicht getäuscht.

Das, was sie vor sich sahen, *war* der obere Teil einer Tür!

»Belzoni«, flüsterte Beechey rauh, die Kinder Israels vergessend, »Belzoni ...«

»Ich sehe es.«

Es wurde zu einem Wettrennen gegen die untergehende Sonne, aber als sie endgültig am Horizont versunken war, hatten sie ein Loch freigeschaufelt, das groß genug war, um einen Mann, selbst einen von Giovannis Größe, durchzulassen.

»Wir haben Öllampen auf dem Boot«, sagte Mangles aufgeregt.

Giovanni schüttelte den Kopf. »Nein.« Seine eigene Stimme war ebenfalls belegt. »Wir wissen nicht, wie viel Sand sich im Inneren des Tempels befindet. Außerdem muss die Luft abgestanden sein, vielleicht sogar giftig. Besser, wir lassen das Loch offen, damit in der Nacht frische Luft hineinziehen kann. Wir werden den Tempel morgen bei Sonnenaufgang betreten.«

Die Gesichter um ihn zeigten eine Mischung aus Erschöpfung, Erleichterung und Verwunderung, doch man hörte auf ihn. Seinen wahren Grund hätte er ihnen nie verraten. Er wollte nicht, dass sich irgendjemand über ihn lustig machte, und schon gar nicht diese Männer. Es war schwer genug gewesen, sie dazu zu bringen, ihn als ihresgleichen und als Autorität anzuerkennen, und er hatte sie dafür büßen lassen, dass sie ihn dazu gebracht hatten, sich für diese Reise von Sarah zu trennen. Nein, ihnen würde er gewiss nicht anvertrauen, warum er warten wollte.

Der Tempel war dem Osten zugewandt. Wenn die Sonne aufging, dann würden ihre Strahlen direkt durch den Eingang in das Innere fallen. Es konnte keinen schöneren, erhabeneren Moment geben, um ihn zu betreten. Giovanni, der auf Hunderten kleiner und größerer Jahrmärkte sein Brot verdient hatte und wusste, wie man Effekte schuf, war das bereits klar gewesen, als er mit dem Graben begonnen hatte. Er hatte sich nie einen anderen Zeitpunkt vorgestellt als den Sonnenaufgang: Das erste, zartgoldene Licht der aufgehenden Sonne, das seine Strahlen in die Halle fallen ließ, die seit Jahrtausenden verschlossen gewesen war. Es konnte, nein, es *durfte* nicht anders geschehen.

Natürlich war er nicht in der Lage, zu schlafen. Er versuchte es erst gar nicht. Er ging auch nicht an Bord des Schiffes. Stattdessen setzte er sich zwischen die riesigen Figuren des vorderen, dem Nil zugewandten Tempels, schaute zurück auf die Felsfassade mit ihren aus dem Sand ragenden Köpfen und der nun von der Nacht verborgenen Pforte, seiner Pforte, und empfand einen Moment reiner Liebe.

Mit einem Schlag wurde ihm klar, dass er Sarah nicht vermisste.

Er hatte sie während des ganzen vergangenen Monats vermisst, manchmal grollend, manchmal schuldbewusst, doch in dieser Nacht, in dieser Nacht, da er auf den Sonnenaufgang wartete, der ihm den Weg in das unmöglich Geheißene bahnen würde, vermisste er sie überhaupt nicht.

Selbst das schlechte Gewissen darüber würde ihn erst später einholen.

»Ich habe«, sagte Drovetti und reichte Sarah ein Säckchen türkischen Kaffees, »natürlich einen guten Grund, um mich in diesen Breiten zu befinden. Sogar mehrere.«

»Da bin ich sicher«, gab sie zurück. Sie hatte aus drei Ziegelsteinen eine kleine Feuerstelle der Art, wie sie in den

Höhlen von Kurna und in Luxor mehrere gesehen hatte, im Tempel improvisiert, und sie hatte auch einen Topf, der als Kanne fungieren konnte, aber es war zu spät für Kaffee, und daher verstaute sie das Säckchen vorerst.

»Welche Gründe sind das?«, fragte James. Er war nicht von ihrer Seite gewichen, seit Drovetti eingetroffen war, selbst, als sie in aller Eile ihr Haar gewaschen hatte, während Drovetti sich ein wenig in der Umgebung umschaute. Sarah wusste nicht, ob sie das rührend fand, beleidigend oder beruhigend. In jedem Fall hätte eine Bemerkung darüber bestätigt, dass es ihr auf die eine oder andere Weise etwas ausmachte.

»Die Pest«, entgegnete Drovetti sachlich. »Sie sucht wieder einmal den Norden des Landes heim. Außerdem ziehe ich in Erwägung, mich am Handel mit Pfauenfedern aus Dongola zu beteiligen, und wollte mir einige der Umschlagplätze und Kaufleute persönlich ansehen.«

»Ich glaube Ihnen kein Wort«, sagte James verbissen. Genug war genug. Sarah warf ihm einen strafenden Blick zu.

»James«, sagte sie.

»Nun, es gibt noch einen weiteren Grund«, meinte Drovetti, mit einem leichten Nicken in James' Richtung. »Leider ist einer meiner Freunde gestorben, der Cavaliere di Ventimiglia. Er unterrichtete mehrere Söhne des Paschas in Französisch.«

Die Feindseligkeit in James' Miene machte aufrichtiger Verblüffung Platz. Auch Sarah musste zugeben, dass sie diese Antwort weder erwartet hatte noch verstand, inwieweit das für Drovetti ein Grund dafür war, nach Oberägypten zu kommen.

»Das tut mir leid für Sie«, sagte sie, weil der Verlust eines Freundes das Aussprechen von Beileid verlangte, und entdeckte einen Moment später, dass sie es so meinte. Selbst wenn er in Wirklichkeit hier war, um Giovanni Schwierigkeiten zu machen – *oder,* beharrte eine Stimme in ihrem Kopf, die sie lieber nicht dort gehabt hätte, *weil er vielleicht tatsächlich den Wunsch hatte, mich zu sehen.*

»Er war ein guter Freund, und es war mir immer ein Vergnügen, mit ihm zu sprechen oder ihm zu schreiben. Was mich zu einem weiteren Grund meiner Reise bringt, denn wie es der Zufall wollte, war der erste amtliche Würdenträger in Kairo, der von seinem Tod erfuhr, nicht jemand vom Hof des Paschas, sondern niemand anders als der brave Konsul Seiner Majestät, Henry Salt. Der Cavaliere lebte im fränkischen Viertel und nahe der britischen Botschaft. Mr. Salt war so zuvorkommend, all seine Papiere sofort versiegeln zu lassen. Ich bin sicher, dass es sich um die großzügige Geste eines Europäers für einen anderen handelt, nicht etwa um einen schnöden Versuch, meine Korrespondenz mit dem Cavaliere in die Hand zu bekommen, um mich möglicherweise vor dem Pascha zu kompromittieren, doch ich hielt es trotzdem für angebracht, eine Zeit lang Oberägypten aufzusuchen, bis die Angelegenheit geklärt ist.«

James setzte sich gerade auf. »Heißt das, wenn Sie geschrieben haben, dass der Pascha ein Esel ist, und Mr. Salt ihm das belegen kann, wirft er Sie hinaus aus Ägypten, und Fellachen, die Mr. B helfen, werden nicht mehr verprügelt?«

Es war klar, dass es sich um keine ernstgemeinte Frage handelte, sondern um eine Provokation.

»James«, sagte Sarah scharf, »das reicht.«

»Nein, lassen Sie ihn nur. Es ist immer wieder aufschlussreich, zu hören, was andere über einen denken. Mein lieber junger Freund«, entgegnete Drovetti, nun an James gewandt, »ich schätze die Intelligenz des Paschas zu sehr, um ihn je als einen Esel zu bezeichnen, weder schriftlich noch mündlich.«

»Ich glaube«, sagte Sarah, »es ist an der Zeit für einen abendlichen Spaziergang, Mr. Drovetti. Nach all den Tagen auf dem Schiff müssen Sie davon geträumt haben, sich wieder ausgiebig die Füße vertreten zu können. James wird uns derweilen etwas zu essen machen.«

»Mrs. B …«, begann der Junge.

»Ich würde gerne Geflügel anbieten, aber das habe ich bereits verschenkt. Nun, James, ich bin von deinen Fähigkeiten überzeugt, uns etwas anderes Schmackhaftes zuzubereiten. Ich vertraue dir.« Wenn er jetzt darauf bestand, sie zu begleiten, hätte er damit gesagt, dass er ihr nicht vertraute, und das brachte er nicht fertig. Die Heldenverehrung des Jungen auszunutzen war vielleicht rücksichtslos, doch Sarah hatte nicht die Absicht, sich weitere Versuche anzuhören, Drovetti zu provozieren. Ihre Geduld mit männlichen Hahnenkämpfen war erschöpft.

»Ich hätte nicht gedacht, dass Sie mich einmal vor Ihrem Burschen retten, Sarah«, sagte Drovetti belustigt, als sie durch die Säulenhalle des großen Tempels zu promenieren begannen. Sie kannte jeden Meter mittlerweile so gut, dass sie wusste, welchen Unebenheiten und Felsbrocken sie in der Dämmerung ausweichen musste, und ging so sicher, als befände sie sich auf einer englischen Straße. »Es wäre nicht nötig gewesen. Feindselige junge Männer zu entwaffnen ist eine Spezialität von mir.«

»Sehen Sie, Sie kennen mich nicht so gut, wie Sie vermuten. Es war James, den ich vor einer unangenehmen Erfahrung beschützen wollte, und mich selbst, denn den Streitereien anderer zuzuhören, finde ich ermüdend.«

»Wohingegen Sie meine Gesellschaft als unterhaltsam betrachten, wenn ich mich ganz Ihnen widmen kann … Sarah, Sarah, noch mehr Komplimente und Sie verdrehen mir den Kopf.«

»Drovetti, Sie sind der eitelste Mann, den ich kenne«, gab sie ohne Feindseligkeit zurück. »Aber es steht Ihnen.«

Die Dämmerung ließ den Pylonen, der den Tempel abgrenzte, wie einen riesigen dunklen Wall erscheinen. Es war nicht mehr hell genug, um die Stelle sehen zu können, an der ihr Gatte gemeinsam mit Irby, Mangles und Beechey seinen Namen eingemeißelt hatte.

»Das *war* ein weiteres Kompliment«, sagte er leise. »Ich hatte Sie gewarnt.«

Mit einem raschen Griff zog er sie an sich und küsste sie. Seine Lippen waren warm von der untergehenden Sonne und trugen etwas vom Geschmack des Salzes an sich, obwohl das Meer doch so weit entfernt war. Der Bart, der über ihre Haut strich, schien vertraut und war doch unvertraut zugleich. Sie hatte das Gefühl, sich gleichzeitig innerhalb und außerhalb ihres Körpers zu befinden, eine Sarah, die abwartete, beobachtete ... und eine, die nur dieses eine Mal etwas haben wollte, das nicht gut für sie war.

Es musste die zweite Sarah sein, die eine Hand um Drovettis Nacken legte, um ihn noch näher zu ziehen, und seinen Kuss erwiderte mit dem neugierigen Hunger, der sie überhaupt erst in dieses Land getrieben hatte.

Dann verschwammen die beiden Sarahs wieder ineinander, und sie löste sich von ihm.

»Ich weiß, dass Sie die Hälfte von dem, was Sie sagen, nicht meinen«, sagte sie abrupt. »Aber haben Sie es so gemeint, als Sie mir Ihre Freundschaft angeboten haben? Denn ich möchte Sie um etwas bitten. Als meinen Freund.«

Er sagte nichts, sondern nickte stumm. Der Abstand zwischen ihnen war noch geringer als vorhin, aber er machte keine Anstalten, sie erneut an sich zu ziehen. Vielleicht wartete er darauf, dass sie es diesmal tat.

»Reisen Sie weiter«, sagte Sarah. »Bleiben Sie nicht hier.«

Es war nicht so, dass sie sich nicht verteidigen konnte. Es war noch nicht einmal so, dass sie glaubte, er würde sie weiter bedrängen, wenn sie ihn zurückwies. Aber ihr Streit mit

Giovanni und alles, was zwischen ihr und Drovetti geschehen war, seit sie ihm zum ersten Mal begegnet waren, hatten sie an einen Punkt gebracht, an dem sie sich selbst nicht mehr vertraute. Zumindest nicht hier, auf dieser fast menschenleeren Insel. Wenn sie jedoch all den unausgesprochenen Wünschen nachgab, die sie in sich verspürte, ohne sie benennen zu können, würde sie es den Rest ihres Lebens bedauern. Drovetti mochte es für völlig vereinbar mit seiner Ehe halten, Affären mit anderen Frauen zu beginnen, doch Sarah war immer noch von der Heiligkeit des Ehegelübdes überzeugt. *In guten wie in schlechten Tagen* hieß es – und nicht *bis zu dem Zeitpunkt, an dem du mich gründlich verärgert hast und ich einem Mann begegne, der aus nicht eindeutig erkennbaren Gründen beschlossen hat, mir den Hof zu machen.* Christus mochte die Ehebrecherin gegen ihre Richter verteidigt haben, doch er hatte ihr auch klar und deutlich mitgeteilt, sie solle nicht mehr sündigen.

Als kleines Mädchen hatte Sarah nie verstanden, warum Eva der Schlange vertraut und den Apfel genommen, das Paradies gegen eine verbotene Frucht eingetauscht hatte. Seit damals hatte sich ihre Meinung zu diesem Thema nicht sehr geändert. Sie hätte nie geglaubt, dass sie einmal die Schlange darum bitten würde, einfach mitsamt dem Apfel weiterzuziehen, weil sie plötzlich eine Versuchung kennenlernte, nach der sie die Hand ausstrecken wollte.

Zunächst entgegnete er nichts; stattdessen hob er seine linke Hand und zeichnete mit seinem Daumen die Linien ihres Mundes nach. Es wurde ihr bewusst, dass sie gerade einen Mann, dem sie selbst vorgeworfen hatte, nur Aufmerksamkeit für sie zu zeigen, um ihrem Gatten einen Schlag zu versetzen, einem Mann, der nach eigenem Bekunden nicht das geringste Interesse an ehelicher Treue hatte, um etwas bat, das implizierte, dass sie ihm Rücksichtnahme und Ehrenhaftigkeit unterstellte. Es hieß, der Schlange noch mehr zu vertrauen, als Eva es getan hatte, denn Eva hatte zumindest nicht gewusst, mit wem sie sprach.

»Sie wollten vorhin, dass ich Sie küsse«, murmelte er.

»Ja«, sagte Sarah. Sie rührte sich nicht.

Seine Hand ruhte einen Moment länger auf ihrer Wange, dann ließ er sie sinken.

»Ich werde abreisen.«

»Heute ist ein bedeutender Tag, Belzoni.«

Das, dachte Giovanni, *ist eine Untertreibung.* Der Horizont wurde blasser, und er hatte die Engländer und den Griechen geweckt, damit sie sich auf den Weg zum Eingang machen konnten.

»Und was für ein Tag!«, fuhr Mangles fröhlich fort. »Freitag, der erste August. Der Jahrestag von Nelsons Sieg am Nil! Ein wahrhaft bedeutender und glücklicher Tag.«

Die Schiffsmannschaft schien nicht dieser Ansicht zu sein. Als sie merkte, dass die Franken in Richtung Tempel loszogen, taten sie ihr Möglichstes, um sie zurückzuhalten, bis hin dazu, vor dem Eingang zu knien, um sich Sand auf ihr Haupt zu werfen.

»Es scheint«, sagte Yanni Athanasiou, »dass die Kaschefs Daud und Khalil Ihrem Versprechen, sie vor dem Betreten des Tempels zu benachrichtigen, nicht getraut und unserer Mannschaft ein paar Ziegen versprochen haben, wenn sie uns aufhalten, bis so eine Benachrichtigung erfolgt ist.«

Giovanni war nicht willens, noch länger zu warten. Er wollte seinen Sonnenaufgang im Tempel, und er wollte ihn *jetzt.* Also nützte er seine überlegene Körperkraft, um die Ägypter einfach vom Tempeleingang fortzuschieben – und rutschte ins Innere.

Da war es, unwirklich noch in dem zarten, fahlen Licht,

das hineinfiel. Aber es war da. Ein Wunder; sein Wunder. Eine große Halle, mindestens sechzig Fuß lang, und von zwei Reihen eckiger Pfeiler gestützt. An jedem Pfeiler stand eine kolossale Statue, vollständig erhalten und gewiss fünfmal größer als er selbst; ein König, dessen überkreuzte Arme Geißel und Krummstab hielten und dessen Kopfbedeckungen mit der Gewölbedecke abschlossen, die sich etwa dreißig Fuß über Giovanni befand. Der Boden in der Halle war wie in Dendera hoch mit Sand bedeckt, Pfeiler wie Figuren wuchsen erst ab der Hüfte aus ihm heraus; Giovanni versuchte erst gar nicht, sich vorzustellen, wie hoch dieser imposante Raum sein würde, wenn es gelingen sollte, ihn ganz vom Sand zu befreien. Die Wände, die Decke, die Pfeiler, alles war über und über mit Hieroglyphen bedeckt, die im Licht der aufgehenden Sonne in ihrer Farbenpracht aufleuchteten, als seien sie erst gestern auf den ewigen Fels gemalt worden.

»Memnon«, flüsterte Giovanni, denn alle Statuen trugen ein Gesicht. »Ich wusste es.«

Dunkelheit sickerte wieder in den Raum; die Sonne war weiter gewandert, so dass ihre Strahlen nicht mehr direkt in den freigeschaufelten Eingang fielen. Giovanni stieß unwillkürlich einen protestierenden Klagelaut aus. Er hatte natürlich daran gedacht, Fackeln vorzubereiten. Aber der Verlust des Sonnenlichtes tat trotzdem weh.

»Belzoni«, rief Beechey von draußen, »was sehen Sie?«

»Wunder«, sagte Giovanni.

»Dann ist die Luft nicht mehr schlecht?«

Sie war dumpfig, doch das merkte er erst jetzt, da er weniger und weniger sehen konnte. »Kommen Sie schon herein!«, rief er ungeduldig, denn er brauchte die Fackeln.

Sie kamen, einer nach dem anderen, und wenig später sah er im flackernden Schein die erhabenen Gestalten wieder, die aus dem Fels des Bergs gemeißelt waren. Das Gesicht, dieses inzwischen so wohlvertraute Gesicht, schien auf ihn herabzulächeln. Er nahm sich eine der Fackeln von Beechey und begann, den Raum abzuschreiten. Er brauchte nicht lange, um zu entdecken, dass es eine zweite Halle gab, die er auf fünfundzwanzig Fuß schätzte, mit vier Pfeilern, und dahinter sowie links und rechts von ihnen eine Reihe von immer kleiner werdenden Kammern, die vom Flugsand nicht mehr erreicht worden waren. Die letzte musste das Allerheiligste sein. In der Mitte stand ein Podest, und die vier sitzenden Statuen ganz am Ende des Raumes waren unberührt von jedem Schaden durch Witterung oder Menschen. So musste der Kopf von Theben auch einmal ausgesehen haben. Giovanni fühlte sich, als habe er ein Versprechen eingelöst, und gleichzeitig begann eine eigenartige Leere, sich in ihm auszubreiten. Er hatte so lange auf diesen Anblick gehofft, so sehr darauf hingearbeitet, dass es ihm schwerfiel, sich vorzustellen, was es noch gab, das diesen Moment noch übertrumpfen konnte.

In Salts Herodot-Übersetzung, die ihm Sarah während des Winters in Kairo vorgelesen hatte, stand, dass die Griechen dem glücklichen, siegreichen Helden wünschten: *Stirb jetzt.*

Er schüttelte seinen Kopf. Unsinn! Er war ein vernünftiger Mann aus Padua, kein Grieche. Es würde noch mehr für ihn geben. Außerdem konnte er es kaum abwarten, bis Sarah diesen Tempel sah. Sie würde verstehen, dass dieses Geschenk der ägyptischen Götter alles, was sie ihm übelnahm, wert gewesen war.

Beechey brauchte mehrere Tage, um seine Zeichnungen des Tempels anzufertigen, was weniger an der Notwendigkeit lag, ständig eine Fackel oder Kerze neben sich zu haben, und mehr daran, dass es im Tempelinneren sehr schnell sehr heiß wurde. Von einem Relief, das einen Mann zeigte, der auf einem Streitwagen stand, wollte er sich trotzdem überhaupt nicht mehr trennen. Die Offiziere nahmen ihr Thermometer mit und zeigten jedermann, dass es auf über hundertdreißig Grad Fahrenheit gestiegen war. Da der trockene Wind der Wüste fehlte, waren Beecheys Hände deswegen vom Schweiß so feucht, dass es ihm manchmal unmöglich war, zu zeichnen.

Irby und Mangles waren damit beschäftigt, alle Räume auszumessen und die Ergebnisse festzuhalten. Es erschien ihnen immer unvorstellbarer, dass Menschen diese künstliche Höhle geschaffen und dabei die Figuren ohne jedes moderne Hilfsmittel aus dem Fels herausgearbeitet hatten. Gelegentlich tauchten ein paar Dorfbewohner auf, um sich das Tempelinnere anzusehen, und einer von ihnen meinte, dass es ein gutes Versteck für eine Herde abgäbe, wenn das Dorf das nächste Mal von Beduinen überfallen würde, aber ansonsten waren sie von der Leistung ihrer Vorfahren sichtlich unbeeindruckt.

»Was für Toren«, sagte Giovanni. »Nur, weil der Tempel kein Gold enthält, ist er für sie nichts wert.«

»Töricht, in der Tat«, sagte Yanni Athanasiou spitzzüngig. »Aber es ist Ihnen vielleicht aufgefallen, Sir, dass es kaum etwas hier drinnen gibt, das wir tragen und dem Konsul mitbringen können, abgesehen von den beiden falkenköpfigen Löwenfiguren und den Kupferarbeiten an der Tür. Und Mr. Beecheys Zeichnungen, versteht sich.«

»Lieber würde ich den Tempel wieder in Sand begraben, als dieses Kunstwerk auseinanderzureißen!«, donnerte Giovanni.

Manche Leute hatten einfach kein Verständnis für Ehre und Unsterblichkeit.

Nachdem Drovetti wie versprochen die Insel verlassen hatte, verbrachte Sarah eine schlaflose Nacht. Danach traf sie eine Entscheidung.

Nachdem sie in Ruhe Kaffee mit James getrunken hatte, der es vermied, ihr ins Gesicht zu blicken, teilte sie ihm mit, sie habe beschlossen, dass sie nicht länger auf Philae warten würden.

»Sie meinen, wir sollten das nächste Boot nehmen, das zum zweiten Katarakt fährt, oder versuchen, selbst eines nach Ybsambul anzuheuern?«, fragte James, aus seiner schlechten Laune aufgeschreckt, verblüfft. »Aber Sie haben doch nicht genügend Geld.«

»Ich werde nicht fragen, woher du weißt, wie viel Geld sich in meinem derzeitigen Besitz befindet, James. Und, nein, das ist es nicht, was mir vorschwebt.«

»Wenn in Kairo und Alexandria wieder die Pest herrscht, wäre es doch dumm, gerade jetzt dorthin zurückzukehren. Mit Verlaub, Mrs. B., außerdem wäre das doch sicher noch teurer, als ein Boot nach Ybsambul zu nehmen.«

»Da bin ich mir sicher.«

James gab es auf. »Nun seien Sie nicht gemein, Mrs. B. Ich bin nicht gut im Raten. Was haben Sie vor?«

»Du und ich, James«, sagte Sarah, »werden nicht auf irgendwelche Boote warten. Nein, wir werden auf dem Landweg nach Luxor reisen. Mit einem Kamel, das unser Gepäck trägt, allen Sachen, die wir erstanden haben, und das, was von Mr. Beecheys Löffeln noch übrig ist.«

»Aber Mrs. B, das sind … Hunderte und Hunderte von Meilen.«

»An einem fruchtbaren Fluss entlang, mit vielen Dörfern. Moses und die Kinder Israels haben weit größere und gefährlichere Strecken zurückgelegt, als der Herr sie durch die Wüste führte.«

Er wirkte hin- und hergerissen. Sie konnte sehen, dass

sich seine Phantasie an dem Abenteuer entzündete, doch gleichzeitig war er um ihre Sicherheit besorgt.

»Wir werden Ägypten auf eine Art kennenlernen, James«, sagte Sarah, »wie es selbst Scheich Ibrahim nicht getan hat. *Er* war mit dem Boot unterwegs.«

»Aber … was, wenn wir Banditen begegnen? Oder Sklavenhändlern? Oder türkischen Soldaten, die keine Franken leiden können, so wie der, der Mr. B in Kairo verletzt hat?«

Sarah holte zum tödlichen Schlag gegen das Selbstbewusstsein jedes jungen Mannes aus.

»Hast du Angst, James?«

Das erledigte die Angelegenheit. »Wenn wir keine Kameltreiber finden, Mrs. B, sondern nur Esel, dann lassen Sie mich voranreiten.«

Kaschef Khalil war nicht glücklich darüber, dass er nicht rechtzeitig gerufen worden war, und nicht glücklich darüber, dass sich in dem Tempel nicht das geringste Anzeichen von Gold fand; er hatte sich natürlich von der Bootsmanschaft bestätigen lassen, dass nichts heimlich an Bord geschmuggelt worden war. Auch dass Belzoni, der die Geldwirtschaft in Ybsambul eingeführt hatte, nun ihre Quelle versiegen ließ, weil er abreiste, machte ihn wenig glücklich. Nur eins gefiel ihm noch weniger: Die Tatsache, dass sein Bruder Daud sich nicht gemeinsam mit ihm ereifern wollte. »Wie soll uns dieser Tempel helfen, wenn Mehemed Ali das nächste Mal seine Soldaten schickt, um unser Vieh als Steuern fortzutreiben, Bruder?«, schnaubte er verächtlich. »Wenn er neue Soldaten aus unseren Stämmen braucht? Bilder an Wänden werden uns nicht dabei helfen, seine Leute abzuspeisen!«

»Die Franken sind besessen von alten Gemäuern und

ihrem Wettbewerb untereinander«, entgegnete Daud nachdenklich. »Jetzt, wo Belzoni den Tempel geöffnet hat, wird Drovetti wieder kommen, um Ähnliches zu versuchen. Und diesmal werden wir seine Piaster nehmen. Franken sind wie die Fliegen; wo einer ist, kommen die anderen nach.« Erst als er später mit seinem Weib allein war, gestand er seine eigenen Zweifel.

»O Vater meines Sohnes«, erwiderte sie, »gewiss hast du recht, und die Franken werden zurückkehren, viele von ihnen. Du kannst dafür sorgen, dass dieses geschieht. Und hat nicht Belzoni im letzten Jahr seine Gemahlin bei sich gehabt? Wo Männer ihre Weiber mitbringen, da werden sie auch Teile ihres Hab und Guts lassen. Also wirst du dafür sorgen, dass er sie wieder mit sich bringt. Sie wird anderen Frauen von uns berichten, die dann hierherkommen wollen, und diese wieder anderen.«

So kam es, dass Khalil Belzoni Geschenke von seiner Frau für das Frankenweib überreichte: eine Milchziege, zwei kleine Körbe und einen aus Palmenblättern geflochtenen Teppich. Als Gegengeschenk erhielt er Stiefel der Art, wie die Türken sie von ihren Frauen tragen ließen, und zwei kleine Spiegel.

»Er hätte mir mehr Piaster geben sollen«, sagte er murrend, als er den Tand seiner Frau übergab.

»O mein liebster Gebieter, das wird er noch, in der Zukunft. Und bis dahin hat dein bescheidenes Weib mehr Zierrat als alle anderen Weiber dieser Provinz.«

Giovanni hatte sich einige Begrüßungssätze für Sarah zurechtgelegt. Er würde sie zur Seite ziehen, weil er die Bootsgesellschaft als Zeugen nun wirklich nicht brauchte, und mit den Worten beginnen: *Lass uns noch einmal eine Reise ma-*

chen, Sarah. Sie würde verstehen, was er damit sagen wollte, seine Hände ergreifen, und alle Missverständnisse zwischen ihnen würden sich in Luft auflösen.

Als sie in Philae eintrafen, war es indessen Sarah, die sich in Luft aufgelöst hatte. Er konnte es nicht fassen. Sorgen darum, dass ihr auf der Insel etwas passiert war, brauchte er sich nicht zu machen, denn eine alte Frau namens Zara übergab ihm einen erst zwei Tage alten Brief, in dem Sarah ihn unterrichtete, sie habe sich mit James auf die Reise nilabwärts gemacht, auf dem Landweg.

»Mit meinen Sachen?«, fragte Beechey entgeistert. »Ist Ihre Frau denn wahnsinnig geworden, Belzoni? Sie liegt gewiss ausgeplündert und tot irgendwo auf der Straße!«

»Hier gibt es keine Straßen«, entgegnete Giovanni wie betäubt und zerknüllte den Brief in seiner Faust.

Sarah hatte nicht zornig geschrieben, noch nicht einmal indirekt. In ihren Zeilen hatte er kein Wort des Vorwurfs gelesen. Aber sie hatte ihn unmissverständlich davon unterrichtet, dass sie nicht länger auf ihn warten wollte und plante, auf den Spuren von Moses das Land zu erkunden. Er wusste nicht, ob es Ärger oder Sorge waren, die stärker in ihm tobten. Auf jeden Fall galt es, keine Zeit zu verlieren.

»Wir fahren sofort nach Assuan ab.«

»Aber Belzoni, es ist fraglich, ob wir mit diesem Boot den ersten Katarakt durchqueren können. Noch dazu mit dieser miserablen Mannschaft. Wir wollten doch hinter den Stromschnellen ein neues mieten.«

»Wir nehmen dieses«, sagte Giovanni, und vielleicht weil die anderen in Ybsambul gelernt hatten, sich nach ihm zu richten, taten sie es diesmal auch. Er musste der Mannschaft ein doppeltes Bakschisch dafür zahlen, dass sie ihr Schiff bei dem gerade herrschenden Hochwasser durch die Felsen navigierten, doch sie taten es.

In Assuan ging er geradewegs zum Haus des Agas, innig

hoffend, dass er richtig kalkuliert und Sarah ihre Bekanntschaft mit den Frauen des Agas ausgenutzt hatte, um dort Rast zu machen. Wie fast jeder Potentat, auf dessen Hilfe er seit seiner Ankunft in Ägypten angewiesen gewesen war, ließ der Aga sich erst verleugnen oder war tatsächlich nicht da. Immerhin bedeutete ihm das Faktotum, das als Haushofmeister fungierte, er möge warten. Giovanni schritt vor der Eingangspforte auf und ab und versuchte, sich nicht auszumalen, was Beechey prophezeit hatte: wie Sarah überfallen und beraubt irgendwo am Wegesrand lag.

Als er sie zur Tür heraustreten sah, gesund und unverletzt, war er zunächst ungeheuer erleichtert und wollte sie umarmen. Doch dann wurde ihm bewusst, dass etwas anders war. Wenn er an sie gedacht hatte, an seine Frau, zu der er zurückkehren wollte, dann war es immer Sarah in ihrem Kleid gewesen oder dieser amüsanten Mischform verschiedener Kleidungsstile, die sie sich angewöhnt hatte; die Sarah, von der er sich in Kairo liebevoll verabschieden konnte, nicht die in der türkischen Kleidung, die er in Philae enttäuschen musste. Seine vertraute Sarah. Nun war ihr Haar zur Gänze unter einem Turban verborgen, und die Art, wie sie schritt, war nicht mehr die einer Frau, die Rock und Unterrock gewohnt war.

»Sarah«, sagte Giovanni heiser, »Sarah, tu das nie wieder.«

»Was, Giovanni?«, fragte sie, und erst jetzt wurde ihm bewusst, dass keiner von ihnen den anderen begrüßt hatte. »Ich gebe zu, eine Reise über Land ist nicht ungefährlich, doch du hast es auch getan, nur, um ein paar Tage früher in Luxor zu sein. Ich hatte nicht vor, ein Wettrennen zu veranstalten. Ich wollte die Zeit, in der du beschäftigt warst, sinnvoll nutzen. Die Dörfer und Städte Ägyptens zu durchreisen und nach weiteren Tempeln Ausschau zu halten, die du ausgraben kannst, erscheint mir eine sehr sinnvolle Nutzung der Zeit, die du mir geschenkt hast.«

Er glaubte ihr kein Wort. Das war noch nie der Fall gewesen; er vertraute Sarah. Doch gerade jetzt war er fest davon überzeugt, dass sie log; dass sie Philae verlassen hatte, nicht, um mehr von Ägypten zu sehen, sondern um ihn zu bestrafen.

»Ich habe den Tempel geöffnet«, sagte er bitter.

Auf ihrem Gesicht erschien der freudige, bewundernde Ausdruck, von dem er geträumt hatte, doch jetzt glaubte er auch ihrer Miene nicht mehr.

»Giovanni, das ist ...«

»Es ist bedeutungslos für dich«, sagte er, »da du ihn offenbar nicht zu sehen wünschst. Wenn du nilabwärts reisen willst, dann werden wir das tun. Gemeinsam. Auf dem Boot. Du bist meine Frau, Sarah, und damit gehörst du an meine Seite. *Basta!*«

Die Freude auf ihrem Gesicht erstarb.

»Wie du wünschst, Giovanni.«

Das Wiedersehen mit James verlief nicht viel besser. Giovanni hatte den Jungen gern. Nachdem Sarah während des letzten Jahrzehnts nie schwanger geworden war, hatte er sich damit abgefunden, niemals Vater eines Sohnes zu sein; seine kleinen Brüder und James waren das Nächste, was er in dieser Beziehung erfahren durfte. Aber zu den Aufgaben eines Vaters gehörte es auch, Verfehlungen zu ahnden, damit sie in der Zukunft nicht mehr vorkamen.

Also umarmte er James nicht stürmisch, wie er es sonst getan hätte, was den Jungen immer gleichzeitig verlegen und freudig stimmte, weil kein Engländer sich so verhielt, sondern sagte streng: »Ich bin enttäuscht, James. Du hättest Mrs. Belzoni von dieser Unternehmung abhalten müssen. Ihr Leben war in Gefahr.«

James öffnete den Mund, wie um zu widersprechen, und schloss ihn wieder.

»Ist irgendetwas auf dieser Insel geschehen, das ich wissen müsste?«, forschte Giovanni.

Nun presste James die Lippen aufeinander und schüttelte den Kopf.

»Gar nichts?«, fragte Giovanni langsam und wartete darauf, dass der Junge seine Aussage korrigierte. Doch die Augen, die ihn immer so offen und ehrlich angeblickt hatten, schauten ihm nicht ins Gesicht, sondern auf einen Punkt über seiner Schulter.

»Nein.«

»Ich verstehe«, sagte Giovanni, und die Bitternis in ihm fraß sich noch etwas tiefer in sein Herz. Yanni Athanasiou hatte mit ein paar der Inselbewohner geredet, als ihr Boot auf Philae anlegte, und ihm sofort mitgeteilt, dass Drovetti vor ein paar Tagen dort aufgetaucht war.

James hatte ihn belogen.

Zu den Pflichten eines englischen Konsuls gehörte es, britischen Staatsbürgern in Ägypten behilflich zu sein. Für Henry Salt lief das in erster Linie auf Angehörige der Ostindischen Handelsgesellschaft hinaus, die sich auf der Durchreise nach Indien befanden, gelegentlich auf Kaufleute, die in Ägypten selbst tätig werden wollten, und hin und wieder auf Offiziere wie Mangles und Irby. Er vermittelte ihnen Unterkünfte, schrieb Empfehlungsschreiben, wenn sie wie Mangles und Irby weiter ins Landesinnere reisen wollten, und intervenierte, wenn einer von ihnen in Schwierigkeiten geriet. Die Reisenden waren in der Regel Angehörige des Bürgertums oder der oberen Mittelschicht, somit seinesgleichen. Kurz nachdem die neue Pestwelle in Kairo und Alexandria langsam verebbt war, hatte er es zum ersten Mal in seiner Tätigkeit mit Angehörigen des Hochadels zu tun.

Er hätte es sich zu einem anderen Zeitpunkt gewünscht. Die Papiere des Cavaliere di Ventimiglia, der mit so gut wie jedem Europäer in Ägypten im Briefverkehr gestanden hatte, waren noch nicht alle ausgewertet, obwohl bereits erkenntlich war, dass Drovetti es irgendwie fertig gebracht haben musste, seine eigenen Briefe daraus verschwinden zu lassen. Mindestens ein Mitglied von Salts Personal musste also bestechlich sein. Er vermisste Beechey mehr denn je. Dennoch hielt er es für möglich, dass der Schuldige etwas übersehen haben konnte, und da er selbst fließend Italienisch und Französisch sprach, erledigte er einen Großteil der Übersetzungen des Nachlasses für das Auswärtige Amt selbst. Als der Earl of Belmore mit seiner Familie eintraf, musste er diese Tätigkeit abbrechen, um sich voll und ganz diesem sonst in Irland lebenden englischen Aristokraten zu widmen. Salt war kein Republikaner, französische Umtriebe waren ihm abhold, und er respektierte den Adel sehr – sein erster Förderer, Lord Valentia, war für ihn das Musterbeispiel eines englischen Adligen –, doch gerade jetzt wünschte er sich, er könnte bei seiner Arbeit andere Prioritäten setzen.

Der Earl of Belmore kam nicht allein. Er reiste mit seiner Gemahlin, die außerdem seine Cousine war, und ihren Söhnen, Viscount Corry und dem Ehrenwerten Henry Lowry-Corry; die zwei wohlklingenden Titel wurden von einem sechzehnjährigen und einen vierzehnjährigen Jungen getragen. Damit nicht genug: Im Gefolge des Earls fand sich auch sein unehelicher Halbbruder, Hauptmann Armar Corry, das Produkt einer Liaison seines Vaters, und seine eigene uneheliche Tochter, die elfjährige Miss Juliana Brooks, deren Mutter, wie Salt in schönster Selbstverständlichkeit erklärt wurde, die höchst verheiratete Lady Brooks war. Angesichts der prekären Situation, in die ihn seine eigene Indiskretion um ein Haar gestürzt hätte, und des Umstands, dass er Makhbubes Kind, das jeden Tag zur Welt kommen konnte, niemals selbst würde erziehen können, war es Salt unmöglich, die Freiheiten, die sich die Aristokraten nahmen, nicht als ungerecht zu empfinden. Für die Familie kam kein Haus von Boghos Bey und keine Einquartierung bei einem anderen reichen Bewohner Kairos in Frage; die Belmores nahmen alle selbstverständlich das britische Konsulat in Beschlag, gemeinsam mit ihrem Personal, das aus mehreren Seeleuten, Dienern, Dr. Richardson, dem Leibarzt des Earls, seinem Kaplan, der gleichzeitig als Lehrer seiner Söhne fungierte, und einer Zofe für seine Gemahlin bestand.

Anders als Lord Valentia seinerzeit, der seine Reise um die Welt mit der Erforschung von Territorien und dem Anknüpfen wichtiger Beziehungen für die Royal Society verbunden hatte, diente die Reise des Earl of Belmore keinem anderen Zweck als dem, Ägypten zu sehen. Er erwartete trotzdem, dass Salt ihm für die Dauer seines gesamten Aufenthalts voll und ganz zur Verfügung stand und umgehend eine Audienz beim Pascha arrangierte.

»Schließlich will ich den Nachfolger der Pharaonen mit eigenen Augen sehen«, sagte Belmore gewichtig. »Und wo wir gerade von den Pharaonen sprechen, alter Junge, was Sie im *Quarterly* über den Memnon und die neueste Entdeckung Ihres Belzoni geschrieben haben, das klingt ja fabelhaft. Wo ist der famose Kerl jetzt?«

»In Theben«, entgegnete Salt.

»Aber ich dachte, da hätten die Franzmänner sich die wichtigsten Jagdgründe unter den Nagel gerissen?«

»Belzoni«, gab Salt zurück, »schrieb mir bereits aus Assuan, dass er einen neuen Gedanken habe, wie man das Problem umgehen könnte. Drovettis Leute graben in erster Linie in Karnak und natürlich in den Höhlen von Kurna, aber nicht jenseits des Memnoniums im Tal der Könige.«

Belmores Augen begannen zu glänzen. »Ich kenne meine

Klassiker, Salt. Strabo und Diodor Siculus haben behauptet, dass es dort über vierzig königliche Gräber gibt, aber Boneys Lakaien haben seinerzeit bloß elf gezählt und nur eines zusätzlich entdeckt. Danach hat keiner mehr etwas Brauchbares gefunden. Heißt das, unser Mann wird die Franzosen dort noch einmal schlagen?«

»Das hat er vor, Euer Lordschaft«, sagte Salt, dem nicht entging, wie schnell Belzoni von *Ihrem Belzoni* zu *unserem Mann* befördert worden war. Er fragte sich, ob sich dieser Enthusiasmus des Earls vielleicht für eine Unkostenbeteiligung nutzen ließ. Mittlerweile war zwar sein eigenes Gehalt eingetroffen, doch Belzonis Kosten für die Bergung von Altertümern trug er nach wie vor alleine.

»Hat er nicht auch die große Pyramide erkundet und die unteren Bereiche der Sphinx freigelegt?«

»Nein, Euer Lordschaft, das war Kapitän Caviglia. Er ist es noch; die große Pyramide wie die Sphinx sind keine Unternehmen, die sich so schnell abschließen lassen.«

Belmore machte eine wegwerfende Handbewegung. »Ah, einer dieser italienischen Namen ist doch wie der andere. Aber das möchten wir natürlich auch sehen – die große Pyramide und die Sphinx. Die Gräfin und die Kinder freuen sich schon sehr darauf. Sorgen Sie dafür, dass der Kapitän bereitsteht, schließlich brauchen wir jemand, der uns führt. Aber alles in der richtigen Reihenfolge – also, wie steht es mit der Audienz beim Pascha?«

Burkhardt, der inzwischen sehr angegriffen und bettlägerig war, lachte, als Salt ihm bei einem Krankenbesuch von den aristokratischen Besuchern erzählte.

»In der Erzählung mag es komisch klingen«, sagte Salt mit gequältem Gesichtsausdruck, »aber versuchen Sie einmal, einem Mitglied des Oberhauses klarzumachen, dass der Pascha nicht unbedingt überwältigt von der Ehre eines

Besuches ist, wenn man ihm nicht einen guten Grund nennt.«

»Das muss ich nicht«, gab Burkhardt mit einem listigen Lächeln zurück. »Ich bin Scheich Ibrahim und kein Fremdenführer. Englische Aristokraten sind Ihre Sache, Salt. Aber an Ihrer Stelle würde ich mir keine Sorgen machen. Sehen Sie, Mehemed Ali weiß, dass ihm die Briten immer noch misstrauen, nicht, weil er sie gegen die Franzosen ausspielt, sondern weil er ein Usurpator ist, genau wie der Korse, jemand, der die gottgewollte Ordnung geändert und sich selbst auf den Thron gesetzt hat. Wenn Sie betonen, dass der Earl zu den Mächtigen Ihres Landes gehört, wird er den Besuch als Zeichen dafür nehmen, dass dieses Misstrauen abebbt, und Belmore seine Audienz gewähren. Ach was, er wird sie ihm fast aufdrängen. Alle neuen Männer ohne Stammbaum lieben es, wenn der alte Adel um sie herumscharwenzelt. Selbst wenn es der alte Adel eines anderen Landes ist, der ihn mit dem gleichen Interesse ansehen wird, das das einfache Volk in die Kuriositätenkabinette treibt. So ist das nun einmal in dieser Welt!«

»Sie, mein Freund, haben eine böse Zunge«, sagte Salt, versuchte aber erst gar nicht, so zu tun, als sei er nicht amüsiert. Nach einem Tag, an dem er jeder Laune des Earls, der Gräfin und ihres Nachwuchses hatte nachkommen müssen, mit der Aussicht auf zahllose weitere Wochen im gleichen Stil, war er dazu nicht in der Lage.

»Ich bin Schweizer«, sagte Burkhardt. »Wir haben schon seit Jahrhunderten keinen Adel und keine Könige mehr. Der Korse hat sich angemaßt, uns zu seiner Provinz zu machen. Deswegen habe ich mir England ausgewählt, nicht, weil mich Ihre Aristokratie so beeindruckt.«

»Ich glaube, das lasse ich in meinem nächsten Bericht an Sir Joseph lieber weg. Immerhin muss ich diesem speziellen Aristokraten zubilligen, dass er mit eigenem Arzt reist. Dr.

Richardson hat mit seiner Lordschaft nicht so viel zu tun; ich glaube, er würde ohne weiteres nach Ihnen sehen. Ihr Zustand fängt an, mir Sorgen zu machen.«

»Ärzte machen einen noch kränker«, erklärte Burkhardt bestimmt. »Erzählen Sie mir lieber, was es Neues von Belzoni gibt.«

»Er hat im Tal der Könige schon fünf Gräber gefunden, zuletzt eine kleine Kammer mit vier Mumien. Wohl kein königliches Grab und keine Grabbeigaben, aber die Mumien waren noch intakt, als er sie fand. Er ist fest davon überzeugt, dass er auch prächtige Königsgräber finden kann, und hofft natürlich, dass eines dabei sein wird, das noch nicht geplündert wurde, selbst wenn das bisher noch niemandem gelungen ist.« Salt zögerte, dann setzte er hinzu: »Ich weiß, dass Sie mir geraten haben, seine Gefühle zu respektieren, und der Mann hat fraglos ein unglaubliches Talent, hier in Ägypten das Unmögliche zu vollbringen, aber ... kann es sein, dass ihm seine bisherigen Erfolge zu Kopf gestiegen sind? Beechey und Yanni scheinen überzeugt zu sein, dass er nicht ganz zurechnungsfähig ist, und seine Briefe klingen ein wenig, nun ja ... arrogant.«

»Bescheidene Männer vollbringen keine Wunder«, gab Burkhardt zurück. »Sie sind Diplomat, Salt, also seien Sie diplomatisch.«

Insgeheim dachte Salt, dass er vielleicht schon *zu* diplomatisch gewesen war; sonst hätte er Mrs. Belzoni nicht gestattet, so mit ihm umzuspringen, wie sie es getan hatte. Er fragte sich, ob Belzoni über das Manöver seiner Gattin unterrichtet gewesen war und sich deswegen diesen neuen Ton herausnahm.

»Ein Familienausflug mit Kindern und Zofe«, sagte Burkhardt, seufzte und riss Salt damit aus seinen unerfreulichen Gedanken. »Das ist der Anfang vom Ende des Abenteuers, Salt. Wenn Ägypten von einem exzentrischen Aristokraten als sicher genug betrachtet wird, um Weib und Kinder dorthin statt zur Sommerfrische an den Lake District zu entführen, dann ist dieses Land wirklich und wahrhaftig in der zivilisierten Welt angekommen. Eigentlich sollte ich das begrüßen, aber wissen Sie, was mein Herz mir sagt? Was für ein Jammer.«

Mr. B wohnte mit Mr. Beechey und Yanni Athanasiou zusammen in einer Ecke des großen Tempels von Luxor, Mrs. B wieder auf dem Dach des Hauses, in dem sie bereits einmal untergebracht gewesen war, und James fühlte sich mit jedem Tag unglücklicher. Letztes Jahr um diese Zeit hatte er im Konsulat von Kairo davon geträumt, bei Mr. B zu sein und ihm zur Seite zu stehen; er verstand nicht, wie sich ein Traum so schnell in sein Gegenteil verkehren konnte. James hatte geglaubt, dass Mr. B und Mrs. B sich sofort wieder versöhnen würden, wenn sie erst wieder beisammen wären, und es tat ihm in der Seele weh, dass diese Versöhnung so auf sich warten ließ.

Dabei gab es genügend zu tun, um abgelenkt zu sein: Mr. B hatte immer noch Schwierigkeiten, die Bewohner von Kurna zu bewegen, wieder für ihn zu arbeiten, obwohl der Kaschef es ihnen nunmehr gestattete, und Kurna lag nun einmal dem Tal am nächsten, das die Einheimischen Biban el-Moluk nannten, das Tal der Könige. Die meisten erinnerten sich nur zu gut daran, was passiert war, als sie das letzte Mal in Mr. Bs Diensten standen, und nur wenige konnte die Aussicht auf Bezahlung dazu verleiten, ihre Vorbehalte abzulegen. Das bedeutete, dass James mit anpacken musste, was ihn jedoch sehr stolz machte. Es wurmte ihn, dass er den Tempel von Ybsambul nicht gesehen und nicht mit freigelegt hatte, und er war entschlossen, diesmal ein

Teil des Unternehmens zu sein, den niemand ignorieren konnte. Als Mr. B auf einen gemauerten Wall stieß und anordnete, einen Rammbock zu bauen, war James der Erste, der ihn packte, um den anderen zu zeigen, wie es ging. Das Grab, das sie bei dieser Gelegenheit entdeckten, war nur klein, doch es fanden sich vier Mumien darin. Als er Mr. B dabei beobachtete, wie er die Mumien auswickelte, um nach Papyrus und weiteren Grabbeigaben zu suchen, war James ein wenig unheimlich zumute; wenn alle Bänder abgewickelt waren, blieb schließlich immer etwas übrig, was eindeutig einmal ein Mensch gewesen war.

»Es ist schon seltsam, Mrs. B«, sagte er zu ihr, als er sie besuchte. »Sie haben mir doch mal von ein paar Spitzbuben in Edinburgh erzählt, die gehängt wurden, weil sie für einen Doktor Leichen ausgegraben haben. Der Doktor ist, glaube ich, auch gehängt worden. Aber es ist doch etwas anderes, was wir hier tun, oder? Ich meine, es ist doch nicht wirklich Leichenraub?«

»Es geschieht im Interesse der Geschichtsschreibung, James«, entgegnete Mrs. B, »und nicht der persönlichen Bereicherung wegen wie bei den schottischen Leichenräubern. Das ist etwas anderes.«

Doch ihrer Stimme fehlte die Gewissheit, über die Mrs. B sonst so mühelos verfügte, und er sagte unbehaglich: »Aber wird Mr. B nicht auch von Mr. Salt bezahlt?«

Sie schwieg.

»Ich meine nur … ich meine, dass ich meine alten Knochen nicht gerne ausgegraben und ausgestellt wüsste. In ein paar Jahrhunderten oder so.«

»Es geht ja nicht nur um die Mumien, James«, sagte Mrs. B, und nun klang sie ihrer Sache sicherer. »Mr. Belzoni hofft, Gräber zu finden, die noch nicht ausgeraubt wurden, um sie davor zu bewahren, dass sie geplündert und zerstört enden wie der Inhalt der meisten Höhlen von Kurna.«

Das klang schon besser. Außerdem tat es James in der Seele wohl, zu hören, wie Mrs. B Mr. B verteidigte, gerade weil er selbst an ihm zweifelte und er wusste, dass sie immer noch mit Mr. B uneins war. »Mr. B will jetzt unter einer anderen Schutthalde zu graben beginnen«, sagte er. »Er meint, dass wir von einer geöffneten Grabkammer über einen Schacht auch in eine ungeöffnete vorstoßen könnten, aber er will es gleichzeitig auch von einer anderen Richtung aus versuchen, solange die Fellachen noch mitmachen.« James hielt inne. »Wollen Sie nicht einmal kommen, um sich anzuschauen, was wir bisher gefunden haben, Mrs. B?«, fragte er hoffnungsvoll.

»Vielleicht, James«, entgegnete sie. »Vielleicht.«

Sarah war versucht, an Schicksalsfügungen zu glauben, da der Haushalt, den sie während ihrer Genesung von der Augenentzündung im letzten Jahr so friedlich erlebt hatte, sich nun in einem heftigen Ehestreit befand, als sie wieder dorthin zurückkehrte. Der Herr des Hauses hatte sich eine zweite Frau genommen und einen weiteren Raum für sie gebaut, der direkt an die Mauern seines alten Hauses angrenzte und über ein Dach aus Palmenmatten verfügte. Seine erste Gattin, Sarahs Gastgeberin vom vergangenen Jahr, war gleichzeitig seine Cousine ersten Grades, und ihr Bruder war der Mann seiner Schwester. Nach einem Streit mit ihr hatte der Hausherr gedroht, sie zu ihrem Bruder zurückzuschicken, worauf ihr Bruder ihm damit drohte, mit seiner Gattin dann genau das Gleiche zu tun. Seine Mutter war aus Sorge um ihre eigene Tochter auf der Seite ihrer Nichte.

»Machtlos hat er sich gefühlt, weil er mich nicht einfach loswerden kann, wenn er will«, sagte Sarahs Gastgeberin, in Tränen des Zorns aufgelöst, »und was tut er? Heiratet diese Hure aus Karnak! Bah! Sie schreit lauter als ein Esel, wenn er sie beschläft, damit es alle hören können. Er glaubt wohl, das macht ihn zum Hengst.« Ihre Augen funkelten wütend. »Es macht ihn zum Spielzeug eines Dreckstücks aus Karnak, und so etwas setzt er mir vor die Nase!«

Luxor und Karnak lagen dicht nebeneinander, und die Leute in den beiden Ortschaften waren in allen Dingen des Lebens Rivalen. Der Hausherr hätte nichts Schlimmeres tun können, um die übrigen Ortsbewohner auf die Seite seiner Frau zu bringen, obwohl er eigentlich nur getan hatte, was das Recht jedes muslimischen Ehemanns war.

Es war eine schwierige Situation für Sarah. Sie schuldete ihrer Gastgeberin vom letzten Jahr noch Dank und besuchte die neue, zweite Frau daher nicht, was ihr der Hausherr übel nahm. Außerdem stellte sich bald heraus, dass die erste Frau mehr von ihr erwartete; ihre Gastgeberin warf Steine vom Dach auf die Wohnung der zweiten Frau, die von den Palmenmatten nur ungenügend abgehalten wurden, und einmal versuchte sie sogar, die Matten in Brand zu setzen. Als Sarah sich weigerte, ihr dabei zu helfen, spie sie aus.

»Eure Männer«, fauchte sie, »haben auch nur ein Weib. Wie kannst du nicht auf meiner Seite sein?«

»Dein Mann ist kein Christ, und eure Bräuche sind nicht die unseren«, sagte Sarah beschwichtigend und dachte an Kaschef Dauds Vater, der seine Ehefrauen auf mehrere Dörfer verteilt hatte, statt sie im gleichen Haus unterzubringen. Vielweiberei mochte die moslemische Vorstellung vom Himmel sein, die der Männer zumindest; doch in der Praxis gestanden sie offenkundig ein, dass ein solches Zusammenleben alles andere als paradiesisch war.

»Bah. Euch Franken sind doch unsere Bräuche auch sonst nicht wichtig. Keiner von euch möchte, dass unsere Männer den Ramadan achten, wenn ihr sie braucht, und auf einmal soll das anders sein? Wo bleibt deine Dankbarkeit?«

Sarah fragte sich, ob sie tatsächlich eine Heuchlerin war. Wenn Giovanni sie zwänge, mit einer Konkubine zu leben, würde sie die andere Frau zweifellos auch hassen. Aber Giovanni, sosehr sie ihm zurzeit auch grollte, würde so etwas nie tun, selbst wenn ihm das Gesetz das Recht dazu gäbe. *Er würde nie jemanden küssen, mit dem er nicht verheiratet ist*, flüsterte es in ihr, und sie schrak schuldbewusst zusammen und versuchte weiter, ihre Gastgeberin zu versöhnen. »Ich bin der zweiten Frau ferngeblieben, weil ich dir Dank schulde, aber ihr ein Leid tun, das ist etwas anderes. Das geht zu weit. Versteh das doch.«

»Du bist auf meiner Seite oder auf ihrer«, sagte die Araberin unversöhnlich.

Bald wurde die Atmosphäre im Haus so unerträglich, dass Sarah beschloss, sich lieber ihrer eigenen Misere zu stellen, statt die eines fremden Paares länger auszuhalten. Sie bezahlte einen Bootsmann, um sie auf die andere Flussseite zu bringen, nahm sich einen Esel und machte sich auf den Weg ins Tal der Könige.

Es war Osman der Schotte, wie William Thomson von den europäischen Bewohnern Kairos genannt wurde, der Salt erzählte, dass es Scheich Ibrahim viel schlechter ging, als er zugeben wollte, und Salt entschied, dass man in einem solchen Fall keine Rücksichten mehr auf die Wünsche eines Kranken nehmen konnte. Er bat Belmores Arzt, ihn zu Burkhardt zu begleiten.

»Er hat die Ruhr«, sagte Dr. Richardson grimmig, »und es sollte mich wundern, wenn es nicht zu spät ist für eine ordentliche Behandlung.«

»Zu ... zu spät?«, wiederholte Salt schockiert. »Aber von der Ruhr erholt man sich doch!«

»Nicht dieser Mann«, erklärte Richardson.

Nach dieser Ankündigung bat Burkhardt Salt, ihm sein

Testament diktieren zu dürfen. Er hinterließ Osman dem Schotten zweitausend Piaster und das Mobiliar seines Haushalts, vierhundert Piaster seinem Diener Schaharti und eintausend Piaster den Armen der Stadt Zürich. Seine Bibliothek, die aus etwa dreihundert Büchern bestand, und all seine Manuskripte hinterließ er der Universität von Cambridge, bis auf acht, die er Salt schenkte.

»Damit ist jeder Teil bedacht, der mein Leben ausmachte«, sagte er, und seine Stimme war so leise, dass Salt neben ihm knien und sein Ohr auf die Höhe von Burkhardts Kopf bringen musste, um ihn noch verstehen zu können. »Grüßen Sie meine Freunde, und bitten Sie Mr. Hamilton, meiner Mutter die Nachricht von meinem Tod zu überbringen. Er soll ihr sagen, meine letzten Gedanken galten ihr.«

»Sie werden wieder gesund werden, Ibrahim«, sagte Salt beschwörend. Er weigerte sich, etwas anderes zu glauben; der Schweizer zählte doch erst dreiunddreißig Jahre und hatte schließlich die Wüste mit all ihren Gefahren und Härten überlebt.

»Nein.« Burkhardt schüttelte den Kopf. »Glücklich, wer im Gedächtnis der Menschheit bleibt ... und ich habe bereits das meine getan, um dieses Ziel zu erreichen.«

»Die Nation wird Sie ehren, mein Freund, aber in Jahrzehnten, die Sie erst noch leben werden.«

»Salt ... die Türken werden meine Leiche an sich nehmen – vielleicht sollten Sie das lieber geschehen lassen.«

»Heißt das«, fragte Salt behutsam, »dass Sie als Moslem begraben werden wollen?«

Burkhardt nickte.

»Das können Sie nicht zulassen, Mr. Consul«, sagte Dr. Richardson, als er Salt hinausbegleitete, sowie sie sich außer Hörweite befanden. »Dieser Mann mag wie ein Moslem gelebt haben, aber er ist als Christ geboren, und seine sogenannte Bekehrung kann doch nur Tarnung gewesen sein.

Wer hätte je von einem Christen gehört, der freiwillig zum Mohammedaner wurde? Gezwungen wie der arme Osman, nun, das ist eine Sache, aber freiwillig, und dann noch ein Mann, der, wenn ich Sie recht verstanden habe, auf gewisse Weise im Dienst der Krone stand? Das wäre ein Skandal! Nein, das können Sie nicht zulassen.«

»Es ist sein Wunsch«, sagte Salt gepresst.

»Seine Lordschaft wird darüber nicht …«

»Seine Lordschaft hat hier in Ägypten keine amtlichen Befugnisse«, erklärte Salt barsch und ließ Richardson stehen, um noch einmal ins Haus zurückzukehren. Was auch immer Burkhardts wahre Aufgabe in Ägypten gewesen war, würde der Schweizer mit in sein Grab nehmen. Ihm seinen letzten Wunsch zu erfüllen, betrachtete Henry Salt als ein persönliches Anliegen. Er bat Osman, nicht von Scheich Ibrahims Seite zu weichen und dafür zu sorgen, dass Burkhardts Wünsche respektiert wurden, wenn Salt nicht selbst anwesend war.

So war es Osman, der Burkhardts Hand hielt, als er eine Stunde vor Mitternacht starb.

Der Islam verlangt, dass eine Leiche noch vor dem nächsten Sonnenuntergang unter die Erde gebracht wird, und so geschah es. Burkhardt wurde als Scheich Ibrahim in der Totenstadt von Kairo beerdigt.

»Richardson hat mir erzählt, Sie wären damit konform gegangen, alter Junge«, sagte Belmore zu Salt.

»So ist es, Euer Lordschaft. Es war sein letzter Wunsch. Als englischer Gentleman ist mir der letzte Wunsch eines Toten heilig.«

»Hmm … Und wie ich höre, glauben Sie nicht, dass ich als Mitglied des Oberhauses hier irgendwelche Befugnisse habe, im Gegensatz zu Ihnen?«

»Euer Lordschaft«, entgegnete Salt müde, dem erst durch

Burkhardts Tod bewusst wurde, dass dieser sein einziger Freund in Kairo gewesen war, »es ist mir eine Freude, Ihr Gastgeber zu sein. Wäre ich nicht der Konsul Seiner Majestät in diesem Land, so könnte ich den Ansprüchen Euer Lordschaft als Gast in Ägypten kaum gerecht werden.«

Der Earl kniff die Augen zusammen. »Dann werden Sie ihnen gerecht, Mr. Consul. Ich habe den Jungs versprochen, dass wir ein ägyptisches Wunder zu sehen bekommen, und eines kann ich Ihnen versichern, die Pyramiden genügen nicht. Wir werden Oberägypten besuchen, und ich hoffe in Ihrem Interesse, dass Ihr Italiener da etwas wirklich Grandioses gefunden hat. Vergessen Sie eins nicht: Ein Konsul wird ernannt, Mr. Salt. Er kann auch wieder abgesetzt werden. Ein Mann von Geblüt dagegen behält seinen Rang ewig.«

KAPITEL 17

In Kurna bei einer ihrer alten Bekannten um Obdach in einer Höhle zu bitten war nicht so schwer, wie Sarah vermutet hatte, zumal sie natürlich bereit war, dafür zu bezahlen. Die Wunden des verprügelten Scheichs waren lange verheilt, Giovanni hatte den Leuten wieder über Wochen hin ein Einkommen verschafft, mehr, als sie durch die Feldarbeit verdienten, die Franzosen Drovettis desgleichen – »Und sie wären wohl kaum so freigiebig, wenn sie nicht im Wettbewerb zu euch anderen Franken stünden«, sagte eine der Frauen offen –, und der Defterdar Bey hatte keine weiteren Drohungen mehr hören lassen. Im Gegenteil, derzeit war er den Engländern durchaus gewogen; zumindest hatte er dies seinen Kaschefs bei ihrer letzten Huldigung gesagt. Ihm war der Besuch eines englischen Adligen angekündigt worden, der offenbar die weite Reise aus England nur gemacht hatte, um ihn zu sehen, den Defterdar Bey.

»Das bezweifle ich«, murmelte Sarah, aber sie murmelte es sehr leise. Nachdem sie erst einmal für ihre neue Unterkunft gesorgt hatte, ritt sie in Richtung Biban el-Moluk weiter. Die grabende Gruppe zu finden war leicht. Einer der Männer wollte sie verscheuchen und rief ihr »verschwinde, Junge, verschwinde« zu, ehe sie fast vor ihm stand und er sie als Frau und Fränkin erkannte. Zwar war sie wegen der Aussicht auf ihre Begegnung mit Giovanni zu angespannt, um weiter darüber nachzudenken, aber der Umstand, dass sie, ganz gleich, für wie kurze Zeit, von einem Einheimischen für einen einheimischen Jungen gehalten worden war – ganz egal, ob der Mann nun geglaubt hatte, sie sei ein Grieche, Kopte oder Mameluke –, legte ein Samenkorn in ihrer Phantasie, das bald Wurzeln schlagen sollte.

Als nächsten sah sie James, der von einem anderen Mann geholt wurde und auf sie zurannte, als er sie erkannte.

»Mrs. B«, sagte er, als wäre es das Natürlichste, dass sie hier auf einmal vor ihm stand, »wir haben eine weitere Grabanlage gefunden! Eine wirklich große. Sie ist schon früher von den Ägyptern ausgeraubt worden«, schränkte er ein. »Es gab nur ein paar Alabastergefäße darin, und Mumien ohne jeden Sarg, ganz nackt, aber sie ist richtig groß. Mr. B meint, das bedeutet, dass es in der Nähe noch mehr große Grabanlagen geben muss.«

Die Fellachen, die gerade eine Pause einlegten, klangen skeptischer. »Bah«, sagte einer von ihnen und rümpfte die Nase. »Hier ist nichts mehr. Leer. Aber solange er zahlt …« Dann wurde ihm bewusst, dass James oder Sarah mittlerweile genügend Arabisch beherrschte, um ihn zu verstehen, und er verstummte.

Giovanni trat aus dem Schacht, der ins Erdinnere führte, staubbedeckt, mit einem Bart, der inzwischen wirklich unbedingt gestutzt werden musste, und mit einer verkrampften Haltung, die ihr deutlich machte, dass er schon tagelang nicht mehr oft aufrecht stand. Die Grabanlagen der alten Ägypter waren nicht für Männer seiner Größe gebaut worden.

Er zögerte, als er sie sah, und zuerst dachte Sarah aufgebracht, dass sie an Ort und Stelle umkehren und nach Kurna zurückgehen sollte. Was mehr wollte er noch von ihr? Dann spürte sie einen Wassertropfen auf der Nase, einen zweiten auf ihrer Stirn, und als sie den Kopf hob, um gen Himmel zu schauen, stellte sie fest, dass es regnete, wirklich und wahrhaftig regnete! Aus den Tropfen würde schnell ein prasselnder Regen werden, der direkt aus England hätte kommen können. Sie rannte in Richtung des Grabschachtes und zog Giovanni zurück ins Innere. Zu Beginn ihres Aufenthalts in

Ägypten hatte sie nach einem heißen Tag den Fehler gemacht, den Regen im Freien zu begrüßen. Während sie draußen stand, hatte sich das Haus durch das undichte Dach so schnell mit Wasser gefüllt, dass Sarah das Gefühl hatte, darin schwimmen zu können, und durch das Zimmer, in dem sie und Giovanni schliefen, floss die ganze Nacht ein Bach. Seither hatte sie ihre Lektion gelernt.

»Giovanni«, sagte sie, »ich hoffe, diese Schächte sind so gebaut, dass sie sich nicht sofort mit Wasser füllen und wir ertrinken?«

»Ich habe den rechten Winkel bedacht«, entgegnete er gekränkt. »Des Wüstenwindes wegen, weil ich nicht wollte, dass sie sich gleich wieder mit Sand auffüllen. Außerdem waren den Erbauern dieser Gräber die Nilüberschwemmungen wohlvertraut, und gewiss haben sie den Regen bei der Wahl des Eingangs berücksichtigt. Darauf zu zählen hat mir bereits bei der Entdeckung von sechs Gräbern geholfen.«

Draußen schlug der Regen inzwischen mit einer Wucht auf den Staub, die vergessen ließ, wie nah sie der Wüste waren. Die Luft im Grabmal war abgestanden und staubig, auf andere Weise als in den Höhlen von Kurna, die Sarah kannte. Der Schacht, in dem sie standen, war eng, nie dafür gemacht, Menschen aus und ein gehen zu lassen. Er war nur für einen Weg bestimmt gewesen, und der dumpfe, leicht süßliche Geruch, der in der Luft lag, trug den bitteren Geschmack vom Verfall alles Fleisches mit sich. An der Decke konnte sie im dämmrigen Licht gemalte Geier erkennen, und sie musste an Burkhardts Erzählungen über diese Vögel denken, die nur von Kadavern lebten. Sarah schauderte. Doch nun, da sie den Gedanken daran schon fast aufgegeben hatte, spürte sie, wie Giovanni seinen Arm um sie legte. »Ich würde nie zulassen, dass dir etwas geschieht, Sarah«, sagte er ernst.

Es war einer der Gründe, warum sie ihn liebte, aber es

war nicht dazu geeignet, das bedrückende Gewächs der Entfremdung, das sich inzwischen an ihnen hochrankte, auszureißen, weil es nichts mit dem Grund für ihren Streit zu tun hatte. Aber für den Moment war es besser, als weiterhin getrennt voneinander zu verharren, und so lehnte sie ihren Kopf gegen seine Schulter und ließ sich von ihm ins Innere des Grabes führen, wo er ihr die Mumien zweier Frauen zeigte, deren langes, dunkles Haar noch fast vollständig erhalten war. Unwillkürlich griff sie an ihr eigenes Haupt und erinnerte sich wieder, dass sie einen kleinen Turban trug, der ihr Haar verbarg.

»Ob sie wohl Schwestern waren?«, flüsterte sie. »Oder Frauen desselben Mannes?« Sarah dachte dabei an ihre Gastgeberin in Luxor, die ihr nun grollte, und die zweite Frau des Hausherrn, doch Giovanni schien dies als Anspielung auf etwas ganz anderes zu verstehen.

»Ich habe in meinem Leben nur eine Frau geliebt, Sarah«, sagte er, und er sagte es auf Italienisch, als könne er die Worte nur in seiner Muttersprache finden. »Für mich wird es nie eine andere geben.«

»Das weiß ich doch, Giovanni«, antwortete sie verwundert. Er schien auf etwas zu warten, und mit einem Mal begriff sie.

»Ich liebe dich auch«, sagte sie. »Und nur dich.«

Es war für sie keine Frage; was auch immer sie für Drovetti empfand – und es war ihr inzwischen durchaus klar, dass es mehr war, als sich ziemte –, Liebe war es nicht. Es bekümmerte sie, dass Giovanni offenbar immer noch eine Versicherung brauchte. Er war in all den Jahren auf den Jahrmärkten ein umschwärmter Mann gewesen; von Dienstmädchen über Bürgerinnen bis hin zu der gelegentlich erschienenen Adligen, die sich auf einen Jahrmarkt verirrte, hatte es viele Frauen gegeben, die ihm seines guten Aussehens und seiner Kraft wegen schöne Augen machten. Doch es wäre ihr nie in den Sinn gekommen, an seiner Treue zu zweifeln. Er hatte ihr versprochen, sie zu lieben, zu achten und zu ehren, und Giovanni war ein Mann, der sein Wort hielt.

»Heute Abend wirst du nicht mehr nach Luxor übersetzen«, teilte sie ihm mit. »Wir können in einer der Höhlen in Kurna schlafen. Ich muss dir die Haare schneiden. Man kann dich wirklich nicht allein lassen, Giovanni. Es führt zu allen möglichen Auswüchsen.«

»Mag sein«, murmelte er. »Mag sein.«

Es war kein Friedensschluss, aber es war ein Waffenstillstand. Sie beschloss, fürs Erste damit zu leben.

Die letzten Spuren des herbstlichen Regens waren bereits wieder verschwunden, als diejenigen von Giovannis Fellachen, die er etwa fünfzehn Fuß von dem ausgeraubten großen Grab entfernt schaufeln ließ, auf einen behauenen Felseingang stießen. Da James im letzten Jahr noch einmal in die Höhe geschossen war, blieb Yanni Athanasiou der kleinste Mann vor Ort, und als die Fellachen ein Loch freigeschaufelt hatten, ließ Giovanni ihn hineinklettern. Nach einer Weile kehrte er zurück und erklärte, der Gang sei halb mit Geröll gefüllt, münde aber nach ein paar Stufen in einen tieferen Gang mit einem gähnenden Abgrund, den er sich weigerte, allein zu betreten. Mumien waren keine in Sicht, auch kein Mobiliar, aber die Wände und die Decke waren vollständig mit unbeschädigten Gemälden bedeckt. Die übliche schlechte Laune des Griechen hatte einer unterdrückten Aufregung Platz gemacht.

»Die Bilder an den Wänden sind schöner und reichhaltiger als alle anderen, die ich bisher gesehen habe«, sagte er. »Einschließlich der in Abu Simbel.«

Der Eingang wurde vergrößert, und Giovanni ging, mit einer Fackel bewaffnet, den Gang entlang. Der Dolmetscher hatte die Wahrheit gesprochen, was die Gemälde betraf, aber leider auch bezüglich des gähnenden Abgrunds: Es handelte sich um einen Schacht, der mindestens dreißig Fuß in die Tiefe führte, und der Gang vom Eingang her hatte sich bereits in einem Winkel von achtzehn Grad geneigt. Ganz offenbar sollte die Bauweise dazu dienen, Räuber abzuhalten.

Zuerst erwog Giovanni, es wie Caviglia zu machen und sich abzuseilen, doch dann fiel ihm auf, dass sich in der Wand hinter dem Schacht eine kleine schmale Öffnung befand, nur zwei Fuß breit und hoch. Direkt darunter türmte sich Schutt. Rechts und links der Wände vor dem Schacht lagen zwei Mauervorsprünge. »Hier hat es offenbar eine Art Zugbrücke oder eine Tür gegeben, die inzwischen verrottet sein muss«, murmelte Giovanni. Nun, Holz ließ sich beschaffen. Nicht sofort; er würde bis morgen warten müssen, bis es hier war, aber es ließ sich beschaffen. Giovanni kehrte an die Oberfläche zurück und gab seine Anordnungen.

Am nächsten Tag hatte er seine Balken, und mit etwas Druck ließ sich die kleine Öffnung so weit vergrößern, um sogar ihn durchzulassen. Giovanni fand sich in einem Raum wieder, der nicht mehr als Kammer zu bezeichnen war.

»Mr. B«, flüsterte James, der gleich hinter ihm kam, aufgeregt, »das ist eine Halle.«

»Mindestens dreißig Fuß«, schätzte Beechey, doch der Großteil seiner Aufmerksamkeit galt anderen Dingen. »Belzoni«, sagte er, »Belzoni, schauen Sie sich das an! Es sind nicht nur die Gemälde, die hier erhalten sind – es ist sogar die Schutzschicht über den Farben! Mein Gott ... Tizian selbst hatte keine feinere Pinselführung.«

Auf weißgetünchtem Hintergrund sprangen sie einem entgegen: geflügelte Frauen, Falken, die Sonne, Völkerscharen, die eindeutig Gefangene darstellen sollten, denn sie waren schwarz oder trugen Felle. Giovanni, der nur zwei ägyptische Götternamen kannte, weil die Griechen und Römer sie überliefert hatten, Isis und Osiris, stellte trotzdem eines fest: Dies war kein Grab eines normalen Edlen oder das eines Prinzen, wie er sie schon mehrfach entdeckt zu haben glaubte. Nein, diesmal hatte er eindeutig ein Königsgrab gefunden!

Wie sich herausstellte, gab es noch vier weitere Hallen, eine schöner als die andere. Und dennoch wollte sich nicht das gleiche Triumphgefühl wie in Ybsambul bei ihm einstellen. Das lag nicht daran, dass dieses Grab offenbar bereits in der Antike geplündert worden war; dergleichen mochte Yanni kümmern, der bemerkte, das Grab sei wahrlich wundervoll, doch die Gemälde könne man nun einmal nicht mitnehmen, und den einzigen großartigen Gegenstand, einen Sarkophag aus reinem Alabaster – dessen Mumie und Grabbeigaben schon lange entfernt worden waren –, bei den schmalen Gängen noch weniger. Nein, Giovanni weigerte sich, zu glauben, dass ihm die vollständige Freude an der Entdeckung von derart kleinlichen Überlegungen getrübt wurde. Natürlich hätte er gerne ein paar eindrucksvolle Statuen für Salt – nein, für das Britische Museum – gefunden. Aber bei so viel Schönheit kümmerte einen wahrhaft großen Mann dergleichen Kalkulation nicht.

»Das muss das größte Grab hier sein, nicht wahr, Mr. B?«, fragte James. Seine Begeisterung wärmte Giovanni das Herz, und er fühlte den Drang, dem Jungen begeistert auf die Schulter zu klopfen, doch er konnte nicht umhin, daran zu denken, dass ihm James und Sarah bis auf den heutigen Tag Drovettis Besuch auf Philae verschwiegen hatten.

Drovetti. Das war es. Er würde Drovetti einladen, seine Entdeckung zu sehen. Es bestand keine Gefahr, dass der Korsenfreund einen Kaimakan, einen Kaschef oder gar den Defterdar Bey dazu bringen konnte, ihm dieses Grab zu übergeben, denn wie Yanni Athanasiou richtig bemerkt hatte, gab es hier nichts, was transportiert werden konnte. Aber

Giovanni konnte Drovetti zeigen, was er gefunden hatte: das größte und schönste Grab im Tal der Könige!

Er würde es ihm in Sarahs Gegenwart zeigen.

Vielleicht würde er dann den verdienten Triumph empfinden. Und den Frieden in seinem Herzen, auf den er wartete.

Der Defterdar Bey hatte für Earl Belmore und seine – männliche – Begleitung einen Empfang in Assiut organisiert, der den Earl höchst zufriedenstellte. Es gab einige Schaukämpfe zu Pferde, aus denen der Bey natürlich als Sieger hervorging, und ein Wettschießen, bei dem ein Reiter nach dem anderen losgaloppierte und aus zweihundert bis dreihundert Yards Entfernung auf einen kleinen Tonkrug zu schießen hatte, während er sein Pferd wendete. Dabei weder aus dem Sattel zu fallen noch seinen Schuss zu verpassen war Kunstfertigkeit, die der Earl zu würdigen verstand.

»Schaut euch nur diese Pferde an«, sagte er zu seinem Halbbruder und zu Salt. »Die Tiere sind zwar nicht so groß wie unsere, aber welch eine Harmonie ihre Glieder haben. Ich bin Kenner; mir macht man nichts vor! Die haben alle die drei höchsten Tugenden eines guten Pferdes: Schnellfüßigkeit, Mut und einen langen Atem.«

»Das wäre was für unser Gestüt in Irland«, antwortete sein Bruder. »Wir sollten einige davon kommen lassen; es sollte möglich sein, sie an unser Klima zu gewöhnen.«

Neben der Schimmelstute des Adjutanten hatte es der Rappe des Beys dem Earl besonders angetan. »Unglaublich«, rief er, »sieh sie dir an – ohne den kleinsten Makel. Mähne und Schweif wie Seide. Das ist Qualität. Herrlich! Ich muss wissen, was das Pferd kostet.«

Salt sah die nächsten Probleme drohend aufziehen. Wusste

der Mann nicht, dass ein Bey sich eher von seiner Frau trennte als von seinen Pferden? Während er noch nach einer unverfänglichen Formulierung suchte, um so taktvoll wie möglich zu vermitteln, dass ein Verkauf für den Bey nie in Frage kommen würde, fragte er den Earl, was er denn von den Kunststückchen der Reiter hielt.

»Das sind die Recken des Orients«, sagte er begeistert zu Salt. »Mit denen könnte man glatt auf die Fuchsjagd gehen. Dieser Bey scheint wirklich ein ganzer Kerl zu sein. Hat es da nicht irgendwelche Schwierigkeiten Anfang dieses Jahres gegeben? Muss an den Franzmännern gelegen haben. Der Bey, das ist ein Mann von echtem Schrot und Korn. So etwas sieht man sofort.«

Salt wünschte sich Burkhardt zurück unter die Lebenden, noch heftiger, als er es sonst schon tat.

Die Begeisterung des Earls legte sich ein wenig, als der Bey sich am nächsten Tag entschuldigen ließ. Er sei einer dringenden Nachricht wegen unterwegs und für einen oder zwei Tage nicht erreichbar. Salt bemühte sich mannhaft, keine Schadenfreude in sich aufkommen zu lassen, was ihm dadurch erleichtert wurde, dass ihn ein paar Stunden später die gleiche Nachricht erreichte, die, wie er annahm, den Bey zu seinem abrupten Abschied veranlasst hatte.

»Euer Lordschaft«, verkündete er dem Earl, der sich gerade von Richardson wegen eines überraschenden Gichtanfalls behandeln ließ, »es freut mich, Ihnen mitteilen zu können, dass meine Leute in Biban el-Moluk fündig geworden sind. Ein Grab von einer Größe und Pracht, das alle anderen bisher entdeckten Gräber in jenem Tal in den Schatten stellt.«

»Heißt das, sie haben einen Schatz gefunden?«, fragte der ältere der beiden gräflichen Söhne, der gerade dazukam. Salt schüttelte den Kopf.

»Nein. Plünderer in der Antike scheinen uns auch hier zuvorgekommen zu sein, obwohl es noch einen schönen Alabastersarkophag dort geben soll. Es ist die erhaltene Innenbemalung und die Größe, welche die Einzigartigkeit ausmachen, Euer Lordschaft, und Mr. Belzoni ist sicher, dass es sich um das Grab eines bedeutenden Königs handelt.«

Der junge Viscount machte ein enttäuschtes Gesicht. Er sah seinem Vater sehr ähnlich, und mit einem Mal musste Salt an sein eigenes Kind denken, das mittlerweile auf der Welt war und nie seinen Namen tragen würde. Es war ein Sohn. Ob der Junge ihm wohl ähneln würde oder mehr seiner Mutter? Salt rief sich selbst zur Ordnung. Osman der Schotte war ein guter Mann, und durch Scheich Ibrahims Nachlass auch finanziell recht gut gestellt. Es bestand wirklich kein Anlass, sich Sorgen zu machen.

»… Mr. Consul? Salt? Ich hatte Sie etwas gefragt.«

»Verzeihung, Euer Lordschaft.«

»Papa möchte, dass wir gleich aufbrechen, um das Grab anzuschauen«, erklärte der Viscount hilfsbereit, »und er hat mir versprochen, dass wir auch etwas buddeln dürfen, Harry und ich. Wär doch gelacht, wenn wir nicht auch etwas finden. Also, wird Ihr Mann Belzoni uns zeigen, wie man das macht?«

Salt versuchte sich Belzoni vorzustellen, wie er auf die ihm eigene Art zwei halbwüchsigen Aristokraten erklärte, dass man auch in Ägypten nicht einfach eine Schaufel in den Boden stieß und Altertümer herauszog, erinnerte sich an die Begegnung zwischen Belzoni und Caviglia und sah vor seinem geistigen Auge ein diplomatisches Desaster emporziehen, bei dem der Italiener brüllte und Lord Belmore umgehend an das Ministerium schrieb, um Salts Rücktritt zu verlangen.

»Er wäre sicher gerne dazu bereit, Euer Lordschaft, doch es mag sein, dass er zu beschäftigt ist. Belzoni ist ein sehr gewissenhafter und arbeitseifriger Mann. Aber ich werde in jedem Fall jemanden finden, der Sie und Ihren Bruder instruiert.«

Bei seiner momentanen Pechsträhne mochte es sein, dass diese Aufgabe an Salt selbst hängen blieb.

Es war unmöglich, die Bewohner des westlichen Nilufers im Bereich von Theben durch eine unangemeldete Ankunft zu überraschen. Während des Krieges zwischen Mehemed Ali und den Mameluckcn hatten sie immer einige Leute auf den Bergspitzen postiert, um rechtzeitig in die Höhlen fliehen zu können, und von dieser Gewohnheit waren sie nicht abgewichen.

Giovanni erfuhr durch ein paar der Fellachen, dass sich eine Reiterschar in Uniformen dem Tal näherte. Er erinnerte sich sofort an die letzte Gelegenheit, bei der ein ganz besonderer Türke in dieser Gegend gewesen war, und an den aufgeregten, angespannten Gesichtern erkannte er, dass ihn diese Erinnerung nicht als Einzigen heimsuchte.

Ich hätte Drovetti nicht schreiben sollen, dachte er. *Nun wird wieder ein armer Scheich für meinen Stolz bezahlen.*

»James«, sagte er laut, »geh zu Mrs. Belzoni und bleibe bei ihr. Wir wissen nicht, um wen es sich handelt, und ich möchte, dass du sie beschützt.«

»Ehrensache«, entgegnete James, und an seiner erleichterten Miene ließ sich ablesen, dass er diese Äußerung für die Rücknahme des Vorwurfs hielt, den Giovanni ihm in Assuan gemacht hatte. Das war eigentlich nicht gemeint gewesen; Giovanni wollte nur nicht, dass James als sein Diener für die Launen des Defterdar Bey herhalten musste. Doch er brachte es nicht über sich, das klarzustellen. Lieber ließ er den Jungen nach Kurna zu Sarah eilen, den kürzeren Weg über den Berg nehmen, den man nur zu Fuß überqueren konnte, und wusste sie beide in Sicherheit.

Eine halbe Stunde später hörte er das Krachen von Gewehren. Einen unruhigen Moment lang sah er Leichen vor seinem inneren Auge, bis er begriff, dass es sich um Salutschüsse handelte. Trotzdem sank sein Herz, als er aus dem Grabmal eilte und den Defterdar Bey erkannte. Beechey, sonst so zurückhaltend und völlig mit Skizzen beschäftigt, fluchte leise hinter ihm.

»Welcher franzosenhörige Bastard hat den wohl benachrichtigt? Die Araber hier können es nicht gewesen sein, die haben zu viel Angst vor ihm.«

»Ich habe es Ihnen doch wieder und wieder gesagt«, entgegnete Giovanni. »Drovetti hat überall Spione.« Es musste am Training auf Jahrmärkten liegen, dass er nicht errötete, obwohl er sich fast gewiss war, dass er den Besuch sich selbst und seiner Einladung verdankte.

Der Bey machte sich kaum die Mühe, Yannis Begrüßungsrede zur Gänze anzuhören. Er gab seinen Leuten ein Zeichen, die sofort in das Grab stürmten. Dann wies er auf Giovanni.

»Sie«, sagte er. »Sie werden mich führen.«

Giovanni tat sein Bestes. Er hielt selbst die Fackel, damit der Bey alles sehen konnte. Er zeigte ihm die Hallen, wies ihn auf die Gemälde hin, die er für die schönsten hielt, und erklärte sogar seine Theorien, was auf den Bildern wohl dargestellt war, wobei er es sich nicht verkneifen konnte, zu sagen: »Wenn Mr. Beecheys Zeichnungen England erreichen, wird Dr. Young gewiss die Entzifferung der Hieroglyphen endgültig gelingen, durch meine Hilfe.«

»Wenn es Gott gefällt ...« Der Bey zuckte die Achseln. »Aber wozu? Die Ägypter sind ein dummes Volk, ein diebisches noch dazu, seit die meisten von ihnen Araber sind. Wären ihre Vorfahren besser gewesen, dann hätten die Araber sie nicht besiegt. Was also sollen uns Menschen erzählen können, die von diebischen Dummköpfen und Leichenräubern besiegt wurden? Bah.«

Während Giovanni noch überlegte, ob es sinnvoll war, von

dem Wert der Geschichte zu sprechen, auf die Pyramiden und Tempelanlagen hinzuweisen, Baukünste zu rühmen, die man selbst heute, mit modernen Geräten, noch nicht nachahmen konnte, und sich einmal mehr bewusst wurde, wie seltsam es war, dass dieses Land immer wieder von Menschen regiert wurde, die eine andere Sprache als dessen Einwohner sprachen, überraschte ihn Yanni, der, nachdem er die Worte des Bey ins Italienische übersetzt hatte, noch etwas auf Türkisch murmelte, das der Dolmetscher später im Bericht an Salt folgendermaßen wiedergab: »Und doch dachte ich, dass der Prophet Mohammed selbst Araber gewesen sei und Arabisch die Sprache, in der Gott ihm den Koran offenbarte …«

Abrupt blieb der Bey stehen und kniff die Augen zusammen. »Der Prophet war Araber«, sagte er langsam. »*Grieche.* Und du scheinst mir vergessen zu haben, wem du Gehorsam schuldest.«

Er wartete bewusst, bis diese Worte für Giovanni übersetzt worden waren, dann schlug er Yanni ins Gesicht, nicht mit der Faust, sondern mit dem Handrücken; ein Schlag, dem man hierzulande einem Sklaven oder einer Frau versetzte, keinem Mann. Yanni fiel zu Boden, obwohl der Schlag nicht so hart gewesen sein konnte, und presste seine Stirn in den jahrtausendealten Staub, während der Bey, ohne weiter auf ihn zu achten, über ihn hinwegstieg und Giovanni bedeutete, ihm zu leuchten. Was er seinerzeit mit dem Scheich von Kurna gemacht hatte, war viel schlimmer gewesen, doch auch hier handelte es sich um eine absichtliche Demütigung, die Giovanni galt.

Trotz oder wegen seiner Stärke war Giovanni kein gewalttätiger Mann. Er hatte früh gelernt, dass ein Rippenstoß, den er im jugendlichen Übermut einem seiner kleinen Brüder versetzte, diesen viel härter traf, als er es wollte, und war daher ständige Zurückhaltung gewöhnt, an vorsichtigen Umgang mit seiner Muskelkraft. Außerdem kam es so gut wie nie vor, dass er körperlich angegriffen wurde; den meisten Leuten genügte seine Gestalt als Abschreckung. Diejenigen, die sich seinen Groll zuzogen wie Drovetti und nun auch Salt, liefen nie Gefahr, dass er sie schlagen wollte. Aber hin und wieder packte ihn der Zorn, so wie bei dem Kaimakan, den er wie eine Ratte geschüttelt hatte. Beim Defterdar Bey indessen musste er den so selten ausbrechenden Wunsch nach Gewalttätigkeit in sich bezähmen. Das fiel ihm schwer, sehr schwer. Wenn er diesen Mann sah, erinnerte er sich sofort an den verprügelten Scheich, und von nun an würde er dem Bey nie wieder begegnen können, ohne an Yanni zu denken. Nein, Giovanni mochte seinen Übersetzer nicht besonders, doch er war, trotz seiner zum Teil nervtötenden Art, durch und durch harmlos. Und vor allen Dingen war er ein Mann, der sich weder verteidigen konnte, noch es in so einer Situation überhaupt durfte. Das alles reichte Giovanni, um sich inständig zu wünschen, er könne den Schwiegersohn des Paschas nur einmal so behandeln, wie dieser es verdiente.

»Es tut mir leid«, murmelte er auf Englisch und streckte eine Hand aus, um Yanni aufzuhelfen, doch der schüttelte den Kopf; er hatte sich nach seinem Anfall von Mut offenbar an das Sprichwort erinnert, dass Vorsicht der bessere Teil der Tapferkeit war, und wie ein getretener Hund gehandelt, der lieber gleich tot spielte und so erfolgreich weitere Misshandlungen verhinderte. Also rappelte er sich erst so unauffällig wie möglich auf, als der Bey ein paar Schritte entfernt war und ungeduldig nach Giovanni rief.

Die Gefolgsleute des Bey kehrten einer nach dem anderen zu ihm zurück, nachdem sie alle Kammern des Grabes durchsucht hatten, und erstatteten ihm im raschen Türkisch Bericht, so dass Giovanni kein Wort verstand. Schließlich wendete sich der Bey an ihn.

»Wo haben Sie den Schatz hingebracht?«

»Welchen Schatz?«, fragte Giovanni.

»Den Schatz, den Sie hier an diesem Ort gefunden haben!«

Mittlerweile übersetzte Yanni wohlweislich von einer Position hinter Giovanni, doch die Worte waren klar und deutlich.

»Euer Gnaden, wir haben hier keinen Schatz gefunden«, entgegnete Giovanni und fragte sich, ob er sich nicht umsonst Vorwürfe wegen seines Schreibens an Drovetti gemacht hatte. Das klang eher so, als sei der Defterdar Bey durch die Art von Gerüchten alarmiert worden, wie sie hier in Theben immer die Runde machten, seit er seinen Arbeitern für die erfolgreiche Öffnung eines Königsgrabs ein erhöhtes Bakschisch gegeben hatte.

Der Bey lachte ungläubig. »Mir wurde berichtet, dass Sie in diesem Grab einen großen, goldenen Hahn gefunden haben, gefüllt mit Diamanten und Perlen. Ich muss ihn sehen. Wo ist er?«

So selbstbeherrscht wie möglich gab Giovanni zurück: »Wir haben nichts dergleichen gefunden, Euer Gnaden.«

Beechey kam ihm zu Hilfe. »Sir, wenn wir dergleichen in unserem Besitz hätten, wären wir dann noch hier, im Dreck?«

Das war ein Argument, das dem Defterdar Bey einzuleuchten schien. »Aber weswegen dann all die Aufregung um dieses Grab, wenn es nichts für euch Franken zu rauben gab, hm?«

»Es sind die herrlichen Wandmalereien«, sagte Beechey, »die uns glücklich machen, und das Bewusstsein, uns an der letzten Ruhestätte eines großen Herrschers zu befinden.«

Der Bey warf einen abschätzigen Blick auf die sternenumkleidete Frauengestalt schräg über ihm. »Nun ja. Dies wäre kein schlechter Platz für einen Harem. Die Frauen hätten dann viel zu betrachten.«

Mit einem Fingerschnalzen brachte er seine Gefolgsleute

zu sich. Ohne sich die Mühe zu machen, Giovanni und die übrigen Franken eines weiteren Wortes zu würdigen, verließ er die Grabkammer wieder.

»Nun ja«, sagte Beechey, nachdem sie sich vergewissert hatten, dass der Bey sich in den Sattel geschwungen und davongeritten war, und sprach aus, was alle dachten, »er muss durch seine Spione schon gewusst haben, dass kein Schatz da war. Wir hätten ihn sonst ganz anders erlebt. Es hätte schlimmer sein können.«

Die Belmores hatten ein Boot ganz für sich allein gemietet; Salt reiste mit einem Teil ihres und seinem eigenen Personal auf einem zweiten Schiff. Ihre Ankunft in Theben glich daher einem kleinen Staatsbesuch.

In den neunzehn Monaten seit seiner Amtsübernahme hatte Salt noch keine Gelegenheit gehabt, mehr von Ägypten zu sehen als Alexandria und Kairo. Unter anderen Umständen hätte er jede Sekunde genossen, statt sich Sorgen darüber zu machen, ob es neuen Ärger mit dem Defterdar Bey gab, ob Belzoni den Earl of Belmore verärgern würde, wer das Leck in seinem Konsulat war und ob der Umstand, dass Drovetti dem Pascha eine beträchtliche Menge ehemaliger französische Offiziere und Gelehrter, die nach Napoleons Niederlage neue Gönner brauchten, für den Aufbau von Armee und Verwaltung vermittelt hatte, die Waage wieder zu französischen Gunsten senken würde. Er wünschte sich Burkhardt an seiner Seite, der ihm das Land zeigen könnte. Doch die Umstände waren anders, und Salt tat sein Bestes, um darüber hinwegzusehen.

Beechey und Yanni begrüßten ihn überschwänglich, Belzoni etwas zurückhaltender. Mrs. Belzoni hätte er in ihrer türkischen Männerkleidung auf den ersten Blick gar nicht erkannt. Es war unvermeidlich, nicht an ihre letzte Begegnung zu denken.

»Mrs. Belzoni«, sagte Salt, »Sie müssen mir gestatten, Sie und Mr. Belzoni dem Earl of Belmore und ihrer Ladyschaft vorzustellen.« Es lag ein wenig Ressentiment und Boshaftigkeit darin; er konnte sich nicht vorstellen, dass irgendeine Frau einer anderen, und schon gar nicht einer von höherem Stand, gerne in diesem Aufzug begegnete. Aber in erster Linie wollte er seine Unbeschwertheit hinsichtlich jener letzten Begegnung demonstrieren, und außerdem hatte es Belzoni nach seinen erstaunlichen Taten durchaus verdient, umgehend vom Hochadel gewürdigt zu werden.

Mrs. Belzoni schlug die Augen nieder; beschämt, wie Salt glaubte, bis sie sagte: »Sie tragen Trauer, Mr. Consul?«

Mit einem Mal wünschte er sich, er hätte nicht der Belmores wegen europäische Kleidung getragen. Sie musste es an seinem Kragen und seinen Ärmeln gemerkt haben. Ganz gleich, wie sehr sie ihn irritierte, er hatte mit dieser Nachricht bis zu einer ruhigen Stunde warten wollen. Belzoni und sie waren mit Burkhardt recht eng befreundet gewesen.

»Ja«, sagte Salt leise. »Scheich Ibrahim hat uns verlassen.«

Ihre Hand flog an den Mund, und diese Geste von der sonst so selbstbeherrschten Mrs. Belzoni war es, welche die Wirklichkeit von Burkhardts Tod noch einmal für ihn unterstrich.

»Aber er war doch ...«

Zu jung. Zu stark. Zu klug. Zu lebensfroh. Was auch immer sie hatte sagen wollen, Salt wollte es nicht noch einmal hören; in seinem Kopf tat er es ohnehin.

»Ja«, sagte er.

»Scheich Ibrahim?«, murmelte Belzoni und klang wie betäubt. »Unser Burkhardt?«

»Ich wollte es Ihnen eigentlich erst später beibringen, etwas ... schonender«, sagte Salt. »Es tut mir leid. Er hätte gewollt, dass Sie es persönlich erfahren, deswegen habe ich nicht geschrieben.«

Der Schock in Belzonis Gesicht wich jähem Misstrauen. »Deswegen«, fragte er rauh, »oder ...«

Seine Gattin legte rasch ihre Hand auf seinen Arm. »Giovanni«, sagte sie, »Mr. Salt wird uns später gewiss die Einzelheiten berichten. Lass uns jetzt deinen Besuch begrüßen. Es wäre unhöflich, sie weiter warten zu lassen.«

Salt wusste nicht, ob Mrs. Belzoni ernsthaft glaubte, die Belmores seien gekommen, um Belzoni zu besuchen, oder sich darüber im Klaren war, dass der Besuch Luxor galt, und es nur in diesem Moment aus taktischen Gründen für ihren Gatten so darstellte. Er traute ihr beides zu. In jedem Fall ließ sich Belzoni beschwichtigen. Sie gingen zu dem Boot des Earls, und Salt bemerkte, wie die Anwesenheit des kleinen Mädchens und der halbwüchsigen Jungen beide Belzonis verblüffte. Er stellte sie dem Earl und Lady Belmore vor, die beide ausgezeichneter Stimmung waren.

»Na, Belzoni, von Ihnen hört man ja nur Gutes«, sagte Belmore wohlwollend. »Fabelhafte Sache, das mit dem Kopf des Memnon. Und Ihren Tempel da unten in Nubien, den werde ich mir mit eigenen Augen anschauen.«

»Ist es sicher für eine Frau, ihn zu betreten?«, fragte die Gräfin Mrs. Belzoni, nachdem sie deren Männerkleidung ausgiebig gemustert hatte.

Mrs. Belzoni zögerte einen Hauch zu lange, ehe sie erwiderte: »Dessen bin ich mir gewiss.« Salt erinnerte sich, was Mangles und Irby bei ihrer Rückkehr nach Kairo erzählt hatten. Wie es schien, hatte Mrs. Belzoni ihren Ausschluss von der Gruppe, die den Tempel von Abu Simbel geöffnet hatte, noch nicht verwunden.

Der Earl war noch immer damit beschäftigt, Belzonis Leistungen zu rühmen. »... und die Sphinx erst, und die Pyramide des Cheops!«

Die Freude über die Schmeichelei des Earls schwand jäh aus Belzonis Miene. Salt stöhnte innerlich. Er hatte es doch schon einmal klargestellt! Warum konnten nicht alle Aristokraten im Ausland sein wie Lord Valentia? »Das war Kapitän Caviglia, Euer Lordschaft«, sagte er hastig, ehe Belzoni einen Fauxpas begehen konnte.

»Ah ja, richtig. Nun ja, es sind ja noch zwei weitere Pyramiden zu erforschen, in Gizeh. Wir waren dort, wissen Sie. Die Zofe meiner Frau hat ihren Schirm verloren, aber ansonsten war es ein kapitaler Tag.«

Belzonis Gesicht rötete sich.

»Es gibt keinen Eingang in die zweitgrößte Pyramide, Euer Lordschaft«, sagte Salt und hoffte, dass er das Thema damit beendete. »Daher kann sie von niemandem erforscht werden. Und die dritte ...«

Mit einer wegwerfenden Bewegung unterbrach ihn der Earl. »Was denn, was denn, Mr. Consul. Nur nicht so zaghaft. Sie, Belzoni, sind Sie nun ein Entdecker, oder sind Sie keiner? Ein Kerl, der in Ägypten die Geheimnisse der Altertümer ergründen will, der muss sich auch die Pyramiden vornehmen. Oder haben Sie Angst vor einem der sieben Weltwunder, guter Mann?«

Salt gab sein Bestes und machte einen letzten heroischen Versuch, die Situation noch zu retten.

»In all der Zeit, die Mr. Belzoni in meinen Diensten verbracht hat, habe ich noch nie erlebt, dass er je vor irgendetwas Angst gezeigt hätte. Aber Tatsache ist nun einmal, dass die zweite Pyramide ...«

»Ich habe nie in *Ihren* Diensten gestanden!«, explodierte Belzoni.

Er hatte eine tiefe, mächtige Stimme, wie sie seiner Gestalt entsprach. Sogar die Kinder und ihr Lehrer, die bisher munter miteinander geschwatzt hatten, drehten sich zu ihm um und waren still. Der Earl und die Gräfin schauten so erstaunt, als habe sich das Bergmassiv des Westufers in den ausbrechenden Vesuv verwandelt. Salt war im ersten Moment zu überrascht, um verärgert zu sein. Er blinzelte und fragte sich, ob er träumte.

»Niemals! Ich stehe im Dienst der britischen Nation!«

Dunkel erinnerte sich Salt, dass ihn Burkhardt vor so etwas gewarnt hatte. Langsam fragte er sich, ob Belzoni bei all seinen Fähigkeiten nicht schlicht und einfach mehr Ärger bedeutete, als er wert war. Caviglia hatte nie so ein Gehabe an den Tag gelegt. Vielleicht sollte er ihn nach Abschluss seiner Arbeiten in Gizeh nach Luxor schicken? Aber das waren Pläne für die Zukunft; jetzt galt es, das unmittelbare Unglück abzuwenden. Wenn der Earl of Belmore in London den Eindruck verbreitete, Salt habe seine Angestellten nicht im Griff, dann konnte das Folgen haben.

»Mein lieber Belzoni«, sagte Salt freundlich, aber bestimmt, »ich weiß nicht, wie Sie auf diese Idee kommen. Ich bezahle Sie aus meinen privaten Einkünften. Das habe ich von Anfang an getan. Ihnen gebührt alles erdenkliche Lob für Ihre Unternehmungen, und glauben Sie mir, in meinen Briefen nach England habe ich nicht gezögert, Ihren Taten den größten Tribut zu zollen. Vergessen Sie bitte nicht: Unser Verhältnis ist wie das eines Architekten zu seinem Auftraggeber. Ich habe Ihnen die nötigen materiellen Grundlagen zur Verfügung gestellt und den Auftrag erteilt, und Sie sind der Künstler, der etwas daraus gemacht hat. Aber sicher bestreiten Sie nicht, dass auch ein Architekt immer im Dienst seines Auftraggebers handelt.«

Die Gräfin schlug einen Fächer auf, und ihre schwarzen Augen wanderten aufmerksam zwischen Salt und Belzoni hin und her. Belmore lehnte sich gegen die Reling und wandte ebenfalls den Blick nicht von den beiden. Belzoni holte tief Luft. Salt dachte resigniert, dass eine Szene nun unvermeidbar war, als Mrs. Belzoni laut rief: »Du meine Güte!

Man könnte meinen, wir befänden uns in Bulak oder in Bristol! Da kommt noch ein Schiff, sehen Sie nur! Es hat die französische Flagge gehisst!«

Mrs. Belzoni besaß längst nicht die gleiche kräftige Stimme wie ihr Gatte, doch durch die gespannte Stille, die seit seinem Ausbruch herrschte, hörte sie jeder und drehte sich nun in die von ihr gewiesene Richtung. Dort kam in der Tat ein Boot mit französischer Flagge den Nil aufwärts und machte Anstalten, am gleichen Ufer anzulegen, wie es das der Belmores und Salts getan hatten. Salt hob eine Hand, um seine Augen zu beschatten und die Gestalten an Bord besser ausmachen zu können, während der Earl sagte: »Donnerwetter! Die haben wohl auch von Ihrer Entdeckung gehört, die Spitzbuben, wie, Belzoni?«

Die Gräfin ließ ihren Fächer sinken, hob das geschliffene Glas ihres Lorgnons an ihr Auge und sagte: »Und sie haben sogar einen Piraten an Bord. Jedenfalls sieht mir der Mann wie einer aus.«

Inzwischen hatte Salt ihn erkannt. Er hätte nie gedacht, dass er einmal so froh sein würde, ihn zu sehen.

»Das ist eine Beschreibung, welche der Wahrheit durchaus nahekommt, Euer Ladyschaft. Es handelt sich um Mr. Drovetti.«

Selbst Belzoni musste sich im Klaren darüber sein, dass man in Gegenwart Drovettis eine geschlossene Front zeigen musste. Vorsichtshalber schaute Salt zu ihm hinüber. Und tatsächlich: Belzoni machte nicht länger Anstalten, wütende Proteste in seine Richtung zu brüllen. Allerdings schaute er auch im Gegensatz zu allen anderen auf Deck befindlichen Personen nicht zu dem Schiff und Drovetti hinüber. Stattdessen blickte er seine Gattin an, mit gerunzelter Stirn und einer gequälten Miene. *Gewiss nicht, weil sie seinen Wutanfall unterbrochen hat,* dachte Salt und konnte nicht umhin, gewisse Schlussfolgerungen zu ziehen. Das war eine Komplikation, mit der er nicht gerechnet hatte. Prüfend betrachtete auch er Mrs. Belzoni. Wenn diese sich der Aufmerksamkeit bewusst war, dann ließ sie es sich nicht anmerken. Sie wandte den Blick nicht von Drovetti.

»Es war ein glücklicher Zufall«, sagte Drovetti und benahm sich so unbefangen, als sei das Picknick, das die Diener des Earls vor dem Eingang des Königsgrabs bereitet hatten, eines, das im Hyde Park stattfand. *Nein,* dachte Sarah, *in seinem Fall in den Jardins du Luxembourg.* »Ich hatte ohnehin vor, mir ein Boot zu mieten, um nach Theben zu reisen, da mir meine Leute schrieben, dass es dort genügend geborgene Altertümer gibt, die auf ihre neue Heimat in Alexandria warten. Aber dann erhielt ich einen wesentlich besseren Grund für meinen Besuch hier. Belzoni, ich bin schon ungeheuer gespannt auf Ihr Grab. Dass Sie in der Stunde Ihrer Größe an mich gedacht haben, rührt mich zutiefst.«

Salt warf Giovanni einen fragenden Blick zu. Der presste die Lippen aufeinander.

»Mr. Belzoni war so freundlich, mich zur Besichtigung des Grabes einzuladen«, erläuterte Drovetti, und zum ersten Mal seit der Begrüßung schaute er Sarah direkt an. Ein wenig Amüsement schwang in seiner Stimme mit, aber er lächelte nicht, und an dem ernsten Ausdruck seiner Augen erkannte sie, dass er nicht log. Sie brachte es nicht über sich, jetzt zu ihrem Mann zu schauen. Vielleicht hatte Giovanni es nicht so gemeint? Vielleicht hatte die Einladung auch nichts mit ihr zu tun, doch in diesem Moment fühlte sie sich, als hätte er ihr ins Gesicht geschlagen.

»Na so was«, sagte der Earl of Belmore. »Diese Italiener, halten doch zusammen, auch wenn sie im Dienst anderer Nationen stehen. Oder sind Sie kein Italiener, Drovetti? Mit dem Namen könnten Sie natürlich auch Korse sein.«

Es war eine deutliche Anspielung auf Bonaparte. Ohne zu zögern, fiel Sarah in das Gespräch ein, wie sie es an Deck von Belmores Boot getan hatte, um den Streit zwischen Salt und ihrem Gatten zu unterbrechen.

»Monsieur Drovetti stammt aus Piemont.«

Sie schaute Giovanni immer noch nicht an. Salt, von dem sie es nicht erwartet hatte, überbrückte ihre Sympathieerklärung mit einem eigenen Einwurf.

»Das macht Sie derzeit zum Untertan des Königs von Sardinien, Drovetti, nicht wahr? Es wundert mich, dass Sie immer noch die französische Flagge führen.«

»Die Hoffnung stirbt zuletzt«, gab Drovetti leichthin zurück. »Und ich bin ihr gehorsamer Sklave. Beispielsweise schmeichele ich mir, dass die französische Nation ihren alten Verehrer ungeachtet seiner nominellen Nationalität wieder in ihre Dienste berufen wird, und ich wäre ein wankelmütiger und treuloser Liebender, wenn ich in der Zwischenzeit von der Bekundung meiner Zuneigung abließe und nicht auf sie wartete.«

Sarah, die neben der Gräfin saß, stellte ungläubig fest, dass die Belmores tatsächlich mit eigenem Porzellan reisten, auf dem nun Hühnchenschlegel gereicht wurden. Sie nahm ihren Teller entgegen, doch aß nichts davon. Stattdessen wandte sie sich an Drovetti.

»Sind Sie deswegen in Ägypten geblieben?«, fragte sie, und ihre Stimme klang in ihren eigenen Ohren eine Spur zu weich. »Weil Sie darauf hoffen?«

Er nickte. »Zu meinen Bedingungen, als derjenige, der ich bin. Einige meiner Freunde behaupten, dass ich schon längst am Ziel wäre, wenn ich meine Staatsbürgerschaft wechselte. Doch man hat mich einmal akzeptiert, wie ich bin. Halten Sie es für illusionär, auf eine zweite solche Akzeptanz zu hoffen, Madame Belzoni?«

»Ich glaube nicht, dass irgendjemand Sie so akzeptiert,

wenn er erst einmal gesehen hat, wer Sie wirklich sind, Drovetti«, sagte Giovanni grollend.

»Sie sehen hungrig aus, meine Liebe«, fiel die Gräfin schnell ein und lächelte Sarah freundlich an; offensichtlich war auch sie geübt darin, die Gespräche von Männern zu lenken, ohne sich in ihnen zu Wort zu melden. »Essen Sie, essen Sie.«

Drovetti ließ sich davon nicht ablenken, ebenso wenig wie seine Miene erkennen ließ, ob er Giovannis offensichtliche Beleidigung wirklich zur Kenntnis genommen hatte. »Nein? Und ich dachte, deswegen hätten Sie mir geschrieben. Schließlich haben Sie mit diesem Grab und der Öffnung von Abu Simbel für dieses Jahr Ihr Soll in Salts Diensten erledigt, und ich wollte Sie fragen, mein lieber Belzoni, ob Sie sich nicht vorstellen könnten, im nächsten Jahr für mich tätig zu werden. Nichts für ungut, Salt, ich bin sicher, Sie bezahlen Ihre Leute hervorragend, aber ...«

»Was?«, fragte Giovanni und klang zur Abwechslung zu verblüfft, um wütend zu sein.

»Hoho!«, rief der Earl. »Ein Pirat, meine Liebe, das haben Sie ganz richtig erkannt«, wandte er sich an seine Frau. »Und nun versucht er, vor unser aller Augen Beute zu machen. Lassen Sie sich das nicht bieten, Salt! Streiten Sie für England!«

»Ich glaube an die Freiheit der Wahl«, entgegnete Salt langsam. »An Angebot und Nachfrage, aber auch an Charakter. Mr. Belzoni weiß genau, woran er mit mir ist, und er weiß, was er von Mr. Drovetti zu erwarten hat.« Diesen Worten konnte man nicht entnehmen, ob er nicht sogar darauf hoffte, dass Giovanni Drovettis Angebot annahm. Vielleicht hatte er auch nur zu genau verstanden, dass von mehr als einem Angebot die Rede war. Sarah stand auf.

»Da ich den Charakter meines Gatten kenne, verehrter Mr. Salt, stellt sich diese Frage eigentlich nicht«, sagte sie. »Aber es erstaunt mich doch, Monsieur Drovetti, dass Sie ein Angebot machen, ehe Sie gesehen haben, worum es überhaupt geht. Sind Sie nicht des Grabes wegen hergekommen?«

»Wenn Sie es mir zeigen, verzichte ich gerne auf alles andere, Madame, selbst auf das köstliche Picknick ihrer Ladyschaft«, gab Drovetti zurück und erhob sich ebenfalls.

Giovanni hatte seine Stimme wieder gefunden. »Das ist mein Grab«, sagte er finster. »Ich werde Sie führen.«

»Und ich dachte, es gehört dem armen Kerl, den die Heiden vor all den Jahrhunderten dort hineingesteckt haben«, sagte die Gräfin schnippisch. »Wenn einer geht, gehen wir alle. Der Koch wird schon über die Enttäuschung hinwegkommen.«

Ihre Söhne, die bis dahin äußerst gelangweilt gewirkt hatten, horchten auf und strahlten. Der ältere wandte sich an Giovanni.

»O ja, Sir, lassen Sie uns in das Grab gehen. Hat Ihnen Mr. Salt schon gesagt, dass Sie Papa und uns beim Graben behilflich sein sollen?«

»Ah, ich sehe schon, dass ich zu spät hier eingetroffen bin. Sie haben bereits neue Arbeitgeber gefunden«, sagte Drovetti zu Giovanni. Sarah widerstand mit Mühe der Versuchung, ihre Augen gen Himmel zu rollen. Die beiden standen einander wirklich in nichts nach, soweit es die Fähigkeit betraf, kindische Sticheleien auszutauschen. Froh, dass sie keine Röcke trug, die sie hätte raffen müssen, und nicht im Mindesten besorgt um die Gräfin, die diesen Vorteil nicht hatte, betrat sie den freigeschaufelten Eingang.

Die Stimmen der Belmores, ihres Arztes und des Lehrers für ihre Jungen vermengten sich bald mit den bewundernden Ausrufen Salts und Drovettis. Giovanni sagte nur wenig, und das wenige war nicht geeignet, sie zu beruhigen.

»Sie kommen in jeder Hinsicht zu spät, Drovetti. Das Einzige, was sich hier zu stehlen lohnt, werden Sie *nie* bekommen.«

»Ich dachte, Sie hätten keine Schätze gefunden?«, fragte der Earl of Belmore verwundert. Drovetti sagte nichts.

»Niemals«, wiederholte Giovanni, und nach einer kleinen Pause, in der die Belmores vergeblich auf eine Erklärung warteten, mischte sich Salt diplomatisch ein und erwähnte den Alabastersarkophag, den Giovanni ihm beschrieben habe und der in der Tat vollkommen unverkäuflich sei.

»Wundervoll«, sagte Drovetti und klang so nahe, dass sie sich einbildete, sein Atem würde an ihrem Ohr vorbeistreichen. »Einzigartig.«

Als Sarah bemerkte, dass ihre Finger sich auf ihre Lippen gelegt hatten und versuchten, sie nachzuzeichnen, trat sie hastig aus dem Lichtschein zurück in die Schatten, was bei einer Gesellschaft, die längst nicht genügend Fackeln für alle Mitglieder hatte, nicht weiter schwerfiel. Sie durfte sich nicht für Giovannis Misstrauen rächen, indem sie es ihm bestätigte. Aber sie würde etwas tun müssen. Etwas, das nicht einfaches Nachgeben oder Schweigen um des häuslichen Friedens willen war. »Ah, aber Sie haben das Beste noch nicht gesehen«, sagte Beechey, reichte Sarah eine Kerze, die sie gar nicht hatte haben wollen, und fügte, offenkundig an Salt gewandt, hinzu: »Sir, ich hoffe, Sie haben neues Zeichenmaterial mitgebracht. Wir könnten hier Monate verbringen, Sie und ich. Monate.«

»Und wer würde dann die Regierung Seiner Majestät beim Pascha repräsentieren?«, fragte Drovetti. »Salt, Sie sind ein vielbegehrter Mann. Hätten wir doch alle solche Probleme.«

»Manche von uns schaffen sich ihre Probleme selbst«, sagte Sarah leise.

Giovanni räusperte sich. »Ich glaube, wir sollten jetzt weitergehen.«

Als sie in die Halle kamen, in der sich der Sarkophag aus Alabaster befand, rief der Earl: »Donnerwetter!« Auch die

Gräfin, der Salt seinen Arm angeboten hatte, zeigte sich beeindruckt: »Wahrlich wert eines Königs.«

»Und wo ist die Mumie?«, fragte ihr jüngerer Sohn enttäuscht.

»Sie ist wahrscheinlich bereits vor vielen hundert Jahren gestohlen worden, leider«, entgegnete Giovanni und klang geradezu gutmütig. Es erinnerte Sarah daran, wie er bis vor kurzem mit James umging, und daran, dass er zwei jüngere Brüder hatte. *Er wäre ein guter Vater geworden,* dachte sie, und empfand inmitten ihres Kampfes gegen den Wunsch, ihm seinen Argwohn heimzuzahlen, einen altvertrauten Stich.

»Haben Sie je so etwas ausgegraben, Drovetti?«, fragte Giovanni herausfordernd. »Ah, ich vergaß, mit Ihrer Hand können Sie das ja gar nicht. Aber ich wüsste trotzdem gerne, was Sie zu meinem Fund zu sagen haben.«

Ihr Gefühl kehrte sich augenblicklich wieder gegen ihn. Diesmal gestattete sie sich nicht, über ihren Impuls nachzudenken. Mittlerweile stand sie schräg hinter Drovetti, und Salt hatte die Gräfin zu dem Sarkophag geführt, so dass ihre Röcke nur den Blick auf Sarahs Oberkörper freigaben. Sarah ließ die Kerze, die ihr Beechey gegeben hatte, zu Boden fallen, und kniete rasch nieder, um sie wieder aufzuheben. Während sie kniete, ließ sie ihre Lippen Drovettis Hand streifen, die verkrüppelte, die er nicht mehr richtig bewegen konnte. Es war nur die Erwiderung seiner Geste in Philae, sagte sie sich später. In dem Moment selbst dachte sie gar nichts. Sie handelte einfach.

»Mir fehlen die Worte«, sagte Drovetti. In seiner Stimme lag ein Hauch von Heiserkeit, und Sarah stand rasch wieder auf. Erst jetzt wurde ihr bewusst, was sie getan hatte. Ihre Wangen brannten.

»Lass den gesegneten Zustand andauern, oh Herr, lass ihn andauern«, sagte Salt launig, und Drovetti lachte.

»Sie wissen gar nicht, wie recht Sie haben.«

»Das ist das erste Mal, dass ich einen Franzosen dabei erlebe, wie ihm die Komplimente ausgehen«, sagte Dr. Richardson.

»Dann freue ich mich, den Ruf der großen Nation bezüglich ihres Einfallsreichtums nicht beschädigt zu haben, denn wie Madame Belzoni vorhin so gütig war, zu bemerken, stamme ich aus Piemont.«

James hätte lieber ungeschlachten Helfershelfern des Defterdar Bey gegenübergestanden, als den englischen Konsul noch einmal um eine private Unterredung zu bitten, doch es gab etwas, das er wissen musste, und Henry Salt war der Einzige, der es ihm sagen konnte. Nachdem die gräfliche Gesellschaft und Drovetti das Königsgrab wieder verlassen hatten, fasste er allen Mut, den er aufbringen konnte, und sprach Salt an.

»Sir, wäre es möglich, dass Sie … ich würde gerne mit Ihnen alleine reden, Sir.«

Mr. B schaute verwirrt und argwöhnisch drein, als er ihn neben Salt erspähte, doch Mr. B sah bereits so aus, seit Drovetti eingetroffen war, und außerdem ging es um etwas wirklich Wichtiges. Mrs. B konnte James überhaupt nicht sehen, den gefährlichen Franzosenknecht noch weniger.

Mr. Salt schaute alles andere als glücklich über seine Bitte drein. »Ich glaube nicht, Curtin, dass …«

»Sir, ich bin englischer Staatsbürger, oder etwa nicht? Dann sind Sie mein Konsul«, sagte James tollkühn. »Und ich bitte Sie nur um fünf Minuten. Länger dauert es nicht.«

Salt zuckte die Achseln und ließ sich von James beiseiteziehen, bis sie sich außer Hörweite befanden.

»Ich hoffe, das wird kein neuer Erpressungsversuch, Curtin«, sagte Salt kühl. James starrte ihn verständnislos an, dann färbte sich sein Kopf purpurrot.

»Ich würde nie jemanden erpressen, Sir«, sagte er heftig. »Ich wollte Sie nur fragen, ob es Makhbube gut geht. Und dem Kind. Weil ich mir nämlich Sorgen um Makhbube mache. Sonst tut das ja keiner.«

In Salts Miene löste sich etwas.

»Thomson – Osman der Schotte – sorgt jetzt für sie«, entgegnete er; man konnte in seiner Stimme Bedauern hören, vielleicht sogar Beschämung. »Als seiner Gattin ergeht es ihr gut, Curtin. Es freut mich, zu hören, dass Makhbube in dir einen Freund gefunden hat. Doch es wäre keine freundschaftliche Tat, ihr die Vergangenheit wieder und wieder vor Augen zu halten in ihrem neuen Leben, wenn du verstehst, was ich meine.«

»Sie meinen, ich soll mich von ihr fernhalten, wenn wir für den Winter wieder nach Kairo gehen«, sagte James. »Ist mir schon klar, Sir. Und das Kind …«

»… ist ein Junge. Er ist genauso wohlauf wie seine Mutter«, sagte Salt und wandte sich von ihm ab. Er ging nicht wieder zum Earl zurück, sondern erstieg einen der Pfade, die von den Einwohnern auf dem Weg über die Berge genommen wurden, ein paar Schritte nur. Dann setzte er sich auf einen Felsblock, der Gesellschaft den Rücken zugewandt. Es war deutlich, dass er allein sein wollte.

James, der einen Großteil der Zeit damit verbracht hatte, von Mr. Salt enttäuscht und wütend auf ihn zu sein, spürte, wie diese Gefühle etwas schwanden. Er dachte immer noch, dass Mr. Salt Makhbube hätte in Ruhe lassen sollen, aber zumindest waren sie und das Kind dem Konsul nicht gleichgültig, und die ruhige Freundlichkeit, die der Mann James gegenüber immer an den Tag gelegt hatte, war nicht nur Fassade gewesen.

»Du warst lange in dem Grab, nachdem die anderen es schon verlassen hatten«, sagte Giovanni, während er mit seiner

Gattin den kurzen Hügelweg zurück zu der Höhle ging, die ihnen als Quartier diente. »Drovetti ebenfalls.«

»Gibt es etwas, das du mich fragen möchtest, Giovanni?«, erwiderte Sarah, ohne ihren Schritt zu verlangsamen oder auch nur aus dem Takt zu geraten. »Dann solltest du das tun.«

Er brachte es nicht fertig. Es auszusprechen hätte es wirklich gemacht, so sehr, dass es keine Rolle spielte, ob der Verdacht, der ihn quälte, nun der Wahrheit entsprach oder nicht. *Zum Hahnrei wird ein Mann schon, wenn er zweifelt,* hatte sein Vater zu sagen gepflegt, *und eine Frau, die ihm Grund gibt, zu zweifeln, so eine Frau taugt nichts.*

Giovanni sagte sich, dass ihm Sarah all die Jahre immer zur Seite gestanden hatte, ohne zu klagen, und dass er sich ihrer Liebe und Treue gewiss war; doch dann sah er wieder vor sich, wie freundlich sie Drovetti behandelte, obwohl sie wusste, dass er den Mann verabscheute, und grübelte, ob es möglich war, dass er sich schon immer in Sarah getäuscht hatte, dass Francesco mit seinen spöttischen Bemerkungen über Engländerinnen recht behielt. Kaum hatte er das gedacht, hasste er sich für den Gedanken – und hasste Drovetti noch mehr, ohne den der Frieden zwischen ihm und Sarah nie gestört worden wäre.

Nein, er brachte es nicht fertig, sie zu fragen.

»Nun gut«, sagte Sarah, als sich sein Schweigen ausdehnte, »dann gibt es etwas, das ich dich fragen will, Giovanni. Willst du im nächsten Jahr weiterhin nach Altertümern graben, hier in Theben oder anderswo?«

Darüber hatte er noch nicht nachgedacht. Er war ganz selbstverständlich davon ausgegangen. Sein Grab war ein großer Fund, gewiss, aber es gab noch mehr, was er tun konnte. Der englische Earl mochte nicht der Klügste seiner Art sein, doch eines hatte die Verwechslung mit Caviglia deutlich gemacht: Caviglia war es, nicht Belzoni – oder, was das anging, Drovetti –, dessen Taten derzeit außerhalb Ägyptens in aller Munde waren. Und warum? Weil selbst die Schulkinder von den Pyramiden gehört hatten. Was war ihnen Ybsambul, was ein Königsgrab in Theben? Er hatte vor einem Jahr auch noch nichts über diese Orte gewusst.

»Das ist meine Absicht«, gab er zu. »Sarah, dieses Land … es spricht zu mir. Und Gott hat mir die Ohren geschenkt, um seine Stimme zu hören. Es gibt noch so viel mehr, was ich entdecken kann.«

»Aber was, Giovanni?«, fragte sie, und ihre Stimme klang sehr ernst.

»Ich dachte, du wärest stolz auf meine Taten«, sagte er bitter.

»Giovanni, ich *bin* stolz auf das, was du geleistet hast. Aber es scheint dich nicht mehr glücklich zu machen. Die Maschine, der Kopf des Memnon, das hat dich glücklich gemacht, doch jetzt bist du es nicht, obwohl dir alle Anwesenden bestätigen, wie außergewöhnlich sie dieses Grab finden. Außerdem hast du doch deutlich gehört, dass Mr. Salt dich als seinen Angestellten empfindet, und ich weiß, wie du …«

»Weil Burkhardt tot ist«, brauste Giovanni auf. »Nur deshalb wagt er es! Burkhardt hat gewusst, dass ich nie jemandes Diener geworden wäre, er hätte für mich gegen Salt gekämpft, und nun, da Burkhardt tot ist, ist das Erste, was Salt tut, mich auf den Rang eines Knechtes zu erniedrigen.«

»Ich glaube, er hat Architekt gesagt, aber ich weiß, was du meinst. Deswegen frage ich mich ja, wie du dir die Zukunft vorstellst, Giovanni. Wir könnten die beiden löwenköpfigen Statuen aus Granit verkaufen, die Salt uns gegeben hat …«

»Die ich gefunden habe!«, protestierte er.

»Ja. Die du gefunden hast. Damit und mit unseren Ersparnissen, können wir eine Zeit lang leben. Aber wir können immer noch keine eigenen Ausgrabungen finanzieren, denn so gut hat Salt dich nicht bezahlt. Also brauchst du jemanden, der dich unterstützt. Du könntest versuchen, diesen Earl of Belmore für dich zu gewinnen, aber du hast doch gesehen, wie er selbst Salt behandelt. Für ihn wärest du mit Sicherheit nicht mehr als ein Diener, keineswegs ein Architekt. Außerdem würde er immer nur für sich selbst sammeln.«

»Das tut Salt auch – hast du ihm heute nicht zugehört?«

»Doch, aber Salt beabsichtigt zumindest, später seine Sammlung an das Britische Museum zu verkaufen. Belmore wird das nie tun. Giovanni, wenn du damit leben kannst, dann versuche, ihn zu überzeugen, dass er dich finanziert. Ich weiß gar nicht, ob Mr. Salt überhaupt gewillt und interessiert ist, es weiterhin zu tun.«

Ehe Giovanni es sich versah, entgegnete er: »Es wundert mich, dass du nicht vorschlägst, ich solle für Drovetti arbeiten.«

Sarah blieb stehen. Er drehte sich zu ihr um, spürte einen kurzen, heftigen Schmerz auf seiner Haut brennen – und wurde sich erst bewusst, dass Sarah ihn gerade geohrfeigt hatte, als ihre Hand bereits wieder herabsank.

»Ich bin deine Frau, Giovanni«, sagte sie mit fester Stimme, »auch wenn du es mir manchmal sehr schwer machst. Was ich dir vorschlage, ist, dieses Land und alles, was dich unglücklich macht, zu verlassen. Nicht, um nach England zurückzukehren.« Ihre Stimme wurde weicher. »Giovanni, wir könnten eine Pilgerfahrt in das Heilige Land machen. Wir beide und James. Nicht, um etwas auszugraben, nicht, um hinterher darüber zu streiten, ob es schöner und wichtiger ist als alles andere, nur, um sie zu sehen, die Stätten, an denen unser Herr gelebt hat, und alle Propheten. Dazu haben wir genügend Geld. Lass uns ins Heilige Land gehen, Giovanni, lass uns wieder reisen. Es wird ... es wird uns heilen und unsere Seelen gesund machen.«

Der Eifer und die Überzeugungskraft, die in ihren Worten lagen, waren größer als alles, was sie ihm seit langem gezeigt hatte. Giovanni ertappte sich dabei, wie er es sich vorstellte: den Spuren Mose zu folgen und Jerusalem zu sehen … Niemand, den er kannte, hatte das getan, auch Salt und Drovetti nicht.

Salt und Drovetti. Sie würden über ihn lachen. Würden glauben, er habe sich mit eingezogenem Schwanz aus dem Wettbewerb zurückgezogen, weil er, wie Irby es einmal ausgedrückt hatte, unter dem Pantoffel seiner Frau stand.

»Ich kann nicht, Sarah.« Er hatte eine Mission hier, eine Berufung, noch war sie nicht vollbracht, und wenn er jetzt Ägypten verließ, dann verriet er sie.

Sarah wandte sich von ihm ab.

»Dann werde ich alleine gehen, Giovanni.«

»Sarah …«

»Das ist keine Geste, um dich zu veranlassen, mir nachzureisen, Giovanni. Ich habe auch nicht vor, dich zu verlassen. Aber ich werde nicht hierbleiben und darauf warten, dass du weiterhin zerstörst, was gut an dir ist. Weißt du noch, was Burkhardt über große Taten gesagt hat? Nein? Dann möchte ich es dir in Erinnerung rufen. *Es ist leichter, einen Berg an einem Haar herumzuschleppen, als sich aus eigener Kraft von sich selbst zu befreien*. Ganz gleich, was du noch entdeckst, es wird dich nicht glücklich machen.« Sie drehte sich noch einmal zu ihm um. »Ich weigere mich auch, hierzubleiben, um dir als eine Art Siegestrophäe zu dienen. Ich werde eine Pilgerfahrt ins Heilige Land unternehmen und Gott bitten, dass du zur Vernunft kommst. Vielleicht erhört er mich, wenn ich am Ort seines Todes und seiner Auferstehung selbst darum bete. Für Wunder ist nämlich er zuständig. Nicht du.«

VIERTES BUCH

1818
Gottesurteil

KAPITEL 18

Als James im Dezember mit den Belzonis nach Kairo zurückkehrte, hoffte er immer noch, dass Mr. und Mrs. B Vernunft annehmen würden. Außerdem wusste er nicht, mit welchem von beiden er gehen sollte. *Vielleicht,* dachte er und fühlte sich ein wenig wie ein Verräter und ein wenig wie jemand, der einen Befreiungsschlag plante, *wäre es überhaupt am besten, in Kairo zu bleiben.*

Er nutzte seine erste freie Minute, um Burkhardts ehemaliges Haus, das jetzt Osman dem Schotten gehörte, zu besuchen. Osman war verwundert, ihn zu sehen. Mit seinem rotblonden Haar, den Sommersprossen und der türkischen Kleidung war er ein seltsamer Anblick, dachte James, bis ihm bewusst wurde, dass er selbst mittlerweile nicht anders aussah. Osman war freundlich, aber bestimmt.

»Für diesmal mag's noch hingehen, mein Junge«, sagte er in seinem breiten schottischen Akzent, den James zuletzt in Edinburgh gehört hatte, als eine Menge schottische Zuschauer unbedingt wollten, dass Mr. B die Bärin umarmte, »aber du musst schon begreifen, dass man in diesem Land verheirateten Frauen keine Besuche macht, hm? Nicht als Mann. Und du bist mittlerweile alt genug, um als Mann zu gelten, Jemmie.«

James zuckte zusammen und wollte fragen, woher Osman seinen alten Spitznamen kannte, bis ihm klar wurde, dass der zum Moslem gewordene Highlander einfach eine beliebte schottische Form von James gewählt hatte. Osman ließ Makhbube rufen, die ganz andere Kleider als im Konsulat trug und ein Baby auf dem Arm hielt.

»Schau sich das einer an, was für ein starker Junge das schon ist«, sagte Osman stolz, nahm ihr das Kind ab und hielt es in die Höhe. Das Baby gurgelte zufrieden. Um Makhbubes Lippen spielte ein kleines Lächeln. Es war, wie Salt gesagt hatte, und James schämte sich, dass er nicht ganzen Herzens glücklich für sie sein konnte. Sosehr er sich bemühte, er hatte manchmal davon geträumt, dass sie ihren neuen Mann hasste und von ihm in einem wagemutigen Streich aus einem Harem entführt werden musste. Wohin sie dann allerdings fliehen würden, hatte er sich noch nicht überlegt.

»Es ist schön, in diesem Haus zu wohnen«, sagte sie, als habe sie seine Gedanken gelesen. »Viel Raum für ein Kind, um groß zu werden. Das Konsulat war sehr voll zum Schluss, als der englische Milord mit seiner Familie kam.«

»Kann ich mir denken«, sagte James, erleichtert, ein unverfängliches Gesprächsthema zu haben, vor allem, da Osman keine Anstalten machte, den Raum zu verlassen. »Wir haben die Belmores in Theben gesehen. Jetzt sind sie weiter den Nil aufwärts gereist, aber sie wollen wieder zurückkommen. Ein echter Hofstaat. Mrs. B meint, die Gräfin hätte ihre Seidensachen lieber in Kairo lassen sollen.«

»Seide ist schwer zu waschen«, stimmte Makhbube zu. Ein kleines, unbehagliches Schweigen stellte sich ein.

»Ja, dann sollte ich wohl gehen«, sagte James schweren Herzens.

Es war nicht so, dass er sich damals in Makhbube verliebt hatte, als er sie weinend im Quartier der Dienerschaft fand. Sie war einfach jemand gewesen, dem er helfen und den er beschützen wollte, so, wie ihn die Belzonis beschützt hatten. Aber seit er nach Philae gegangen war, hatte James immer wieder an sie gedacht – und nun, da er sie mit ihrem Kind sah, mit einem Mann, der ihm gar nicht unähnlich war, nur eben ein paar Jahre älter und um so viel Erfahrung reicher, da wurde ihm bewusst, dass Makhbube jemand war, den er hätte lieben können. Aber dafür war es zu spät.

»Ich … ich wollte nur gratulieren«, sagte er schnell. »Zur Hochzeit und zu dem kleinen Jungen. Wie heißt er?«

»Ibrahim«, gab Osman zurück, »nach unserem toten Gönner.«

Johann Ludwig wären auch nicht die richtigen Namen für einen Jungen in diesem Land, dachte James, sprach es jedoch nicht aus und machte eine linkische Verbeugung, als Makhbube zu ihm trat und ihm die Hand drückte.

»Ich wünsche auch dir alles Glück für die Zukunft«, sagte sie. »Leb wohl, James.«

Nach dieser Begegnung entschied James, auf keinen Fall in Kairo zu bleiben. Mr. B, der unschlüssig war, ob er nun nach Theben zurückkehren sollte, als für alle erkennbarer Angestellter Salts, oder nicht, machte vorerst keine Anstalten, die Stadt zu verlassen. Dafür war Mrs. B umso eifriger, ihre Reise ins Heilige Land zu organisieren. Sie hatte bereits einen Dolmetscher gefunden, von dem sie sich gleichzeitig auch einen großen Gewinn für ihre Sicherheit versprach.

Gio Finati stammte aus Ferrara und hatte in der französischen Armee gedient. Anders als bei Drovetti war dies jedoch nicht freiwillig geschehen, und er hatte während Bonapartes Feldzug in Ägypten die Gelegenheit benutzt, um zu den Türken zu desertieren. Das hatte für ihn auch die Notwendigkeit bedeutet, zum Islam überzutreten und wie Osman der Schotte einen neuen Namen anzunehmen, Mohammed. Anders als Osman war Finati jedoch nie ein Sklave gewesen; 1809 war er in die Armee des Paschas eingetreten, hatte während des Massakers an den Mamelucken genauso gedient wie im Krieg gegen die Wahabiten und war im gleichen Jahr, als die Belzonis in Ägypten eintrafen, in Ehren aus der Armee geschieden, um eine Pilgerfahrt nach Mekka zu machen.

»In Mekka gewesen zu sein«, sagte er zu James, der sich diesen Lebenslauf halb gespannt, halb entsetzt anhörte, »macht mich zu *Hadschi* Mohammed, also denke daran, dass du mich unter allen Umständen so ansprichst, mein Sohn. Es wird uns immer einen gewissen Respekt verschaffen.«

Gewöhnlich arbeitete Finati für einen reichen Engländer namens William Bankes. Finati war auf dem Rückweg zu ihm und bereit, mit Mrs. B und James zu reisen, doch er stellte Bedingungen: »Keine Frauenkleidung.«

»Ich reise mittlerweile immer in Männerkleidung«, entgegnete Mrs. B.

»Überhaupt keine europäische Kleidung. Sie und der Junge werden sich als Mamelucken ausgeben und den Mund nicht aufmachen, wenn es sich irgendwie vermeiden lässt.«

»Nun, dass unser spärliches Arabisch uns als Fremde verrät, ist mir natürlich klar, aber meinen Sie nicht, dass auch unsere Physiognomie sofort die Herkunft verrät?«, fragte Mrs. B und wies auf ihr aschblondes und James' rotes Haar.

»Erstens«, sagte Finati, »wird man Ihr Haar nicht sehen, weil Sie vor Fremden immer Ihren Turban aufbehalten werden. Basta. Denken Sie daran. Zweitens haben Sie beide natürlich Nordgesichter, das stimmt schon, aber die Mamelucken hier stammen zum großen Teil von Tscherkessen ab, und diejenigen, die überlebt haben, sehen auch nicht viel anders aus. Um ganz sicherzugehen, werde ich Sie beide als Albaner ausgeben. Kaum jemand spricht Albanisch, und von Albanern erwartet man, dass sie Italienisch können.«

Der fünfte Januar, auf den sich Mrs. B mit Finati für ihre Abreise geeinigt hatte, rückte näher, als George bei James auftauchte. Ihm zu begegnen war an sich nicht überraschend, denn die Belzonis hatten sich für die kurze Zeit in Kairo kein eigenes Haus genommen, sondern im englischen Konsulat einquartiert, das nach dem Entschwinden der Belmores gen Oberägypten und in Salts Abwesenheit Gäste durchaus vertragen konnte. Doch diesmal hatte George ein sehr konkretes Anliegen.

»Ihr müsst mich mit nach Jerusalem nehmen«, platzte er heraus.

»Und warum?« James sah ihn erstaunt an. »Ich dachte, es gibt nichts Besseres, als für den englischen Konsul zu arbeiten, und du hast Vagabunden wie uns nicht nötig?«

»Nun ja«, druckste George, »das stimmt schon, nur … es kann sein, dass es da ein paar Missverständnisse gab, und wenn das herauskommt, werde ich wohl nicht länger für den Konsul arbeiten können.«

»Wer hat was missverstanden?«

»Ich«, gestand George. »Als Mr. Salt mir sagte, die Briefe von diesem Conte di Soundso sollten nicht angetastet werden, da dachte ich, das gilt nicht dafür, ein paar von den Briefen dem ursprünglichen Schreiber zurückzugeben.«

»Und wer war das?«, forschte James mit einem unguten Gefühl in der Magengrube nach.

»Mr. Drovetti.«

»Du hast dich von Drovetti schmieren lassen und willst jetzt, dass wir dich in Sicherheit bringen, bevor Salt dich deiner verdienten Strafe zuführt?«, fragte James ungläubig.

»Jetzt hab dich nicht so. *Du* hast natürlich nie in deinem Leben etwas Unehrliches getan und darauf gehofft, dass andere dich beschützen, wie?«

Damit traf er, ohne es zu wissen, ins Schwarze. James dachte an Bartholomew Fair und wie ihn die Belzonis damals vor einer mehr als unerfreulichen Zukunft gerettet hatten.

»Na schön«, sagte er ungnädig. »Ich werde mich bei Mrs. B für dich einsetzen. Aber selbst wenn sie einverstanden ist, wird das den Ärger mit Salt nicht nur aufschieben?«

George machte eine wegwerfende Handbewegung. »Du glaubst doch nicht, dass ich aus Syrien zurückkomme! Ich werde mir da einen anderen Franken suchen, für den ich übersetze. Ich muss nur weg aus diesem Land, verstehst du? Und«, setzte er mit einem Augenzwinkern hinzu, »ich muss zugeben, ich habe sie vermisst, deine Mrs. B. Und dich.«

»Das hat man wirklich gemerkt«, sagte James sarkastisch.

»Im Übrigen kann ich euch nutzen. Schließlich war ich schon einmal in der Sinai, mit Mr. Turner.«

»Das ist schön für dich«, gab James zurück, »aber es nutzt uns überhaupt nichts, weil wir nämlich nicht die Wüste durchqueren, sondern zu Schiff in das Heilige Land reisen. Wenn ich du wäre, würde ich mir bei Mrs. B ein besseres Argument einfallen lassen.«

Welche Argumente George genau vorbrachte, erfuhr er nicht, weil er bei dessen Unterredung mit Mrs. B nicht zugegen war. Doch sie fragte ihn nach seiner Meinung, und James sagte mit einem Achselzucken: »Mr. Finati – ich meine Hadschi Mohammed –, also, den kennen wir nicht. Und er will ja nur so lange bei uns bleiben, bis er seinen Herrn trifft, diesen Bankes. George kennen wir. Das verschafft uns zusätzliche Sicherheit.«

»Ja«, sagte Mrs. B, »wir kennen ihn.« Ganz gleich, ob sie das als Lob oder Tadel meinte: George wurde ein Teil der Reisegruppe und stand mit ihnen an der Reling, als ihr Schiff nach Damietta ablegte, dem Hafen im Nildelta, von dem aus sie versuchen würden, Platz auf einem Schiff nach Jaffa zu finden.

Mr. B stand am Ufer, während ihr Schiff ablegte. Es war

ein Glück, dass Engländer in der Öffentlichkeit nicht zu Zärtlichkeitsbekundungen neigten; James wollte nicht, dass George oder Finati mitbekamen, dass die Belzonis im Unfrieden miteinander schieden. Ihm war ohnehin schon elend genug zumute, weil Mr. B offenbar James' Entscheidung, mit Mrs. B zu reisen, als eindeutige Erklärung gegen sich selbst empfand, und sein Abschied von ihm kühl gewesen war. »Viel Glück für die Reise, James«, war etwas ganz anderes als das frühere »*ragazzo*, gib auf dich acht, und bring mir meine Sarah wieder gut zurück!«.

Mrs. B winkte nicht. Sie rief auch keine letzten Worte. Doch sie wandte den Blick nicht vom Ufer von Bulak, bis der große Hafen Kairos gänzlich am Horizont verschwunden war.

Yanni Athanasiou hatte eigentlich geglaubt, mit Mr. Salt zusammenzutreffen, sei endlich seine Rettung vor der Gesellschaft des wahnsinnigen Italieners. Und doch war er es, der mit den Belzonis nach Kairo zurückkehrte statt mit Salt, der nun mit Beechey um die Wette zeichnete, in Luxor zu bleiben oder mit den Belmores in Richtung Nubien zu reisen. Es war nicht nur die Sehnsucht nach der Stadt, die ihn plagte; ihm gefiel auch der Gedanke ganz und gar nicht, Belzoni im Konsulat einquartiert zu wissen, ohne jemanden, der ein Auge auf ihn hatte.

»Yanni, soll das heißen, dass Sie Belzoni verdächtigen, sich mit dem Geschirr davonmachen zu wollen?«, fragte Salt amüsiert, als Yanni ihn um die Erlaubnis bat, nach Kairo zurückkehren zu dürfen. Yanni lag es auf der Zunge, darauf hinzuweisen, dass Mr. Beecheys Besteck den Aufenthalt bei Mrs. Belzoni offenbar nicht vollständig überstanden hatte, doch das hätte von seinem Anliegen abgelenkt. Außerdem hatte er den Verdacht, dass Salt nur erwidern würde, dafür habe Mrs. Belzoni mehr Dinge aus Philae mitgebracht, als Beechey, Yanni und Belzoni selbst aus Abu Simbel, und all die Gemmen, Amulette und Münzen seien Mr. Beecheys Besteck mehr als wert. Also hörte Yanni Salt weiter zu. »Er mag ein unangenehmes Temperament haben, doch er ist ein Ehrenmann. Vergessen Sie nicht, dass er die Altertümer, die er für mich geborgen hat, bisher samt und sonders im Konsulat ablieferte, ohne den geringsten Versuch zu machen, einige für sich abzuzweigen, und das wäre eine Kleinigkeit für ihn gewesen. Ich musste ihm die beiden löwenköpfigen Frauen geradezu aufdrängen.«

»Mr. Consul, es gibt mehr als eine Art, Geschirr zu stehlen«, sagte Yanni ominös. Er fühlte sich in seiner Meinung bestätigt, als Belzoni die beiden löwenköpfigen Statuen verkaufte, an niemand anderen als den Direktor der königlichen Museen von Frankreich, den Comte de Forbin, der in Kairo eingetroffen war und das Konsulat besuchte, um sich Salts Sammlung anzusehen. Zugegeben, Forbin war der einzige Käufer, der genügend Bargeld hatte, um sofort zahlen zu können – siebentausend Piaster –, doch angesichts von Belzonis endlosen Tiraden gegen die Franzosen in der Vergangenheit sah Yanni das eher als einen Beweis für die Doppelzüngigkeit des Italieners als dafür, wie verzweifelt der Mann sein musste.

Es zeigte sich schon bald, wofür er das Geld brauchte: Statt nach Luxor zurückzukehren, forderte er Yanni auf, mit ihm den Kaschef von Embabe zu besuchen, dem Dorf, das etwa fünfzehn Kilometer von den Pyramiden entfernt lag und in dessen Zuständigkeit der gesamte Bereich von Gizeh fiel.

»Ich möchte«, sagte Belzoni, »um die Erlaubnis bitten, Männer aus dem Dorf für eine Ausgrabung an den Pyramiden zu engagieren.«

Yanni war zu professionell, um Belzoni sofort zu fragen, was er sich dabei dachte, und übersetzte. Der Kaschef entgegnete, dazu sei ein Firman des Paschas nötig.

»Den werde ich beschaffen«, erklärte Belzoni. »Haben Sie sonst irgendwelche Einwände?«

»Nicht im Geringsten«, gab der Kaschef zurück, was Yanni nicht weiter wunderte. Schließlich bedeuteten Grabungen Bakschisch und Arbeit für seine Männer, und für ihn fiel auch immer etwas dabei ab. Auf dem Rückweg nach Kairo stellte er Belzoni zur Rede.

»Was um alles in der Welt wollen Sie in Gizeh, Belzoni? Ich weiß, dass Caviglia die Arbeit dort unterbrochen hat, um mit seinem Schiff einige Geschäfte in Italien zu erledigen, doch er wird wieder zurückkehren, und Sie können ihm doch nicht einfach in den Rücken fallen und versuchen, seine Ausgrabungen zu übernehmen!«

»Ich werde die Sphinx und die erste Pyramide nicht anrühren«, sagte Belzoni ungehalten. »Es ist die zweite Pyramide, um die es mir geht. Sie ist kaum weniger groß. Weil sie auf einer leichten Erhebung steht, habe ich sie anfangs sogar für die größte gehalten. Ich werde ihren Eingang finden und das entdecken, was darin ist.«

»Aber, Belzoni, es gibt keinen Eingang in die zweite Pyramide! Herodot selbst hat geschrieben, dass sich keinerlei Kammern in ihrem Inneren befinden.«

»Ich habe die Übersetzung im Konsulat nachgeschlagen. Er schreibt, dass es keinerlei unterirdische Kammern gibt. Die große Pyramide hat Gänge und Kammern. Warum sollten die anderen beiden im Inneren massiv sein?«

»Weil sich alle Gelehrten der christlichen Welt darin einig sind«, antwortete Yanni spitz. »Aber ich sehe schon, dass Sie das nicht kümmert, Sir. Darf ich fragen, wie Sie an einen Firman kommen wollen? Immerhin befindet sich der Pascha zurzeit nicht in Kairo, und Mr. Salt kann sich auch nicht für Sie einsetzen.«

»Der Stellvertreter des Paschas hier, der Kakia Bey, wird ihn für mich ausstellen«, sagte Belzoni unerschütterlich. »Ich hatte bereits mehrfach mit ihm zu tun, als ich meine Maschine für den Pascha baute.«

Die Maschine, die in Schubra vor sich hin modert, dachte Yanni. Aber wenn er es sich recht überlegte, gab es schlimmere Dinge, die Belzoni mit seinem Geld tun konnte, vor allem, während er in Salts Haus lebte. Sollte er doch die Erde um die zweite Pyramide aufwühlen. Es wäre eigentlich befriedigend, endlich einmal dabei zu sein, wenn der Italiener scheiterte und erklärte, dass er im Unrecht gewesen war.

Der Kakia Bey war zunächst nicht überwältigt von Belzonis warmherziger Erinnerung an die alten Tage von Schubra.

»Ich bin mir nicht sicher, ob es in der Umgebung der Pyramiden nicht gepflügten Ackerboden gibt«, sagte er zurückhaltend. »Ackerland, das wegen Ihrer Ausgrabungen dann nicht bebaut werden könnte.«

»Es gibt keines«, schwor Belzoni. »Wir waren dort und haben mit dem Kaschef gesprochen. Fragen Sie ihn.«

»Gab es mit der Wassermaschine seinerzeit nicht ein Unglück?«, fragte der Bey. »Ich weiß nicht, ob ich einem Mann, dessen Arbeit seinen eigenen Diener fast das Bein gekostet hat, einen Firman geben soll.«

Belzoni schloss die Augen und rang sichtlich um Beherrschung. Als er sie wieder öffnete, fragte er: »Würden Sie dem englischen Konsul einen Firman verweigern? Soweit ich weiß, hat Mr. Salt bereits einen erwirkt, was die Pyramiden betrifft, für Kapitän Caviglia. Es geht somit nur um eine Erweiterung, was die Person betrifft.«

»Belzoni«, sagte Yanni auf Englisch, weil er nicht sicher sein konnte, dass der Kakia Bey kein Italienisch sprach, »Sie können doch nicht behaupten, für Mr. Salt zu sprechen, wenn er nicht das Geringste von dieser Angelegenheit weiß! Das ist nicht ehrenhaft.«

»Sagen Sie, ich sei ein Freund des Konsuls«, beharrte Belzoni. »Das entspricht der Wahrheit. Oder hat Ihnen der Konsul etwas anderes gesagt, Athanasiou?«

Warte nur, dachte Yanni. »Geben Sie den Firman«, übersetzte er für den Kakia Bey, »zwei demütigen Dienern des englischen Generalkonsuls. Wir werden unserem Herrn von Ihrer Güte und Ihrem Vertrauen berichten.«

Er wusste, dass Giovanni kein Türkisch verstand, doch die Worte für »Diener« und »Herr« hatten sich dem Italiener gewiss eingeprägt. Selbst, wenn nicht, dann würde es Yanni eine Freude sein, ihm den Text des Firman zu übersetzen, gerade und vor allem die »Diener«-Formulierung.

Der Kakia Bey sah ihn prüfend an. »Nun gut«, sagte er schließlich. »Unser Herr, der Pascha, will Freundschaft halten zu den Briten und den Franzosen gleichermaßen. Den Dienern Ihres Herrn soll der Firman ausgestellt werden.«

In Damietta residierte ein englischer Vizekonsul mit seiner Familie; wie bei vielen kleineren Beamten, die das Konsulat in Ägypten beschäftigte, war das einzig Britische an ihm sein Rang. Er war ein Grieche, der mit seiner Mutter, Schwester, dem Gatten seiner Schwester und ihren vier Söhnen sowie seinem kleinen Bruder in einem Haus lebte. Sarah wurde im Zimmer der Mutter untergebracht, James und George beim Schwager, und Finati suchte sich eine eigene Unterkunft in einer der Herbergen, was ihm als Hadschi Mohammed nicht sehr schwerfiel. Als unerwartet schwierig dagegen erwies sich die Weiterreise nach Jaffa.

»Es ist die falsche Jahreszeit«, wurde Sarah mitgeteilt.

»Der Wasserstand ist zu niedrig für ein Schiff, das auch tief genug geht, um im Meer zu segeln. Sie werden noch mindestens einen Monat warten müssen.«

»Einen Monat?«, wiederholte sie entsetzt.

»Vielleicht auch zwei«, sagte Finati. »Wir sind nun einmal nicht die einträglichsten Passagiere. Es sei denn, Sie haben ungeahnte Vermögenswerte dabei, die ich als Bakschisch benützen könnte?«

»Nein«, sagte sie kurz, was der Wahrheit entsprach. Giovanni hatte ihr eher zu viel als zu wenig Geld mitgegeben, gerade, weil sein Stolz verletzt war, aber diese Reise sollte noch Monate dauern, und gemessen daran war es gerade genug. Außerdem traute sie seinen Worten nicht ganz und besuchte den Hafen selbst, mit George als Übersetzer, um ganz sicherzugehen. Doch es half ihr nicht weiter; die Auskunft, die sie erhielten, war immer die gleiche.

»Verdammt«, fluchte George, setzte aber schnell ein »Entschuldigung, Mrs. B« hinterher.

»Es ist dir wirklich wichtig, das Land zu verlassen, wie?«, bemerkte Sarah trocken. »Mach dir keine Sorgen, George. Ich glaube nicht, dass Mr. Salt so schnell nach Kairo zurückkehrt. Er schien mir in Theben ganz in seinem Element zu sein, und da sich der Pascha ebenfalls nicht in Kairo befindet, hat er keinen Anlass, seine Meinung zu ändern. Im Übrigen kann es sein, dass die Belmores bei ihrer Weiterfahrt seine Hilfe benötigen, und dann kann er das schneller von Luxor aus erledigen als vom Konsulat.«

»Nun, das ist … hat James erzählt, dass ich Mr. Salts wegen fort will? Das hätte er nicht …«

»Nein, George, ich habe meinen Verstand gebraucht, und einige Dinge, die mir zu Ohren kamen, zusammengezählt.«

Sie sprach es nicht laut aus, doch sie verstand, wie er sich fühlte, wenn auch aus anderen Gründen. Nachdem sie ihren Entschluss zur Pilgerfahrt einmal gefasst hatte, schien es ungerecht, schon nach der ersten und kürzesten Etappe ihrer Reise gezwungen zu sein, auf der Stelle zu verharren. Damietta war nur drei Tage mit dem Boot von Kairo entfernt. Hier zu bleiben und zu warten bedeutete, diese Entscheidung jeden Tag neu treffen zu müssen, statt es sich anders zu überlegen und nach Kairo zurückzukehren. Es bedeutete auch, unsinnigen Träumereien nachzuhängen, in denen Giovanni stattdessen zu ihr kam.

Oder ein anderer, flüsterte es in ihr.

Wenn Drovetti von ihrer Reise ins Heilige Land erfuhr, würde er zweifellos wieder glauben, sie liefe davon. Manchmal glaubte Sarah selbst, das sei der Fall. Doch den größten Teil der Zeit war sie sich gewiss, dass es keine Flucht war, sondern genau das, als was sie es Giovanni beschrieben hatte: eine Reise und eine Pilgerfahrt. Sie würde in ihrem Leben nie wieder die Gelegenheit dazu haben, das Heilige Land zu besuchen, und wenn die Alternative darin bestand, die angespannte Situation zwischen ihrem Gatten und Drovetti noch unerfreulicher zu machen, zu einer bizarren Form von Hahnenkampf, und dabei zuzusehen, wie Giovanni in sein Unglück rannte, war ihr Weg klar.

Sie versuchte, sich mit der Erkundung Damiettas abzulenken, doch sehr viel gab es dort nicht zu sehen. Während der Kreuzzüge war die Stadt von großer Bedeutung gewesen, weil die Kreuzritter glaubten, mit ihr den Nil kontrollieren zu können; außerdem wäre sie als Standort ideal gewesen, um von dort aus die Rückeroberung Jerusalems zu planen. Doch Saladin selbst hatte den wichtigsten Versuch einer Eroberung Damiettas zurückgeschlagen, und späteren Versuchen war nicht mehr Glück beschieden, bis Baibars, einer der Mameluckenherrscher, die Stadt zerstörte und mit stärkeren Befestigungen ein paar Kilometer weiter von der Küste entfernt wieder aufbaute. Daher gab es hier auch keine

Gebäude, die älter als ein paar Jahrhunderte waren, und Sarah wurde bewusst, dass all die jahrtausendealten Tempel, die sie besuchen durfte, mittlerweile ihre Perspektive verändert hatten.

Da sie nur ein Gast in einem Haus voller Menschen war, kamen Chamäleons nicht in Frage. Es blieb ihr nichts anderes übrig, als sich die Zeit mit Lesen zu vertreiben, doch ihr Gastgeber besaß nur zwei Bücher in einer Sprache, die sie beherrschte, so dass es auf unverhältnismäßig häufige Lektüre von Lord Byrons *Hebräische Melodien* hinauslief. Vielleicht hätte sie den Gedichtband in Kairo lassen sollen, weil es ein Geschenk Drovettis gewesen war, aber sie konnte nicht anders, sie war froh über das Buch.

»Byron, wie?«, fragte Finati, als er sie eines Tages mit dem Band sah, und Sarah war überrascht. Sie hätte ihn nicht unbedingt für einen Leser von Gedichten gehalten. Nun, genau genommen war sie auch keine Leserin von Gedichten. Zufall und Notwendigkeit hatten sie dazu gemacht.

»Mr. Bankes war in der Schule mit ihm«, sagte Finati. »Mit Lord Byron. Er hat alle seine Bücher bei sich, mit Widmungen, und er hat mir erzählt, dass er jetzt in Italien lebt, Lord Byron, meine ich. Ihr Engländer habt eine Passion für das Reisen, scheint mir.«

Sie lächelte. »Nun, von den Italienern lässt sich das Gleiche behaupten. Gerade in Ägypten finden sich so viele.«

»Aber es gibt eigentlich keine Italiener, Signora«, sagte Finati, »weil es kein geeintes Italien gibt. Nur eine Reihe von Fürstentümern, die gerade neu unter Habsburgern und Bourbonen verteilt wurden. Wenn es ein Italien gäbe, dann würde ich vielleicht zurückkehren wollen, aber so …« Er breitete seine Hände in einer vielsagenden Geste aus. »Geht es Ihrem Gatten nicht ähnlich?«

»Er möchte seine Familie in Padua gerne besuchen«, erwiderte Sarah und erinnerte sich, wie erleichtert sie gewesen war, als es nicht dazu kam und Giovanni von Sizilien aus nach Malta weiterzog, nicht auf das italienische Festland. Nach dem jahrelangen Zusammenleben mit Francesco war sie überzeugt davon, dass die anderen beiden Brüder, Antonio und Domenico, sie ebenfalls ablehnen würden, von Giovannis Eltern ganz zu schweigen. »Doch ich glaube nicht, dass er wieder dort leben möchte, nein.«

Wenn Sarah eines in ihrem Wanderleben gelernt hatte, dann, dass eine Rückkehr ab einem bestimmten Punkt sinnlos war; irgendwann musste man vorwärtsgehen, oder niemals irgendwo ankommen.

Die zweite Pyramide zu öffnen war zunächst nur deswegen Giovannis Wahl gewesen, weil man es für unmöglich hielt; davon abgesehen war auch sie ein Teil des Weltwunders und nicht weniger imposant. Zuerst hatte er sie sogar für gleich hoch gehalten und lange gebraucht, bis er akzeptierte, dass die des Cheops höher war. Außerdem hatte Caviglia die große Pyramide nicht erst öffnen müssen. Er hatte neue Schächte gefunden, gewiss, doch das Bauwerk war schon lange vor ihm geöffnet worden. Die zweite Pyramide dagegen hatte seit Menschengedenken niemand betreten. Vielleicht nie, doch Giovanni verbot sich, das in Erwägung zu ziehen.

Er umschritt die zweite Pyramide wieder und wieder und betrachtete sie aus jedem Winkel und zu jeder Tageszeit. Dabei kam er zu dem Schluss, dass es zwei Stellen gab, die vielversprechend waren, eine an der Nordseite, eine an der Ostseite. An der Nordseite lag genau unterhalb der Mitte das Baumaterial, das von der Verkleidung heruntergefallen und nicht anderweitig benutzt worden war, höher angehäuft, als es eigentlich sein sollte, wenn man den Boden und die Masse der großen Pyramide als Vergleich nahm. An der Ostseite befanden sich die Überreste einer Pfeilerhalle, die zu einem Tempel gehört haben musste, der direkt vor der Pyramide gestanden hatte. Man konnte noch einen Damm erkennen, der direkt auf die Sphinx zuführte. Giovanni beschloss, an beiden Stellen graben zu lassen, und teilte zwei Gruppen ein.

Der Kaschef hatte ihm achtzig Männer zur Verfügung gestellt, die pro Tag je einen Piaster als Lohn erhielten. Es war Giovanni klar, dass er noch mehr Leute brauchte, doch seine Mittel waren begrenzt, und wenn sein Geld erst aufgebraucht war, dann würde er Salt um Hilfe bitten müssen. Er war bereit, beinahe alles zu tun, um das zu vermeiden. Diese Ausgrabung sollte die seine sein, und niemand anders sollte später auch nur den geringsten Teil des Ruhms, eines der sieben Weltwunder enträtselt zu haben, mit ihm teilen dürfen. Also beschloss er, die Kinder des nächsten Dorfes ebenfalls als Arbeiter einzusetzen. Sie konnten die Erde wegschaffen, und man brauchte ihnen nur zwanzig Para am Tag zu geben.

»Wenn die Pyramide geöffnet wird«, sagte er und hoffte, dass der elende Yanni das diesmal genau übersetzte, »wird es euch allen zum Vorteil gereichen. Zahllose Besucher aus allen Ländern der Erde werden kommen, es wird Bakschisch ohne Ende geben, und ihr werdet sie besser führen können als alle anderen Ägypter, denn ihr werdet sagen können, dass ihr bei der Öffnung dabei gewesen seid.« Als Arbeitsmotivation half das durchaus, doch auf der Nordseite stießen die Männer schnell auf Schwierigkeiten. Der Boden war so hart, dass die Schaufeln mit ihren dünnen Blättern wiederholt an ihm zerbrachen. Sie waren für Sand und Erdreich geeignet, doch das Gestein und der Mörtel, der sich von den Pyramiden gelöst hatte und zu Boden gefallen war, hatte sich im Laufe der Jahrhunderte durch den nächtlichen Tau im Frühjahr und Sommer zu einer harten, unauflöslichen Masse verbunden. Auf der Ostseite wurden Giovannis Leute durchaus fündig, doch das, was sie entdeckten, war kein Eingang: Sie legten unter der Schicht aus Flugsand Teile eines großen Tempels frei, der durch eine Pfeilerhalle mit der Pyramide verbunden war. Die Blöcke, aus denen die äußeren Wände bestanden, waren riesig; bei einigen von ihnen maß Giovanni vierundzwanzig Fuß Länge. Die Steine, die im Inneren der Halle lagen, waren stark kalkhaltig und längst nicht so groß, dafür aber besser geschliffen; sie türmten sich mit den Resten der Säulen vor der Außenwand der Pyramide und machten ein Fortkommen unmöglich.

»Wir werden sie zerschlagen müssen«, sagte Giovanni.

»Zerschlagen«, wiederholte Yanni ausdruckslos.

»Sonst gibt es keine Möglichkeit, um auf den Grund vorzustoßen und festzustellen, ob eine Verbindung zu den Grundmauern der Pyramide besteht. Das sind wenigstens vierzig Fuß an Steinmaterial, das hier herumliegt, und wir müssen bis auf den Boden vorstoßen. Sagen Sie den Leuten, sie sollen die Steine zertrümmern, ganz gleich, wie, Hauptsache, sie sind aus dem Weg.«

»Allmächtiger. Belzoni, kommt es Ihnen eigentlich in den Sinn, dass wir hier für nichts und wieder nichts Teile eines Tempels zerstören könnten?«

»Die Pyramide«, sagte Giovanni und starrte zu ihr hinüber. »Die Pyramide ist das, worauf es ankommt. Man muss Prioritäten setzen, Athanasiou.«

Auf der Nordseite ging die Arbeit wegen des harten Bodens und des schnellen Verschleißes an Schaufeln nur zäh voran, doch immerhin ließ sich feststellen, dass die Steine der Pyramide an dieser Stelle weniger fest gefügt und weniger massiv waren als an den anderen Seiten. Als einer der Araber am achtzehnten Januar eine schmale, aber unleugbar vorhandene Spalte zwischen zwei Gesteinsblöcken entdeckte, glaubte Giovanni, am Ziel zu sein. Ein Palmenzweig, den er in die Spalte schob, drang zwei Yards weit ein. Mit doppeltem Eifer gruben die Leute weiter und legten einen Stein frei, der tatsächlich lose war und noch am gleichen Tag entfernt werden konnte. Dahinter befand sich allerdings so viel Geröll, dass es noch drei weitere Tage dauerte, um es zu entfernen. Als am vierten Tag immer noch Geröllmassen den Zutritt blockierten, begriff Giovanni, dass Sand und Gestein von der Decke in die Aushöhlung nachsickerten.

»Lassen Sie sich eines gesagt sein«, bemerkte Yanni. »Dort gehe ich nicht als Erster hinein, ganz gleich, wer hier der Kleinste und Dünnste ist. Und wenn ich Sie wäre, würde ich das auch von keinem Araber verlangen. Wenn einer vom Geröll erschlagen wird, dann wird der Rest sich weigern, je wieder für Sie zu arbeiten, Belzoni.«

Nach zwei weiteren Tagen und einigen Stützpfeilern war immerhin genügend Schutt beiseitegeschafft, dass es Giovanni möglich war, selbst den Blick ins Innere zu riskieren. Er nahm eine Kerze, hielt sie in die Öffnung und machte die Umrisse einer Höhlung aus, ganz bestimmt groß genug, um der Beginn eines Ganges zu sein. Doch er erinnerte sich an die so sorgfältig geplanten Schächte in dem Königsgrab in Theben und an die Schächte in der großen Pyramide, als Caviglia ihn und Salt herumgeführt hatte. Jeder von ihnen war von einer Ebenmäßigkeit in den Proportionen gewesen, die hier völlig fehlten.

»Also, gehen Sie da nun hinein oder nicht?«, fragte Yanni herausfordernd.

»Das ist nicht der Eingang«, entgegnete Giovanni dumpf. Mit einem Mal fühlte er sich erschöpft. Er sank auf das Geröll, das die Kinder noch nicht beiseitegeschafft hatten, und musste sich beherrschen, um sein Gesicht nicht in den Händen zu vergraben. »Hier hat jemand von außen versucht, gewaltsam einzudringen. Das ist ein Gang, den jemand in die Pyramide hineingetrieben hat, lange nachdem sie gebaut wurde. Wahrscheinlich führt er ins Nichts.«

»Das kann man auch noch von anderen Unternehmungen behaupten«, murmelte der Grieche.

»Jaffa ist eine der berühmtesten Städte in Syrien, James«, sagte Sarah, während sie mit dem Jungen und Finati zwischen zahllose andere Passagiere gedrängt stand, die alle die Ankunft im Hafen beobachten wollten. »Jafet, der Sohn Noahs, hat sie gegründet, und Noah hat die Arche hier gebaut.«

»Kein Wunder, dass er von Jaffa weg wollte«, sagte Finati hart. »Es ist ein dreckiges Nest und ein Pestloch.«

»Nun, wir werden auch nicht lange hierbleiben, Hadschi Mohammed«, sagte sie friedfertig. »Doch es ist die erste Station unserer Pilgerreise, und ich bin froh, dass wir sie endlich erreicht haben. Es hat lange genug gedauert.« *Was immer du tun willst, fang damit an,* dachte sie – und es wurde ihr bewusst, dass sie sich schon lange nicht mehr an ihre alte Maxime erinnert hatte, weil es keinen Grund mehr dazu gab. Sie lebte die Worte schon längst.

Sarah empfand die Stadt nicht als hässlich, zumindest aus der Ferne nicht. Jaffa lag auf einem steil ins Meer abfallenden Felsvorsprung; die Gebäude schienen auf unterschiedlich hohen Terrassen zu stehen. Ein wenig erinnerte sie das an Malta.

Wie sich herausstellte, hatte Finati allerdings nicht übertrieben, als er das heutige Jaffa als ein Nest bezeichnete. Es gab keine Herbergen oder Khans; alle Reisenden mussten sich bemühen, bei Einwohnern unterzukommen. Für Sarah und ihre Begleiter lief das auf das englische Konsulat hinaus, das sich nicht mehr von dem herrschaftlichen Bau in Kairo hätte unterscheiden können. Der Konsul, ein gebürtiger Italiener, war das genaue Gegenteil von Henry Salt: Er schien etwa sechzig Jahre alt zu sein, trug türkische Kleidung, die von Fett und Suppenflecken übersät war, und einen alten braunen englischen Hut, der eingefettet war und quer auf seinem Kopf saß. Weder war er glatt rasiert, noch trug er einen richtigen Bart; die Stoppeln mochten sechs oder sieben Tage alt sein. Dafür war sein graues Haar lang genug, um ihm, als Zopf geflochten, bis zur Mitte seines Rückens zu reichen. In dem Zimmer, in dem er Sarah, Finati und die Jungen empfing, stapelten sich Wassermelonen. An der Wand hingen einige alte englische Drucke, und das Mobiliar bestand aus einem alten dreckigen Sofa ohne Bezug. Den Löchern im Boden nach zu schließen, hatten die Ratten freien Zugang.

»Sie können hier übernachten, Signora«, sagte der Vertreter Großbritanniens. »Sie alle. Einen anderen Raum habe ich nicht. Ganz ehrlich, ich wünschte, die Gerüchte wären wahr, und Mehemed Ali plane einen Überfall auf Syrien. Dann würde diese Vertretung nämlich wichtig, und ich bekäme endlich ein ordentliches Gehalt.«

Sarah spürte, dass Finati sie nicht aus den Augen ließ, als warte er auf etwas. Sie brauchte nicht lange zu raten. Als sie ihn zum ersten Mal von ihrem Entschluss, das Heilige Land zu bereisen, erzählte, hatte er ihr sofort entgegnet, sie sei verrückt. Europäerinnen reisten nicht durch den Orient, oder sie waren wie die Gräfin Belmore, ihre Zofe und ihre Stieftochter Teil einer großen Gruppe, durch Reichtum und Personal vor dem meisten Unbill und Gefahren geschützt. Sarahs Hinweis auf ihre Erfahrungen in Luxor, auf Philae und in Ybsambul hatten ihn ein wenig milder gestimmt, doch er hatte ihr trotzdem prophezeit, sie werde in Ohnmacht fallen, wenn ihr erst bewusst würde, worauf sie sich eingelassen habe, und es sei zu hoffen, dass dies bereits früh genug geschehe, damit sie umkehren konnte, nicht erst, wenn sie tatsächlich als Mamlucke durchgehen musste.

Sie verzog keine Miene.

»England erwartet, dass jedermann seine Pflicht tut, richtig, Mrs. B?«, fragte James, und sie nickte.

»So ist es. Und wo mehr als in einem britischen Konsulat?«

»In England«, sagte James. Es war das erste Mal, dass er Heimweh äußerte.

Nachdem er allen Arbeitern einen Tag freigegeben hatte, schickte Giovanni auch Yanni zurück nach Kairo. »Aber das ist nicht das Ende«, sagte er. »Ich muss meinen Ansatz nur noch einmal überdenken.«

»Ich bleibe«, sagte Yanni. »Ich würde nie verpassen wollen, wenn Sie … Ihren Ansatz überdenken.«

»Sie arbeiten für mich. Also kann ich Ihnen einen Tag freigeben, genau wie den Arabern«, donnerte Giovanni. Yanni musste neuen Widerspruchsgeist in sich entdeckt haben, denn er lächelte dünn und machte immer noch keine Anstalten, zu gehen.

»Erlauben Sie mir, das zu berichtigen, Sir. Sie bezahlen die Araber. Mich bezahlen Sie nicht. Mein Gehalt empfange ich weiterhin von Mr. Salt, und Sie haben nicht einmal versucht, das zu ändern. Damit bin ich Mr. Salts Angestellter und nicht Ihrer, und Sie können mich nicht irgendwo hinschicken. Da der Firman auf uns beide als Mr. Salts *Diener* lautet, habe ich das gleiche Recht, hier zu sein, wie Sie.«

Giovanni warf die Hände in die Luft und wandte sich ab. Er würde den Mann ignorieren und darauf hoffen, dass einige Fußmärsche um alle drei Pyramiden die Mischung aus

Zorn, Ohnmacht und Frustration sich in ihm zu etwas Nützlichem wie einer Erleuchtung umwandelten.

Die erste Runde brachte kein solches Ergebnis, also lief er auch noch zu der Sphinx hinüber. Jedes Mal, wenn er sie betrachtete, erschien ihm die erhabene Ruhe und Ausgeglichenheit in ihrem Ausdruck als eine persönliche Herausforderung. Er erinnerte sich dunkel an eine Geschichte, die ihm Sarah erzählt hatte und in der die Sphinx jeden tötete, der ihr Rätsel nicht löste, bis es einem griechischen Helden gelang. Es wunderte ihn nicht, dass ihm das steinerne Fabelwesen keine Antworten gab. Die Sphinx mochte wahrscheinlich keine Männer aus Padua.

Während er sie noch anstarrte, sah er aus dem Augenwinkel einen Araber auf einem Esel heranreiten, und Giovanni nahm an, dass es sich um jemanden aus dem Dorf handelte, der noch nicht gehört hatte, dass es heute keine Arbeit gab. Er wollte nicht, dass Yanni mit dem Mann sprach, und ging ihm entgegen. Je näher er kam, desto mehr Einzelheiten bemerkte er, die nicht zueinanderpassten; der Araber trug Kleidung, die nicht geflickt und abgerissen war wie die der Fellachen, er schien ein junger Mann zu sein, kaum älter als James, und er trug tatsächlich eine Brille auf der Nase. Außerdem war an ihm etwas Vertrautes, doch die Brille verhinderte, dass Giovanni sich erinnerte, bis er unmittelbar vor ihm stand. Dann fiel es ihm wieder ein.

»Rifaa«, rief er erstaunt. »Rifaa al-Tahtawi!«

»Ich grüße Sie«, sagte der Junge lächelnd.

Ihn wiederzusehen erinnerte Giovanni an das erste Jahr in Kairo, und er nahm es als glückliches Omen. Wie sich herausstellte, hatte es sich in Kairo inzwischen sowohl unter Franken als auch Ägyptern herumgesprochen, dass Giovanni beabsichtigte, den Eingang zur zweiten Pyramide zu öffnen.

»Üben wollte ich mein Italienisch«, sagte Rifaa, »und

wieder sehen alten Freund. Außerdem besuchen den Vater des Schreckens, Abu el-Hul«, fuhr er fort und wies auf die Sphinx.

»Du glaubst, das ist ein Mann?«, fragte Giovanni.

Rifaa warf ihm einen verwunderten Blick zu. »Was sonst?«

»Für mich – uns – war sie immer weiblich«, sagte Giovanni, und um nicht gleich zugeben zu müssen, dass er derzeit keine Ahnung hatte, ob und wie er den Eingang zur zweiten Pyramide finden würde, fragte er Rifaa, ob der Junge denn die Sphinx und die Pyramiden schon einmal aus der Nähe gesehen hatte. Rifaa schüttelte den Kopf und fügte hinzu, er habe jedoch viele Geschichten gelesen, einschließlich der, wie die Sphinx durch den Derwisch Saim el Dar ihre Nase verlor, weil er sie als Götzenbild ansah.

»Ich dachte, das wären die Franzosen mit ihren Schießübungen gewesen ... Bei euch gibt es also Geschichten über die Pyramiden und die Sphinx? Ich dachte, für die heutigen Ägypter sind das nur Steine«, sagte Giovanni, ehe er es sich versah. Ein Schatten legte sich über Rifaas Gesicht.

»Lange, ehe die Franken in dieses Land kamen«, sagte er bedeutsam, »bewahrten die *ulama* das Wissen um die Vergangenheit. Bei uns gibt es ein Sprichwort: *Wir Menschen fürchten die Zeit, aber die Zeit fürchtet die Pyramiden.* Sie sind für die Ewigkeit geschaffen worden.«

»Nun, ich bin sicher, das stimmt«, erwiderte Giovanni, der höflich sein wollte, obwohl er keine Ahnung hatte, was mit *ulama* gemeint war, »aber mir ist weder hier noch in Oberägypten ein Araber begegnet, den ich nicht bezahlen musste, damit ihn die Vergangenheit hier kümmert. Selbst der Pascha verteilt Altertümer unter allen Europäern wie Handelsrechte.«

Rifaa sagte sehr leise: »Wie vielen, Herr, bist du begegnet, die lesen und schreiben können? Selbst der Pascha, Gott möge ihn erhalten, hielt es nie für nötig, es zu lernen. Er hat Vorleser und Schreiber. Sag mir, Herr, würdigen in deinem Land diejenigen, die nie unterrichtet wurden, die Geschichte?«

Es war ein Gedankengang, der Giovanni völlig unvertraut war und dessen bezwingende Logik er dennoch nicht leugnen konnte. »Nein«, gab er zu und klopfte Rifaa versöhnlich auf den Rücken. »Dann lass uns jetzt die Geschichte gemeinsam würdigen. Wenn du noch nie hier warst, musst du die große Pyramide erklimmen, Rifaa.«

Auf dem Weg nach oben erzählte Rifaa, dass seine Studien an der großen Azhar gut vorankämen; es sei ihm sogar gelungen, seine Mitstudenten zu überzeugen, das Buch zu lesen, das der große Scheich Ibrahim übersetzt und das Giovanni ihm damals zum Abschied geschenkt habe, jene Geschichte von Robinson Crusoe, den Allah wahrlich prüfte und dann rettete, ein moderner Sindbad, der beweise, dass auch die Franken Geschichten zu erzählen verstünden. Sein wichtigster Lehrer, Scheich Hassan al-Attar, habe ihm versprochen, ihn als Iman bei der neuen ägyptischen Armee unterzubringen, wenn er sein Studium abgeschlossen hätte.

»Mein Vater wird nicht glücklich sein«, bekannte Rifaa. »Er wollte mich von der Armee fernhalten. Aber als Iman eines Regimentes werde ich bezahlt werden und kann ihn und unsere Familie unterstützen. Wenn ich an der Azhar bleibe, werde ich überhaupt nichts verdienen.«

Nachdem sie oben angelangt waren, ruhten sie eine Weile aus. Giovanni bemerkte einige neue Inschriften, seit er das letzte Mal die große Pyramide erklommen hatte; sämtliche Mitglieder der Belmore-Gesellschaft hatten sich verewigt, sogar der Name des Schoßhunds der Gräfin, Rosa, war eingeritzt worden. Er schaute zu der zweiten Pyramide hinüber, deren Spitze weiß in der Sonne leuchtete, und fragte sich, wie die Pyramiden wohl ausgesehen hatten, als noch alle drei vollständig von diesem weißen Material, das jetzt den Boden um die zweite Pyramide herum so hart machte, bedeckt waren.

»Glaubst du, dass diese Pyramide in ihrem Inneren nur aus Stein besteht oder dass sie Hohlräume hat?«, fragte er Rifaa, um das Schweigen zu unterbrechen, und wies auf die zweite Pyramide. »Wir haben zwar einen Eingang gefunden, aber es ist nicht der richtige. Er wurde erst viel später in den Stein geschlagen, und man kann ihn auch nicht betreten, ohne dass einem Geröll auf den Kopf fällt. Einige meiner Leute denken, dass es überhaupt keinen Eingang und keine Hohlräume im Inneren gibt«, schloss er und versuchte, Yanni auszumachen, der sicher irgendwo dort unten im Schatten saß.

»Aber natürlich gibt es Gänge und Kammern in der zweiten Pyramide«, sagte Rifaa überrascht. »Masudi berichtet von einem Besuch Harun-el-Raschids in ihr.«

Durch die Geschichten, die Sarah ihm vorgelesen hatte, kannte Giovanni den Namen des Kalifen, doch er hatte angenommen, dieser sei eine Märchenfigur, kein Herrscher, der wirklich gelebt hatte.

»Wer ist Masudi?«, fragte er vorsichtig und versuchte, die Aufregung zu unterdrücken, die in ihm aufkeimte.

»Einer unserer Schriftsteller. Er lebte im …«, Rifaa runzelte die Stirn und stellte offenbar eine kleine Kopfrechnung an; Giovanni fiel ein, dass die Araber einen anderen Kalender benutzten. »… in eurem zehnten Jahrhundert.«

Eigentlich war es unfassbar: Da hatte man ihm wieder und wieder das Herodot-Zitat an den Kopf geworden, das unterirdische Kammern in der zweiten Pyramide ausschloss, und niemand hatte je erwähnt, dass es einen arabischen Historiker gab, der geschrieben hatte, dass die zweite Pyramide einst betreten worden war!

Wahrscheinlich, dachte Giovanni ernüchtert, *weil es ein arabischer Historiker war. Oder,* teilte ihm eine innere Stimme mit, die unangenehm wie die Yannis klang, *weil dieser »Historiker« es von einem Herrscher aus Bagdad behauptete, der ansonsten nur als Märchenfigur bekannt ist.*

Entschlossen unterdrückte er diese unerwünschte Einmischung der Skepsis. Rifaa war sein gutes Omen und hatte ihm gerade bestätigt, dass es einmal einen Eingang gegeben hatte. *»Ragazzo«,* sagte er, »ich glaube, ich muss mir den Eingang hier an der großen Pyramide noch einmal ansehen.«

Giovanni kletterte auf der Nordseite hinunter und ließ sich diesmal keine Zeit, um wieder Atem zu schöpfen, sondern marschierte geradewegs zu dem Eingang, durch den ihn Caviglia im letzten Jahr geführt hatte. Dann trat er ein paar Schritte zurück, und etwas setzte sich in seinem Kopf zusammen, als habe es nur darauf gewartet, dass er es zusammenfügte. Der Eingang der großen Pyramide befand sich nicht genau in der Mitte der Wand. Wenn er sich recht erinnerte, und er hatte die Möglichkeit, sich eine Fackel zu besorgen und es nachzuprüfen, dann lief der Gang in gerader Linie von der Außenseite der Pyramide zur Ostseite der Königskammer, die sich fast im Mittelpunkt der Pyramide befand …

Als Rifaa, der etwas länger gebraucht hatte, bei ihm angekommen war, sah er Giovanni mit der Faust in die Luft stoßen und einen Schrei ausstoßen, den man bis Kairo hören musste.

»Etwas fehlt Ihnen?«

»Nein, nein. Rifaa, mein Junge, die große Pyramide und die zweite müssen nach dem gleichen Prinzip gebaut sein, richtig? Und wenn es Kammern im Inneren der zweiten Pyramide gibt, dann kann sich der Eingang gar nicht im Mittelpunkt der Außenwand befinden, wo ich gesucht habe, sondern etwa dreißig Fuß östlich davon!«

»Belzoni?«, hörte er Yanni rufen und sah, dass der Grieche, der einen Wasserbeutel bei sich trug, näher kam. »Belzoni, haben Sie einen Hitzschlag?«

»Nein«, sagte Giovanni und erschreckte Yanni damit, dass er ihn anstrahlte. »Nein, eine Erleuchtung. Ab morgen wird hier wieder gearbeitet, Athanasiou!«

KAPITEL 19

Obwohl er sich Mühe gab, es Mrs. B nicht merken zu lassen, war James von der Reise durch das Heilige Land bisher enttäuscht. Sie hatten nur wenige Tage von Jaffa nach Jerusalem gebraucht, und weder in Ramla, wo sie das erste Mal als Mamelucken übernachteten, noch sonst irgendwo auf der Strecke hatte jemand an ihrer Verkleidung gezweifelt. Die größte Unannehmlichkeit waren die ständigen Flohbisse gewesen, doch die waren nichts Neues. *Die könnte ich auch zu Hause auf den Jahrmärkten haben,* dachte er rebellisch.

Als sie schließlich vor Jerusalem eintrafen, konnte James nicht anders: Das Erste, was ihm auffiel, war, dass die Stadt auf den ersten Blick viel kleiner als Kairo zu sein schien. Der Mauerring, der um sie lag, war zwar fast ununterbrochen, doch die Steine wirkten uneinheitlich, bunt zusammengewürfelt, wie alte, bräunliche Zuckerstücke, die jemand übereinandergestaffelt hatte; sie machten den Eindruck, dass schon ein Stoß sie zu Fall bringen konnte. Die rotweißen Mauern der Zitadelle waren James nach seinem Jahr in Kairo schon vertraut, genauso wie die Minarette. Die große schwarze Kuppel, die man bereits von weitem sah, musste eine Moschee sein, denn die christlichen Kirchen schienen in diesem Land durchweg klein und nicht mit St. Paul oder gar Westminster Abbey vergleichbar zu sein.

Mrs. B war dennoch begeistert. Kaum hatte Finati sie in einem Nonnenkloster untergebracht, was die beste Möglichkeit war, da es kein Geld kostete, bestand sie schon darauf, die Stadtmauer abzulaufen, in Richtung Norden, vom Damaskustor, durch das sie die Stadt betreten hatten, bis zum Berg Zion. Was James verblüffte, war, dass George nicht die Gelegenheit nutzte, Finati zu begleiten, als sich dieser vor dem Konvent verabschiedet hatte, um mit ihm zu seinem Mr. Bankes zu gehen. Der reiche Engländer klang doch nach einem Herrn, wie George ihn suchte. Stattdessen trottete er mit James Mrs. B hinterher, ein paar Stufen hinauf, dann wieder hinunter, denn die Stadtmauer von Jerusalem war nicht etwa ebenmäßig begehbar, sondern mit unzähligen kleinen Stufen gesegnet.

Er fragte George, und dieser erwiderte achselzuckend: »Hadschi Mohammed hat erzählt, dass Bankes bald nach Ägypten reisen will. Da käme ich vom Regen in die Traufe.«

»Aber vergiss nicht, Mrs. B kann dir kein Gehalt zahlen«, sagte James deutlich. Bisher hatte George seinen Lebensunterhalt selbst bezahlt; das war eine der Bedingungen für seine Mitreise gewesen. Doch James konnte sich nicht vorstellen, dass er weiterhin ohne Entgelt bei ihnen blieb.

»Hab dich nicht so«, sagte George. »Ich werde sie dir nicht wegnehmen, deine Mrs. B. Aber lass mich dich etwas fragen: Wie lange willst du denn noch bei den Belzonis bleiben? Ja, gewiss, sie haben dich aufgenommen und erzogen, aber du bekommst reichlich wenig Geld, und ich glaube auch nicht, dass es je mehr werden wird. Du wirst nie befördert werden oder in ihrem Haushalt aufsteigen können, weil sie keinen haben.« Er warf ihm einen prüfenden Blick zu. »Hast du denn kein bisschen Ehrgeiz? Willst du immer nur ein kleiner Junge bleiben?«

»Du weißt doch überhaupt nichts«, sagte James, doch das Verstörende war, dass alles, was George sagte, gar nicht dumm klang und ganz offensichtlich auch keine Gehässigkeit sein sollte.

Mit den Belzonis durch die Welt zu ziehen war sein Leben. An die Zeit davor dachte er nie zurück. Und er hatte sich nie gefragt, ob er überhaupt etwas anderes wollte. Nein, die Belzonis waren nicht seine Eltern; er arbeitete für sie, sie konnten ihn entlassen, er konnte kündigen.

Aber selbst wenn die Belzonis seine Eltern wären, dann wäre er allmählich alt genug, um sie zu verlassen; Mr. B hatte in seinem Alter Padua schon den Rücken gekehrt, das hatte er selbst erzählt, nicht, weil er seine Eltern nicht liebte, sondern weil er sein Glück in der Welt finden wollte.

»Ich weiß mehr, als du je erfahren wirst«, sagte George. »Und ich werde dafür bezahlt. Wenn du glaubst, dass ich im Gesindehaus dieses Konvents übernachte, dann täuschst du dich. Viel Spaß dabei.«

»Drovetti muss dich wirklich gut für diese Briefe geschmiert haben«, gab James scharf zurück und versuchte, den Neid zu unterdrücken, der ihm beim Gedanken an sein Nachtlager kam.

»Auch das gehört zu den Dingen, die du nie erfahren wirst«, meinte George mit pfiffiger Miene und beließ es bei dieser Andeutung.

Sarah hatte bei dieser Reise erst gar keine Frauenkleidung mitgebracht, sondern sie sorgfältig verpackt in Kairo gelassen. Es wäre überflüssiges Gepäck gewesen. Vor ihrem Besuch des Heiligen Grabs bereute sie es zum ersten Mal. Es schien von Grund auf falsch, die ehrwürdigste Stätte der Christenheit als Mann, noch dazu als Moslem gekleidet, zu besuchen. Aber es blieb ihr nichts anderes übrig, und sie war gewiss nicht willens, nur deswegen Geld für ein Kleid auszugeben.

Die Via Dolorosa, der Leidensweg Christi, begann direkt unter dem Sitz des Agas, der für Jerusalem zuständig war, wo sich früher der Palast des Herodes befunden hatte. Sie waren bei weitem nicht die einzigen Pilger; die enge Gasse, die sich durch die alte Stadt schlängelte, war so voller

Menschen, die entweder die dunklen Gewänder der orthodoxen Griechen trugen, die blauen der Kopten, katholische Ordenskleidung oder schlicht und einfach braune Pilgermäntel, dass sie sich manchmal kaum bewegen konnte.

Giovanni, dachte Sarah, *hätte an jeder Station einen Rosenkranz gebetet.* Er hatte nie versucht, sie zu veranlassen, die Kirche von England zu verraten und zu Rom überzutreten, doch er war auch selbst nie übergetreten, und manchmal bekreuzigte er sich oder murmelte das Ave Maria auf Latein, obwohl er die alte Sprache nicht verstand. *Giovanni* … In diesem Augenblick wünschte sie ihn an ihrer Seite – und war auch wieder erleichtert, dass er nicht hier war. Es schien ihr, dass sie in Ägypten nicht nur ihre alten Kleider abgestreift hatte, sondern auch ein Stück ihrer selbst. Wenn sie entdecken wollte, was von Sarah noch übrig war, dann konnte, nein, dann *durfte* die Antwort nicht einfach nur »Giovanni Belzonis Ehefrau« lauten.

Ihre heile, geordnete Welt war ins Wanken geraten, nicht nur des Streits mit Giovanni wegen. Wenn diese Pilgerreise etwas für sie ändern sollte, dann musste sie ehrlich zu sich sein. Es hatte bereits begonnen, ehe sie in Philae eingetroffen war und Giovanni sich entschieden hatte, sie zurückzulassen. Niemand hatte sie in Kairo gezwungen, sich wieder und wieder mit Drovetti zu treffen. Sie hätte den Begegnungen mit ihm ausweichen, Kopfschmerzen vorschützen oder Mrs. Cocchini schlicht und einfach erläutern können, dass sie wegen der Feindseligkeit zwischen ihrem Gatten und Drovetti nicht in der Lage sei, gesellschaftlichen Verkehr mit ihm zu pflegen. Stattdessen hatte sie sich von Mal zu Mal mehr darauf gefreut, ihn wiederzusehen, auf das Gespräch, das ihr Schlagfertigkeit abforderte. Und auch darauf, umworben zu werden.

Es hätte ihr unangenehm sein sollen; eine verheiratete

Frau sollte nichts anderes als Abscheu empfinden, wenn jemand ihr den Hof machte.

Stattdessen hatte sie es genossen. Und er hatte in einem Punkt recht gehabt: An dem Abend auf Philae hatte sie geküsst werden wollen.

Sarah versuchte sich vorzustellen, wie Christus sich vor beinahe zwei Jahrtausenden durch diese Gasse gequält hatte, gestürzt war, und seltsamerweise half es ihr, sich daran zu erinnern. Auch der Herr war gestürzt, in seiner schweren Stunde, und hatte sich wieder aufgerichtet. Das konnte man natürlich nicht vergleichen … aber trotzdem, der Gedanke half.

Vor der Kirche des Heiligen Grabes standen ärmliche und zum größten Teil verfallene Häuser, doch auf dem Vorplatz unmittelbar vor dem Eingang fand ein Basar statt, auf dem mit Heiligenbildern und Reliquien gehandelt wurde, was in Sarah jäh die Erinnerung an eine ganz andere Stelle aus dem Neuen Testament wachrief. Leider war augenscheinlich niemand willens, die Wucherer heute aus dem Tempel zu vertreiben. Nun, genau genommen befanden sie sich *vor* dem Tempel, aber trotzdem traf sie der Anblick.

»Kaufen Sie hier ja nichts, Mrs. B«, riet ihr George. »Wenn Sie eine gesegnete Ikone wollen, ein Vetter zweiten Grades meiner Mutter ist Mönch hier. Der kann Ihnen eine viel bessere besorgen, und die hat dann auch garantiert den Salbstein berührt.«

»Das … ist sehr freundlich, George, aber uns Protestanten sind Ikonen nicht erlaubt«, sagte Sarah so diplomatisch wie möglich. »Aber sagtest du, dein Cousin sei in dieser Kirche tätig? Ich dachte, das Heilige Grab wird von Franziskanern betreut?«

»Von Franziskanern, Griechisch-Orthodoxen, Kopten und Armeniern«, erklärte George sachlich. »Jede Glaubensgemeinschaft hat ihre eigenen Kapellen und ihre eigenen

Altäre. Und jedes Jahr zu Ostern prügeln sich die Mönche darum, wer die Schlüssel während der Feiertage aufbewahren darf. Mönchsgezänk nennen die Leute hier das. Sie werden schon sehen.«

Sarah schob sich mit den Jungen in die Kirche, die nicht weniger voll war als die Via Dolorosa. Von der Decke hingen goldene Leuchter tief herunter, die sie an die Sergius-Kirche in Kairo erinnerten, und die silbernen Kandelaber mit riesigen weißen Kerzen, die überall verteilt standen, waren mindestens sieben Fuß hoch. Sie sah griechische Priester mit schwarzer Kopfbedeckung und purpurnen Mänteln auf gelben Gewändern und katholische Priester in roten Mänteln auf weißem Gewand. Zu ihrer Erleichterung bemerkte sie noch weitere Menschen in türkischer Kleidung, mit Pluderhosen, Westen und Turbanen. Alles drängte sich zu der großen weißen Marmorfliese im Zentrum, vor der einige Pilger und Priester knieten oder Weihrauch schwenkten.

»Mrs. B, ist das …«, fragte James ehrfürchtig.

»Der Salbstein«, sagte sie. »Das muss er sein.«

»Nein, meine Liebe, der eigentliche Salbstein liegt unter der Marmorplatte. Sie soll ihn vor der Berührung beschützen«, sagte eine vage vertraute Stimme spöttisch. Sarah drehte sich um und erkannte Hauptmann Mangles. Er nickte ihr zu.

»Bankes hat mir erzählt, dass Sie in der Stadt sein sollen. Wir sind natürlich schon länger da, Irby und ich. Eines muss man dem Katholikenvolk und den Orthodoxen ja lassen, sie wissen, wie man eine Schau inszeniert, wie? Sind alles geborene Jahrmarktskünstler, wenn Sie mich fragen. Nun ja, Nüchternheit bleibt wohl ein englisches Privileg. Wo steckt denn Mr. Belzoni?«

Vielleicht hatte Giovanni ihr gegenüber erwähnt, dass Irby und Mangles nach Ägypten auch das Heilige Land besuchen wollten, doch Sarah bezweifelte es, nicht nur, weil sie und Giovanni in den letzten Monaten immer weniger miteinander gesprochen hatten, sondern auch, weil sie es vermied, sich mit irgendjemandem über die beiden Offiziere zu unterhalten. Sie waren ihr immer noch gründlich zuwider, und die abfällige Bemerkung über Jahrmarktskünstler half nicht dabei, diesen Umstand zu ändern. Ihr war bewusst, dass sie möglicherweise ungerecht war und nur so empfand, weil die beiden im Gegensatz zu ihr in Ybsambul dabei gewesen waren, doch ihnen hier zu begegnen war trotzdem das Letzte, was sie sich gewünscht hätte.

»Mr. Belzoni«, sagte sie knapp, »geht seinen Geschäften in Ägypten nach.«

»Dann hat Bankes das wirklich nicht falsch verstanden? Sie sind ganz alleine hier? Aber meine liebe Mrs. Belzoni, das ist … wirklich, das hätte Ihr Gatte nicht zulassen sollen! Sie müssen natürlich unbedingt zu uns kommen. Wir werden Sie beschützen.«

Sarah konnte sich nicht länger zurückhalten. »Erstens«, sagte sie, »bin ich sehr zufrieden mit meiner jetzigen Unterbringung, zweitens habe ich Ihren Schutz nicht nötig, und drittens ist dies kein Ort für ein gesellschaftliches Gespräch, Hauptmann. Dies ist ein Ort des Gebets.«

Damit wandte sie sich von ihm ab, bahnte sich einen Weg bis kurz vor die Marmorplatte, kniete nieder und presste ihre Stirn auf den Boden, so, wie es die Griechen und Katholiken taten. *Herr,* dachte sie, *ich versuche meinen Nächsten zu lieben. Aber ich versage. Bitte sorge dafür, dass ich besser darin werde und nicht stattdessen ständig das Bedürfnis habe, meinen Nächsten zu erwürgen. Außerdem wüsste ich gerne, ob es gegen deinen Willen und oder in deinem Sinn ist, dass mir die Feindesliebe dieser Tage leichter fällt als die Nächstenliebe, und ich mir wünsche, was ich mir nicht wünschen sollte. Ich bin deine treue Dienerin, Herr, aber etwas größere Klarheit in dieser Hinsicht könnte ich wirklich gebrauchen.*

Inzwischen trafen hin und wieder Besucher aus Kairo in Gizeh ein, weniger, um die Pyramiden zu sehen, als um zu überprüfen, ob Giovanni Fortschritte machte. Und natürlich, um unerbetene Ratschläge abzugeben. Am ersten März war es wieder einmal ein Landsmann, der Cavaliere Frediani. Als die Arbeiter auf drei Granitsteine stießen, zwei seitlich und einer als obere Querverbindung, war Giovanni ausgesprochen glücklich über diesen Zufall. Alle Italiener in Ägypten waren früher oder später Drovettis Gäste, und er wollte, dass Drovetti den Bericht über das, was nun folgte – folgen *musste* –, so ausgiebig wie möglich erhielt. Deshalb bat er den Cavaliere, zu bleiben.

Gegen Mittag des nächsten Tages war es nicht mehr zu übersehen: Sie hatten einen echten, in das Gebäude integrierten Eingang zur zweiten Pyramide gefunden! Natürlich hatte eine Menge Schutt und Geröll zwischen den drei Steinen beiseitegeschafft werden müssen, doch dann lag ein Gang vor ihnen, der aus großen, exakt behauenen Granitblöcken bestand und vier Fuß hoch war. Den Winkel, in dem er abwärts in die Pyramide hineinführte, schätzte Giovanni auf fünfundzwanzig Grad, aber vorerst kamen sie noch nicht weit; mehrere Steine, die von der Decke herabgefallen waren, versperrten den Weg.

»Es gibt hin und wieder Erdbeben in Ägypten«, sagte Yanni unerwartet sachlich. »Nicht sehr häufig, aber es gibt sie. Glauben Sie, dass man diese Steine aus dem Gang schaffen kann?«

»Was denn, keine Erklärung, dass Sie auf keinen Fall dabei helfen werden?«, fragte Giovanni sarkastisch, doch er war trotz des momentanen Rückschlags zu optimistisch, um nachtragend zu sein. »Ja, ich glaube, wir können es schaffen.«

Seine Überzeugung wurde auf eine harte Probe gestellt, als sie nach einem Tag voller mühsamer Transportarbeit, die in dem engen Gang wahrlich nicht leichtfiel, auf eine Art Fallgatter stießen: einen Stein, der nicht herabgestürzt, sondern an den Seiten nahtlos in Rillen eingepasst war und dessen obere Kanten genauso behauen waren wie der Tunnel selber. Bei näherer Untersuchung stellte sich heraus, dass der Stein am unteren Ende etwa acht Inches vom Boden abstand und seine Seiten ebenfalls wie verzahnt waren.

»Da wollte jemand nicht, dass ungebetene Besucher aufkreuzen«, sagte Frediani bedauernd. »Eine Falltür aus Granit. Tut mir leid, mein Freund. Die Baumeister der Pharaonen waren offensichtlich klüger, als wir es gebrauchen können.«

»Aber jemand war schon einmal hier und hat mehr als nur diesen Gang gesehen«, beharrte Giovanni und dachte an das, was ihm Rifaa erzählt hatte. Er tastete den Stein von allen erreichbaren Positionen ab, ließ sich eine Kerze reichen und leuchtete überall hin. Am oberen Ende des Steines entdeckte er eine winzige Öffnung. Er verließ die Pyramide, suchte die Esel der Besucher auf, die gerade gefüttert wurden, nahm sich den längsten Strohhalm, den er finden konnte, und kehrte wieder zurück. Der Strohhalm ließ sich drei Fuß lang durch den Spalt schieben, ohne auf Widerstand zu stoßen.

»Das heißt«, sagte Giovanni triumphierend, »dass es dahinter einen Freiraum geben muss. Einen Freiraum, um das Fallgitter aufzunehmen.«

»Das mag ja sein, aber wie um alles in der Welt wollen Sie diesen Stein heben?«, fragte Yanni hinter ihm. »In diesem Gang können keine zwei Männer nebeneinander arbeiten und sich gleichzeitig bewegen, und wir bräuchten mehrere Männer, um so einen Block zu verschieben.«

»Athanasiou«, gab Giovanni zurück, »wenn ich mich in etwas auskenne, dann im Anheben von Gewichten unter schwierigen Bedingungen.«

Es war in der Tat ein gewaltiges Problem, auch, weil Hebelstangen auf keinen Fall zu lang sein durften, da der Gang keinen Platz bot, um mit ihnen zu hantieren, und nicht zu kurz, weil sonst nicht genügend Gegendruck eingesetzt werden konnte. Aber diesmal hatte er nicht übertrieben; Giovanni kannte sich im Anheben von Gewichten aus wie kaum ein anderer, und er entschied, dass die Lösung in viel Geduld und einem stückweisen Anheben lag, wobei in die seitlichen Rillen dann immer sofort einige Steine gelegt werden mussten, um den Block abzustützen, während gleichzeitig die Hebelstangen nachgeschoben wurden.

Da ihm Rifaa bisher Glück gebracht und er den aufgeweckten jungen Ägypter mochte, bat er Yanni, eine Nachricht an die Azhar zu senden und um Rifaas Besuch für den großen Moment der Pyramidenöffnung zu bitten. Nach dem, was Rifaa ihm auf der Cheops-Pyramide erzählt hatte, würde den Lehrern des Jungen die historische Bedeutung gewiss klar sein.

Die Luft im Gang verbrauchte sich sehr schnell, vor allem, wenn mehrere Menschen gleichzeitig am Anheben des Steins arbeiteten, und so befand sich Giovanni gerade draußen, um etwas Atem zu holen, als Rifaa tatsächlich eintraf.

»Naharak laban«, rief der Junge, während er auf Giovanni zulief, *»naharak laban!«*

Giovannis begrenztes arabisches Vokabular ließ ihn verwirrt den Kopf schütteln.

»Möge dieser Tag weiß wie Milch sein«, sagte Rifaa auf Italienisch, als er vor Giovanni stand, und der entschied, dass es sich wohl um das arabische Äquivalent von »Viel Glück!« handeln musste.

»Danke, *ragazzo*«, sagte er, umarmte den Ägypter und nahm ihn mit zum Pyramideneingang. Dort war es inzwischen so weit, dass sich ein kleiner und sehr schlanker Mann hindurchzwängen konnte. *Ein schlanker Mann … oder ein Kind.* Kaum hatte er das gedacht, erfasste Giovanni Scham. Er schaute auf den gewaltigen Granitblock, stellte sich vor, dass trotz aller Sicherungen ein Unglück geschah und der Stein wieder herabstürzte, und zuckte zusammen. Er würde kein Kind bitten, hineinzuschlüpfen. Rifaa öffnete den Mund, und Giovanni schüttelte den Kopf, ehe ein Laut über die Lippen des jungen Ägypters kam. Rifaa mochte kein Kind mehr sein, aber er stand trotzdem erst am Anfang seines Erwachsenenlebens.

Einer der Araber, Argian, der dünnste unter den Arbeitern, meldete sich freiwillig und ließ sich eine Kerze reichen, als er es geschafft hatte. Erst, als er wieder zurückkehrte, bemerkte Giovanni, dass er die ganze Zeit die Fäuste geballt hatte.

Argian grinste. »Ein sehr schöner langer Raum liegt dahinter.«

Der Stein konnte noch mehr angehoben werden, doch noch immer nicht hoch genug, um Giovanni durchzulassen. Noch nie hatte er seine große, muskulöse Gestalt als einen Nachteil empfunden, doch als Yanni sich das Hemd auszog und, ohne gebeten werden zu müssen, freiwillig durch den Spalt schlüpfte, tat er es.

»Der Gang ist etwa siebenundzwanzig Fuß lang, dann kommt ein Schacht und zwei weitere abzweigende Gänge«, meldete er, als er wieder zurückkehrte. »Schächte sind Ihre Sache, Belzoni.«

Nach weiteren Stunden und viel Schweiß war die Öffnung endlich groß genug, damit Giovanni sich selbst durchzwängen konnte. Nach Yannis Bericht hatte er die Zeit während der weiteren Arbeit genutzt, um sich ein Seil von draußen zu besorgen.

Die beiden Gänge, von denen Yanni gesprochen hatte, erkundete er zunächst nur oberflächlich. Der zur Rechten führte steil nach oben und war daher, nach den Erfahrungen aus der großen Pyramide, mit Sicherheit eine bewusste Irreführung; der unmittelbar vor ihnen führte waagrecht auf die Mitte der Pyramide zu, und das kam ihm ebenfalls nicht richtig vor. Also beschloss er, sich an seinem Seil den Schacht hinunterzulassen. Caviglia hatte es in der großen Pyramide auch getan, und was der konnte, das würde Belzoni erst recht fertig bringen. Der Schacht führte nur fünfzehn Fuß in die Tiefe, was ihn beinahe ein wenig enttäuschte, weil er sich damit nicht mit Caviglias gefährlichem Vorstoß vergleichen ließ, und gab dann den Blick auf einen neuen Gang frei, der in nördliche Richtung und abwärts führte.

»Haben Sie gesehen«, flüsterte Frediani, der Giovanni gefolgt war, »an den Wänden sind Salpeterkristalle. Ich hoffe ja nicht, dass die Luft hier giftig ist, Belzoni.«

Die Luft war stickig, doch das war nun wahrlich nicht anders zu erwarten gewesen. »Wir sind in einem Weltwunder, Cavaliere«, sagte Giovanni vorwurfsvoll. »Da hat man keine Angst, man bewundert.«

Ein Weltwunder, wiederholte er stumm. Nun konnte es niemand mehr bestreiten. Er, Giovanni Belzoni, war unter den Entdeckern im Lande Ägypten der größte!

Das erwartete Triumphgefühl stellte sich nicht ein. Er blickte auf den Ring mit der eingravierten Pyramide, den ihm Sarah einst geschenkt hatte.

War er denn verrückt geworden? Er hatte allen Grund, stolz auf sich zu sein! Wider Willen dachte er an Sarahs Worte, darüber, dass ihn seine Leistungen nicht mehr glücklich machten. Wo war sie in diesem Augenblick? Was tat sie? Welches Unwesen trieb Drovetti gerade?

Nein, es konnte nicht sein, dass Sarah mit ihren Worten recht hatte. Sie zeigte damit nur, dass sie ihn nicht mehr so verstand wie früher, weil sie nicht mehr ganz die seine war. Es waren Ausflüchte gewesen, nicht mehr. Durch seine Pyramide würde er ihr bald das Gegenteil beweisen.

Giovanni ging geduckt weiter durch den niedrigen Gang – und gelangte in die große Kammer, auf die er die ganze Zeit gewartet hatte, das Herz der Pyramide, deren schräge Decke weit und hoch über ihm lag.

Im Gegensatz zur großen Pyramide sah man keinen Sarkophag im Zentrum, und Giovanni dachte zuerst enttäuscht, dass es keinen gab, bis er die Westseite des Raumes erreichte und entdeckte, dass der Sarkophag der zweiten Pyramide in den Boden eingelassen war. Der Deckel des Sarkophags war halb beiseitegeschoben, aber Giovanni hatte nicht erwartet, ihn unangetastet zu finden, nicht, wenn die arabischen Berichte über einen Besuch der Wahrheit entsprochen hatten. Im Inneren sah er keine Mumie, sondern nur Schutt. Er überließ die Betrachtung zunächst Frediani, Rifaa und Yanni und kehrte zu den Wänden zurück, seine Kerze hochhaltend, in der Hoffnung, Hieroglyphen zu finden.

Wie sich herausstellte, gab es keine. Dafür waren eine Menge Zeichen mit Holzkohle an die Wand gemalt worden, in Schriften, die ihm unbekannt und gewiss keine Hieroglyphen waren; bei der Berührung zerfielen sie sofort zu Staub. Am Ende der Westseite fand er eine Inschrift, die immerhin gemeißelt und erkennbar Arabisch war, und holte Yanni und Rifaa, damit man sie ihm übersetzte.

»*Der Meister Mohammed Ahmed hat sie geöffnet*«, las Yanni. »Hier steht, dass er der Steinmetz war. *Und der Meister Osman war bei der Öffnung anwesend sowie der König Ali Mohammed vom Anfang bis zur Schließung.*«

»Ali Mohammed«, wiederholte Rifaa ehrfürchtig. »Gleich

morgen werde ich meine Lehrer bitten, mich die Chroniken durchgehen zu lassen.«

»Wie lange das wohl her ist?«, fragte Frediani.

»Ein Jahrtausend, vielleicht etwas weniger«, murmelte Giovanni. Er spürte ein Kribbeln in seinen Fingerspitzen. Der lang erwartete Triumph? Vielleicht. Auf jeden Fall war er erschöpft und durstig. Es musste an der Luft liegen. Er ließ sich von Yanni zeigen, welche Schriftzeichen *Mohammed Ahmed* bedeuteten und welche *Steinmetz.* Sein Vorgänger. Vergessen von der Menschheit trotz seiner großen Leistung, völlig vergessen. Doch nun nicht mehr, nun, da diese Inschrift wieder gelesen werden konnte.

»Wenn wir wieder oben angelangt sind«, sagte er entschlossen, »brauche ich Hammer und Meißel. Ich werde meinen Namen hier verewigen.«

»Aber Belzoni, meinen Sie nicht …«

»Nein. Mein Name, hier. Er wird so lange leben wie die Pyramiden.«

Die Königsgräber der Israeliten befanden sich im Josaphattal, das die Altstadt von Jerusalem und den Tempelberg voneinander trennte. Als Sarah vor der in den Kalkstein des Hügels gehauen Grabstätte stand, einen tief ins Innere gehenden Schrein in Form eines Portals von etwa sechsundzwanzig Fuß Länge, war es unmöglich, nicht an das Biban el-Moluk zu denken und an das Grab, das Giovanni entdeckt hatte. Die Girlanden, Kränze und Harfen, die das Portal zierten, wirkten jedoch ganz und gar unägyptisch; in Sizilien hatte das, was von alten griechischen Tempeln noch übrig war, nicht unähnlich ausgesehen.

Hier, wo – wie es hieß – mehrere Könige von Juda begraben lagen, fanden sich nicht nur christliche Pilger, sondern auch jüdische, und Sarah sah eine Frau einen Wasserkrug auf ihrem Haupt balancieren, um den Besuchern davon anzubieten. Die Eingangshalle führte in eine tief in den Felsen geschlagene Vorkammer, und nachdem sie gewartet hatte, bis die vorherigen Besucher wieder gegangen waren, konnte Sarah mit James die drei großen und zwei kleineren Grabkammern betreten, die dahinter lagen. Während sie gemeinsam die Reste der Marmorsarkophage betrachteten, die sich dort befanden, fragte der Junge unvermittelt: »Mrs. B ... warum sind Sie nicht bei Mr. B? Warum ist er nicht hier?«

»Er muss sich um seine Geschäfte kümmern«, antwortete sie, weil es unmöglich war, etwas anderes zu sagen, »und ich wollte ...«

»Das Heilige Land besuchen, ja, ich weiß«, sagte James. Er klang enttäuscht. Nun, damit war zu rechnen gewesen. Was Sarah aber dazu veranlasste, sich zu ihm umzudrehen und ihn genauer anzusehen, war die Art, wie er es gesagt hatte. Nicht schmollend oder vorwurfsvoll wie ein Kind, sondern wie ein Mann, der um die Wahrheit gebeten hatte und mit einer Ausrede abgespeist worden war. Unwillkürlich fühlte sie sich beschämt.

»Wärest du lieber in Ägypten geblieben, James?«

»Nein, Mrs. B. Aber ich frage mich ... Mrs. B, Sie tun, was Sie für das Rechte halten, das weiß ich, und Mr. B tut es auch. Und vielleicht ist es nicht immer dasselbe.« Er schaute sie nicht an, während er sprach. Stattdessen starrte er auf die Sarkophage. »Da frage ich mich ... ob ich nicht auch tun sollte, was ich für das Rechte halte. Und ob es mich vielleicht auch ... fort von Ihnen führt. Von Ihnen beiden.«

Es war ein anderes Gefühl als das, was sie empfunden hatte, als sie hörte, dass Giovanni Drovetti nach Theben bestellt hatte. Kein Schlag ins Gesicht diesmal; ein Stich ins Herz.

»James ...«

»Es ist nur so ein Gedanke, Mrs. B. Weiter nichts«, sagte er hastig.

Wie gut kannte sie dieses lebhafte Gesicht, das nun so angespannt wirkte, dass es ihr wehtat. Sie musste es schon länger gewusst haben, aber hier, an diesem Ort, wurde es ihr zum ersten Mal in völliger Klarheit bewusst: Es war nicht mehr das Gesicht eines Jungen, der auf sie angewiesen war.

»James, habe ich dir eigentlich je gesagt, dass ich stolz auf dich bin?«

»Nein ... nicht so oft, Mrs. B.«

»Nun«, sagte Sarah und tat ihr Bestes, um den Kloß, der in ihrer Kehle lag, herunterzuschlucken, »ich bin es. Und ich weiß, dass du immer das Rechte tun wirst. Es mag dich eine Zeit lang von mir fortführen, aber das heißt doch nicht, dass meine Zuneigung für dich geringer würde.«

»Dann würde es Ihnen gar nichts ausmachen, wenn ich gehe?«, fragte James gekränkt und klang nun wieder sehr jung.

»Selbstverständlich würde es das«, erwiderte Sarah. »Ich glaube nicht, dass ich mich in diesem Fall beherrschen könnte; wahrscheinlich würde ich mich vergessen und in der Öffentlichkeit weinen.«

»Gut«, sagte James zufrieden und sah sofort beschämt aus. »Ich meine – natürlich möchte ich nicht, dass Sie weinen, Mrs. B. Oder überhaupt traurig sind. Es ist nur ...«

»Du bist mir sehr teuer, James.«

Es wurde an der Zeit, die Grabstätten wieder zu verlassen, damit Platz für die nächsten Besucher geschaffen wurde.

»Ich vermisse England«, sagte James, während sie hinausgingen. »Das hätte ich nicht gedacht, Mrs. B, dass ich Heimweh bekomme, wo wir doch immer unterwegs waren, aber so ist es. Ich möchte wieder in einem Land sein, wo jeder meine Sprache spricht. Meine, nicht eine, die ich gelernt habe. Wo es Beef gibt und Porridge, und Ale zu trinken. Wo ich die Witze verstehe und wo … Mrs. B, ich hatte Makhbube wirklich gerne. Ich weiß schon, dass es nie etwas Richtiges geworden wäre. Ich war nur ein Junge für sie. Aber irgendwo gibt es ein Mädchen für mich. Und Sie haben selbst gesagt, dass Sie sich nicht zwei Bedienstete leisten können, Mrs. B. Ich glaube nicht, dass es je anders wird. Sie haben Mr. B, und ich … ich dachte…«

»Ich verstehe dich, James«, sagte Sarah und legte ihm kurz die Hand auf die Schulter. Wenn sein Haar nicht von einem Turban bedeckt gewesen wäre, hätte sie ihm die Locken aus der Stirn gestrichen, doch so war es unmöglich. »Das Osterfest steht vor der Tür, und es sind gewiss mehr Engländer hier, als zu jeder anderen Zeit. Vielleicht solltest du dich gemeinsam mit George umhören, ob jemand noch einen Diener braucht. Ich schreibe dir jede Empfehlung, die du möchtest. Sogar«, schloss sie mit einer kleinen Grimasse, »an Hauptmann Mangles und Hauptmann Irby.«

»Du meine Güte, Mrs. B«, sagte James. »Ich dachte, Sie wissen, dass ich das Rechte tun will, und dann unterstellen Sie mir so etwas!«

Zuerst klang er so schockiert, dass sie ihm einen prüfenden Blick zuwarf, doch als er den Satz beendete, sah sie, dass sich ein schwaches Grinsen auf seine Lippen stahl.

»Ganz im Ernst, ich würde lieber wieder für den Würstchenverkäufer vom Bartholomew Fair arbeiten als für diese beiden eingebildeten Pinsel«, schloss er.

»Der Lärm in dieser Stadt muss mich halb taub gemacht haben. Angedrohte Rückfälle in deine Laufbahn als jugendlicher Verbrecher und Beleidigungen von Mitgliedern unserer wackeren Streitkräfte kann ich einfach nicht verstehen«, entgegnete Sarah, und auch ihre Mundwinkel hoben sich zu einem verräterischen Schmunzeln.

Die Belmores hatten nach ihrer Rückkehr in Theben noch einmal mit Schaufeln gespielt und sich dann auf dem Weg nach Syrien gemacht. Der Pascha war, wie man hörte, inzwischen wieder in Kairo. Also beschloss Henry Salt Anfang März, ebenfalls dorthin zurückzukehren.

Es waren glückliche Monate gewesen, wenn er sich nicht gerade seinen aristokratischen Gästen widmen musste; Salt hatte, um die britische Präsenz aufrechtzuerhalten, nicht nur Zeichnungen gemacht, sondern sich auch an Grabungen versucht, und zwar nicht viel, aber doch einige schöne Stücke gefunden. Drovetti, der sich in Theben ein Haus baute, war nicht nur ein Konkurrent, sondern – da konnte man sagen, was man wollte – häufig angenehme Gesellschaft gewesen. Gespräche mit ihm waren eine geistige Herausforderung, die er in Kairo seit Burkhardts Tod vermisste.

An seine Rückkehr dachte Salt mit gemischten Gefühlen. Yanni hatte ihn in einem Brief darüber informiert, was Belzoni in Kairo tat. Salt war sehr gespannt darauf, die zweite Pyramide zu betreten, und tief beeindruckt von Belzonis Leistung, wenn auch mit der beunruhigenden Ahnung erfüllt, dass dieser weitere Erfolg dazu führen musste, den Italiener ganz und gar unerträglich zu machen. Dass Belzoni seinen Namen benutzt hatte, um den Firman zu erlangen, und im Konsulat lebte, wenn er nicht vor Gizeh zeltete, kümmerte ihn dabei nicht weiter; Salt war nicht kleinlich und sah die von allen, einschließlich seiner selbst, als unmöglich betrachtete Öffnung der Pyramide durchaus als eine Rechtfertigung. Aber er fragte sich, was er nun mit Belzoni tun sollte. Er konnte ihn sich selbst überlassen; schließlich hatte der Mann lautstark auf seine Unabhängigkeit gepocht, und er war kein britischer Staatsbürger. Doch Tatsache war nun einmal, dass er für seine Tätigkeit ein einmaliges Talent hatte und dass Salt ohne ihn längst nicht so spektakuläre Funde aufweisen könnte. Was Belzoni in den letzten zwei Jahren geleistet hatte, brachten manche Gelehrte ihr ganzes Leben lang nicht fertig. Drovetti beispielsweise war schon viele Jahre lang hier, verfügte über die besten Beziehungen, beherrschte die Landessprache und kannte die Sitten, aber trotzdem war es ihm nicht gelungen, auch nur annähernd vergleichbare Entdeckungen zu machen oder für sich machen zu lassen.

Mittlerweile war Salt nicht mehr gewillt, mit dem Sammeln von Altertümern aufzuhören. Im letzten Jahr wäre ihm das noch um des lieben Friedens willen möglich gewesen, doch inzwischen waren die Altertümer für ihn zu einer Passion geworden, und ohne Belzoni konnte es durchaus sein, dass ihn Drovetti bald wieder um Meilen voraus wäre.

Nein, er würde mit dem Mann zu einem Arrangement kommen müssen. Schriftlich diesmal, eindeutig und hoffentlich dazu geeignet, ihn von weiteren Ausbrüchen gekränkter Eitelkeit in der Öffentlichkeit abzuhalten.

Salt traf in Kairo ein, begrüßte alle im Konsulat anwesenden Beschäftigten herzlich, einschließlich Belzoni, gratulierte ihm zu seinem Erfolg in der Pyramide und schützte Erschöpfung von der Reise vor, um einem ernsten Gespräch fürs Erste aus dem Weg zu gehen. Er hielt es für taktisch klüger, Belzoni nicht zu großen Eifer zu zeigen. Wenn er Glück hatte, dann würde das italienische Temperament ihn ohnehin veranlassen, den ersten Schritt zu tun. Salt machte sich keine Sorgen darüber, dass Belzoni nicht mehr an seiner Protektion und finanziellen Unterstützung interessiert wäre; er konnte rechnen, und Yanni hatte ihm genug Zahlenmaterial über die Arbeit an der Pyramide geliefert. Belzoni musste mittlerweile das Geld ausgegangen sein, zumal sich in der Pyramide nichts gefunden hatte, was er hätte verkaufen können. Dass er im Konsulat lebte, sagte auch einiges über seine momentanen Verhältnisse aus.

Auf Salts Arbeitstisch warteten einige Depeschen, die ihm nicht nach Theben nachgesandt worden waren. Er beschloss, erst sein Abendessen einzunehmen und sich dann an die Lektüre zu machen.

Das Essen war kaum beendet, als eine außergewöhnliche Erscheinung unangemeldet in sein Speisezimmer stürzte, noch ehe die Teller abgeräumt waren. Salt sah sich einem Mann in der roten britischen Paradeuniform gegenüber, mitsamt Degen und Pistole; sein Bart, der seit vielen Monaten nicht mehr geschnitten worden zu sein schien, passte ganz und gar nicht dazu. Der Offizier salutierte.

»Oberst FitzClarence, Mr. Consul. Es ist mir eine Ehre.« Er wartete offenbar darauf, erkannt zu werden.

Wie sich herausstellte, hatte der Oberst sich brieflich angekündigt. Er war Adjutant von Lord Hastings, dem Generalgouverneur von Indien, was angesichts seines Alters ein überraschend wichtiger und hoher Posten war. Salt konnte sich zunächst an keine Familie FitzClarence erinnern, deren Verbindungen die Karriere erklärt hätten, doch während er dem jungen Mann noch bei seinen Erzählungen zuhörte, begriff er, warum der Oberst es für selbstverständlich hielt, nicht im Vorzimmer darauf zu warten, dass ein Konsul sich Zeit für ihn nahm. Oberst FitzClarence war der uneheliche Sohn des Herzogs von Clarence und seiner Mätresse, der Schauspielerin Mrs. Jordan. Da im letzten Jahr das einzige Kind des Prinzregenten gestorben war, machte das den Bruder des Prinzregenten, ebenjenen Herzog von Clarence, zum nächsten Thronerben. Vor Salt saß somit der Bastard des zukünftigen Königs von England! Anscheinend gab es vor der Aristokratie kein Entkommen.

FitzClarence hatte, erzählte er freimütig, zunächst aus Versehen das österreichische Konsulat aufgesucht und der Familie des Konsuls Rosetti mit seinem plötzlichen Auftauchen in deren Privaträumen einen gehörigen Schrecken eingejagt.

»Ich dachte schon, da wäre ich im Harem eines eifersüchtigen Türken gelandet, weil sie alle wie die Türken angezogen waren«, sagte er. »Macht man das hier so?«

Salt sah auf seine eigene einheimische Kleidung hinunter. »Wenn man keinen offiziellen Besuch erwartet«, sagte er trocken.

»Na, Lord Hastings fiele das nicht ein, aber Indien ist wohl anders.«

Salt machte sich nicht die Mühe, einen entschuldigenden Gesichtsausdruck zu bemühen, unterdrückte aber wohlweislich ein Seufzen und klatschte in die Hände, um ein Mahl für Oberst FitzClarence zu bestellen. Der informierte ihn, dass er mit Regierungspapieren auf dem Weg nach England wäre, wohl aber ein paar Tage in Kairo bleiben würde, weil in Alexandria derzeit die Pest wütete. »Sie können mich doch sicher herumführen, Mr. Consul, oder? Ich würde wirklich gerne den Pascha kennenlernen. Und was habe ich da von der zweiten Pyramide gehört?«

Als habe er damit ein geheimes Stichwort ausgesprochen, hörte man nun, wie sich schwergewichtige Schritte dem Speisezimmer näherten. »Wenn mich nicht alles trügt, kommt da der Mann der Stunde«, sagte Salt. »Sie werden ihn selbst befragen können.«

Es war in der Tat Belzoni, der nur zu gern die nächste Stunde mit seinem Bericht über die zweite Pyramide füllte. Ganz abgesehen davon, dass es dem königlichen Sprössling gab, was er wollte, und Salt die Gelegenheit bot, sich noch etwas zu entspannen, war es ein durchaus fesselnder Vortrag. Einige Details waren deutlich anders als das, was Yanni geschrieben hatte, doch das hatte Salt nicht anders erwartet. Sie vereinbarten einen Ausflug zu den Pyramiden am nächsten Tag. »Es ist ein Jammer, dass die Pflicht Sie nach England zurückruft, Oberst, sowie der Hafen in Alexandria wieder freigegeben ist, sonst könnten Sie Theben besuchen und das wundervolle Grab besichtigen, dass Mr. Belzoni dort gefunden hat.«

»Nun«, begann FitzClarence mit unternehmungslustiger Miene, und Salt befürchtete einen Moment lang, er hielte sich für privilegiert genug, um seinen Aufenthalt in Ägypten eigenmächtig zu verlängern und der Einladung tatsächlich nachzukommen, »das ist in der Tat ein Jammer, aber Sie können mir ja Ihre Zeichnungen zeigen. Und gibt es denn kein Schmuckstückchen aus dem Grab, das inzwischen hier ist, hm?«

»Es gibt einen exquisiten Alabastersarkophag, der allerdings sehr schwer zu bewegen ist«, erwiderte Salt und hielt das für den geeigneten Moment, um einen subtilen Übergang zu seinem Anliegen zu schaffen und für zukünftige Verhandlungen vorzubauen. »Natürlich habe ich volles Vertrauen in Mr. Belzonis überragende Fähigkeiten, was das betrifft.«

»Haben Sie das?«, fragte Belzoni und sah ihn direkt an.

»Habe ich Ihnen je Anlass gegeben, daran zu zweifeln?«, fragte Salt zurück und setzte sein diplomatischstes Lächeln auf.

»Ja, wann geht es denn weiter, Belzoni?«, fragte Oberst FitzClarence. »Es zieht Sie doch bestimmt schon zur nächsten großen Tat. Ihr Leben möchte ich haben! Ich habe Glück, wenn mich irgendwann irgendwelche Militärannalen erwähnen.«

»Ich … ich habe mich noch nicht entschieden.«

Salt beschloss, sich noch einmal an einem kleinen Glücksspiel zu versuchen. Schließlich ging es darum, nicht zu übereifrig zu erscheinen, was Belzonis Dienste betraf.

»Ich würde verstehen, wenn es Sie zu Ihrer Gattin zieht«, sagte er liebenswürdig und fügte, an Oberst FitzClarence gewandt, hinzu: »Mrs. Belzoni unternimmt derzeit eine Pilgerfahrt durch das Heilige Land.«

»Ja, aber dieser Franzmann, von dem Sie gerade erzählt haben, dieser Drovetti, der ist noch in Luxor und reißt sich weiterhin Altertümer unter den Nagel, nicht wahr?«, fragte FitzClarence verwundert. »Da gibt es doch für einen Mann wie Mr. Belzoni sicher kein Zögern. Ein Mann zieht sich nicht vom Schlachtfeld zurück, ehe der Feind nicht endgültig kapituliert und seine Niederlage erklärt hat! Schauen Sie sich Boney an: Hat unsere Gutmütigkeit ausgenutzt und ist aus Elba zurückgekehrt, weil wir nicht hart genug waren. Nein, Belzoni, Sie müssen diesem Kerl sein Waterloo bereiten und ihn nach Sankt Helena schicken! Es ist Ihre moralische Pflicht, Mann!«

Oberst, dachte Salt, *Sie bekommen Ihre Audienz beim Pascha. Ganz gleich, welchen Kämmerer ich dafür bestechen muss.*

»Ich habe mich noch nie vor meiner Verantwortung gedrückt«, sagte Belzoni empört. »Aber ehe ich wieder nach Luxor gehe, gibt es ein paar Bedingungen, die geklärt werden müssen. Damit ich«, fügte er in FitzClarence' Richtung hinzu, »nicht unbewaffnet in die Schlacht ziehe.«

Man könnte meinen, dass der Mann, der doch so sehr auf seine Unabhängigkeit pocht, schon jahrelang um Honorare für seine Dienste verhandelt, dachte Salt. »Über materielle Fragen«, sagte er, ohne eine Miene zu verziehen, »lässt sich jederzeit reden.«

Der Vertrag, den sie am Ende gemeinsam unterzeichneten, war nicht zu Belzonis Nachteil.

Er bekam fünfhundert englische Pfund, den Deckel des Sarkophags aus Kurna, der ihm einst von Drovetti überlassen worden war, eine weitere Statue mit einem Löwenkopf, und – für den Fall, dass Salt vom Britischen Museum mehr als zweitausend Pfund für den Alabastersarkophag aus dem Königsgrab erhielt – die Hälfte der zusätzlichen Summe. Die Unkosten für die Ausgrabung wurden wie immer in voller Höhe von Salt beglichen. Im Gegenzug verpflichtete Belzoni sich, den Alabastersarkophag von Theben nach Kairo zu schaffen und Salt weiterhin bei Ausgrabungen behilflich zu sein; der Ausdruck »behilflich« vermied das »im Dienst von«, das Belzoni so sehr im Magen lag, und lief doch auf das Gleichc hinaus. Der Vertrag enthielt außerdem einige deutliche Passagen, die, wie Salt hoffte, zukünftige Szenen ausschlossen und klarmachten, dass Belzoni für ihn arbeitete und nicht für das Britische Museum.

Salt hatte keine Ahnung, wie sich Belzoni Drovettis Waterloo vorstellte; aber er war dankbar dafür, dass diese Vorstellung existierte. Solange sie es tat, so lange würde Belzoni ihm zu Diensten sein, ganz gleich, wie der Italiener das zu nennen beliebte.

Um die Osterzeit machten sich jedes Jahr Scharen von Pilgern von Jerusalem in Richtung Jericho auf, zu jener Stelle am Ufer des Jordans, wo Jesus von Johannes getauft worden war. Die meisten von ihnen waren Griechen, und so war es George, der Sarah von dieser Tradition erzählte. Sie war fasziniert und fest entschlossen, daran teilzunehmen, auch, weil es sie davon ablenken würde, dass James sie verlassen wollte. Er war aufgeregt und verlegen gleichzeitig zu ihr gekommen und hatte erklärt, dass ein Mann, den sie kannten, in Jerusalem eingetroffen war: Hauptmann Corry, der uneheliche Halbbruder des Earl of Belmore. Er hatte die Aufgabe, für seinen Bruder und dessen Gesellschaft angemessene Quartiere zu finden, und war daher vorausgereist. »Wenn ich ihm helfe und mich dabei als nützlich erweise«, erklärte James, »will er sich beim Earl dafür einsetzen, dass ich eine Anstellung bei ihm bekomme. Und das wäre natürlich … also …« Kein gewissenhafter Mensch würde versuchen, einem jungen Mann die Beschäftigung bei einem ehemaligen Zirkusartisten als erstrebenswerter hinzustellen als die bei einem Mitglied des Oberhauses. »Außerdem liegen Lord Belmores Güter in Irland«, sagte Sarah und war stolz, dass ihre Stimme kaum belegt klang. »Du könntest sogar deine alte Heimat wiedersehen.«

»Donnerwetter, Mrs. B, daran habe ich noch gar nicht gedacht. Aber eigentlich zieht es mich nicht dahin zurück. Ich hoffe, er bleibt in England.«

Ihr wurde wieder bewusst, dass James keine guten Erinnerungen an seine frühe Kindheit hatte. Um ihn abzulenken, erzählte sie ihm rasch von ihren Plänen. »Natürlich ist es schade, dass du mich nicht begleiten wirst, aber wenn die Belmores eintreffen und du bist nicht da, macht das einen schlechten ersten Eindruck«, sagte Sarah. »Die Pilgerfahrt zum Jordan dauert nur ein paar Tage, James. Wir brauchen uns also noch nicht zu verabschieden, weil wir uns danach auf jeden Fall wiedersehen.«

Er widersprach noch ein paar Mal, gab aber schließlich nach. »Sie müssen ja auch nicht allein gehen, Mrs. B«, sagte er und sah dabei etwas verdrießlich aus. »Es gibt da jemanden, der sie nur zu gerne begleiten wird.«

Sarah wusste, wen er meinte, und war dankbar dafür, dass sie noch etwas hatte, um das sie sich kümmern musste, bevor sie Jerusalem verließ. Es würde ihr helfen zu verhindern, dass die wehmütige Stimmung in ihr zu früh zu echtem Schmerz wurde. Es war an der Zeit, sich George vorzunehmen.

»Mir scheint, du hast mir einiges zu erklären, George.«

Ihr strenger Ton ließ ihn aufhorchen. »Nun, ich werde Sie zum Jordan begleiten, Mrs. B, keine Sorge.«

»Das meinte ich nicht – und das wirst du auch nicht.«

»Aber …«

»George, wenn James mit wesentlich weniger Sprachkenntnissen mühelos eine neue Stelle findet, dann verstehe ich nicht, warum du es noch nicht geschafft hast, der du mit dem ausdrücklichen Ziel, das zu tun, hierhergekommen bist.«

Er runzelte die Stirn. »Ich bin Grieche. Ihre Landsleute sind eben voreingenommen und stellen lieber einen der ihren ein.«

»Nein«, sagte Sarah langsam, »nein, das denke ich nicht. Ich glaube, du hast noch keine neue Stelle, weil du bisher noch gar nicht versucht hast, eine zu finden. Und ich frage mich, weswegen, da ich dich nicht bezahle und du von etwas leben musst. Die einzige Erklärung, die ich mir vorstellen kann, ist, dass dich jemand anderes bezahlt.«

Er setzte sofort eine Unschuldmiene auf. Bevor er etwas sagen konnte, hob Sarah die Hand und schüttelte den Kopf. »Nein, George. Dafür kennen wir uns schon zu lange.«

Der Junge schenkte ihr ein schiefes Grinsen. »Ich habe ihm gesagt, dass Sie's rausfinden würden, früher oder später.«

Mit dem unguten Verdacht, dass sie die Antwort bereits kannte, fragte Sarah: »Wem?«

»Monsieur Drovetti. Ich bekomme das Geld von seinen Verbindungsleuten in Jaffa und hier in Jerusalem, aber nur, solange ich mit Ihnen zusammen bin.«

Sie verschränkte die Arme ineinander. »Monsieur Drovetti bezahlt dich, damit du mir hinterherspionierst?«

»Nein!«, protestierte George aufrichtig gekränkt. »Damit ich Sie beschütze. Wenn Sie erst wieder sicher auf einem Schiff nach Ägypten sind, kann ich machen, was ich will, aber bis dahin soll ich ein Auge auf Sie haben.« Er hob entschuldigend die Achseln. »Schauen Sie, Mrs. B, das ist ein sicheres Einkommen, bar auf die Hand, kein Gehalt, was einem nur versprochen wird. Wissen Sie, wie lange es bei Mr. Turner gedauert hat, bis er mich bezahlt hat? Und ich … ich tu's ja gerne. Ich mag Sie, Mrs. B, wirklich. Sie können zwar manchmal eine Spielverderberin und ein Zankapfel sein, da beißt die Maus keinen Faden ab, aber bei Ihnen weiß man immer, woran man ist.«

Sarah wusste nicht, ob sie lachen oder weinen sollte. »Männer«, murmelte sie. Nachdem sie in Gedanken bis zehn gezählt hatte, war sie in der Lage, ruhig zu sagen: »Nun, George, es tut mir leid, dich um dein Einkommen zu bringen, aber du wirst mich nicht an den Jordan begleiten. Ich bin nicht auf diese Reise gegangen, um gegen meinen Willen beschützt zu werden.«

»Aber Sie haben doch selbst Hadschi Mohammed …«

»Ja«, sagte Sarah, »*ich* habe. Ich habe ihm den Vorschlag gemacht, gemeinsam zu reisen, und natürlich habe ich es um der größeren Sicherheit willen getan. Aber es war meine Wahl, und ich wusste, woran ich mit ihm war. Du hingegen bist unter Vorspiegelung falscher Tatsachen mit mir gereist, und das, obwohl du geschworen hattest, deine Unehrlichkeit Mr. Salt gegenüber zu bereuen und dergleichen nicht wieder zu tun.«

»Aber …«

»Du gehst nicht mit an den Jordan, George«, unterbrach sie ihn streng. »Ich gehe allein. An deiner Stelle würde ich versuchen, in der Zwischenzeit eine neue Stellung zu finden.« Er hielt ihrem festen Blick länger stand, als es vielen anderen Menschen in einer solchen Situation gelungen wäre. Als er die Augen doch senkte, fuhr Sarah mit weicherer Stimme fort: »Ich bin immer noch bereit, dir diesmal zu glauben und die Natur deiner Lüge für eine gut gemeinte zu halten. Sich bezahlen zu lassen, damit man jemanden beschützt, ist auf alle Fälle besser, als sich für die Entwendung von Briefen bestechen zu lassen. Also werde ich dir ein Empfehlungsschreiben geben, und wenn mich nach meiner Rückkehr jemand deswegen fragt und es notwendig ist, deinem neuen Arbeitgeber zu begegnen, werde ich nur positiv über dich sprechen. Ich wünsche dir, dass du eine Chance bekommst, George, ich wünsche es dir wirklich aus ganzem Herzen. Aber ich kann dich nicht länger beschäftigen, und was meine Sicherheit angeht, kann ich auch von Monsieur Drovetti keine derartigen … Schutzmaßnahmen akzeptieren. Er hat nicht das geringste Recht dazu.«

Auf dem Gesicht des Jungen spiegelte sich eine Vielzahl von Gefühlen: Zorn, Enttäuschung, neue Hoffnung und Berechnung. Sarah wurde bewusst, dass George sich nicht die Mühe gab, dies vor ihr zu verheimlichen, und wusste, was das zu bedeuten hatte. Es weckte nicht die gleiche Wehmut in ihr wie der Abschied von James, sondern gesellte sich auf eine ganz eigene Art dazu.

Schließlich seufzte George und sagte: »Geben Sie mir das Empfehlungsschreiben und die gute Referenz auch noch, wenn ich Sie etwas Persönliches frage, Mrs. Belzoni?«

Sie nickte.

»Aber Sie müssen es versprechen.«

»Ich verspreche es.«

»Warum sind Sie nicht schon längst Drovettis Geliebte geworden?«, platzte er heraus.

Obwohl er sie gewarnt hatte, war es dennoch ein Schock, dies laut zu hören. Gleichzeitig fand sie es auch erleichternd, nach all dem Schweigen und den ungestellten Fragen von Seiten Giovannis.

»Es überrascht mich, dass du nicht glaubst, ich sei es bereits«, sagte Sarah.

»Nehmen Sie es mir nicht übel, Mrs. B, aber kein Mann macht sich so viele Umstände wegen einer Frau, die er bereits gehabt hat. Oder«, setzte George mit einer unüberhörbaren Bitternis hinzu, »wegen eines Jungen.«

Das war schon wieder mehr, als sie wissen wollte, doch sie konnte nicht anders, ihr fiel wieder ein, was er ihr in Ybsambul erzählt hatte, und er tat ihr leid.

»Ich bin eine verheiratete Frau«, sagte Sarah. »Monsieur Drovetti ist ein verheirateter Mann. Er ist sogar ein verheirateter Mann mit einer weiteren Bindung, also ist es gleich dreifach unmöglich für mich, mit ihm … diese Art von Beziehung einzugehen.«

»Wenn Sie seine Mätresse in Kairo meinen«, entgegnete George und sah sie aufmerksam an, »die müssen Sie nicht mehr mitzählen. Die ist letztes Jahr an der Pest gestorben, als er in Oberägypten war.«

Ahnte er, dass er ihr mit diesen Worten einen weiteren Schlag versetzen würde? Sarah musste sich setzen.

Ihr wurde bewusst, dass sie den Namen der Frau nie erfahren hatte. Sie war für sie nie etwas anderes gewesen als die Ehefrau eines armenischen Bankiers in Konstantinopel, die Geliebte eines italienischen Arztes, der nur hinter ihren Juwelen her war und sie um ein Haar in ein Pesthaus gesperrt hätte, und dann die Geliebte des französischen Exkonsuls. Und doch traf es sie, dass diese Frau an der Pest sterben musste, fern ihrer Heimat und ohne einen Menschen an ihrer Seite, der sie liebte. Ein Menschenleben, und wenn sie es sich recht überlegte, hätte sie versuchen können, der Frau beizustehen, statt seit der ersten Erwähnung des Wortes »Geliebte« vor den Pyramiden von Gizeh entrüstet nichts mehr von und über sie wissen zu wollen. Sie hätte Drovetti nach ihrem Namen fragen können. Sie hätte sie besuchen können; mit Sicherheit war sie irgendwo im fränkischen Viertel untergebracht gewesen, und das war nicht sehr groß.

Vielleicht hatte sie darauf gehofft, dass ihr endlich jemand half, der nichts im Gegenzug von ihr wollte?

Vielleicht hätte sie bei einem Besuch nur über Sarah gelacht und gesagt, dass sie ihr Leben gar nicht ändern wollte. Dass sie nichts bereute und es die Sache wert war, Gottes Gebote zu brechen, Schwüre zu missachten und jedem Impuls ihres Herzens zu folgen. Vielleicht.

Vielleicht hätte sie auch geglaubt, dass Sarah sehr wohl etwas von ihr wollte. Vielleicht hätte sie einen Besuch als den pathetischen Versuch einer Fremden verstanden, sich anzuschauen, was sie nicht haben konnte.

»Mrs. Belzoni?«

»Das wusste ich nicht«, sagte Sarah. »Aber es ändert nichts.«

»Ihr Engländer seid wirklich eine Nation von Eiszapfen.«

Da Sarah sich, um an der Reise teilnehmen zu dürfen, ein Maultier mieten musste, würde sie doch nicht ganz allein reisen; der Maultiertreiber war der Kompromiss, den sie eingehen musste.

Der Pilgerstrom würde, wie jedes Jahr, vom Gouverneur Jerusalems angeführt werden, der auch für ihre Sicherheit Sorge trug. Doch an diesem ersten Mai ließ er sich Zeit, und die Pilgergruppen lagerten links und rechts der alten Römerstraße, um auf ihn zu warten. Sarah wurde unruhig. George hatte ihr berichtet, dass von überall her Pilger in das Tal von Jericho strömen würden und dass es wichtig war, vor den Massen dort anzukommen, weil man sonst keinen Platz zum Lagern finden würde. Außerdem war sie des Wartens überdrüssig. Warten und über Giovanni und Drovetti nachzugrübeln, über Giovanni und seinen Ehrgeiz, über Drovetti und seine verstorbene Geliebte und höchst lebendige Ehefrau, das alles führte zu nichts und hätte genauso gut in Ägypten geschehen können. Sie war in das Heilige Land gekommen, um es kennenzulernen, nicht, um weiter zu warten und zu grübeln. Also ignorierte sie ihren zunehmend verzweifelten Maultiertreiber, der ihr ständig sagte, dass sie Vernunft annehmen und wie alle anderen warten sollte, und lenkte ihr Reittier weiter auf die Absperrung zu, die von den Leuten des Gouverneurs errichtet worden war.

Einer der Wachsoldaten galoppierte zu Pferd auf sie zu und versetzte ihrem Maultier ohne jede Vorwarnung einen Schlag mit der Peitsche. Erst dann brüllte er sie an. »Herunter mit dir und in die Reihe, Junge!«

Als er die Zügel ihres Maultieres ergriff, brach sich etwas in Sarah Bahn, das sich seit mehr als einem Jahr in ihr aufgestaut und immer neue Nahrung bekommen hatte. Sie holte mit ihrem Arm aus und schlug nach ihm. Der Mann starrte sie ungläubig an – und zog seinen Krummsäbel.

Wie auf dem Schiff vor Ybsambul ließ sie sich keine Zeit, um nachzudenken. Ihr Maultier war sofort nach dem Schlag zitternd stehengeblieben und der Treiber am Straßenrand in Deckung gegangen. Sarah stieg ab, ohne ein Wort zu sagen, und ging zu Fuß auf die Absperrung zu, ohne sich umzudrehen. *Ein Schritt nach dem anderen,* dachte sie, *nicht zu schnell, nicht zu langsam.* Sie spürte den Blick des Wachpostens mit seiner gezogenen Waffe in ihrem Rücken. Ein Schritt, und noch ein Schritt, und noch ein Schritt.

Die Absperrung lag hinter ihr.

Noch ein Schritt, noch zwei, noch drei.

Sarah hörte den Maultiertreiber rufen. Erst jetzt drehte sie sich um, ganz langsam, und sah, dass er ihr folgte und das Maultier vor sich hertrieb, während der Wachposten ausspuckte und auf eine kleine Gruppe Pilger zuritt, die sich erhoben hatte und nun lautstark von ihm in ihre Schranken verwiesen wurde.

Als sie wieder auf ihrem Reittier saß, brannte ihr etwas im Auge; sie fuhr sich mit dem Handrücken darüber und stellte fest, dass sie weinte. Es hatte nichts mit dem Wachposten zu tun. *Solange ich nicht wieder blind werde*, dachte Sarah, und dann: *Ich werde James vielleicht jahrelang nicht mehr sehen. Giovanni liebt mich nicht mehr. Ich weiß nicht mehr, was ich will.* Es war erstaunlich, auf was für unsinnige Gedankenabfolgen sie das Reisen mit seinen alltäglichen Gefahren manchmal brachte.

Stunden vergingen. Die Landschaft, durch die sie ritt, war ganz anders als diejenige, die sie in Ägypten kennengelernt hatte, wo der Nil allgegenwärtig gewesen war. Überall um sie herum waren nun in Sonnenlicht getauchte Hügel, durch die sich der Weg labyrinthartig wand und wo nirgendwo eine Spur von Wasser zu erkennen war. Die Stille um sie war allumfassend und wurde nur hin und wieder vom Poltern herabrollender kleiner Steine und vom Wind unterbrochen.

Als schließlich in der Ferne eine glitzernde Wasseroberfläche auftauchte, dachte Sarah, das müsse der Jordan sein, doch der Maultiertreiber sagte in seinem Arabisch, das so anders als das der Ägypter klang, so wie das Englisch der Schotten sich von dem der Engländer unterschied, es sei das Tote Meer.

Kurz nach Mittag erreichte sie den großen, für die Pilger vorgesehenen Lagerplatz. Sarah nahm zwei nahe beieinanderliegende Büsche in Beschlag. Sie spannte die Tücher, die sie mitgebracht hatte, über die Zweige und hatte damit ein kleines Zelt, um sich vor der Sonne zu schützen, im Gegensatz zu den meisten Pilgern, die später mit dem Gouverneur eintrafen. Sarah war froh, nicht Teil dieses Gedränges zu sein, in dem alle versuchten, einen guten Platz zu finden.

Sie teilte gerade ein wenig Wasser mit dem Maultiertreiber, als zwei Armeestiefel vor ihrem Zelt haltmachten und sie zum Aufblicken zwangen.

»Zum Teufel auch«, sagte eine Stimme. »Mrs. Belzoni!«

Es war Irby. Allmählich hatte sie das Gefühl, von den beiden verfolgt zu werden. »Hauptmann Irby.«

»Wo haben Sie denn Ihren kleinen Iren gelassen? Wie heißt er noch gleich ... Schaut sich wohl das Lager an, wie?«

»James ist nicht mehr bei mir, Hauptmann Irby«, entgegnete Sarah und hätte sich gleich darauf am liebsten auf die Zunge gebissen, denn sie wusste, was nun folgen würde.

»Er ist weggelaufen? Tja, manchem Gesinde ist eben nicht zu trauen! Also, Mrs. Belzoni, es ist mir und Mangles natürlich eine Ehrensache, sich Ihrer anzunehmen. Wir sind mit Mr. Bankes hier, und er hat ein Zelt, das allemal groß genug ist.«

Diesmal würde sie die Contenance nicht verlieren. Sie würde höflich bleiben, wie es sich gehörte.

»Ich danke Ihnen für Ihre Güte, Hauptmann, und bin Ihnen zutiefst verbunden. Aber wie Sie sehen, habe ich bereits selbst für mich gesorgt.«

Er schnaubte ungläubig und wies auf ihre über die Büsche gespannten Tücher. »Das? Hören Sie, nichts für ungut. Sie sind ja ein patentes kleines Frauenzimmer, aber genug ist genug. Deswegen lässt man Ihresgleichen nicht alleine reisen. Sie kommen schön mit, und ...«

Irby hatte Anstalten gemacht, sie beim Ellenbogen zu ergreifen und hochzuziehen, und hielt ungläubig inne, als der Maultiertreiber ihn seinerseits am Arm festhielt.

»Sind nicht erwünscht, Sir«, sagte er.

»Was? Hör mal, du braunes Stück ...«

»Hauptmann Irby«, unterbrach Sarah ihn. Ihre Stimme war eisig. »Ich danke Ihnen nochmals für Ihr Angebot und bitte Sie eindringlich, meinen Wunsch nach Zurückgezogenheit zu respektieren. Als englischer Gentleman, Sir, werden Sie mich verstehen und meinen Maultiertreiber seinen Obliegenheiten nachkommen lassen. Ich glaube, er muss jetzt unser Tier versorgen.«

Einen Moment lang rührte er sich nicht, und sie befürchtete, dass er gewalttätig werden würde. *Wie seltsam,* dachte Sarah, *von Türken und Arabern und Nubiern in Frieden gelassen worden zu sein und nun einen englischen Offizier fürchten zu müssen.* Doch dann ließ Irby sie los, einen angewiderten Ausdruck im Gesicht.

»Bei Gott, Sie haben wirklich alles verdient, was mit Ihnen passieren wird. Einen guten Tag, Ma'am.«

Während des restlichen Nachmittags war sie noch zufrieden mit sich. Aber als die Dunkelheit hereinbrach und die Wachen regelmäßig vorbeikamen, um sich von den Leuten, die kein ordentliches Zelt besaßen, bestätigen zu lassen, dass sie noch am Leben und nicht bestohlen worden waren, gab es durchaus Augenblicke, in denen Sarah sich wünschte, sie hätte ihren Stolz und ihre Abneigung gegen Irby und Mangles heruntergeschluckt und ihre Einladung angenommen. Waren das Hunde, die ganz in der Nähe heulten, oder Wölfe? Kündigten die dunklen Umrisse, die sie immer wieder auf sich zukommen sah, eine weitere Patrouille an oder einen Dieb mit gezücktem Messer? Dann stellte sie sich vor, wie die beiden Offiziere später erzählten, das verrückte Weib von Giovanni Belzoni hätte ohne sie niemals überlebt; sie dachte daran, wie sie George ausdrücklich gesagt hatte, dass sie keinen Schutz wollte, den sie nicht selbst gewählt hatte, und sie war wieder überzeugt, das Richtige getan zu haben.

Die Sterne waren klar auszumachen. Sarah konnte den Maultiertreiber ein Lied summen hören, das ihr von den Fellachen von Kurna her bekannt vorkam, ein arabisches Lied. *Vielleicht,* dachte Sarah, *ist es sogar noch älter. Vielleicht haben es die Kinder Israels gesungen, als sie für den Pharao Frondienste leisten mussten, und haben es dann in ihr Land mitgenommen, als sie Moses folgten.* Moses war nie in dieses Land gekommen, aber David mochte hier gelagert haben, genau an dem Ort, an dem sie sich befand, oder Saul. Morgen würde sie im Jordan baden, wie Jesus es getan hatte, ehe er begann, durch die Lande zu ziehen und den Menschen zu predigen.

Morgen würden die Belmores in Jerusalem eintreffen und James in ihre Dienste nehmen, und nur Gott wusste, ob und wann sie ihn dann wiedersah.

Morgen würde ein weiterer Tag sein, an dem sich Giovanni weit von ihr fort in einem anderen Land befand. Vielleicht dachte er an sie, vielleicht tat er es nicht, aber in jedem Fall würde er weiterhin davon besessen sein, ein Wunder zu finden, das ihn zufriedenstellte.

Morgen würde ein weiterer Tag sein, an dem sie nichts zu bereuen brauchte, das in Verbindung mit Bernardino Drovetti stand; nicht, dass sie ihm begegnen würde, nicht, dass sie ihm nicht begegnen würde.

Morgen würde ein weiterer Tag sein, an dem sie ihr eigenes Abenteuer bestand. Sie, Sarah Belzoni, nicht adlig, nicht reich, und eine Frau.

Es war eigentlich genug, um Gott dankbar zu sein.

Der Himmel wurde blasser, als der Treiber das Maultier wieder sattelte und Sarah aufsitzen ließ. Diesmal war sie nicht schneller als die übrigen Pilger, die sich ebenfalls marschfertig machten, noch ehe die Sonne aufging. Sich vorzudrängen hätte nichts gebracht und nur zu Handgreiflichkeiten geführt.

Ein Gewehrschuss signalisierte, dass sich auch der Gouverneur in Bewegung gesetzt hatte. Es war das größte Chaos, das sie je erlebt hatte: Kamele, Pferde, Maultiere und Esel blökten, schrien und wieherten durcheinander; weinende Kinder hingen in Körben an den Seiten der Kamele, während ihre Mütter versuchten, ihnen über den Lärm hinweg beruhigende Worte zuzurufen. Sarah wurde ein paar Mal beinahe von ihrem Maultier gestoßen, aber ihr Treiber konnte dies stets verhindern und verstand es geschickt, das Tier ständig in Bewegung zu halten.

Zunächst war es noch zu dunkel, um viel von ihrer Umgebung zu erkennen, bis auf die Momente, in denen sie an Feuerstellen vorbeikamen, welche die Nacht über gebrannt hatten und jetzt ein Licht auf die aufbrechende Pilgerschar warfen, die von den Wachposten mühsam zusammengehalten und in die richtige Richtung zum Fluss gedrängt wurde. Ein paar Stunden später hatten sie den Jordan endlich erreicht und sahen die Sonne über ihm aufgehen. Es war nicht so, dass der Anblick selbst ihr den Atem raubte; sie hatte schon mehr als einen Sonnenaufgang beobachtet. Und doch übte dieser Ort und das Wissen darum, wo sie sich befand, eine ungeheure Wirkung auf Sarah aus. Fast schien es ihr, als habe jemand sie in einen dichten Umhang gehüllt, der die Geräusche des Pilgerstroms, der um sie herum anhielt, ausblendete und sie nichts anderes sehen ließ als die glänzende Wasseroberfläche, die vor so langer Zeit von einem ganz bestimmten Mann durchbrochen worden war.

George hatte Sarah erzählt, dass es für die Griechen Ehrensache war, ein neues Gewand für den Gang zum Jordan mitzunehmen, und sie sah, wie viele Pilger, Männer wie Frauen, vor aller Augen aus den Kleidern schlüpften, die sie bisher getragen hatten, um ein weißes Hemd anzuziehen, das dieses Gewand sein musste.

»Wenn man damit im Jordan gebadet hat«, hatte George gesagt, »zieht man es sofort wieder aus, faltet es zusammen und lässt es trocknen. Wenn man wieder in Jerusalem ist, nimmt man eine Kerze, die am heiligen Feuer vor dem Heiligen Grab angezündet wurde, und macht das Zeichen des Kreuzes darüber. Dieses Gewand behält man dann, bis man stirbt, und wird darin beerdigt. Die Hölle hat keine Macht über jene, die ein solches Hemd tragen.«

Als Protestantin glaubte Sarah natürlich nicht an dergleichen. Sie hatte kein Hemd dabei, und sie hatte gewiss nicht die Absicht, sich auszuziehen und für jedermann als Frau erkennbar zu werden, nachdem sie sich so viel Mühe mit der Mameluckenkleidung gemacht hatte. Aber auf etwas anderes konnte sie natürlich nicht verzichten.

Sie bat den Maultiertreiber, auf das Tier aufzupassen, zog ihre Schuhe aus und lief zwischen den zahllosen nackten und weißgewandeten Pilgern zum Fluss. Aus der Nähe konnte sie sehen, dass er an dieser Stelle eine starke Strömung hatte; kein Wunder, dass – wie man sie gewarnt hatte – hin und wieder ein Pilger, der sich zu weit vorwagte, ertrank.

Sie spürte das Wasser, noch nicht durch die Sonne erwärmt, kühl um ihre Füße spielen und ihre Waden hinaufwandern, hörte das Gemurmel um sich und sank langsam auf die Knie. Das Wasser reichte ihr bis zur Taille; weiter musste sie nicht gehen. Sarah führte ihre Hände zum Gesicht, barg es in ihnen und benetzte ihre staubige, ausgetrocknete Haut.

In diesem Moment dachte sie nicht an die Vergangenheit oder an das, was die Zukunft bringen mochte. Sie spürte das Wasser, die Strahlen der aufsteigenden Sonne auf ihrer nassen Haut und war zufrieden.

KAPITEL 20

Giovanni hatte sich einen festen Plan für seine Rückkehr nach Theben zurechtgelegt: Er würde den Alabastersarkophag aus dem von ihm entdeckten Königsgrab bergen, einige Ausgrabungen für Salt machen und im Übrigen damit beginnen, für sich selbst zu graben und seine eigene Sammlung zu beginnen. Außerdem hatte er einen jungen Genueser Arzt gefunden, Dr. Ricci, der bereit war, für ihn Zeichnungen und Gipsabdrücke von den Reliefs des Königsgrabs zu machen, so wie es Beechey und Salt bereits getan hatten. Auf diese Weise würde er später selbst zeigen können, was er entdeckt hatte.

Dieser einfache, sichere Plan stieß bereits bei den ersten Schritten auf Hindernisse. Zum einen war das Territorium in Theben zu beiden Ufern des Nils bereits so gut wie vollständig zwischen Drovetti und Salt aufgeteilt, und ein paar spanische und österreichische Neuankömmlinge gab es obendrein. Das Ärgerlichste war: Giovanni selbst hatte die Stellen für Salt abgesteckt und gesichert; er hatte die Fellachen darauf eingeschworen, sie nicht Drovettis Leuten zu überlassen. Bezahlt mit Salts Geld, zugestanden, aber das machte es für ihn jetzt nicht besser. Es gab noch einige Plätze, an denen nicht gegraben wurde, aber dort fand er nicht viel, und was er fand, war in einem miserablen Zustand, während er auf einem für Salt abgesperrten Gelände schnell auf eine wunderschöne Statue eines Herrschers aus schwarzem Granit stieß. Er übergab sie, seinem Vertrag mit Salt gemäß, Beechey, doch er meißelte vorher seinen eigenen Namen in den Sockel. Zumindest würde so später niemand daran zweifeln, wer sie entdeckt hatte.

Zum anderen war Dr. Ricci zwar ein eifriger junger Mann, aber auch ein Fremder, und Giovanni, für den es früher kein Problem gewesen war, Freunde zu finden, tat sich schwer, mit ihm über mehr als das Notwendigste zu sprechen. Natürlich begleiteten ihn auch Beechey und Yanni, aber er wusste, dass ihre Loyalität in erster Linie Salt galt und dass sie nicht zuletzt hier waren, um ein Auge auf ihn zu haben.

Zu allem Überfluss erfuhr Giovanni sofort nach seiner Ankunft, dass sich Drovetti in Karnak befand, in einem eigenen neuen Haus, während Giovanni in einer Höhle in Biban el-Moluk wohnte, um die Bergung des Sarkophags zu leiten.

Das Schlimmste jedoch war, dass er manchmal Bemerkungen ins Leere machte, bis ihm klar wurde, dass er mit Sarah oder James gesprochen hatte. Er war doch kein alter Mann, der allein auf der Piazza saß und hin und wieder über die alten Tage vor sich hin murmelte! So etwas durfte nicht geschehen. Als er anfing, Sarah in den Gestalten auf den Säulen zu sehen, die sich mit ihrer rotgemalten Haut, den schwarzen Haaren und blanken Brüsten nicht mehr von ihrer Erscheinung hätten unterscheiden können, beschloss er, ihr einen Brief zu schreiben. Salt musste Möglichkeiten haben, Post sicher ins Heilige Land zu schicken.

Giovanni begann auf Englisch, obwohl er nicht gerne in dieser Sprache schrieb; er sprach sie zwar fehlerlos, doch er wusste, dass er eine Menge Rechtschreibfehler machte, weil er sie rein dem Gehör nach erlernt hatte. Doch Englisch machte es ihm leichter, sich vorzustellen, dass er tatsächlich mit Sarah sprach, so mit ihr sprach, wie sie es früher getan hatten. Ehe sie ihren Glauben an ihn verlor.

Er war bis etwa zur Hälfte dessen, was er schreiben wollte, gekommen, als ihm das Papier ausging. Riccis Zeichenpapier, das teuer genug gewesen war und auch nur begrenzt vorhanden, wollte er nicht nehmen, also beschloss er,

Beechey oder Yanni um Schreibpapier zu bitten. Beide standen in Korrespondenz mit Salt, also mussten sie mehr als genug dabeihaben. Leider fand er nur Yanni vor.

»Ich kann Ihnen schon ein, zwei Seiten geben«, sagte Yanni, »aber ich könnte mir vorstellen, dass Sie bessere Verwendungszwecke dafür finden, als Privatbriefe zu schicken.«

»Wie meinen Sie das, Athanasiou?«

»Nun, ich dachte, Sie wollten das Gerücht richtigstellen.«

»Welches Gerücht?«

Yanni machte ein paar Schritte zurück, wie um vorsichtshalber auf Abstand zu gehen. Giovanni fand das lächerlich, feige und ungerecht. Wann hätte er je Hand an Yanni gelegt?

»Das Gerücht, dass einer der Männer aus Kurna einem von Drovettis Leuten schon vor einem Jahr angeboten hat, ihm gegen Zahlung von hundert Piastern den Eingang zu Ihrem Königsgrab zu zeigen, und dass er, als Drovettis Mann der Preis zu hoch war, damit zu Ihnen kam. Das soll die Erklärung dafür sein, wie Sie das Grab vor den Franzosen gefunden haben. Man sagt, Sie hätten es gekauft.«

Diese Infamie machte Giovanni zunächst sprachlos. Dann stellte er sich vor, wie sich eine solche Unterstellung in den europäischen Journalen verbreitete, die über seine Funde berichteten und von denen er in Kairo bereits ein paar gelesen hatte. Statt von »Belzoni, dem Entdecker« würde von »Belzoni, dem Betrüger« die Rede sein! Dem Mann, der versucht hatte, sich seinen Ruhm zu *erkaufen.* Also so wollte ihn Drovetti um seine Unsterblichkeit bringen!

Er ließ Yanni stehen, nahm sich ein Boot zum Ostufer und marschierte zu dem einen Ort in Theben, den er bisher gemieden hatte: Drovettis Haus inmitten der Ruinen von Karnak. Es kam ihm gar nicht in den Sinn, dass Drovetti anderswo sein könnte, und wie es sich herausstellte, hatte er recht. Sein Erzfeind war zu Hause, teilte sich mit einem Mann, der französisch auf ihn einredete, ein Getränk, das wie Limonade aussah, und hatte den Nerv, zu lächeln und den Becher wie zu einem Toast in Belzonis Richtung zu erheben.

»Ah, der Held der zweiten Pyramide. Schön, Sie wiederzusehen, Belzoni. Darf ich Ihnen meinen herzlichen Glückwunsch zu Ihrer jüngsten Entdeckung aussprechen? *Mon ami,* das ist der berühmte Giovanni Belzoni. Belzoni, ich möchte Ihnen Frederic Cailliaud vorstellen, Mineraloge im Dienst des Paschas und selbst gerade zurückgekehrt von einigen außergewöhnlichen Entdeckungen.«

Giovanni erkannte den Namen Cailliaud als den eines von Drovettis Helfershelfern, und unter anderen Umständen hätte er die Gelegenheit benutzt, um den Mann ein paar höhnische Worte über seine vergeblichen Bestechungsversuche entgegenzuschleudern, aber heute war er nicht gewillt, sich ablenken zu lassen, und schon gar nicht von Drovettis glatter Höflichkeit.

»Ich verlange eine Erklärung!«

»Ich wage zu behaupten, das tun wir alle. Das Leben ist ein kontinuierliches Rätsel. Gibt es einen bestimmten Aspekt, den Sie erklärt sehen wollen, Belzoni?«

So ruhig, wie er konnte, wiederholte Giovanni das Gerücht, von dem ihm Yanni erzählt hatte, und schloss: »Sie wissen genau, dass nichts davon wahr ist. Ich verlange, dass Sie vor aller Welt erklären, dass keinem Ihrer Leute für hundert Piaster Hinweise auf den Eingang meines Königsgrabs angeboten wurde, und mir noch weniger.«

Drovetti setzte seinen Becher ab. »Mein lieber Belzoni«, sagte er, »ich beschäftige sehr viele Leute. Ohne sie diesbezüglich zu befragen, kann ich wirklich nicht sagen, ob und welchem meiner Männer jemals für hundert Piaster Bakschisch Informationen über Gräber angeboten worden sind. Und ich würde mir nie anmaßen, Behauptungen über Ihre eigenen Ausgaben anzustellen.«

Cailliaud, dessen tiefe Bräune verriet, dass er die letzten Monate in der Wüste verbracht hatte, sagte nichts, aber die Miene, mit der er der auf Italienisch geführten Unterhaltung lauschte, war ein wenig verwirrt. Ob das dem Inhalt galt oder er die Sprache nicht beherrschte, ließ sich nicht sagen. Als Giovanni ein paar schnelle Schritte auf ihn und Drovetti zumachte, versteifte er sich, doch er wartete offensichtlich, was Drovetti tun würde. Giovanni schlug mit der Faust auf den Tisch, auf dem eine Kanne und die Becher standen. Es war Giovannis Glück, dass der Tisch immerhin hoch genug war, um auch als Schreibtisch dienen zu können, statt nur einen Fuß über den Boden, wie es bei den einheimischen Tischen der Fall war, sonst wäre die Geste unmöglich gewesen.

»Fünfhundert Piaster!«, stieß er hervor. »So viel biete ich jedem Ägypter zu beiden Seiten des Nils, der den Nerv hat, hervorzutreten und mir ins Gesicht zu sagen, er hätte mir für hundert Piaster den Eingang gezeigt!«

Drovetti seufzte. »Mit dieser Art Naivität werden Sie sich noch ruinieren«, sagte er. »Mein Freund, wenn Sie fünfhundert Piaster als Belohnung anbieten, werden Sie sich vor Arabern, die behaupten, Ihnen den Eingang gezeigt zu haben, kaum mehr retten können. Da die Zerrüttung Ihrer Finanzen und Ihres Rufes auch – sagen wir – anderen Parteien sehr naheginge, bitte ich Sie, davon abzusehen. Ich kann Ihnen versichern, dass meine Leute nichts dergleichen behaupten werden, und sollte mich persönlich jemand danach fragen, werde ich es ebenfalls abstreiten.«

Das war ein Sieg. Trotzdem schmeckte er nicht wie einer. Giovanni hatte sich vorgestellt, wie Drovetti angesichts der Drohung, seine Falschheit ans Tageslicht zu bringen, einen

Rückzieher machte, aber nun hatte der andere es fertig gebracht, die Dinge so hinzustellen, als mache er eine galante Geste, und implizierte außerdem, dass er es für Sarah tat, ohne natürlich ihren Namen zu nennen und sie damit vor Cailliaud zu kompromittieren. Wenn Giovanni das Angebot zurückwies und herausbrüllte, was er in diesem Moment empfand, würde er es sein, der seine Frau in Verlegenheit brachte, und er, der Verleumdete, dem man Unrecht angetan hatte, würde aussehen wie ein undankbarer und ehrloser Trottel. Drovetti war der tückischste Mensch, der ihm je begegnet war, und er hasste ihn glühend. Immerhin hatte er diesmal die Falle rechtzeitig erkannt.

Um seine Selbstbeherrschung zu demonstrieren, sagte Giovanni harsch »Danke« und fragte, was Monsieur Cailliaud denn Außergewöhnliches entdeckt habe, obwohl es ihn in diesem Moment nicht im Mindesten interessierte. Mit einem Nicken bedeutete Drovetti dem Franzosen, seine Geschichte selbst zu erzählen, während er eine weitere Kanne holte und Belzoni ebenfalls etwas einschenkte, bei dem es sich tatsächlich um Limonade handelte.

»Es gab antike Berichte über eine Smaragdmine irgendwo zwischen dem Roten Meer und Kusair«, sagte Cailliaud stolz und in annehmbarem Italienisch, was die Frage klärte, ob er die Unterhaltung bisher verstanden hatte, »und ich habe sie wiedergefunden, vor einem Jahr schon, im Berg Zabara. Der Pascha hat mir daraufhin Minenarbeiter aus Syrien, Griechenland und Albanien zur Verfügung gestellt, und im letzten halben Jahr habe ich sie dort arbeiten lassen. Wir haben noch weitere kleine Smaragdminen entdeckt, und ich kann seiner Hoheit nun die ersten zehn Pfund dieser Steine präsentieren.«

Smaragde. Edelsteine. Schnöder Mammon! Natürlich würde so etwas den Pascha beeindrucken, aber vor der Geschichte würde der Wert der Steine nicht den geringsten

Unterschied machen und Cailliaud noch nicht einmal eine Fußnote sichern. Giovanni kräuselte die Lippen. »Wie schön für Sie.«

»Oh, Cailliaud hat mehr als nur Smaragdminen gefunden, nicht wahr, mein Freund?«, bemerkte Drovetti und schaute aus irgendeinem Grund erstaunlich selbstgefällig drein, was Giovanni sofort wieder auf der Hut sein ließ. Cailliaud wirkte verlegen.

»Ja, aber ...«

»Haben Sie je von Berenike gehört, Belzoni?«, fragte Drovetti.

»Ich habe nicht gesagt, dass es Berenike *ist*«, protestierte Cailliaud, »nur, dass es Berenike sein *könnte.* Aber«, zurückgehaltener Stolz brach durch und überzog seine braungebrannten Wangen mit einer leicht rötlichen Färbung, »es ist eine griechische Stadt, und ich habe sie gefunden. Die Beduinen nennen sie Sakait. Ich habe Skizzen mitgebracht!«

Giovanni wäre lieber gestorben, als zuzugeben, dass er noch nie von Berenike gehört hatte. In Gegenwart von Drovetti mit seinem Studium in Turin empfand er seine mangelnde Schulbildung ohnehin jedes Mal besonders heftig. Während seiner Zeit in Kairo hatte er sich bemüht, Salts Bücher zu lesen, zumindest alle, die in Sprachen geschrieben waren, die er beherrschte, und er lernte schnell, doch er wusste, dass es immer Dinge geben würde, die Menschen wie Drovetti und Salt selbstverständlich waren und ihm nicht.

Also beugte er sich über Cailliauds Skizzen von griechisch aussehenden Ruinen, murmelte angemessen klingende Kommentare und verriet mit keinem Wort, dass er keine Ahnung hatte, was sie darstellten oder warum dieses Berenike etwas Besonderes sein sollte. Sobald er konnte, ohne sein Gesicht zu verlieren, verließ er Drovettis Haus und unerträgliche Gegenwart.

Als er wieder am Westufer angelangt war, schnappte er sich Yanni, der im Rang eindeutig unter ihm stand und daher die sicherste Quelle war, um unauffällig Auskunft zu erhalten.

»Was hat es mit Berenike auf sich?«

»Berenike ist ein griechischer Name«, sagte Yanni gelangweilt. »Nicht mehr sehr beliebt heute, aber die Ptolemäer hatten mehrere Königinnen, die ihn trugen, und auch die Familie des Herodes. Titus soll in die Prinzessin Berenike verliebt gewesen sein, ehe er den Tempel in Jerusalem zerstörte.«

»Nein, nein.« Giovanni schüttelte ungeduldig den Kopf. »Keine Frau, ein Ort. Eine Stadt. Eine griechische Stadt.«

Yanni sah ihn erstaunt an. »Meinen Sie die, die verschwunden ist?«

»Genau die«, gab sich Giovanni wissend. »Was können Sie mir darüber erzählen?«

»Die Stadt Berenike war der Hafen der Ptolemäer für ihren Handel mit Indien und dem Persischen Golf«, sagte Yanni. »Ptolemäus II. hat sie errichtet, und auch der Handel mit Gold und Edelsteinen aus Afrika soll über sie gelaufen sein.«

»Aber wenn es ein so berühmter Hafen war, warum ist er dann in Vergessenheit geraten?«

»Er muss versandet sein«, entgegnete Yanni. »Wie Ostia in Italien, schon vor vielen Jahrhunderten, und inzwischen weit weg von der Küste.« Er sah Giovanni prüfend an. »Warum fragen Sie? Hat jemand behauptet, Berenike gefunden zu haben?«

»Wäre das von Bedeutung?«

»Von Bedeutung? Belzoni, das wäre, als ob man ein zweites Pompeji ausfindig macht! Die verlorene Stadt Berenike! Wer sagt denn, dass er sie gefunden hat?«

»Einer von Drovettis Leuten«, gab Giovanni finster zu.

Ein ägyptisches Pompeji also, nach dem die Menschen schon seit Jahrhunderten gesucht hatten. Er sagte sich, dass es immerhin kein Weltwunder war, nicht wie die Pyramiden, doch das half ihm nicht. Die zweite Pyramide würde auf ewig nur die zweite Pyramide bleiben, weil die Pyramide des Cheops ein paar Fuß höher war. Den Eingang zur zweiten Pyramide gefunden zu haben würde die Menschen nun nicht mehr beeindrucken, da war er sicher; bald würde jeder nur noch vom Entdecker dieser Stadt sprechen, und wenn Drovetti erst Leute hinschickte, um dort Ausgrabungen zu machen … Er hielt inne. Ein Gedanke keimte in ihm auf. Warum eigentlich nicht? Es wäre nur gerecht, wenn man bedachte, was Drovetti ihm alles angetan hatte.

Eine Stunde später war er bereits damit beschäftigt, zu versuchen, Beechey zu überzeugen, dass sie eine Expedition zusammenstellen mussten.

Der Brief an Sarah lag vergessen auf seinem Koffer in der Höhle, und als Giovanni endlich nach Biban el-Moluk zurückkehrte, klappte er sofort den Koffer auf, um nachzusehen, was er noch an Instrumenten aus Kairo hatte, und der Brief flatterte in die Kochstelle, wo er zwischen den glühenden Steinen rasch Feuer fing.

»Aber *natürlich* werden Sie uns bis Nazareth begleiten«, sagte die Gräfin Belmore und fütterte ihren Schoßhund mit dem Taubenfleisch, das man ihr zur Verfügung gestellt hatte. »Das kommt gar nicht anders in Frage. Ich bitte Sie. Wir reisen über Nazareth, Sie wollen die Stadt sehen, und der Weg von Jerusalem bis dort ist in einem großen Zug unendlich sicherer. Außerdem haben Sie dann ausreichend Zeit, von Ihrem netten jungen Diener Abschied zu nehmen. Glauben Sie mir, meine Teure, ich weiß, wie das ist. Es sind

Dienstboten, aber sie wachsen einem ans Herz. Rosa und ich, wir *vergöttern* Dr. Richardson geradezu, nicht wahr, mein Schatz?«, schloss sie und küsste das Hündchen auf die Nase.

Tatsache war, dass sie in vielem recht hatte. Sarah wollte Nazareth besuchen, es würde ihr noch ein paar Tage mehr mit James geben, und außerdem war sie nicht blind gegenüber dem Umstand, dass die Belmores, solange sie sich bei ihnen befand, die Kosten übernehmen würden. Mangles und Irby gehörten nicht zu der Gesellschaft, was ein weiterer Vorzug war. Andererseits fühlte sie sich in Gegenwart der Belmores auf unbehagliche Weise wie ein Zwischenwesen: Es waren ihre Landsleute, und doch kamen sie aus einer gänzlich anderen Welt. Es war leichter gewesen, sich mit den Frauen von Kurna, Luxor und Philae anzufreunden, die tatsächlich aus einer anderen Welt kamen; dagegen war so etwas wie Freundschaft zwischen einer Lady Belmore und einer Sarah Belzoni von vornherein unmöglich, und sie wussten es beide. Patronage, ja, aber nicht mehr.

Nicht, dass Sarah sich die Freundschaft der Gräfin unbedingt gewünscht hätte. Als reiselustige Frauen sollten sie zumindest den Drang in die Ferne und auf das Erleben von Abenteuern gemeinsam haben, doch Sarah betrachtete die Frau mit ihrem Schoßhund und der Zofe, die ihr Sonnenschirm und Fächer brachte, als befände sie sich im Hyde Park, und empfand vor allem Befremdung. Trotzdem musste sie sich davor hüten, die Gräfin zu unterschätzen.

»Es ist sicher nicht immer leicht für Sie, die Gattin eines so vielbeschäftigten Mannes zu sein, hm?«, sagte Lady Belmore. »Da braucht man schon seine Ablenkung. Ich muss sagen, der teuren Lady Brooks hätte eine Pilgerfahrt ins Heilige Land auch gutgetan, als ihr Gatte mit Wellington in Spanien kämpfte, aber dann hätten wir die kleine Juliana nicht, und sie ist *so* ein liebes Kind. Sie selbst haben keine Kinder, Mrs. Belzoni?«

Weil Sarah im letzten Jahr erfahren hatte, dass Lady Brooks die Mutter von Graf Belmores unehelicher Tochter war, dem kleinen Mädchen, das gerade versuchte, von der Zofe Süßigkeiten zu erhaschen, verstand sie, was die Dame hier unterschwellig zur Sprache brachte: die Andeutung, Sarah könne in Versuchung stehen, sich in Giovannis Abwesenheit auf ähnliche Weise abzulenken, wie Lady Brooks dies getan hatte. So etwas hatte noch nicht einmal Madame Drovetti impliziert, und der Gräfin schien die Möglichkeit so selbstverständlich zu sein, als habe sie gefragt, welche Sorte Tee Sarah bevorzugte.

»Nein«, sagte Sarah und bot all ihre Selbstbeherrschung auf, um ruhig zu bleiben. »Ich habe keine Kinder. Doch um Ablenkung zu brauchen, müsste ich unbeschäftigt sein, nicht wahr? Und das ist glücklicherweise nicht der Fall.«

Die Gräfin hob eine Augenbraue, dann lachte sie. Es war ein Lachen ohne Bosheit, doch es war auch das Lachen einer Dame über ihren Hofnarren.

Sarah bemühte sich, ihrer Gastgeberin während der Reise nach Nazareth so diskret und taktvoll wie möglich aus dem Weg zu gehen. Sie ritt neben James auf einem Maultier und scherzte darüber, dass sie beide inzwischen oft genug geritten waren, um sich, falls nötig, als Derbyreiter betätigen zu können, und er neckte sie damit, dass sie bei einem Derby keine Mameluckenkleidung würde tragen dürfen und ihre gewöhnliche Kleidung das Tier beschweren und damit zurückwerfen würde. Beide vermieden sie es in stillschweigender Übereinkunft, von dem Abschied zu reden, der auf sie zukam, bis sie Galiläa erreichten.

Die Landschaft von Galiläa war ganz anders als diejenige, die sie in Judäa empfangen hatte; die Hügel und Berge waren grün und von fruchtbarem Ackerland durchzogen, was Hauptmann Corry, als er einmal an ihnen vorbeiritt, etwas von der Schweiz murmeln ließ. Vor dem Berg Tabor lagerten sie eine Weile, als sie die Ebene Esdraelon durchquerten.

»Weißt du noch, was hier geschah, James?«, fragte Sarah. »Einen Teil der Geschichte habe ich dir vorgelesen, die andere Hälfte konntest du bereits selbst lesen.«

Er zog die Stirn kraus. »Saul ist von den Philistern besiegt und ermordet worden?«

»Und Gideon hat die Midianiter besiegt«, stimmte sie zu. »Aber ja, hier starben Saul und Jonathan.« Sie schwieg einen Moment, dann begann sie mit der Klage, die David geschrieben hatte. *»Die Edelsten in Israel sind auf deiner Höhe erschlagen. Wie sind die Helden gefallen! Ihr Berge von Gilboa, es müsse weder Tau noch Regen auf euch fallen, noch mögen da Äcker sein, von denen Hebopfer kommen; denn daselbst ist der Schild der Helden schmählich hingeworfen worden, der Schild Sauls, als wäre er nicht mit Öl gesalbt!«*

Jedes Wort fiel ihr schwerer, und als sie innehielt, hörte sie James einfallen, stockend und rauh: *»Saul und Jonathan, holdselig und lieblich in ihrem Leben, sind auch im Tode nicht geschieden; leichter denn die Adler und stärker denn die Löwen.«* Seine Stimme war immer heiserer geworden, und bei den letzten Worten brach sie.

»Ich werde nie vergessen, was Sie mich gelehrt haben, Mrs. B.«

»Schschsch, James«, sagte sie leise; ihre eigene Stimme klang ihr nicht sehr vertraut. »Das weiß ich. Und wenn wir wieder in England sind, Mr. Belzoni und ich, dann werden wir sehr stolz darauf sein, vom Diener Seiner Lordschaft zu einem Tee eingeladen zu werden.«

»Sie haben versprochen, zu weinen«, sagte er.

Sarah legte eine Hand auf ihr Herz.

»Dann werde ich es tun.«

Die Stadt Nazareth war nicht sehr groß im Verhältnis zu Kairo oder Alexandria. In der Ebene von Esdraelon sah man sie allerdings schon von weitem, da sie auf einem Plateau lag, inmitten von Olivenhainen, Feigen-, Mandelbäumen und Zypressen. Die weißgetünchten Häuser zogen sich den Berg hoch und wurden überragt vom Minarett der örtlichen Moschee und dem großen Franziskanerkloster, wo die Gesellschaft untergebracht werden würde. Die Gräfin verkündete, dass sie unmöglich ausruhen konnte, ehe die Jungen, Juliana und ihr Schoßhund nicht verköstigt worden waren, weil alle vier sie sonst ohnehin wach halten würden, und Sarah, die keinen großen Hunger hatte, nutzte die Zeit, um sich die Basilika der Verkündigung anzuschauen. Der üppige barocke Baustil erinnerte sie an einige Gebäude, die sie in Sizilien und auf Malta gesehen hatte, und sie war erstaunt darüber, die Pfeiler der Basilika von bemalten Tüchern aus Damast umwickelt zu finden, statt sie selbst bemalt zu sehen.

Die Basilika bestand aus drei Stockwerken: dem den Mönchen vorgehaltenen Chor, dem mittleren Bereich, in dem sie zwar nicht so viele Pilger wie in der Grabeskirche zu Jerusalem, aber doch eine größere Gruppe vorfand, und der Verkündigungsgrotte, die unterhalb der Kirche lag.

Als Sarah herabstieg, machte sie einer der Mönche sofort auf den Altar aufmerksam, der von zwei schwarzen Säulen eingerahmt wurde. Eine der beiden Säulen war in der Mitte zerstört; der obere Teil hing von der Decke, der untere war nur ein Stumpf. Nach einigem Hin und Her einigte der Mönch sich mit Sarah auf Italienisch als gemeinsame Sprache und erzählte, die Säule schwebe auf göttlichen Befehl hin so in der Luft, seit ein türkischer Pascha, der raffgierig nach einem Schatz gesucht habe, sie zerstört hatte und als Strafe geblendet worden war. Sarah war zwar durchaus gewillt, an raffgierige Paschas zu glauben, doch sie hatte inzwischen zu viele Ruinen gesehen, um nicht erkennen zu können, wie das Säulenfragment an der Decke befestigt war. Früher hätte sie das auch laut ausgesprochen, doch sei es wegen ihrer wehmütigen Stimmung oder aus Erschöpfung von der Reise, sie brachte es nicht fertig, dem Mönch die Freude an seiner Erzählung zu rauben.

Als sie die Kirche wieder verließ, um in das Kloster zurückzukehren, hatte sie einen Entschluss gefasst.

»Ich kann Ihre Gefühle durchaus verstehen und es ist sicher auch das Beste«, sagte die Gräfin, als Sarah ihr ihren Plan erläuterte, »aber wissen Sie, meine Liebe, es gibt noch zwei Dinge in Nazareth, die eine Besichtigung lohnen sollen: der Marienbrunnen und der Felsen, wo der Teufel Christus versucht hat. Besonders letzter, würde ich meinen, wäre für Sie schon von Interesse, obwohl es mich nicht wundert, dass Ihr erster Weg in eine Grotte führte. Ich kann mich an Ihre Vorliebe, in dunkle Tunnel zu verschwinden, gut erinnern. Sind Sie wirklich sicher, dass Sie es wieder so eilig haben?«

Wenn überhaupt, dann bestärkte diese Stichelei Sarah in ihrer Ansicht.

Der Pater Superior fand einen *Mokaro* für sie, der sie über Rama zurück nach Jerusalem führen würde, und ihre wenigen Sachen zu packen, ohne dass es James auffiel, war nicht weiter schwer. Natürlich waren Rosenkränze katholischer Unfug, aber sie hatte in Jerusalem trotzdem einen für Giovanni erworben und am Heiligen Grab segnen lassen. Nun, sie würde einen neuen bekommen. Sarah übergab dem Pater Superior den Rosenkranz mit der Bitte, ihn James von ihr zu geben, und brachte es unter Aufwendung all ihrer Disziplin fertig, sich nichts anmerken zu lassen, während sie James dabei beobachtete, wie er den beiden Söhnen des Earls beim Aufsatteln half und ihnen folgte, als sie loszogen, um den Ort zu besichtigen.

Bevor die kleine Gruppe am Abend zurückkam, brach Sarah auf. Schließlich, so sagte sie dem Mokaro, sollte man besser nachts reisen, um der Hitze aus dem Weg zu gehen. Es hatte ganz und gar nichts damit zu tun, dass die Dämmerung die Tränen auf ihrem Gesicht verbarg.

In dieser Nacht kam sie nicht weit. Eine Stunde nach Einbrechen der Dunkelheit stießen sie auf einige große schwarze Zelte, die den Schäfern des Paschas von Acre gehörten. Einige von ihnen waren noch damit beschäftigt, in einer zwischen drei Stangen aufgespannten Ziegenhaut Butter zu schlagen. Als die Schäfer Sarah freundlich begrüßten und sie ins Zelt der Männer baten, wusste sie, dass ihre Mameluckenkleidung ein weiteres Mal akzeptiert worden war. Der Mokaro wusste Bescheid, doch ihm war klar, dass es sie beide ins Verderben stürzen würde, wenn er sie jetzt noch als Frau verriet.

Man bot ihr Kaffee und frische Ziegenmilch an und lud sie ein, an der Mahlzeit teilzunehmen, für die ein Zicklein getötet wurde. Es war eine selbstverständliche und großzügige Gastfreundschaft, die sie tiefer beeindruckte, als es die gönnerhafte Art der Gräfin je getan hatte, selbst vor den Sticheleien.

Der Mokaro bat sie, nicht sofort nach dem Mahl weiterzureisen, sondern erst um Mitternacht, und bis dahin ein wenig zu schlafen, und da Sarah zugeben musste, selbst erschöpft zu sein, willigte sie ein. Das Essen erhöhte ihre Schläfrigkeit noch, doch kaum hatte sie den Beutel mit ihren Sachen unter ihren Kopf geschoben und sich in ihren Burnus eingehüllt, da wurde ihr bewusst, dass aus dem Schlaf nichts werden würde, ganz gleich, wie müde sie war. Es war nicht nur der Gedanke an James, der gewiss wütend sein würde, bis er verstand, warum sie den Abschied nicht länger hinauszögern wollte, der sie wach hielt. Nein, es waren die

Flöhe, die alle bisherigen Erfahrungen überboten und über sie herfielen, als sei ihr Blut die Nahrung, auf die sie Jahrzehnte gewartet hatten.

Der Mokaro neben ihr schnarchte. Entweder ließen die Flöhe ihn in Ruhe, oder er war abgehärtet. Das Bedürfnis, sich am ganzen Körper zu kratzen, wurde schlimmer und schlimmer. Ständig sagte sie sich, dass sämtliche Propheten sowie der Herr und seine Apostel mit dem nämlichen Problem zu kämpfen gehabt haben mussten. Doch selbst dieser Gedanke half ihr nicht. Sie begann bereits zu überlegen, ob es wirklich so katastrophale Auswirkungen haben würde, sich als Frau zu offenbaren, als ihr einfiel, wie Irby und Mangles reagieren würden, wenn sie davon hörten. *Mrs. Belzonis kleines Abenteuer in Galiläa endete, als sie ein paar Flöhe nicht mehr ertrug. Nun, was soll man von einem Frauenzimmer schon anderes erwarten, wie?*

Sarah biss die Zähne zusammen und hielt ihre Hände unter Kontrolle.

~

In diesem Jahr kam die Überflutung des Nils sehr früh und war viel stärker als in den letzten beiden Jahrzehnten. Ganze Dörfer verschwanden im schlammigen Wasser des Flusses, aus dem Luxor und Karnak wie Inseln herausragten. Für die Expedition, die mit dem Boot nach Edfu unterwegs war, um sich dort einen Firman zu holen, Kamele und Begleiter zu mieten, bedeutete das eine unerwartete Verzögerung. Zu Yannis Überraschung bestand Belzoni, der Mann, der sonst immer die Ungeduld in Person war und nur für seine Entdeckungen zu leben schien, darauf, dass sie in den Fluten gestrandete Dörfler retteten, die sich auf ihre Dächer geflüchtet hatten.

»Jedes Mal«, sagte Yanni zu Mr. Beechey, »wenn ich

denke, ich kann den Koloss einschätzen, scheint es, dass er mich eines Besseren belehrt.«

Beechey lachte, sowohl über die Aussage selbst als auch darüber, dass Yanni den Spitznamen gebrauchte, den die Araber Belzoni gegeben hatten. »Nun, er hat uns schon unangenehmere Überraschungen bereitet, als Leute aus dem Wasser zu fischen. Apropos Wasser, ich hoffe doch sehr, dass Plinius recht damit hat, dass es auf dem Weg nach Berenike mehrere Wasserstellen gibt, sonst werden wir uns noch bitter nach dem überschwemmten Nil zurücksehnen, während wir langsam in der Wüste verdursten. Wir hätten natürlich Monsieur Cailliaud fragen können, aber das hätte unserem geschätzten Freund seine Überraschung verdorben.«

»Etwas verstehe ich nicht, Mr. Beechey«, sagte Yanni nach einer Weile. »Jedes Mal, wenn ich wieder in Kairo und ein paar Tage vor dem Koloss sicher bin, schlage ich drei Kreuze und stifte eine Kerze vor Erleichterung. Aber ich habe mit ihm bei der Pyramide gearbeitet, ich bin zurück mit ihm nach Luxor gegangen, und jetzt bin ich auf dem Weg zu einer Stadt, die seit Jahrhunderten keiner mehr gesehen hat, nur, damit er Drovetti eins auswischen und als Erster dort graben kann.« Er rieb sich nachdenklich die Stirn. »Zuerst habe ich mir immer gesagt, ich tue es, damit jemand ein Auge auf ihn hat, wegen Mr. Salts Geld und Reputation, aber diesmal ist es doch so, dass wir dem geschätzten Herrn Konsul besser dienen könnten, wenn wir in Luxor geblieben wären. Und doch sind wir beide bei ihm!« Er seufzte tief. »Warum tun wir das, Mr. Beechey?«

»Nicht aus überfließender Zuneigung zu Giovanni Belzoni, so viel ist sicher«, sagte Beechey sofort und grinste. Doch das, was er gerade gehört hatte, ließ auch ihn nachdenklich werden. »Seien wir ehrlich, Athanasiou«, sagte er schließlich. »Ich habe mich das auch schon gefragt, und die

Antwort ist eigentlich ganz einfach: Man kann sagen, was man will, aber der Mann bringt die Dinge in Bewegung, und er hat einen erstaunlichen Instinkt für das Außerordentliche. Belzoni hat innerhalb von nur zwei Jahren in Ägypten mehr Erfolg beim Aufspüren von Altertümern gehabt als andere in zehn Menschenaltern, und das macht ihm so schnell niemand nach. Ich weiß nicht, wie es Ihnen geht, aber ich bin Mr. Salts Sekretär geworden, weil ich sein Buch über Abessinien gelesen hatte und selbst so ein Abenteuer erleben wollte.«

Yanni schnaubte verächtlich. »Abenteuer sind etwas für Gentlemen, die sich das leisten können«, stellte er richtig. »Ich bin Dolmetscher geworden, weil ich kein Talent zum Kaufmann besitze und weil es nicht viel gibt, was man als Grieche unter den Türken werden kann, wenn man klug ist und dennoch seine Religion nicht wechseln will.«

»Und dennoch sind Sie hier«, sagte Beechey.

Yanni entschied, dass von Salts Sekretär auch keine Erleuchtung zu erwarten war.

In Edfu erhielten sie ihren Firman mit der strengen Auflage, die Finger von den Smaragden zu lassen und ihre Aufmerksamkeit nur auf Altertümer zu richten. Yanni fand einen Scheich, der bereit war, ihnen zwölf Männer und sechzehn Kamele zur Verfügung zu stellen. Das sollte reichen, um erste Fundstücke zurückzutransportieren; er hoffte, dass die Gruppe auch groß genug war, um Banditen abzuschrecken.

Der erste Tag fort vom Nil führte sie auf einen schönen, ebenen Weg durch ein Tal, in dem Maulbeer-Feigenbäume wuchsen, wenngleich immer spärlicher. Am zweiten Tag wurde die Landschaft immer karger, und sie waren sehr erleichtert, gegen Abend Wadi Miah zu finden und in diesem Tal einen in den Fels gehauenen Tempel mit zwei Kolossalstatuen. Beechey fand eine griechische Inschrift auf einer der Säulen und zeichnete sie ab.

»Das muss eine der Wasserstationen gewesen sein«, sagte Belzoni zuversichtlich. »Steht etwas darüber in der Inschrift?«

Yanni schaute auf das Original und Beecheys Zeichnung und konnte, obwohl seine Altgriechisch-Kenntnisse beschränkt waren, sofort entgegnen: »Nein. Es ist eine Liste von Namen. Dreizehn verschiedene, um genau zu sein.«

»Von Herrschern?«, fragte Belzoni hoffnungsvoll.

»Nein«, gab Beechey zurück. »Ich würde sagen, von Soldaten, die hier stationiert waren und sich unsäglich langweilten. Die Menschen haben sich nicht sehr verändert, wie?«

»Ich habe meinen Namen nicht in die Granitstatue gemeißelt, weil ich mich langweilte«, protestierte Belzoni, der die Bemerkung natürlich sofort auf sich gemünzt hatte und als potenzielle Beleidigung nahm. »Ich habe es getan, weil ich sie gefunden habe und weil es gerecht ist …«

»Schon gut, schon gut.« Beechey machte eine abwehrende Handbewegung. »Ganz ehrlich, an Sie hatte ich gar nicht gedacht, Belzoni. Mir sind nur die Belmores eingefallen.«

Belzoni machte nicht den Eindruck, als glaube er Beechey, und sprach die nächsten paar Stunden nur mit Dr. Ricci, dem Neuling in ihrer Gruppe und dem einzigen Franken, der von ihm statt von Salt bezahlt wurde.

»Haben Sie eine Ahnung, wie es seine Frau so lange mit ihm ausgehalten hat?«, murmelte Beechey zu Yanni. »Mich wundert nur, dass sie nicht schon viel früher auf Pilgerfahrt gegangen ist.«

Yannis ehrliche Meinung zu diesem Thema war, dass ihm Mrs. Belzoni ähnlich verrückt wie ihr Gatte vorkam. Vernünftige, gesittete Frauen reisten nicht in türkischer Männerkleidung durch die Gegend, als verwechselten sie sich mit Amazonen. Aber er war nicht dumm. Was auch immer sie sonst sein mochte, Mrs. Belzoni war Engländerin. Mr. Beecheys kameradschaftliche Stimmung würde in dem Moment aufhören, in dem er von einem Angestellten etwas hörte, das er als Beleidigung einer englischen Dame verstehen konnte. Um diese wichtige Regel zu verstehen, musste man nur ein paar Wochen mit Engländern gearbeitet haben, und bei Yanni waren es mittlerweile viele Jahre. Sie galt allerdings nicht für Italiener und Männer. Am dritten Tag nach ihrem Aufbruch aus Edfu wurde Dr. Ricci so krank, dass Belzoni sich entschied, den jungen Arzt mit einem Drittel der Karawane zurückzuschicken. »Man hat ja schon von drastischen Maßnahmen gehört, um einem unangenehmen Arbeitgeber zu entkommen, aber das …«, sagte Yanni boshaft. Wie er vorausgesehen hatte, wurde diese Bemerkung von Mr. Beechey mit einem amüsierten Gesichtsausdruck quittiert, was sich als verfrühter Spott erwies, weil es den Sekretär am vierten Tag selbst erwischte. Yanni vermutete, dass es an ihren Trinkwasservorräten lag, und lebte von nun an in der Angst, dass es ihn als Nächsten treffen würde.

Belzoni blieb auf widerwärtige Art gesund und ging einfach dazu über, Yanni die Vorträge zu halten, die vorher Ricci und dann Beechey über sich ergehen hatten lassen müssen. Dabei interessierte Yanni im Moment kaum etwas weniger, als dass der Granit der Felsen, an denen sie inzwischen vorbeiritten, doch dem um Assuan herum ähnelte, und Belzonis Vermutungen darüber, ob die alten Ägypter wohl auch diese Gegend als Steinbruch genützt hatten.

Immerhin fanden sie eine weitere der alten Wasserstationen, Bir Sammut. Einer der örtlichen Stämme, die Ababda, hatte sich dort mit ihren Zelten aus Palmenmatten angesiedelt, und sie konnten ihren Wasservorrat bei ihnen auffrischen. Die Ababda sprachen ein Arabisch, das Yanni gerade noch verstehen und übersetzen konnte, und ähnelten den Nubiern; sie hatten dunkle Haut und zeigten sich auch vor den Fremden fast völlig nackt. Da es eine beträchtliche Zeit her war, dass Yanni eine Frau gehabt hatte, wäre das für ihn eigentlich eine Versuchung gewesen, wenn die Ababda, männlich wie weiblich, nicht die Angewohnheit gehabt hätten, Kalbsfett auf ihr Haar zu legen und es über Tage hinweg schmelzen zu lassen. Das tötete aufsteigende Phantasien im Keim ab und machte sein Leben leichter.

»Ich wünschte, Sarah wäre hier«, murmelte Belzoni auf Italienisch in seinen Bart hinein, was wieder einmal bewies, dass dieser Mann vor nichts zurückschreckte, wenn ihn diese Weiber trotzdem an seine Frau denken ließen.

Am sechsten Tag machte Yanni von der Spitze eines Berges in weiter Ferne das Rote Meer aus, und obwohl sie noch eine lange Strecke durch das vor ihnen liegende Gebirge vor sich hatten, gab ihm der Anblick neuen Mut. Auch diese Strapaze würde ein Ende haben. Ihr Führer fand Spuren von Karawanen, die noch nicht vor allzu langer Zeit diesen Weg gekommen waren, wobei Yanni wusste, dass »nicht allzu lang« ein paar Wochen oder Monate bedeuten konnte. Sie folgten diesen Spuren und kamen bereits einen Tag später am Gebel Zabara an, dem Smaragdberg, wo Cailliaud die alten Minen gefunden hatte. An seinem Fuß war ein neues Lager aufgeschlagen worden, in dem die Minenarbeiter lebten. Es waren etwa fünfzig, und Yanni hätte gedacht, dass sie sich über die Ablenkung von ihrem öden Alltag freuen würden. Umso enttäuschter war er, als man sie mit finsteren, bedrückten Mienen empfing.

»Die sind wie Kaninchenlöcher, diese Tunnel«, sagte einer der Arbeiter und spuckte aus. »Da muss man ständig kriechen. Man hätte Kinder dafür holen sollen, keine erwachsenen Männer! Keinen von uns würde es wundern, wenn die Schächte zusammenbrechen und uns lebend begraben, aber man kann ja nichts sagen. Wir haben's versucht, aber die Aufseher haben Angst, den Pascha zu enttäuschen. Sie haben zwei von uns totgeprügelt, und jetzt meutert keiner mehr.«

»Wenn uns die Minen nicht kriegen, dann die Ababda, die hier in der Nähe hausen«, fiel ein anderer Arbeiter ein, der ursprünglich aus Albanien stammte. »Die werden uns noch alle umbringen in der Nacht! Jedes Mal, wenn ich einschlafe, stelle ich mir vor, wie ich mit durchschnittener Kehle wieder aufwache.« Weil er das auf Italienisch sagte, konnte Belzoni ihn verstehen, und fragte verwundert, was es denn für ein Problem mit den Ababda gebe.

»Zu uns waren sie sehr gastfreundlich. Sie haben uns geholfen.«

»Nun ja«, sagte der Albanier mit einem Schulterzucken, »ein Mann hat eben gewisse Bedürfnisse. Sonst ist er kein Mann, richtig?«

»Die sind selbst schuld«, stimmte der Arbeiter ein, mit dem Yanni als Erstes gesprochen hatte. »Tanzen einem so nackt vor der Nase herum. Die haben es doch gewollt.«

Belzoni packte Yanni am Arm und zog ihn zur Seite. »Keine Minute bleiben wir bei diesen ehrlosen Schändern!«, zischte er. Ausnahmsweise war Yanni seiner Meinung, nicht nur, weil die Ababda wirklich allen Grund hatten, den Minenarbeitern die Kehlen zu durchschneiden, wenn ihre Frauen vergewaltigt worden waren, sondern auch, weil die aufgebrachten Männer im Dunkeln garantiert nicht zwischen guten und schlechten Franken unterscheiden würden. Er gab jedoch zu bedenken, dass sie immer noch einen der Arbeiter überreden mussten, ihnen zu zeigen, wo Cailliaud die Stadt Berenike gefunden hatte.

»Wir werden die Ababda fragen«, sagte Belzoni. »Nicht diese Kerle. Basta.«

Er hatte Glück. Weil sie nur kurz im Lager der Minenarbeiter geblieben waren und Belzoni Yanni wortreich erklären ließ, dass es einen großen Unterschied gab zwischen den ehrlosen Männern, die sich vor den Minen zusammengerottet hatten, und den ehrbaren Franken, die in dieses Land gekommen waren, um Freunde seiner Bewohner zu sein, redeten die Ababda tatsächlich immer noch mit ihnen. Ein alter Mann erklärte sich bereit, sie zu den Ruinen zu führen. Der felsige Pfad in die Höhe erwies sich als äußerst schwierig für die Kamele, und es war nur noch eine Stunde bis zum Sonnenuntergang, als sie endlich den Ort erreichten, der, wie der alte Ababda erklärte, Sakait hieß.

»Das kann nicht sein«, sagte Belzoni entgeistert.

Um sie herum standen nur noch die letzten Überreste der Grundmauern von Häusern, die aus einem einzigen Raum bestanden hatten; es waren höchstens siebzig oder achtzig. Nirgendwo gab es ein Anzeichen eines größeren Gebäudes, eines Tempels oder auch nur eines Lagerhauses, wie es bei dem berühmtesten Hafen nach Alexandria der Fall hätte sein müssen. Was sie vor sich hatten, waren die armseligen Überbleibsel eines weiteren Lagers für Minenarbeiter, genau wie das, das sie hinter sich gelassen hatten, mit dem einzigen Unterschied, dass dieses hier vielleicht zweitausend Jahre alt war.

»Belzoni«, sagte Beechey, dessen Gesichtsfarbe noch grünlicher wurde, »das ist nicht Berenike. Hier gibt es nichts, aber auch gar nichts zu finden. Hat Cailliaud wirklich behauptet, das sei Berenike?«

Inzwischen hatte Yanni noch einmal gefragt, ob dies wirklich der Ort sei, für den sich der andere Franke vor ihnen begeistert hatte. Ihr Führer bestätigte dies. Und es blieb nicht die einzige schlechte Nachricht, die Yanni Belzoni überbringen musste: Ihr Zwieback reichte nur noch zwanzig Tage, das Schaf, das sie an diesem Abend schlachten und braten wollten, hatte es irgendwie geschafft, fortzulaufen, und ihre Wasservorräte in den Lederhäuten war faulig.

»Drovetti!«, fluchte Belzoni, als Yanni ihm auflistete, welchen Schwierigkeiten sie entgegensähen. »*Er* war es, der behauptet hat, dies sei Berenike. Er hat mich hierhergelockt, um mich umzubringen!«

Nachdem sie ein paar ruhige Tage in dem Kloster bei Rama verbracht hatte, kehrte Sarah nach Jerusalem zurück. Der Mokaro hatte aufgehört, jedes Mal, wenn sie Menschen begegneten, ihre Entlarvung zu befürchten, und führte sie von Bethlehem an den »Teichen Salomons« vorbei – von denen, wie er erklärte, die Trinkwasserversorgung Jerusalems gewährleistet wurde – auf den Ölberg, um ihr den Ort zu zeigen, von dem aus, so schwor er, man die schönste Aussicht auf Jerusalem habe.

Er war ein christlicher Araber – deswegen hatte der Abt in Nazareth ihn ihr wohl vermittelt –, und sie brachte es nicht über sich, ihm zu sagen, dass sie den Ölberg schon kannte, da sie den Garten Gethsemane besucht hatte. Im Übrigen stellte sich heraus, dass ihr damals dennoch die beste Aussicht, von der er gesprochen hatte, entgangen war, weil der Garten am Fuß des Ölbergs lag, während der Weg, den sie genommen hatten, von Bethanien her an der Spitze des Ölbergs endete.

Sie saßen auf einem Felsvorsprung, dem zwei Zypressen entgegenwuchsen; unter ihnen erstreckte sich der abfallende Hang, der mit zahllosen Grabsteinen übersät war.

»Tausende von Juden und Pilgern liegen hier begraben«, sagte der Mokaro, »denn wir befinden uns an dem heiligen Ort, an dem die Toten auferstehen werden am Tag des Jüngsten Gerichts.« Er bekreuzigte sich. Wie es der Zufall wollte, riefen in diesem Moment die Muezzins von den Minaretten in Jerusalem zum Abendgebet. Sarah schaute auf die Stadt hinunter, umrahmt von ihrer Mauer, und auf die schwarze Kuppel der Omar-Moschee, des Felsendoms. Der Mokaro sagte: »Dort werde ich bald arbeiten, wenn es noch Arbeit gibt.«

»Ich dachte, Christen sei das Betreten des Felsendoms streng verboten«, entfuhr es Sarah überrascht. Wenn das nicht der Fall gewesen wäre, dann hätte sie den Ort gewiss gerne gesehen; schließlich stand er an der Stelle des Tempels, den Titus einst zerstört hatte, bis auf die Außenmauer, an der in diesen Tagen nur die Juden beten durften.

Der Mokaro schnitt eine Grimasse. »Genauso ist es – zumindest was Besuche angeht. Aber kein Arbeiter ist hier so billig wie ein arabischer Christ. Deswegen holen uns die Türken immer, wenn es Reparaturen zu erledigen gibt, und wenn wir unsere Arbeit getan haben, dann reinigen sie die Moscheen wieder von unserer Gegenwart. Aber es ist Arbeit, und sie zahlen.« Mit einem herausfordernden Unterton fügte er hinzu: »Besser als die Patres in Nazareth oder Jerusalem. Ich habe auch schon bei Reparaturarbeiten im Heiligen Grab mitgemacht.«

Als Protestantin hegte sie keine Verehrung gegenüber dem katholischen Klerus, aber bisher war jeder Konvent, in dem sie gewohnt hatte, hilfsbereit und gastfreundlich gewesen, also fühlte sich Sarah ihnen gegenüber verpflichtet. »Es kann nicht leicht sein, in einem muslimischen Land ein Kloster zu führen.«

»Nun, ich weiß nicht, wie es in Ägypten ist«, sagte der Mokaro, »aber die Kirchen hier bekommen Spenden von der gesamten Christenheit. Und man sollte meinen, dass das Gesetz der Nächstenliebe auch so ausgelegt werden muss, dass man seine Arbeiter bezahlt, wie sie es verdienen.«

Sarah wollte ihm gerne zustimmen, wusste aber, dass es

besser war, das Thema zu wechseln. Außerdem hatte der Mokaro sie auf eine Idee gebracht. Sie schaute wieder auf Jerusalem herab. »Wenn Christen zu Reparaturarbeiten in den Tempel gelassen werden ...«, begann sie nachdenklich.

»Oh nein, Signora! Schlagen Sie sich das aus dem Kopf. Die Arbeiter werden beaufsichtigt, so dass sie nur zu den Stellen gehen, wo ihre Arbeit nötig ist, und jemand, der andere Christen hineinlotst, damit sie sich umschauen können, der hat Glück, wenn ihn die Bekehrung zum Islam rettet, statt dass er zu Tode gesteinigt wird.«

Sie erinnerte sich dunkel an etwas, das Finati während der Wochen erzählt hatte, die sie in Damietta festsaßen. »Aber wird denn nicht gelegentlich eine Sondererlaubnis ausgestellt? Hadschi Mohammed hat mir erzählt, Mr. William Bankes hätte den Felsendom besucht.«

»Wie reich sind Sie, Signora?«

Sarah lachte und schüttelte den Kopf. Die magische Wirkung des Klangs von Münzen, der Sprache, die neue Freunde schaffte und so viele Türen öffnete, war ihr natürlich bekannt. »Ich habe nicht gelogen, als ich sagte, ich hätte kein Geld«, teilte sie ihm mit. »Ich habe Glück, wenn in Jerusalem etwas aus Ägypten für mich eingetroffen ist, denn das, mit dem ich losgereist bin, ist fast aufgebraucht.«

»Dann«, entgegnete der Mokaro pragmatisch, »versuchen Sie lieber nicht, ein Sakrileg zu begehen. Im Übrigen glaube ich, dass es selbst dann unmöglich wäre, wenn Sie so viel Geld hätten wie Mr. Bankes, denn er *ist* ein Mann.« Er sah sie nachdenklich an. »Reisen Sie nach Ägypten zurück, Signora. Es ist nicht gut, wenn Mann und Frau getrennt sind. Das gehört sich nicht.«

»Aber du bist doch auch verheiratet«, sagte Sarah; der Pater Superior hatte ihr das erzählt, als er ihr ihn als sicheren, guten Führer angepriesen hatte, und der Mokaro hatte ebenfalls mehrfach Frau und Familie erwähnt. »Und dennoch willst du in Jerusalem bleiben, wenn du mich in das Viertel der Pilger zurückgebracht hast, statt sofort wieder nach Nazareth zu gehen, zu deiner Frau.«

Der Araber schüttelte den Kopf. »Das ist etwas anderes«, sagte er, und sie wartete darauf, dass er hinzufügte: *Denn ich bin ein Mann.* Doch was der Mokaro tatsächlich sagte, war: »Wir brauchen das Geld.«

Sarah fühlte sich beschämt. Gleichzeitig wünschte sie sich, sie könnte Giovannis Unternehmungen auch in diesem Licht sehen: Es war etwas, das er tat, weil er Geld verdienen musste, und zwar für sie beide. Das sollte ihr genügen.

Aber nach all den Jahren an seiner Seite genügte es ihr nicht.

»Wenn ich sterbe«, sagte der Mokaro unvermittelt und schaute nicht auf die Stadt, sondern auf die Friedhöfe unter ihnen, »will ich auch hier beerdigt werden.«

»Weil hier die Auferstehung der Toten beginnen wird?«, fragte Sarah.

»Weil hier die heiligste Erde von allen ist«, entgegnete er ernst, griff mit seiner Hand in das spärliche Gras, das in einer Felsspalte wuchs, und riss es gemeinsam mit ein paar kleinen Brocken Erde aus. »In sie ist mehr Blut geflossen als an jedem anderen Fleck der Welt, Signora.«

Sie dachte an die Kämpfe, über welche die Bibel berichtete, an die Römer, an die Kreuzzüge. Wenigstens war Bonaparte nicht so weit gekommen; in neuerer Zeit hatte es keine Kämpfe mehr im Heiligen Land gegeben und würde sie gewiss auch nicht mehr geben. Aber der Mokaro schien das geflossene Blut als Vorzug zu betrachten, und so schwieg sie. Die abendliche Sonne ließ die Stadtmauern weißer erscheinen, als sie waren, und es schien unmöglich, dass sie je das Echo sterbender Stimmen gehört hatten, so friedlich war der Anblick.

Beechey hatte ein kleines Teleskop bei sich. Als er und Giovanni auf den nächsten Gipfel kletterten, der eine weite Sicht versprach, reichte er es Giovanni. Das Rote Meer wirkte auf einmal gar nicht mehr so weit entfernt.

»Nach Süden«, sagte Giovanni entschlossen. »Ja, wir sollten uns zum Meer durchschlagen.«

Beechey warf ihm einen entgeisterten Blick zu. »Belzoni, das einzig Vernünftige ist, den schnellsten Rückweg zu finden. Was um alles in der Welt wollen Sie am Roten Meer?«

»Ich werde Berenike finden.«

Zu seiner Überraschung kamen keine Protestrufe. Trotzdem begann Giovanni mit der Rede, die er sich in einer schlaflosen Nacht zurechtgelegt hatte. »Überlegen Sie doch, Beechey. Selbst wenn Drovetti mich nicht absichtlich hierhergelockt hat, um mich nicht mehr in Theben zu wissen, so stehen wir doch wie leichtgläubige Narren da. Nicht nur ich, sondern wir alle. Aber wenn wir mit der Nachricht zurückkehren können, dass wir das wahre Berenike entdeckt haben – dann stehen wir als Helden da, und Cailliaud und Drovetti werden die sein, über die man lacht. Das wird Drovettis Waterloo!«

»Und Sie sind der Herzog von Wellington, nehme ich an? Belzoni, was um alles in der Welt lässt Sie glauben, dass wir Berenike finden, wenn es bisher niemand getan hat?«

Auf diese Frage hatte Giovanni gewartet, und er zog triumphierend das hervor, was er sich aus Kairo hatte schicken lassen, während sie ihre Expedition vorbereiteten. »Erstens«, sagte er, »müssen Sie mir zubilligen, dass mir bereits einige Dinge gelungen sind, die vorher für unmöglich erklärt wurden.«

»Ja, ich weiß. Nur deswegen höre ich Ihnen weiter zu. Und zweitens?«

»Und zweitens«, verkündete Giovanni mit der Emphase,

die er auf den Jahrmärkten Großbritanniens gelernt hatte, »habe ich eine Karte!«

Er hätte sie Beechey einfach übergeben können, doch sie selbst zu entfalten, mit einer dramatischen Geste, erschien ihm wirkungsvoller. Ursprünglich hatte er sie sich einfach nur schicken lassen, weil er sowohl Yanni als auch Drovetti misstraute und auf einem längeren Marsch wissen wollte, wo genau er sich befand, doch nun würde sie ihn und sein Vorhaben retten, da war Giovanni sich sicher.

Es *musste* einfach so sein.

Rasch ergriff Beechey die Karte und studierte sie stirnrunzelnd. »Belzoni, das ist D'Anvilles Karte der Küste des Roten Meeres.«

»Genau die.«

»Diese Karte wurde 1766 verfertigt, und D'Anville war noch nicht einmal hier. Er hat sich lediglich auf die Informationen von portugiesischen Seeleuten verlassen und sie mit den Berichten der antiken Schriftsteller kombiniert.«

»Und genau das ist der Grund, warum bisher niemand auf die Idee gekommen ist, genau hier zu suchen«, sagte Giovanni und stieß einen Finger auf einen bestimmten Punkt, heftig genug, um der Karte einen kleinen Riss zuzufügen. »Wir haben den Kopf des Memnon bewegt, weil wir uns daran erinnert haben, wie man ihn vor vielen Jahrhunderten transportiert haben könnte. Dort nachzuschauen, wo man Berenike vor langer Zeit vermutete, ist gewiss besser, als in Schande und Gelächter umzukehren, eh?«

Beechey grummelte noch ein wenig, doch er ließ sich überzeugen. Bei den Kamelführern war das schon schwieriger, aber die Aussicht auf frischen Fisch am Roten Meer anstatt des Zwiebacks gab für sie den Ausschlag. Zunächst mussten sie aber ihre Wasservorräte erneuern und konnten deswegen nicht sofort nach Süden gehen, sondern mussten eine andere, nordöstliche Route einschlagen, den Wadi Gemal hinunter. Es war eine mehr als beschwerliche Strecke, und als sie am Mittag des nächsten Tages endlich das Meer erreichten, war Giovanni froh und dankbar, sich in die kühlen Wellen stürzen zu können. Er wunderte sich nicht, dass es Beechey ebenso ging; die Beduinen dagegen schauten ihnen mit undeutbaren Mienen zu: Keiner machte Anstalten, auch nur mit den Füßen ins Wasser zu gehen.

Als Giovanni prustend auftauchte und sich das Wasser aus den Haaren und dem Bart schüttelte, fiel ihm die erste Reise innerhalb Ägyptens ein, von Alexandria nach Kairo, und wie Sarah sich in ihrem Kleid nie hatte erfrischen können, wenn die Männer im Nil badeten. Er stellte sich vor, wie sie nun gerade durch die heißen Straßen Jerusalems wanderte, in ihrem grauen Rock … bis ihm wie mit einem Schlag bewusst wurde, dass sie schon lange aufgehört hatte, diesen zu tragen. Auf einmal war ihm kalt, und das lag nicht an dem lauen Wasser des Roten Meeres. Er konnte sich nicht erklären, warum ihm diese kleine Verwechslung so schwerwiegend erschien. Vielleicht lag es daran, dass sie ihm wie ein Beweis vorkam, dass er aufgehört hatte, Sarah wirklich anzusehen, ehe sie ihn verlassen hatte.

Nein, sie hatte ihn nicht verlassen. Das war eine bösartige Entstellung der Tatsachen! Sie befand sich auf einer Pilgerfahrt im Heiligen Land. Sie würde wieder zu ihm zurückkommen.

Hastig schwamm er an Land zurück und stellte fest, dass der Ausflug ins Meer ihn hungriger und durstiger denn je zurückgelassen hatte.

Yanni war zwar barfuß im Wasser gewatet, doch nicht tiefer gegangen. »Die Kameltreiber sagen, hier gibt es kein Wasser«, meldete er, »also, kein Süßwasser. Sie bestehen darauf, ins Gebirge zurückzugehen, zu der letzten Quelle.«

Am Ende ging Giovanni einen Kompromiss ein. Zwei der Kameltreiber wurden zurückgeschickt, um Wasser für alle zu holen, und der Rest blieb an der Küste und begann, sie zu erkunden. Dass die Bucht, in der sie sich befanden, auf D'Anvilles Karte überhaupt nicht eingezeichnet war, half nicht gerade, jedermanns Stimmung zu heben. Das änderte sich, als sie auf eine alte Frau stießen, die Fische über einem Feuer briet und dabei war, sie in einen umgedrehten Schildkrötenpanzer zu legen. In einiger Entfernung sah man zwei jüngere Frauen, die wahrscheinlich ihre Töchter waren, von einem Boot aus fischen. Sowie die Frau die Männer in ihrer türkischen Kleidung sah, lief sie schreiend davon, und obwohl Yanni versuchte, sie zurückzurufen, blieb sie fern. Auch die Töchter ruderten fort, um nicht hier an Land gehen zu müssen.

Sie waren alle zu hungrig, um die Gelegenheit nicht beim Schopf zu ergreifen und sich an das Feuer zu setzen, um zu essen. Bevor sie sich zurückzogen und etwas weiter die Küste abwärts ihr Lager aufschlugen, hinterließ Beechey einen kleinen Spiegel und zwei Glasperlenkettchen als Geschenke in der Schildkrötenschale. Am nächsten Morgen tauchte ein atemloser kleiner Junge bei ihnen auf und präsentierte frischen Fisch von seiner Großmutter. Beechey erklärte hochzufrieden, es lohne sich eben doch, ein Gentleman zu sein.

Die Kameltreiber mit dem Wasser trafen kurze Zeit später ein, und Giovanni war erleichterter, als er zugeben wollte. Der Junge mit den Fischen erzählte etwas von Minen, und nur, um alle Möglichkeiten zu überprüfen, entschloss sich Giovanni, kurz landeinwärts in Richtung der Berge zu gehen. Die Erde wurde gelb und rot unter ihnen, und es stellte sich heraus, dass sich hier alte Schwefelminen befanden, aber keine Siedlungen.

»Und keine Edelsteine«, stellte Yanni fest. Giovanni konnte sich nicht helfen, er murmelte etwas über die Gier aller Bewohner des Ostens nach Gold und Juwelen.

»Ich bitte den edlen Herrn um Verzeihung«, sagte Yanni

spöttisch. »Das Bedürfnis des edlen Herrn nach Statuen und Reliefs und Ruhm ist natürlich nicht mit einem so niederen Wort wie Gier zu bezeichnen, und der edle Herr ist als Sprössling Italiens natürlich ein Bewohner des Westens, nicht des Ostens.«

»Wir sind alle erschöpft«, griff Beechey vermittelnd ein. »Aber, Belzoni«, setzte er mit einem herausfordernden, aber nicht boshaften Grinsen hinzu, »wenn wir wieder an der Küste sind, zahlen *Sie* für den nächsten Fisch.« Doch als sie nach einem anstrengenden Marsch am anderen Ende der Bucht wieder nassen Sand unter den Füßen hatten, waren Fische das Letzte, woran sie dachten.

Es war zuerst nur eine Erhöhung, die Giovanni auffiel, nichts als ein kleiner Hügel, eine Düne, wie so viele, aber etwas daran kam ihm merkwürdig vor. Er kniff die Augen zusammen und sah noch einmal genauer hin, dann lief er darauf zu. Der Sand schien sich einen Spaß daraus zu machen, ihn aufzuhalten; er sank in ihm ein, stolperte, stürzte und richtete sich fluchend wieder auf. Beechey rief seinen Namen und holte ihn ein, als Giovanni zum zweiten Mal zu Boden sank.

»Sehen Sie das, Belzoni?«, rief er ungläubig.

»Ja, ich sehe es. Und ich habe nie daran gezweifelt!«

Der Sandstrand, auf dem sie standen, war übersät mit regelmäßigen Erhöhungen. Hin und wieder ragten Steine aus dem Sand hervor – doch es waren keine Brocken, sondern behauene, abgeschliffene Blöcke. Häuserreste! Häuserreste, die entweder nahe beieinanderlagen oder so weit voneinander entfernt, dass man eindeutig Straßen zwischen ihnen ausmachen konnte; Häuserreste, die irgendwann von der See bedeckt gewesen sein mussten, denn einige der Steine bargen Korallenreste und Seegras in ihrem Kalk. Giovanni riss Beechey sein Taschenteleskop aus der Hand.

»Das sind mindestens eintausendsechshundert Fuß weit Ruinen von Norden nach Süden«, flüsterte er.

»Und zweitausend Fuß von Osten nach Westen«, ergänzte Beechey, der ihm die Geste nicht übelnahm. »Das ist ganz bestimmt keine Minenarbeitersiedlung. Mir scheint, dies könnte wirklich …«

»Da!«, rief Giovanni. »Da drüben!«

Er hatte das Dach eines Gebäudes ausgemacht, das deutlich größer gewesen sein musste als alle anderen; ein Tempel, der sich einmal über die Stadt erhoben haben musste und von dem auch jetzt noch genug zu sehen war, um auf ihn zu klettern und die ganze Umgebung in sich aufzunehmen.

»Berenike«, flüsterte er. Er würde es vermessen, jedes einzelne Haus zählen, das er finden konnte, um zu belegen, dass er nicht übertrieb, und genügend mitnehmen, um zu beweisen, dass er hier gewesen war. Das würde Drovetti endlich, endlich so beschämen, dass der Rivale endgütig besiegt war. Waterloo!

Und er würde Sarah bitten, zu ihm zurückzukehren. Nun hatte er seinen Sieg. Nun würde er ihr beweisen, dass all das, was passiert war, so schmerzlich es auch gewesen sein mochte, ihn nur zu einem stärkeren Mann gemacht hatte.

Dann fiel ihm ein, was sie in Theben gesagt hatte. Es war besser, sich ihr gegenüber die Schilderung seines Sieges zu sparen; er würde nicht prahlen über das, was ihm endlich geglückt war.

Wenn sie nur zu ihm zurückkam.

KAPITEL 21

Sie stand im Jordan. Die übrigen Pilger schienen verschwunden zu sein; alles, was sie hörte, war das Zirpen von Grillen. Sarah schaute an sich hinunter und sah, dass sie nicht ihre Mameluckenverkleidung trug, sondern ein Kleid, wie sie es selbst vor ihrer Ankunft in Ägypten lange nicht mehr getragen hatte, ein englisches Winterkleid aus Schafwolle, und es war zu heiß, viel zu heiß. Es nahm ihr den Atem, und sie begann, es aufzuknöpfen; sie brauchte Luft und Freiheit.

»Ich wusste, dass du das nicht mehr brauchst«, sagte Drovetti hinter ihr, und obwohl sie eben noch fest überzeugt gewesen war, alleine im Fluss zu stehen, war sie nicht im Mindesten überrascht, dass er sich hier befand. Sarah drehte sich zu ihm um und lächelte ihn an.

»Das sagt ein viel zu bekleideter Mann«, entgegnete sie und war verwundert, dass ihr nicht früher klar geworden war, wie überflüssig sie seine Westen fand. Er half ihr, ihr Kleid weiter aufzuknöpfen, während ihre Hände unter sein Hemd glitten.

»Ich habe Sie gewarnt«, sagte Salt, der hinter Drovetti auftauchte. »Die Strömung hier ist gefährlich.« Er wies den Fluss hinauf. Sarah schüttelte ungeduldig den Kopf. Die Strömung war ihr gleich; sie wollte, dass Salt verschwand und sie mit Drovetti allein ließ.

»Die Regierung Seiner Majestät ist sehr enttäuscht von Ihnen, Mrs. Belzoni. Eine Christin kann nicht zwei Männer haben, wie ein Moslem mehrere Frauen«, sagte Salt und deutete noch einmal auf den Fluss. Erst jetzt erkannte sie, worauf er zeigte: Ein Schwimmer kämpfte dort um sein

Leben, mit den Armen um sich schlagend, und gewiss rief er auch um Hilfe, aber sie hörte keinen Schrei, kein Wort, keinen einzigen Laut.

Sie wandte sich wieder Drovetti zu. Seine Augen hielten sie gefangen, doch er bewegte sich nicht. Ohne weiter nachzudenken, beugte sich Sarah vor.

Als sich ihre Lippen trafen, wusste sie, wer der Mensch in der Mitte des reißenden Stroms war.

Er ertrank ihretwegen.

Sarah wachte auf und stellte fest, dass ihre Kehle so ausgedörrt war, als habe sie seit Tagen nichts getrunken. Dafür war ihre Haut schweißbedeckt. Zuerst war sie noch so sehr in ihrem Traum gefangen, dass sie glaubte, es müsse sich um das Wasser des Jordans handeln; dann wurde ihr bewusst, wo sie sich befand und was sie geträumt hatte. Sie vergrub ihr Gesicht in der abgenutzten Decke, die man ihr zur Verfügung gestellt hatte.

Als ihr Herzschlag wieder etwas ruhiger geworden war, begann sie, ihre Gedanken zu ordnen.

Frieden. Die Pilgerfahrt ins Heilige Land hatte ihr Frieden bringen sollen, und hin und wieder, gerade am Jordan, hatte sie auch das Gefühl gehabt, dass sich dieser Wunsch erfüllte. Aber wenn sie alles, was sie in Ägypten aus dem Gleichgewicht brachte, hinter sich gelassen hätte, dann würde sie nicht von Träumen geplagt werden, wie sie eine gute Frau nie haben durfte.

Vielleicht war mehr nötig.

Sarah erinnerte sich an die Prediger ihrer Kindheit. *Wenn dich dein rechtes Auge zum Bösen verführt, reiß es aus.* Sie dachte an den Mokaro und seine Worte über all das Blut, das im Heiligen Land vergossen worden war. Dies war ein Land, in dem die Menschen ihr Leben aufs Spiel setzten, um von Gott eine Antwort zu erhalten.

Sie hatte Kopfschmerzen und konnte nicht mehr einschlafen. In dem armenischen Kloster, in dem sie untergekommen war, lebten mehrere Familien, deren Männer, wie der Mokaro es gesagt hatte, für Reparaturarbeiten innerhalb des alten Tempels und der verbotenen Moscheen angestellt waren. Diese Arbeiten näherten sich jedoch bereits ihrem Ende.

»Zu Beginn«, sagte eine der Frauen, die Sarah bereits wach fand, als sie ihr Zimmer verließ, »durften wir ihnen zu essen und zu trinken an die Pforte bringen, aber jetzt nicht mehr.«

Sarah horchte auf. »Aber wäre es nicht möglich, noch einmal um diese Erlaubnis zu bitten?« In einer Schar von Frauen würde sie nicht weiter auffallen. Gewiss, sie würde sich Frauenkleider borgen müssen, aber das sollte keine Schwierigkeit sein.

Die Frau musterte sie. »Würdest du uns Bakschisch geben, Sarah?«

Es würde bedeuten, ihr gesamtes restliches Geld auszugeben, keines mehr für die Rückreise zu haben und wirklich darauf zu setzen, dass innerhalb der nächsten zwei Wochen neues kam. Sie zögerte. Dann dachte sie daran, dass sie nur einmal lebte und nicht wieder in dieses Land zurückkehren würde, wenn sie es erst verließ. Sie dachte daran, dass es eine Prüfung sein würde. Ein Gottesurteil vielleicht.

»Ja.«

Eine der Frauen lieh ihr ein Kleid. Es passte einigermaßen, aber die hohen Frauenstiefel waren zu eng, und erst als sie gezwungen war, inmitten einer Schar von Frauen zu trippeln, wurde sie sich bewusst, wie sehr sie sich daran gewöhnt hatte, auszuschreiten. Außerdem empfand sie den Schleier, den auch Christinnen in der Nähe der Moschee trugen, als so erstickend, wie es einst das Korsett gewesen war. Es war ihr, als kämen sie nur im Schneckentempo voran, und sie stellte sich vor, wie aufgrund irgendeines dummen Zufalls just an diesem Tag jeder Arbeiter gezwungen werden würde, seine Frau persönlich als die seine anzuerkennen. Man würde sie nicht zwingen, den Glauben zu wechseln; man würde sie, eine Frau, die gegen das Gesetz verstieß, zu Tode steinigen.

Endlich kamen die Frauen zum Stehen, und Sarah war verwirrt. Sie wusste, wo sie sich befand: Dies war überhaupt nicht der Tempelberg, sondern der Berg Zion, und in dem Gebäude vor ihnen waren David und Salomon begraben. Man konnte das Grab besuchen, wenn man einen Maria-Theresien-Taler bezahlte. Es war keine der verbotenen Moscheen auf dem Tempelberg.

Die Frauen begannen, untereinander zu flüstern, und riefen nach ihren Männern. Sarah beruhigte sich; vermutlich würden die Männer sie nun von hier aus zum Tempelberg und zum Felsendom führen.

»Nun geh schon«, sagte die Frau, die von ihr das Bakschisch erwartete. »Das ist der Tempel.«

In ihrem Leben war sie schon schlimmer enttäuscht worden, bei ihrer Ankunft in Philae beispielsweise, aber der Moment war trotzdem sehr bitter, vor allem, weil sie geglaubt hatte, mittlerweile nicht mehr nur als eine weitere Fränkin gesehen zu werden, die man betrügen konnte.

»Ihr müsst mich schon für sehr dumm halten«, sagte Sarah und erhob ihre Stimme erstmals seit langem, da sie sich auf ihrer Reise angewöhnt hatte, selten zu sprechen und wenn, dann nur leise, weil man sie dann weniger leicht als Frau erkennen konnte. »Das ist nicht der Tempel. Nun, ich bin froh; auf diese Weise kann ich mir das Bakschisch sparen.« Damit drehte sie sich um und ging so schnellen Schrittes, wie sie es in den zu kleinen, hohen Stiefeln fertigbrachte, zurück.

Es waren einige der Männer, die sie zuerst einholten, sich entschuldigten und sagten, sie hätten eben nicht die Erlaubnis bekommen, noch einmal von ihren Frauen besucht zu werden und das Essen gebracht zu bekommen; es sei doch alles nur ein Missverständnis.

»Ja, ein Missverständnis, das mir Geld spart«, sagte Sarah eisig und ignorierte sie für den Rest des Rückwegs. Als sie das armenische Kloster erreichte und endlich allein in ihrem Zimmer war, zog sie sich die Stiefel aus und warf sie gegen die Wand. Es war eine kindische Geste, dessen war sie sich bewusst, doch sie half ihr ein wenig. Danach zog sie die Kleider aus und schenkte dem Klopfen und den Rufen an der Tür keine Beachtung.

Kein Tempel. Nun, es war nur ein Hirngespinst gewesen. Sie hatte es nicht nötig, Hirngespinsten nachzutrauern, sie hatte wichtigere Dinge, um die sie trauern konnte. Wo James sich wohl mittlerweile befand? Die Belmores wollten erst noch durch Italien reisen und den Winter in Neapel verbringen, hatte die Gräfin gesagt, ehe sie nach England zurückkehrten.

»Signora Belzoni?«

Es wurde ihr bewusst, dass diese Stimme dem Padre Curato gehörte, der, da er Italiener war, schon öfter hatte erkennen lassen, dass er sich verpflichtet fühlte, der Gattin eines Landsmanns zu helfen. Da er nichts dafür konnte, dass sie sich beinahe durch einen dummen Trick hatte täuschen lassen, versuchte Sarah, den Kloß hinunterzuschlucken, der in ihrer Kehle steckte.

»Ich … ich bin unpässlich, Padre. Verzeihen Sie mir. Ich kann Sie nicht hereinbitten.«

»Zwei Briefe sind hier für Sie, Signora Belzoni, aus Ägypten. Sie warten doch auf einen Brief.«

»Zwei?«, fragte sie erstaunt.

»*Si,* Signora.«

Hastig zog sie sich ihre Mameluckenkleidung an und verließ ihr Zimmer, um die Briefe abzuholen. In der Tat waren es sogar drei Umschläge, die auf sie warteten, wenn man es genau nahm. In dem Brief von Giovanni, den sie zuerst öffnete, steckte ein weiterer Brief, der sich als eine Vollmacht von Henry Salt auf ihren Namen herausstellte, um bei dem hiesigen Vertreter Großbritanniens Geld abzuholen. Giovannis Brief war nur kurz, und sie beschloss, ihn zu lesen, wenn sie alleine war, weil sie sich vor dem Padre Curato keine Blöße geben wollte.

Der zweite Brief war versiegelt, und als sie das Siegel musterte, bemerkte sie, dass es den napoleonischen Adler zeigte. Sarah bedankte sich bei dem Padre Curato und kehrte in ihr Zimmer zurück. Sie wusste nicht, ob sie sich über den zweiten Brief freute. Wie hatte er sie ohne Georges Hilfe hier aufspüren können? Sollte sie es ihm übelnehmen – oder sich selbst, weil sie sich diese Fragen stellte? Immerhin: Die Verbitterung über den Täuschungsversuch der Frauen und Arbeiter war verflogen.

Meine liebe Freundin, begann Drovettis Brief, *denn so darf ich Sie nennen, trotz Ihres harten Umgangs mit dem unglücklichen George, der mittlerweile in einem meiner venezianischen Bekannten wohl einen nachsichtigeren Herrn gefunden hat.*

Ich bezweifle nicht, dass Sie in Ihrer üblichen, erschreckend effizienten englischen Weise für sich allein sorgen können. Wir sind es, Sarah, deren Fähigkeit, einigermaßen angenehme Mitglieder der menschlichen Gesellschaft zu bleiben, ohne Sie bedroht ist. Ich weiß, Sie werden sagen, dass ich von mir nicht auf andere schließen soll, also lassen Sie mich von mir selbst sprechen. (Ich höre Ihre Stimme, meine teure Sarah, die mir jetzt antwortet: »Das ist ohnehin Ihr liebstes Thema.«)

Sie haben in mir zunächst Ihren Feind gesehen und dann

Ihren Freund, und zweimal, während Dunkelheit uns umhüllte, sahen Sie in mir etwas, das mir selbst irgendwo zwischen dem Ringen um Einfluss und Erfolg abhandengekommen ist. Möglicherweise spricht nur eitle Selbstsucht aus mir, wenn ich sage: Ich vermisse Sie, weil Sie mir gestatten, ein anderer Mann zu sein, oder vielleicht einer, der ich schon vor Jahren aufgehört habe, zu sein. Aber würden Sie mir glauben, wenn ich schriebe, ich vermisse den Klang Ihrer Stimme und den halb skeptischen, halb neugierigen Blick, der so ganz Ihr eigen ist? Nein, das würden Sie nicht, und so bleibe ich bei meiner Selbstsucht.

Kehren Sie zurück, mein Teure. Der Ihre in aufrichtigerer Art, als es ihm recht ist, B. Drovetti.

Giovannis Nachricht bestand dagegen nur aus zwei Sätzen. *Meine liebste Sarah, ich vermisse Dich zu jeder Stunde an jedem Tag. Bitte komm zu mir zurück. Giovanni*

Sarah saß mit beiden Briefen in den Händen da und ließ die Worte in sich einsinken. Sie musste nicht überlegen, was sie tun sollte. Natürlich würde sie zurückkehren.

Aber erst würde sie den Tempel besuchen und ihr Gottesurteil erhalten.

Es war Sarah klar, dass ihr Vorhaben, ob es nun gelang oder nicht, Folgen haben würde, wenn sie in Jerusalem blieb. Daher wartete sie, bis sie ein Maultier und einen Führer gefunden hatte, die sie nach Jaffa bringen würden, und somit bereit war, sofort abzureisen. Dann ließ sie sich von dem neunjährigen Sohn des Pförtners das Tor zeigen, das zu den Stufen führte, die man erklimmen musste, um hoch zum Tempelberg zu kommen. Sie war wieder als Mamelucke gekleidet, und ihr Gesicht war durch all ihre Reisen noch braun genug gebrannt, um sich von der hellen Haut der meisten Frauen, die sie durch Schleier schützten, zu unterscheiden. Außerdem hatte sie an diesem Tag ihre Brüste fest eingebunden und achtete darauf, keine kleinen Schritte mehr zu machen.

Ihr Herz hämmerte, als sie den Jungen vor der Pforte zurückließ und anfing, die Stufen zu erklimmen. Als sie etwa zur Hälfte oben war, kam ihr ein Türke entgegen. Sie befahl sich, nicht langsamer zu werden und ihm nicht ins Gesicht zu sehen, und ging weiter. Während er an ihr vorbeikam, bildete sie sich ein, jeden Schritt auf den Stufen widerhallen zu hören. Er schenkte ihr keine Beachtung. Sie wartete, bis sie oben angelangt war, ehe sie ihren angehaltenen Atem ausstieß.

Vor ihr lag das größte aller moslemischen Heiligtümer in Jerusalem, der Felsendom, und daneben die Moschee, die von den Arabern als Al-Aksa bezeichnet wurde. Sarah versuchte, den Umstand zu ignorieren, dass sich ihre Knie mittlerweile weich wie Butter anfühlten, und stieg die nördlichen Stufen hoch, die zu der Plattform führten, auf welcher der Felsendom mit seiner prachtvollen Kuppel stand; sie fand sie menschenleer vor, ein schier unfassbarer Glücksfall, der ihr nichtsdestotrotz nichts von ihrer Anspannung nahm. Der farbige Marmor der unteren Platten ging in blaue, weiße und grüne Kacheln über, die sich zu kunstvollen geometrischen Ornamenten arrangierten.

Sie ging an der östlichen Tür vorbei und zu der südlichen, die den Treppen, von denen sie gekommen war, direkt gegenüberlag. Eine Inschrift stand über ihr. Sarah fasste sich ein Herz und warf einen kurzen Blick in das Gebäude. Sie sah einige Säulen aus Marmor oder Granit und erinnerte sich an etwas, das ihr Burkhardt erzählt hatte: Am jüngsten Tag, so glaubten die Muslime, würden von diesen Säulen die Waagschalen hängen, auf denen die Seelen der Menschen gewogen werden sollten. *Ein Urteil Gottes,* hatte er gesagt, *an dem Ort, an dem Abraham seinen Sohn opfern sollte und erst im letzten Augenblick von Gott daran gehindert wurde.*

Der Ort, an dem Mohammed seine Reise in den Himmel antrat. Ein Schauer überlief Sarah. War sie nicht auch deswegen hierhergekommen? Um ein Urteil zu erhalten?

Sie schloss die Augen, holte einmal Atem und wandte sich wieder um, dem hellen Tageslicht zu und fort von dem Ort, an dem ein Vater der grausamsten aller Prüfungen unterzogen wurde.

Als sie an der westlichen Tür des Felsendoms vorbeikam, hörte sie Schritte hinter sich, wagte jedoch nicht, sich umzudrehen. *Geh weiter,* befahl sie sich. *Einfach weiter.* Das Blut dröhnte in ihren Ohren.

Die Schritte kamen immer näher.

Sarah merkte, wie ihr schwindelig wurde. Gleichzeitig schien es ihr, als könne sie die Steinplatten unter ihren Füßen auf einmal mit größter Klarheit sehen, als trete jede Unebenheit deutlicher hervor.

Der Mann war nun direkt hinter ihr.

Mit einer Gewissheit, wie Sarah sie nie zuvor gespürt hatte, wusste sie, dass dies der Moment war, der über ihr Schicksal entscheiden würde. *Du bist den Schritt zu weit gegangen, vor dem du immer zurückgeschreckt bist.*

»Folgen Sie mir«, sagte eine leise, vertraute Stimme – und ihr alter Mokaro aus Nazareth schritt an ihr vorbei, als beachte er sie nicht weiter.

Erst, als etwas Brennendes in ihr rechtes Auge fiel, bemerkte Sarah, dass ihr Schweißperlen auf der Stirn standen. Schweigend folgte sie dem Mokaro, der hier die gewünschte Arbeit gefunden haben musste, und hätte sich vielleicht gewundert, dass der donnernde Schlag ihres Herzens keine Neugierigen herbeirief, wenn sie dazu in der Lage gewesen wäre, auch nur einen klaren Gedanken zu fassen. Stattdessen setzte sie einfach nur einen Fuß vor den anderen und ließ ihre Augen so unauffällig wie möglich alles aufsaugen, was sich ihr offenbarte.

Hintereinander gingen sie die südlichen Treppen hinunter und kamen an einem Brunnen vorbei, der von den Teichen Salomons gespeist werden musste, die er ihr auf dem Weg zwischen Bethlehem und Jerusalem gezeigt hatte. Sarah sah, dass sich mehrere moslemische Pilger um diesen Brunnen scharten; Männer, die leise miteinander sprachen, während sie sich an dem kühlen Nass erfrischten. Ganz im Gegensatz zu dieser Zurückhaltung stand ein Mann, der in ein Gewand aus roten und gelben Stofffetzen gekleidet war, mit einem blauen Turban, der wie ein nasses Tuch zu zwei Rollen gewrungen war, statt wie alle anderen Turbane sorgfältig zu einer Spirale gelegt zu sein. Er begann, nach einem Rhythmus, den nur er hörte, zu tanzen, und Sarah begriff, dass es sich um einen Derwisch handeln musste, einen jener Sufi-Mönche, von denen Burkhardt erzählt hatte. Die Erinnerung an den Freund, der so wie sie das Unmögliche gewagt hatte, beruhigte sie und weckte ihre Neugier. Sie wäre gerne noch etwas geblieben, doch ihr ehemaliger Mokaro machte keine Anstalten, stehenzubleiben. Er führte sie in die Al-Aksa-Moschee, und Sarah beschloss, ihr bisheriges Glück nicht auf die Probe zu stellen, indem sie darauf bestand, umzukehren und den Felsendom selbst zu betreten.

Ehe er in die Moschee eintrat, zog ihr Mokaro seine Schuhe aus und klemmte sie sich unter den Arm. Sarah schlüpfte hastig ebenfalls aus ihren, doch da sie immer noch sehr viel nervöser war, als sie sich eingestehen wollte, stellte sie die Schuhe vor der Moschee ab, zu den anderen, die sich dort befanden, und trat ein.

Es war seltsam, Teppiche unter ihren bloßen Füßen zu spüren, die jeden Schritt zu verschlucken schienen. Sie schaute sich um, und es fiel ihr auf, dass die meisten der Säulen, die hier das Gewölbe stützten, unterschiedliche Kapitelle besaßen. Die Architektur war von einer Grazie, die sich mit St. Paul's in London messen ließ, und mehr miteinander harmonisierte, als es die vielen verschiedenen Stile um das Heilige Grab taten.

Ihr Mokaro blieb in einer Nische stehen, in der sich ein großes Fenster befand und wo ein Mann arbeitete, den Sarah vom Sehen aus dem christlichen Viertel kannte. Ihm fehlte die Nase, und er kam ursprünglich aus Acre, das wusste sie noch.

»Ich will nicht sagen, dass Sie verrückt sind«, sagte ihr Mokaro leise, »denn das wissen Sie bereits. Aber da Sie nun hier sind, machen Sie das Beste daraus.«

Der Nasenlose, der sie offenbar nicht als Frau, aber doch als vertraut und christlich einordnete, nickte ihr zu und flüsterte: »Hier an dieser Stelle, Junge, haben der heilige Simon und die heilige Anna unseren Erlöser in ihre Arme genommen und ihre Prophezeiungen über ihn gesprochen.«

»Und nun weiter«, drängte der Mokaro. »Bleiben Sie in Bewegung.« Er führte sie an das Ende des Gebäudes, wo man die Mündung des Siloa-Tunnels und den Teich Siloa durch die Fenster überblicken konnte, wo Jesus einen Blinden geheilt hatte, und deutete auf einen Stein, der dort vor der Wand stand. »Er zeigt einen Abdruck des Fußes unseres Herrn«, sagte er, und einen Moment lang fragte sie sich, ob er Christus oder Mohammed meinte, doch sie wollte nicht ihre Stimme erheben, um zu fragen. In der Nähe sah sie eine kleine Treppe, die zu einer Art Kanzel führte, ganz, wie es sie in Kirchen für die Prediger gab.

Der Mokaro zeigte ihr schnell zwei kleinere Räume, einen zur linken und einen zur rechten, die beide voller Steine und Mörtel standen und ihre Renovierungen deutlich noch vor sich hatten. »Und jetzt gehen Sie bitte«, drängte er und zeigte ihr eine kleine Tür, die aus der Moschee herausführte. Sie fand ihre Stimme wieder.

»Aber ich habe meine Schuhe nicht«, protestierte sie. Es waren ihre guten Schuhe, und sie besaß derzeit nur zwei

Paar; diese hatte sie für die Osterwoche schwarz gefärbt, und sie wusste, dass sie so schnell keine gleichwertigen finden würde. »Sie stehen vor dem anderen Eingang.«

»Gott hilf mir«, murmelte der Mann. »Warten Sie hier.«

Sie gehorchte, doch das Paar Schuhe, mit denen er zurückkehrte, war rot. »Das sind nicht …«

»Nehmen Sie diese«, zischte er, »und schnell. Die anderen hat jemand genommen, und wenn ich Pech habe, dann deswegen, weil er Sie erkannt hat.« Ob er die Wahrheit sprach, wusste sie nicht, aber sie wollte ihn nicht ihretwegen in Gefahr bringen; noch Jahre später würde sie sich fragen, wie es passieren konnte, dass sie in diesem Moment tatsächlich ihren guten Schuhen nachtrauerte.

Sarah zog die roten an und folgte ihm. Das Stück Land hinter der kleinen Tür wirkte durch die dort wuchernden Pflanzen wild. Sarah fragte, wohin sie gingen, doch der Mokaro legte die Hand auf die Lippen, um ihr zu bedeuten, zu schweigen. Nach einer Weile wusste sie es ohnehin; sie waren nicht mehr weit von dem armenischen Kloster entfernt.

»Aber der kleine Sohn des Pförtners«, sagte Sarah schuldbewusst. »Er wartet bestimmt noch auf mich vor dem großen Eingang und hat keine Ahnung, was aus mir geworden ist.«

»Nicht das, was Sie verdient haben«, sagte er und sah sie zum ersten Mal direkt an. »Das ist mein Neffe, der zu mir kam, weil er sich Sorgen um Sie machte, und wenn ich ihn nicht hätte schützen wollen, hätte ich Sie den Türken gemeldet oder darauf gewartet, bis sie sich selbst verraten hätten. Bei allen Heiligen, Signora, nach Mekka und Medina ist das die wichtigste Stätte der Welt für die Moslems. Sie und der Sohn meiner jüngsten Schwester könnten tot sein! Haben Sie überhaupt eine Ahnung, wie gefährlich das ist, was Sie heute getan haben?«

Sarah lehnte sich gegen die Wand des Klosters. »Ja«, sagte

sie mit rauher Stimme. »Ja, ich glaube schon. Aber ich wollte es tun, und … ich habe es getan. Gott hat mich überleben lassen.« Sie schloss die Augen. »Nun ist meine Reise vollendet.«

Es gab Momente, in den Henry Salt sich fragte, ob sein Dasein als Konsul in Ägypten in erster Linie eine Prüfung seiner Nerven und Geduld war. Die Nachricht zu erhalten, dass sein Sekretär und sein Dolmetscher gemeinsam mit dem Mann, der eigentlich für ihn Ausgrabungen in Theben unternehmen sollte, zu einer Expedition ans Rote Meer aufgebrochen waren, um sich eine untergegangene Stadt anzuschauen, gehörte mit Sicherheit zu diesen Momenten.

Er überschlug die Ausgaben, die er im Laufe der letzten Jahre durch Belzoni gehabt hatte, insbesondere in diesem Jahr, seit ihrem Vertrag im April. Danach hatte Belzoni eintausendfünfhundert Piaster ausgegeben, dafür aber lediglich die schwarze Granitstatue auf dem von Salt markierten Territorium in Theben gefunden und sonst gar nichts. Salt hatte 1817 nach dem Tod seines Vaters fünftausend Pfund geerbt, doch dieses Erbe ging durch seine neue Sammelleidenschaft mittlerweile zur Neige. Er musste einfach eine Lösung finden. Salt entschied, Belzoni einen Herzenswunsch zu erfüllen. Er schrieb an Sir Joseph Banks und bat ihn, das Britische Museum möge doch Belzoni direkt für sich engagieren.

Eine weitere Möglichkeit, sich zu entlasten, tauchte in Form von William Bankes auf, der ihm fast wortwörtlich ins Haus fiel, als er aus Syrien nach Ägypten kam. Bankes hatte es fertig gebracht, sich die gleiche Augenkrankheit zuzuziehen, die einst Mrs. Belzoni geplagt haben musste, und verbrachte erst einmal ein paar Wochen im Konsulat damit, sich von Salt und Finati, seinem Diener und Leibwächter, den er nach Kairo mitgebracht hatte, pflegen zu lassen.

Bankes war keine unangenehme Gesellschaft, nicht nur deswegen, weil er der schwerreiche Sohn eines Parlamentsabgeordneten war; auch halbblind glänzte er als Unterhalter und brachte es fertig, Sätze wie »als ich mit Byron in Cambridge studierte« oder »und da sagte der Herzog von Wellington zu mir, keine Plünderungen mehr, meine Herren, und das gilt auch für Sie, Bankes«, nicht angeberisch, sondern selbstverständlich klingen zu lassen. Dass er seit 1812 nicht mehr in England gewesen und ständig auf Reisen war, beeindruckte Salt wenig; dass er die Orte und Menschen, die er dabei besucht hatte, durch seine Worte lebendig machen konnte, hingegen sehr.

Sobald Bankes wieder in der Lage war, etwas zu sehen, zeigte Salt ihm die Sammlung seiner Altertümer. Die Frage, auf die er dabei inständig gehofft hatte, kam schneller als erwartet. »Sagen Sie, Mr. Consul, arbeitet Ihr Mr. Belzoni eigentlich ausschließlich für Sie?«

»Nein«, sagte Salt und schickte ein Gebet zum Himmel. »Ich bin sicher, er wäre gerne bereit, auch Ihnen zur Hand zu gehen, Mr. Bankes.«

»Wunderbar. Aber ich möchte nicht nur ein kleines Sphinxchen oder ein Gartenrelief, verstehen Sie? Ich möchte etwas wirklich Aufsehenerregendes.«

»Nun«, sagte Salt nachdenklich, »der Pascha geht bald für den Rest des Jahres nach Alexandria, und ich denke, eine Reise nach Theben sollte sich vorher für uns beide noch machen lassen. Dann werde ich Sie Belzoni vorstellen, und Sie können bei dieser Gelegenheit auch das von ihm entdeckte Königsgrab bewundern, ehe Sie ihn fragen.« *Wenn Belzoni bis dahin zurück ist,* dachte er und hoffte es sehr.

Zu seiner Beruhigung trafen bald tatsächlich Briefe Belzonis ein, mit der Bitte, einen davon an seine Frau weiterzuleiten.

Bankes hatte durch Finati von Mrs. Belzoni gehört, war ihr jedoch im Heiligen Land nicht begegnet. »Einmal wäre es fast dazu gekommen«, erzählte er. »Wir haben an dem Pilgermarsch zum Jordan teilgenommen. Das muss man gesehen haben, um es zu glauben, mein Lieber. Jedenfalls lief Irby – oder war es Mangles? –, nun, einer von diesen Hauptleuten jedenfalls lief ihrer Mrs. Belzoni über den Weg und bot ihr meine Gastfreundschaft an. Was soll ich Ihnen sagen, sie hat ihn eiskalt abblitzen lassen! Frauen können schon merkwürdige Wesen sein, nicht wahr? Eigentlich viel zu unvernünftig, um sie auch nur eine Minute allein zu lassen.«

Angesichts ihrer gekonnten Erpressung wären Salt viele Worte und Beschreibungen für Mrs. Belzoni eingefallen, aber »unvernünftig« gehörte nicht dazu. Er blieb Diplomat und schwieg.

Als Salt mit Bankes in Theben eintraf, wurde er von Belzoni mit dem Fragment einer altägyptischen Stele aus Berenike empfangen. Obwohl dies das einzige greifbare Resultat seiner eigenmächtigen Expedition war, erwartete er natürlich, zu seiner Entdeckung enthusiastisch beglückwünscht zu werden; ebenso selbstverständlich schien es für ihn zu sein, nach einer knappen Begrüßung sofort eine handfeste Beschwerde vorzubringen: »Wir müssen unser Abkommen ändern.«

»Ich bin ganz Ohr«, sagte Salt trocken.

»Ich habe Ihnen doch erzählt, dass ich eine eigene Sammlung beginnen möchte, aber daraus wird nichts, weil die besten Territorien hier – die ich seinerzeit für Sie mühsam und gerade noch rechtzeitig den Franzosen entrissen habe – für Sie reserviert sind. Was bedeutet, dass alles, was ich dort finde, an Sie geht. Das ist nicht gerecht. Da bleiben ja nur noch die Sphingen übrig, die überall herumliegen, und die sind erstens beschädigt und zweitens aus Sandstein, nicht Granit.«

Salt zog in Erwägung, darauf hinzuweisen, dass er besagte Ausgrabungen immer noch finanzierte, und dazu ungeplante Ausflüge wie die Wochen am Roten Meer, die sich Belzoni gerade geleistet hatte. Dann dachte er daran, dass Belzoni, sollte Sir Joseph auf seinen Brief positiv reagieren, im nächsten Jahr wohl nicht mehr für ihn arbeiten würde, und seufzte. »Wie wäre es, wenn ich Ihnen ein Drittel von allem überlasse, was Sie auf meinen Territorien finden?«

Belzoni überlegte eine ganze Weile, mutmaßlich damit beschäftigt, nach dem Fallstrick in diesem Vorschlag zu suchen. Dann sagte er widerwillig: »Das ist gerecht.«

»Wie schön, dass Sie das so sehen.« Salt ging davon aus, dass die Ironie seiner Worte Belzoni entgehen würde, fuhr aber trotzdem sofort fort: »Aber wenden wir uns nun Altertümern zu, die bereits gefunden sind.«

Sein Gesicht hellte sich auf. »Wissen Sie was, Sie sollten Drovetti dazu auffordern, mit uns zu kommen, wenn wir uns unsere Ausgrabungsstellen anschauen ...«

Unsere, dachte Salt.

»... dann können Sie Zeuge sein, wie ich ihm sein Waterloo bereite.«

Es fiel Salt schwer, zu entscheiden, wem er in diesem Augenblick den Sieg wünschte. Belzoni und Drovetti hatten einander wahrlich verdient. Trotzdem folgte er Belzonis Vorschlag, teils, weil er tatsächlich neugierig war, was genau er sich unter einem Waterloo vorstellte, und teils, weil Drovetti, man mochte sagen, was man wollte, nie langweilig war.

Die meisten Ausgrabungsstellen in Karnak waren fest in Drovettis Hand; diejenigen, die für die Engländer reserviert waren, verteilten sich dementsprechend kreuz und quer über den gesamten riesigen Bezirk. Wahrscheinlich wären sie Drovetti ohnehin über den Weg gelaufen, doch dank Salts Einladung wartete er bereits auf sie.

»Mr. Salt«, sagte er mit einem Lächeln, »und Belzoni. Sie sind es wirklich, mein Freund! Ich muss gestehen, ich hatte meine Zweifel.«

»Warum?«, fragte Belzoni. »Weil Sie mich zu einer jämmerlichen Minenstadt gelockt wähnten? Ich hoffe, Ihr Cailliaud hat noch nicht allzu vielen Leuten erzählt, dass er Berenike gefunden hat, sonst macht er Sie beide nämlich lächerlich. Aber ich bin Ihnen dankbar, Drovetti. Weil ich nämlich auf diese Weise das wahre Berenike gefunden habe«, schloss er erwartungsvoll. Sogar seine Barthaare schienen heute wider die Schwerkraft in die Höhe zu streben; es war deutlich, dass er sehr lange auf diesen Moment gewartet hatte.

Drovetti schwieg einen Moment. Belzonis Augen begannen zu leuchten. Dann entgegnete der ehemalige Konsul: »Das freut mich natürlich für Sie und die ganze Welt, Belzoni, aber es ist nicht der Grund, warum ich überrascht war, Sie leibhaftig vor mir zu sehen.«

»Und was«, fragte Belzoni, die Arme ineinander verschränkend, mit einer Miene, die deutlich machte, dass er Drovetti kein Wort glaubte, »ist der Grund für Ihre Überraschung?«

Da Salt inzwischen mehr Gespräche mit Drovetti hinter sich hatte, als Belzoni das von sich behaupten konnte, war er auf der Hut, als Drovetti ein aufrichtig bekümmertes Gesicht machte, das Belzonis Augen noch mehr leuchten ließ.

»Es fällt mir wirklich schwer, das zu sagen. Vielleicht sollte ich das jemand anderen überlassen, denn ich bin nicht sicher, ob Sie diese Nachricht von mir hören wollen.«

»Nur zu, nur zu!«, forderte Belzoni ihn auf.

»Mein Freund«, sagte Drovetti und wechselte vom Englischen ins Italienische, »es scheint, dass Sie einen Doppelgänger haben. Seit ein paar Wochen taucht ab und zu ein Mann hier in den Ruinen auf, der genauso gekleidet ist wie Sie und wilde Drohungen in meine Richtung schleudert. Ich bin nun der Letzte, der an Geister glaubt, und ich wusste, dass Sie nicht hier sind, also habe ich schon in Erwägung gezogen, mich an den Kaimakan zu wenden, um diesen Usurpator festnehmen zu lassen. Als mir Mr. Salt hier schrieb, befürchtete ich schon, auch er sei dem Doppelgänger aufgesessen.«

Die erwartungsvolle Freude wich mit jedem Wort mehr aus Belzonis Miene; Verwirrung und Misstrauen nahmen ihren Platz ein. Salt entschied, dass er seinem Nicht-Angestellten zu Hilfe kommen sollte, und lachte. »Belzoni ist nicht so leicht zu imitieren«, sagte er. »Ich denke, an seine Einzigartigkeit und Größe kommt keiner heran. Mir tut der Doppelgänger leid, der es versucht.«

Drovettis Mundwinkel zuckten, und Salts Meinung nach hätte er wohl zugegeben, dass er die Geschichte nur erfunden hatte, um Belzoni zu necken, wenn Belzoni nicht in diesem Moment losgepoltert hätte.

»Oh, ich sehe schon, worauf das hinausläuft«, sagte er. »Wenn einer Ihrer Leute mich erschießt, kann er behaupten, geglaubt zu haben, dass er den falschen Belzoni im Visier hatte! Ist das Ihre Rache für Ihre Niederlage, Drovetti?«

»Ich bin mir nicht bewusst, eine erlitten zu haben«, sagte Drovetti gelassen, »und die niedere Meinung, die Sie von mir haben, bekümmert mich zutiefst. Seien Sie versichert, dass keiner meiner Leute auf echte oder falsche Belzonis schießen wird. Aber Sie sollten wirklich versuchen, Ihren Doppelgänger loszuwerden, mein Lieber. Bis zur Rückkehr

Ihrer Frau sollte er die Ruinen Thebens nun wirklich nicht mehr heimsuchen.«

»Die Rückkehr meiner Frau lassen Sie nur meine Sorge sein!«, sagte Belzoni heftig.

Etwas in Drovettis Augen veränderte sich. Anscheinend war er gerade zu einer Schlussfolgerung gekommen oder hatte etwas entdeckt, das er später benutzen wollte. Nun aber sagte er auf umgänglichste Art: »Aber wenn Sie wirklich glauben, dass ich Ihnen nach dem Leben trachte, dann werden Sie wohl auch meine Einladung nicht akzeptieren, nach Ihrer Besichtigung hier ein paar kühlende Getränke in meinem Haus einzunehmen? Schade. Ich hatte gehofft, mehr von Ihrer Reise zu hören.«

»Wir werden kommen«, sagte Belzoni kurz. Natürlich konnte er weder einer Möglichkeit widerstehen, vor seinem Feind zu prahlen, noch der versteckten Andeutung, er habe Angst vor Drovetti. Mittlerweile fühlte sich Salt wie ein Spaziergänger, der auf der Oxford Street beobachtete, wie zwei Kutschen aufeinander zurasten, ohne einander auszuweichen: Er hatte keine Lust, selbst etwas zu riskieren, indem er sich dazwischenwarf, doch er konnte auch nicht wegschauen.

Nachdem Belzoni und er alle englischen Areale abgeschritten waren, suchten sie Drovetti in seinem Haus auf, wo man ihnen Limonade und Sorbet anbot.

»Sorbet?«, fragte Salt. »Wie *Ancien Regime* von Ihnen, Drovetti. Hat man so etwas nicht in Versailles serviert, und passt das zu einem ehemaligen Bonapartisten?«

»Der Kaiser hat es stets verstanden, die Annehmlichkeiten der Vergangenheit mit den Errungenschaften der Moderne zu vermählen«, entgegnete Drovetti geschmeidig und lehnte sich auf einem der von den hiesigen Zimmerleuten plump fabrizierten Stühle so gelassen und entspannt zurück, als handele es sich um einen Diwan.

»Das wird ihm auf Sankt Helena mittlerweile sehr schwer fallen«, sagte Belzoni bissig. »Also, Drovetti, hat Cailliaud nun seine angebliche Entdeckung unter die Leute gebracht, oder nicht?«

»Monsieur Cailliaud hat ein Buch über seine Expedition geschrieben, über die Minen, die er entdeckt hat ... und eine griechische Siedlung, in der wohl Minenarbeiter lebten«, antwortete Drovetti ruhig. »Das ist alles. Sie können es gerne nachlesen, wenn es gedruckt wird. Es wird mir eine Freude sein, Ihnen ein Exemplar zu reservieren, Belzoni.«

Ein letztes Mal sprang Salt ein, vielleicht, weil er neugierig war, ob er den Zusammenstoß nicht zumindest verzögern konnte. »Das wird auch nötig sein, denn Mr. Belzoni wird mich und Mr. Bankes für einige Wochen nach Philae begleiten.« Das entsprach der Wahrheit und war das Resultat des Gespräches, das Bankes und Belzoni am Abend geführt hatten.

»Nach Philae? Nun, Philae ist auf alle Fälle immer einen Besuch wert«, sagte Drovetti, und aus irgendeinem Grund ließ diese Bemerkung Belzoni erbleichen.

»Ich werde dort den Obelisken für Mr. Bankes bergen«, sagte er mit zusammengebissenen Zähnen.

»Den Obelisken?« Drovetti zog die Augenbrauen hoch. »Und da dachte ich, den hätte ich beim zuständigen Aga für mich beansprucht, als ich zum letzten Mal auf der Insel war. Wann war das noch einmal ...«

Belzoni ballte die Fäuste, fest genug, um seine Knöchel weiß werden zu lassen. »Das ist *mein* Obelisk. Das heißt, er gehörte dem Konsul. Ich hatte ihn bei meinem allerersten Besuch auf der Insel gesehen und dem Aga von Assuan gesagt, er solle ihn von niemand anderen fortschaffen lassen, weil er von nun an der britischen Nation gehörte. Und der Konsul hat ihn Mr. Bankes abgetreten.«

»Mmmm … Wissen Sie, Belzoni, ich habe mir seit längerer Zeit beträchtliche Mühe um diesen Obelisken gemacht und einiges in ihn investiert. Sind Sie sicher, dass er noch der Ihre ist?«

»Der von Mr. Bankes«, sagte Salt. »Drovetti, Sie kennen die Art der hiesigen Amtsträger besser als wir alle. Es wundert mich überhaupt nicht, wenn der Aga Geld von Ihnen genommen hat, obwohl uns der Obelisk bereits gehört. Aber Sie sind doch ein praktischer Mann. Wenn Sie es in all den Jahren nicht fertig gebracht haben, den Obelisken von der Insel zu transportieren, werden Sie es wohl jetzt auch nicht können, während Belzonis Talente auf diesem Gebiet unumstritten sind.«

»Das sind sie zweifellos«, sagte Drovetti, »und fern sei es mir, einen Mann an der Ausübung seiner Talente zu hindern. Aber ich hätte doch gedacht, dass Sie dies lieber hier tun würden, Belzoni.«

»Warum?«, fragte Belzoni, dessen Hände sich ein wenig entspannten, spöttisch. »Weil ich Angst davor haben sollte, was mein angeblicher Doppelgänger hier in meiner Abwesenheit treibt?«

»Nein«, sagte Drovetti sanft. »Weil sich Ihre Gattin auf dem Rückweg nach Ägypten befindet; um es präziser auszudrücken, auf dem Rückweg nach Theben. Wussten Sie das nicht? Nein? Man könnte glauben, *Sie* seien nicht der Grund ihrer Rückkehr …«

In einem Sekundenbruchteil machte Belzoni ein paar Schritte auf Drovetti zu, bis er unmittelbar vor ihm stand. Zu Drovettis Gunsten musste Salt zugeben, dass der Mann nicht zurückzuckte oder eingeschüchtert wirkte, obwohl Belzoni ihn bei weitem überragte und vermutlich ohne Mühe sämtliche Knochen brechen konnte. Nun, bei seiner Vergangenheit konnte niemand Drovetti mangelnden Mut vorwerfen. Trotzdem war das, was er gerade getan hatte, ein

Verstoß gegen ungeschriebene Regeln, die nicht gebrochen werden sollten, und Salt machte keine Anstalten, Belzoni zurückzuhalten.

»Und wenn es das Letzte ist, was ich tue«, flüsterte Belzoni, dessen Italienisch nichts mehr mit dem reinen Toskanisch zu tun hatte, das Salt gelernt hatte, und pure Gossensprache war, »ich mache dich fertig! Du wirst im Staub vor mir kriechen, du Sohn einer piemontesischen Hure.«

Drovetti erwiderte nichts. Belzoni hob seine Hand – Salt zuckte zusammen –, dann ließ er sie wieder sinken, drehte sich um und verließ das Haus.

Salt stellte sein Glas ab.

»Das hätten Sie nicht tun sollen, Drovetti. Sie haben heute Morgen schon gemerkt, dass er noch nichts von Mrs. Belzonis Rückkehr wusste«, stellte er fest. »Seine Frau einzubeziehen geht zu weit. Das hat nichts mehr mit Wettbewerb und *fair play* zu tun.«

Drovetti sah ihn nicht an. Stattdessen musterte er eindringlich eine der jahrtausendealten Alabastervasen, die in der Ecke standen.

»Henry Salt«, murmelte er, »Sie klingen enttäuscht.«

»Vermutlich bin ich das, ja. Ich habe gemeint, was ich Ihnen einmal gesagt habe: Der Krieg ist vorbei. Natürlich stehen Sie und ich im Wettbewerb, und ich habe nicht die geringste Absicht, Ihnen das Feld zu überlassen, ganz gleich, was Belzoni tut, aber ich bin weder taub noch blind, und ich glaube an so etwas wie Manieren und Richtlinien für die zivilisierte Gesellschaft. Und *courtoisie*, um ein Wort in Ihrer gewählten Sprache zu benutzen. Meine Meinung von Ihnen war durchaus keine schlechte. Ja, ich bin jetzt enttäuscht.«

»Ihr Engländer seid ein erstaunliches Volk«, sagte Drovetti. »Ich nehme nicht an, dass eine Versicherung meinerseits, dass meine Meinung von Ihnen ebenfalls durchaus keine schlechte und meine Meinung von Mrs. Belzoni die höchste ist, noch etwas nützen würde?«

»Werden Sie die Sache mit Philae und dem Obelisken auf sich beruhen lassen?«, fragte Salt zurück.

»Und so kommen wir vom Ehrenkodex und *raprochement* zwischen Feinden wieder zum kommerziellen Wettbewerb. Ah, Britannia …«

Wider Willen musste Salt lächeln. »Ich wünschte wirklich«, sagte er, »Sie hätten etwas weniger Charme und Verstand und dafür etwas mehr Ehrgefühl. Also dann, auf zur nächsten Runde.«

KAPITEL 22

Ganz am Schluss ihrer Reise, auf der Bootsfahrt von Jaffa nach Damietta, ließ Sarahs Gesundheit sie im Stich und sie wurde krank; ein Fieber, das auf dem überfüllten Schiff stündlich schlimmer zu werden schien. Zwei Italiener kümmerten sich um sie, als sie hörten, dass Sarah die Frau eines Landsmanns war.

In Damietta hoffte sie, wieder beim Vizekonsul unterkommen und sich erholen zu können, doch zu ihrem Entsetzen hörte sie, dass die Mutter des Mannes, seine Schwester und sein kleiner Bruder in der Zwischenzeit alle an der Cholera gestorben waren. Unter diesen Umständen war es unmöglich, seine Gastfreundschaft in Anspruch zu nehmen; Sarah mietete sich ein Zimmer, um das Fieber in Ruhe auskurieren zu können, und stellte einen Diener ein, der sie in dieser Zeit mit Essen und Arzneien versorgte. Sie war erleichtert, dass Giovanni noch nichts von ihrer Rückkehr aus dem Heiligen Land wusste. Sie hatte ihn überraschen wollen, und nun verhinderte die Unwissenheit immerhin, dass er sich Sorgen machte, weil sie nicht zum angekündigten Zeitpunkt ankam.

Als ihre Gesundheit wiederhergestellt war, fand sie kein Boot, das Raum für Passagiere hatte und sie nach Kairo mitnehmen konnte; Sarah beschloss, sich den Luxus zu leisten, selbst eines zu mieten. *Es ist die einzig sinnvolle Entscheidung,* versuchte sie ihr schlechtes Gewissen zu beruhigen, und stellte überrascht fest, dass sie gar keins hatte. Sie genoss es, ohne die drängende Enge anderer Passagiere an Deck stehen zu können und das Schauspiel in sich aufzunehmen, das der Wind, das Wasser und die vorbeiziehende Landschaft ihr boten. Sarah schloss die Augen und erinnerte sich daran, wie sie in ihr Korsett eingebunden an Bord der *Benigno* versucht hatte, den Moment herauszuzögern, an dem der Kapitän sie unter Deck scheuchte. Nein, es war nicht nur das Korsett gewesen, das ihr damals die Luft zum Atmen genommen hatte; es war ihr Leben gewesen. Doch das hatte sich geändert. Sie hatte es geändert. Und es lag nicht nur an der Mameluckenkleidung.

In Kairo konnte Sarah wieder auf ihre und Giovannis Ersparnisse zugreifen, beschloss aber, bei den Cocchinis abzusteigen, statt sich ein Zimmer zu mieten. Mrs. Cocchini konnte ihr Erschrecken nicht verhehlen, als sie sich zum ersten Mal wieder gegenüberstanden. Sarah schaute in den Spiegel und verstand, weswegen: Sie sah wie eine wettergegerbte Windsbraut aus. Nun, sie war nicht im Heiligen Land gewesen, um auf ihr Äußeres zu achten. Aber jetzt war sie wieder in Ägypten. Sobald es die Höflichkeit erlaubte, entschuldigte sie sich bei ihrer Gastgeberin und machte sich auf den Weg zu einem türkischen Bad.

Schon nach einer Stunde hatte Sarah das Gefühl, dass jemand ihren Körper, der im Heiligen Land zu einer Klinge aus Stahl verhärtet war, mit Massagen und schweißtreibender Hitze neu formte. Sie ergab sich ganz den knetenden Händen, den Wassergüssen, dem Gefühl von wohliger Schwere, das sich in ihr ausbreitete.

Da Sarah sich diesmal nicht in Begleitung von Mrs. Cocchini befand, hatte sie die Muße, dem Geplaudere der anderen Frauen zu lauschen. Ihr Arabisch war nun flüssig genug, um selbst schnelles Geschwätz zu verstehen. Es ging um Ehen, die geschlossen werden sollten, um ungehorsame Schwiegertöchter, um Ehemänner, die sich schon wieder eine neue Frau nehmen wollten. Eine der jüngeren Frauen war gerade erst verheiratet worden und sprach mit einiger Enttäuschung von ihrem Mann, dem Allah keine Kraft mehr zugestände.

»Und ich will nicht jetzt schon zur Witwe werden«, fügte sie hinzu. »Jedes Mal, wenn er mich beschläft, wird er so purpurrot, dass ich um sein Leben fürchte. Macht er mich zur Witwe, dann muss ich den Rest meines Lebens damit verbringen, von seiner ersten Frau, seinem ältesten Sohn und dessen grässlicher Gattin als Dienerin herumgescheucht zu werden, aber soll ich denn wie eine Jungfrau leben?«

»Das ist nicht gerecht«, stimmte eine andere zu. »Allah sagt, ein Mann muss all seine Frauen zufriedenstellen, sonst darf er sie nicht zu seinen Weibern machen. Nimm dir einen Liebhaber.«

Von diesem Moment an hagelten aus allen Richtungen hilfsbereite Hinweise dazu, wie man auf dem Markt und über das Anheuern vom Musikern Nachrichten austauschen könne, Treffen arrangieren, welche Stellungen am wenigsten Spuren hinterließen, wenn man es eilig hatte und sich nicht mehr reinigen konnte, ehe der Gatte wiederkam, und welche Art von Männern man vermeiden sollte, weil sie das Prahlen nicht lassen könnten und einen auf diese Weise in Gefahr brachten. Sarah schwirrte der Kopf. Die Frauen kamen ihr wie kostbare Blumen vor, schön anzusehen, aber doch so überzüchtet, dass sie nur in Gewächshäusern überleben konnten und daher kein anderes Gesprächsthema hatten als sich, ihre Körper und Bedürfnisse, denen Sarah bisher keinen größeren Raum zugestanden hatte.

Und trotzdem. *Und trotzdem.* Sarah hielt sich für freier, nicht nur, weil sie auf der Straße keinen Schleier trug; sie hatte viel mehr von der Welt gesehen als jede dieser Frauen, und das war es, was sie sich immer gewünscht hatte. Sie hatte bewiesen, dass eine Frau auch ohne Mann reisen und überleben konnte. Aber von sich selbst wusste sie vielleicht doch weniger als die Besucherinnen des Bades, die selbst Madame Drovetti und Lady Belmore an unbekümmerter Selbstverständlichkeit übertrafen, wenn sie davon redeten, was ihnen in der Liebe behagte und was nicht. Es schockierte sie nicht, wie es zu Beginn ihres Aufenthaltes in Ägypten der Fall gewesen wäre, und vielleicht hätte dieser Umstand an sich sie schon verstören sollen, doch es war hart, sich auf Moral und Anstand zu konzentrieren, wenn man nahezu nackt auf einer warmen Steinbank lag, einem die Schultern durchgewalkt wurden und jemand davon redete, ein Mann, der seine Zunge einzusetzen verstehe, sei der beste Fang von allen. Vor allem, wenn man fast ein Jahr lang wie eine Nonne gelebt hatte.

Ich vermisse … Giovanni, dachte Sarah, *das ist es. Ich vermisse* ihn.

»Viel zu harte Hände«, sagte die Dienerin missbilligend, die ihre Nägel behandelte und mit einer Flüssigkeit einrieb, die nach Nüssen roch. »Viel, viel zu hart.«

»Wenn man auf dem Maultier durch das Heilige Land reist, hält man eben Zügel in der Hand«, sagte Sarah, ehe sie es sich versah, obwohl sie sich eigentlich vorgenommen hatte, zu schweigen und nicht zu verraten, wie gut sie Arabisch sprach. »Da ist es gut, kräftige Hände zu haben.«

Im Nu war sie von anderen Frauen umringt, die wissen wollten, ob sie denn wirklich den Hadsch nach Jerusalem gemacht habe. Zwei von ihnen, die Türkinnen waren und nur über ihre arabische Dienerin als Dolmetscherin mit den anderen sprachen, baten Sarah zu sich in den kleinen Alkoven, den sie im Erholungsraum in Beschlag genommen hatten, und erzählten, sie befänden sich selbst auf der Rückreise von einem Hadsch, von Mekka nach Stambul, wie sie Konstantinopel nannten.

Wie sich herausstellte, handelte es sich um eine kinderlose Frau und ihre Mutter. Der Gatte der Frau hatte mit ihr die Pilgerfahrt nach Mekka gemacht, um für gemeinsame Kinder zu beten. Ihre Dienerin, eine Mameluckin, übersetzte für sie in eine Mischung aus Arabisch und Italienisch, so dass rasch ein Gespräch in Schwung kam, obwohl Sarah kein Wort Türkisch konnte. Die beiden mussten mehr als das übliche Eintrittsgeld bezahlt haben, denn auf ein Händeklatschen wurden sie und Sarah mit Kaffee, Sorbet und Orangen versorgt und konnten sich bequem auf Kissen zurücklehnen, während sie Reiseerfahrungen austauschten.

»Sie haben die Gräber von David und Salomon gesehen? Wirklich?«

Sarah erzählte von dem frühgotischen Spitzgewölbe, das von den Türken zu einer Moschee umgewandelt und um eine Gebetsnische ergänzt worden war; das Grab Davids befand sich im Erdgeschoss des zweistöckigen Gebäudes. Sie beschrieb den großen Sarkophag, der vor der Apsis stand, so gut sie konnte, war er doch zur Gänze in eine bestickte blaue Decke gehüllt, und berichtete auch von dem Abendmahlsaal im ersten Stock. Das war etwas, was Sarah und Giovanni von Burkhardt gelernt hatten und was sie seinerzeit sehr überraschte: dass die Helden und Propheten des Alten Testamentes auch den Moslems heilig waren und dass dies auch für Christus zutraf.

»Der Koran lehrt uns von seiner Geburt im Schatten einer Palme«, sagte die Türkin. »Aber meine Liebe, glauben die Christen denn wirklich, er sei gekreuzigt worden? Das ist doch absurd. Er war ein Geistwesen, und Geister können nicht gekreuzigt werden. Gott hat dafür gesorgt, dass Judas den Römern so aussah wie Jesus, und so ist er an seiner Stelle gekreuzigt worden.«

Ihr Reverend aus dem Waisenhaus in Bristol wäre entsetzt gewesen. Sarah war selbst einigermaßen konsterniert über diese Umdeutung der Bibel, doch sie wusste es mittlerweile besser, als ein theologisches Streitgespräch anzufangen.

»Haben Sie schon einmal Stambul besucht?«, plauderte die Frau bereits weiter. »Konstantinopel, wie ihr Christen es nennt.«

»Nein«, sagte Sarah bedauernd. »Wir hatten es vor, mein Gatte und ich, als wir in Malta waren. Aber dann traf er einen Agenten des Paschas.« Es schien unmöglich, dass dies erst drei Jahre zurücklag. Ihr kam es vor, als sei viel mehr Zeit vergangen.

»Oh, Sie müssen Stambul besuchen! Es ist die schönste Stadt der Welt, und keine andere lässt sich mit ihr vergleichen!«

Als die Damen sich mehrfach über ihr Haar fuhren, begriff Sarah, dass sie neugierig waren. Sie hatte es während der ganzen Zeit im Heiligen Land nicht fertig gebracht, ihre Haare abzuschneiden, obwohl das gewiss sicherer gewesen wäre. Jetzt legte sie ihre Haarnadeln ab und fühlte das Blut ihre Kopfhaut durchströmen, während sie die festen Flechten öffnete und ausschüttelte. Die Türkinnen berührten es, um sich zu versichern, dass es keine Perücke war, und fragten sie über die Zofe, warum sie denn keine Juwelen in ihren Haaren trüge.

»Sie wären mir auf meiner Pilgerreise gestohlen worden«, sagte Sarah, weil sie annahm, die Versicherung, sie hätte keine Juwelen, wäre ihr ohnehin nicht geglaubt worden. Die Frauen nickten und räumten ein, auf der Reise nach Mekka ähnlich vorsichtig gewesen zu sein. Durch Mehemed Alis Truppen in Arabien war man zwar einigermaßen sicher vor Banditen und Wahabiten, aber es gab immer Ausnahmen.

»Mein Mann ist ein Schreiber des Sultans«, erklärte die ältere der beiden, »und er sagt, Mehemed Ali sei ein weiser Mann. Manch ein ehrgeiziger Offizier aus den Provinzen hat versucht, in Stambul selbst den Oberbefehl des Heeres zu erlangen, und ist in Schande gestorben, aber Mehemed Ali hat sich Ägypten genommen und dem Sultan gezeigt, dass er immer noch sein Untertan ist. Nun steht er höher als alle Generäle. Haben Sie ihn je gesehen?«

»Aus der Ferne«, sagte Sarah und dachte an den Tag, als

Giovanni die Maschine vorführte, und wie schnell der Pascha seine Entscheidung gefällt hatte. Und doch, hätte Mehemed Ali sich damals anders verhalten und Giovanni weiter unterstützt, dann hätte er nie den Kopf des Memnon auf den Weg nach England gebracht, den Tempel in Ybsambul geöffnet, das Königsgrab im Biban el-Moluk oder die zweite Pyramide …

Wäre Giovanni glücklicher oder unglücklicher, wenn alles anders gekommen wäre? Und sie? Das konnte Sarah nicht entscheiden. Aber sie wusste, dass sie in einem solchen Fall von Ägypten wahrscheinlich nicht mehr gesehen hätte als Kairo und Alexandria, und vom Heiligen Land überhaupt nichts.

James wäre noch bei uns, dachte sie und berichtigte sich sofort wieder. James wäre auch dann erwachsen geworden und hätte nach anderen Anstellungen gesucht, um seine Flügel auszubreiten. Auch das war etwas, was sie Giovanni nicht hatte schreiben wollen. Es gab so viel, was sie ihm sagen musste. Es gab mit Sicherheit auch einiges, das er ihr zu sagen hatte.

Nur noch zwei Monate, dann war es ein Jahr, seit sie sich zum letzten Mal gesehen hatten. Einst hatte Sarah es für unmöglich gehalten, dass sie so lange ohne ihn sein konnte. Es hatte sich nicht nur als möglich erwiesen, sondern sie musste auch zugeben, dass sie in diesem Jahr mitnichten jeden Tag unglücklich gewesen war. Sie hatte ihn vermisst, so zornig sie anfangs auch auf ihn gewesen war, ja, aber sie hatte auch herausgefunden, dass sie ohne ihn leben konnte und dass ihr das Leben allein nicht weniger Neues und Staunenswertes bot als das Leben mit ihm. Wenn sie zu ihm zurückkehrte, dann nicht, weil er ihr die Welt zeigte. Die Welt, so schwierig der Weg durch sie als Frau auch war, stand ihr alleine ebenfalls offen. Sie kehrte zu Giovanni zurück, weil er ihr Gatte war und sie ihn immer noch liebte.

Und, teilte eine innere Stimme ihr mit, eine spöttische innere Stimme, die sich manchmal italienisch und manchmal französisch anhörte, *du kehrst zurück, weil Giovanni nicht der Einzige ist, den du wiedersehen willst.*

Vielleicht, dachte Sarah. *Vielleicht.*

William Bankes lauschte mit einer Miene, die Amüsement und Bewunderung zugleich verriet, Belzonis ausgiebigen Verwünschungen über einen gewissen Antonio Lebolo, früheres Mitglied der Carabinieri in Piemont, dann Soldat in der französischen Armee. Wie es schien, war Lebolo sofort nach seiner Ankunft in Ägypten in die Dienste seines berühmten Landsmannes getreten; in Assuan handelte er jedenfalls in Drovettis Namen, als er dem Aga eine beträchtliche Summe dafür bot, den Obelisken auf Philae dort zu lassen, wo er war, und wenn überhaupt, dann nur Drovettis Leuten freizugeben. Nach den letzten Worten des Exkonsuls in Theben überraschte das Salt nicht im Geringsten, aber er war angenehm berührt, dass Bankes nicht verärgerter wirkte. Immerhin ging es um den Obelisken, den er auf seinem Landgut in Dorsetshire aufzustellen wünschte.

»Ja, kein Zweifel, dass dieser Lebolo genau so ein Abschaum ist«, sagte Bankes schließlich schmunzelnd, als Belzoni endlich eine Pause machte, um Atem zu schöpfen, »aber das braucht uns doch überhaupt nicht zu kümmern.«

»Und warum nicht?«, fragte Belzoni, zu verblüfft, um wütend zu sein.

»Weil ich jeden Franzosen überbieten kann, alter Junge, und jeden Knecht eines Franzosenknechts erst recht.« Bankes grinste und schickte Finati zum Aga, mit einer sorgfältig eingepackten Taschenuhr aus reinem Gold als Geschenk und seinen ehrerbietigsten Grüßen. »Falls unser

Konsul hier es noch nicht erwähnt hat: Mein Vater ist einer der reichsten Männer Englands, und das ist überall ein Argument, das sich nicht übertreffen lässt.«

Die Macht des Geldes erwies sich beim Aga in der Tat als unübertreffbarer Trumpf. Er entschied, dass der englische Anspruch älter war, die Scheichs in der Umgebung stellten Arbeitskräfte, und Belzoni, der die gleiche Methode anwandte, um den Obelisken zum Ufer zu bringen, wie er sie beim Kopf des Memnon benutzt hatte, konnte seinen Plan schneller in die Tat umsetzen, als er angenommen hatte.

Der Transport zum Nil dauerte lang genug, um Bankes' Diener Finati die Möglichkeit zu geben, sich in eine Nubierin zu verlieben und sie zu heiraten, was in Salt gemischte Gefühle auslöste. Nun, sagte er sich, Finati war genau wie Osman, der ehemalige Willam Thomson, zum Islam übergetreten; er konnte nicht mehr in seine Heimat zurück, und damit konnte er einen solchen Schritt wagen. Für die Familie der Braut war Hadschi Mohammed ein akzeptabler Freier, zumal sein Herr die derzeitige Quelle allen Reichtums in der Gegend darstellte. Während der Hochzeitsfeier, bei der getanzt und gesungen wurde, stellte Salt fest, dass er nicht der Einzige war, der keine Anstalten machte, sich fröhlich zu geben, und sich davonstahl, sobald es ging: Belzoni tat dasselbe.

Salt wusste nicht, was er zu ihm sagen sollte. Wenn er eine Bemerkung machte wie »Drovetti hat Verbindungen zu allen Zollbeamten, haben Sie das vergessen? Er kann von Mrs. Belzonis Rückreise aus allen möglichen Quellen erfahren haben«, dann implizierte er, dass es etwas zu erklären gab, und bei Belzonis empfindlicher Natur mochte es durchaus sein, dass er den Trost als umso größere Beleidigung empfand. Also beließ es Salt bei: »Ich bin wirklich beeindruckt von dem, was Sie hier mit dem Obelisken für Mr. Bankes fertig gebracht haben. So werden wir bald wieder in Theben sein.«

»Ja«, sagte Belzoni. »Das werden wir wohl.«

Das stellte sich als falsche Vorhersage heraus. Belzoni hatte einigen der Männer aufgetragen, aus Steinblöcken einen Steg zu bauen, der in den Nil hineinragte und von dem aus sie den Obelisken auf das Boot würden verladen können. Er überprüfte ihre Arbeit, lobte sie und erklärte, dass der Steg leicht das Vielfache des Gewichtes aushalten würde. Am fraglichen Tag, während Bankes, Salt und alles Personal, das sie mitgenommen hatten, das Geschehen gespannt beobachteten, wurde der zweiundzwanzig Fuß hohe Obelisk sorgsam von der Uferböschung auf den Steg hinuntergezogen. Salt traute seinen Augen nicht, als Steg, Obelisk und einige der Männer, die ihn schoben und rollten, ganz langsam begannen, majestätisch in die Fluten des Nils zu sinken. Das Geschrei der Männer, als sie merkten, was vor sich ging, und versuchten, wieder an Land zu kommen, überzeugte ihn von der Wirklichkeit des Geschehens. Selbst Bankes verlor seine scheinbar ewig währende gute Laune. »Himmel Herrgott noch mal«, fluchte er.

Belzoni schaute nur fassungslos auf den Obelisken, von dem bald nur noch eine Spitze aus dem Wasser ragte, die jedoch nicht weiter sank. Der Ausbruch, auf den Salt wartete – dass dies alles zweifellos auf irgendwelche geheimen Sabotageakte Lebolos und Drovettis zurückzuführen sei –, erfolgte nicht. Stattdessen blieb der Riese stumm. Das war so ungewöhnlich, dass Salt vorsichtig fragte: »Belzoni, ist Ihnen nicht gut?«

»Nein«, sagte der Italiener tonlos. »Es war mein Fehler. Ich hätte den Steg besser überprüfen müssen. Ich … habe einen Fehler gemacht.«

In zwei Jahren Bekanntschaft hatte Salt diese Worte noch

nie von Giovanni Battista Belzoni gehört. Sie machten ihn noch ratloser, als es Belzonis bedrücktes Verhalten während Finatis Hochzeit getan hatte.

»Diese Dinge passieren«, sagte er und fühlte sich für einen Diplomaten erstaunlich unbeholfen.

»Ja«, sagte Belzoni, »sie passieren.« Er schwieg eine Weile. »Und wenn sie passieren, dann muss man sie richten.«

»Heißt das, Sie wissen schon, wie sie meinen Obelisken aus dem Wasser holen?«, fragte Bankes erfreut.

»Bei dem Gewicht und gegen den Widerstand der Wassermassen?«, fragte Salt ungläubig. »Belzoni, Ihren Einfallsreichtum in allen Ehren, aber ...«

»Es ist nicht unmöglich«, sagte Belzoni fest. »Und ich werde es tun. Ich brauche nur alles Seil, was in Assuan zu finden ist. Aber Sie brauchen nicht hierzubleiben, Mr. Consul. In der Tat möchte ich Sie bitten, nach Luxor zurückzukehren und sich meiner Frau anzunehmen, falls sie bereits dort eingetroffen ist. Ich werde folgen, sobald ich den Obelisken geborgen und auf ein Boot gebracht habe. Sagen Sie ihr das.«

Sarah beschloss, auch für den letzten Teil der Rückreise einen Canjan für sich selbst zu mieten, ein kleines Boot, das zwei Kabinen hatte. In der einen befand sich ihr Gepäck, zu dem auch einige von Giovannis Sachen gehörten, die sie aus dem Konsulat in Kairo mitgebracht hatte; in der anderen schlief sie. Da es auf ihrer Reise wiederholt regnete, merkte sie bald, dass es durch das Dach tropfte, doch mittlerweile musste sie abgehärtet genug sein, denn als ihr Boot am sechzehnten Dezember Luxor erreichte, hatte sie sich noch immer keine Erkältung eingefangen.

Es gab genügend Leute in Luxor, die sie sofort erkannten

und ihr erzählten, der Koloss Belzoni sei nach Philae gegangen, um dort einen Obelisken zu holen. Sarah hatte Giovanni von Kairo aus geschrieben und ihre Ankunft zwischen dem 16. und 18. Dezember angekündigt. Entweder hatte ihr Brief ihn nicht mehr erreicht, oder er war dennoch nach Philae aufgebrochen. Die Vorstellung tat weh, und sie fragte niemanden, ob Giovanni den Brief erhalten hatte. Wenn er sie wieder absichtlich zurückließ, wollte sie es nicht wissen. Diesmal würde sie ihm nicht nach Philae folgen; sie wollte einen Neuanfang, nicht mehr die alten Fehler begehen. Daher beschloss sie, sich fürs Erste in der Höhle in Biban el-Moluk, wo sie zuletzt mit ihm gelebt hatte, einzuquartieren. Am späten Nachmittag, während sie versuchte, ein Feuer in Gang zu bringen, hörte sie eine vertraute Stimme. Es war nicht die einer ihrer Freundinnen aus Kurna.

»Sarah«, sagte Drovetti, »hat Ihnen noch niemand gesagt, dass es äußerst unvernünftig ist, in feuchten Kleidern die Nacht in einer kalten Höhle zu verbringen? Ich verstehe ja, warum Sie nicht zu mir nach Karnak kommen wollten, aber wissen Sie, Sie hätten Ihre alten Gastfreunde in Luxor noch einmal um Obdach bitten können.«

Er stand dort mit geradezu urbaner Selbstverständlichkeit im Höhleneingang, das Grau des bewölkten Himmels hinter sich und kaum verändert seit dem letzten Jahr; vielleicht ein paar Fältchen mehr um die Augen und ein paar zusätzliche graue Haare auf dem Kopf. »Das hätte ich nicht«, entgegnete sie, »da besagtes Obdach kein Dach besitzt, wäre ich dort dem Regen ausgesetzt und so noch nasser, als ich es hier bin.«

»Sahrissima. Krone aller Sarahs. Habe ich Ihnen schon gesagt, dass ich Sie anbete, obwohl Sie mich noch nicht hereingebeten haben, was bedeutet, dass ich um der guten Manieren wegen immer noch im Nieselregen stehe?«

»Heute noch nicht«, gab Sarah zurück, und sie konnte

nicht anders, sie lächelte. Das Seltsame war, dass sie sich sicherer denn je war, nicht in diesen Mann verliebt zu sein – und gleichzeitig endlich der eigenartigen Macht, die er hatte, einen Namen geben konnte: In seiner Gegenwart fühlte Sarah sich mehr als Frau als bei jedem anderen Menschen. Nicht besser oder schlechter, nicht glücklich oder unglücklich, aber weiblich auf eine Weise, wie sie es sonst nicht tat. »Kommen Sie schon herein. Es ist schön, Sie wiederzusehen, Drovetti.«

»Wissen Sie«, sagte er und betrat die Höhle, »ich hatte eigentlich vor, Sie zu bitten, mich beim Vornamen zu nennen, aber es gefällt mir zu sehr, wie Sie meinen Nachnamen aussprechen. Außerdem habe ich das Gefühl, Sie würden es mir abschlagen.«

»Das würde ich wohl.«

Sie kniete sich nieder und versuchte erneut, ein Feuer in Gang zu bringen. Nach einer Weile warf sie ihm einen Blick zu.

»Jeder andere Mann, den ich kenne, hätte mir schon längst mitgeteilt, ich solle ihn das machen lassen«, sagte Sarah, doch sie sagte es nicht vorwurfsvoll oder tadelnd; es gehörte zu den Dingen, die ihn so unberechenbar machten.

»Sie können beide Hände gleich gut bewegen, ich nur eine«, entgegnete Drovetti sachlich, und sie zuckte zusammen. »Schon gut. Die meisten Leute vergessen es. Das ist mir lieber so.«

Das Holz, so feucht es auch war, fing endlich Feuer, und sie setzte sich auf ihren großen Koffer. Aus Kairo hatte sie diesmal eine Matratze mitgebracht, für hundertfünfundzwanzig Piaster, eine Überraschung für Giovanni, doch ansonsten gab es in der Höhle nur die beiden Reisekörbe, das, was sie bereits ausgepackt hatte, und ein paar blankgewetzte Steine, die Giovanni im letzten Jahr hineingerollt hatte. Sie deutete auf einen von ihnen, ihr gegenüber. Drovetti setzte sich.

»Wie alt waren Sie?«, fragte sie leise.

»Vierundzwanzig. In dem Alter glaubt man natürlich, unsterblich zu sein, aber ich muss gestehen, nach mehr als zwanzig Schlachten in einem Monat wurde diese Überzeugung etwas schwächer. Diejenige, bei der mir mein kleines Malheur passierte, war glücklicherweise Marengo, und danach war der Italienfeldzug vorbei.«

Sie versuchte, sich vorzustellen, was es bedeutete, zwanzig Mal innerhalb von vier Wochen zu töten und mit der Aussicht zu leben, getötet zu werden. Sie konnte es nicht. Es war nicht die Gefahr an sich; mittlerweile hatte sie selbst ein paar Mal gefährliche Situationen durchgestanden, und sie musste gestehen, dass ihre Gründe weit unwichtiger gewesen sein mochten als das, was ihn mit vierundzwanzig dazu gebracht hatte, für Bonaparte zu kämpfen. Was Sarah sich nicht vorstellen konnte, war, überhaupt zu töten. Seit dem Tag in Ybsambul hatte sie ständig Pistolen mit sich getragen. Sie hatte jetzt eine bei sich. Aber obwohl man es ihr gezeigt hatte und sie in die Luft und auf ein lebloses Ziel hatte feuern können, war sie nicht in der Lage, sich auszumalen, was geschehen wäre, wenn sie je auf einen anderen Menschen hätte abdrücken müssen.

»Haben Sie es je bereut?«

»Meine steife Hand? Den Krieg? Den Kaiser?«, fragte er. »Ägypten? Mein Leben? Nein. Wir haben alle Dinge in unserem Leben getan, die wir bedauern, und ich nehme mich nicht davon aus. Aber Reue ist etwas anders als Bedauern. Reue impliziert ein Schuldbewusstsein, und ich bin nicht sicher, ob ich noch eines besitze.«

Er lehnte sich vorwärts, und sie wurde sich bewusst, dass ihre Kleidung noch immer feucht genug war, um an ihr zu kleben.

»Als ich Ihren Gatten das letzte Mal sah«, sagte er abrupt, »nutzte ich den Umstand, dass ich von Ihrer Rückkehr wusste, um in ihm den Eindruck zu erwecken, wir hätten ein Verhältnis miteinander.«

Ihre Lippen bewegten sich, doch kein Laut drang nach außen. In ihren Ohren rauschte es, als hätte jemand eine große Glocke neben ihr geschlagen, um sie taub werden zu lassen. Und doch konnte sie weiterhin Drovetti hören, der zu ihr sprach.

»Der Grund war nicht derjenige, den Sie mir einmal unterstellt haben. Es hatte nichts damit zu tun, ihm einen Schlag zu versetzen. Nun, vielleicht ein wenig, denn offen gestanden beneide ich ihn glühend. Er hat das Glück, Ihr Gatte zu sein, und er weiß es nicht im Geringsten zu schätzen. Doch der eigentliche Grund war Berechnung und Glücksspiel. Wenn er das glaubt, Sarah, dann wird er es auch glauben, wenn ich morgen in aller Form erkläre, dass ich niemals auch nur Ihren kleinen Finger berührt habe. Und wenn er es ohnehin glaubt, gibt es dann einen Grund, warum Sie es nicht Wirklichkeit werden lassen können?«

Er hatte sie zurück in sein Spiegellabyrinth gebracht, wo alles nur eine verzerrte Wirklichkeit ergab. Hier gab es nur eins, was eindeutig war: das Gefühl, das sie beinahe entzweiriss, ihr jeden Atem aus dem Leib saugte, als würde sie nie wieder sprechen können.

»Sie«, begann Sarah, und es musste eine Bauchrednerin sein, die mit ihrer Stimme sprach, denn sie selbst war nicht in der Lage, ein einziges Wort zu äußern, »Sie sagen mir, Sie hätten mein Leben ruiniert, und erwarten …«

Irgendwann musste er sich bewegt haben, denn mittlerweile kniete er vor ihr und hatte ihre beiden Hände eingefangen.

»Nein«, sagte er, »nein. Nicht Ihr Leben, Sarah. Ihre Ehe, ja. Aber er ist nicht Ihr Leben. Das ist er nicht.«

»Lassen Sie mich los.«

»Ich habe nie behauptet, ein guter Mensch zu sein, Sarah.

Sie haben eine Art, mich dazu zu bringen, einer sein zu wollen, und es hat eine Weile gedauert, bis mir klar wurde, dass ich mir dabei etwas vormache. Auch deswegen habe ich es getan. Sie können mit Schwarz und Weiß sehr viel besser leben als mit Grau, und jetzt können Sie mich wieder uneingeschränkt hassen. Ich glaube nicht, dass ich Ihnen als Ihr Freund irgendetwas genutzt habe. Aber als Ihr Feind kann ich Ihnen Ihren Frieden wieder zurückgeben.«

»Wie gnädig von Ihnen«, flüsterte sie – und hasste ihn in der Tat, mit einer Inbrunst, die ihr verriet, dass sie sich doch etwas vorgemacht haben musste, denn wie konnte man sich von jemandem so verraten fühlen, der nicht mehr als ein guter Bekannter gewesen war. »Aber können Sie sich vielleicht entscheiden, ob Sie mit Ihrer edelmütigen Verleumdung nun erreichen wollten, dass ich Sie umbringe oder die Nacht mit Ihnen verbringe?«

Er ließ ihre Hände los und beugte sich noch weiter zu ihr vor. Sein Schnurrbart streifte ihre Wange. Sarah rührte sich nicht. Seine Lippen berührten ihr Ohrläppchen, und er murmelte: »Vielleicht beides.«

Sie wollte ihn zurückstoßen. Das war alles. Ihn hart genug zurückstoßen, dass er gegen die Felswand schlug, möglichst schmerzhaft. Deswegen legte sie ihre Hände auf seine Schultern. Aber dann wurde ihr bewusst, dass ein harter Aufprall längst nicht hart genug sein würde, weil er kniete, und dass sie mehr tun musste, wenn sie ihm wehtun wollte. Sie wollte seine Haut bluten sehen; das war es, was sie ihre Finger in sein Fleisch vergraben ließ, sie wollte ihn aufschreien hören, und er tat es nicht, tat es nicht, selbst, als sie den Stoff, der seine Schultern schützte, schon längst fortgerissen hatte. Aber zu dem Zeitpunkt war ihre eigene Haut bereits bloß, und auch Blut war längst nicht mehr genug. Sie wusste nur noch, dass die Zerstörung in ihr brannte, brannte, und die ganze Welt nicht Asche genug war.

Für Antonio Lebolo lagen die Dinge sehr einfach. Nach dem Ende des Kaiserreiches war er 1815 nach Ägypten gekommen und hatte seinen Landsmann und alten Regimentskameraden Bernardino Drovetti um Hilfe gebeten. Drovetti hatte sie ihm gewährt, ohne zu zögern, und ihm nie das Gefühl gegeben, dass es sich um Almosen handelte. Lebolo dankte es ihm durch seine uneingeschränkte Loyalität. Er gehörte zu der Gruppe von Männern, die in Karnak die Ausgrabungen leitete, und hatte sich wie Drovetti ein kleines Haus zwischen die Ruinen gebaut, doch er war auch andernorts im Einsatz. Dabei wurde sein Eifer zusätzlich dadurch beflügelt, dass Drovetti ihm von Anfang an immer einen Anteil von dem, was er fand, überlassen hatte. Altertümer waren eine sichere Einkunftsquelle, und Lebolo hatte noch Familie in Piemont.

Als Drovetti ihn nach Assuan schickte, um sich den Obelisken zu sichern, hatte Lebolo nie geglaubt, dass er scheitern würde. Es verdross und erzürnte ihn, sowohl, weil er Drovetti nicht enttäuschen wollte, als auch, weil ein Obelisk natürlich einen großen finanziellen Bonus für ihn bedeutet hätte. Als der Koloss aus Padua es fertigbrachte, das Ding im Nil zu versenken, frohlockte Lebolo, doch bereits einen Tag später zeichnete sich ab, dass der Kerl tatsächlich eine Methode gefunden hatte, um den Obelisken wieder aus dem Fluss zu holen; es war nur eine Frage der Zeit. Aufgeben kam für Lebolo trotzdem nicht in Frage. Man musste nur andere Wege ausprobieren, wenn nicht in Philae, dann auf einem Territorium, wo er sich auskannte und die Loyalität der Arbeiter nicht von diesem Bankes gekauft worden war. Lebolo entschied sich, auf Geschwindigkeit zu setzen, und kehrte nach Theben zurück, wobei er Tag und Nacht auf dem Landweg reiste und so den englischen Konsul überholte, der das Boot nahm und widrige Winde hatte.

Er kam erschöpft und gereizt in Luxor an und machte

sich sofort auf den Weg nach Karnak, um Drovetti Bericht zu erstatten und zu demonstrieren, dass er mitnichten aufgegeben hatte. Nein, auf ihn, Antonio Lebolo, konnte man sich verlassen. Drovetti schien in einer seltsamen Stimmung zu sein. Er war weder verärgert noch amüsiert darüber, von Bankes beim Bestechen des Agas überboten worden zu sein, lachte nicht, als er vom Versinken des Obelisken im Nil erfuhr, und schimpfte nicht, als Lebolo zugeben musste, dass dies nicht das Ende der Belzonischen Unternehmung bedeutete.

»Erst hat er eine Menge Steine am Wasser aufhäufen lassen. Dann haben mehrere Männer die Steine ins Wasser geschleppt und in die Nähe des Obelisken gebracht.«

»Um einen soliden Untergrund für die Hebelstangen zu schaffen, nehme ich an«, sagte Drovetti beiläufig und sah gedankenverloren aus dem Fenster. »Weiter, Antonio.«

»Ja, er hat tatsächlich einige Stangen unter den Obelisken geklemmt. Und Taue. Die Leute in Philae können gut tauchen, also hat er sie losgeschickt, um …«

Drovetti machte eine abwehrende Handbewegung. »Schon gut. Ich kann es mir vorstellen.«

Er wirkte immer noch viel zu teilnahmslos, als hätte Lebolo gerade nichts als einen Wetterbericht abgeliefert. Vielleicht war das seine Methode, um zu verdeutlichen, wie enttäuscht er von Lebolos Versagen war? »Colonnello, es tut mir leid. Ich hätte dem Aga mehr zusetzen sollen. Aber es ist noch nicht …«

»Antonio«, unterbrach ihn Drovetti, »hast du in deinem Leben je etwas entdeckt, das es hätte ändern können, aber erst, als es zu spät war?«

Bei einem anderen Mann hätte Lebolo bei so einer Äußerung entweder auf Weinseligkeit, einen Kater oder auf Liebeskummer gewettet, alles Gründe, wegen der man die Frage vernachlässigen konnte. Nicht so bei Drovetti: Er wusste zwar einen guten Tropfen zu schätzen, war aber schon viel zu lange mit den verflixten Türken und Arabern zusammen und trank sehr zurückhaltend von den Schätzen, die er in Alexandria im Keller hatte. Seine Ehe mit der geschiedenen Französin war, soweit Lebolo es beurteilen konnte, ein sehr zivilisiertes Arrangement; sie ließ ihm sein Leben und lebte ihres mit dem Jungen und ihrer Tochter aus erster Ehe in Alexandria, war liebenswürdig und charmant, wenn er sie besuchte, und falls sie eigene Affären hatte, ging sie diskret vor. Nein, da konnte es auch keine Schwierigkeiten geben. Also musste man die Frage ernst nehmen. Lebolo überlegte.

»Wenn jemand dem Kaiser gesagt hätte, dass es in Russland kalt ist im Winter«, sagte er schließlich bitter, »das hätte schon geholfen.« Er hatte an Napoleon geglaubt. Der Glauben war ihm verloren gegangen, aber er würde verdammt sein, wenn er nun dem gekrönten Nichtstuer in Sardinien oder, Gott bewahre, den Österreichern diente. Nein, von nun an kümmerte er sich nur noch um sich selbst, seine Familie und seinen Patron. Und sein Patron war Drovetti.

»Vielleicht«, sagte Drovetti. Er hatte Schatten unter den Augen und wahrscheinlich nicht viel geschlafen. »Was nun den Obelisken angeht ...«

»Antonio, ich frage mich, was für eine Rolle das im Grunde spielt. Du und ich, wir wollten einmal die Welt verändern, nicht wahr? Kannst du dich daran noch erinnern? Eine bessere Welt und bessere Menschen? Ich glaube nicht, dass wir damals an möglichst große Sammlungen von Altertümern gedacht haben.«

Jetzt war Lebolo ernsthaft beunruhigt. »So redet man als Grünschnabel, Colonnello. Bevor man die Welt kennt. Sie wollen doch nicht wirklich diesen Kerl aus Padua und den englischen Waschlappen, der in Assuan mit Geld nur so um sich wirft, damit davonkommen lassen?«

»Warum nicht?«, fragte Drovetti, trat aus der Tür seines Hauses und schaute nach Westen, in Richtung des anderen Nilufers, das man von hier aus kaum sehen konnte.

»Weil es dann für jeden hier so aussieht, als hätte er Sie besiegt, Colonnello! Und weil der Kerl Ihr Blut will. Der aus Padua, meine ich, nicht der Engländer. Glauben Sie mir, ich habe ihn gehört. Der *hasst* Sie, und ganz bei Verstand ist der schon lange nicht mehr. Ich habe mit dem griechischen Dolmetscher geredet, diesem Athanasiou. Der hält Belzoni für vollkommen übergeschnappt.« In Lebolos Kopf nahm ein zunächst flüchtiger Gedanke konkrete Formen an. »Tollwütige Tiere lässt man nicht durch die Gegend laufen, bis sie einen anfallen und umbringen. Man erledigt sie.«

»Belzoni ist kein Tier«, sagte Drovetti sehr ernst.

»Aber tollwütig ist er. Sie müssen ihm zumindest zeigen, dass er besser nicht auf dumme Ideen kommen soll – und was ihm blüht, wenn er es doch tut.«

In Theben wartete eine dringende Depesche auf Salt. Sein alter Freund, der Ras von Abessinien, war tot, und in seinem Land herrschte Chaos. Ein anderer alter Bekannter aus dieser Zeit, ein ehemaliger Seemann namens Nate Pearce, der von der britischen Marine desertiert war und in Abyssinien in die Dienste des Ras getreten war, fürchtete um sein Leben und bat Salt dringend um ein Visum für eine Passage nach Ägypten. Alles in allem war es wohl besser, wenn er sich auf den Rückweg nach Kairo machte. Doch er hatte Belzoni versprochen, nach Mrs. Belzoni zu sehen, und nachdem er hörte, dass sie sich in Biban el-Moluk befand, setzte er zum westlichen Nilufer über und suchte sie auf.

Zu seiner Überraschung fand er sie damit beschäftigt, zusammen mit ein paar Kindern Schlamm aus dem Königsgrab zu schaufeln. Wie sich herausstellte, hatte Belzoni, um den Alabastersarkophag hinaustransportieren zu können, den Schacht zwischen dem Gang und den inneren Räumen aufgefüllt. Was er dabei nicht bedacht hatte, war, dass der Schacht unter anderem dazu diente, das Wasser abzuhalten, das durch solche heftigen Regengüsse, wie es sie in den ersten Dezemberwochen gegeben hatte, in das Grab strömte. Wasser, das nun mit Schlamm vermengt direkt in das Grab geflossen war; die Feuchtigkeit hatte bereits angefangen, die Wandgemälde zu beschädigen. Salt war entsetzt.

»Wir haben den Schlamm bald entfernt«, sagte Mrs. Belzoni, »aber ich weiß nicht, was ich mit den Gemälden tun soll.«

»Überhaupt nichts«, sagte Salt hastig. Er dachte an seine Ausbildung als Maler; sein alter Meister hätte das Grab nun für jedermann gesperrt und Jahre damit verbracht, die Gemälde wiederherzustellen. Doch John Hoppner war nicht hier und die Utensilien, die man für delikate Reparaturen von Wandfresken benötigte, noch weniger. Zumindest etwas ließ sich machen.

»Ich werde dafür bezahlen, einen Damm zu bauen, und veranlassen, dass ständig ein Wachposten vor dem Grab steht, der dafür sorgt, dass so etwas nicht mehr passiert.«

Mrs. Belzoni nickte. Salt musterte sie; sie hatte ihr Haar zurückgebunden, doch im Inneren des Grabs trug sie ihren Turban nicht, und gemeinsam mit den türkischen Hosen und der Weste verlieh es ihr ein erstaunlich unorthodoxes Aussehen, wenn er es mit der gouvernantenhaften Erscheinung verglich, die sie im Konsulat abgegeben hatte, als sie ihm seine Affäre mit Makhbube vorwarf. Vielleicht war es auch der ungewohnte Anblick einer Engländerin, die nicht der Arbeiterklasse angehören konnte, mit einer Schaufel in der Hand, aber sie erschien ihm gleichzeitig fremdartiger und anziehender, als sie es früher für ihn gewesen war.

Das erinnerte ihn an den eigentlichen Grund seines Besuches.

»Mrs. Belzoni«, sagte er, »Ihr Gatte musste für ein paar Tage auf Philae zurückbleiben, um den Obelisken zu bergen, doch er bat mich, Ihnen zu versichern, dass er sich sehr bald schon bei Ihnen befinden wird.«

In dem dämmrigen Licht des Grabtunnels konnte er ihre Miene nicht deuten.

»Ich hatte ihm aus Kairo geschrieben«, sagte sie langsam, »und nahm an, dass ihn wichtige Geschäfte davon abhielten, in Theben zu sein. Ich war … nicht sicher, ob ihn mein Brief überhaupt erreicht hat.«

Es war eine Feststellung, doch Salt hatte trotzdem das Gefühl, auf eine nichtgestellte Frage antworten zu müssen.

»Nun«, sagte er so taktvoll wie möglich, »der Grund für sein Verweilen in Philae war in der Tat gewichtig.« Er berichtete ihr von dem Unglück mit dem Obelisken und dem Versprechen, das Belzoni Mr. Bankes gegeben hatte, und kehrte dann zu dem vorbereiteten Teil seiner Rede zurück. »Wie es scheint, hat Mr. Drovetti durch seine Verbindungen von Ihrer Rückkehr aus dem Heiligen Land erfahren. Er war so gut, Mr. Belzoni und mich davon zu unterrichten, als wir ihn in Karnak besuchten. Ich kann Ihnen versichern, dass Mr. Belzoni seiner eigenen Rückkehr nach Theben jetzt mit umso größerer Freude entgegensieht.«

Etwas klatschte in den Schlamm, und Salt sah, dass sie die Schaufel fallen gelassen hatte. Er bückte sich gleichzeitig mit ihr, um sie aufzuheben, und stieß daher unbeabsichtigt mit ihr zusammen.

»Oh, Verzeihung, Mrs. Belzoni.«

»Nein«, sagte sie, und ihre Stimme klang gepresst, »nein, es war mein Fehler.«

Verspätet kam ihm die Erkenntnis, dass sie die Schaufel absichtlich fallen gelassen hatte – und möglicherweise gerade nicht von dieser Aktion sprach. Salt dachte nach. Er horchte in sich hinein und stellte fest, dass sein Groll auf Mrs. Belzoni vom letzten Jahr mittlerweile erloschen war. Sie hatte letztendlich nichts von ihm gefordert, das er nicht ohnehin hätte tun sollen, und das Ergebnis war besser als der vorherige Zustand gewesen. Über alles, was zwischen ihr und Drovetti vorgefallen war, konnte er nur Mutmaßungen anstellen, doch er spürte keine Schadenfreude bei der Spekulation, dass sie vielleicht nicht mehr in einer Position war, über seine eigene Verfehlung zu urteilen.

»Wir machen alle Fehler, Mrs. Belzoni«, sagte Salt. »Das gehört nun einmal zur menschlichen Natur. Entscheidend ist, was man als Nächstes tut ... wie ich selbst herausgefunden habe.« Er zögerte, dann setzte er hinzu: »Ich glaube wirklich, dass sich Mr. Belzoni danach sehnt, wieder an Ihrer Seite zu sein. Aber wenn Sie meinen, dass sich sein Aufenthalt in Philae möglicherweise länger hinziehen wird, oder falls Sie Weihnachten nicht hier in Theben verbringen wollen, dann steht Ihnen das Konsulat offen. Ich muss ohnehin nach Kairo zurück, um einige dringende Angelegenheiten zu bearbeiten.«

Statt etwas zu erwidern, schwieg sie.

Um die Stille, die zwischen ihnen entstand, zu überbrücken, fuhr Salt fort: »Einer meiner Freunde ist tot, und ein anderer braucht, wie es scheint, Asyl.«

»Dann hat er Glück, in Ihnen einen Freund zu besitzen, der ihm helfen kann«, entgegnete Mrs. Belzoni, die sich wohl gefasst hatte. »Was mich betrifft, so muss ich das Angebot Ihrer Gastfreundschaft leider ablehnen. Wie Sie sagen, stehen die Weihnachtstage vor der Tür, und ... ich kann mir nicht vorstellen, sie nicht mit meinem Gatten zu verbringen.«

»Dann wünsche ich Ihnen beiden das Beste«, sagte Salt und glaubte, dass er es so meinte. Natürlich wünschte er sich auch, das dieses Beste zukünftig von Sir Joseph finanziert wurde, aber alles in allem wäre sein bisheriges Leben in Ägypten ohne Giovanni Belzoni in mancher Hinsicht ärmer gewesen, und er bereute nicht, dass Burkhardt ihm seinerzeit den Mann vorgestellt hatte, italienische Temperamentsausbrüche hin oder her.

»Und ich Ihnen, Mr. Consul«, antwortete Mrs. Belzoni. »Und ich Ihnen.«

Den Obelisken wieder aus dem Wasser zu holen stellte sich als nicht so schwierig heraus wie das Unterfangen, ihn durch den ersten Katarakt zu manövrieren. Eine der Stromschnellen wurde bei dem momentanen Wasserstand des Nils zu einer Kaskade von etwa dreihundert Yards Länge; das Wasser fiel in einem Winkel von zwanzig Grad in die Tiefe, zwischen Felsbrocken und Steinen hindurch, die das Wasser in Tausenden von Jahren rund wie Nilpferdrücken geschliffen hatte. Giovanni hatte der Mannschaft bereits die Hälfte ihres Lohns bezahlt und die zweite Hälfte mit einem zusätzlichen Bakschisch versprochen, wenn das Boot den Katarakt passiert hatte, aber Bankes' Geld schien seine Zauberkraft zu verlieren, denn der Reis des Bootes warf sich vor ihm auf den Boden und bat unter Tränen, von dem Unternehmen abzusehen. Der Mann war sicher, sein Schiff zu verlieren.

»Es wird gelingen«, schwor Giovanni und hoffte inständig, dass ihm diesmal keine Fehlkalkulation unterlaufen war; das Unglück mit dem Steg und dem Obelisken hing ihm noch immer nach.

Ein starkes Seil wurde über die Rollen eines Flaschenzugs an einem großen Baumstamm befestigt und durch die Balken des Bootes gezogen, um ein Loslassen oder Anziehen zu ermöglichen. Auf den Felsen zu beiden Seiten des Kataraktes hatte er Männer postiert, die weitere am Boot befestigte Seile und lange Stangen in Händen hielten, um das Boot stabil zu halten und ein Zerschellen an den Felsen zu verhindern.

Wenn es gelingt, dachte er, *wenn es gelingt, dann wird alles andere auch gut werden.*

Was er unter »alles« verstand, wusste er selbst nicht, nur, dass es zu viel und zu wichtig war, um sich zu erlauben, daran zu denken, während die Gischt ihm ins Gesicht spritzte. Er selbst stand neben dem Baum; diesmal hatte er das Seil persönlich geknotet, das als die wichtigste Sicherung des Bootes diente, doch auch im Fall eines weiteren Unglücks wollte er bereitstehen. Das Tau lag in seinen Händen, und er schwor sich, dass er es nicht loslassen würde, ehe nicht Boot und Männer in Sicherheit waren. Der Reis hatte inzwischen begonnen, für ihrer aller Seelen zu beten; man konnte seine Stimme weithin hören.

Mit zwölf Meilen pro Stunde trieb das Boot durch die Stromschnellen und auf Giovanni zu. Die Gebete des Reis wichen brüllenden Befehlen für seine Männer. Als ein Wirbel auftauchte, zogen die Männer auf den Felsen an den Seilen, die sich bis zum Äußersten spannten. Durch das Holz des Bootes schien ein zitterndes Ächzen zu gehen –

– doch dann glitt das Boot langsamer weiter, unzerschmettert.

Giovanni, der trotz allen Bemühens, sich keine Unsicherheit anmerken zu lassen, die Luft angehalten hatte, atmete endlich aus; abwesend blickte er auf seine Hände und stellte fest, dass sie blutig geschürft waren. Trotzdem ließ er das Tau nicht los, bis das Boot endlich am Fuß des Katarakts angekommen war.

Giovanni verließ in Assuan das Schiff, weil der Wind wieder einmal in die falsche Richtung blies und er an Land schneller vorankam. Den Obelisken vertraute er Finatis Obhut an;

schließlich war Hadschi Mohammed Bankes' Diener und der Obelisk Bankes' Eigentum.

Bankes' Eigentum. Es war ein seltsames Gefühl, das zu sagen. Bei Salt hatten die Verhältnisse anders gelegen. Er war nun einmal der britische Konsul, und auch nachdem Giovanni sich hatte eingestehen müssen, dass Salt zunächst einmal eine Privatsammlung anlegte, konnte er sich zumindest damit trösten, dass er die Absicht hatte, diese letztendlich dem Britischen Museum zu verkaufen. Auf indirektem Weg war er also doch für die britische Nation tätig, nicht für einen einzelnen Mann, und damit auch kein einfacher Diener. Aber bei William Bankes hatte es von Anfang an keinen Zweifel gegeben. Er war ein reicher Engländer, der sein Geld für ein Monument auszugeben wünschte, das sich einst die Pharaonen errichtet hatten. Und er, Giovanni Belzoni, hatte nach all dem Ringen mit Salt um die Definition ihres Verhältnisses, ohne zu zögern, eingewilligt, ihm dieses Stück Geschichte zu beschaffen, nicht anders, als es Drovettis bezahlte Lakaien taten. War er, Giovanni Battista Belzoni, nun doch nichts anderes als ein Diener? *Nein,* sagte er sich, *Architekt,* und klammerte sich an das Wort, das ihm früher so suspekt vorgekommen war.

Natürlich lag es an Drovetti, dass er eingewilligt hatte, und den Andeutungen, dass Sarah nicht seinetwegen nach Ägypten zurückgekehrt war. An Drovetti, der ihm die Gewissheit der Liebe seiner Frau geraubt hatte, an Drovetti, der es mit seinem Studium in Turin und seiner Miltärkarriere und seinem Posten als Repräsentant eines Landes, dem er noch nicht einmal angehörte, immer nur leicht gehabt hatte und nicht wusste, wie es war, wenn man nicht das Geld und die Verbindungen besaß, um überhaupt die Schule abzuschließen, geschweige denn zu studieren. Wenn man Rosenkränze verkaufend durch Europa zog, wie Giovanni und Francesco es hatten tun müssen, um nicht in der Armee des korsischen Ungeheuers zu dienen, das Drovetti so verehrte, ehe Giovanni auf den Gedanken kam, seine Stärke zu benutzen; noch nicht einmal Sarah gegenüber hatte er diese Episode je zugegeben. Ein Mann wie Drovetti würde nie wissen, wie es war, wenn man sich zum Gaudium der Masse zur Schau stellte wie ein Affe und doch die ganze Zeit wusste, dass man Respekt wollte, genauso, wie die fein gekleideten Leute im Publikum, denen jeder Platz machte.

Drovetti war die Wurzel allen Übels in Ägypten gewesen, noch ehe der Mann begonnen hatte, Giovannis Bemühungen, endlich Respekt und Größe zu erlangen, bewusst zu sabotieren.

Doch sosehr Giovanni seinen Gegenspieler auch hasste, er musste sich der bitteren Erkenntnis stellen, dass sein Leben morgen nicht besser würde, wenn Drovetti von einem Blitz getroffen tot umfiele. Während er auf dem Weg von Assuan nach Theben von Kamel zu Esel und von Esel zu Kamel wechselte, fragte er sich, was er sich mehr als alles andere wünschte: eine öffentliche Demütigung Drovettis, gefolgt von dem Eingeständnis des anderen, besiegt worden zu sein, um den Mann endlich hinter sich lassen zu können. Oder Sarah wie früher an seiner Seite.

Drovetti konnte auf viele Arten von Sarahs Rückkehr erfahren haben, und der Umstand, dass Sarah und James Drovettis Aufenthalt auf Philae verschwiegen hatten, mochte schlicht und einfach darauf zurückzuführen sein, dass Giovanni ihnen Grund zu der Annahme gegeben hatte, jede Erwähnung des Manns aus Piemont ließe ihn die Fassung verlieren. Dann wieder stellte er sich Sarah in Drovettis Armen vor und schrie mitten auf einem staubigen Pfad so laut auf, dass der arme Esel, der nicht wusste, wie ihm geschah, zu bocken anfing.

Am dreiundzwanzigsten Dezember traf Giovanni in Luxor ein, fand einen kurzen Bescheid Salts vor und setzte zum Westufer über. Nach all der Eile brachte er es trotzdem nicht über sich, gleich nach Biban el-Moluk zu reiten. Stattdessen ertappte er sich dabei, wie er an den beiden großen Kolossen vorbei zum Memnonium zog, wo der zweite, halb zerstörte Kopf des Mannes, dessen Konterfei er auch in Ybsambul gefunden hatte, noch immer auf dem Boden lag. Er dachte daran, wie wunderbar es gewesen war, den Kopf, der sich mittlerweile in London befand, seine ersten paar Fuß zurücklegen zu sehen. Er dachte daran, wie er und James unter der Hitze zusammengebrochen waren und Sarah sie beide versorgt hatte, wie sie kategorisch darauf bestanden hatte, dass er auf das Boot umzog und zumindest einen Tag lang dort blieb. Wie sie mit ihrem Vorschlag, Buttermilch zu verwenden, dabei geholfen hatte, dass er den Kopf des Memnon rechtzeitig vor der Überschwemmung an das Ufer des Nils schaffen konnte.

Als er ihre Stimme hörte, glaubte er zuerst, es handle sich um ein Echo aus der Vergangenheit.

KAPITEL 23

In England«, sagte sie, »schreiben sie jetzt Gedichte über deinen Memnon. Im Konsulat in Kairo fand ich ein Journal vom Januar dieses Jahres, und darin standen gleich zwei.«

Giovanni drehte sich zu ihr um. Sie stand zwischen zwei der großen Säulen und wirkte in ihrer alten türkischen Kleidung so sehr als Teil der Landschaft, als sei sie nie jene junge Frau gewesen, die ihm in ihrem immer gleichen grauen Kleid aufgefallen war, als sie wieder und wieder zu seiner Vorstellung kam, und mit ihrer blassen Haut, ihrem aschblonden Haar und der Stimme, die seinen Namen völlig falsch aussprach, die Inkarnation jenes England zu sein schien, das er damals erobern wollte. Und doch war sie seine Sarah, und sogar die Art, wie sie ihren Kopf ganz leicht zur Seite lehnte, als sie zu rezitieren begann, war so vertraut und so lange vermisst, dass er seine Hände in ihrem Haar vergraben und sie so lange küssen wollte, bis ihr der Atem verging.

Er rührte sich nicht, sondern hörte zu. Ihre Stimme barg unter ihrer Gleichmäßigkeit eine Unsicherheit, die ihn anzuflehen schien, ihr Zeit zu geben.

»Mr. Shelley hat der Name Ozymandias wohl besser gefallen als Memnon. So hat er sein Gedicht über den Kopf genannt, Ozymandias. *Mein Name ist Ozymandias, König der Könige!/ Schaut auf meine Werke, Ihr Mächtigen, und verzweifelt!/ Nichts daneben ist geblieben; rund um die Reste/ des kolossalen Trumms erstreckt sich weithin/ Sand nur, endlos, öd, einsam, einebnend.*«

»Oh, aber das stimmt nicht«, sagte Giovanni mit belegter Stimme. »Es ist noch so viel geblieben. So unendlich viel.«

Sie machte einen Schritt auf ihn zu, und da hielt es ihn nicht länger. Er stürzte zu ihr und nahm sie in seine Arme, wie er es sich erträumt hatte, als er irgendwo zwischen Theben und dem Roten Meer zu dem Schluss gekommen war, dass er seinen Stolz hinunterschlucken würde, wenn sie nur zu ihm zurückkam. Ihr Haar fühlte sich unter seinen Fingern so vertraut wie eh und je an, aber ihre Haut roch ein wenig anders, als habe das Jahr in Syrien sie mit Gewürzen und Zederndnuft getauft, um sie nicht unverändert loszulassen. Ihre Hände, die Hände seiner Sarah, die schon immer fest gewesen waren, doch nun so wenig Weiches und Zartes an sich hatten wie seine eigenen, legten sich zögernd auf sein Gesicht und zogen die neuen Linien nach, deren Existenz er sich bisher nicht bewusst gewesen war.

»Giovanni«, murmelte sie, »Giovanni, ich muss …«

»Hast du Wunder gefunden, im Heiligen Land?«, unterbrach er sie, plötzlich gewiss, dass er nicht hören wollte, was sie sich gerade anschickte zu sagen.

»Ja«, antwortete Sarah und sah ihn an. Ihre Augen waren noch ganz die alten. Er erinnerte sich, wie sie ihn angeschaut hatte, während die Ausschreier von Bartholomew Fair den Samson von Patagonien anpriesen. *Sie sieht mich,* hatte er damals gedacht. *Sie sieht wirklich* mich, *nicht eine weitere Jahrmarktsattraktion. Sie sieht, was ich bin und was ich sein kann. Mich.*

Sie tat es noch immer.

»Ich habe hier Wunder gefunden«, sagte Giovanni, »doch du hattest recht. Sie haben mich nicht glücklich gemacht.«

»Ich weiß nicht, ob ich dich glücklich machen kann, Giovanni«, entgegnete sie. »Nicht mehr. Aber ich weiß, dass ich mir jetzt, in diesem Augenblick, mehr als alles andere wünsche, dich wieder glücklich zu sehen.«

»Dann lass uns versuchen, gemeinsam etwas Glück zu finden«, sagte er beschwörend. Er wusste, dass seine anderen Wünsche, von Drovettis Erniedrigung bis zum ewigen Ruhm, noch immer in ihm steckten, doch gerade jetzt spielten sie keine Rolle. Jetzt wollte er Sarah nur zurückhaben.

»Versuchen wir es«, sagte sie, und sowohl Zweifel als auch Hoffnung lagen in ihrer Stimme. »Schließlich ist übermorgen Weihnachten.«

Sie verbrachten die Feiertage in aller Stille miteinander. Giovanni hatte auf dem Weg von Assuan ein Chamäleon für Sarah gefangen; eigentlich waren es zwei gewesen, doch eines von beiden hatte den Transport nicht überstanden, was er ihr lieber nicht erzählte. Sie hatte ihm Briefe seiner Familie aus Italien, neue Wäsche und Wein aus Kairo mitgebracht, und einen Rosenkranz aus Jerusalem, aus dem Holz der Ölbäume im Garten Gethsemane geschnitzt, wie sie sagte. Sie erzählte Giovanni, der erste Rosenkranz dieser Art sei an James gegangen, und schilderte ihren Abschied von ihm und die Gründe dafür.

Der Gedanke, James vielleicht auf viele Jahre nicht mehr zu sehen, tat weh, doch er verstand den Jungen. Sein eigener Vater war gestorben, ohne Giovanni und Francesco noch einmal gesehen zu haben, während ihrer Zeit in England, und jetzt schrieb Francesco, dass es Antonio nicht sehr gut ging. Sie waren stolz auf ihn in Padua und zeigten den Leuten die englischen Zeitungsausschnitte, die er ihnen geschickt hatte, aber wenige konnten sie lesen. Giovanni beschloss an Ort und Stelle, die nächsten Stücke, die er fand, seiner Heimatstadt zu schenken. Dann würden alle wissen, was der älteste Sohn der Belzonis aus sich gemacht hatte.

Er schilderte Sarah den Kampf um die zweite Pyramide und die Reise nach Berenike. Dabei stellte er fest, dass er Drovetti mit keinem Wort erwähnte. Es war, als berge dieser Name Zerstörungskraft und seine Abwesenheit Frieden.

Sarah fragte ihn nach Dingen wie der Luft in der Pyramide und dem Geschmack der Fische, die sie am Roten Meer gegessen hatten, Dinge, von denen ihm gar nicht bewusst war, dass er sie sich eingeprägt hatte, bis sie ihn danach fragte. Was sie ihm vom Heiligen Land erzählte, fesselte ihn, doch er bedauerte nicht, sie nicht begleitet zu haben; für Giovanni machten Jerusalem und der Jordan die ersten Schritte in der zweiten Pyramide nicht wett. Auch das gehörte zu den Dingen, die er nicht aussprach, und er war sicher, dass es Sarah ähnlich ging. Ein Netz aus geteilten und verschwiegenen Erfahrungen spann sich um sie, und er wusste nicht, ob es schützte oder verbarg.

Das Boot mit dem Obelisken und Finati legte an Heiligabend in Luxor an und sollte in der nächsten Woche nach der Aufnahme von Proviant und Briefen nach Rosetta weitersegeln. Nachdem Giovanni den Transport des Alabaster-Sarkophags auf den Weg gebracht hatte, beschloss er am zweiten Weihnachtsfeiertag, nun mit dem Graben in den guten Parzellen von Karnak zu beginnen, und setzte zum Ostufer über. Er hatte einen Griechen gefunden, der für ihn übersetzen sollte, und glaubte nicht, dass es ihm schwerfiele, einige der Arbeiter in Karnak zu überzeugen, für ihn zu arbeiten. Die Nachricht von seiner Rückkehr würde, bei dem üblichen Klatsch und Tratsch in den Dörfern zu beiden Seiten des Nils, die Runde gemacht haben, und er konnte sich darauf verlassen, dass man dort von seinen verbesserten finanziellen Verhältnissen wusste.

Das Erste, was auf ihn wartete, war allerdings der Anblick von einigen Arbeitern in dem Gebiet zwischen den beiden kleinen Seen, das eigentlich in britischer Hand sein sollte. Es waren keine Europäer unter ihnen, doch es bestand überhaupt kein Zweifel für Giovanni, dass die Leute für Drovetti tätig waren.

»Na schön, du piemontesischer Dreckskerl«, sagte er, gab dem Griechen und den beiden Eseltreibern, deren Tiere er gemietet hatte, ein Zeichen, und hielt auf die Arbeiter zu.

»Was tut ihr hier?«, fragte er scharf auf Arabisch, denn nach drei Jahren brauchte er für diese Frage keinen Dolmetscher mehr.

»Ihre Arbeit«, schallte eine Stimme auf Italienisch zurück; nicht Drovettis, doch unbekannt war ihm der Klang auch nicht, und die Aussprache war eindeutig piemontesisch. Aus Richtung der Säulenhalle kam eine große Gruppe von Arabern, angeführt von einem Europäer, in dem er Antonio Lebolo erkannte. Noch während er näher kam, rief Lebolo: »Wenn Sie sich unseren Obelisken unter den Nagel reißen, Belzoni, brauchen Sie sich nicht zu wundern, dass wir die Eigentumsverhältnisse hier auch etwas lockerer betrachten!«

Die richtige Antwort wäre gewesen, darauf hinzuweisen, dass der Obelisk Mr. Bankes gehörte, der für dieses Privileg beim Aga bezahlt hatte. Aber die friedliche Stimmung, die über die Feiertage gehalten hatte, war in dem Moment verflogen gewesen, als Giovanni die Arbeiter zwischen den Seen erspäht hatte. Außerdem war weit und breit kein Engländer gegenwärtig, vor dem man das Gesicht wahren musste.

»Das war mein Obelisk, du Stiefellecker«, schrie Giovanni zurück, »und wenn der Franzosenknecht, dem du in den Hintern kriechst, sich deswegen noch so sehr in den Schwanz beißt!«

Lebolo ließ ebenfalls alle Zurückhaltung fahren und rannte auf Giovanni zu. Sie hätten auf den Straßen in Italien sein können. Lebolo griff mit einer Hand nach Giovannis Esel, mit der anderen nach seinem Jackenschoß. »Hör zu, du Schleimlöffler«, zischte er, »du hast mich um den Bonus für Drovettis Obelisken gebracht, damit sich die Briten ihre

Füße daran abwetzen können, und du führst dich hier seit Jahr und Tag so auf, als wärst du der Kaiser von Österreich, aber weißt du, was du wirklich bist? Nichts als ein Stück Dreck aus Padua mit einer großen Klappe! Wird Zeit, dass dich jemand daran erinnert.« An seinem Handgelenk baumelte an einer Schnur ein schwerer Schlagstock, ganz in der Art, wie ihn Polizisten verwendeten.

Giovanni hörte den Griechen protestieren und begriff, dass Lebolos Araber ihn vom Esel gezerrt hatten. Die beiden Eseltreiber hatten vermutlich schon längst das Weite gesucht. Außerdem dämmerte Giovanni, dass es sich um einen Hinterhalt handelte; Lebolo und seine Leute mussten auf ihn gewartet haben!

»Du willst ein Stück von mir, Lebolo?«, fragte Giovanni leise. »Das kannst du haben! Versteck dich nur nicht hinter deinen Leuten, wenn du Prügel willst. Aber ich weiß ja, dass du ohne all deine Leibwächter hier längst vor Angst schlottern würdest!«

»Was um alles in der Welt ist hier los?«

Giovanni und Lebolo drehten beide die Köpfe und sahen Drovetti auf sie zukommen. Zum ersten Mal erlebte Giovanni, was er sich all die Jahre gewünscht hatte: Drovetti sah nicht ruhig aus, nicht gelassen, nicht spöttisch, nicht gut gelaunt oder ironisch; nein, er war offenkundig zornig und ohne seine sonst so undurchdringliche Selbstbeherrschung. Hinter Drovetti lief einer seiner Diener, der mit Pistolen bewaffnet war.

»Platz, Lebolo«, sagte Giovanni und spuckte aus. »Der Kerl, der deine Leine hält, rückt an.«

Das war es, worauf er gewartet hatte; endlich war es so weit! Dass die Umstände und die Mehrheitsverhältnisse so schlecht für ihn standen, würde Drovettis Demütigung noch viel gründlicher machen. Was aus ihm selbst werden würde, wusste Giovanni nicht, aber Drovetti, Drovetti würde er sich vorher schnappen können, und Gott selbst würde es gerecht nennen. Diesmal war eindeutig, wer der Angreifer war!

»Warum halten Sie meine Leute von der Arbeit ab, Belzoni?«

»Ich weiß nicht, was du meinst«, gab Giovanni zurück, der auf alle Formalität und Höflichkeit pfiff. »Die scheinen mir genau die Arbeit zu machen, für die du sie eingestellt hast. Straßenräuberei! Ist ja auch nicht anders zu erwarten, wenn man freiwillig für das korsische Ungeheuer das eigene Land plündert. Und du trittst hier in seine Fußstapfen, du Hurensohn. Altertümer, *Frauen*, mein Leben ... gibt es irgendetwas, was du nicht stiehlst?«

»Er ist nichts weiter als ein tollwütiger Hund, Colonnello«, hörte er Lebolo sagen. »Ich hab's doch gesagt. Lassen Sie mich das erledigen, ein für alle Mal!«

»Bist du völlig verrückt geworden?«, fragte Drovetti, der weiß im Gesicht war.

Blitzschnell schloss sich Giovannis Hand um Lebolos und drückte zu, wie er es bei Dr. Duzap getan hatte. Lebolo schrie auf, und Giovanni stieß ihn zu Boden. Dann stieg er von seinem Maulesel ab. In dem Moment gab irgendjemand hinter ihm einen Schuss ab; ob es Drovettis Diener oder einer der Araber war, wusste er nicht, auch nicht, ob es ein Warnschuss in die Luft sein sollte oder ihn die Kugel verfehlt hatte.

Er wurde auf einmal sehr ruhig. »Tu es doch«, sagte Giovanni. »Bring mich um. Versuch's, du Feigling. Oder brauchst du noch mehr von deinen Bütteln dazu?«

Lebolo hatte sich inzwischen wieder aufgerafft und mit der heilen Hand seinen Stock ergriffen. Mit einer scharfen Geste befahl Drovetti ihm, zurückzustehen, und fügte mit erhobener Stimme etwas für die Araber hinzu, in dem die Worte »nicht schießen« vorkamen. Dann trat er zu Giovanni, nahe genug, dass dieser Drovettis Atem auf seiner Haut spürte. An seinem Kinn zuckten kleine Muskeln.

»Belzoni«, sagte er sehr leise, »ich habe schon Leute umgebracht, als du dir in Padua noch den Dreck aus den Zehen geholt hast. Und wenn ich es mir richtig überlege, haben die mir noch nicht mal einen guten Grund dazu gegeben. Sie hatten nur das Pech, für die verdammten Österreicher kämpfen zu müssen. Weißt du, wie leicht es für mich wäre, dir ein Messer in die Rippen zu jagen?« Er schnipste mit den Fingern. »So leicht. Weil ich Krieg nie *spiele*.« Er senkte seine Stimme so weit, dass nur Giovanni ihn noch verstehen konnte. »Aber deine Frau will, dass du lebst, du Idiot. Weil du ihr Leben bist. Du allein.«

Damit trat er zurück und sagte laut: »Lebolo, wir gehen. Mit *allen* Männern.«

»Aber Colonnello«, begann Lebolo fassungslos, »das ...«

»Wir gehen«, wiederholte Drovetti scharf und sagte es noch einmal auf Arabisch. »Wer Belzoni hier anrührt, heute oder an einem anderen Tag, wird umgehend aus meinen Diensten entlassen.« Dann wandte er sich erneut Giovanni zu.

»Signor Belzoni«, sagte er förmlich, »hiermit entschuldige ich mich für das Verhalten meiner Leute.«

Er nickte Belzoni zu, drehte sich um und ging. Nach kurzem Zögern folgten ihm die Araber, einige unter Murren, die meisten aber schweigend und gleichgültig, und schließlich auch Lebolo.

Giovanni blieb zurück, mit einem Gefühl der Leere im Magen und Bitterkeit im Mund. Er hatte nun, was er wollte: Drovetti hatte sich in aller Öffentlichkeit erst ins Unrecht gesetzt und dann den Kürzeren gezogen. Giovanni war alleine gegen eine Schar von mindestens dreißig gestanden, und sie waren es gewesen, die zurückwichen. Als zusätzlichen Gewinn hatte er von seinem Rivalen außerdem noch eine glaubwürdige Versicherung der Liebe seiner Frau erhalten, falls er denn noch eine brauchte.

Er hatte sich nie weniger als Sieger gefühlt.

Ich hätte sterben können, dachte er. *Ich hätte sterben können und Sarah allein gelassen, und für was? Nicht für eine Entdeckung. Nicht um des Ruhmes in der Geschichte willen. Noch nicht einmal wegen des verwünschten Obelisken. Drovetti hat recht. Er hat recht. Ich bin ein Idiot.*

Als er zum Westufer übersetzte, fand er dort Sarah, die gerade versuchte, selbst ein Boot zum anderen Ufer zu nehmen. Es stellte sich heraus, dass einige der arabischen Arbeiter in Karnak, die den Streit aus der Ferne beobachtet hatten, zu ihr geeilt waren, um sie zu warnen.

»Es ist nichts passiert«, versicherte er ihr. »Nicht das Geringste. Nur ein Wortwechsel, das war alles. Siehst du, ich habe noch nicht einmal einen Kratzer.« Nach einer Pause setzte er tonlos hinzu: »Und er auch nicht.«

»Das habe ich nicht gefragt«, sagte Sarah ruhig.

»Nein«, sagte Giovanni und holte tief Luft. Wenn man wirklich etwas ändern wollte, dann konnte man nicht weitermachen wie vorher. »Sarah«, sagte er, »Sarah, was hältst du davon, wenn wir mit dem Obelisken Luxor verlassen?«

»Um nach Rosetta zu fahren oder Kairo?«, fragte sie zurück. »Aber ich dachte, du wolltest nun anfangen, für dich selbst zu sammeln, Giovanni?«

»Das wollte ich. Aber ein paar kleine Stücke habe ich ohnehin schon, und das Beste, was ich gefunden habe, ist so groß, dass ich davon nur Zeichnungen haben kann. Außerdem meinte ich nicht nur Rosetta. Rosetta soll nur die erste Station sein; Sarah, was ich meine, ist … was hältst du davon, wenn wir Ägypten verlassen?«

Eine Haarsträhne war ihrem Turban entkommen und glänzte in der frühnachmittäglichen Wintersonne golden.

»Warum?«, fragte sie.

Er suchte nach den richtigen Worten, um das auszudrücken, was ihm klar geworden war, seit Drovetti sich in Karnak von ihm abgewandt hatte, und was sich auf dem Weg zurück über den Nil in ihm verfestigt hatte. »Wenn ich hierbleibe und weiter sammle«, sagte Giovanni, »wird es nicht aus Freude an den Altertümern geschehen und um sie für die Geschichte zu retten. Es wird noch nicht einmal für meinen eigenen Ruhm sein. Es wird um eines sinnlosen Wettbewerbs geschehen, ganz gleich, ob mit Drovetti oder Salt, und wenn nicht mit ihnen, dann mit den Neuankömmlingen hier, mit den Preußen und Spaniern, und es wird nichts von mir übrig lassen. So möchte ich nicht den Rest meines Lebens verbringen, Sarah«, schloss er und drückte ihr die Hand. »Ich möchte ihn mit dir verbringen.«

Stumm erwiderte sie seinen Händedruck; als sie wieder sprach, konnte er an ihrer Stimme hören, dass sie mit den Tränen kämpfte, doch ihre Augen blieben trocken.

»Dann meine ich, Giovanni, dass es an der Zeit ist, um Ägypten zu verlassen.« Ihr Ton wurde freier, und in ihrem Gesicht zeigte sich das erste Funkeln eines Lächelns. »Wir sind schon zu lange hier. Wann waren wir je so viele Jahre an einem Ort?«

Da wusste er, dass er die richtige Entscheidung getroffen hatte. Vielleicht nicht die klügste, vielleicht nicht die beste. Aber die richtige.

~

Einer der Leute aus Kurna hatte ihr die Botschaft gebracht. Sarah benutzte sie zum Anzünden des Feuers, um sich auf ihrem kleinen Steinofen etwas Kaffee zu brauen, aber während Giovanni den Transport des Alabastersarkophags aus dem Grab in Richtung Ufer beaufsichtigte, ging sie trotzdem zu der Höhle in Kurna, in der sich einmal ein anderer Sarkophag aus rotem Granit befunden hatte, der inzwischen im britischen Konsulat stand.

Drovetti wartete schon auf sie. »Ich war mir nicht sicher, ob Sie kämen«, sagte er.

»Ich war mir nicht sicher, ob ich kommen würde«, entgegnete Sarah. Sie blieb auf der anderen Seite des Schachtes, in dem der Sarkophag gewesen war. Sie wartete darauf, ob er etwas zu den Ereignissen von Karnak sagte. Was Giovanni ihr erzählt hatte und was sie von den Arabern hörte, unterschied sich sehr, und mittlerweile glaubte sie nicht, dass eines von beiden die reine Wahrheit war oder dass es so etwas wie die reine Wahrheit überhaupt gab. Spiegel, verzerrende Spiegel und verkehrte Blickwinkel, überall. Der Mann vor ihr hatte behauptet, dass sie mit Schwarz und Weiß besser fertig würde, und vielleicht hatte er recht. Doch die Sarah, die kein Grau wahrnehmen konnte, war fort, und er hatte das Seine dazu beigetragen, um sie zu zerstören. Mit dem Resultat musste sie leben.

»Ich wollte mich von Ihnen verabschieden«, sagte er.

»Ich hätte mir denken können, dass man Ihnen schon davon erzählt hat, dass wir mit dem Obelisken nach Rosetta weiterziehen.«

»Wie es Ihre leider allzu bezwingende Art ist, meine liebe Sarah«, sagte Drovetti, und der Spott in seiner Stimme schien sich gegen sich selbst so gut wie gegen sie zu richten, »überschätzen Sie mich. Das ist mir neu. Ich wollte mich von Ihnen verabschieden, weil ich selbst Luxor verlassen werde.«

In ihrem Kopf fügte sich ein Stück zum anderen, und nun war sie sicher, was es gewesen war, das weder Giovanni noch die Fellachen ihr hatten erzählen können. Sie überlegte und entschied, dass es nichts Wesentliches änderte. Es war immer noch das Richtige, Ägypten zu verlassen, und sie war immer noch froh, dass Giovanni und sie zueinander zurückgefunden hatten.

»Wenn Sie jetzt gerade denken, dass ich eine noble Geste mache, um nicht wieder in Versuchung zu geraten, Ihren Gatten umzubringen, täuschen Sie sich«, sagte er auf seine alte, aufreizend überhebliche Art. »Mir geht es vor allem darum, meinen eigenen Hals zu retten. Oh, nicht vor Ihrem Gatten, aber die Bevölkerung von Karnak hat einen Grund bekommen, mich tot zu wünschen. Sie wissen wahrscheinlich, dass ich genau wie meine geschätzten Kollegen Kinder dazu benutze, um bei den Ausgrabungen Steine, Erde oder Geröll fortzutragen. Nun, eigentlich sollten die Berge zu beiden Seiten der Grabungsstätten abgestützt werden, aber vor ein paar Tagen waren meine Leute … abgelenkt. Und abwesend. Aber die Kinder nicht. Sie waren in einem freigelegten Schacht von dreißig Fuß Tiefe, als alles über ihnen zusammenbrach.«

Sie presste die Hand auf den Mund.

»Ja«, sagte er. »Es waren zwölf Kinder. Die Hälfte konnte gerettet werden, aber sechs von ihnen sind tot. Haben Sie schon einmal eine arabische Mutter um ihr Kind klagen hören, Sarah? Es wundert mich eigentlich, dass die Rufe nicht zu Ihnen über den Fluss gedrungen sind. Ich … ich konnte sie überall hören.«

Sarah dachte an all die Kinder, die sie über die Jahre in Kurna und Luxor kennengelernt hatte, und die Vorstellung, wie sie unter Geröll oder Erde erstickten, wie sie darunter erschlagen wurden, ließ sie die Nichtigkeit ihrer eigenen Sorgen empfinden. Kinder, sechs Kinder. Sie war am Leben; Giovanni war am Leben; James war am Leben. Die Kinder waren tot.

»Was werden Sie jetzt tun?«

»Meinen eigenen Hals retten, wie ich schon gesagt habe.

Ich bin nicht selbstmörderisch genug veranlagt, um den Familien Buße in Form meines Blutes anzubieten. Nein, ich werde das tun, was Menschen, die andere ins Unglück stürzen, immer zu tun pflegen, wenn sie die Mittel dazu haben: viel Geld verteilen und mich eine lange Zeit nicht mehr blicken lassen.«

Sarah betrachtete ihn und schüttelte den Kopf.

»O doch, das werde ich«, sagte er.

»Das meine ich nicht. Unter allen Menschen, die ich kenne, sind Sie der Einzige, der es für nötig hält, sich ständig so schlecht wie möglich darzustellen. Es ist nichts Schändliches daran, Schuldbewusstsein zu empfinden, oder Mitleid, oder Reue, wissen Sie. Sie brauchen sich dagegen nicht mit Aphorismen oder Bonmots zu verteidigen.«

»Sie tun es immer noch«, sagte er, und an seiner Stimme war nichts Ironisches, Zynisches oder auch nur Werbendes. Stattdessen war sie weich und zärtlich, und obwohl er auf seiner Seite des leeren Grabes blieb, streckte er seine gesunde Hand nach ihr aus, wohl wissend, dass eine Berührung unmöglich war. »Ich dachte, nach allem, was geschehen ist, würden Sie nie wieder darauf bestehen, in mir einen besseren Mann zu sehen, als ich es bin, aber Sie tun es immer noch. Nun, Sarah, ich will Ihnen immerhin ein Geständnis machen. Vor nicht allzu langer Zeit, in einer anderen Höhle, habe ich Ihnen gesagt, ich verfügte über kein Schuldbewusstsein, da es zwar Dinge gäbe, die ich bedauere, aber keine, die ich bereue. Das hat sich mittlerweile geändert. Es … es gibt Dinge, die ich bereue. Aber ich kann sie nicht bedauern.«

Diesmal erkannte sie seine Taktik als das, was sie war: Er rechnete damit, dass die Erwähnung jener Nacht sie zornig machen und von den Kindern ablenken würde. Es war ihm wirklich lieber, sich in Wortgefechte zu stürzen und gehasst zu werden, als gezwungen zu sein, zuzugeben, dass ihm eine Tragödie naheging und dass ihn sein Anteil daran quälte.

Vielleicht hatte sie ihn in jener Nacht gehasst; er war sehr gut und sehr geübt darin, Menschen zu bestimmten Gefühlen zu reizen. Hass war nicht das einzige gewesen. Sie würde nie mit jemandem darüber sprechen. Ein Fehler konnte seinen Stachel verlieren und eine Erfahrung werden, wenn man aus ihm lernte und ihn nicht noch einmal beging. Aber da sie Ägypten verlassen und ihn mit großer Sicherheit nie mehr wiedersehen würde, wollte sie in Frieden von ihm scheiden und ein letztes Mal versuchen, ihm gegenüber ehrlich zu sein.

»Dann«, sagte sie, »haben wir ausnahmsweise etwas miteinander gemeinsam, Sie und ich.«

Auch Sarah streckte ihre Hand über dem Schacht aus, und die Berührung in der Luft, die nicht stattfand, war auf ihre Weise intimer als das, was in einer regnerischen Nacht zwischen ihnen geschehen war.

»Leben Sie wohl.«

»Sehen Sie, deswegen ziehe ich die französische Sprache der englischen vor«, sagte er, ohne den Blick von ihr zu wenden. »*Goodbye* ist so ein hässliches Wort. *Au revoir*, Sarah. *Au revoir.*«

EPILOG

1821

Selbst wenn James sich nicht im West End ausgekannt hätte, wäre es ihm nicht schwergefallen, die Egyptian Hall zu finden, denn der Besucherstrom staute sich in der Bond Street bis hin zu Picadilly, wo sie lag. Sie war 1812 erbaut worden und eigentlich als naturhistorisches Museum gedacht, doch 1819 hatte der Museumsbesitzer sie verkaufen müssen, und seither hatte sie Malern und ihren Gemälden ebenso als Ausstellungsort gedient wie Attraktionen, die James noch vom Jahrmarkt her kannte: siamesischen Zwillingen, einer japanischen Meerjungfrau und einer Maschine, die es angeblich fertigbrachte, lateinische Hexameter zu dichten. Für den Sommer 1821 war sie nun von dem Verleger John Murray für seinen neuen Autor gemietet worden: Giovanni Battista Belzoni. In allen Zeitungen stand, dass die Ausstellung dem geneigten Publikum vor Augen führen würde, was Belzoni in seinem Buch – erhältlich in jedem von Mr. Murray belieferten Buchladen – beschrieben hatte: die grandiosesten Entdeckungen in Ägypten.

Am Eröffnungstag, dem ersten Mai, stand James mit vielen anderen Bewohnern Londons in der Schlange und wartete darauf, gegen das Entgelt von einem Shilling hineingelassen zu werden. Er hätte sich natürlich vorher bei den Belzonis melden können, doch eine Mischung aus Stolz und dem Wunsch, sie zu überraschen, ließen ihn davon absehen. Lieber stand er zwischen den Wartenden und hörte sich an, was sie untereinander tuschelten. Keinem war bewusst, dass Mr. B der ehemalige Samson aus Patagonien war; dafür wollten einige gehört haben, dass er in den Salons, in die der Verleger John Murray ihn mitgenommen hatte, mehr Aufsehen erregte als Sir Walter Scott. Andere hatten das Buch bereits gelesen, und James, der das ebenfalls getan hatte, musste sich zurückhalten, um nicht zu sagen: *Darin komme ich vor! Der Junge, der alleine versuchte, die Wassermaschine in Gang zu halten, das war ich!*

»Aber der Anhang, den seine Frau geschrieben hat, den halten Sie doch sicher für erfunden?«, fragte ein Mann seinen Nachbarn. »Können Sie sich einen Gentleman vorstellen, der seine Gattin allein unter Muselmanen lässt oder sie auf Reisen durch das Heilige Land schickt? Ich bitte Sie!«

»Das ist mir egal«, gab der andere zurück. »Ich will die Grabkammern sehen, die er nachgebaut hat. Außerdem soll es eine echte Mumie geben!«

London war dieser Tage zum Bersten gefüllt, da George III., der wahnsinnige alte König, endlich gestorben war und der Prinzregent bald als George IV. gekrönt werden würde. Deswegen waren die Belmores hier, aber es hatte James keine Mühe bereitet, für den Tag frei zu bekommen. Als er mit seinem Platz in der Schlange endlich bis zum Eingang vorgerückt war, zahlte er seinen Shilling und begann, sich umzusehen. Der erste Raum wurde, so erklärte es ein Schild, von Mr. B der *Raum der Schönheiten* genannt. James staunte. Aus Gips gemacht und sorgfältig bemalt, wirklich fast genauso, wie er es in Ägypten gesehen hatte, lag eine der Grabkammern vor ihm. Die prachtvollen Wandgemälde zeigten immer wieder die Figur des toten Königs, wie er vor großen Gestalten mit den Köpfen von Falken, Schakalen und Kühen stand und opferte. James erinnerte sich, als wäre es gestern gewesen, wie Mr. B ihm erklärt hatte, dass es sich dabei um die ägyptischen Götter handelte. Der zweite Raum bildete die Eingangshalle mit ihren Säulen nach, an die sich James vor allem wegen all der Schlangenfiguren an ihren Wänden erinnerte, doch in keiner von beiden fand er die Belzonis. Beunruhigt fragte er sich, ob sie überhaupt anwesend waren. Doch er konnte es sich nicht anders vorstellen. Nicht am ersten Tag, nicht Mr. und Mrs. B!

Dann entdeckte er, dass die Ausstellung noch weiterging. Vor dem *Raum der Schönheiten* standen zwei der Statuen mit den Löwenköpfen und zwei Modelle der zweiten Pyramide. Das eine bestand aus Wachs, war fast vier Fuß groß und zeigte sie zur Gänze, das andere Ausschnitte; man konnte die Tunnel und Schächte in ihren Einzelabschnitten genau erkennen, weil sie wie Kuchen aufgeschnitten waren. Daneben befand sich ein Modell des Tempels von Abu Simbel, und da ihn James nie zu Gesicht bekommen hatte, verweilte er dort eine ganze Weile, ehe er weiter nach den Belzonis suchte.

Endlich entdeckte er, dass es im ersten Stock noch eine Galerie gab, in der all die Bilder, die Dr. Ricci gezeichnet hatte, so arrangiert waren, dass sie einen Eindruck vom gesamten Königsgrab in Biban el-Moluk ergaben und die Besucher es in der richtigen Reihenfolge vom Eingang bis zum Sarkophagschacht abwandern konnten. »In einem Maßstab von eins zu sechs«, hörte er eine mächtige Stimme dröhnen und wusste, dass er Mr. B endlich gefunden hatte.

Mr. B hatte seinen Bart bis auf ein kleines Kinnbärtchen zurückgestutzt und trug den Anzug eines Gentlemans, was ihn nach all den Jahren für James sehr fremd aussehen ließ, und er stand mit einem Ehepaar, mit dem er offenbar bekannt war, gestikulierend vor einem der Bilder. James zögerte, und während er noch überlegte, wie er sich am besten bemerkbar machen sollte und ob Mr. B ihn am Ende nicht erkennen würde, wurde er bei den Schultern genommen und herumgerissen.

»James«, sagte Mrs. B, »James!«

Eigentlich hatte er sich vorgenommen, zuerst ein wenig kühl ihr gegenüber zu sein. Immerhin hatte sie sich in Nazareth einfach davongemacht, als traute sie ihm nicht zu, einen ordentlichen Abschied zu verkraften. Aber Mrs. B, die zurückhaltende Mrs. B, küsste ihn nun vor aller Augen auf die Wange, und er sah, dass Tränen in ihren Augen glitzerten.

»Das ist die schönste Überraschung des Tages«, sagte sie.

»Also, das halte ich für übertrieben, Schwägerin«, warf jemand von hinten ein, und James sah aus den Augenwinkeln Francesco Belzoni zu ihnen treten, der ihn stirnrunzelnd musterte. »Wo hast du denn diese Uniform her, Curtin? Nicht gestohlen, will ich hoffen.«

»James gehört zu Lord Belmores Haushalt«, sagte Mrs. B kühl und wandte sich wieder an James. »Francesco ist gekommen, um uns mit dem Aufstellen der Ausstellung zu helfen, aber er muss Schwierigkeiten auf dem Weg gehabt haben, denn er ist erst gestern hier in London eingetroffen.«

James konnte nicht anders, er musste grinsen. Lady Belmore war in dieser Hinsicht nicht schlecht, doch niemand provozierte so gekonnt und unauffällig zugleich wie Mrs. B. Dass sie es tat, um ihn zu verteidigen, machte die Sache nur noch besser.

»Oh, Sie haben das auch allein ganz wunderbar hinbekommen, Sie und Mr. B«, sagte er zu ihr und machte eine ausholende Geste. »Das müssen doch über tausend Besucher sein! Davon haben wir auf den alten Touren durch die Provinzen nur träumen können.«

Mrs. B legte den Finger auf die Lippen und nahm seinen Arm, während sie Francesco stehenließ und mit James die Galerie entlangging. »Das ist immer noch ein Geheimnis«, sagte sie. »Soweit es den Rest der Welt betrifft, hat Mr. Belzoni in Rom studiert und sich dann in ganz Europa mit der Hydraulik beschäftigt, bis er vom Pascha nach Ägypten gerufen wurde.«

»Wenn Sie es sagen, Mrs. B«, stimmte James zu. »Übrigens, der uns beiden so am Herzen liegende Mr. F. hatte fast recht. Nicht, dass die Uniform gestohlen ist, aber sie ist bald nicht mehr die meine. Sehen Sie, Lord Belmore zahlt wirklich gut, aber mittlerweile ist es mir hier zu kalt. Da gibt es zwei Herren, die Dr. Richardson kennt, Reverend Waddington und Reverend Hanbury, und die wollen Äthiopien besuchen und brauchen noch einen verlässlichen Diener, der sich mit dem Reisen auskennt. Nun sagen Sie selbst, Mrs. B, die zwei ehrwürdigen Herren kann man doch nicht alleine reisen lassen, oder?«

Er hoffte, dass sie ihn nicht fragen würde, was denn aus seinem Bedürfnis geworden war, unbedingt nach England heimzukehren, oder seinen Plänen, genug zu verdienen, um vielleicht heiraten zu können, und sie tat es nicht, obwohl es damals die Gründe gewesen waren, die er ihr dafür genannt hatte, sie zu verlassen. *Mrs. B,* dachte James, *versteht wohl besser als die meisten, dass Fernweh eine Krankheit ist, die man nie wieder loswird.*

»Nein, James, das wäre bestimmt nicht gewissenhaft«, stimmte sie zu und erwiderte sein Lächeln. »Was auch immer du tun willst, fang damit an.«

Eine Weile tauschten sie Neuigkeiten aus. Die Belzonis waren über Italien zurückgereist, vor allem, weil Mr. Bs Bruder Antonio gestorben war. Mrs. B hatte endlich den Rest der Familie kennengelernt – Antonios Witwe und ihre kleine Tochter, Teresina, den jüngsten Bruder, Domenico, die alte Mrs. Belzoni, Mama Teresa, und ein halbes Dutzend Cousins und Cousinen. Mr. B hatte darauf bestanden, sein Buch ganz alleine zu schreiben, wenngleich er erlaubt hatte, dass Mrs. B seine Rechtschreibfehler korrigierte und einen eigenen Anhang über die Frauen in Ägypten, Nubien und Syrien schrieb, und Mr. Murray, dessen Zeitschrift *Quarterly Review* schon mehrfach Briefe von Mr. Salt über Mr. Bs Entdeckungen veröffentlicht hatte, war gerne bereit gewesen, es zu verlegen. Es verkaufte sich rasend schnell und war jetzt schon in der zweiten Auflage.

»Also, das Buch, das habe ich gelesen. Aber ich wette, ich habe Neuigkeiten, von denen Sie noch nicht gehört haben, Mrs. B«, sagte James, nachdem er sich vergewissert hatte, dass niemand in Hörweite war. »Wissen Sie, bei den Belmores wird viel geklatscht. Stellen Sie sich vor, Mr. Salt hat eine Italienerin geheiratet! Und …«

Er zögerte, dann sagte er sich: *Warum nicht?* Mrs. B und Mr. B waren offenkundig vereint, und außerdem war er nicht mehr der ein wenig eifersüchtige Junge, der Mrs. Bs gelegentlichen Besucher argwöhnisch beobachtet hatte.

»Mr. Drovetti ist wieder französischer Konsul. Derjenige, der es zwischendurch war, ist zurückgetreten. Aus Gesundheitsgründen, heißt es.«

Mrs. B betrachtete die Zeichnung einer ägyptischen Tänzerin, deren Original irgendwo unter der Erde von Theben verborgen lag. »Ich glaube«, sagte sie langsam, »das hat er sich am meisten gewünscht. Wer hätte gedacht, dass uns das Leben unsere Träume erfüllt, James? Mr. Belzoni, dir, und nun auch ihm.«

»Und Ihnen, Mrs. B?«, fragte er.

Sie strich ihm eine Locke aus der Stirn, wie sie es getan hatte, als er noch jünger war.

»Ja«, sagte sie. »Auch mir.«

Es lag ihm auf der Zunge, ihr noch eine Frage zu stellen, doch inzwischen hatte Mr. B sich freigemacht und war ihnen nachgeeilt. »James«, rief er und umarmte ihn so heftig, als handle es sich bei James um den Bären, mit dem er in Edinburgh eine Bühne geteilt hatte. James nahm sich vor, später alle Rippen zu zählen. »*Ragazzo!* Bei allen Heiligen, es tut gut, dich wiederzusehen!«

»Und Sie, Mr. B, und Sie.«

»Du kommst gerade im rechten Augenblick. Sarah, meine

Liebste, ich muss dich etwas fragen, und James hier soll uns auch seine Meinung dazu sagen. Hast du je von den Quellen des Niger gehört?«

»Giovanni«, sagte Mrs. B, »niemand weiß, wo der Niger entspringt.«

Mr. Bs Augen leuchteten auf. »Eben«, sagte er, »eben. Sarah, was hältst du davon, wenn wir eine neue Reise machen?«

NACHWORT

Anders als ein Roman endet jede Lebensgeschichte früher oder später durch den Tod; im Fall von Giovanni Belzoni geschah es früher. Er starb am 3. Dezember 1823 unweit von Benin in Nigeria. Der Entdecker Richard Burton hat sein Grab noch gesehen und besucht; heute ist es spurlos verschwunden.

Sarah überlebte ihn um viele Jahre und ließ sich nach Jahrzehnten voller Reisen auf dem europäischen Kontinent schließlich auf der Insel Jersey nieder, wo sie am 13. Januar 1870 starb. Sie heiratete nie wieder.

Bernardino Drovetti verließ Ägypten 1829 nach einer zweiten erfolgreichen Amtszeit als französischer Generalkonsul, fast dreißig Jahre nachdem er das Land zum ersten Mal betreten hatte, und verbrachte den Rest seines Lebens in Frankreich, Italien und der Schweiz. Er starb am 9. März 1851 in Turin.

Henry Salt dagegen starb bereits 1827, am 30. Oktober, in Ägypten, wo er in Alexandria beerdigt liegt; seine junge italienische Frau war bereits ein paar Jahre vor ihm gestorben. In seinem Testament wird sein illegitimer »Sohn in der Obhut Osmans« explizit erwähnt und bedacht.

James Curtin wird von mehreren Ägypten- und Afrikareisenden als Diener oder Führer erwähnt, aber danach verliert sich seine Spur.
Wenn man heute von den Methoden der frühen Ägyptolo-

gen liest, sträuben sich einem natürlich die Haare. Die Archäologie steckte noch in ihren Kinderschuhen, und keinem der Europäer, die aus diversen Gründen nach Ägypten kamen, alle mit den Vorurteilen und Einstellungen ihrer Zeit, wäre es in den Sinn gekommen, sich als Grabräuber zu betrachten, als die sie später manchmal tituliert wurden. Genauso fremd wäre ihnen der Gedanke gewesen, die ägyptischen Kulturschätze den Ägyptern zu lassen. So kam es, dass einer der ersten modernen Ägypter, der sich dokumentiert für die Antike begeisterte, einige der Monumente, die seine Begeisterung weckten, nicht etwa an den Ufern des Nils, sondern in Paris sah. (Es war Rifa'a Badawi Rafi al-Tahtawi, den ich in meinem Roman um zwei Jahre älter gemacht habe, damit er Belzoni begegnen kann. Er gehörte zu den arabischen Studenten, die Mehemed Ali nach Paris schickte, und er verfasste Studien über Frankreich und die Franzosen genauso wie Gedichte über die Pharaonen und eine Geschichte des alten Ägypten.)

Heute finden wir die Fundstücke dieser Ausgrabungen vor allem im Britischen Museum, im Louvre und im italienischen Museum für ägyptische Geschichte in Turin, wo Drovettis Sammlung landete, nachdem seine Verhandlungen mit dem Louvre gescheitert waren. Der Grund war kein finanzieller, sondern die damalige Opposition des Klerus in Frankreich, der befürchtete, das Studium ägyptischer Altertümer könnte die Datierung der menschlichen Geschichte durch die Bibel erschüttern.

Die Stadt Berenike befand sich tatsächlich an dem von Belzoni entdeckten Ort. Da die Hieroglyphen zu seiner Zeit in Ägypten noch nicht entziffert waren, konnte er nicht wissen, wem das Grab gehörte, das er in Biban el-Moluk freilegte: Es handelt sich um das Grab von Sethos I., das auch heute noch als das schönste im Tal der Könige gilt.

Der Kopf, den Belzoni als den des Memnon bezeichnete, war ein Teil einer Statue Ramses' II.; dementsprechend ist das Memnonium heute als Ramsesseum bekannt. Der Tempel in Abu Simbel, dessen Eingang Belzoni freilegte, wurde ebenfalls von Ramses II. erbaut. Wegen des Staudamms von Assuan wurde eine Verlegung notwendig, so dass wir den Tempel heute um einiges entfernt von dem Ort vorfinden, an dem ihn Belzoni betrat.

Manchmal ist es es kaum möglich, beim Schreiben das Hier und Heute ganz auszuklammern: so zum Beispiel bei der Beschreibung von Jerusalem. Die berühmten vergoldeten Aluminiumplatten, die heute jeder mit dem Felsendom verbindet, erhielt er übrigens erst 1963; zu Sarahs Zeiten besaß die Kuppel nur ein schwarzes Bleidach.

Um die historischen Fakten in einen Roman einbetten zu können, habe ich mir einige Freiheiten herausgenommen, wie zum Beispiel die, das Handlungspersonal zusammenzukürzen und diverse Mitreisende, Dolmetscher, Handlanger und Bedienstete manchmal zu derselben Person zu vereinen. Eine Ausnahme ist Yanni Athanasiou, den es wirklich gegeben hat. Er blieb bis 1835 in Ägypten, zog dann nach England und starb dort am 19. Dezember 1854; seine Memoiren veröffentlichte er unter der italienisierten Form seines Namens, Giovanni d'Athanasi.

Sarah Belzonis Beziehung zu Bernardino Drovetti ist meine persönliche Spekulation. Ausgelöst wurde sie durch eine kurze Passage in Ronald Ridleys Drovetti-Biographie. Er erwähnt beiläufig, dass Sarah Jahre nach Belzonis Tod an Drovetti schrieb; sie versuchte, eine neue Ausstellung zu organisieren, um das Gedenken an ihren Gatten am Leben zu halten, und bat ausgerechnet seinen größten Gegner um Hilfe. Das ist, gelinde gesagt, erstaunlich. Man muss zwar fairerweise sagen, dass Drovetti laut vieler Quellen die durchgängige Reputation hatte, hilfsbereit zu sein, aber Belzoni hat in seinem Bericht über seine Ausgrabungen kein gutes Haar an ihm gelassen; er hat den Mann sogar des versuchten Mordes an sich bezichtigt. Und ausgerechnet ihm schreibt Sarah? Das brachte mich auf die Idee, dass sie eine andere Einstellung zu Drovetti gehabt haben muss als ihr Gatte.

Jenseits aller schriftstellerischen Freiheit sind es aber besonders die gesicherten Fakten aus dem Leben der Menschen, die in *Säulen der Ewigkeit* auftreten, die erstaunen: die Karriere des zwei Meter großen Belzonis als »starker Mann« (die er später zu verheimlichen versuchte) oder der Umstand, dass er als Artist in Malta war und es ihm trotzdem gelang, als Ingenieur von Ismail Gibraltar für den Pascha von Ägypten angeheuert zu werden; Sarah Belzonis Reise nach Jerusalem in Mameluckenkleidung; Drovettis Bürgen für die englischen Gefangenen mit seinem persönlichen Vermögen und der Dankesbrief von General Fraser; Mr. Beecheys silbernes Besteck auf der Reise nach Abu Simbel, das dann bei Sarah gelassen wurde, oder der eingravierte Name des Schoßhunds von Lady Belmore auf dem Gipfel der Cheopspyramide.

Es waren Menschen, über die sich ihre Biographen noch heute in den Haaren liegen. Ich habe mich bemüht, sie in ihrer Vielschichtigkeit darzustellen und sie ein Stück auf den ineinander verflochtenen Reisen ihres Lebens zu begleiten.

Tanja Kinkel

BIBLIOGRAPHIE

Belzoni, Giovanni: *Entdeckungsreise in Ägypten 1815 – 1819.* (Gekürzte deutsche Fassung des englischen Originals, erschienen bei DuMont, Köln 1990.)

Belzoni, Sarah: *Short Account of the women of Egypt, Nubia and Syria.* (Im Anhang der englischen Originalfassung von Belzonis Reisebericht 1821 bei John Murray, London, erschienen.)

Fagan, Brian: *The Rape of the Nile.* Korrigierte Auflage, London 2004.

Halls, John J: *The Life and Correspondence of Henry Salt.* Reprint der Originalausgabe, London 2005.

Hourani, Albert: *Arabic Thought in the Liberal Age 1798 – 1939.* Cambridge 1983.

Irby, Charles Leonard und Mangles, James: *Travels in Egypt and Nubia, Syria and the Holy Land.* Reprint der Originalausgabe, London 2005.

Kathib, Hiram: *Palestine and Egypt under the Ottomans.* London 2003.

Lane, E.W.: *Manners and Customs of the Modern Egyptians.* Erstausgabe London 1836, Reprint London 1978.

Manley, Deborah und Rée, Peta: *Henry Salt. Artist, Traveller, Diplomat, Egyptologist.* London 2001.

Mayes, Stanley: *The Great Belzoni.* London 1959.

Moorehead, Alan: *The Blue Nile.* London 1962.

Reid, D. M.: *Whose Pharaos?* Los Angeles 2002.

Ridley, Ronald: *Napoleon's Proconsul in Egypt. The Life and Times of Bernardino Drovetti.* London 1995.

Roberts, David: *Reisetagebuch. Ägypten Gestern und Heute,* Reprint der Litographien und Auszüge aus Roberts' Tagebuch, deutsch erschienen Köln 2001.

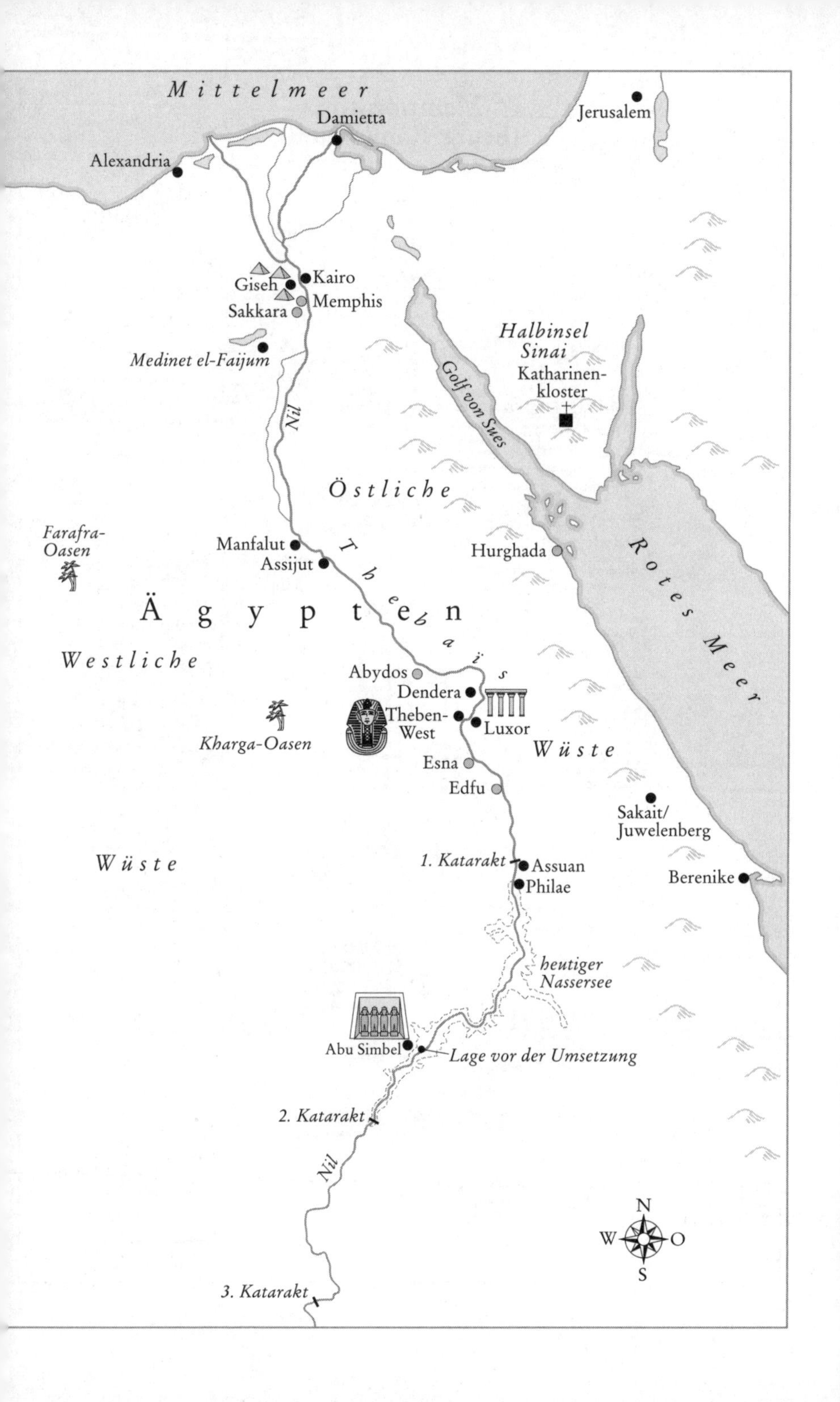
Mittelmeer
Damietta
Jerusalem
Alexandria
Giseh
Kairo
Memphis
Sakkara
Medinet el-Faijum
Halbinsel
Sinai
Golf von Sues
Katharinen-
kloster
Nil
Östliche
Thebais
Farafra-
Oasen
Manfalut
Assijut
Hurghada
Rotes Meer
Ägypten
Westliche
Abydos
Dendera
Theben-
West
Luxor
Kharga-Oasen
Wüste
Esna
Edfu
Sakait/
Juwelenberg
Wüste
1. Katarakt
Assuan
Philae
Berenike
heutiger
Nassersee
Abu Simbel
Lage vor der Umsetzung
2. Katarakt
Nil
N
W
O
S
3. Katarakt

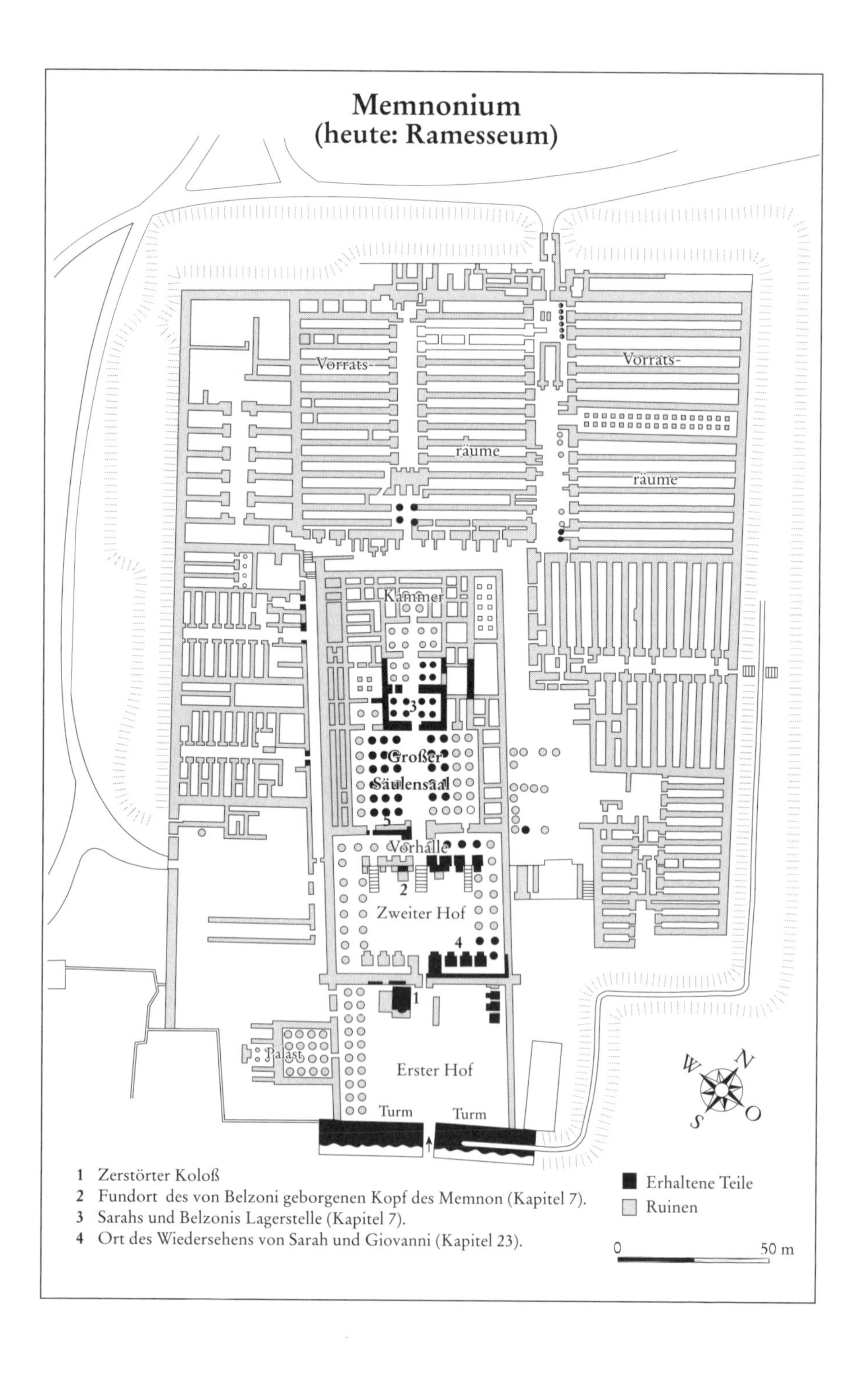
Memnonium
(heute: Rameseum)
Vorrats-
räume
Vorrats-
räume
Kammer
3
Großer
Säulensaal
5
Vorhalle
2
Zweiter Hof
4
1
Palast
Erster Hof
Turm
Turm
W
N
S
O
1 Zerstörter Koloß
2 Fundort des von Belzoni geborgenen Kopf des Memnon (Kapitel 7).
3 Sarahs und Belzonis Lagerstelle (Kapitel 7).
4 Ort des Wiedersehens von Sarah und Giovanni (Kapitel 23).
Erhaltene Teile
Ruinen
0
50 m

Felsentempel von Abu Simbel

heutige Betonkuppel

heutiger Kuppelhohlraum

Profilschnitt

K
K
Terrasse
K
K
S
S
S
Pfeilerhalle
Hypostylos
Quersaal
S
S
S
S
S
Sanktuarium

Grundriss

S
W
O
N

K = Kolossalstatuen

S = Seitenkammern

0 20 m

»Sprachen wir nicht einmal über Eden?
Über eine neue Welt? Sie und ich,
wir haben sie geschaffen!«

Tanja Kinkel

GÖTTER-DÄMMERUNG

»Brillant recherchiert:
Gänsehautfeeling mit Niveau.« *Freundin*

Zuerst scheint es nur Routine zu sein: Der Journalist Neil LaHaye recherchiert für ein Buchprojekt. Dabei stößt er immer wieder auf den Pharmakonzern Livion – und schließlich mitten hinein in ein Wespennest von politischen und wissenschaftlichen Verstrickungen, die direkt ins Pentagon führen. Doch was steckt dahinter? Die Suche nach der Wahrheit führt Neil zu Beatrice Sanchez, die in einem Sicherheitslabor weitab der staatlichen Kontrollen mit dem Unvorstellbaren experimentiert …

»Der ›weibliche Noah Gordon‹
hat einen brisanten Wissenschaftsthriller
in bester Crichton-Manier geschrieben.«
Abendzeitung München

»Ich würde nicht auf einen Retter warten«, erwiderte Res energisch, »ich würde Phantásien selbst retten.«

Tanja Kinkel

DER KÖNIG DER NARREN

»Ein Abenteuer, das Spaß macht!« *Brigitte*

In der Stadt Siridom leben die berühmten Weberinnen von Phantásien. Ihre Teppiche sind nicht nur die schönsten des Landes – sie erzählen auch Geschichten aus der Vergangenheit, an die sich kaum jemand erinnern kann. Zu den Weberinnen von Siridom zu gehören gilt als Ehre; nur selten, vielleicht einmal in drei Generationen, widersetzt sich eine Frau ihrer Bestimmung. Die junge Res ist so eine Rebellin. Sie ist nicht bereit, sich den Traditionen zu beugen – und stößt auf ein Geheimnis, das das Reich der Phantasie vor dem drohenden Untergang bewahren kann …

»Du wirst sein, was ich aus dir mache.
Und glaube mir, ich habe das Formen von Menschen
von zwei wahren Meistern gelernt.«

Tanja Kinkel

VENUSWURF

»Das alte Rom wird lebendig!« *NDR*

Im Jahre 7 nach Christus treffen in Rom zwei Frauen aufeinander, wie sie unterschiedlicher nicht sein können: Julilla, die ehrgeizige Enkelin des Kaisers Augustus, und Andromeda, eine Zwergin, die von ihrem Vater in die Sklaverei verkauft wird. Die eine will herrschen, die andere überleben. Eine Intrige kettet sie aneinander – und ein Wunsch: endlich die Gelegenheit für ihren Venuswurf zu bekommen, jenen Moment, wenn man nicht nur beim Spiel, sondern auch im Leben alles gewinnen kann. Oder verlieren …

»Ein Lesegenuss für alle Sinne – grandios!«
Für Sie

Nur das Beste lesen.
Knaur Taschenbuch Verlag